소설, 때때로 맑음 3

소설, 때때로 맑음 3

이재룡 비평에세이

현대문학

차례

일러두기

1. 이 책에 실린 글은 『현대문학』에 연재 완료한 동명의 에세이 39회 - 80회분
   (2017년 1월 - 2020년 12월)을 추려 묶은 것이다.
2. 본문에 나오는 도서명은 한글과 원제 병기를 기본으로 했으며, 국내에 번역·
   출간된 도서는 한글로만 표기했다. 인용문의 경우 필자가 직접 번역한 것으
   로 국내에 출간된 도서의 내용과 다를 수 있다.
3. 필자가 언급한 주요 텍스트들은 참고 문헌으로 따로 정리해두었다.

소설을 비추는 소설

흔히 소설은 세상을 비추는 거울이라고 한다. 19세기 소설가들이 작품 제명 밑에 부제로 붙인 '풍속 연구'나 '1830년 연대기' 등을 보면 당시 소설이 겨냥한 목표가 무엇이었는지 짐작할 수 있다. 무릇 소설가라면 거리와 항구를 주유하며 인간사에 두루 밝아야 할 테지만 요즘은 누구나 TV와 컴퓨터로 세상 구석구석에서 돌아가는 일을 쉽게 엿볼 수 있다. 과골삼천踝骨三穿이라 했던가. 어찌 보면 뼈가 무르도록 책상물림한 작가보다는 험한 현실을 몸으로 겪은 장삼이사가 세상 물정에 더 밝다. 소설가가 현실을 반영하는 특권적 지위에서 물러나 그나마 남들보다 조금 더 아는 세상이 있다면 그것은 자기보다 앞서 발표된 남의 소설세계이다. 그래서 소설은 세상의 거울이기에 앞서 남의 소설이 반영된 거울이다. 작품이 작품의 거울이란 생각은 조르주 페렉의 『어느 미술애호가의 방』에서 확인된다. "독일 출신의 미국 화가 하인리히 쿠르츠가 그린 「어느 미술애호가의 방」이란 그림이

1913년 펜실베이니아주 피츠버그에서 처음으로 대중에게 공개되었다"로 시작되는 이 소설은 제목과 동명인 그림을 상세하게 묘사한다. 하인리히 쿠르츠는 평생 미술품을 수집한 사람으로부터 초상화를 그려달라는 의뢰를 받았다. 그는 100여 점의 소장품에 둘러싸여 앉아 있는 그 남자의 초상화를 그렸다. 다시 말해 화가는 의뢰자의 모습뿐 아니라 방 안에 가득 찬 서양의 명화를 초상화 안에 그려 넣어야만 했다. 그 덕분에 관객은 그림 하나에서 작은 크기로 재현된 여러 명화를 감상하는 재미를 누렸고 평론가는 그림 속에 포함된 그림들의 원작을 하나하나 찾아내며 박식을 자랑했다. 그중에서 가장 묘한 작품은 그림 속의 그림들 중에 포함된 「어느 미술애호가의 방」이다. 큰 그림 속에 크기가 다른 똑같은 그림이 그려진 이 작품에 대해 평론가는 "이 연속적인 거울의 유희, 매번 더욱 축소되는 이 반복이 자아내는 거의 마술적 힘을 통해 이 작품은 몽환적 세계로 빠져들고 (……) 영원회귀의 아찔한 정신세계로 귀결되고 만다"고 해설을 붙였다.

한 그림 속에 여러 그림이 포함되거나 혹은 여러 그림이 한 그림을 모방하는 상황은 마치 여러 개의 거울들이 서로 엇비슷한 각도로 배치되어 자아내는 이미지를 떠올리면 될 것이다. 페렉의 또 다른 작품 『겨울 여행』은 이런 상황이 미술이 아니라 문학에서 발생하는 이야기를 다루며 동시에 미래의 작품을 앞질러 표절한다는 초현실적 주제를 다루고 있다.

파리에 전쟁에 대한 소문이 퍼졌던 1939년 8월 마지막 주, 젊은 문학 교수 뱅상 드그라엘은 직장 동료 교수 드니 보라드로부터 아브르 근처의 별장에서 며칠 함께 보내자는 초대를 받았다. 그 저택은 드니 보라드의 부모가 소유한 것이었다. 휴가의 마지막 저녁, 벽난로 근처에서 브릿지 게임에 네 번째 멤버가 되어 카드놀이를 하기 전에 언젠가 읽으리라 다짐했지만 대충 훑어볼 시간밖에 없었던 책들 중 하나를 읽어볼까 하는 생각에 그 집의 책꽂이를 뒤지던 중, 이름조차 들어본 적 없는 작가인 위고 베르니에의 『겨울 여행』이란 얇은 책에 눈길이 갔는데 그 도입부가 너무 인상적이라 친구와 부모에게 양해를 구하는 둥 마는 둥 하고 얼른 위층으로 올라갔다.

『겨울 여행』은 한 젊은이가 낯선 섬에 도착했다는 정도의 빈약한 줄거리임에도 불구하고 문학 교수가 카드놀이를 접어두고 독서에 흠뻑 빠져들었던 것은 투명한 문체가 자아내는 신비로운 분위기와 잠언이 매력적이기 때문이었다. 그러나 머지않아 주인공은 이 소설이 그를 붙잡아 매었던 묘한 힘은 문체나 줄거리가 아니라 일종의 기시감 때문이었다는 것을 깨닫는다. 딱히 특정 작품 하나가 아니라 과거에 읽었을 법한 여러 작품의 인상 깊은 구절들이 『겨울 여행』 도처에서 발견되었기 때문이었다. 그래서 드그라엘 교수는 이 책을 19세기 후반부에 발표된 여러 시들을 인용, 편집한 표절작이라고 추정하기에 이른다. 오래전부터 "고답파에서 상징주의까지 프랑스 시의 진화"라는 주제로 학위논문을 준비하는 과정에서 해당 시기의 문학작품을 두루 읽었던 드그라엘은 일반 독자와 달리 『겨울 여행』에서 표절 부분을 쉽게 찾아낼 수 있었다. "시간의 비상"이니 "겨울 안개"와 같은 표현은 특정 시인의 전유물이 아니므로 중복되었다고 해서 표절이라 할 수 없는 노릇이란 생각도 들었지만 새벽 네 시까지 독서에 몰두한 주인공은 이 책의 저자 위고 베르니에가 19세기 말의 여러 시의 구절을 표절한 사기꾼에 불과하다는 결론을 내린다. 그러다가 문학 전공자의 직업적 습관 덕분에 『겨울 여행』의 출간 연도를 확인해보니 1864년이었다. 다시 말해 『겨울 여행』의 저자는 말라르메가 시를 발표하기 2년 전에 미리 그의 시를 표절했고 랭보, 베를렌의 시도 10년을 앞질러 표절한 셈이다. 위고 베르니에가 미래에 출간될 시집을 읽을 수 있는 초능력자가 아니라면 불가능한 일이다. 이런 초현실적 가정을 배제한다면 첫 번째 가정만큼이나 희박한 다른 가능성도 추측할 수 있다. 19세기 후반의 모든 상징주의 시인들이 무명 시인의 책에서 영감을 받고 원전을 감춘 채 그것을 베꼈다는 가정도 가능했다. 문학 교수는 우연히 읽은 『겨울 여행』이 문학사와 기존 학설을 뒤집을 경천동지할 학문적 발견이라 생각하고 이 문제에 몰두한다. 그러나 휴가가 끝나고 파리에 돌아오자 징집영장이 그를 기다리고 있었다. 전쟁터를 전전하면서도 그는 표절 대상 작가 목록과 그 표절 구절을 기록한 수첩을 가슴에 품고 다녔다. 전쟁이 끝나고 대학으로 돌아와 연구를 지속했지만 도서관이 폭격당해 자료가 사라졌고 연락을 취한 사서, 문서 전문가, 서점 등 어디에서도 『겨울 여행』과 관련된 자료를 찾지 못했다. 30년 동안 이 주제에 매달렸던 교수는 정신병원에서 숨을 거두었다. 그의 제자 몇몇이 찾아와 교수가 남긴 엄청난 분량의 자료를 정리하던 중 드그라엘이 손으로 표지에 '겨울 여행'이라고 쓴 두꺼운 노트를 발견한다. 페렉의 이 소설은 "노트의 앞부분 8페이지는 무위로 끝난 연구의 역사를 기록했고 나머지 392페이지는 백지였다"라는 문장으로 마무리된다.

수많은 작품에서 인용되었지만 제목만으로 존재하는 소설, 혹은 우리의 일상적 체험으로 번역한다면, 읽었던 기억은 또렷한데 어디에서 읽었는지 그 출처가 딱히 떠오르지 않는 경험이 누구에게나 있지 않을까. 2016년에 발표된 콜롱브 봉센Colombe Boncenne의 『눈처럼Comme neige』은 복잡다단한 세상사는 접어두고 오로지 한 권의 소설을 둘러싼 이야기를 오밀조밀하게 엮은 소설이다. 그리고 결정적 장면에서 페렉의『겨울 여행』, 혹은 보르헤스의「끝없이 두 갈래로 갈라지는 길들이 있는 정원」이 언급된다. 소설에 대한 소설, 소설 속에 소설이 등장하는 이 장편소설의 등장인물도 소설가이거나 인쇄소 직원, 도서관 사서, 출판사 홍보 직원, 그리고 일간지의 비평가들이니 그야말로 책과 관련된 사람들로만 이뤄진 소규모 집단으로 한정되어 있다. 책 속에서 책에 대한 이야기를 따라가다 보면 독자는 놀이동산의 거울 미로에 들어선 느낌이 들기도 하지만 추리소설을 방불케 하는 구성 덕분에 마지막 페이지까지 단숨에 읽게 된다. 소설은 주인공이 어느 날 우연히 읽게 된 소설에서 시작된다.

겨울 여행

소설의 주인공 콩스탕탱 카이유는 늦은 나이에 쉬잔과 결혼하여 두 아이를 두었으며 틈틈이 엘렌이란 여자와 밀회를 즐기는 50대 초반의 평범한 남자이다. 한 남자와 두 여자, 이쯤이면 서사의 기본 골격은 갖춰진 셈이다. 여기에 조금 살을 붙이자면 남자는 인쇄소에서 돈을 다루는 회계원이고 그의 아내는 도서관의 사서이며 불륜의 연인은 출판사에서 신간 서적의 홍보를 담당하는 직원이다. 그리고 이야기가 전개되면서 주인공이 접촉하는 주요 인물들은 소설가와 평론가이다. 평범한 독자라면 한 권의 소설을 펼치면서 저자와 은밀한 소통을 통해 저자와 독자 간의 단선적 관계만을 생각할 테지만 자세히 따져보면 그 과정에는 꽤나 많은 사람들이 개입된다. 필자의 생각이 원고로 구체화되면 종이에 인쇄되는 단계를 거쳐 책이 완성된 후 작가는 출판사 직원, 기자, 평론가 등과 함께 저자 사인회, 강연, 대담 등의 이벤트를 조직해서 본격적으로 홍보에 나선다. 산업화된 문학은 이렇듯 수많은 사람들로 촘촘하게 구성된 문학 생태계에서 생존과 도태를 거듭하며 살아 움직인다. 이 소설에 등장하는 인물들은 책을 중심으로 구성된 21세기의 문학 생태계를 보여준다는 점에서 발자크의 걸작 『잃어버린 환상』을 떠오르게 한다. 실제로 식당 종업원이었던 콩스탕탱을 회계사로 고용한 인쇄소 주인은 19세기 인쇄소 상황을 치밀하게 묘사한 『잃어버린 환상』의 첫 장을 되풀이해서 읽곤 한다.

부르파이예는 중소기업 규모의 인쇄소 사장이었는데 그와 식당 주인 식스트는 발자크를 무척 좋아했으면 특히 아주 긴 페이지를 할애해 인쇄소를 묘사한 『잃어버린 환상』의 도입부가 그들이 좋아했던 대화 주제 중 하나였다.

작가는 식당 주인이 "일곱 형제 중 여섯째"이기 때문에 식스트Sixte라 불린다고 했지만 눈 밝은 독자라면 『잃어버린 환상』에서 주인공과 연적 관계이자 출세 지상주의자인 가짜 귀족 식스트 드 샤틀레를 떠올리며 작가의 싱거운 유머를 느낄 수 있을 것이다.

주인공 콩스탕탱은 학창 시절 문학 강의실에서 스타니스라와 쉬잔을 만난다. 주인공은 꿈과 상상의 세계보다는 현실적 문제로 눈을 돌렸던 반면, 친구 스타니스라와 그의 연인 쉬잔은 문학에 대한 꿈을 놓지 않았다. 주인공과 그의 친구는 흐릿하게나마 『잃어버린 환상』의 두 주인공 다비드와 뤼시앙을 떠오르게 한다. 주인공은 문학을 버리고 여러 직업을 전전하다가 인쇄소에 정착했던 반면 스타니스라는 연인 쉬잔을 남겨두고 홀로 남미로 훌쩍 떠난 후 실종되어버렸다. 파리에 남겨진 쉬잔은 주인공에게서 실연의 위로를 얻다가 결국 그와 결혼까지 하게 된다. 스타니스라는 남미로 떠나기 전에 애인 쉬잔에게 미완의 원고를 건네주었다. 쉬잔은 옛 애인의 원고를 인쇄소에서 일하는 주인공에게 넘겨주며 이것으로 "무엇인가를 해보라"고 권한다. "그녀의 생각에는 내가 스타니스라스의 문학적 상속자"였고 "그녀는 책장에서 크라

프트 원고 뭉치를 꺼내 아무 말 없이 내게 건넨 후 키스를 했다. 나의 손은 그 원고를 떨어뜨리고 그녀의 뺨, 그리고 다른 데를 더듬었다". 주인공은 인쇄소에 취직하여 문자보다 숫자를 다루는 경리로 근무하고 아내 쉬잔은 도서관이나 학교에서 독서 지도를 하는 것으로 가늘게나마 문학에 대한 끈을 이어간다.

이제 본격적으로 중심 줄거리를 살펴보자. 소설은 여느 부부에게서 흔히 일어날 수 있는 작은 일화로 시작된다. 어느 날 콩스탕탱은 아내의 등쌀에 못 이겨 짧은 여행에 나선다. 운전대를 잡은 남편은 여행 중인 부부가 흔히 그러하듯 고속도로 출구를 놓쳐 가벼운 말다툼 끝에 관광지와는 거리가 먼 한적한 시골 마을에 떨어진다. 8장으로 이뤄진 소설의 첫 번째 장의 소제목 '크뢱스 라빌'은 지도에서도 찾기 어려운 이 작은 마을의 지명이다. GPS와 스마트폰이 척척 길 안내를 하는 시대에도 운전석 남편과 조수석 부인 간에 여전히 길 찾기를 둘러싼 언쟁은 사라지지 않고 아마도 이것은 영원히 꺼지지 않는 부부 싸움의 불씨일지도 모른다. 우여곡절 끝에 남자는 첨단 기계를 저주하며 종이 지도가 실린 관광용 책자를 찾으려고 시골 서점에 들른다. 그는 서점 한구석에서 "세일 가격 2유로"라는 딱지를 달고 쌓여 있는 재고 정리용 책 더미를 뒤지다가 화들짝 놀란다.

내가 알지 못했던 에밀리엥 프티의 『검은 눈』이었다. 그의 작품은 모두 읽었다고 확신했던 터라 이 책을 발견한 것이 시골 마을 여행을 보상해줄 보물처럼 여겨졌다. 출간 날짜를 확인하려고 첫 페이지를 펼쳤다. 2000년이었다. 내가 놓쳤던 그의 초기작 중 하나일 것이다. 이런 책이 있다는 소리를 들은 적도 없었는데 크뢰스 라빌의 서점에서 발견한 것은 어쨌거나 기상천외한 일이었다.

화자는 산책을 마치고 포도주를 곁들인 저녁 식사를 한 후 차가운 침대에 누워 소설을 펼쳤다. 『검은 눈』은 "어제 저녁에 내가 무슨 짓을 했는지 전혀 기억나지 않는다"라는 문장으로 시작되었다. 소설 속 소설의 주인공 마르크는 전날의 숙취에 시달리며 낯선 침대에서 잠이 깨어 전날의 기억을 더듬는다. 저녁상 반주로 얼큰해져 낯선 잠자리에 누워 책을 읽는 화자는 『검은 눈』의 주인공에게 쉽게 감정이입된다. 게다가 『검은 눈』에서도 주인공 마르크가 에디트와 로즈라는 두 여인 사이에서 방황하는 줄거리가 전개되기 때문에 화자는 자신이 처한 삼각관계와 소설 속의 상황을 자연스레 비교하며 독서에 몰입할 수밖에 없었다. 휴가를 끝낸 주인공은 한동안 소식이 뜸했던 애인 엘렌에게 연락을 취한다. 주인공이 그녀를 만난 것은 소설가 에밀리엥 프티의 강연장에서였다. 그는 소설을 매개로 엘렌과 인연을 맺었으니 한동안 소원해진 관계를 다시 회복시킬 수 있는 계기도 소설이리라 생각했다. 주인공은 대중에게 알려지지 않았던 프티의 소설을 우연히 발견했다고 그녀에게 이메일을 보내 그들의 공동 관심사를 들먹이며 만남의 재개를 요구했다. 과연 그녀는 소설 『검은 눈』에 관심을 표하며 재회를 수락했다. 그런데 약속 시간에 임박하여 집 안을 구석구석 뒤져도 소설 『검은 눈』을 찾을 수 없으니 낭패였다. 주인공은 그 책을 다시 구입할 요량으로 인터넷을 뒤졌지만 출판사, 서점, 도서관 등 그 어디에도 『검은 눈』의 흔적을 찾을 수 없었다. 애인과 재회할 구실이 사라지고 자칫 그녀에게 거짓말을 한 셈이 될 상황에 빠진 주인공은 더욱 열심히 책에 관련된 정보를 찾아 나선다. 『겨울 여행』의 시간적 배경은 인터넷이 없던 시절이라 그 주인공은 도서관 자료나 연감 등을 뒤지며 발로 뛰어다녔지만 『검은 눈』의 주인공은 추적 과정이 비교적 쉬웠다. 엘렌을 만나 사정을 털어놓자 문학과 출판계에 밝은 그녀는 책 찾는 요령을 충고한다. 에밀리엥 프티는 여러 권의 소설을 발표했지만 자세히 읽어보면 동일한 인물이 반복해서 등장하고 결국 그는 한 권의 소설을 쓴 것이나 마찬가지이기 때문에 우선 그의 전집을 통독한다면 『검은 눈』의 존재 여부를 암시하는 단서를 찾을 수 있을 것이라고 귀띔했다.

엘렌은 이런 연구와 더불어 출간 여부는 출판사의 편집자에게 알아보고 그도 여의치 않으면 작가에게 직접 편지를 써보라는 충고도 곁들었다. 엘렌의 충고를 문학 연구의 방법론에 비유한다면 전자가 내재적 접근이고 후자는 외재적, 혹은 실증적 접근이라 할 수 있다.

소설 속의 소설

주인공은 에밀리엥 프티의 전작全作을 재독하며 『검은 눈』을 암시한 대목을 찾는다. 『눈처럼』의 독자는 이제 주인공과 더불어 프티의 소설을 읽는 상황, 다시 말해서 소설에서 소설을 읽는 데에 이르게 된다. 간략한 줄거리만 소개된 프티의 작품에서는 발자크의 소설처럼 동일한 인물이 여러 군데에 등장하며 서로 유기적 관계를 맺는 인간 군상을 형성했다. 그중에서 화자가 특히 좋아했던 프티의 소설은 『부고』이다. 이 작품에서 한 남자는 신문 부고란을 읽다가 알지도 못하는 어떤 남자의 가족에게 조의를 표하는 편지를 보낸다. 미망인은 죽은 남편의 친구라고 주장하며 나타난 생면부지의 남자에게 점차 호의를 느끼다가 사랑에 빠진다. 그의 또 다른 소설 『움직이는 나무』에서는 전시회에 들른 남자가 풍경화를 보다가 그림 속의 나무가 바람에 흔들리는 환상을 본다. 남자는 발걸음을 옮겨 그림 속에 들어가 방황하다가 미술관 경비원에 의해 다시 현실로 끌려 나온다. 화자는 프티의 여러 소설을 읽으면서 소설가에게 매료되지만 동시에 허전함, 혹은 불쾌감도 느낀다. 그런 느낌은 "어떤 결함, 어떤 형태의 미완성"에서 비롯된 것이었다. 엘렌은 그의 한 작품에 남겨진 여백, 미완성 상태는 다른 작품에 의해 채워지고 그 작품은 또 다른 여지를 남기면서 결국 프티의 전작이 하나의 통일된 세계를 이룬다고 주장했다. 따라서 그의 전작에서 남은 여백, 그 부재가 바로 『검은 눈』에 해당할 것이다. 따라서 손에 쥔 퍼즐 조각을 맞춰 완성하면 거기에서 빈자리가 바로 잃어버린 퍼즐 조각의 존재를 증명할 것이다. 그러나 여러 소설을 파헤쳐도 딱히 『검은 눈』의 존재를 암시하는 구절을 발견하지 못한 주인공은 출판사와 작가에게 문의한다. 출판사 편집부는 『검은 눈』은 출간한 적이 없다고 답했고 작가 에밀리엥 프티 자신도 그런 작품은 쓴 적이 없다고 잡아뗀다. 그러던 중 주인공은 엘렌에게 이끌려 저자 강연회에 참석해 소설가 장필립 뚜생을 소개받는다. 주인공은 뚜생에게 프티의 『검은 눈』과 얽힌 사연을 털어놓았지만 별다른 도움을 받지 못했다. 다만 뚜생의 홈페이지에서 뚜생이 프티와 더불어 몇몇 소설가와 함께 찍은 사진을 찾아낸다. 사진 속의 소설가들이 프랑스 문단에서 함께 어울려 다니는 '패거리'라고 생각한 주인공은 그들에게 차례로 이메일을 보내 『검은 눈』과 관련된 정보를 얻으려고 한다. 그중에서 소설가 올리비엥 롤링이 주인공이 처한 상황을 흥미롭게 정리하고 충고를 덧붙인 답장을 보낸다.

내가 그 사라진 책에 대해 뭔가를 안다고 칩시다. 그럴 경우, 두 개의 가능성이 있게 됩니다. 이 두 경우 모두 매우 강력하고 모호한 비밀이 작동하고 있어야만 할 것이라고 당신은 느꼈을 겁니다. 첫 번째 경우 그것이 의도적으로 아팍스hapax로 제작되었거나—그런데 기적적으로 당신만이 그것을 발견한 경우—, 두 번째 경우, 인쇄한 직후에 처분하기로 결정된 것입니다. (그렇지 않고서는 서점에 배포된 후 회수하는 것은 불가능하기 때문입니다.) 이런 기현상은 적어도 작가의 동의, 혹은 그의 지시에 의해서만 이뤄질 수 있다는 것도 당신은 이해하실 것입니다. (……) 당신은 내 친구가 감추려는 비밀을 털어놓으라고 내게 요구하는 것입니까? (……) 아팍스의 경우, 일견 이런 가정은 무의미하다고 여겨집니다. 편집자가 모르는 상태에서 유일본이 인쇄되었다면 거기에는 두 개의 이유가 있을 겁니다. 그것은 개인의 사적 용도를 위한 것이거나, 공범의 서적상에 의해 판매되기 위한 것이죠.

롤링의 가정은 길게 이어지는데 그의 생각은 위의 인용처럼 이분법적 논리로 전개된다. 즉 두 갈래의 길에서 각기 한쪽을 택한 경우에 도달할 수 있는 두 개의 결론을 제시한다. 이 소설 2장의 소제목 '두 갈래의 길bifurcation'처럼 모든 서사는 첫 번째 조건에서 긍정과 부정, 채택과 거부 등의 방식으로 전개된다는 것을 암시하는 것이다. 그리고 모든 가정을 제시한 후 올리비엥 롤링은 기이한 결론을 내린다. "내가 보기에 여기에는 딱 하나의 길만이 남습니다. 즉, 『검은 눈』은 아직 집필되지 않은 책입니다. 이상하다고요? 그래요. 그것은 앞으로 나올 책입니다. 그게 어떻게 가능하냐고요? 그렇다면 보르헤스의 「끝없이 두 갈래로 갈라지는 길들이 있는 정원」을 읽고, 또 읽으세요." 엘렌의 충고에 따라 프티의 전작에 파묻혀 살던 화자는 이제 보르헤스의 책까지 뒤져야 할 판국이다. 롤링의 편지에서 화자가 난생처음 만났던 단어 '아팍스'가 무엇을 뜻하는지 사전에서 찾아보았다. 백과사전에서 아팍스는 "문학에서 딱 한 번만 사용된 단어를 지칭"하는데 그 의미가 확장되어 "출간이 예정되었으나 끝내 빛을 보지 못한 책을 의미"한다고 정의되었다.

　『검은 눈』을 둘러싸고 독자, 출판사, 작가, 작가의 동료 등 문학 생태계의 여러 요소가 두루 얽히더니 여기에 마침내 평론가가 끼어든다. 일간지 『르몽드』는 오랫동안 세상을 등지고 은둔하던 에밀리엥 프티가 기자에게 연락하여 긴 대화를 나눈 대담 기사를 실었다. 대담에서 소설가는 근래 자신이 쓰지도 않은 소설을 읽었다고 주장하는 이상한 독자를 언급하며 문단 세태를 논했고 기자는 그것을 두고 무명 지망생의 노이즈 마케팅일 것이라고 추측했다. 며칠 후 일간지 『리베라시옹』도 이 소문을 기사화했다. 담당 기자는 『검은 눈』의 존재를 추적하는 독자가 바로 이 책의 저자일 것이라고 결론을 내렸다. 이제 문단 생태계는 부재하는 작품을 둘러싸고 독자와 소설가와 평론가의 존재만 부각되어 설왕설래, 갑론을박하는 상황이 전개되고 있었다. 게다가 『검은 눈』에 대해 그간 심드렁했던 출판사 측은 책 제목이 화제가 되자 주인공에게 저자명을 주인공의 이름으로 바꿔서 출간해주겠다고 제안한다. 그리고 며칠 후 출판사는 주인공의 아내가 우편으로 보낸 『검은 눈』을 받았다며 그것을 곧 출간하겠다고 통고한다.

이제 사태는 주인공이 통제할 수 없을 정도로 급물살을 타고 전개된다. 주인공은 이런 상황을 합리적으로 설명할 수 있는 길을 찾으려 애쓰지만 점점 혼란만 가중될 따름이다. 이 모든 상황을 해명할 수 있는 열쇠는 소설가 에밀리엥 프티가 쥐고 있다고 생각한 주인공은 그가 칩거 중인 바닷가 마을로 찾아가는 것으로 이야기는 마무리된다. 그리고 소설 말미에 붙은 에필로그는 몇 년이 지난 후 어느 서점의 풍경을 묘사한다. 한 여성 독자가 서가를 서성이다가 에밀리엥 프티의 전집에 끼어 있는 『검은 눈』을 발견한다. 첫 페이지를 넘기자 이 책이 주인공의 이름인 콩스탕탱 카이유라는 가명으로 발표된 바 있다는 설명이 붙어 있다. 그렇다면 주인공이 여행지에서 읽은 소설은 무엇이었을까? 『눈처럼』은 독자를 설득할 만한 논리적 설명을 제공하지 않은 채 마무리된 듯하다. 주인공이 여행지에서 읽은 소설은 과연 무엇이란 말인가? 출간되지도 않은 책이 아내의 손에 들어간 경로는? 그리고 무슨 연유로 그것이 프티의 전집에 포함되었을까? 모든 것이 주인공의 환상이었을까? 소설에서 언급된 소설가와 평론가는 모두 현실세계에서 왕성하게 활동하는 실재 인물들이다. 실존 인물을 소설에 실명으로 등장시키는 것은 근래에 소설가들이 종종 사용하는 언필칭 '네이밍' 기법이다. 현실과 가상세계를 겹쳐놓으면서 복잡한 줄거리에 수많은 작품과 실존 인물을 언급해서 독자를 미로에 빠지게 했던 콜롱브 봉셴은 2016년 이 작품으로 첫 소설을 발표한 작가에게만 수여되는 〈페네옹상〉을 받았다.

어떤 사랑

에디트 피아프가 부른 샹송 「사랑의 찬가」는 멜로디보다 가사가 더 인상적이다. "당신이 나를 사랑한다면 하늘이 무너지고 땅이 꺼진다 해도 그게 무슨 대수겠어요"로 시작되는 평범한 가사는 2절에서 절절하게 변한다. "당신이 원한다면 머리를 금발로 염색할게요" 정도는 애교 수준이고 "당신이 원한다면 달을 따러 가고, 당신이 원한다면 거액을 훔치러 가겠어요"라고 다짐하며 "당신이 원한다면 조국을 부정하고, 당신이 원한다면 친구를 부정하겠어요"라는 과격한 선언으로 이어진다. 그리고 마침내 "사람들이 나를 비웃을지라도 무슨 짓이라도 하겠어요"라는 굳은 맹세로 마무리된다. 에디트 피아프가 직접 가사를 쓰고 1949년 9월 14일 처음 대중 앞에서 노래한 「사랑의 찬가」는 그녀의 연인이자 권투 선수 마르셀 세르당에 대한 헌신과 믿음을 선포한 것이었다. 노래가 발표된 지 한 달 남짓 후인 1949년 10월 28일 마르셀 세르당이 비행기 사고로 죽는 바람에 그녀의 노래는 더욱 대중의 심금을 울렸다. 그런데 조국과 친구를 버리고 사랑을 택했던 여자가 남자로부터 버림을 받았다면 그 심정이 어떠할까. 이 노래의 속편쯤으로 생각할 수 있는 주인공은 저 멀리 신화에서 찾을 수 있다. 콜키스의 공주였던 메데이아는 문자 그대로 조국과 가족과 친구를 버리고 한 남자를 사랑했지만 서양인의 기억에 그녀는 독한 여자, 복수의 화신, 마녀, 특히 나쁜 어머니를 대표하는 인물로 남았다. 그리스의 비극시인 에우리피데스는 신화 속의 여인 메데이아의 사연을 글로 옮겨 기원전 431년 아테네 무대에 처음 올렸다.

이올코스 왕국의 이아손은 숙부 펠리아스에게 왕권을 빼앗길 위기에 처해 있다. 숙부는 조카에게 콜키스 왕국에 보관된 황금 양털을 훔쳐 오면 왕위를 물려주겠다고 약속한다. 시련을 극복하고 보물을 찾아 왕이 된다는 이야기는 신화나 전설에서 자주 등장하는 것이니 새로울 것도 없다. 이아손은 아르고 원정대를 이끌고 황금 양털을 찾아 콜키스 왕국으로 간다. 그곳의 공주 메데이아는 원정대장 이아손에게 첫눈에 홀딱 반한다. 자명고를 찢은 낙랑공주처럼 메데이아는 아버지와 조국을 배신하고 황금 양털을 훔쳐 이아손과 함께 야반도주를 감행한다. 유행가 가사처럼 남자가 원하니 "조국을 부정하고 거액을 훔친" 것이나 다름없다. 국보와 딸을 한꺼번에 도난당한 콜키스의 왕이 추적에 나서자 그의 발걸음을 늦추려고 메데이아는 인질로 잡은 오빠를 토막 내어 도망가는 바닷길에 뿌려놓는다. 시신을 수습하느라 추적대가 머뭇거린 덕분에 이아손과 메데이아는 무사히 도망친다. 약속대로 황금 양털을 구해 왔으나 숙부는 다른 핑계를 대며 쉽게 이아손에게 왕위를 물려주지 않는다. 여기에서도 메데이아의 내조가 발휘되는바, 마술 고약을 만들어 용을 잠들게 해서 남편이 과업을 완수하도록 돕는다. 그래도 여전히 남편이 생명의 위협을 받자 그녀는 펠리아스의 딸들을 모아놓고 마술을 보여준다. 메데이아는 그녀들이 보는 앞에서 늙은 양을 토막 쳐서 약초를 섞어 삶는다. 그리고 끓는 솥에서 늙은 양이 훨씬 어려진 모습으로 다시 살아나는 것을 보여준 후 펠리아스의 딸들을 설득하여 왕을 토막 내 끓는 물에 삶아 죽인다. 남편의 목숨은 건졌지만 그 나라에서도 추방당한 메데이아가 마지막으로 몸을 의탁한 곳은 크레온이 지배하는 코린토스 왕국이었다. 그런데 코린토스에 도착한 이아손은 그곳 공주를 보고 마음이 달라진다. 조국에서 도망쳤으니 왕이 될 수 없었던 그는 코린토스의 공주와 결혼하여 훗날 왕의 자리를 노리고자 한 것이다. 한 남자를 위해 조국과 아버지를 배신했고 국보를 훔쳤고 형제를 토막 내고 늙은 왕을 삶아 죽였던 메데이아가 남편으로부터 버림받은 순간의 심정이 어떠했을까? 에우리피데스의 비극 『메데이아』는 바로 그 순간부터 시작된다. 그녀는 우선 목소리만으로 무대에 등장한다.

  "아아 불쌍한 내가 당한 말할 수 없는 이 고통.
  어찌 통곡하지 않을 수 있으리오!
  소박맞은 어미의 저주받은 자식들이여,
  아비와 함께 없어져버려라! 온 집이 무너져 내려라!"*

메데이아의 헌신과 내조를 감안한다면 관객은 그 고통과 분노의 무게를 어느 정도 가늠할 수 있다. 그리고 토막살인 전문가인 그녀의 복수를 머릿속으로 상상하며 관객은 몸서리치게 된다. 메데이아가 뽑아 든 칼날이 남편이나 연적을 겨누는 것이야 수긍할 수 있지만 자신의 배로 낳은 자식들을 저주하는 대목에서는 그것이 과연 온당한지 자문하게 된다. 이아손은 자신이 정략결혼으로 코린토스의 왕위에 오른다면 두 아들은 자연스레 왕자가 되어 훗날을 도모할 수 있다고 메데이아를 설득하려 들었지만 그녀는 "아비와 함께 없어져라"라며 저주를 퍼부었

---

* 에우리피데스, 「메데이아」, 『에우리피데스 비극』, 천병희 옮김, 단국대학교출판부, 1999, 17쪽.

다. 과연 그녀는 연적을 독약으로 태워 죽이고 두 아들마저 죽임으로써 남편에게 참척의 고통을 안겨주었다. 서양인에게 메데이아는 흔하디흔한 버림받은 여자 중 하나가 아니라 복수를 위해 아들까지 죽인 비정한 어머니로 기억된다. 신화 속 인물 메데이아는 그리스시대의 에우리피데스, 로마시대의 세네카, 그리고 프랑스 17세기의 코르네유를 거쳐 조금씩 변주를 겪었지만 아들을 죽여 남편에게 복수했다는 비정한 어머니의 모습은 크게 달라지지 않았다. 비록 메데이아는 잔인한 범행을 저질렀지만 다른 한편으로는 가부장제의 억압과 피해를 묵묵히 감수해야만 했던 그리스의 여인들, 그리고 그 이후 2천년 동안 그다지 달라지지 않은 인류 절반의 피맺힌 한을 시원스레 풀어준 여성주의의 대표 주자로도 해석된다.

여기에 덧붙여 소설가 마리 카르디날은 1986년 11월 18일 캐나다에서 공연된 『메데이아』의 서문에서 여주인공이 조국을 버리고 이국을 전전해야 했던 이방인이었다는 점에 밑줄을 그었다. 카르디날 역시 알제리에서 태어나 프랑스로 이주했던 처지로 여자이자 이방인이었던 메데이아의 처지에 더욱 공감했을 터이다. 남자들이 권력과 영광을 위해 전쟁과 폭력을 마다하지 않았다면 아이를 낳고 키우는 데에만 한정된 여자의 역할은 쉽게 비하되기 마련이다. 에우리피데스의 메데이아는 "아이 하나를 낳느니 전쟁에 세 번 나가는 것을 택하겠다"고 외친다. 그만큼 출산과 육아는 남정네들의 권력 다툼에 못지않은 인내와 희생이 요구되는 일이다. 마리 카르디날은 "남자들은 명예를 탐하고 참전용사 기념비에 자신의 이름이 새겨지는 것을 영광으로 여긴다지만 이 세상에 시민을 낳으려다가 죽은 여인들의 이름을 새긴 유령탑을 세운다면 마천루보다 높아질 것이다"라고 했다.

서간체 소설

친애하는 부인께

아마도 죠프레이를 통해 저의 결심을 들으셨으리라 생각합니다. 그가 당신을 찾아와 치맛자락을 붙잡고 울었을지도 모르겠네요. 저보다 당신의 고통이 더욱 컸으리라 생각됩니다. 지난 만성절 때처럼 혈압이 갑자기 오르지 않았기를 바랍니다. 당신 홀로 응급실로 찾아갔다는 말을 듣고 제가 얼마나 슬펐는지, 그 심정을 어찌 설명할 수 있을까요?

당신 나이쯤 되면 사랑이란 것은 형광등과 같다는 것을 아시겠지요. 형광등이 더 이상 우리를 환히 밝혀주지 못할 때가 되면 저절로 꺼지게 마련이지요. 전등의 배를 열고 인공호흡을 한다는 것은 어리석고 허망한 짓일 것입니다. 지는 해를 붙잡으려고 안달하느니 어둠을 수긍하고 새벽을 기다리는 것이 나을 테지요.

레지스 조프레Régis Jauffret가 2016년에 발표한 『식인 종들Cannibales』은 위의 인용문으로 시작된다. 이 소설은 시종일관 두 여자가 주고받은 편지만으로 이뤄졌다. 첫 구절만 찬찬히 살펴도 편지의 수신자와 발신자에 대한 상황을 대충 짐작할 수 있다. 발신자는 죠프레이라는 남자와 헤어진 상태이며 수신자는 그 남자의 어머니이다. 위의 짧은 인용문에서도 이별의 슬픔보다 수신자의 건강을 염려할 만큼 발신자는 수신자에 대한 호감과 관심을 표시했다. 앞질러 설명하자면 편지를 쓴 여자 노에미는 24세의 화가이며 수신자 잔은 84세의 노인이자 죠프레이의 어머니이다. 52세의 죠프레이와 사랑에 빠졌다가 이별한 직후 노에미는 한적한 시골 마을에서 홀로 사는 잔에게 편지를 쓴 것이다. 아버지뻘 남자와 사랑에 빠진 것이나 헤어진 후 대뜸 남자의 어머니에게 편지를 쓴 것 모두가 이채롭다. 젊은 여자는 형광등이나 석양을 운운하며 이별을 돌이킬 수 없는 기정사실로 못 박았지만 앞으로 감당해야 할 자신의 고독한 처지를 늘어놓는다. 하얀 캔버스 앞에 서면 자신감이 떨어져 이제 붓을 놓고 다른 직업을 구할 것이라는 현실적 고민부터 남자 자리가 비어버린 침대를 어떻게 처분할지까지 신세타령을 한후, 마지막으로 수신자 잔이 살고 있는 동네의 일기예보를 찾아보고 그녀의 산책을 걱정할 만큼 그녀의 고혈압뿐 아니라 일상생활에까지 관심을 갖고 있음을 드러낸다. 그리고 시대에 걸맞지 않게 이메일이 아니라 손으로 쓴 편지를 보내는 것에 대한 이유도 구구절절 설명하며 "당신이 나를 미워하더라도 나는 이해합니다. 나를 미워하신다면 편지를 쓰레기통에 버리세요. 그러면 저도 편지와 함께 당신에게서 사라지겠습니다"라고 편지를 마무리한다. 전지적 시점의 소설과 달리 서간문 형식의 소설은 화자의 속내 혹은 심리가 글에서 직접 드러나지 않는다. 대화만으로 진행되는 연극도 같은 이유로 줄거리를 파악하기 어려워지기도 한다. 이런 관객을 위해 고대 그리스 연극, 예컨대 에우리피데스의 『메데이아』에서는 합창단이 극 중 인물들의 상황이나 속내를 관객에게 설명하고 등장인물과 대화를 나누기도 한다. 대화를 글로 쓴 것과 다름없는 편지 형식의 소설에서 화자는 상대방의 지위나 입장에 따라 내용이 걸러진다는 점을 감안해야만 독서의 재미를 느낄 수 있다.

잔은 노에미에게 즉시 답신을 보낸다. 인생의 희로애락을 모두 겪었을 나이인 그녀는 우선 아들과 헤어지려는 여자의 마음을 바꾸려고 애쓴다. 그리고 그녀의 설득은 연륜에 걸맞게 은근하고 노련하게 전개된다. 그녀의 답장은 대뜸 "침대의 자리를 바꾸지 마세요"라고 시작되며 "그와 함께 고른" 가구나 양탄자를 언급하며 칭찬을 늘어놓는다. F. 베그브데는 그의 소설 『사랑은 3년 지속된다L'amour dure trois ans』에서 사랑의 첫해에는 함께 가구를 고르고, 두 번째 해에 가구의 위치를 바꾸고, 세 번째 해에는 가구를 나눠 갖는다고 했다. 잔은 사랑이 시작되었던 시절, 그 뜨거웠던 감정을 노에미에게 환기시키며 식어버린 사랑에 불씨를 지피려 한다. 아들과 며느리의 불화를 중재하는 시어머니의 입장과 유사한 셈이다. 또한 슬쩍 죠프레이의 단점을 지적하며 노에미의 비위를 맞추는가 하면 그래도 아들의 본성이 착하다는 걸 곁들이는 것도 그녀의 노련한 전략이다. 또한 자신이 겪은 결혼생활을 털어놓으며 이미 고인이 된 남편, 다시 말해 노에미에게 시아버지 격이 되는 '푸틴'에 대한 불평도 늘어놓는다. 그에 대한 답장에서 노에미는 잔이 젊은 시절 조금만 더 정절을 지키고 성욕을 자제했다면 죠프레이는 태어나지 않았을 테고 따라서 현재 자신이 겪는 불행은 애초에 없었을 것이라며 퉁명스러운 반응을 보이지만 편지를 주고받는 동안에 각기 24세와 84세의 두 여자 사이에 남자들에 대한 불만과 원한을 매개로 세대를 뛰어넘는 공감대가 서서히 형성된다.

잔은 죽은 남편을 권위주의적 가부장의 대명사 격인 '푸틴'이라 부르며 아내로서 겪은 모욕을 고백하는가 하면 노에미는 어린 시절 겪었던 성추행을 털어놓으며 남성들에게 공통된 성적 폭력성을 고발하기도 한다. 전지적 시점의 화자가 부재한 까닭에 두 사람의 편지가 얼마나 진실에 가까운지를 따지는 것은 오로지 독자의 몫이다. 두 사람의 관계에 아들이자 남편인 죠프레이가 끼어들자 소설의 해독은 더욱 복잡해지고 노에미의 친구라고 자처하는 여자도 잔에게 편지를 보내면서 이야기에 가담하는 등장인물이 늘어난다. 노에미는 자신이 정신분열 환자, 다중성격 장애자라고 고백하며 자신의 친구라고 자처했던 사람은 다름 아닌 바로 자신의 분신이라고 주장한다. 죠프레이는 유년 시절 어머니로부터 받은 가혹한 처벌을 환기하며 잔의 가학 성향을 고발하는가 하면 노에미는 여전히 죠프레이를 사랑하며 그가 무릎 꿇고 재결합을 간청하길 기다린다고 고백하면서 아들 교육을 등한시한 잔을 호되게 비난하기도 한다.

여인들의 만찬

애증이 교차되는 심리의 굴곡을 겪으면서도 두 여인의

관계에서 형성된 공통된 심리는 모든 남자들에 대한 증오였고 점차 그 보편적 적대감은 죠프레이라는 한 남자에게 집중되면서 마침내 두 여인은 비록 상상의 단계이지만 죠프레이를 살해하자는 데에까지 의기투합한다. 노에미는 부재의 상태나 그림자만이 죠프레이에게 가장 잘 어울리는 존재 양식이라는 엉뚱한 주장을 내세운다. 남자는 눈앞에 육체적으로 현존하는 것보다 부재한 경우에 그리움과 사랑의 대상될 수 있다는 주장은 결국 그의 죽음을 희구하는 데에 이른다. 잔도 이에 동조하며 아기를 세상에 내보낸 어미의 가장 은밀한 무의식적 욕망은 다시 그 아이를 자신의 몸속으로 돌려보내는 것이라고 생각한다. 결국 두 여인은 죠프레이를 죽일 뿐 아니라 만찬의 요리 메뉴로 정하자고 합의한다. 그리고 실제로 잔은 상속 문제를 미끼로 아들을 불러들여 독극물을 먹이기도 했다. 죠프레이를 침대로 유혹하여 마지막 쾌락을 선사한 후 죽여서 구워 먹자는 노에미의 제안에 잔은 환호한다. 두 사람은 편지로만 만난 것이 아니라 노에미는 홀로 외롭게 사는 잔을 방문하여 말 상대가 되어주기도 한다.

　　노에미에게,
　　당신을 수요일에 맞이하는 일이 내게는 얼마나 큰 기쁨인지. 당신을 위해 멧돼지점을 준비해두죠. 그게 당신 입맛에 맞는다면 우리는 조프레이의 엉덩이 살을 같은 식의 찜 요리로 만드는 것도 생각해볼 수 있겠지요. 엉덩이 살은 크고 깊은 프라이팬에 버터를 넣어 찌면 가장 맛있답니다. 나머지 부위는 삶아 먹으면 좋을 겁니다. 큰 식도로 내려치기 전에 잠깐 사랑의 쾌락을 그에게 제공하겠다는 당신의 계획에 나는 반대하지 않아요. 행복한 기분이 들면 육체가 음식을 더욱 잘 흡수하고 나중에 그 고기는 더 감미롭지요. 그에게 내놓는 음식에 타임 허브를 치고 마다가스카르 후추를 뿌리고 게랑드 소금을 치는 것을 잊지 마세요. 나중에 그의 고기에 양념을 하는 거추장스러운 수고를 덜 수 있을 테니까요. 성聖 실베스터 축일에 잡아먹을 닭을 애지중지하는 농부 부인의 정성을 갖고 그를 사랑해주시길. 당신에 대한 그의 애정을 부추기기 위해 내가 그를 얼마나 경멸하는지 말해주세요. 부부를 결속시키는 데에는 증오심을 공유하는 것만큼 좋은 것이 없답니다. (……) 어떤 부위가 전채 요리에 적합할지, 다른 나머지 부위가 적당한 디저트 재료일지는 나중에 생각해봅시다. 그러나 그의 피는 아주 나쁜 저급한 적포도주가 될 것이라고 장담합니다.

두 여인은 증오의 공동체이며 잔의 말에 따르면 인간을 결속시키는 힘은 사랑보다 증오이다. 한술 더 떠서 그녀는 "사랑은 커플의 배타적 사안이지만 증오는 공동체의 활동으로 변하면 더욱 활발해질 수 있다"고 주장하며 한 남자의 살해 계획에 익명의 여러 여자들까지 합세시킬 수 있다고 제안한다. 단호한 실천을 추동하는 데에 사랑보다는 증오의 힘이 효과적임은 이미 그리스의 여인 메데이아가 증명했다. 두 아들에 대한 사랑보다 남편에 대한 증오가 컸기에 그녀는 아들을 난도질했다. 어머니 잔은 왜 그토록 아들을 미워하게 되었을까? 노에미가 그녀의 증오심을 부추겼지만 죠프레이가 편지를 통해 어린 시절 어머니로부터 받은 마음의 상처를 뒤늦은 한풀이처럼 그녀에게 쏟아부은 것이 잔의 분노를 자아냈을 것이다. 그런데 죠프레이는 어머니에게 그런 편지를 쓴 적이 없다고 노에미에게 항의 편지를 보낸다. 만약 죠프레이의 말이 맞다면 노에미는 그의 이름을 도용한 편지를 잔에게 보낸 것이다. 소설이 진행될수록 독자의 눈에 두 여인의 심리와 행동은 모호하고 이중적이며 합리적 설명이 불가능한 것처럼 보인다. 아직도 젊음이란 자산을 지닌 노에미보다 여든 살이 훌쩍 넘어 홀로 사는 여인 잔은 세상에 대해 더욱 적대적이다. 그 적대감은 온 세상이 그녀에게 무관심하다는 느낌, 세상으로부터 버림받았다는 소외감에서 비롯되었다. 방기된 노인의 증오심은 딱히 아들, 혹은 남자에게 한정되지 않는다. 노에미에게 보낸 잔의 편지를 인용하자면 이렇다.

아무도 관심을 주지 않는 늙은 여자일 때에는 상상하는 것만으로 즐겁습니다. (……) 증오의 대상은 아무리 커져도 분이 풀리지 않아요. 한 민족, 한 대륙으로도 우리의 한풀이에 충분하지 않아요. 당신이 미국 대통령의 애인이 아닌 것이 참으로 아쉽습니다. 오로지 죠프레이의 머리에 핵탄두를 떨어뜨리기 위한 목표 하나만으로 대전을 일으키는 것, 그것이야말로 얼마나 즐거운 일일까요.

84세의 여인은 듬성듬성 소식을 전하는 아들을 원망하며 그로부터 버림받았다는 심정에 빠져 있었는데 불쑥 24세의 여인이 편지로 살갑게 말을 걸고 실제로 찾아와 주말을 함께 보내며 대화 상대가 되어준 것이다. 나중에는 "당신은 나의 마지막 사랑입니다. (……) 나는 단지 당신이 아무렇게나 종이에 휘갈겨 쓴 몇몇 문장을 구걸하는 노인이죠"라며 잔은 노에미의 관심을 진심으로 갈구한다. 심지어 주말 밤을 보내려고 찾아온 젊은 노에미는 잔의 늙은 몸이 여전히 아름답다고 칭찬하며 "사랑"을 느낀다고 고백한 모양이다. 나이를 불문하고 여성 공동체의 연대감이 강화되면 호감은 쉽게 에로틱한 관계로 발전하기도 한다. 다만 거기에 대해 잔은 세대 차이에서 비롯된 거부감을 고백하며 선을 긋는다.

"나는 당신의 욕망의 대상이 되는 것을 원치 않아요. 나도 아직 여자일지는 모르지만 당신 세대의 뻔뻔스러운 여자들이 레즈비언이라고 부르는 그런 사람은 전혀 아닙니다. 나의 어머니는 태어나자마자부터 나를 항상 목욕 전용 내복을 입히고 씻겨줄 만큼 나를 정숙하게 키웠습니다. 집 안에서도 나는 벗은 몸으로 돌아다닌 적이 없었지요."

마지막 편지

소설은 잔이 노에미에게 쓴 편지, 노에미가 죠프레이에게 쓴 편지, 그리고 잔이 노에미에게 쓴 편지, 이렇게 세 통의 편지로 마무리된다. 대미를 장식한 세 통의 편지는 두 사람의 죽음을 암시하고 있다. 첫 번째 편지에서 잔은 죠프레이의 소식을 노에미에게 전한다. 건축가인 죠프레이는 남프랑스의 어느 도시에 출장 갔다가 재건축 계획에 불만을 품은 현지 불량배에게 살해당한다. CCTV에 고스란히 녹화된 그의 살해 장면을 노에미에게 상세히 묘사하는 잔의 편지에는 슬픔보다는 잔인한 쾌락이 묻어난다. 마치 두 여인의 수고를 덜어준 불량배에게 고맙다는 식이다. 그녀는 "당신이 사용한 후에도 사용 전의 상태 그대로"라는 공중 화장실의 문구를 인용하며 "나의 유전자의 흔적을 깨끗이 씻어버린 후 지구를 떠나서 마음이 한결 편합니다"라고 자식을 앞세운 어미의 심정을 노에미에게 고백한다.

두 번째 편지는 노에미가 죠프레이에게 보낸 편지이다. 그녀는 잔이 전한 부고를 믿지 못하겠다며 죠프레이에게 편지를 쓴 것이다. 그녀는 "잔의 말을 믿지 못하겠지만 당신이 혹시 죽었다면 저승에서 편히 쉬라"는 위로의 말을 전하며 "살았거나 죽었거나 공히 행운이 따르기를 기원하며 당신의 입술에 내 입술을 포갭니다. 혹시 당신의 입술이 없어졌다면 나의 새 애인의 입술로 대신하겠어요"라며 편지를 마무리한다. 노에미는 젊은 애인과 함께 세계 일주는 하던 중 네팔에서 편지를 띄운다며 죽은 죠프레이를 조롱한다.

마지막 편지는 잔이 노에미에게 보내는 편지인데 드디어 이 편지에서 독자는 그간 짐작과 상상만으로 그려온 이야기의 전말을 파악할 수 있다. 잔의 편지는 "죽은 사람에게 편지를 쓰는 일은 당신이 먼저 시작했으니 나도 당신에게 편지를 쓴다"라고 시작되는데 이 대목은 죠프레이가 죽은 후에 노에미도 죽었음을 의미한다. 그리고 "별장을 당신에게 증여할 때에 당신은 기둥서방과 함께 웃으며 서류에 서명을 했다"라는 대목이 눈길을 끈다. 노에미가 잔에게 편지를 쓰며 시작된 두 사람의 관계는 처음부터 노에미가 잔의 재산을 노리고 꾸민 계획이었을지도 모른다. 여자는 남자의 착취와 폭력의 희생자임을 잔에게 강조하며 죠프레이에 대한 증오심을 공유한 것도 결국 노인의 유산을 갈취하기 위한 전략에 불구했던 것일까. 한국식 막장 드라마로 각색한다면 시어머니와 남편의 불화를 조장하여 남편의 살해를 공모한 후 다행히 남편이 사고로 죽자 시댁의 유산을 갈취하고 젊은 애인과 세계 일주를 떠난 며느리가 바로 노에미의 정체였을까. 그녀는 비록 정신분열과 다중인격 장애 등에 시달렸지만 결국 완벽한 사랑, 무한한 사랑을 꿈꾸었던 이상주의자라고 해석해야 하지 않을까.

두 사람이 나눈 편지는 그들이 문재와 재치와 논리를 갖춘 뛰어난 문필가임을 웅변한다. 잔과 노에미는 사랑과 절망, 죽음과 허무를 예기치 못하는 비유와 상징을 동원하여 뛰어나게 묘사했고 줄거리를 접어두고라도 독자는 두 사람이 나눈 지적 대화에 금세 매료된다. 줄거리만 요약해서 노에미는 고도의 사기꾼이며 잔은 어리석은 늙은이쯤으로 치부하기에는 그들의 감수성과 표현이 아주 매혹적이다. 두 여인이 편지로 나눈 대화의 주제는 결국 '사랑'이었고, 유산 문제는 줄거리를 버티게 하는 세목에 불과하다. 나이와 성을 불문하고 두 여인의 관계는 어떤 종류의 사랑이었다고 나는 단언하고 싶다. 아무튼 다시 줄거리로 돌아가자. 시어머니의 편지에 따르면 며느리는 젊은 남자와 네팔 등지를 여행하다가 전염병에 걸려 죽었다. 잔은 죽은 며느리에게 보내는 편지에서 그녀에 대한 악담과 저주를 퍼붓는다. 젊음을 자산으로 환산하여 늙은 애인 죠프레이를 "이제 호주머니에 삶의 잔돈 몇 푼만 짤랑거리는" 가난한 자라고 조롱하고, 늙은 여인이 지닌 마지막 자존심마저 짓밟았던 노에미는 이제 시체가 되었다. 그동안 세 사람 사이에서 가진 자가 없는 자를 조롱하는 잔혹한 놀이가 진행되었고 그 놀이에서 젊음을 소유한 노에미가 항상 승자였다. 그러나 희미하게 꺼져가는 촛불에 불과한 생명줄을 붙잡고 마지막 편지를 쓸 수 있었던 잔이 최후의 승자였다. "부디 망설이지 말고 천국과 연옥, 그리고 지옥의 소식을 전해주세요"라며 잔은 편지를 마무리한다. 잔은 죽은 노에미를 한껏 조롱했지만 "약물 과용에서 살아나 해독 치료를 받다 보니 당신이 죽은 지 여섯 주가 지나서야 그림자에게 편지를 쓸 용기"가 생겼다는 대목으로 비춰 보아 줄초상을 겪은 그녀의 고통을 독자는 마음속에서 그려볼 수 있다.

상처받은 남자들

말은 마음을 모두 드러낼 수 없다. 입은 종종 속에 없는 말을 지어내기도 하고 혹은 정작 하고픈 말은 입안에 담고 있다가 다시 삼키기 일쑤이다. 마음과 말이 맞지 않아 소통의 어려움을 겪을 때마다 호주머니처럼 마음을 홀딱 뒤집어 보여주고 싶어진다. 오해와 억측만을 초래하는 말을 거치지 않고 눈빛만으로 통하는 사람이 간절할 때도 많다. 그리스신화에 불카누스가 인간을 만들면서 가슴 한구석에 창을 달지 않았다고 모모스의 조롱을 받았다는 대목이 나온다. 마음에 창을 하나 달아놓는다면 인간이 겪는 소통의 어려움, 거기에서 비롯되는 갈등과 불화는 단숨에 해결될 수 있기 때문이다. 혹은 우리에게 다른 사람의 마음을 꿰뚫어 볼 수 있는 눈이 하나만 더 달렸어도 인간사가 훨씬 투명해졌을지도 모른다. 마음의 창과 마술의 눈에 대한 이야기는 서사학자 도릿 콘Dorrit Cohn이 스턴과 호프만의 소설에서 한 구절씩 인용한 것이다. 소설가는 불카누스와 달리 자신이 창조한 등장인물의 가슴에 창을 달아서 독자에게 훤히 드러내 보이는 독특한 능력을 지닌 사람들이다. 등장인물들끼리는 상대방의 속내가 보이지 않지만 독자는 소설가 덕분에 그들의 내면 심리를 엿볼 수 있고 소통의 부재에서 야기된 등장인물 사이의 갈등을 보며 안타까움과 연민을 느낀다. 남의 마음을 읽을 수 있고 그것을 언어화할 수 있는 능력은 오로지 소설가만이 누리는 특권이다. 연극이나 영화와 비교해보면 소설가만이 독점하는 신적인 특권이 금세 드러난다. 예컨대 연극을 살펴보면 고귀한 신분의 여자는 차마 낯선 남자에 대한 사랑을 남에게 털어놓을 수 없다. 그래서 그녀 곁에는 항상 속내를 털어놓을 수 있는 하녀가 따라다니며 마치 환자의 무의식을 들어주는 정신과 의사의 역할을 대신한다. 혹은 무대의 등장인물은 들을 수 없다는 전제로 관객에게만 털어놓은 방백이라는 대사 기법도 마련되었다. 엄밀히 따져보면 귀부인이 천한 아랫사람에게 속내를 털어놓는 것이나 곁에 있는 등장인물은 귀머거리 취급하며 관객에게만 들리는 방백이란 연극적 관습도 어색하기는 마찬가지이다. 소설은 다른 어떤 예술 장르에도 존재하지 않는 마음의 창과 마술의 눈이 허용되는 유일한 장르이다. 그래서 다른 예술보다도 소설에서는 인간의 내면성이 가장 치밀하고 적절하게 다뤄질 수 있다.

로랑 모비니에Laurent Mauvignier의 작품은 여러 가지 이유로 읽는 데에 어려움이 뒤따른다. 가장 큰 어려움은 화자가 특정되지 않기 때문에 묘사와 설명이 누구의 판단 기준에 따른 것인지를 파악하기가 쉽지 않다는 것이다. 소위 다성 화법이 구사될 경우 줄거리를 파악하는 데에 도움이 될 기준이 모호해진다. 심지어 대화도 모두 자유 간접화법으로 처리되었기 때문에 대화의 내용은 발화자의 육성이 아니라 그것을 전달하는 자의 관점에서 한 차례 걸러져 표현된다. 한마디로 말해서 그의 소설에는 직접화법을 나타내는 문장부호인 따옴표가 전혀 나타나지 않는다.

작가는 작중인물의 눈과 마음이 되어 세상을 보여주지만 정작 독자가 결정적으로 궁금해하는 대목에 이르면 설명이나 묘사가 매우 인색하다. 아니, 인색하다기보다는 아주 길게 딴청을 부리며 독자를 지치게 만드는 독특한 장기를 발휘한다. 그런 특색은 2004년 작 『홀로 있는 사람들Seuls』에서도 매우 두드러진다. 설명의 편의를 위해 간단히 줄거리를 요약해보겠으나 그 줄거리의 요약이 작가가 추구하는 문학과는 매우 거리가 멀다는 것을 미리 밝혀두어야겠다.

토니와 폴린은 어릴 적부터 함께 같은 학교를 다닌 사이이다. 토니는 거울 속에 비친 자신을 보며 "자신의 얼굴

이나 작은 키를 좋아하지 않았고 얼굴 모양새를 이상하
게 변형시키는 탓에 매일 젤을 발라 귀 뒤로 넘겨야만 하
는 뻣뻣한 머리카락도 좋아하지 않았다. 자신의 목소리
도 좋아하지 않았다. 두꺼운 테의 안경도 좋아하지 않았
고 자기가 보기에도 너무 작아서 항상 굳게 다물고 다니
는 턱도 좋아하지 않았으며 미소를 지으면 드러나는 울
퉁불퉁하고 누런 이를 감추기 위해서도 입을 굳게 다물
고 살았다. 그래서 폴린이 자기와 사랑에 빠진다는 것은
엄두도 내지 않는 것이 정상이라고 생각했다". 폴린이 자
신을 사랑하지 않는 것이 당연하다고 여기면서도 그는
폴린 곁을 떠나지 않았고 폴린 역시 그를 항상 곁에 두고
싶어 했다. 자신에게 묵묵히 헌신적이고 친절한 친구를
굳이 마다할 이유가 없었기 때문이라고 짐작된다. 그녀
에게 토니는 무엇이든 부탁할 수 있고 어떤 말이든 들어
주는 거의 유일한 인간이었다. 폴린은 열두 살 무렵 토니
로부터 사랑을 고백하는 쪽지를 받은 적이 있었다. 훗날
토니의 아버지를 만난 그녀는 이 편지에 대해 이렇게 회
고했다.

그녀는 한 남자아이와 사랑에 빠져 있었던 터라 토니에게
이렇게 말했다. 나도 잘 모르겠지만 오로지 나만을 위한 편지
였고 그것이 최초의 사랑 고백이었기 때문에 내가 여자로 대

접받는 느낌이 들었다고, 그리고 그 또래 아이들이라면 당연히 그러하듯이 몇 달이 지나면 그냥 흐지부지 사라질 게 뻔했지만 그 진지함과 비장함에 겁을 먹었었다고. 몇 년이 지난 후 소다수를 탄 위스키, 양철 재떨이를 앞에 두고 토니와 폴린은 이런저런 이야기를 하던 중에 슬쩍 이 쪽지를 언급했는데 그때 토니는 이 일이 전혀 기억나지 않는다고 주장했다.

구두

위의 인용처럼 모비니에의 글은 대화와 내면 묘사가 구분되지 않는 터라 독자는 대화의 주체와 회고의 주체를 구분하는 수고를 해야만 한다. 이 장면에서 사랑 쪽지를 떠올리다가 폴린의 얼굴은 굳어져버렸다. 그녀에게는 기억의 저편에서 그저 어린 시절의 희미한 추억으로 남았던 사건, 견고한 좌절에 부딪치면 부서지고 게다가 세월이 지나면 자연스레 사라져야 할 감정이 토니의 마음속에서는 결코 부서지거나 사라진 적이 없었을 뿐 아니라 어린 소년의 몸피가 불고 키가 크는 것과 비례해왔다는 것을 알게 되었기 때문이다. 토니의 일방적 사랑이 마치 가느다란 물길이 개울이 되고 이제 무엇으로도 막을 수 없는 거친 강물이 되었다는 사실을 그녀는 믿고 싶지 않았다. 짐작건대 소녀는 소년의 진지함이 부담스러웠고 소년은 자칫 사랑을 고집하다가는 소녀가 떠날 것 같아서 더 이상 사랑을 고집하지 않았다. 그들이 술과 담배를 접할 나이가 될 때까지 만남을 지속할 수 있었던 이유도 여기에 있었다. 토니의 일방적 고백을 철없던 시절의 실수, 찰나의 감정적 혼란 정도라고 합의한 두 사람은 함께 웃어넘겼다. 그러나 그것은 폴린의 일방적 생각이었고 토니는 어린 시절부터 대학생이 된 지금까지 내내 조금도 변치 않았다. 게다가 거처를 구할 수 없었던 폴린은 토니의 아파트를 나눠 쓰며 대학 시절을 보내자고 제안했다. 그녀에게 토니는 그 누구보다도 가장 안전하고 신뢰할 수 있는 친구였기 때문이었다. 두 사람은 이런 관계가 이 세상 어디에서도 찾을 수 없는 가장 독특하고 소중한 것이라 여겼고 세상 사람들과 다른 그들만의 관계, 그 특수성이 그들의 자부심이었다. 두 사람은 그들의 관계가 흔해빠진 사랑이 아니라 독특한 생활철학에서 비롯된 것이라 주장했다. 폴린은 다른 남자와 잦은 만남을 가졌고 토니는 그럴 때마다 그녀에게 충고와 격려를 아끼지 않았다. 짧은 만남 후에 괴로워하는 그녀를 위로하고 만취한 그녀가 쏟아낸 토사물을 묵묵히 양동이로 받아주었다. 옆방에서 잠든 그녀의 숨소리를 들으며 토니는 침대에서 뒤척이거나 거실의 창가에 서서 동이 트는 하늘을 보는 불면의 세월을 보냈다.

끈 없는 갈색 구두에도 토니가 잊지 못할 사연이 얽혀 있다. 폴린의 손에 끌려 토니는 그녀의 부모 집에 초대받았다. 평소 외모를 가꾸는 데에 무심했던 토니도 그날만은 옷장을 뒤져 성장을 했다. 영어 교사인 그녀의 아버지는 정중하게 젊은 토니를 맞아주었다. 그녀의 어머니는 토니를 보자 눈길을 그가 신은 구두 쪽으로 돌렸다. 끈 없는 갈색 구두를 신은 토니에게 그녀의 어머니는 그 구두에 대해 언급했다. "감옥에서 출소할 때 구두와 끈을 되찾는 걸 잊었나 보네." 초대자에 대한 예의를 갖추기 위해서는 끈이 달린 까만 구두를 신어야 한다는 것을 몰랐던 토니는 식탁에 앉은 저녁 내내 발을 꼼지락거리며 갈색 구두가 그녀 부모의 눈에 띄지 않게 하려고 애를 썼다. 폴린은 대학을 졸업하면 출판계나 언론계에서 일하겠다는 꿈을 지녔지만 토니는 구체적으로 미래를 생각해본 적이 없었다. 폴린은 다른 남자들과의 만남과 헤어짐을 반복했고 그때마다 토니는 그녀가 흐느끼며 머리를 기댈 수 있는 변함없는 어깨가 되어주었다. 그리고 마침내 그녀가 기욤이란 남자를 만나 외국으로 떠난 이후 토니의 삶은 바뀌었다. 토니는 문학 석사과정을 중도에서 접고 방안에 틀어박혀버렸다. 그리고 저녁마다 차량기지에 들어오는 외곽 순환열차를 청소하는 일에 만족했다. 승객이

버린 신문지를 줍고 바닥에 붙은 껌을 떼어내고 바닥을
세제로 닦고 물을 뿌리는 것이 그가 택한 일이었다. 그렇
게 1년 반의 세월이 흐른 후 폴린에게서 연락이 왔다. 다
시 프랑스로 돌아오니 공항에 마중을 나와달라는 것이었
다. 소설은 이 대목부터 시작된다.

호퍼의 복제화

그는 자동차 안에 쌓인 먼지를 진공청소기로 빨아내고
겉이 반짝거리게 세차를 했다. 그리고 그녀와 함께 보낸
학창 시절을 회고하며 공항으로 간 그는 공항 청사에서
플라스틱 컵에 담긴 커피를 마시며 초조하게 그녀를 기
다렸다. 폴린은 그를 예전과 다름없이 가장 믿음직한 친
구로 여기는 모양이었다. 다시 만난 폴린은 당장 머물 곳
이 없으니 새 거처와 직장을 찾을 때까지 예전처럼 토니
의 아파트에서 머물 수 있는지를 물었다. 토니는 그녀에
게 침대를 내주고 자신은 거실 소파에서 잠을 잤다. 토니
아파트의 벽에는 학창 시절부터 눈에 익은 호퍼 그림의
복제 포스터가 여전히 걸려 있었다. 욕실 세면대에 놓인
양치용 컵에는 다시 두 개의 칫솔이 꽂히게 되었고, 그녀
와 함께 아파트 계단을 오르내리며 토니는 이웃들의 시

선을 즐겼다. 이웃들의 눈에 비친 자신의 모습, 이토록 아름다운 여인과 함께 사는 남자로 비춰질 자신의 모습이 한없이 자랑스러웠다. 그리고 겉으로는 남들과 다름없는 부부처럼 보였지만 그들만의 고유한 관계, "욕망이 개입되지 않은 순수한 관계"에 자부심을 느끼며 그들 자신을 제외한 모든 세상 사람들을 비웃었다. 세상에 대한 경멸을 공유하는 것, 그것만이 그 두 사람을 맺어주는 유일한 끈이었다. 토니는 다시 폴린의 부모네로 초대를 받았다. 그는 예전보다 훨씬 여유롭게 식사를 하고 담배도 피웠다. 그리고 서둘러 자리를 뜨며 "구두끈을 한 트럭 주문했기 때문에 그걸 받으려고 서둘러 집에 가야 한다"는 뼈 있는 농담도 건넸다.

토니와 폴린은 그 긴 세월 동안 한 번도 서로의 진심을 직시하지 않았다. 그들은 상대방의 마음을 읽으려 들지 않았고 심지어 자기 자신마저 기만했다. 자기기만으로 유지된 두 사람의 관계는 어차피 시한부 부부 관계에 불과했다. 외국에 머물던 기욤이 돌아오자 폴린이 새 아파트를 얻어 그와 함께 살기로 결정한 것이다. 폴린은 토니에게 새 아파트를 보여주며 토니의 생각을 물었다. 토니는 네가 좋다면 나도 좋아, 네가 행복하다면 나도 만족해, 라고 대답했다. 폴린은 그의 대답을 곧이곧대로 믿었을까. 그녀는 진실이 두려웠고 현실을 외면했다. 눈에 보이는 껍질과 귀에 들리는 빈 소리를 진실이라고 스스로에게 다짐했던 것은 아닐까. 토니는 폴린의 이삿짐을 나르는 것까지 돕겠다고 약속했다. 폴린은 이번에도 자신의 기대를 저버리지 않는 토니의 친절을 당연하다고 여겼다. 그러나 이삿짐센터에서 만나기로 한 토니가 약속 시간에 나타나지 않자 불안과 분노에 빠진 폴린은 기다리다 지쳐 그의 아파트로 찾아갔다. 하지만 폴린의 방문에도 토니는 텔레비전에 시선을 고정시킨 채 소파에 누워 꼼짝도 하지 않았다. 폴린은 문을 박차고 나와 이사를 한 후 토니를 잊으려 했지만 얼마 뒤 토니의 아버지로부터 그가 실종되었다는 연락을 받는다. 이 소설은 토니의 아버지가 두 사람의 사연을 재구성한 방식으로 서술되었다. 침묵과 위선과 자기기만으로 맺어진 두 사람의 관계를 객관적으로 구성할 제3의 화자가 필요했기 때문이다. 같은 공간에 있어도 홀로 있는 듯한 남녀를 그린 호퍼의 그림, 함께 있어도 따로 있는 인간들, 그 고독을 그린 것이 호퍼의 그림이자 로랑 모비니에가 그린 인간 정물화이다. 소설의 마지막 장면을 인용하는 것으로 결말을 대신해보자. 출장 갔던 기욤은 불길한 예감에 휩싸여 아파트로 돌아왔다.

내 눈에 창백하고 흐릿한 조명의 복도가 들어왔고 거실 한

가운데에 토니가 무릎을 꿇고 앉아 있었다. 그의 얼굴에는 아무런 표정도 없었다. 그의 두 팔은 마치 원숭이 팔처럼 멍청하게 축 늘어져 있었다. 손바닥은 바깥으로 드러났고 손등이 허벅지 위에 올려져 있었다. 나는 그 손의 위치에 놀란 반면 그는 제정신을 차리지 못하고 있었다. 무엇인가 우리 밑으로 꺼져 내리는 것 같았고 그가 저기, 내가 여기에 그냥 있었으며 그 사이 한가운데에 미동도 없는 폴린의 몸, 그녀가 가지고 있던 그 얼굴, 미소 짓지 않는 얼굴이 있었다. 머리카락이 바닥에 펼쳐져 있었고 거의 노랗게 변한 눈이 커다랗게 떠져 있었으며 입술 사이로 치아의 법랑질이 보였는데, 뭐라고 할까, 평온한 인상이었다. 이제 더 이상 아무것도 기다릴 것이 없다는 표정이랄까.

알제리전쟁

토니가 집을 나가 거리를 배회하는 동안 그의 아버지는 폴린과 연락을 주고받으며 아들의 행적을 추적했다. 소설에서 토니의 가족에 대한 설명은 빈약하지만 아버지는 알제리전쟁을 겪은 세대이며 어머니는 토니가 어린 시절에 죽었다고 언급되어 있다. 아버지는 토니가 실종된 후 어머니의 무덤가를 장식한 꽃이 주기적으로 바뀌고 있다는 것을 확인했다. 그것은 비록 희미하나마 어둠 속에서 반짝거리는 그의 생존 신호등이었다. 딱히 자랑 스럽지 못한 전쟁을 겪은 남자들이 그렇듯 아버지는 남에게 쉽게 가슴을 열어 보이지 않는 인물로 그려진다. 부자가 공유하는 상처는 모욕이다. 부끄러운 전쟁에서 패잔병으로 돌아온 아버지, 끈 없는 갈색 구두는 그들 삶의 모욕이었다. 폴린과 이별한 후 토니가 찾아갈 수 있었던 사람은 아버지뿐이었다. 사랑하는 사람에게 속내를 털어 놓지 못해 결국 이별한 아들이나 과거의 상처에서 회복 되지 못한 아버지, 이들은 부자 관계를 떠나 비슷한 병을 앓았던 환우지간이었을지 모른다.

로랑 모비니에의 2009년 작 『남자들Des hommes』에 등장 하는 인물들은 모두 알제리전쟁 세대에 속한다. 1960년 20대 초반이었던 남자들은 어느 날 문득 날아온 소집영 장을 손에 들고 마르세유항구로 모여들었다. 한적한 산 골 마을에 살던 베르나르, 라뷔 등 이제 막 고등학교를 졸 업한 파릇한 청춘은 난생처음 고향 마을을 벗어나 장거 리 여행을 했고, 마르세유에서 탁 트인 바다를 보았다. '오후' '저녁' '밤' '아침'이란 소제목으로 나뉘어져 있지 만 '저녁'이 전체의 절반 이상을 차지한다. 사건이 진행되 는 시간은 채 하루를 넘지 않지만 '저녁'에 해당되는 부분 은 40여 년 전으로 거슬러 올라가 베르나르의 젊은 시절,

알제리전쟁에 대한 회상으로 채워졌다. 사건의 발단은 사소했다. 마을에서 "장작불"이라 불리는 베르나르는 별명처럼 성격이 불같고 실제로 그의 몸은 항상 장작 연기에 그을린 탄내를 풍겼다. 탄내뿐 아니라 항상 진한 술 냄새를 풍기고 차림새에도 예순세 살 남자의 무심함이 그대로 반영되었다. 마을에서 뚝 떨어진 곳에 혼자 사는 그는 누이 솔랑주의 생일잔치에 나타났다. "그의 존재 자체가 일종의 적의, 불신, 아니면, 그렇다, 항상 그래왔듯이 거만한 관용의 형식이었다."

베르나르가 여동생에게 생일 선물이라고 브로치를 내밀자 사람들은 모두 의아해했다. 비록 혈육간이라도 그에게 어울리지 않는 행동이었기 때문이다. 생일 선물을 주고받는 오누이의 대화는 간명했다. 마음에 들어? 물론이야. 모비니에가 창조한 인물이 대부분 그러하듯 대화는 짧고 간명했고 소설가가 나서서 그들의 눈빛, 표정, 행동을 묘사하는 것으로 대화를 대신했다. 말이 마음을 올곧게 표현하지 않기 때문이다. 침묵이 진실이고 언어가 거짓이라면 인물에 대한 진실은 외관의 치밀한 묘사에서 찾아야 한다. 선물을 받은 누이동생은 곧바로 꽤 비쌀 텐데, 돈은 어디에서 났어, 라는 질문을 이어 한다. 일가친척과 마을 사람이 모인 잔치에서 베르나르는 모욕을 당했다. 누이동생이 아니라 자신에게 의심의 눈길을 거두지 않는 마을 사람들에게서 모욕을 느꼈다. 사실 무일푼의 주정뱅이 베르나르는 늙은 어머니의 돈을 훔쳐 여동생의 선물을 샀다. 어머니의 돈을 훔쳐 동생의 선물을 사는 그의 애정 표현 방식은 경멸과 비난을 받아 마땅했지만 베르나르는 모욕을 참을 수 없었고 특히 알제리인 세푸라이가 가장 미웠다. 다른 사람이라면 몰라도 아랍인마저 프랑스인인 자신을 경멸하는 것을 참을 수 없었다. 그는 생일잔치가 끝나고 어둠이 깔리자 세푸라이 집으로 찾아가 그의 부인에게 해코지를 했다. 여기까지가 어느 날 오후부터 초저녁까지 벌어진 일이다. 세푸라이는 베르나르를 경찰에 고발할 생각이었다. 아내를 성추행한 파렴치한 베르나르를 세푸라이는 용서할 수 없었다.

소설에서 독자가 신뢰할 수 있는 화자는 라뷔이다. 소설 속 인물 중에서 그만이 대학입학자격시험에 합격한 사람으로 소문이 났으며 학력의 진위는 접어두고라도 그만이 기억력과 사리 판단이 한쪽으로 치우치지 않고 사태를 서술하고 있기 때문이다.

진실, 그것은 모욕이었다

베르나르는 어머니와 조국에 대해 불만이 많다. 자동

차 정비소를 차리는 것이 꿈이었던 베르나르는 천운으로 그 기회를 잡는 듯했다. 복권에 당첨된 것이다. 그러나 그는 미성년자였기에 어머니가 대신 당첨금을 수령했다. 성년이 되자마자 그는 알제리전쟁의 참전 소집영장을 받았다. 젊은 그에게 알제리에서 보내야만 하는 28개월은 너무 길었다. 마침 사촌 동생인 라뷔도 함께 입영한 것이 그나마 위안이었다. 마르세유항구에 울렸던 뱃고동 소리가 그의 삶을 두 동강 내는 것처럼 느껴졌다. '밤'에서는 알제리 오랑에 주둔하며 전쟁을 겪었던 베르나르의 체험이 라뷔의 입을 통해 서술되었다.

첫 장면에서는 마을에 정찰과 수색 임무를 나간 프랑스군의 모습이 묘사된다. 알제리 독립군을 색출하기 위해 마을에 진입했지만 그곳에서 혈기와 적의로 충만한 젊은 군인들을 맞이한 사람들은 모두 노인과 어린아이와 여자들뿐이었다. 프랑스 군인을 바라보는 그들의 태도에는 무관심, 체념, 평온함이 깃들어 있었다. 어린아이를 인질 삼아 반군의 행적을 캐물었지만 헛수고였다. 체념 앞에서는 혈기가 무력했다. 잠깐 외출을 나갔던 베르나르와 라뷔는 평화와 활기가 넘치는 거리 풍경에 놀랐지만 동시에 눈에 보이는 모든 사람이 자신의 죽음을 원한다는 사실도 절감했다. 군복만 입었지 수학여행 중인 고등학생처럼 희희낙락했던 젊은이에게는 평생 잊지 못할 각

별한 체험이었다. 그리고 목이 잘린 채 사막에 버려진 군
의관의 시체를 보며 처음으로 죽음을 실감했다.

"문명과 평화를 주려고 왔는데 저들은 왜 거부하는가?"
이것이 베르나르의 생각이었다. 그리고 이어지는 생각은
"명분이 정의롭다면 수단은 불의해도 괜찮은가?"였다. 자
신을 문명의 전파자라고 간주하는 것이야말로 전형적인
제국주의적 관점이다. 따라서 그 뒤를 잇는 질문도 어긋
날 수밖에 없다. 명분도 수단도 모두 불의했던 전쟁에 그
들은 빠져들었다. 어머니는 미성년자였던 자신의 돈을
가로챘고 조국은 성년이 되자마자 그를 죽음의 구렁텅이
로 몰아넣었다. 그들이 체험한 알제리전쟁은 평화나 정
의, 애국심이나 희생정신과 같은 거창한 명분은 모두 퇴
색했고 "진실, 그것은 모욕이었다"라고 요약되었다. 이 비
명 같은 짧은 문장에 뒤이어 그들이 체험한 병영의 일상
이 나열되었다. 구문론이나 문체를 무시한 단어의 나열,
그것은 모멸감을 표현하는 데에 적합한 문장이었다. 종
일 똥을 치우고 쓰레기를 처리하고 하찮은 일로 벌을 받
고 어둠 속에서 조그만 소리에도 소스라치게 놀라는 그
일상이 바로 진실이며 병사의 모욕이다. '밤'에서 길게 묘
사된 전쟁의 참상은 모멸의 장면에 비한다면 진부하기까
지 하다.

　오랫동안 남자들의 세계에 갇혀 살던 베르나르의 눈에

는 모든 여자가 아름다웠다. 이런 조건에서는 첫눈에 띄는 여자와 사랑에 빠지게 마련이다. 그는 사촌 동생과 함께 외출했다가 미레이유라는 여자를 만난다. 알제리에 오래전부터 터를 잡고 사는 소위 정착 프랑스인이었다. 병영에서 빠져나와 미레이유 집에 초대된 베르나르는 잠깐 천국을 구경한 느낌이 들었다. 알제리에 정착한 평범한 프랑스인의 가정일 수도 있겠지만 군인의 눈에는 화려한 궁전처럼 보였다. 예전 전방부대 곁의 작은 점포가 "○○○ 백화점"이란 간판을 내걸었던 것이 기억났다. 비록 작지만 사제 물건이 잔뜩 진열되어 있으니 점포가 백화점이라고 우겨도 군인들에게는 전혀 이상하게 보이지 않았을 것이다. 미레이유와 그녀의 집은 베르나르에게 천국이었다. 그는 제대하면 함께 파리에 가서 살자고 청혼했다. 미레이유는 결혼보다 파리에 방점을 찍었다. 미레이유와 미래를 약속하며 데이트를 즐기던 중 베르나르는 사촌 동생 라뷔를 어떻게 생각하느냐고 그녀에게 물었다. 그녀는 "귀엽다"고 대답했다. 사촌 동생에 대한 그녀의 평가가 그의 마음을 불편하게 만들었다. 그녀의 말 한마디로 사촌 동생은 연적이 되었다. 게다가 라뷔에게는 고향에서 그를 기다리는 니콜이란 여자도 있었다. "귀엽다"는 표현이 목에 걸린 가시처럼 그를 괴롭혔다. 어느 날 사촌 동생과 함께 외출을 나가 술을 마실 기회가 생겼다. 사소한 말다툼이 주먹다짐으로 변했다. 베르나르의 주먹이 튀어 나간 것은 모두 목에 걸린 가시 탓이었다. 그 일로 두 사람은 폭행죄로 감금되었지만 그 덕분에 목숨을 건진다. 그들이 감금된 사이에 부대가 반란군의 습격을 받아 몰살당했기 때문이다. 여자의 말 한마디로 목숨을 건진 셈이 됐지만 그들의 연명은 구차하고 모욕적이었다. 고개를 숙이고 알제리를 떠나는 프랑스인들은 아랍인들로부터 모욕과 폭력을 감수해야만 했다. 프랑스 군인을 도와 알제리 독립군을 탄압했던 아랍인들, 하르키라 불리던 부역자들도 도망치듯 집을 떠나 프랑스에서 연명해야만 했다. 40여 년이 지난 후에도 하르키 출신의 세푸라이는 정당한 프랑스인 대접을 받지 못했다. 베르나르는 생일잔치에서 겪은 모욕을 분풀이할 대상으로 그를 골랐다. 소설을 마무리 짓는 '아침'에서 라뷔는 밤새 잠을 이루지 못했다. 그날뿐 아니라 알제리전쟁을 겪은 후 40여 년 동안 그는 한밤중에 화들짝 깨어 동틀 때까지 잠을 이루지 못했다.

『남자들』을 소개한 글처럼 "어느 겨울날의 생일잔치, 호주머니 속의 선물과 같은 거의 아무것도 아닌 사소한 것, 그런 것들 때문에 그들이 부정할 수 있었다고 믿었던 과거가 40년이 지난 후에도 그들 삶에 불쑥 분출되었다".

또 다른 평론가는 이 작품을 두고 "장엄하고 감동적인 집단적 애도인 『남자들』은 알제리전쟁에 대한 소설이 아니라 결코 마음의 평화를 찾을 수 없을 사람들의 이야기이다. 혹은 전쟁이 끝난 후에도 계속되는 전쟁에 대한 소설이다"라고 평했다. 여러 사람의 이야기를 모아 결국 하나의 목소리로 모아주는 "다성적" 소설이란 평도 눈길을 끈다. 그러나 무엇보다도 작가가 『남자들』의 프롤로그에서 인용한 장 주네의 문장이 이 소설뿐 아니라 『홀로 있는 사람들』의 급소를 정확히 짚고 있는 것 같다. "그리고 너의 상처, 그것은 어디에 있는 거지? 누구인가 자존심을 건드리거나 상처를 줄 때마다 모든 남자들이 달려가 도피하는 그 은밀한 상처 부위가 어디에 있는지 나는 궁금하다. 가장 깊숙한 내면으로 변한 그 상처. 남자가 가득 채우고 부풀리는 것도 바로 그것이다. 모든 남자들은 그 상처가 어디 있는 줄 안다. 그래서 상처 자체가 바로 은밀하고 고통스러운 일종의 심장으로 변한다."

일방적 폭행

예술가는 생래적으로 혁명가이다. 특히 아방가르드는 명칭 자체가 군사 용어에서 따온 것이라 일전불사一戰不辭의 비장한 느낌을 풍긴다. 기왕의 오늘보다는 아직 도래하지 않은 내일을 설계하고 그 실현을 위해 과감한 지름길을 택한다는 점에서 예술과 혁명은 의기투합할 소지가 크다. 그래서 혁명과 전위예술은 모두 미래파이다. 예컨대 러시아의 미래파 예술가들은 2월혁명 이후 검열제도를 폐지했던 케렌스키를 미래파라고 부르며 환호했다. 다만 지루한 일상에 불타는 구두를 던지고 싶었던 시인은 그저 말에 그치기 십상이고 고작해야 안방의 가구 위치를 조금 바꾸는 것이 그 실천의 끝이다.

역사에 기록된 혁명 중에서 프랑스혁명과 러시아혁명은 특정 시공간에 쏟아진 국지성 호우에 그치지 않고 전 인류의 운명을 흠뻑 적셨다. 프랑스혁명의 공화주의가 19세기 서구 역사를 바꾸었다면 소비에트혁명은 20세기 인류의 절반을 붉은 바이러스로 감염시켰다. 그런데 과

문한 탓일 테지만 사건의 역사적 무게를 감안하면 프랑스혁명을 직접 다룬 소설, 그러니까 적어도 세계문학전집에 포함된 것은 그다지 흔치 않다. 그 드문 작품들 중에서 아나톨 프랑스의 『신들은 목마르다』는 혁명의 급류에 휩쓸려 단두대에서 생을 마감한 남자를 주인공으로 삼았다. 오래된 문학전집에 끼어 있는 그의 소설이 새삼 떠오른 것은 2017년 2월 17일에 죽은 츠베탕 토도로프Tzvetan Todorov가 남긴 마지막 작품 『예술가의 승리Le Triomphe de l'artiste』를 읽은 덕분이다. 우리에게 주로 형식주의 문학이론가로 알려진 토도로프는 이 책에서 러시아혁명을 전후로 당대 예술가들의 삶과 작품을 두루 살폈다.

19세기와 20세기, 프랑스와 러시아, 그리고 장르마저 다른 두 책이 머릿속에서 겹쳤던 것은 몇 가지 연상 고리가 작동했기 때문이다. 『신들은 목마르다』의 도입부에는 주인공인 화가 에바리스트 가믈랭이 기존 회화를 비판하는 대목이 나온다. 그가 언급하는 화가와 작품이 묘하게도 토도로프가 『일상 예찬』에서 도판과 더불어 북유럽 저지대 국가의 화가를 분석한 부분과 겹친다. 그리고 『예술가의 승리』에서 큰 비중을 차지하는 작가는 러시아의 절대주의 화가 말레비치였다. 불가리아에서 프랑스로 망명한 토도로프가 말년에 심혈을 기울여 논구했던 러시아 예술가의 정치적 선택과 미학적 실현은 『신들은 목마르다』의 주인공 화가가 직면했던 난제를 이해하는 데에 조금 도움이 되었다.

화투

『신들은 목마르다』의 배경은 프랑스혁명 직후인 1793년이다. 혁명시민은 교회를 접수하여 공안위원회 사무실로 사용했고 세상을 등지고 기도에만 전념하던 폐쇄 수도원을 반동분자를 가두는 감옥으로 바꾸었다. 교회를 장식했던 성상은 모두 파괴되었고 그 빈자리는 장 자크 루소의 흉상이나 인권선언문을 새긴 목판이 차지했다. 화가 에바리스트 가믈랭은 어머니를 모시고 좁은 방을 작업실 삼아 그리던 그림으로 연명하는 처지였다. "어머니가 습관적으로 빗장을 지를 때마다 그는 이렇게 말하곤 했다. '문은 잠가 뭣하시게요? 누가 거미줄을 훔쳐 간다고······ 게다가 제 그림은 더더욱 안 가져가요.'"

그토록 바라던 새 시대가 왔건만 그 "예술가들에게는 시대가 불리했다"라는 말로 작가는 혁명의 이상과 예술의 현실 간의 괴리를 요약했다. 미술의 주요 고객인 교회와 귀족은 파산하거나 외국으로 망명길을 떠났고 혁명 덕분에 신흥 부자가 된 졸부나 국유재산을 취득한 농민들은 예술에 문외한이라 작품 구입에는 아예 관심을 보이지 않았다. 그림으로 입에 풀칠도 못하게 된 가믈랭은 새로운 발명품을 고안했다. "구체제의 킹, 퀸, 잭을 본성, 자유, 평등으로 대체한 애국카드 세트"였다. 프랑스혁명은 구체제를 일소하려고 왕을 죽였을 뿐 아니라 도량형을 바꾸고 달력도 새로 만들어 월의 명칭이 달라졌으며 거리 이름에서도 왕조시대의 흔적을 지워버렸다.

공화파 화가 가믈랭은 서민들이 심심파적으로 즐기는 카드의 도안을 바꿔 구체제의 하찮은 잔재마저 지우려 했다. 이것은 소설가가 꾸며낸 일화가 아니라 역사적 사실이다. 일본에서 발간된 미즈바야시 아키라의 『프랑스 근대 문학―볼테르, 위고, 발자크』를 보면, 혁명카드의 도안이 삽화로 실려 있는데, 1793년에 제작된 트럼프는 "몰리에르, 라퐁텐, 볼테르, 루소 등 프랑스를 대표하는 사상가, 혹은 지혜, 정의, 절도, 힘을 상징하는 여성 시민, 그리고 공화국의 병사의 모습이 그려져 있다"고 전한다. 화가 가믈랭은 정치적 신념도 지키고 밥벌이도 겸하는 카드 도안을 시도했지만 출판업자에게 퇴짜를 맞는다. 가믈랭보다 앞서 혁명이념을 상품화한 화가가 있었을 뿐만 아니라 카드를 대량으로 사용하는 도박장의 전문 노름꾼은 정치에 아무 관심을 두지 않기 때문이었다. 혁명과 역사의 발전을 믿는 가믈랭에게 화상 "장 블레즈는 거만한 표정으로 이렇게 말했다. 자네는 꿈속에 있고, 나는 생활 속에 있지. 여보게, 내 말을 믿게나. 대혁명에 넌더리들을 내고 있다는 말일세. 너무 질질 끌고 있거든. 5년의 열광, 5년의 포옹, 5년의 학살, 연설, 라 마르세예즈(……)". 민중화가로서 고작 손을 댄 것이 화투 만들기였다는 것이 조금 옹색하지만 그것만으로 예술이 얼마나 궁지에 몰렸는지 짐작할 수 있다.

민중을 위한다는 명분으로 공포정치가 이어졌지만 정작 민중은 처절하게 굶주렸고, 무수한 귀족과 사제와 부르주아를 단두대로 보냈지만 그들이 흘린 피가 민중의 갈증을 달래주지는 못했다. 난세에 고생하는 것은 민중의 몫이고 전쟁과 혁명에서 급부상한 신흥 정치인과 졸부는 새로운 특권층에 올랐다. 예컨대 귀족 로슈모르 부인은 혁명파와 왕당파 사이를 오가며 이념은 접어두고 무조건 현재의 권력에 줄을 대어 부동산과 주식을 늘려갔다. 그녀는 마치 여야 정치인에게 두루 뇌물을 뿌려 정권이 바뀌어도 세세손손 금력을 유지하는 재벌과도 같았다. 로슈모르 부인은 혁명정신의 순수성에 집착하는 가플랭을 공안재판소의 배심원으로 추천한다. 무지한 순수는 쉽게 조정할 수 있다는 것을 알기 때문이었다. 가난한 화가에서 엉겁결에 공안재판소에서 사람의 생사를 좌우할 권좌에 앉은 가플랭은 초심을 잃지 않고 민중의

적에게 단호한 심판을 내렸다. 대중은 혁명에 지쳐 있었고 "70만 파리 시민 중에서 혁명에 공감하는 사람이 3천 명, 또는 4천 명이나 될는지 의심스러웠다". 따라서 반동분자로 얽어매어 단두대에 보낼 사람은 사방 천지에 널려 있었다. 게다가 자신의 연적이라고 짐작된 옛 귀족이 걸려들자 가믈랭은 그를 단두대에 보내어 사랑과 이념을 동시에 만족시키는 일석이조의 심판을 내렸다. 그는 여동생의 애인, 자신의 뒷배를 봐주리라 믿고 재판관에 추천해주었던 로슈모르 부인까지 단두대로 보내며 피에 굶주린 이상주의를 실현했다. 재판의 기준은 단순했다. "악의가 있지 않고서는 누구도 자신들과 다른 견해를 가질리 없다고 생각하기에 그들은 저 피고들의 사상만을 조사할 뿐이었다. 자신들이 진리와 지혜, 최고의 선을 소유하고 있다고 믿기에 실수와 잘못은 자신들의 반대자의 탓으로 돌렸다. 그들은 자기 자신이 강하다고 느꼈다. 신을 보고 있었던 것이다."

선善의 유혹

기독교인은 "우리를 시험에 들게 하지 마옵시고 다만 악에서 구하옵소서"라고 신에게 기도한다. 기독교가 지목하는 악의 유혹은 나태, 육욕, 자만 등 인간이 쉽게 빠지기 쉬운 일상적 욕망과 관련된다. 그런데 조금 과장한다면 그런 일상적 악이 저지르는 피해의 범위는 비교적 제한되어 있다. 옆집 여자에게 품는 음욕과 히틀러의 대량학살이 비교될 수는 없다. 토도로프에 따르면 악의 유혹보다는 선의 유혹이 유발하는 피해 범위가 자심하다. 선의에서 출발한 굳건한 의지, 인류를 구원하려는 프로메테우스적인 선의가 자질구레한 악행보다 그 피해의 범위가 크다는 뜻이다. 토도로프는 2012년 발표한 『민주주의 내부의 적』에서 서구 전체주의의 역사를 되돌아보며 현재 민주주의의 내파를 우려했다. 그가 서구 전체주의의 역사를 뿌리부터 되짚으며 기독교 역사상 가장 중요한 논쟁을 책머리에서 다룬 것은 의미심장하다.

그는 은총과 자유의지를 둘러싸고 아우구스티누스와 펠라기우스가 다투었던 논쟁에서 전체주의의 기원을 찾았다. 복잡다단한 차이를 과감히 생략한다면 인간 의지로 지상에서 완벽성을 추구하려는 펠라기우스의 후손들이 프랑스혁명과 전체주의의 씨앗을 뿌렸다는 것이 토도로프의 생각이다. 더 나아가 현재 신자유주의와 포퓰리즘 역시 또 다른 얼굴의 펠라기우스이기도 하다. 게다가 "개인적인 영역에서 공동체로 활동 무대를 바꾸고, 과거 종교적 논의의 틀에서 벗어났다는 점에서 펠라기우스적인 기획은 급진화되었다. 이제 인간의 의지는 보편적 상식이 되었고 의지의 발현으로 선을 행할 수 있으므로 결국 의지가 모두를 구원한다는 생각이 팽배한다. 그러므로 행복은 사후의 천국이 아니라 지금, 여기에서 누릴 수 있다. 그리하여 주의주의(이념 그 자체를 위한 이념)는 세계관을 급진적으로 변화시키면서 과거의 종교적 유산과 천년왕국주의, 메시아주의와 결합된다". 기독교와 전체주의에 관련된 그의 생각 중에서 정치와 미학 부분만 추려내고, 구체적으로 러시아혁명의 와중에서 예술가가 취한 미학적 태도만을 집중적으로 다룬 것이『예술가의 승리』이다. 토도로프는 관심 범위를 1917년부터 1941년까지의 러시아 체제 아래서의 문학, 미술, 음악, 연극, 영화로 제한하고 분석의 초점은 예술과 혁명의 상호작용에 맞추었다.

　예술가는 새로운 시대에 대한 기대를 작품으로 표현하며 간접적으로 혁명에 기여했고 다시 혁명은 예술에 물리적 힘을 행사했다. 예술가는 누구보다도 세상의 변화를 민감하게 감지하는 감각기능을 타고났으며 특히 문학에서는 두 가지 경향이 두드러졌다고 작가는 진단한다. 우선 러시아 제정 말기, 증세를 감지한 예술가는 기존의 보편적 세계관이 허물어지는 묵시론적 재앙을 목도하며 깊은 허무주의에 빠졌다. 토도로프는 당시 혁명가를 포함한 러시아 지식인 대부분이 니체의 사상에 깊게 물들었다는 점도 지적한다. 니체 사상의 전반적 이해보다는 기존의 도덕을 넘어서는 초인의 도래와 권력을 향한 의지라는 두 가지 테마로 요약된 러시아식 니체주의는 예술가뿐 아니라 레닌과 스탈린에게도 매력적이었고 과거의 모든 질서를 일거에 파괴할 수 있는 "폭력적이고 야만적일지라도 싱싱한 피, 젊은 힘"을 추구하는 데에 사상적 토대를 제공했다. 이러한 경향은 20여 년 후 유럽 전역에 퍼져서 파시즘적 예술을 형성하는 데에도 기여했다. 러시아에서는 미신에 가까운 전통적 기독교에서 벗어나 붉은 공포정치를 실현하려는 운동이 꿈틀거리면서 어둠을 이기고 새벽을 예고하는 시인과 소설가가 등장했다. 시인 오시프 만델스탐은 1925년 비록 소비에트 형성에 적극적으로 참여하지 않았지만 구시대의 몰락을 예감하며 젊은이들이 뿜어내는 "혁명의 거품"을 노래했다. 레닌은 문학이 혁명에 기여하는 몫을 과대평가하지 않았지만 적어도 예술가가 "시대정신"을 형성한다는 점을 인정했다. 묘하게도 1차 대전 이전 러시아에서는 언필칭 전위파 예술가들이 모든 분야에서 목소리를 높이던 시기였다. 미술에서는 칸딘스키, 라리오노프, 곤차로바, 그리고 절대주의의 창시자 말레비치를 꼽을 수 있고 시 문학에서는 클레브니코프, 마야콥스키, 연극에서는 메이예르홀트 등

예술의 혁명을 겨냥한 전위파가 백가쟁명하던 시기였다. 이들은 러시아혁명에 직접 가담하진 않았지만 정치와 예술이 공명 관계에 있다고 믿었다. 예컨대 1917년 비엘리는 "혁명가와 예술가는 열정의 불꽃으로 하나로 뭉쳤다"고 선언했다. 그러나 예술가들이 혁명에 호감을 느꼈던 반면 직업 혁명가들의 속내는 사뭇 달랐다.

혁명가들은 전위 예술가의 열정과 호응하는 반응을 거의 드러내지 않았다. 그것은 쉽게 이해된다. 혁명투쟁에 전력투구했던 그들은 특정 예술에 대한 취향을 키울 만한 여력이 없었고 설령 그들이 예술에 관심을 갖더라도 그 관심은 순수하게 공리적 입장이었다. 즉 예술이 그들의 행동에 도움이 되어야 한다는 입장이었다.

그래서 레닌과 그 측근은 소위 "고전적 성향"의 작품이 이해하기 쉽고 더욱 많은 독자와 관객을 감동시키기 때문에 그런 작품이 더욱 유익하다고 생각했다. 레닌은 미래파의 언어적 실험에는 거의 흥미를 느끼지 못했다. 트로츠키 역시 『문학과 혁명』에서 "유사성과 형식적 비교에 근거하여 미래파와 공산주의 사이에 일종의 동일성을 수립하는 것은 매우 신중하지 못한 행동"이라고 경계했다. 예술적 혁명과 공산주의 혁명 사이에는 인간해방과 역사의 진보라는 명분 덕분에 어떤 공감대가 형성되리라 짐작했건만 현실은 정반대 방향으로 흘러갔다. 토도로프는 "혁명가와 예술가의 동맹은 예외적 상황과 오해에서 비롯된 것일 뿐이었다"고 단언했다. 소련의 정치 지도자는 조이스, 칸딘스키, 쇤베르크를 굳이 이해하려 들지 않았다. 또한 앞서 예술가는 생래적으로 혁명가라고 일반화했지만 러시아혁명에 비판적 예술가도 없지 않았다. 토도로프는 그중에서 이반 부닌을 거론했다. 1870년생인 부닌은 혁명 이전에 이미 소설가로서 문명을 떨쳤으나 혁명을 즉각적으로 거부했다. 그는 1918년 모스크바를 떠나 볼셰비키의 세력이 미치지 않았던 남부로 이주했다가 1920년 프랑스로 망명하여 1933년 〈노벨문학상〉을 받는 최초의 러시아 작가가 되었다. 그는 혁명에 동반된 언어의 야만성에 유독 민감했다. 그의 일기 『저주받은 나날들Okayannye dni』에서 이러한 대목을 접할 수 있다. "나는 인민재판이란 말만 들어도 가슴 한쪽에서 육체적 고통을 느낀다. 그냥 소송이라면 될 것을 위원회, 재판이란 단어를 쓰는 이유가 무엇인가? 신성불가침한 혁명의 언어를 사용함으로써 사람들은 그 무모한 용기를 갖고 무릎까지 차오르는 피바다에서 첨벙거리며 살 수 있는 것일까?" 언어는 현실을 반영하는바, 난폭해진 언어가 폭력과 몰상식을 선동하는 상황을 그는 문인으로서 견딜 수 없었다. 특히 언어의 수호자였던 시인, 소설가조차 혁명의 언어에 물드는 현상을 용납할 수 없었다.

10월혁명을 전후하여 서방세계로 망명하는 예술가가 줄을 이었다. 우선 러시아 발레단을 이끌던 디아길레프와 그 단원들, 그리고 작곡가 스트라빈스키가 줄지어 고국을 등졌고 부부 화가 나탈리아 곤차로바와 미하일 라리노프가 그 뒤를 이었다. 1917년 라흐마니노프와 프로코피에프, 1921년 칸딘스키, 1922년 샤갈도 혁명을 피해 서방세계로 피신했다. 정치가 예술을 탄압하는 방식은 의외로 간단했다. 무용, 음악, 연극, 미술처럼 공연이나 전시장이라는 물질적 여건이 필요한 분야는 정치권의 압박에 취약하기 마련이다. 출판되지 못해 서랍 속에서 잠든 원고, 소리로 변하지 못하고 음표로만 남은 악보는 훗날 외국에서 간신히 빛을 보았지만 예술가에게 물질적 도움이 되지 못했다. 900여 페이지에 이르는 『예술가의 승리』는 전체 2부로 이루어져 있다. '사랑에서 죽음'이란 부제가 붙은 1부에서 토도로프는 초기 혁명 과정에서 문학, 음악, 미술 분야 주목할 만한 열댓 명의 예술가들이 취했던 노선을 두루 다루었고 나머지 절반에 해당하는 2부는 오로지 화가 카지미르 말레비치만을 다루었다.

토도로프는 1917년부터 1941년까지 러시아혁명기를 다루면서 다시 이 시기를 4단계로 세분했고 시기에 따라

변하는 혁명과 예술을 조명했다. 우선 혁명 1기는 1917년부터 1922년까지의 시기로, 볼셰비키로 대표되는 적군이 황제파인 백군을 제압하며 구체제의 잔존 세력을 무력으로 말살하는 단계이다. 아직 혁명의 토대가 확고하지 못했던 시기라서 볼셰비키는 적대 세력을 숙청, 사형하는 동시에 예술가를 회유, 포섭하는 이중적 정책을 취했다. 예컨대 아나토리 루나차르스키는 예술가들을 혁명의 도구로 삼기 위해 문화교육위원회에 호출하여 회의를 개최했다. 그런데 그 위원회에 호출된 명망 높은 예술가 120명 중 오로지 여섯 명만 출석했고 여섯 명 중에서도 세 명 정도만 예술가의 이름에 값하는 인사였다. 1922년부터 1935년에 해당하는 두 번째 단계에서 정치적 영역의 권력을 굳힌 볼셰비키는 이제 "새로운 영토를 정복하려고 나섰는데 그 영토는 사상과 이념의 영토였다". 예술가는 소비에트에 저항하는 작품을 생산할 수 없었지만 초기에는 나름대로 그 제약을 수용하며 상대적 자유를 누렸다. 예술가들은 이제 혁명 세력이 지속될 것임을 기정사실로 인정하고 그들 사이에서 활발한 토론을 벌였고 중앙권력은 그 토론을 용인하고 관찰하는 상황이었다. 그리고 공산당이 러시아 전역, 전 분야를 장악하고 통제하던 1935년부터 1941년까지의 시기는 오로지 당이 정한 예술의 내용과 형식이 실제로 모든 것의 규범으로 작동하며 전체주의가 그 정점에 이르렀고 예술뿐 아니라 개개인의 모든 영역에 공산주의의 통제력이 발휘되던 때였다. 특히 독소동맹이 유효했던 1939년부터 1941년까지의 시기에는 공산주의와 파시즘이란 두 개의 전체주의가 암묵적으로 상호간의 유사성에 공감하던 때였다는 점도 주목할 만하다. 토도로프는 이 시기 동안 정치와 예술 간의 관계를 남녀 간의 사랑에 비유했다. 오해와 환상에서 비롯된 동상이몽의 상태에서 점차 상대방에 대한 정체를 깨닫는 환멸, 그리고 체념의 상태로 변했다가 결국 정치권의 일방적 폭력에 예술가가 희생당하는 시기로 이어진다.

직선과 유리

레닌의 호출을 받아 출석한 세 명의 예술가 중 토도로프가 첫 번째로 주목한 작가는 고리키였다. 구체제 예술가와 지식인이 대부분 유한계급에 속한 부르주아나 귀족 출신이었던 반면 고리키는 가난한 농민 출신이었다. 고리키는 검열과 숙청으로 요약되는 10월혁명의 예술정책을 비판하는 편지를 레닌에게 보냈다. 레닌은 "폭력을 동반한 이념은 승리할 수 없다"고 주장하는 고리키의 고언이 귀찮았지만 전 국민에게서 두루 사랑받는 예술가를 살려둬야만 했다. 고리키는 권력의 정당성은 부정했지만 그 실체, 현실적 힘에는 수긍하는 현실주의자의 태도를 취했다. 토도로프는 그러한 고리키를 계몽주의자라고 칭했다. 그것은 권력의 도덕적 정당성은 부정하지만 현실 권력을 수용하고 개선하고자 애쓰는 예술가의 태도, 자칫 체념주의, 체제 순응적 절충주의로 전락하기 십상인 입장이다. 작곡가이자 공연 연출가였던 메이예르홀트의 입장은 다소 달랐다. 그는 10월혁명의 이념에 전폭적 지지를 보내며 정치적 혁명에 발맞춰 예술적 혁명을 이루고자 시도했다. 메이예르홀트를 비롯한 일군의 예술가, 예컨대 미래파 시인들은 이념이 혁명적이라면 그것을 표현하는 형식도 이념에 걸맞게 파격적, 전위적으로 바뀌어야 한다고 믿었지만 정치권의 반응은 심드렁했다. 예컨대 트로츠키는 "예술의 현실적 발전과 새로운 형식을 위한 투쟁은 당의 관심 밖"이라고 단언했다. 그나마 트로츠키는 스탈린보다 덜 과격해 1922년 6월에 남긴 메모에서 "검열은 무자비해야 하지만 예술가들의 행동을 올바른 방향으로 인도해야만 하고 이를 위해서는 몽둥이보다는 당근이 더 낫다"는 의견을 제시했다. 물론 그 당시 스탈린도 "트로츠키 동무가 제기한 문제, 다시 말해 정신적, 물질적 후원을 통해 젊은 시인들을 사로잡아야 한다는 문제 제기는 전적으로 시의적절하다"고 맞장구를 쳤다. 그리고 작가 동맹의 수장에는 공산당에 가입하지 않았지만 그 이념에 충실한 인물을 내세워야 얼핏 보아 자유를 보장했다는 느낌을 예술가들에게 줄 수 있다는 지시도 곁들였다. 알다시피 스탈린과 트로츠키는 불구대천지의 원수지간이고 결국 철의 사나이 스탈린이 승리했다. 트로츠키의 발언 중 밑줄을 쳐야 할 대목은 바로 "새로운 형식을 위한 투쟁은 당의 관심 밖"이라는 부분이고 여기에서부터 정치적 전위와 예술적 혁명이 어긋나기 시작한다. 그리고 러시아 전위예술, 혹은 형식주의 예술에 가담했던 예술가가 당면했던 현실적 선택지에는 몽둥이와 당근이라는 양자택일 외에 그 어떤 다른 지평이 열려 있지 않았다는 점에서 자살, 숙청, 망명, 유배가 이어지게 된다. 그래서 훗날 스탈린이 어떤 예술가를 형식주의자라고 지칭했다면 그것은 바로 사형선고나 다름없었다.

1917년부터 1941년까지 예술가들이 취했던 선택과 그들의 운명은 각자의 예술관, 출신 배경, 장르 등에 따라 대충 세 범주로 나눠졌다. 첫 번째 범주는 주로 부르주아 출신으로 혁명 이전부터 예술의 혁명을 주장했던 전위 예술가들, 특히 미래파와 그 뒤를 잇는 구성주의자들이다. 이들은 내용과 형식을 모두 갱신하려 했던 예술가이다. 두 번째 범주는 10월혁명 이후 노동자, 농민 계급에서 등장한 공산주의 예술가이며 이들은 당의 노선에 적극적으로 호응하며 공식 예술가 모임의 조직에 앞장섰다. 이들은 민중이 외면하는 형식적 전위를 추구하는 첫 번째 그룹과 대립하며 민중이 쉽게 이해하고 감동받을 수 있는 대중 추수적 예술이 혁명에 유익하다고 주장했다. 충성도의 차이에도 불구하고 두 그룹은 공산주의를 개인적 신념으로 받아들였고 10월혁명 이후의 비극적 상황은 "공산주의의 오류가 아니라 공산주의자들이 잘못을 저질렀기 때문"이라고 믿었다. 첫 번째 그룹의 대표로는 시인 마야콥스키, 극예술가 메이예르홀트, 그리고 작곡가 쇼스타코비치를 꼽을 수 있다. 토도로프가 주목한 예술가 다운 예술가 중 정치와 예술 사이에서 적당한 타협과 조화를 이룬 작가, 다시 말해 두 번째 범주에서는 단 한 명의 예술가도 찾아볼 수 없다. 대체로 처음에는 혁명에 열광했던 예술가들이 레닌과 트로츠키에 실망한 후 정치와 예술의 분리, 예술의 독자성, 혹은 표현의 자유로 돌아섰거나 언필칭 정치–예술 병진론을 내세웠기 때문이다. 정치와 예술은 끊임없이 전진하지만 두 직선은 결코 만나지 않는 평행선이어야 한다는 입장이었다. 다만 이런 노선을 택한 예술가들 중에 러시아에서 편안히 천수를 누린 사람은 없었다. 공산당은 이런 예술적 태도를 형식주의, 혹은 퇴폐주의로 치부했기 때문이다.

인간의 의지로 지상낙원을 실현하겠다는 펠라기우스

의 후손들이 전체주의를 낳았다는 토도로프의 생각은 『예술가의 승리』에서도 재확인된다. 지상낙원주의자, 혹은 의지주의자들이 희원하는 구호 중에 절대 순수, 완벽, 그리고 능률과 실질 등이 거의 빠지지 않고 등장한다. 기계의 아름다움을 칭송했던 미래파의 입장에서 기계는 그 안에 불필요한 것이 단 하나도 없는 완벽성을 실현했기에 절대적으로 아름답다고 주장했다. 하긴 채송화 씨앗보다 작은 나사 하나도 존재 이유가 분명한 손목시계는 그 어떤 불가측한 우연도 미연에 제거된 상태에서 정확히 작동한다. 혁명가가 꿈꾸었던 세계가 바로 그런 미래파의 시계였다. 레닌과 스탈린이 예술가를 일컬어 "영혼의 엔지니어"라고 했던 것은 바로 인간 개개인을 채송화 씨앗보다 작은 기계 부속으로 생각했기에 가능했다. 그런 점에서 원래 기술자 출신이었던 예브게니 이바노비치 자먀친의 사례가 흥미롭다. 자먀친은 위에서 분류한 두 가지 범주에 속하지 않은 제3세력인바, 트로츠키는 이들을 "동반자"라고 불렀다. 이 세력은 "이념적 성향이 없고 노동자 계급도 아니며 공산주의의 현실적 권력을 인정하되 딱히 공산주의를 위해 복무하지도 않았다. (……) 이들은 전위적 형식 추구나 공산주의 신념을 고백하는 것 모두 예술 활동에 필요불가결한 조건이라 생각하지 않았다." 『닥터 지바고』로 우리에게 친숙한 파스테르나크, 에

세닌, 그리고 자먀친이 여기에 속한다. 아버지가 성직자이자 학교 교장이며 어머니는 음악가였던 자먀친은 계급적 관점에서 중산층으로 분류되었다.

1884년에 태어난 자먀친은 1902년 페테르부르크 종합기술대학에 입학했고 구체제하에서 볼셰비키당에 가담했다가 체포되어 유배형을 겪었다. 1908년 대학 졸업후 습작품을 발표했으나 주목받지 못하고 1911년 또다시 체포되어 유배형에 처해졌다. 1913년 볼셰비키당을 탈당한 이후 그는 공식적으로 특정 정치이념을 표방하거나 당에 가입하지 않았다. 1916년 조선기사로 영국에 파견되어 쇄빙선 건조 작업에 종사한 후 1917년 러시아로 귀국했고 1920년 소설 『우리들』을 탈고했다. 토도로프가 "러시아에 남아서 혁명 이후의 모든 결과에 저항했던 창작가 중 가장 일관성을 유지했던 대표적 인물"로 꼽은 자먀친은 10월혁명 이후 고리키와 유사한 정치적 입장을 취했다. 그는 혁명 이후 볼셰비키의 검열과 숙청은 구체제시대로 퇴행한 것으로 간주해 맹렬히 비판했고 "혁명 자체에는 반대하지 않았지만 10월혁명은 혁명을 지속하는 것이 아니라 혁명을 중단시킨 혁명"이라고 생각했다. 다시 말해 그는 특권층에 저항하여 일으킨 혁명이 성공하면 그 혁명의 주역들이 다시 특권층으로 변하는 악순환을 반복하는 역사의 굴레에서 10월혁명 역시 벗어나지 못했다고 비판했다. 그의 소설『우리들』은 유토피아를 약속했던 혁명가와 그가 지배하는 언필칭 이상사회가 어떤 모습일지를 그렸는데 그것은 스탈린이 공산당을 완전히 장악한 1929년 소련 사회의 미래를 정확히 예측한 작품으로 반反유토피아 소설의 시조이자 백미로 꼽힌다.

1920년 탈고된『우리들』은 1924년 해외에서 체코어, 영어, 프랑스어로 번역되어 출판되었고 체코에 망명한 러시아 작가들이 발간하는 잡지『러시아의 의지』에 러시아어로 발표되었다. 자먀친은 이 소설로 인해 모든 활동이 금지되어 거의 감금상태였으나 고리키의 도움을 받아 1932년 프랑스로 망명했다. 프랑스의 영화감독 장 르누아르를 만나 시나리오 작업에 참여하기도 했지만 그의 빈곤한 망명생활은 1937년 3월, 심장마비로 끝이 난다. 프랑스에서 공상과학소설로 분류된『우리들』은 인류의 먼 미래를 시간적 배경으로 삼고 있다. 소설 속의 인류는 200년 동안 전쟁을 치르고 단일제국을 이룬 후부터 2천년이 지난 세계에서 살고 있다. 단일제국은 시혜자, 선을 베푸는 사람이라고 지칭되는 한 사람에 의해 통치되며 사람들은 개별적 이름을 버리고 모두 기호로 불리며 똑같은 색깔의 제복을 입고 산다. 도시는 모두 직선으로 구획되고 건물은 유리로 지어졌으며 사람들은 시간 율법에 따라 같은 시간에 먹고, 자고, 일한다. 지구가 단일제국으로 통합된 후 인류는 이제 먼 행성까지 지구에서 이룬 유토피아를 실현하려고 우주선을 제작한다. 소설은 일인칭 화자 D-503이 남긴 40개의 기록으로 구성되어 있다. '첫 번째 기록'에서 화자는 자신을 이렇게 소개한다.

나, D-503은 인쩨그랄의 조선 담당 기사이다. 나는 그저 단일제국의 수학자들 중 하나일 뿐이다. 숫자에 익숙한 나의 펜은 협음과 압운을 갖춘 음악을 창조할 능력이 없다. 나는 다만 내가 보고 생각한 것을 기록하려고 시도할 뿐이다. 더 정확하게 우리가 생각하는 것을(바로 그것이다. 우리, 이 우리가 내 기록들의 제목이 되도록 하라). 그러나 이것은 단지 우리의 삶, 단일제국의 수학적으로 완벽한 삶의 도함수가 될 것이다.

세상만사를 숫자와 도형으로 환원하는 D-503은 사랑 문제마저도 방정식 풀이로 간주하고 구름과 바람처럼 비정형이나 불규칙한 것은 모두 비이성적인 것이라 치부하며 불쾌함을 느낀다. '두 번째 기록'에서 그는 자신이 일하는 조선소에서 우주선을 제작하는 기계의 움직임을 발레에 비유하며 감탄한다. 기계 작동이나 발레가 아름다운 것은 개별적 부속품이나 발레 단원 개인의 비非자유에 근거하기 때문이라고 주장하며 개별적 이해관계와 욕망

을 통제하는 전체의 논리, 혹은 "우리들"을 앞세우는 공리
가 지배하는 사회는 정의로울 뿐만 아니라 아름답기까지
하다고 생각한다. 작가가 상상한 유토피아의 작동 원리는
'다섯 번째 기록'에서 수학자 D-503과 시인 R-13의 대화
에서 설명되었다. 미래의 화자는 아직 유토피아가 실현
되지 못했던 시절을 떠올리며 개인의 완벽한 행복과 그
조건을 충족하기 위해 사회의 역할을 설명한다.

고대의 현자 중 누군가가 틀림없이 다음과 같은 현명한 얘
기를 했다. 사랑과 기아가 세계를 지배한다. 따라서 세계를
정복하기 위해서 인간은 세계의 지배자를 정복해야 한다. 우
리의 선조는 비싼 대가를 치르고서 마침내 기아를 정복했다.

작가가 상상한 기아 정복의 방법은 석유에서 식량을
추출하는 과학적 방법으로 인간을 기아에서 해방시켰다.
그 과정에서 인류의 다섯 중 하나만 살아남아 단일제국
에서 행복하게 살게 되었다. 이제 사랑의 문제만 남았다.
"어떤 인간의 사랑은 다수가 쟁취하기 위해 애써온 반면,
어떤 인간의 사랑은 얻고자 하지 않았기 때문이다." 그에
대한 해결책으로 단일제국은 인간의 성관계를 규율하는
법을 발표했다. "모든 번호에게는 다른 어떤 번호라도 성
적 산물로 이용할 권리가 있다." 이 조항을 조금 풀어 말

하면 일부일처제를 법으로 금지하고 모든 개인은 자신이 원하는 이성을 택해서 성관계를 할 수 있다는 뜻이다. 앞서 언급했듯 개인의 이름이 번호로 대치되어 익명화되고 동일한 석유 제품을 먹고 사는 절대적 평등이 실현되었지만 "성적 불평등"은 여전히 남아 있었다. 그래서 법의 강제성을 동원하여 사랑마저도 수요공급에 좌우되는 시장원리에 맡기지 않고 국가가 관리하게 된 것이다. 소설에서는 각자가 이성의 번호를 "등록"하면 국가가 알아서 짝을 지어주고 성관계를 맺는 일정한 시간 동안 집에 커튼을 칠 수 있는 권리가 주어진다. 단일제국에서는 모든 건물이 유리로 되어 사생활은 존재하지 않지만 적어도 이 시간 동안만은 두 사람의 사적 관계를 허용한다는 것이다.

유토피아에서는 시민의 최대 행복을 추구하는데 그 행복의 방정식은 간단하다. 내가 누리는 만족감을 나타내는 분자값을 남의 만족감을 부러워하고 나아가 질투하는 분모값으로 나눈 것이 나의 행복도가 되는 것이다. 남이 소유와 향유를 통해 누리는 행복을 보며 질투심을 느낀다면 내가 느끼는 만족도, 즉 내가 누리는 행복이 상대적으로 떨어질 수밖에 없다. 프랑스 소설가 미셸 우엘벡이 데뷔작『투쟁 영역의 확장』과 두 번째 소설『소립자』등에서 줄곧 제기한 것도 사랑의 불평등에 관한 문제이다. 물질적 평등이 해소되었다 해도 물질보다 중요한 감정의 영역에서는 오히려 빈부격차가 갈수록 심해지는 신자유주의 사회를 비판하며 사랑의 빈곤층에 대한 구빈책이 우엘벡의 주된 관심사 중 하나였다. 그의 소설에서 자위, 매춘, 프리섹스, 폴리아모리 그리고 죽음과 같은 주제가 자주 등장하는 이유도 여기에 있다.

『우리들』의 핵심은 '열한 번째 기록' 중 "낙원에서 가능한 선택은 두 가지밖에 없었어. 자유가 없는 행복이냐, 아니면 행복 없는 자유였어. 세 번째는 없었어"에 모아진다. 실현 가능성은 접어두고라도 일단 가정컨대 물질과 감정의 영역에서 절대적 평등이 이루어져 질투심이 완전히 사라진다면 소유와 향유의 값이 아무리 작아도 행복은 무한대로 수렴한다. 그런데 절대적 평등을 이루기 위해서는 자유를 포기하고 주체성을 버리고 집단의 일원, "우리들"의 부속품으로 만족해야만 한다. D-503이 "우리들"에서 벗어나 "나"를 찾는 것은 그가 특정 여인에게 사랑을 느끼기 시작한 순간부터이다. 그가 거울에 비친 자신의 모습에서 예전과는 다른 생소한 "나"를 발견하는 순간부터 D-503의 확신에 균열이 생기기 시작하고 "나"와 "우리들" 사이가 어긋나고 불화가 싹튼다. 전체주의에 대립되는 "개인의 탄생"은 토도로프가 품고 있었던 오랜 주제이기도 하다.

불굴의 겁쟁이

자먀친의 소설에서 토도로프가 특히 주목한 것은 지난 세기 초 소련과 미국에 공히 퍼진 테일러주의에 대한 대목이다. 당시 이념적으로 대척점에 있던 미소 양국이 테일러Taylor를 둘러싸고 한목소리를 내는 점이 이채롭기 때문이다. 자먀친의 소설에서 단일제국은 노동자의 생산 효율성을 높이기 위해 테일러 시스템을 극단적으로 적용하는 것으로 그려졌고 개인은 노동 현장뿐 아니라 일상생활까지도 분초 단위로 국가의 통제를 받는다. 우주선을 생산하는 조선소에서 노동자들이 일사불란하게 움직이는 모습을 보며 D-503은 이렇게 말한다.

아래쪽에서 사람들이 테일러의 법칙에 따라 하나의 거대한 기계의 지렛대처럼 규칙적이고 신속하게, 박자에 맞추어 구부렸다 폈다 몸을 돌렸다 하는 것이 보였다. (……) 인간화된 기계와 기계화한 인간은 결국 동일한 것이다. 그것은 가장 고상하고 외경스러운 미였고, 조화였고, 음악이었다. 지금 즉시, 아래로 가자. 저들에게로 그들과 함께!

노동자 해방과 주체성을 주장했던 마르크스의 꿈을 실현하려는 10월혁명이 노동 현장에서 추구했던 실천 방안이 결국 자본주의의 결정체라는 점이 흥미로운 것이다. 프랑스로 망명한 자먀친은 『우리들』이 공산주의를 비판하는 정치소설로 축소되는 점을 우려하여 "이 소설은 인류를 위협하는 이중적 위협에 대한 경종을 울리는 것이다. 하나는 기계의 과도한 권력, 다른 하나는 국가의 과도한 권력"이라고 주장했다. 그리고 이 소설이 미국에서 포드주의Fordism 비판으로 해석되는 것도 일리가 있다고 곁들었다. 테일러주의—혹은 포드주의—를 이해하려면 아마 경영학 책 100권보다 찰리 채플린의 영화 「모던 타임스」의 한 장면이 낫다. 벨트컨베이어 앞에서 기계적 동작을 반복하다가 한순간 일감을 놓치면 기계 안쪽으로 따라 들어가 커다란 톱니바퀴 속에서 돌아야만 하는 노동자의 모습만큼 테일러 시스템을 짧고 굵게 설명한 것은 없기 때문이다. 채플린은 미국을 떠나 스위스로 가야만 했고 자먀친은 이 소설로 석 주간 당국의 심문을 받았다. 그의 과학적 지식과 예술적 재능을 아끼는 사람들의 노력으로 겨우 풀려났지만 이후 그의 활동은 제약을 받았다. 메이예르홀트, 쇼스타코비치와 함께 작업한 오페라를 올렸으나 그의 이름은 공연 포스터에서 지워져야만 했고 자먀친과 협력했던 쇼스타코비치의 운명도 훗날 순탄치 않았다. 1936년 1월 28일 그의 오페라 「므첸스크의 맥베스 부인」 공연에 참석했던 스탈린이 중간에 슬며

시 사라졌기 때문이다. 그것은 사형선고와도 같았다. 요컨대 혁명 당국이 원했던 이상적 예술가는 노동자, 농민 출신이면서 동시에 당의 노선에 충실하고 스탈린이 들어도 이해할 수 있는 예술을 해야만 했다. 이것이 불가능하자 "노동자를 채탄 막장에서 데려와 교향곡 작곡가로 바꾼다는 계획"을 세웠으나 이것도 불가능해지자 "작곡가는 탄광 광부처럼 생산량을 늘려야만 했고 그의 음악은 광부의 석탄이 몸을 덥혀주듯이 마음을 덥혀주어야만 했다. 관료들은 다른 범주의 생산량을 평가하듯 음악 생산량을 평가했다".* 줄리언 반스가 쇼스타코비치를 주인공으로 삼은 소설에 나오는 한 구절이다. 이 구절은 『예술가의 승리』의 인용구와 묘하게 공명한다. "공산주의의 이론가 미하일 부하린은 1925년 예술가, 학자, 작가에게 '우리는 공장의 컨베이어벨트에서 제품을 생산하듯 인텔리겐치아를 만들어낼 것이다.'" 이 시절을 다룬 『예술가의 승리』에서 노골적으로 스탈린을 비판한 예술가는 거의 볼 수 없었다. 그나마 자먀친의 삶과 작품이 두드러질 뿐 대부분은 위험한 곡예로 검열과 구속을 피하거나 자칫 스탈린의 눈 밖에 나면 그에게 간절한 탄원서를 쓰는 것이 고작이었다.

* 줄리언 반스, 『시대의 소음』, 유은주 옮김, 다산책방, 2017, 43쪽.

겁쟁이가 되기도 쉽지 않았다. 겁쟁이가 되기보다는 영웅이 되기가 훨씬 더 쉬었다. 왜냐하면 잠시 용감해지기만 하면 되었다. 총을 꺼내고, 폭탄을 던지고, 기폭장치를 누르고 독재자를 없애고, 더불어 자기 자신도 없애는 그 순간 동안만. 그러나 겁쟁이가 된다는 것은 평생토록 이어지게 될 길에 발을 들이는 것이었다. 한순간도 쉴 수가 없었다. (……) 겁쟁이가 되려면 불굴의 의지와 인내, 변화에 대한 거부가 필요했다. 이런 것들은 어떤 면에서 일종의 용기이기도 했다. 그는 혼자 미소를 지으며 새 담배에 불을 붙였다. 아이러니의 즐거움은 아직 그를 버리지 않았다.*

이 글을 쓰며 토도로프에 기대어 정치와 예술의 "상호" 관계를 엿보려고 했지만 표현을 조금 바꿔야 할 것 같다. 지금까지 살펴본 바에 따르면 둘 사이의 관계는 정치가 예술을 "일방"적으로 폭행했을 따름이다.

* 줄리언 반스, 앞의 책, 237쪽.

춤추는 생쥐

"예술가여, 부디 안심하길. 비록 오늘 무시되는 작품이라도 아마도 어느 날 박물관에서 새로운 예술의 첫 번째 공식인 양 뭇사람의 존경 어린 시선을 끌 것이다." "저 불쌍한 어린 소녀들, 파리의 미노타우로스에게 제물로 바쳐진 연약한 생명들. 어떤 테세우스도 구원하러 오지 않아서 매년 수백 명씩 처녀들을 삼키니 고대의 미노타우로스만큼이나 무서운 저 파리의 괴물." 카미유 로랑스Camille Laurens가 2017년에 발표한 『14세의 어린 무용수La Petite Danseuse de quatorze ans』는 위의 두 인용구로 시작된다. 이 파라텍스트paratexte는 뒤에 이어지는 본문을 요약한 것이며 뒤집어 말하면 이 작품의 내용은 두 개의 인용구를 해설하고, 논증하는 데에 바쳐진다.

첫 인용구의 "예술가"는 인상파 화가 에드가 드가를 염두에 둔 것이며 두 번째 인용구에서 언급된 "불쌍한 어린 소녀들"은 파리 오페라좌에 소속된 어린 무용수들을 지칭한 것이다. 화자는 에드가 드가가 남긴 '14세의 어린 무용수'라는 제목의 조각을 보고 조각가보다 모델에 호기심을 느껴 그녀의 삶을 추적한다. 한 사람의 삶, 그 정체성이 형성되는 과정을 연대기순으로 재구성했다는 점에서 『14세의 어린 무용수』는 전형적인 전기 형식을 따르고 있다. 그런데 뒤로 갈수록 내용은 점차 전기를 쓰는 작업이 얼마나 어렵고, 심지어 불가능한지를 토로하는 데로 흘러간다. 소설가 카미유 로랑스는 일정한 목표를 겨냥하고 써나가다가 점차 과정의 어려움을 하소연하고 마침내 목표에 도달하는 것 자체가 불가능한 일이 아닌지 회의하는 것으로 글을 마무리한다.

알다시피 독자의 손에 들린 뭇 작품은 완결성을 전제로 한다. 굳이 아리스토텔레스를 거론하지 않아도 예술 작품은 처음, 중간, 끝으로 완결되어야 비로소 가치 있는 독자성을 지닐 수 있다. 일인칭 화자 카미유 로랑스가 첫머리에서 제시한 출발점은 한 글감으로서 손색이 없다. "그녀는 전 세계에서 유명하지만 그녀의 이름을 아는 사람은 몇 명이나 될까? 그녀의 몸매는 워싱턴, 파리, 런던, 뉴욕, 드레스덴, 코펜하겐에서 감상할 수 있지만 그녀의 무덤은 어디에 있는 것일까?" '14세의 어린 무용수'는 1881년 에드가 드가가 인상주의 전시회에 출품한 전신 조각의 제목이기도 하다. 카미유 로랑스는 그 조각을 제작한 예술가보다 그의 모델, 작품 제목에서 지칭하는 14세의 소녀가 궁금했다. 소설가는 "우리 아이들이라면 학교에 갈 나이"인 소녀가 어떻게 에드가 드가 앞에서 포즈를 취하게 되었을지 궁금했던 것이다. 카미유 로랑스는 그간 남성의 그늘에 갇힌 여성의 주체성, 남성의 욕망에 맞선 여성의 욕망 등에 초점을 맞춘 시선을 유지했으니 남성 작가보다 여성 모델에게 눈길을 돌린 것은 그녀의 일관된 태도이다.

생쥐와 애꾸

인간이 다른 생명체와 마찬가지로 환경과 혈통에 의해 좌우된다는 생물학적 결정주의는 소설가 에밀 졸라가 '루공마카르 총서'를 기획하며 품었던 생각이다. 다윈을 비롯한 진화론자나 의학자에게서 영향을 받은 에밀 졸라는 그러한 원리를 자신의 소설에 적용하여 루공과 마카르라는 두 가족에서 시작되는 후손들의 운명을 따라가는 족보소설을 써 내려갔으나 처음에는 그다지 주목받지 못했다. 우리네 세계문학전집에도 수록된 『목로주점』에 와서야 비로소 독자의 관심을 끌었고, 그 작품의 여주인공 제르베즈의 딸이 주인공으로 등장하는 『나나』는 소설가의 이름을 알리는 데에 결정적 역할을 했다.

서둘러 요약하자면 『목로주점』의 여주인공은 허황된 건달인 첫 남편에게서 버림받은 후 성실하고 자상한 기와 수리공을 만나 가난하지만 안정된 가족을 꾸리고자 애쓴다. 그런데 그 두 번째 남자마저 작업 중 지붕에서 추락해 일감을 얻지 못하자 집안 사정은 나락으로 떨어지고 여주인공마저도 알코올중독에 빠져 노상 객사하게 된다. 그 알코올중독자의 딸 나나가 파리에서 배우로 이름을 날리는 내용으로 『나나』는 시작된다. 명색이 배우지만 무대 위에서 연기와 노래가 아니라 관능적 외모와 몸짓으로 고관대작의 성욕을 부추기며 무대 밖에서 그들과 은밀한 만남을 통해 연명하니 창녀나 다름없었다.

거기 있는 세 시간 동안 관객의 입김과 사람 냄새가 공기를 덥혔다. 가스등의 타오르는 불빛 아래 먼지가 샹들리에 밑에서 두터워진 채 움직이지 않고 있었다. 극장 안 전체가 흥분과 피로로 비틀거렸고, 현기증을 일으켰고, 침실에서나 느낄 법한 한밤중의 잠의 욕망에 사로잡혔다. 그러나 흥분하고 기진맥진하고, 연극의 종결에 신경의 혼란을 일으킨 천오백 명의 관객 앞에서 나나는 대리석 같은 육체와 강한 성적 매력으로 그 모든 사람을 격파하면서 자기 자신은 아무런 상처도 입지 않고 의기양양했다. (……) "이 연극은 이백 회는 상연될 겁니다. 파리 전체가 이 극장으로 모여들 거예요." 라 팔루아즈가 친절한 어조로 그에게 말했다. 그러나 보르드나브는 화를 내며 급격하게 턱짓을 해 현관을 가득 채운 관객을 가리켰다. 나나를 소유하겠다는 생각으로 몸이 달아 입술이 마르고 눈이 벌게진 그 사내들의 무리를 보며 그가 거칠게 외쳤다. "사창굴이라니까요, 이 고집 센 양반아!"

이 소설에서 에밀 졸라가 글로 무대의 이면을 파혜쳤다면 에드가 드가는 그림으로 나나 못지않게 비참한 생활을 감수했던 어린 여자 무용수들의 일상을 묘사했다. 그가 남긴 조각의 주인공도 그 세계의 일원이었다. 14세의 소녀는 몇 해 전 언니와 함께 어머니의 손에 이끌려 흔히 가르니에궁전이라 불리는 오페라좌에서 들어갔다. 가르니에궁전의 무대는 그 구조부터 특이했다. 무대 바닥이 평평하면 객석 전면에 앉은 관객들이 무대 깊숙한 곳을 볼 수 없기에 관객의 눈높이에 맞춰 무대가 앞쪽으로 기울어지게끔 설계되었다. 평소 평평한 바닥에서 연습하던 무용수는 무대에 오르기 전 일정 기간 동안 본무대의 기울기와 동일한 부속 연습실에서 리허설을 반복하며 그 감각을 몸에 익혀야만 했다. 나비처럼 뛰어올랐다가 착지하거나 팽이처럼 몸을 돌리는 무용수가 균형을 잡기에 불리하기 짝이 없는 무대였지만 쓰러지고 넘어지는 반복 연습만이 발레리나가 될 수 있는 길이었다. 누구도 그 길을 자발적으로 택하는 경우는 없었고 대개 가난한 집안의 어린 소녀가 어머니의 손에 이끌려 오페라좌에 입단했다. 어리고 연약한 연습생들은 "생쥐"라고 불리며 훈련을 받았고 조금 자라서 무대에 올라 주연급 발레 단원의 뒤편에서 겨우 뒤뚱거리며 걷는 역할을 맡으면 "걷는 여자들marcheuse"로 승격된다. "걷는 여자"라는 호칭이 시인 테오필 고티에게는 그네들의 미래의 직업인 "거리의 여자"를 예고하는 점괘로 들렸다.

드가의 모델이었던 마리 준비에브 반 괴템Marie Geneviève van Goethem은 1865년 파리에서 태어났다. 벨기에 출신인 그의 부모는 가난을 피해 파리로 올라와 아버지는 양복점, 어머니는 세탁소에서 일자리를 찾았다. 그리고 장녀 앙투아네트, 차녀 루이즈 조세핀, 그리고 막내 마리 이렇게 세 딸을 낳았다. 장녀 앙투아네트는 열두 살에 이미 드가의 모델로 나섰고 이후에는 어머니의 손에 끌려 매춘과 절도를 일삼다가 생라자르 여성 교도소에 수감되기도 했다. 차녀와 막내도 일찌감치 발레단에 "생쥐"로 팔려 갔지만 언니보다는 덜 비극적인 행로를 걸었다. 특히 차녀는 발레단의 정식 단원으로 승격되어 훗날 발레 선생으로 입신했다. 당시 발레단은 6세부터 연습생을 모집했고 어린아이들은 종일 고된 훈련만을 반복할 뿐 학교에 다닐 기회는 얻지 못했다. 문맹은 아니었으나 "그들은 손보다 발로 쓰는 게 나을 것"이라는 소리를 들었다. 발레리나가 배운 언어는 오로지 발짓으로만 표현되었기 때문이다.

열세 살 혹은 열네 살에 "걷는 여자"가 되면 하루 2프랑의 일당을 받았다. 당시 탄광 노동자나 방직공보다 두 배의 돈을 손에 쥘 수 있었지만 이 역시 매우 적은 액수로 대부분의 "걷는 여자"는 무대 외에도 다른 부업을 가져야 했다. 마리의 자매들도 일찌감치 화가들 앞에서 포즈를 취해 부수입을 올렸고 마리보다 앞서 언니 앙투아네트가 드가의 모델로 섰을 때 그녀의 나이는 고작 열두 살이었다. 2년마다 승급시험을 거쳐 몸값을 올릴 수 있었지만 연습생 대부분은 시험을 위한 의상비와 발레 슈즈를 구입할 처지도 못 되었다. 연습생 어머니는 발레 단장에게 "후원자"를 구해달라는 호소의 편지를 뻔질나게 보냈고 늙은 부자들은 기울어진 연습실에서 훈련 중인 어린 소녀를 골랐다. 소녀들이 땀 흘리는 발레 연습실은 가난한 어머니와 늙은 후견인이 만나 소녀의 몸값을 정하는 밀실도 겸했다. 『나나』속의 파리는 미노타우로스처럼 어린 여자들을 삼키는 거대한 괴물이었던 셈이다. 1863년 제정된 법에 따르면 13세부터 미성년 신분을 벗어나니 "걷는 여자"들은 남성들이 합법적으로 접근할 수 있는 가장 어린 연령대의 여자였다. 이 이전에는 11세였으니 그마나 개선된 것이라 해야 할가. 『나나』의 여주인공도 16세에 첫아이를 낳아 양육비를 벌기 위해 몸을 팔아야만 했다.

　1862년 파리에 온 드가가 무용단과 인연을 맺은 정확한 계기는 알 수 없다. 다만 드가는 1870년 보불전쟁에서 소집되었을 당시 오른쪽 눈으로 표적을 겨냥할 수 없었다. 부유한 은행가 집안 출신이나 법관이 되라는 아버지의 뜻을 거역하고 화가의 길로 들어선 드가는 춥고 축축한 파리의 겨울을 견디지 못해 서서히 건강을 해치고 시력이 떨어지다가 마침내 오른쪽 눈의 시력을 완전히 잃고 말았다. 그나마 남은 한쪽 눈도 햇빛을 견디지 못해 그는 항상 색안경을 끼고 살아야만 했다. 자연광선을 피해야만 하는 그가 외광파라고 불리던 인상주의에 속했다는 점도 이채롭다. 이전 화가들이 번거로운 안료 제작 탓에 주로 실내에서 작업했다면 인상파 화가들은 당시 새롭게 등장한 소형 튜브 물감 덕분에 화구를 휴대하고 야외에 나가 변덕스러운 빛의 조화를 관찰하며 순간의 빛을 화폭에 재빨리 옮길 수 있었다. 햇빛을 견디지 못했던 애꾸눈 드가는 다른 인상파 화가와 달리 주로 실내에 머물며 인물화에 집중할 수밖에 없었고 화상 볼라르에게 "조각은 장님의 직업"이며 "이제부터 손이 두 번째 눈"이 될 것이라고 고백했다. "회화에서 순수한 동작의 포착이 그의 주된 야심이었던 것과 마찬가지로 조각에서도 뜻을 펼치려는 그에게 밀랍은 선호하는 재료"가 되었다. 조각의 전통적 재질인 대리석은 "영원을 위한 것이라 손이 사유에 가깝게 가질 못했기 때문이다". 애꾸가 "생쥐"를 만나 밀랍 조각을 준비한다는 소문은 일찌감치 호사가들의 관심을 끌었고 1881년 4월 마침내 유리 상자로 포장된 그의 작품이 전시되었다. 스스로 "질서에 매료"당한 엄숙주의자로 자처하며 평생 독신을 고수했던 금욕적인 드가가 "사창가"로 불리던 극장을 드나들었던 것은 음악 때문이었다. 모차르트, 글루크, 마스네, 구노의 음악에 열광했던 드가는 오페라를 드나들다가 나중에야 섬세한 안무의 발레를 통해 무용을 접하게 되었다. 그래서 그에게 발레가 그려내는 우아한 동작, 그 몸짓이 그려내는 선이 곧 미술이었다. "음악이 데생으로 변하는" 모습에 매료된 것이다.

오페라의 유령

조각을 싸구려 인형처럼 유리 상자에 넣어 전시한 것부터가 특이했고 머리에 쓴 가발, 튀튀라 불리는 짧은 발레 의상, 발레 슈즈까지 착용한 조각은 머리부터 발끝까지 전위의 극치였다. 평론가는 모델의 얼굴이 아즈텍 원주민을 닮았다고 혹평하고 심지어 갓 태어난 태아의 모습이라고 혐오하기도 했다. 현실의 뱀은 흉하지만 그것을 감쪽같이 모방하면 예술이라고 말했던 아리스토텔레스를 무색하게 만드는 평론이었지만 예술작품의 모델이 아름다워야 한다는 편견이 득세하던 시절이었다. 특히 무대 위의 발레리나는 아름다움과 매력과 유혹을 체화하여 대중에게 환상을 자아내는 대표적 이미지였다. 졸라의 표현을 따르자면 "사창가"의 진열장인 무대는 유혹과 경멸이라는 양가적 감정을 유발시키는 묘한 구석이 있었다. 당시 파리의 사교계를 타락시키는 근원지, 붉은 페스트가 우글거리는 감염의 근원지였지만 발레리나는 여전히 강한 매혹의 힘을 발산하였다. 예컨대 파리를 현대 도시로 변모시킨 오스만 남작조차도 발레리나와 밀월에 빠져 추문을 일으켰고 당시의 댄디라면 무대의 스타를 거느리는 것이 필수 조건이었다. 장관을 낙마시키고 거부의 상속자를 불임으로 만들어 대를 끊는 성병 유포자인 발레리나를 유리 상자에 넣어 전시한 것은 어쩌면 도발적 시대 비판일 수도 있다. "한 시대의 드라마, 그 시대의 물질적, 정신적 전복을 보여준 것, 그것이 이 작품의 위대함"이었다. 어린 소녀가 겪어야 했던 사회적 질병을 사실적으로 보여준 것, 그래서 잔인한 진실을 드러낸 것, 혹은

"도덕적, 철학적, 종교적으로 무엇인가가 붕괴된 것, 그 드라마"를 보여준 것이 바로 이 밀랍 조각이었다.

드가는 현실을 아름답게 윤색하는 것을 혐오했고 그가 그렸던 여자는 아름답다는 느낌을 결코 자아내지 않았다. 예컨대 1866년 그린 마네 부인의 초상화에서 역시 그림 속의 여인은 결코 아름답지 않았다. 그래서 "아내의 초상화를 본 마네는 화가 치밀어 그를 불쾌하게 만드는 부분을 골라 칼로 잘라버렸다". 폴 고갱은 드가가 즐겨 그린 춤추는 발레리나는 여자가 아니라 "균형을 잡고 움직이는 기계"라고 평했다. 드가의 「14세의 어린 무용수」는 훼손된 유년기, 고단한 현재, 그보다 더욱 암울한 미래를 한몸에 응축한 소녀를 사실적으로 표현한 것이다. 소설가 카미유 로랑스는 1956년 마릴린 먼로가 바로 이 조각상 곁에서 포즈를 취해 남긴 흑백 사진을 주목한다. 미술 수집가이자 영화제작자인 윌리엄 게츠의 저택에서 찍은 마릴린 먼로의 얼굴에서 소설가 카미유 로랑스는 서른한 살의 섹스 심벌이 아니라 오페라좌의 "생쥐"를 읽었다. 2015년 뉴욕의 아메리칸발레시어터 발레리나 미스티 코플랜드도 드가의 조각 곁에서 모델과 똑같은 포즈를 취하며 사진 촬영에 임했다. 그녀는 가난한 집에서 태어나 온갖 장애를 극복하고 미국 발레단에서 스타 등급에 오른 최초의 흑인 여성이었다. 소설가가 보기에 마리,

마릴린, 미스티는 한결같이 가난한 유년기, 화려한 무대, 암울한 미래를 상징하는 여인들이었다. 소설가는 여기에 데이미언 허스트가 드가의 작품에서 영감을 받아 제작한 「버진 마더The Virgin Mother」를 덧붙인다. 밀랍 조각과 똑같은 자세를 취해 "드가의 작품과 유사해서 착잡한 감정을 유발하는" 허스트의 작품은 임신한 상태의 여자를 "세로로 잘라" 한쪽은 껍질을 벗긴 인체 해부도를 채색 상태로 드러내고 있다. 특히 배 속의 태아까지 적나라하게 드러낸 것이 충격적이다. 이 작품을 두고 소설가는 어린 여자아이의 "잃어버린 젊음과 육체 속에 간직된 생명에 대한 신성한 혐오감"을 표현한다고 해석했다. 높이가 33피트에 이르는 거대한 공공 조각으로 제작되어 거리에 전시된 이 작품은 드가의 조각처럼 보는 이에게 혐오감을 유발하여 주변 주민들의 거친 항의를 받았다.

소설가 카미유 로랑스는 여기에서 문득 글을 멈추고 자신을 되돌아본다. 한 조각작품의 모델이었던 여자에 대한 관심에서 시작된 글이 점차 원래의 목표에서 멀어지고 미로로 빠지고 있다는 자각 때문이었다. 결국 마리 준비에브 반 괴템에 대해 찾은 정보로는 한 인간을 온전히 이해하여 글로 옮길 수 없었다. 그녀의 주된 관심 대상이 아니었지만 드가에 대한 자료는 풍부한 반면 마리의 흔적은 찾을 수 없었다. 오페라좌의 "생쥐"에 관련된 정보도 실은 보편적 이야기이지 그것이 딱히 마리 준비 에브 반 괴템이라는 한 개인의 삶에 대한 정확한 정보일 수 없었다. 과거 한 시절을 살다가 죽은 미미한 존재에 대한 기록은 어디에서도 찾기 어려웠고 그나마 소설을 통해 "생쥐"의 삶을 실감 나게 느낄 수 있었다. 그녀는 글을 멈추고 자신을 되돌아보았다. 어린 시절 자신도 발레 레슨을 받아가며 오페라 무대에서 튀튀를 입고 발레 공연을 하는 미래를 꿈꾸었다. 엄한 규율과 체벌 탓에 그만두었지만 소설가의 마음에는 여전히 무대의 꿈이 지워지지 않았던 모양이다.

마리와 드가에 관련된 자료를 모으고 소설을 뒤졌지만 정작 그녀가 간절하게 만나고 싶었던 한 소녀의 삶은 여전히 오리무중이었다. 때마침 그녀는 오페라 발레단에서 근무하는 직원이 자신과 비슷한 문제로 마리를 추적하는 것을 알게 되어 도움을 받게 된다. 1998년 조각에 씌운 가발, 튀튀, 신이 너무 낡아 곤란해진 오르세박물관 측에서 논의 끝에 발레 의상을 제작·조달하는 오페라 발레단에 조각상을 위한 새로운 의상을 의뢰했던 것이다. 이를 담당한 직원 마르틴 카안은 고증 작업을 위해 14세 소녀의 흔적을 추적 중이었다. 소설가는 그녀와 만나 자료를 건네받고 다시 파리 시청의 호적부를 뒤져 반 괴템이라는 특이한 성을 지닌 가족의 출생, 사망, 결혼 등과 관련된 정보를 찾아 헤맨다. 그는 문득 항상 실종된 인간, 옛 시절의 흔적을 찾아 헤매는 파트릭 모디아노를 떠올리며 문학의 진실과 작가의 의식에 대해 자문하기도 한다. 그는 자신이 창조한 인물과 헤어질 수 없다는 소설가의 글을 읽을 때마다 그런 말은 허풍이나 거짓이라고 비웃었다. 그런데 이제 자신이야말로 도무지 마리 준비에브 반 괴템을 떠날 수 없다고 토로한다. 「14세의 어린 무용수」의 모습을 다시 보기 위해 오르세박물관을 문턱이 닳도록 넘나들어도 조각은 말이 없었다. 『14세의 어린 무용수』는 카미유 로랑스의 작품 목록에서 소설도 전기도 아닌 '에세이'로 분류되어 2017년에 출간되었다.

사실의 소설

폭염이 지나고 선선한 바람이 부니 프랑스 문단은 본격적으로 한 해 수확을 정리하고 문학상을 나눠주는 준비로 분주하다. 581편의 장편소설 중 주요 문학상의 후보군이 확정·발표되었으니 머지않아 환한 미소를 띤 얼굴 사진이 신문과 잡지에 실릴 것이다. 그러기에 앞서 근래 소설의 흐름을 짚은 평론에서 눈길을 끄는 용어가 "사실의 소설roman du réel"이다. 얼핏 "사실의 소설"이라는 용어 자체가 모순 어법처럼 들리지만 최근 소설가들은 상상에 의지하기보다 실제 존재했던 인물을 조사하여 이야기로 꾸민다는 것이 이 글의 요지이고, 이를 크게 나눠 전기형 소설과 자전적 소설로 양분하고 있다. 굳이 머릿속에서 이야기를 꾸며내지 않고 항구와 저잣거리에 굴러다니는 이야기만 주워 모아도 충분하다는 소설가의 말도 그럴듯하다.

원래 전기만을 집필하는 전기 작가가 있고 그것만을 취급하는 전문 출판사가 있을 정도로 전기는 두텁고 고정된 독자층을 거느리고 있다. 그런데 이런 경향을 두루 검토해 『전기적 내기』를 쓴 F. 도스에 따르면 2005년부터 소위 '순수 정통' 소설가로 대접받는 작가들이 점차 전기형 소설, 아니면 아예 전기를 발표하는 경우가 빈번해지고 있다. 전기의 대상 인물을 자신으로 삼는 자서전까지 포함하면 "사실의 소설"은 주요 문학상을 휩쓸며 프랑스 문단을 압도하는 주류가 되었다. 말년의 사르트르는 "오늘날 한 인간에 대해 우리는 무엇을 알 수 있을까?"라는 단순한 질문을 던지고는 "예컨대 플로베르"라 답하며 '언어의 히말라야'라고 일컬어진 두툼한 책을 세 권이나 남겼다. 전기의 대상으로는 고대의 전쟁 영웅부터 정치인, 예술가, 연쇄살인범뿐만 아니라 '아주 미세한 삶'이란 제목을 달아 어린 시절 알고 지냈던 동네 옆집 아저씨까지 작품의 소재로 등장하기도 하였다. 매달 나의 주관적 기준에 따라 읽고 쓴 그간의 글들을 되돌아보니 순수한 상상력에 의한 작품은 다섯 손가락 안에 들 정도이고 나머지는 모두 실존 인물에 대한 전기이거나 자서전이었다. 아니 에르노는 아예 소설에 대한 전쟁을 선포했는데 인위적 구성을 배제한 채 삶의 편린을 재구성한 진실의 글만 쓰겠다고 발표하고 "사실의 소설"을 수십 년째 고집하고 있다. 카미유 로랑스도 그런 큰 흐름에 뛰어들었다고 할 수 있다. 그리고 일찍이 사르트르가 직면한 근원적 문제에 직면했다. 우리가 한 인간에 대해 무엇을 알 수 있을까. 상상력으로 꾸며낸 인물보다 실존 인물의 생명력은 상상 이상으로 끈질겨서 작가를 쉽게 놓아주지 않는다. 극단적 사례를 들자면 연쇄살인범을 취재하여 『적』을 썼던 에마뉘엘 카레르는 아내와 아이, 부모와 장인, 애인까지 한꺼번에 살해한 인간을 도무지 이해할 수도 용납할 수도 없어 그의 악령에 시달리며 7년간 침묵을 겪어야만 했다. 초상화 속에는 모델과 더불어 화가 자신의 모습이 어른거리게 마련이다. 작가와 대상 (혹은 대상화된 작가 자신) 사이에 작동되는 심리적 투사와 공명이 "사실의 소설"을 읽는 또 다른 재미이기도 하다.

아름다운 할머니

유럽의 어느 해 겨울 "월요일 아침, 안개 장막 뒤로 도시가 꿈틀거리기 시작했다. 맹추위 속에서도 잠이 덜 깬 사람들은 여느 때나 다름없이 전차, 버스를 타고 출근길에 올라 총총 도심부로 스며들었다. (……) 그날 하루도 그렇게 평온하고 정상적으로 흘러갔다. 제각기 집과 공장, 시장과 빨래가 널려 있는 안마당 사이를 오가며 하루를 보내고 저녁이 되자 사무실에서 나와 한잔 걸치고 귀가했다". 1933년 2월 20일 독일 베를린의 하루는 오늘날 우리의 일상과 크게 다름없이 "평온하고 정상적"이었다. 그러나 평범한 소시민의 눈길에서 벗어난 국회의사당 의장실에는 사람들이 하나둘씩 몰려들고 있었다. "그들은 모두 스물네 명이었다. 스물넷의 검은색, 밤색, 붉은색 코트, 스물넷의 정장, 같은 숫자의 바지. 스물넷의 그림자가 국회의장실의 웅장한 현관 안으로 스며들었다. (……) 의장실 입구 위에는 '그리고 다만 우리를 악에서 구하소서' 라는 기도의 종결구가 새겨져 있을 법했지만 아무리 찾

아봐도 그런 글귀는 보이지 않았다. 그것은 오늘의 의제
가 아니었다."

2017년 〈공쿠르상〉 수상작으로 선정된 에리크 뷔야르
Eric Vuillard의 『그날의 비밀L'ordre du jour』은 인류사에 기
록될 대참사가 배태되었던 1933년 2월 20일 하루를 묘
사하는 것으로 시작된다. 장삼이사에게는 여느 날과 다
름없었을 평범한 그날, 역사의 뒤편 어느 그늘진 구석에
모인 그림자들에게 뼈와 살을 입힌 것이 바로 이 작품이
다. 작가는 지면 낭비로 보일 위험을 무릅쓰고 그들의 이
름을 모두 열거하였다. 왜냐하면 그들은 한 자연인에 그
치지 않고 기업을 대표하는 인물들로서, 그들 하나하나
에게 수만 명의 목숨을 앗아 간 책임을 묻기 위해서이다.
수천만 명이 전쟁터에서 죽고 유대인만 따져도 600만 명
이 가스실에서 사라졌지만 "기업은 사람처럼 죽지 않는
다. 그것은 영원히 소멸하지 않는 신비스러운 육체이다".
다시 말해 기업은 피와 살을 지니고 살아 움직이는 존재
는 아니지만 제도와 법률로 하나의 인격체처럼 간주되는
법적 인간, 즉 법인이다. 스물넷의 신비로운 육체 중에서
아직까지 건재하고 심지어 나날이 승승장구하는 기업 중
우리에게도 낯설지 않은 하나만 거론하자면 "오펠이란
상표는 처음에는 자전거, 그리고 오늘날에는 자동차를
팔고 있다. 설립자가 죽었을 당시에도 이미 1500명의 직

원을 거느리고 있었다. (……) 지금의 오펠주식회사는 대부분의 국가, 예컨대 레바논, 심지어 국가로서의 독일보다 나이가 많고 대다수의 아프리카 국가, 혹은 부탄보다도 나이가 많은 법인이다".

스물네 명의 기업인 중 맨 앞에 앉아 있던 구스타브 크루프, 그가 대표였던 철강 회사는 지금도 유럽 경제의 한 축을 담당하는 거대 기업이고 가전제품으로 알려진 지멘스와 텔레풍켄, 화학공업의 우등생 바스프, 제약 회사 바이엘, 금융그룹 알리안츠 등의 주인들도 그날 그 자리에 끼어 있었다. 그들이 집결한 접견실의 문이 열리자 국가의장 헤르만 괴링이 만면에 미소를 띠며 등장했다. 간단한 인사를 나눈 후 괴링은 그해 5월 5일에 실시될 선거가 독일의 운명을 결정짓는 중요한 분수령임을 강조하고 이번 선거에서 나치당이 승리를 거둔다면 앞으로 10년간, 혹은 영원히 독일에서 또 다른 선거는 없을 것이라며 차가운 미소를 지었다. 괴링의 설명이 끝난 후 드디어 아돌프 히틀러가 등장했다.

선량하다는 느낌을 풍기는 그는 사유재산의 원칙을 강조하고 그 원칙의 위험 요소로 공산주의와 노동조합, 그리고 특히 유대인을 비판하는 장광설을 늘어놓았다. 기업가들에게 이런 풍경은 낯설지 않았다. 그들에게 "뇌물과 물밑 협상은 오래된 관행이었다". 그래서 스물네 명의 기업인은 호주머니를 털어 악의 씨앗에 넉넉한 물과 기름진 퇴비를 뿌려주었다. 회의장을 나서는 그들은 하나같이 귀찮은 잡무를 털어버려서 홀가분하다는 표정을 지었다. "경제인 회의 역사상 유일한 사건, 나치당에게 부역한 미증유의 타협이라 할 수 있는 1933년 2월 20일의 회동이 크루프 가문, 오펠 가문에게는 사업을 하다 보면 겪게 되는 그저 일상적 일화, 진부한 기부 행위에 불과했다. 이들 모두는 나치가 몰락한 후에도 살아남았고 이후에도 각 정당의 세력에 비례하는 재정적 도움을 수많은 정당에게 제공했다." 기업가와 금융인은 히틀러에게 돈을 주었지만 그 돈이 포탄과 총알 그리고 독가스로 변한다는 사실은 애써 외면했다. 재력과 무력을 바탕으로 히틀러는 국내 반대파를 제압하고 이제 외국으로 눈을 돌렸다. 사익 추구를 본령으로 삼는 기업에게 공공의 정의를 기대할 수 없듯이 자국의 이익을 우선하는 국가들의 모임인 지구촌 사회의 사정도 이들 시정잡배들과 다르지 않았다.

예술가들

1937년 11월 영국의 핼리팩스 경이 괴링의 초대를 받고 개인 자격으로 독일을 방문했다. 영국은 게슈타포의 창설자이자 열댓 개의 공직을 겸하는 괴링에 대한 뒷조사를 마친 후였다. 괴링, 그가 "괴이한 제복을 좋아하는 아편쟁이였으며 스웨덴 정신병원에 입원한 병력이 있었고 폭력성, 정신불안, 우울증에다가 자살 성향을 띠었다는 진단을 받았었다는 사실", 그리고 특이하게도 관저 지하실에 장난감 기차가 굴러갈 수 있도록 거대한 철로를 깔아놓은 유아적 취향의 소유자임을 영국도 알고 있었다. 늙은 여우 핼리팩스는 필경 삼류 배우로 살면 어울릴 법한 괴링의 됨됨이를 파악하고 있었던 것이다. 그리고 거기에서 히틀러도 만났다.

오스트리아 전부와 체코슬로바키아의 일부를 독일에 합병하려는 히틀러의 의도가 "영국 여왕 폐하와 영국 정부 입장에서는 불법 행위로 보이지 않는다"는 취지의 이야기를 핼리팩스는 히틀러에게 넌지시 내비쳤다. "물론 대화를 통한 평화스러운" 합병이란 조건을 달았지만 영국은 강 건너 불구경하는 입장이었다. 굶주린 사자에게 추격을 당하는 영양 무리는 목숨을 걸고 도망치지만 무리 중 허약하고 병든 동료가 뒤처져서 사자의 발톱에 잡히면 한숨을 돌리고 사자의 식사 현장에서 멀지 않은 데에 모여 다시 한가롭게 풀을 뜯는다. 영국은 약하고 병든 두 나라를 떼어주고 나면 포식한 히틀러가 주저앉으리라 생각했던 것이다. 게다가 훗날 핼리팩스는 "민족주의와 반유대주의가 강력한 세력이었다네. 그런데 나는 그것이 자연의 순리에 벗어나거나 부도덕한 사상이라고 생각하지 않네"라고 편지에서 토로한 바 있다. 다당제로 사분오열되어 밤낮으로 정쟁을 일삼는 프랑스에게 히틀러는 안중에도 없었다. 히틀러가 오스트리아, 헝가리, 체코 등을 야금야금 씹어 삼키는 사자였다면 프랑스는 멀찌감치 떨어져 풀을 뜯는 한 마리 영양에 불과했다. 오스트리아도 사정은 비슷했다. 유럽을 호령했던 합스부르크 왕가의 영광을 뒤로하고 1차 대전 후 중부 유럽의 소국으로 전락한 오스트리아는 비록 나치당원을 주요 공직에서 배제하고 독일의 위협에 전전긍긍하고 있었지만 히틀러의 고향마을 정도만 독일에게 넘겨주면 자국의 독립은 보장되리라 기대했다. 핼리팩스를 통해 영국의 속내를 확인한 히틀러는 1938년 2월 12일 자신의 별장으로 오스트리아 수상 슈슈니크를 불러들였다. 히틀러는 그를 겁박하여 독일군의 침략을 오스트리아 국민의 요청에 의한 평화로운 진입으로 치장하려고 했다. 히틀러가 슈슈니크의 반독일 정책을 비난하자 반박의 논거를 찾던 "소심한 인종차별주의자" 슈슈니크는 베토벤을 떠올렸다.

히틀러의 시선이 집요하게 그에게 고정되었다. 그때 절망에 빠진 그는 무엇을 찾아냈을까? 베토벤이었다. 그가 뒷걸음치다가 끄집어낸 것이 바로 고집스러운 귀머거리, 공화주의자, 절망에 빠진 루드비히 베토벤, 알코올중독자의 아들이었다. 오스트리아 수상이자 소심한 인종차별주의자가 역사의 호주머니에서 하얀 손수건을 꺼내듯 예술가를 생각해내어 히틀러의 얼굴에 흔들어댄 것이다. 한심한 슈슈니크, 그는 광기에 대적할 인물로 음악가를 찾았다. 그는 군사적 협박에 대항하여 9번 교향곡, 「열정 소나타」의 몇몇 멜로디로 찾아내어 오스트리아가 역사에서 제 역할을 해냈다고 주장하려한 것이다. "베토벤은 오스트리아 사람이 아니오"라고 히틀러가 반박했다. 예기치 못한 반박. 그렇다. 슈슈니크는 그 점을 미처 생각하지 못했다. 베토벤은 본에서 태어났다. (……) 그렇군요. 슈슈니크가 우물쭈물 대꾸했다. 하지만 오스트리아를 제2의 조국으로 택했잖아요. 국가의 수반이 만나서 나누는 대화치고는 아주 엉뚱한 것이었다.

슈슈니크 수상은 오스트리아 헌법에 따르면 히틀러의 제안을 수용하는 최종 권한은 미클라스 대통령에게 속한다고 책임을 회피했다. 자국의 자생적 나치에 의해 전임 수상이 암살된 후 권력을 잡은 슈슈니크는 공산당이나 노조를 탄압했던 "작은 독재자"였으나 정작 그 권력을 온전히 행사할 순간이 되자 슬그머니 책임을 회피한 것이다. 헌법을 들먹이는 슈슈니크에게 예기치 않은 일격을 받은 히틀러는 자리에서 일어나 케틀러 장군을 대동하고 자기 방에 틀어박혀 45분간 나오지 않았다. 아마도 슈슈니크는 히틀러가 그의 반박을 듣고 오랫동안 장고에 들어갔다고 믿었을 것이다. 과연 히틀러는 그 방에서 케틀러 장군과 무엇을 했을까? 훗날 뉘른베르크 전범 재판에서 케틀러 장군이 털어놓은 자백에 따르면 히틀러는 그와 어떤 숙의도 하지 않은 채 시간을 끌었다. 그는 상대방에게 자신이 깊은 숙려와 고민에 빠진 인상을 주기 위한 시간을 보냈을 뿐이다. 그리고 히틀러는 밖으로 나와 오스트리아에게 최후 통첩을 내렸다. 유럽의 운명을 쥐고 있었던 두 정치인 사이에서 오고 간 대화는 정상회담이라기보다는 베케트의 부조리극에나 어울릴 법하다.

이 대목에서 소설가는 히틀러의 별장으로부터 그리 멀지 않은 데에서 그림을 그렸던 어느 예술가를 떠올렸다. 쥐라산맥에 위치한 정신병 요양소에서 말년을 보내며 묵묵히 손가락을 붓 삼아 그림을 그렸던 루이 수테르Louis Soutter가 정상회담보다 더욱 적실하게 유럽의 운명을 예고했던 것이다. "관광철에 티파티를 위해 연주를 했지만 미친 사람이라는 평판이 어디를 가든 그를 따라다녔다. 그의 표정에는 깊은 우울증이 각인되었다. 그는 발레그 요양원에 수용되었다. 가끔 도망도 쳤지만 추위로 반송장이 되고 뼈만 남은 상태에서 다시 요양소에 수용되었다." 이른 말년에 그가 남긴 작품에는 손가락에 먹물을 찍어 그린 인간 군상이 가득했고 그 모습은 가스실로 향하는 유대인, 전쟁의 참상을 예고한 것처럼 보였다. 가느다란 철사처럼 몸통이 꼬이고 비틀어진 검은 그림자들이 꿈틀거리며 어디론가 걸어가는 모습을 담은 그의 그림은 사후에 요양원에서 폐기될 처지였다가 장 뒤뷔페의 개입으로 겨우 미술사에 남게 되었다. "구부러진 손가락을 작은 잉크병에 적신 그는 우리에게 그 시대의 죽은 진실을 전해주었다. 거대한 장송 무도회를 그린 그림이었다."

히틀러가 오스트리아에게 요구한 사항 중에는 나치당원 자이스잉크바르트를 내무부 장관 및 전쟁수행 장관으로 임명해달라는 내용도 끼어 있었다. 타국의 장관 임명을 좌우하려 드는 것은 명백한 내정 간섭이었지만 오스트리아는 히틀러의 요구를 무시할 입장이 못 되었다. 게다가 슈슈니크 수상과 나치 부역 장관 사이에는 묘한 공감대가 형성되어 있었다. 두 사람은 작곡가 안톤 브루크너를 열렬히 사랑하는 음악 애호가였다. 브루크너의 어떤 점이 두 사람을 하나의 공감대로 묶어주었을까. 소설가는 그의 음악에 깃든 일종의 강박성 노이로제가 두 사람의 정신세계와 공명했으리라 단정한다.

"너무도 단단하고 가차 없는 논리에 따르는 전개 방식에 집착한 나머지 같은 부분을 열일곱 번이나 다른 버전으로 작곡했음에도 불구하고 결국 브루크너는 9번 교향곡을 마무리하지 못했다." 브루크너는 산책할 때마다 거리의 건물 숫자와 그 건물의 창문 숫자를 하나하나 세어보았고, 가로수의 숫자와 그 나뭇잎 숫자도 빼놓지 않고 기억하려 들었다. 아름다운 여자와 대화할 때조차도 그의 관심은 온통 목걸이의 진주알 숫자를 세는 데에 쏠려 있었다. 가로수를 바라보며 그는 "나날이 늘어가는 나뭇잎 숫자를 다시 셈하는 집착에서 벗어나지 못했고 키우던 애완견의 털을 세고 행인의 머리카락 숫자에도 집착했다. 심지어 하늘의 구름 숫자를 세는 것도 그의 집착중 중 하나였다". 그의 교향곡은 그 집착과 주저의 강박을 드러냈고 바로 그런 성향이 한 국가의 운명을 좌우할 두 인물을 하나로 묶는 공통 분모였다.

양국 합병과 2차 대전의 핵심 인물 중 하나였던 자이스잉크바르트는 뉘른베르크 전범 재판에서 자신의 범행을 전면 부인했다. 네덜란드에서만 유대인 4천 명을 학살했고 다시 폴란드 등지에서 도합 10만 명의 유대인 학살에 관여했던 그는 "아무것도 보지 못했던" 허수아비 관료였다고 자평했다. 1946년 10월 16일 그는 여덟 명의 전범과 더불어 교수형에 처해졌다. 미군은 독일에서 오랫동안 사형집행관으로 근무했던 요한 라이하르트의 손에 죄수를 넘겼다. 15년 동안 공무 집행에 충실했던 공무원 라이하르트는 술 한잔을 걸치면 자기 손으로 387명의 목을 매달았다고 자랑하곤 하던 인물이다. 브루크너 음악의 또 다른 애호가 슈슈니크는 히틀러에게 밉보여 7년간 수감되었다가 미국으로 건너가 "모범적 미국인, 모범적 카톨릭 신자, 모범적 대학 교수"가 되었다.

독일과의 합병 여부를 묻는 국민투표에서 오스트리아 국민 99.75퍼센트가 찬성표를 던졌다. 히틀러가 원했던 것처럼 독일군은 오스트리아 국민의 열정적 환호를 받으며 빈에 입성했다. 다만 합병이 결정되기 직전 단 일주일 동안 오스트리아에서 자살한 사람이 1700명을 넘어섰다. 머리에 권총을 쏘고 창문에서 뛰어내리고 특히 가스를 틀어 질식사를 택하는 자살이 빈번했고 신문은 자살이 일종의 저항 행위라 판단해서 자살이란 단어를 "급서"로 대체했다. 99.75퍼센트의 국민이 히틀러에게 박수 갈채를 보내며 축제 분위기에 빠져 있을 때 다른 쪽에서는 스스로 급서하는 사람이 늘어만 갔다. 전후 공개된 발터 베냐민의 편지에는 빈의 유대인 가정에 공급되는 가스관이 갑자기 끊어졌다는 내용이 적혀 있는데, 유대인이 대량으로 가스를 사용한 후 요금 정산을 하지 않은 채 사라졌다는 것을 암시하는 것일지도 모른다고 소설가는 추정한다. 빈 시민에게 유대인이란 고액의 가스 요금을 체납한 채 세상을 등진 불량 시민에 불과했다는 유대인 특유의 자조적 유머가 당시의 인간상을 여실히 고발하는 것일지도 모른다.

유령

1944년 봄 독일군이 도처에서 패퇴를 거듭하자 철강그룹 크루프 일가는 폭격을 피해 산중 별장으로 피난을 왔다. 늙은 회장 구스타프 크루프는 몇 해 전부터 치매를 앓고 있었다. 어느 날 저녁, 가족 식사를 하던 중 구스타프 회장은 방 안 한구석을 손가락질하며 "그런데 이 사람들은 대체 누구야?"라고 중얼거렸다. 아들과 부인이 어두컴컴한 구석을 바라보았다. 아무도 없었지만 구스타프 회장의 눈에는 수만 명의 시체가 꿈틀거리는 모습이 보였다. "어둠 속에서 천천히 일어나는 모습이 그의 눈에 보였고 그들은 비밀경찰이 그에게 공급한 수만 명의 강제 노역자들과 그 시체들이었다." 히틀러에게 정치자금을 보탰던 기업인들은 유럽 도처에 산재한 강제수용소로부터 노동력을 공급받았다. 바이엘제약회사는 마우트하우젠 수용소에서, BMW는 다하우, 파펜부르크 등등에서 독일

기업은 강제수용소에서 무상으로 공급된 노동력을 착취하여 전쟁에서 큰 이문을 남겼다. 1943년 크루프 공장에 공급된 600여 명의 죄수 중 대부분은 굶어 죽었고 1년 이상 살아남은 사람은 스무 명에 불과했다. 그들은 사시사철 똑같은 옷을 입은 채 새벽 네 시 반에 일어나 5킬로미터를 걸어 작업장으로 갔고 저녁에 배급되는 묽은 국을 먹는 데에만 두 시간이 걸렸다. 먹는 속도가 느렸기 때문이 아니라 "식기가 부족해서 국 한 그릇을 마시려면 기다려야 했기 때문이다".

구스타프가 목격했던 유령은 1958년 다시 등장했다. 이번에는 그림자가 아니라 살아 있는 사람들이었다. 미국 브루클린에 거주하던 유대인들이 크루프철강회사를 상대로 전쟁 보상 소송을 걸었기 때문이다. "1933년 2월 20일 구스타프 크루프가 히틀러에게 천문학적 금액을 눈 한 번 찡긋하지 않고 헌금했던 반면 그의 아들 알프리트는 인색했다." (미국 주둔군이 독일 사람을 "흑인" 취급했다고 고발했던 그는 현재도 유럽 공동체 시장에서 "석탄과 철강의 왕"으로 군림하고 있다.) 그는 2년이나 지속된 전쟁 보상금 소송을 통해 유대인 생존자 한 명당 1250달러의 보상금을 지급하는 데에 합의했다. 그 합의는 독일 언론의 찬사를 받았고 양심적 기업인이라는 이미지 광고에 크게 활용되었다. 그런데 생존자라고 나서는 유대인 숫자가 점점 늘어나자 보상 금액은 개인당 500달러로 줄어들었고 마침내 기업이 보상하기에는 부담이 크고 "유대인은 너무 비싸다"고 투덜거리기에 이르렀다. 소설가는 지금도 건재한 크루프철강회사를 소개하는 안내문을 독자에게 소개했다. 구스타프 크루프는 1933년 이전에는 히틀러를 후원한 적이 없었으며 1940년에서야 나치 당원이 되었다고 회사 측은 강조했고 그의 부인 베르타는 남편이 노환으로 활동을 멈추자 헌신적으로 간병하며 여생을 보냈다는 사주 부부의 애틋한 부부애를 늘어놓았다. "거기에는 강제수용소를 이용한 공장이나 강제노역에 대해서는 일언반구도 없었다."

세상에서 가장 아름다운 할머니

지난여름 어느 오후 나는 참새처럼 지저귀는 젊은 학생들 틈에 끼어 화강암으로 세운 튼튼한 요새 앞에 서 있었다. 땡볕에서 줄을 서서 안으로 들어가자 넓은 운동장이 나오고 양쪽으로 시골 초등학교 교실 같은 아담한 건물이 늘어서 있었다. 과거에 마우트하우젠 유대인 수용소로 쓰였다가 이제는 기념관으로 변한 곳이었다. 목재 마루가 깔린 작은 교실은 정갈했고 입구에는 가운데가 움푹 팬 큼직한 돌이 있었다. 설명서에 따르면 그 움푹 팬 데에 식수로 사용되는 물이 괴어 있었다고 한다. 교실만 한 공간에 50여 명에서 150명까지 수용되었는데 150명이 들어차면 눕기는커녕 서 있기에도 좁아 보였다. 한여름에도 냉기가 감도는 지하실에는 악명 높은 가스실과 소각로가 있었다. 재잘거리는 참새 소리가 잦아들고 간간히 긴 한숨 소리만 들릴 뿐이었다. 갑갑한 숨을 돌리려고 밖으로 나와 한적한 곳을 찾았다. 운동장 구석에 담장을 둘러친 조용한 공간이 나왔다. 손가락 높이의 노란 꽃들이 땅바닥을 가득 메우고 있었다. 얼핏 평화로운 휴식처럼 보였지만 안내판을 읽으니 그 바닥 지하에 수만 명의 유해가 잠들어 있다고 했다. 기념관에서는 차마 사진조차 찍을 엄두가 나지 않았던 터라 나는 손톱만 한 노란 꽃을 하나 꺾어 수첩 사이에 간직했다. 어디에서 읽었는지 잊었지만 무덤에 핀 꽃을 영초塋草라고 부른다던가. 그리고 나는 야간열차와 버스를 갈아타고 이틀 후쯤 로마의 스페인 계단에 걸터앉았다. 이번에는 여학생들이 다시 참새처럼 지저귀며 한 손에 아이스크림을 들고 계단에 앉아 "셀카"를 찍느라 분주했다. 저마다 로마의 휴일을 만끽하는 눈치였다. 어디에서 들었는지 잊었지만 오드리 헵번은 가족 중 하나가 게슈타포로 참여했던 것을 속죄하기 위해 말년을 아프리카의 어린이들의 생명을 살리는 데에 헌신했다고 한다. 커다란 눈을 반짝이며 활짝 웃는 입가에 팬 깊은 주름살이 그토록 아름다울 수가 없었다.

「로마의 휴일」의 어린 공주보다 훨씬 아름다운 할머니였다.

작가는 "역사는 마치 요제프 괴벨스가 만든 한 편의 영화처럼 우리 눈앞에 전개된다. 독일의 뉴스 영화는 픽션이 따라야 할 모델이 되었다"고 적었다. 당시 독일 당국이 만든 선동용 기록영화를 두고 했던 말이었지만 맥락을 접어두고 이 한 문장만 떼어놓아도 크게 의미가 왜곡되지 않을 듯싶다. 정치 선동의 귀재 괴벨스가 제시한 현실은 추악한 진실을 왜곡한 허구였다. 역사의 선동성을 거둬내고 추악한 현실을 묘사하는 것만으로도 소설은 그 몫을 다했다고 할 수 있다. 에리크 뷔야르가 이 작품에서 추구했던 것은 객관적 총체성을 겨냥하는 역사보다 한결 소박하다. 그것은 거창한 역사가 추수하고 지나간 들판에 흩어진 이삭을 줍는 것에 불과할지도 모른다.

예년과 다름없이 올해에도 〈공쿠르상〉 수상작을 둘러싸고 수군거리는 목소리가 끊이지 않는다. 『그날의 비밀』을 수상작으로 예상한 사람은 드물었다. 소설, 즉 픽션에만 수여한다는 〈공쿠르상〉의 오랜 전통이 있었기에 소위 논픽션이 대상을 받았다는 것은 몹시 예외적이다. 에리크 뷔야르는 이전 발표작 중에서도 소설이라 불릴 만한 것이 하나도 없었고 작가 자신도 『그날의 비밀』은 소설이 아니라고 단언했다. 어쨌거나 이번 수상작 역시 실화나 역사를 다룬 작품이 프랑스 문단의 큰 흐름을 이룬다는 사실을 재확인한 셈이다. 게다가 권력과 재력의 유착, 전쟁 보상을 둘러싼 외교적 문제 등 우리의 현안과도 겹치는 탓에 이 작품은 우리에게도 한결 절실하고 실감 나게 읽힌다.

알제리 가족사

소설가 미셸 우엘벡은 "정치적으로 올바르지 않은" 작가로 지목되어 번번이 구설수에 올랐다. 반反페미니즘, 인종차별주의, 극우 성향 등 여론은 그에게 온갖 불명예스러운 딱지를 붙였지만 그럴 때마다 그는 더욱 도발적 언어로 대응했다. 2015년에 발표한 『복종』에서 프랑스의 공화주의가 이슬람교에 의해 무너지는 미래세계를 묘사하면서 그의 정치적 상상력은 극에 달했다. 『복종』은 마치 과거부터 그에게 따라붙은 이슬람 혐오주의자라는 낙인을 더욱 확인시켜주려고 작심한 것처럼 보였다. 이 소설은 2017년 대통령 선거에서 이슬람 정당이 사회당과 손을 잡고 정권을 잡는 과정을 상세히 그리고 있다. 사회당이 이슬람 정당과 연합한 것은 프랑스 사회에서 급부상하는 극우 정당 국민전선에 맞서기 위한 정치적 선택이었다. 프랑스의 정체성을 지키자는 구호를 앞세운 극우 정당은 이민자들에게 막연한 반감을 품은 계층을 결집시키고 결국 파시즘의 부활을 목표로 삼고 있었기 때문이다. 어울릴 것 같지 않은 사회당과 이슬람 정당이 손을 잡고 집권한 후 신임 대통령이 유독 관심을 기울이는 분야는 교육이었다. 이슬람 정권은 초등학교 교실에서 코란을 가르치고 대학 교수를 이슬람교로 개종시키는 작업에 착수하며 이른바 국가의 백년대계를 전복하고자 한다. 초기 소설부터 줄곧 사랑의 불평등, 특히 성적 빈곤을 화두로 삼았던 미셸 우엘벡은 이슬람 정권이 일부다처제를 허용한다는 데에 흥미를 느낀다. 프랑스 대통령 모하메드 벤 아바스가 가족제도부터 시작하여 사회 전반을 개혁하는 것에 대해 다른 프랑스 정파는 그다지 반발하지 않았고 벨기에에도 이슬람 정권이 들어설 것이며 터키, 알제리, 모로코, 이집트가 유럽연합에 가입하면서 지중해 일대의 지도는 고대 로마시대를 닮아갔다.

비록 공상소설이지만 『복종』은 프랑스에 널리 퍼진 이슬람 공포증을 실감 나게 그려서 화제의 중심으로 떠올랐다. 우리네와 마찬가지로 인구 감소가 프랑스의 미래를 위협하고 있는바, 그 원인 중 하나는 결혼제도에 토대한 가족이 무너진 데에서 찾을 수 있다. 근래 들어 프랑스의 출산율이 오르고 있지만 그 반등의 근저에는 "비유럽권" 출신의 인구 증가가 자리 잡고 있다. 게다가 프랑스 전역에서 발생한 대규모 테러 사건은 막연한 불안감이 현실적 공포로 바뀌는 결정적 계기가 되었다. 2015년

1월 7일, 시사풍자잡지『샤를리 에브도』의 편집실에 난사된 총탄에 열한 명의 기자가 죽었고 그해 11월 13일, 2차 대전 이후 최악의 테러 사건이 '바타클랑'이라 불리는 유서 깊은 공연장에서 발생했다. 1500여 명이 운집한 공연장에 무차별 난사된 총탄에 130명이 즉사하고 413명이 부상당하는 유혈 사태로 프랑스 정부는 국가 비상 사태를 선포하는 지경에 이르렀다. 파리 시민은 폭력에 굴복하지 않겠다는 의지를 불태우며 보란 듯이 일상생활을 유지하는 의연한 표정을 지었지만 이국적 외모, 특히 아랍인 복장만 보아도 알 수 없는 두려움에 위축되는 것은 어쩔 수 없는 노릇이었다. 타자에 대한 부정적 감정을 해소하는 첫걸음은 그들의 사연과 역사에 귀 기울이는 것이고 그런 일에는 정치적 구호와 훈화보다는 소설이 제격이다.

2017년〈고등학생이 주는 공쿠르상〉은『상실의 기술 L'art de perdre』을 쓴 알리스 제니테르Alice Zeniter에게 돌아갔다.〈공쿠르 본상〉수상 작품보다 더 높은 판매고를 기록하고 있는 이 작품은 이미 2017년〈르몽드문학상〉을 수상하며 주목을 받은, 삼대에 걸친 알제리 가족사를 다룬 소설이다. 1930년대 알제리를 배경으로 시작되는 이 작품은〈공쿠르 본상〉을 받은『그날의 비밀』과 묘한 짝을 이룬다. 두 작품 모두 20세기 중반 유난히 험난한 시절을 겪은 서구의 특정 세대를 되짚는 이야기이기 때문이다. 고등학생들이 수상작으로 뽑은 『상실의 기술』은 프랑스인들이 막연한 불안과 공포를 느끼는 대상이 된 외국인, 특히 알제리 출신의 가족들이 어떻게 프랑스 땅에서 살게 되었으며 어떤 생각을 하는지를 묘사한 작품이다. 프랑스 극우 세력이 프랑스, 나아가 유럽의 정체성을 지키자는 구호로 반이슬람 정서를 자극하며 정치 세력을 불리는 상황에서 이 소설은 과연 한 인간의 정체성은 어디에서 비롯되는지, 혹시 정체성이란 것도 그저 국가나 민족과 같은 개념처럼 한 시절에 만들어진 역사적 구성물에 불과한 허상은 아닌지 차분하게 캐묻고 있다.

소비의 미덕

소설은 '프롤로그'에 이어 3부로 나뉘어 진행된다. '아빠의 세대'라는 소제목이 붙은 1부에서는 알리Ali, 2부 '추운 프랑스'에서는 하미드Hamid, 3부 '파리는 축제이다'에서는 나이마Naiima가 주된 인물이지만 혈연과 지연을 중시하는 인물들이 겪은 이야기인지라 세 주인공을 둘러싼 여러 친지들이 이들의 운명에 어지럽게 개입한다. 설명의 편의를 위해 서술 순서를 무시하고 인물과 줄거리를 요약해보자.

소설의 일인칭 화자 나이마는 파리의 화랑에서 근무하며 화랑 주인 크리스토프와 내연 관계를 유지하고 있다. 화랑 주인이 알제리 출신의 화가 랄라의 전시회를 기획하면서 그녀에게 알제리를 방문하여 작가에 대한 자료를 조사하고 작품을 수집해달라고 부탁한다. 나이마는 프랑스에서 태어난 이민 3세대임에도 불구하고 조상의 나라 알제리에 대해 딱히 아는 바가 없었다. 그녀의 아버지 하미드가 집안에서 고향과 조상에 대한 이야기를 평생 동안 함구했기 때문이기도 했고 프랑스어가 서투른 할머니와 속 깊은 대화를 나눌 수 없었기 때문이기도 했다. 그녀는 가족 모임에서 삼촌 모하메드로부터 "네가 어디에서 온지 알아야만 한다"라는 상투적 훈계와 더불어 행실을 지적하는 잔소리를 자주 들었다. 평범한 프랑스 사람과 똑같은 교육을 받고 자라난 나이마에게 알제리는 여타 외국과 다름없는 그저 추상적 명칭에 불과했다. "국토 면적 2,381,741제곱킬로미터. 세계에서 열 번째로 면적이 큰 나라이며 아프리카 대륙 및 아랍권 나라 중에서 가장 큰 나라. 국토의 80퍼센트가 사하라 사막지대." 그녀가 알고 있는 알제리는 인터넷에 소개된 정보에 머무르고 있는 형편이었다. 비교적 짧은 '프롤로그'를 지나면 나이

마가 모르고 있던 할아버지 세대의 이야기가 전개된다.

알제리의 가난한 산골 마을에서 삼형제 중 장남으로 태어난 알리는 품팔이와 소작을 겸하며 어린 시절을 보낸다. 열여덟 살에 알리는 사촌 동생 중 하나와 결혼식을 올렸다. 1940년대 초반에 알리의 아버지가 도망치는 염소를 쫓아가다가 바위에서 떨어져 죽는 바람에 가세가 더욱 기울었다. 알리는 두 딸을 아내에게 맡기고 프랑스 군에 자원입대하여 유럽 구경을 하게 된다. 그의 나이 스물두 살 때의 일이다. 종전 후 귀향한 알리는 전쟁에서 겪은 일을 결코 입에 올리지 않았다. 그러던 중 집안의 전설처럼 내려오는 사건이 벌어진다. 형제들과 냇가에서 물놀이를 하다가 급류를 만나 바위로 몸을 피했던 알리는 요란한 소리를 내며 바위에 부딪힌 묘한 물건을 발견한다. 커다란 나무 상자에 나사 모양의 기둥이 박힌 물건인데 그것은 올리브 기름을 짤 수 있는 농기구였다. 알리는 동네에서 기름 짜는 일만으로 돈을 모을 수 있었다. 마르크스의 표현을 빌리자면 그는 생산수단을 소유함으로써 육체노동에서 벗어날 수 있었다. 올리브나무를 사들이고 땅과 집을 장만하고 나중에는 도시로 나가 아파트까지 살 수 있는 재산이 모였다. 알리뿐 아니라 그의 부족은 돈이란 저축이나 투자를 위한 것이 아니라 손에 들어오자마자 소비하는 것을 미덕으로 삼았다. 모든 것은 신이 내린 축복이니 개인이 비축할 수 없고 남에게 베풀어야만 했다. 생산과 비축이 아니라 소비, 나아가 낭비를 경제원칙으로 삼는 이른바 증여 관습은 이미 여러 인류학자가 논구했던 몇몇 원시경제의 중요한 특징이기도 하다. 증여는 개인적 미덕에 그치지 않고 부족의 연대감과 경제체제를 유지하는 데에 유용한 오래된 풍습이었다. 그들은 돈뿐만 아니라 아예 숫자를 세는 것을 부끄럽게 여겼다. 그래서 인구 조사를 위해 마을을 방문한 프랑스 식민청은 가족 수나 양 떼, 올리브나무 등을 숫자로 계량하는 것을 거부하는 부족의 침묵에 경악할 수밖에 없었다. 서구 제국주의가 아프리카에 가장 먼저 전한 것은 기독교나 과학 문명이 아닌 자본주의 정신이었다. 알리는 가족뿐 아니라 주변 마을 사람들에게까지 넉넉한 삶을 베풀며 지역의 왕이 되었지만 진정한 왕이 되기 위해서는 아들이 필요했다. 그는 열네 살의 어린 신부와 결혼했고, 스무 살이나 연상에 얼굴조차 모르는 남자와 결혼해야만 했던 여자는 이듬해에 어머니, 즉 예마Yema가 되었다. 1953년 봄에 태어난 하미드 덕분에 알리와 예마의 부부애는 더욱 돈독해졌다.

알리의 선택

알리는 가족과 마을이라는 울타리를 벗어난 세계에 대해서는 무심했을뿐더러 딱히 바깥세상의 소식을 들을 기회도 없었다. 그가 외부 소식을 접할 수 있는 곳은 프랑스군 참전 전우회 모임 정도였다. 참전 경험으로 인해 알리는 서구 군대의 위력을 알고 있었다. 그리고 산골 마을까지 들려오는 알제리 해방운동의 소식에 그의 근심이 커져갔지만 선뜻 독립운동 쪽에 마음이 기울지 않았다. 그는 카빌에 속했기 때문이다. 프랑스 사람들이 알제리라고 통칭하는 나라에는 사실상 여러 부족이 포함되어 있고 카빌에 속한 지역의 부족은 수세기 동안 그들만의 문화와 언어를 지닌 독자적 전통을 고수하고 있었다. 반면 알제리의 독립운동은 공동의 적인 프랑스에 맞서기 위해 여러 부족의 독자성을 무시한 단합된 힘을 추구하고 있었다. 알리의 입장에서 카빌 부족의 독자성만 존중해준다면 어느 쪽이 중앙정권을 잡든 간에 그들 삶에 별다른 변화는 없는 것이었다. 그래서 마을 아이들이 알제리 독립군 영웅의 사진을 들고 다니자 알리는 독립군이 추구하는 것이 결국 카빌을 아랍화하는 것이라며 시큰둥한 반응을 보였다. 홀어머니를 모시고 사는 마을 청년 유세프는 알제리 독립을 위해 산으로 들어갈 생각을 놓지 않았다. 자본주의 정신뿐 아니라 국가나 민족 개념이 희박했던 알리에게 무기를 들고 살육을 감행하는 것은 아내와 자식, 나아가 부족을 지키는 것에 한정돼 있었다. 그러나 역사는 개인에게 반드시 한 진영을 선택해야만 하는 순간을 강요한다. 선택은 둘 중 하나뿐이었다.

자기의 진영을 선택하는 일은 어느 한 순간, 혹은 유일하고 정확한 결단에 따른 사안이 아니다. 어쩌면 우리는 남들이 흔히 말하는 그 선택이라는 것을 결코 한 번도 행하지 않을지도 모른다. 선택은 그저 수많은 작은 것들, 사소한 것들을 통해 이뤄진다. 자신은 결코 어떤 진영에 참여했다고 믿지 않을 테지만 그런 일이 벌어지고 만다. 여기에서 언어가 중요한 역할을 한다. 예컨대 알제리해방전선FLN의 투사들은 경우에 따라 '펠라가' 혹은 '무자히딘'이라 불린다. 펠라가는 큰길의 도적 떼, 길을 끊는 사람, 나쁜 길을 누비고 다니는 사람, 사람의 머리를 부수는 사람을 뜻한다. 반면에 무자히딘은 성스러운 전쟁의 전사를 의미한다.

알리는 프랑스인 가게에 폭탄을 던지고 프랑스인 교사 부인을 살해한 알제리인들을 그저 FLN 사람들로 부르는 쪽을 택했다. 그러나 가족이나 부족 사람들에게 조금이라도 해를 끼친다면 그들이 비록 해방전선, 알제리 독립투사일지라도 알리에게는 모두 강도 떼에 지나지 않았다. 올리브유 장사를 하다 보니 시내에서 조그만 식료품점을 경영하는 프랑스인 클로드와도 가깝게 지내며 그의 가족과도 친해졌다. 어린 하미드는 그들과 어울리며 프랑스어를 조금씩 익힐 수 있었고 특히 또래의 프랑스 여자 아니와 소꿉친구가 되었다가 점차 사랑 비슷한 감정에 눈을 뜨게 된다. 진영 선택은 이렇게 사소한 이해관계, 친분, 사랑과 같은 감정 같은 것이 모여서 자신도 모르게 결정되는 법이다. 참전 재향군인 모임에서 알리는 또 다른 선택의 순간을 맞이한다. 알제리해방전선이 프랑스 행정관청의 관직이나 선출직을 맡는 것을 금하고 특히 프랑스 정부가 지급하는 군인연금을 거부하라는 포고를 내린 것이다. 이를 어길 시에는 최고형, 즉 사형에 처한다는 단서도 붙어 있었다. 프랑스 군복과 훈장을 간직하는 카빌의 남자들 모임에서 특히 연금을 거부하는 대목에 대해 불만이 터져 나왔다. 심지어 담배를 피우지 말라는 FLN의 협박에 카빌 부족과 알리는 실소를 금치 못했다. 담배 연기에 알제리 독립이 달려 있다고? 담배를 끊으면 프랑스보다도 당장 우리가 불편한데? 한쪽에서는 담배쯤이야 끊겠다며 피우던 담배를 바닥에 던져 발로 짓밟았다. 그러나 연금을 거부한다면 FLN이 우리 가족을 먹여 살릴 것인가? 그리고 독립이라고? 장담컨대 우리 생전에는 결코 어림도 없지. 세티프 사건 들었지? 알제리 국기를 흔들었다고 수천, 수만 명이 죽었어. 국기라고? 그게 누구를 위한 국기인가? 우리 카빌 부족의 국기인가? 이들 사이에 오가는 대화의 편린 중에서 자주 등장하는 국가, 부족, 국기와 같은 단어는 사실상 1955년 당시에는 아무도 그 정확한 의미를 몰랐다. 알리에게 연금은 금전적 이익보다 명예와 자존심이 걸린 문제였다. 그에게 혈기 방장한 독립군이 못마땅하게 보이는 것은 그들 대부분이 가족도 보살피지 않고 제멋대로 장군이니 대장이니 계급을 달고 선악을 판단하는 이들이었기 때문이다. 알리는 명예를 존중하는 카빌 부족으로서 군인의 자부심을 버릴 수 없었다. 그래서 "군인에게는 복종하지만 장사꾼에게는 그럴 수 없다"란 생각에 공감하는 터였다.

독립전쟁이 이어지면서 알리는 더 이상 선택을 미룰 수 없었다. 알제리 해방군은 알리가 사는 산골 마을까지 찾아와 독립전쟁의 대의를 연설한 후 누구나 혁명에 가담해야 하며 특히 혁명 세금을 내야 한다고 강조했다. 프랑스 정찰대가 해방군의 매복에 걸려 몰살당하자 다시 프랑스군의 무차별한 보복이 가해지는 등 폭력의 악순환이 이어지며 덩달아 그 수위도 고조되었다. 알리는 대도시 알제에 아파트를 구하러 갔다가 밀크바 폭발 사건 현장을 목격하자 자신이 죽는 것은 대수롭지 않지만 사지가 찢겨 나간 남의 모습이 더 끔찍하다는 친구의 고백에 공감하기도 했다.

　그러나 결정적으로 알리를 공포로 몰아넣은 것은 아크리 살해 사건이었다. 1차 대전 참전 용사로서 군인연금을 받던 노인이 목이 잘려 발가벗겨진 채 거리에 던져진 모습을 보자 알리는 프랑스 점령군에게 보호를 요청하지 않을 수 없었다. 어쩌면 FLN의 다음 목표는 2차 대전에 참전한 자신이 될지도 모를 일이었기 때문이다. 그러나 유럽의 전쟁터에서 함께 목숨을 걸고 전우애를 키웠던 프랑스 군대는 그를 보호하지 못했다. 프랑스 장교는 "네가 죽게 된다면 너의 진영 선택이 틀렸기 때문일 테지"라고 빈정거릴 뿐이었다. 알리는 프랑스군 주둔지를 드나들며 가족과 재산을 보호해달라고 애청했지만 프랑스가 원하는 것은 FLN에 관한 정보였다. 그리고 마침내 알제리의 독립을 보장하는 에비앙조약이 체결되면서 1954년부터 시작되었던 알제리전쟁은 1962년에 마무리되었다. 그동안 알리는 확신이나 결단이 아니라 사소한 행동과 말이 축적됨으로써 자신도 모르게 프랑스 쪽에 서게 되었고 부역자, 즉 하르키harki가 되고 말았다. 알제리 독립이 선언되는 날부터 "해방 과부"들이 늘어났다. 프랑스에게 협력했던 알제리인들이 색출되고 살해되는 바람에 수많은 과부가 생겨났다. 알리는 천신만고 끝에 프랑스 남쪽 항구를 향하는 피난선에 오를 수 있었다. 2부 '추운 프랑스'는 알리의 가족이 발을 디딘 프랑스 땅에서 그들이 2년간 머문 난민 수용소의 천막 생활과 산속 움막 생활을 묘사하는 데로 모아진다.

추운 프랑스

1830년 알제리에 프랑스 군대가 들어간 이래 1962년까지 수많은 북아프리카인이 소위 본토라고 불리는 프랑스 땅으로 이주했다. 현재 프랑스인 중 3세대만 거슬러 올라가면 이탈리아, 스페인, 독일 등지에서 이주한 유럽계 이민자 출신이고 여기에 식민지 출신 이주민까지 포함하면 프랑스 인구 3분의 1이 외국계 혈통이다. 그러나 프랑스 군대의 부역자를 일컫는 하르키는 어디에서도 대우받지 못했다. 프랑스 군대를 도운 민간 군무원을 뜻하는 표현이지만 하르키는 배신자와 동의어로 사용되었다. 프랑스인들 사이에서조차 조롱과 비난의 대상이었던 그들은 프랑스에 이주한 연대를 밝히지 않았다. 알제리가 해방된 1962년에 프랑스로 이주했다면 그것은 그들이 조국과 민족을 배반했다는 것을 의미하기 때문이다. 게다가 본국으로 철수하는 프랑스 군대는 하르키를 보살피지 않았다. 프랑스 지휘관은 후퇴하는 군인 트럭에 매달리는 하르키의 손가락을 "군화로 짓밟으라"고 명령했고, 천신만고 끝에 프랑스로 피난 온 2만여 명의 하르키는 임시 천막으로 급조된 난민촌에 옹기종기 모여 살았다. 그들은 가시 철망으로 경계선을 두른 천막촌 바깥으로 나갈 수 없었고 아침마다 프랑스 국기 게양식에 참석하고 단체급식으로 끼니를 해결해야만 했다. TV 방송기자들이 찾아와 난민들이 인간적 대우를 받으며 편안하게 사는 모습과 어린아이들이 교실에서 프랑스식 교육을 받는 모습을 찍어 갔다. 기자가 아이를 붙잡고 "프랑스가 좋니, 알제리가 좋니"라고 묻고 아이가 "프랑스"라는 대답을 하면 "자, 이제 만족하겠구나" 하고 시혜자의 흡족한 미소를 지었다. "알제리"라고 대답하면 화들짝 놀라는 표정으로 "왜? 거기가 더 따뜻해서?"라고 되물었다.

이민국 공무원은 수용소 사람들을 차례로 불러 국적 선택을 강요했다. 알리와 그의 가족은 순순히 프랑스를 택했고 서명을 할 줄 모르는 알리와 예마는 지장을 찍었다. 그런 후 난민들은 정부가 지정하는 정착지로 빠져나 갔다. 그들에게는 주로 인적 드문 산림지역에서 숲을 지키고 가꾸는 일이 맡겨졌다. 알리 일가처럼 가족이 함께 이주한 경우는 그래도 형편이 나았다. 자기 몸만 겨우 배에 실은 사람들은 알제리에 남은 가족을 데려오고 싶었지만 프랑스 정부는 가족의 재결합을 불허했고 알제리 당국도 하르키 가족의 출국을 금지했다. 난민 수용소에 갇힌 사람들 사이에서도 부역의 정도에 따라 반목과 차별이 심화되었다. 알리처럼 누구도 죽이지 않았고 그저 남들도 아는 마을 소식을 프랑스군에 전달한 하르키는 "이기적 겁쟁이"로 취급되었지만 프랑스군의 특공대 출신들은 "악마"라고 불렸다. 알제리 독립군을 진압했던 특공대 출신의 하르키는 솥에 넣어 끓여 죽이는 공개 처형을 당할 정도로 증오의 대상이 되었다.

고향 마을에서 주변 사람을 돌보는 너그러운 어른 대접을 받던 아버지가 천막 한구석에 버려진 채 일자리조차 배당받지 못하는 것을 보고 아들 하미드는 절망에 빠진다. 식민주의는 알제리를 자본주의로 물들였을 뿐 아니라 가부장제를 무너뜨렸다. 유난히 혹독했던 그해 겨울을 버티고 봄을 맞은 알리 가족은 마침내 산악지대에 마련된 움막을 배당받을 수 있었다. 창고처럼 생긴 방 한 칸에서 여섯 식구가 생활했지만 하미드도 인근 초등학교에 다닐 수 있었다. 하르키의 아이들은 아랍어, 카빌어, 프랑스어로 대화했다. 훗날 하미드는 "그건 학교가 아니었어, 적어도 프랑스 아이들이 다녔던 학교와는 달랐어"라고 회고했다. 그때까지 알리가 프랑스에서 본 것은 숲과 나무뿐이었고 인근 마을에 사는 프랑스인들과는 눈조

차 마주친 적이 없었다. 프랑스인들에게 그들은 투명인
간이나 다름없었다.

투명인간

알리가 큰맘 먹고 조그만 술집에 들어간 적이 있었다.
맥주를 주문했지만 주인은 그의 발음을 못 알아듣는 척했
다. 계속 주문을 되풀이하자 주인은 "거지에게는 술을 팔
지 않는다"라고 되받아쳤다. 내쫓으려는 주인과 버티는
알리 사이에 대치 상태가 길어지자 경찰이 개입했다. 경
찰은 알리의 가슴에 달린 참전용사 훈장을 보자 대뜸 "어
디?"라고 물었다. 알리는 "몬테 카지노"라고 답했다. 그곳
은 2차 대전의 격전지 중 하나였고 알리와 경찰관 사이에
는 금세 생사를 공유했던 뜨거운 전우애가 흘러넘쳤다.
프랑스에서 알리의 명예가 인정된 유일한 순간이었다.

몬테 카지노. 예닐곱 가지의 언어로 터져 나오는 비명. 하
지만 모두 같은 뜻이었다. 무서워, 두려워, 죽기 싫어. 몬테 카
지노에서 벌어졌던 네 차례의 전투에서 선두에 섰던 군인은
모두 식민지 출신이었다. 프랑스군 측에서는 모로코인, 튀니
지인, 알제리인, 영국군 측에서는 인도인과 뉴질랜드 원주민

이었다. 산속에서 연합군은 5만 명을 잃었지만 죽고 다친 자는 모두 그들뿐이었다. (······) 그 고지에 매달렸던 아프리카 출신 군인 중 알리가 있었고 벤 벨라, 부디아프도 있었다. 그들 중 두 명이 훗날 독립된 알제리의 초대 대통령과 네 번째 대통령이 되었다.

알리 가족은 2년가량 천막과 움막을 전전하다가 마침내 노르망디 지방에 조성된 신도시로 입주하게 되었다. 아파트에 들어서자 아이들은 하얀 욕조가 신기해서 그 안에 들어가 살고 싶다고 했다. 대가족이 살기에 비좁지만 예마는 바닥이 닳아 없어지도록 쓸고 닦았다. 그녀는 가난한 현실을 보상하는 주부의 자존심을 청결에서 찾았다. 하미드도 비로소 프랑스 학생들과 같은 교실에 앉게 되었다. 똑똑하고 성실했지만 그가 익힌 프랑스어는 모두 책에서 눈으로 배운 것이라 그의 말투를 들은 복지 상담사는 "책처럼 말하는 아이"라고 보고서에 썼다. 인근 공장에서 일자리를 찾은 알리는 자신이 하는 일이 정확히 무엇인지 몰랐다. 아들은 프랑스인들에게 지나치게 공손한 아버지의 모습이 마땅치 않았다. 담임선생을 만난 아버지가 프랑스어로 서명조차 할 줄 모르는 것도 부끄러웠을 것이다. 담임선생이 아들의 진로를 묻자 알리는 프랑스에서 가장 훌륭한 대학이 어디냐고 되물었다.

당황한 담임선생이 폴리테크닉이나 고등사범학교일 거라고 답하자 알리는 아들은 두 학교 모두 다니게 하겠다고 대답했다. 알리의 아들은 두 학교는커녕 훗날 대학을 포기했다. 하미드가 고등학생이 되면서 부자지간은 점점 멀어지고 아들이 이슬람교의 금식 의례인 라마단을 포기하자 둘 사이는 결정적으로 멀어지게 된다. 하미드는 금식을 통해 가난한 자들의 처지를 역지사지하라는 이슬람 교리가 현실 앞에 무용하다고 생각했다. 그 시절 절친한 급우였던 스테판이 그에게 마르크스의 『자본론』을 권하는가 하면 거리에서는 "금지를 금지하라" 하는 구호가 들렸다. 이른바 68혁명의 물결이 노르망디까지 흘러넘친 것이다. 스테판은 베트남이 미국 방산 복합체의 이익을 위해 조정되는 괴뢰정권이라고 비난했고 원칙적으로 모든 나라가 독립하는 것이 정의라고 주장했다. 하미드의 마음속에서 『자본론』과 68혁명의 구호와 밥 딜런의 가사가 뒤숭숭하게 뒤엉켰다. 아들은 아버지에게 왜 알제리 독립보다 프랑스 군대를 선택했냐고 물었지만 아버지의 대답은 석연치 않았다. 본인 자신도 모르는 사이에 슬그머니 이뤄졌다는 아버지의 진영 선택은 아들로서는 이해불가였다.

혼란한 시절을 보내던 하미드가 교실에서 소동을 주도한 사건이 벌어졌다. 수업 중 교사가 진도가 뒤처진 학생을 지적하며 "피에르, 하미드조차 알 수 있는 것을 네가 모른다니"라는 말을 무심코 내뱉은 것이다. 하미드는 이에 분개하여 미개한 아프리카 학생이 아는 것이라면 백인 프랑스 학생은 당연히 알아야 한다는 뜻이냐고 반박하며 교사를 "인종차별주의자"로 몰아붙였다. 이에 스테판과 다른 친구까지 합세하여 교사를 궁지에 빠뜨렸다. 이 사건으로 하미드는 친구들 사이에서 영웅으로 부각되어 의기양양하게 친구들과 자축을 즐기고 여학생들의 주목을 받게 되었지만 학교는 가정통신문을 통해 하미드가 낙제를 할 수도 있다는 경고를 내렸다.

하미드가 사랑에 빠진 것은 1972년 늦여름이었다. 미술 전공 대학생들이 창고를 빌려 개최한 전시회에서 처음 만난 클라리스는 하미드와 달리 정치에는 무심하고 오로지 손을 통해 물질을 변화시키고자 하며 그 결과에서 보람을 느끼는 "착한 여자"가 되는 것에 만족한다고 했다. 센강 변에서 첫 키스를 나눈 뒤 열흘 후 하미드는 클라리스 아파트에 짐을 풀었다. 하미드가 발견하고 부러워했던 클라리스의 장점은 세상사에 추호도 흔들리지 않고 자아를 유지하는 항상성이었다. 그녀는 절대로 훼손되지 않는 바위였고 그 명료한 단순성에 하미드는 사로잡히고 말았다. 하미드는 여느 부부와 마찬가지로 갈등과 화해를 거듭했고 마침내 딸 나이마를 얻게 된다.

하미드의 삶에서 빼놓을 수 없는 일화는 어릴 적 소꿉 친구 아니와의 만남이다. 북아프리카에서 대대손손 살아왔던 프랑스인들은 식민지 해방과 더불어 프랑스로 도망치듯 귀국해야만 했고 그들의 정착은 녹록지 않았다. 알제리를 잊고 싶은 하미드와 정반대로 아니는 자신의 뿌리가 알제리라고 생각했다. 소위 "검은 발"(피에 누아르, pieds noirs)이라 불리는 식민지 출신 프랑스인은 고국 생활에 쉽게 적응하지 못했고 아니도 어른이 되자 알제리로 돌아가 사회주의 공화국 건설에 일조하려는 꿈을 품게 된다. 자신의 뿌리가 알제리에 있다는 아니의 주장에 하미드는 발끈하며 반박한다. "나의 뿌리, 그건 여기에 있어. 나는 뿌리를 뽑아 이곳에 이식한 거야. 뿌리 운운하는 이야기는 모두 멍청한 수작이야. 원래의 뿌리에서 수만 리 떨어져서도 살아 있는 나무를 본 적 있어? 나는 여기에서 자랐고 그래서 나의 뿌리는 이곳에 박혀 있는 거야. (……) 나는 그곳의 언어마저 잊어버렸어." 뿌리 이야기는 하미드의 딸 나이마에게 이어진다.

끝나지 않은 3부

3부 '파리는 축제이다'는 2000년 6월 14일 알제리 대통령의 발언을 인용하는 것으로 시작된다. "단언컨대 하르키가 알제리를 방문하는 것에 대한 조건이 무르익지 않았다. 그것은 정확하게 말해서 마치 대독 저항운동을 했던 프랑스인에게 부역자의 손을 잡으라고 부탁하는 것이나 다름없다." 다시 말해 거의 반세기의 세월이 흘렀어도 알제리는 동족을 배신한 하르키를 용서할 수 없다는 것이다. 하미드의 딸 나이마는 파리 6구에 위치한 현대 화랑에서 큐레이터로 일하고 있었다. 그녀는 취업 면접을 치르며 현대미술, 특히 사진예술에 대한 열정을 토로했다. 여성 누드를 즐겨 다뤘던 아라키, 황량한 풍경을 배경으로 자신의 얼굴을 찍었던 라파엘 닐, 근접 촬영한 얼굴의 주름살이 달의 표면을 연상시켰던 작품이 인상적이었던 피어스 얀센, 그리고 그 외에도 열댓 명의 작가를 거론할 만큼 나이마는 사진예술에 조예가 깊었다. 그녀가 즉석에서 채용된 것도 3년이 지났고 그녀를 뽑았던 화랑의 사장 크리스토프와 동침한 지도 2년이 넘었다. 이전에도 만나고 사랑을 나눴던 남자들은 많았지만 오랜 관계를 지속한 것은 크리스토프가 처음이었다. 그녀는 남자들이 늘어놓는 화려한 경력이 대부분 과장되거나 거짓말이라고 생각했고 자신의 직관, 첫인상에 따라 남자들을 평가했다. 중요한 것은 남자의 과거가 아니라 두 사람이 만난 시점부터 시작해서 앞으로 함께 만들어가는 미래라고 믿었다. 이성 간의 적극적 주도권이 남자뿐 아니라 여성에게도 있어야 한다고 보았고 한동안 자유로운 사랑을 구가했지만 문득 그런 생각마저도 이 시대에 널리 퍼진 진부한 편견에 불과하다는 의심이 들었다. 다시 말해 미국 연속극 「섹스 앤 더 시티」가 퍼뜨리고 여자의 허영심을 자극하는 상업주의가 만들어낸 현대 여성의 허상을 무의식적으로 모방한 것은 아닌지 자문하기에 이르렀다. 클라리스는 과거와 뿌리로 현재를 규정짓기를 거부하는 딸의 기질은 아버지로부터 물려받은 것이라고 느꼈다. 나이마는 인간을 두 부류로 나눴다.

그 이론에 따르면 인간은 슬픔의 부족과 분노의 부족, 이렇게 두 부족으로 나눠진다. 행복의 부족도 있다는 말은 하지 말아야 한다. 행복이 정지될 때 비로소 인간의 본색이 드러나고 그들의 진실이 보이기 때문이다. 누구나 허물어지게 마련이니 그 순간을 기다리면 된다. 만사가 잘 풀린다고 생각되는 나날이 이어지다가 문득 고개를 숙이자 구두끈이 풀어졌다는 것을 보게 된다. 돌연 행복이 사라지고 마치 폭탄의 폭풍으로 건물이 무너지듯 입가의 미소가 허물어진다. 그러면 건물처럼 주저앉게 된다. 실로 구두끈 하나, 사소한 어떤 일만이 당신을 기다리고 있다. 누구나 속으로는 분노하거나 불행해지고 싶어 한다. 그 순간이 흥미롭다.

그 시절 나이마는 분노의 부족에 속했었다. "너의 분노는 어디에서 비롯된 거니?"라는 친구의 물음에 나이마는 할머니의 서툰 프랑스어를 흉내 내며 "나는 뿌리를 잃었거든"이라고 대답했지만 속마음은 달랐다. 나이마는 스스로 잃은 것은 아무것도 없다고 굳게 믿었다. 그는 아버지와 마찬가지로 뿌리나 정체성에 근거한 가치관을 부정했다. 예컨대 나이마는 여자라는 이유로 남자보다 우대되거나 혹은 아랍인이기 때문에 의혹의 눈초리를 받거나 정반대로 동정과 연대감을 표시하는 휴머니즘의 혜택을 거부했다. 소설가의 의도는 분명치 않지만 나이마의 태도는 실존주의자 사르트르의 생각과 겹치는 부분이 많다. 그의 철학에 따르면 인간의 본질이란 원래부터 없는 것이고 오로지 자신의 선택, 미래를 향한 기투企投로 자아를 변화시키는 과정만이 중요한 것이다. 사르트르, 혹은 나이마의 생각에 따른다면 여자이거나 북아프리카 사람으로 태어난 것은 본인이 선택한 것이 아니다. 따라서 선택의 대상이 아니었던 인종적·성적 정체성이 인간을 가늠하는 기준이 될 수는 없다. 그러나 그녀도 그런 편견에서 자유롭지 못하다는 것을 고백한다.

2015년 1월 7일, 8일, 9일. 『샤를리 에브도』의 학살, 히페르 카쉐의 인질 사건, 그리고 범인의 뒤를 쫓는 죽음의 추격전이 이어졌던 사흘 동안 솔(나이마의 직장 동료)은 뉴스를 보다가 중간에 화장실로 달려가 창자까지 토해냈지만 나이마는 텔레비전 앞에서 꼼짝도 하지 않고 딸꾹질하듯 분노의 욕설을 퍼부었다. 이 공포의 사흘이 지난 후 나이마는 그의 화랑 동료 카멜, 혹은 그녀 아파트 앞에서 신문 가판대를 지키는 튀니지 출신 남자에게 의심의 눈초리를 쏟아지는 것을 눈치챘다. 그것과 똑같은 강렬한 눈총이 그녀 아버지, 어머니, 숙부, 숙모, 그리고 소식을 잊고 지내는 사촌들에게까지 겨냥될 것이라는 상상이 들었다. 그녀의 지인들에게 그런 눈길이 쏟아지는 순간, 그녀는 그런 눈길을 참고 견딜 수 없었다. 그러나 그녀 자신조차도 턱수염을 기른 남자가 불룩한 가방을 어깨에 메고 지하철을 타면 두려움을 떨칠 수 없었다.

나이마는 자신조차 떨칠 수 없는 그 두려움이 두려웠다. 그녀가 생각하기에 테러리스트가 피부색이 프랑스인과 다르기 때문에 모든 유색 인종을 의심한다면 그 결과는 뻔했다. 백인의 질시와 의혹이 참아내기 어려운 정도에 이르고 유색 인종의 생존 공간이 사라지면 그들은 테러리스트 진영으로 넘어갈 수밖에 없다. 그것이 테러리스트가 겨냥하는 목표였다. 크리스토프는 화랑 운영에 어려움을 겪기 시작했다. "테러 사건 직후 사람들은 화랑에 발길을 끊었어. 이제 예술은 안중에도 없는 거야." 크리스토프 생각에 공포를 치유하는 방법은 공포의 뿌리를 직시하는 길밖에 없었고 그것이 예술이 할 수 있는 일이었다. 그는 카빌 출신의 예술가 랄라를 떠올렸다. 이슬람 원리주의자, 그리고 알제리 정부 양측 모두로부터 탄압을 받은 그는 프랑스로 망명하여 죽음을 앞둔 고령의 노인이 되었다. 그의 회고전을 위해서는 알제리에 남아 있는 작품까지 조사하고 수집해야만 했다. 알제리에 도착한 나이마는 할아버지와 아버지 세대가 보고 겪었던 현장을 되돌아보고 일가친척도 만났지만 강렬한 느낌과 동시에 하루빨리 프랑스로 돌아가고픈 욕구가 치밀었다. 그런 자신의 느낌을 이해할 수 없었던 나이마에게 현지 안내를 담당하던 이프렌이 미국 시인 엘리자베스 비숍의 시 한 구절을 암송해주었다.

'한 가지 기술One art'라는 제목의 시는 "상실의 기술art of losing"이라는 표현으로 시작된다. 시의 내용을 요약하는 무례를 무릅쓰자면 우리가 살아가면서 터득해야만 하는 것이 하나 있는데 그것이 "잃어버리는 기술"이란 것이다. 살다 보면 사랑과 애착이 생기게 마련인데 그 대상이 죽거나 사라지더라도 견디는 기술을 배워야 한다는 것이다. 시인은 자신이 상실했던 대상을 하나하나 나열한 후 되돌아보니 그리 큰 재앙도 아니었다고 고백한다. 그것은 아마 상실에 익숙해진 덕분일 텐데 상실의 기술을 익히는 게 어렵지 않다고 시인은 조용히 타이른다. 그렇다면 여행을 통해 나이마는 무엇을 깨달았을까. 소설가는 나이마는 어디에도 도착하지 않았으며 따라서 이 소설은 성장소설처럼 끝날 수 없다고 주장한다. 긴 구도 여행 끝에 깨달음에 도착했다면 그 순간 여행은 끝나고 주저앉게 될 테고 고생 끝에 얻은 것이 아까워서 움켜쥔 손은 다른 가능성을 포기하는 것을 의미한다. 그래서 "그녀는 움직임이며 그녀는 여전히 나아갈 것이다"라는 말로 소설은 마무리된다. 움직임, 운동, 생성, 과정과 같은 단어가 예사롭지 않다. 그것은 전통적 가치인 명예를 추구했던 1세대와 마르크스가 반영되었던 2세대에 뒤이어 등장한 3세대를 꿰뚫는 핵심어이기 때문이다.

작가에 대해 알려진 정보를 간추려보면 다음과 같다. 알리스 제니테르는 1986년 알제리 출신 아버지와 프랑스인 어머니 사이에서 태어났다. 소설 속에서도 명문 대학이라고 언급된 파리고등사범학교에 다녔고 2013년 소르본누벨대학에서 강의했다. 몇 해 동안 헝가리에 머물며 프랑스어를 강의하는 동시에 연극 연출의 수련 과정을 거쳤다. 연극 연출 분야에서도 활동하며 영화 시나리오를 각색하는 등 여러 분야에서 두루 활약하는 중이다. 열여섯 살에 『2에서 1 빼면 0Deux moins un égal zéro』이라는 첫 소설을 출간한 이래 2010년 『우리의 품 안까지Jusque dans nos bras』, 2013년『어두운 일요일Sombre Dimanche』, 2015년『망각 직전Juste avant l'oubli』, 2017년『상실의 기술』을 발표했다. 두 번째 소설부터 수많은 문학상을 받았지만 주요 상만 꼽자면 2013년 〈엥테르상〉, 2015년 독자가 주는 〈르노도상〉, 그리고 특히 2017년『상실의 기술』로 〈르몽드문학상〉〈고등학생이 주는 공쿠르상〉을 비롯하여 여러 상을 받았다. 지난 5년간 프랑스 문학상 중에서 〈고등학생이 주는 공쿠르상〉을 받은 소설이 다른 주요 문학상의 판매 부수를 압도하는 현상도 주목할 만하다. 소설에서 여주인공의 입을 빌려 과거에 연연하지 않고 미래로 투기하는 것이 소중하다고 주장했지만 갓 서른을 넘긴 그녀의 이력이 지나치리만큼 화려하다.

두꺼운 소설이라 제한된 지면에 줄거리를 요약하는 것만으로도 핸드백에 담요를 구겨 넣는 것 같은 억지스러운 일이었다.『소설, 때때로 맑음』1, 2권에서 다뤘던 여러 작품 중 알제리전쟁과 관련된 소설이 적지 않았고, 작년 〈공쿠르상〉도 북아프리카 모로코 출신의 여성 작가에게 돌아갔다. 프랑스 사회에 이슬람에 대한 불안과 미움이 퍼지고 있다는 흉보가 우리네 귀에까지 들리고 있다. 타자에 대한 무지와 오해를 거둬내는 데에 문학만큼 효과적인 것은 없다. 과거를 접고 미래를 향한 기투가 인간의 본질이라고 아무리 외친들 식민지 역사는 여전히 현재진행형이다. 우리네에서도 지난 세기에 탄생한 친일파, 위안부, 부역자와 같은 단어가 여전히 강력한 울림을 갖고 지금 작동하고 있지 않은가.

여섯 번째 주인

2017년 베로니크 올미Véronique Olmi가 출간한 『바키타Bakhita』는 문단의 화제로 떠올랐고 독자의 반응도 뜨거웠다. 〈공쿠르상〉〈페미나상〉 등 여러 중요 문학상의 최종심에 올랐지만 〈프낙소설문학상〉을 받는 데에 그쳤고, 그러나 평론가의 평가와 무관하게 지금까지 10만 명이 넘는 독자를 사로잡았다. 『바키타』는 실존했던 인물의 삶을 추적한 전기형 소설이다. 출생 연도가 불확실하지만 대략 1869년 아프리카 수단에서 태어나 1947년 2월 8일 이탈리아 스키피오에서 숨을 거둔 바키타는 흑인 여성으로는 드물게 사후 반세기가 지난 2000년 10월 1일 교황 바오로 2세에 의해 성자로 선포되었다. 예수의 삶을 실천한 사람은 교회의 기적심사를 통해 성자로 시성되고 그의 삶이 문자로 기록된다. 중세 천년 동안 가톨릭 문화권의 일상에 영향을 끼쳤고, 그 이후에도 가톨릭 신앙을 증거하고 선교하는 것을 목적으로 펴내는 『성자열전Hagiographie』은 세속 문학과 구별되는 일정한 도식을 따른다. 실존 인물의 삶을 그렸다는 점에서 위인전이나 전기와 유사하지만 성자의 삶에는 타락, 참회, 수난, 기적, 순교, 구원 등과 같은 종교적 계기가 강조된다. 그중에서도 구원의 힘이 부각되려면 타락과 시련이 성자의 삶에 거의 필수적 과정이다. 속세의 성공담도 가난, 고통, 절망 등을 잔뜩 부풀려야만 성공이 빛나듯 성자의 삶에서 고통은 성스러움과 짝을 이룬다. 그래서 성자들이 자주 등장하는 서양화를 제대로 독해하려면 성자의 고통을 미리 알아두어야 한다. 예컨대 종교화에서 성자 라우렌시오를 구별하려면 석쇠를 찾아야 한다. 그는 뜨거운 석쇠 위에서 순교했기 때문에 그의 상징, 소위 도상학적 지물이 석쇠이다. 동료 수녀와 교회, 나아가 이탈리아 전 국민의 관심과 사랑을 받으며 수도원에서 숨을 거둔 바키타가 어떻게 성자 반열에 올랐을까. 소설 『바키타』를 읽는 일은 그녀의 삶이 짊어졌던 고통의 무게를 가늠해보는 것과 다름없다.

노예 사냥꾼

"그녀는 자기의 이름을 몰랐다. 그녀가 꾸는 꿈이 어떤 언어로 이뤄졌는지도 몰랐다. 그녀는 아랍어, 터키어, 이탈리아어, 그리고 몇몇 아프리카 부족 방언의 단어를 기억했다." 바키타의 전기를 작성하려고 교회 측이 바키타를 만났을 때 가장 어려웠던 점은 정작 전기의 주인공이 자신의 이름조차 기억하지 못하는 데에 있었다. 그러므로 생년월일, 출생지 등 그녀의 기본 정보는 모두 오랜 대화를 통해 재구성된 것이다. 그녀는 1869년 수단의 작은 마을 올고사에서 태어났다. 쌍둥이였던 그녀는 평생 자신의 분신, 쌍둥이 자매의 존재를 느끼며 살았다. 그녀의 어머니는 열한 명의 아기를 출산했고 그중 넷이 죽고 둘이 납치되었다. 바키타가 다섯 살 무렵이었던 때였다. 열네 살의 언니 키슈네는 이미 결혼해서 아기까지 낳았다. 어른들은 모두 일터로 나간 어느 날 오후, 키슈네는 쌍둥이 동생을 돌보고 있었다. 동구 밖에서 말발굽 소리가 천둥처럼 울리더니 총과 칼로 무장한 남자들이 들이닥쳤다. 그들은 살인과 방화를 저지른 후 어린아이들을 사슬에 묶어 끌고 갔다. 아랍어 라지아razzia, 우리말로 노략질쯤으로 번역되는 일이 벌어진 것이다. 마을을 습격하여 재물을 빼앗을 뿐 아니라 아이와 여자를 납치하여 노예로 팔아넘기는 일은 당시 수단에서 드물지 않은 일이었다. 어른들이 마을에 돌아왔을 때 쌍둥이를 돌보던 맏딸 키슈네가 사라졌다. 키슈네가 납치되고 2년이 지난 후 이번에는 바키타가 사라졌다. 친구와 함께 풀을 베러 갔던 바키타는 낯선 남자 두 명에게 납치되었다. 토끼나 노루를 사냥하는 것보다 일곱 살배기 여자아이를 납치하는 것이 쉽고 이문도 크기 때문이었다. 이제부터 소설의 절반은 성자가 되기 위한 필수 과정인 고통에 할애될 것이다.

바키타는 캄캄한 토굴에 갇혀 며칠, 혹은 몇 달을 보냈는지 기억하지 못했다. 그리고 마침내 바깥으로 끌려 나와 아랍 노예상인에게 팔려 갔다. 부족 방언 외에는 알아듣지 못했던 그녀를 바키타라고 부른 것도 그 아랍인 노예상이었다. 바키타, 그것은 행운아란 뜻이었다. 양발에 족쇄를 차고 목에 사슬이 묶인 채 그녀는 노예상에 끌려 한 달가량 여러 곳을 돌아다녔다. 산과 강을 지나고 사막을 걷다가 지치고 쓰러져 숨을 거둔 노예만이 사슬에서 풀려나 길가에 버려졌다. 까마귀와 독수리가 노예상의 행렬을 따라다녔다. 그들이 지나간 길에는 죽은 노예들의 뼈가 길을 안내하는 도로표지판처럼 널려 있었다. 긴 노예 행렬 사이에서 젖먹이가 딸린 여자 노예는 거추장스러웠다. 아이의 울음소리에 짜증이 난 노예상은 아기의 한쪽 발목을 잡아 허공에 휘휘 내두르다가 바위에 내리쳐 죽였다. 어미는 하늘을 쳐다보며 울부짖었지만 노예상은 하얀 이를 내보이며 웃기만 했다. 훗날 바키타가 어린아이에게 애틋한 사랑을 베푼 것은 이 시절 어린아이의 고통스러운 참상을 다반사로 목격했기 때문이었다.

미처 열 살도 안 된 그녀가 발견한 첫 세상, 인간의 진실
은 추악했다. 그녀 눈에 보이는 인류는 대부분 노예였다.
낫이나 쟁기만큼 흔한 것이 노예였다. 집집마다 소나 닭
처럼 노예 여럿을 두고 살았다. 노예, 그것은 문자 그대로
"숨 쉬는 연장"에 불과했다. 도망쳐도 소용없었다. 천신만
고 끝에 도망쳐 어느 목동의 집에 피신했으나 목동은 그
녀를 폭행한 후 다시 팔아넘겼다. 그녀는 다섯 차례 팔리
면서 주인이 바뀌었다. 당시 수단을 다스리던 영국 총독
이 노예무역을 뿌리 뽑으려 애썼지만 여전히 상아와 노
예는 수단의 중요 거래 품목이고 아랍 노예상은 내륙 깊
숙한 데까지 원정을 다니며 노예를 납치했다.

　바키타가 노예로서 섬긴 주인 중 아랍 거상이 있었다.
두 딸을 둔 아랍 상인은 가족에게 선물 삼아 바키타를 집
안에 들였다. 그곳에서 3년을 지냈다. 열 살 무렵 주인 아
들에게 성폭행을 당한 후 그녀는 "불순한 여자"라고 불렸
고 다른 곳으로 팔려 나갔다. 불순한 여자를 구입한 남자
는 노예 부대를 지휘하던 터키 장군이었다. 그는 당시 수
단을 실질적으로 지배했던 터키를 위해 복무했다. 바키
타는 거대한 저택에서 두 여주인, 장군의 어머니와 부인
을 섬겼고, 고부 사이에는 항상 질투와 긴장이 감돌았다.
장군 부인의 머리를 다듬고 옷을 입히는 몸종이 된 바키
타는 걸핏하면 폭행을 당하기 일쑤였다. 노예는 주인의

몸에 손끝 하나라도 닿으면 매질을 당했다. 건드리지 않고 주인 여자의 몸치장을 하고 시중을 드는 것은 여종이 지켜야 할 철칙이었다. 변덕스러운 주인은 걸핏하면 종을 울렸다. 종소리를 들은 남자 노예는 여자를 마당으로 끌고 나가 매질을 했다. 피투성이가 되어도 바키타는 며칠 앓고 난 후 다시 주인 곁을 찾아야 했다. 작은 헝겊 조각만 걸친 터라 거의 나체나 다름없었지만 육체적 고통이 수치심을 덮었다.

바키타는 장군의 집에서 4년가량 머물렀다. 터키 장군 부인이 바키타에게 남긴 가혹 행위 중 하나는 문신이었다. 노예를 장식품쯤으로 여기던 장군 부인은 자신의 위세를 과시하기 위해 몸종에게 전신 문신을 새겼다. 전신에 칼자국을 낸 후 소금을 뿌리면 상처나 덧나서 흉터가 된다. 그렇게 온몸에 남은 깊은 자상은 평생 바키타가 지울 수 없는 그녀 정체성의 일부가 되었다. 수단을 실질적으로 지배했던 터키, 이집트의 세력이 이슬람 독립주의자들에 의해 위협을 받자 바키타의 주인은 본국으로 돌아가는 이사를 준비하며 재산을 서둘러 정리했다. 그 재산에는 당연히 노예가 큰 부분을 차지했다. 다시 노예시장에 진열된 바키타를 눈여겨본 사람은 이탈리아 공사 칼리스테 레가니였다. 그녀의 다섯 번째 주인이었고 "이 남자가 그녀의 삶의 흐름을 바꿀 것이었다".

노예에서 하녀로

"주인 앞에 인사를 올리던 첫날, 이마를 땅에 댄 후 두 팔을 벌리고 손바닥을 위로 향하고 바닥에 엎드린 바키타는 주인의 명령을 귀로 들었으나 뜻을 이해하지 못했다. 아랍식으로 주인의 발에 번갈아 세 번 키스를 했지만 주인은 같은 명령을 반복했다. 이번에는 아랍말로 소리쳤다. 탈리! 일어나라. (……) 나를 보거라, 라고 주인이 말했다. 남자를 정면으로 바라보다니, 그것도 주인을."

그날, 바키타는 난생처음 욕조에서 목욕을 해보았고 머리부터 발끝까지 가릴 수 있는 하얗고 긴 옷도 처음 입어보았다. "거래와 폭력"의 대상이었던 그녀의 몸을 되찾은 순간이었다. 이렇게 "몸을 되찾은 바키타는 드디어 인간 세계로 천천히 들어왔다". 이탈리아 공사는 노예들을 사들여 자유인으로 풀어주는 선행을 베푸는 사람이라는 소문이 바키타의 귀에까지 들려왔다. 새 주인은 바키타에게 이름과 고향과 부족을 물었지만 그녀는 아무 대답도 하지 못했다. 어린 시절부터 노예 생활을 했던 그녀는 아무것도 기억하지 못했고 그녀의 부족어를 알 만한 사람이 통역을 시도했지만 역시 아무것도 기억해내지 못했다. 그 상태라면 자유의 몸이 돼도 고작해야 거리를 떠도는 거지나 창녀가 되거나 다시 노예로 돌아갈 공산이 컸다. 바키타는 결국 이탈리아 공사의 집에 머물게 되었다. 바키타에게는 모든 것이 낯설었다. 주인은 여러 부인을 거느리지 않았고 남녀가 함께 식탁에 앉아 스스럼없이 대화했다. 예전에는 밤새도록 주인의 침대 아래, 혹은 문 밖 복도에서 강아지처럼 엎드려 자면서 주인의 명령을 기다려야 했지만 이제는 따로 하인들의 숙소에서 자야 하는 것도 이해할 수 없었다. 그러나 그녀는 빠르게 새 생활에 적응했다. 이탈리아어도 익히고 예절과 세상 물정을 배워갔다. 그리고 수단의 정치 상황이 악화되어 공사가 귀국을 준비할 때 그녀는 삶의 흐름을 바꿀 큰 용기를 냈다. "나를 이탈리아로 데려가주세요." 공사 입장에서 그녀의 청을 들어주는 것은 간단하지 않았다. 이탈리아로 가려면 일단 수단의 북부 항구도시 수아킨까지 가야 했다. 낙타를 타고 사막을 건너고 항구에 도착하면 다시 증기선을 타고 지중해를 건너야 하는 먼 길이었고 게다가 큰 비용을 감수해야만 했다. 몇 날 며칠 끈질긴 간청을 들은 공사는 마침내 "좋다"라는 말을 내뱉었다. 그것은 "단 몇 초 만에 인생이 뒤바뀌는 것"과 같은 것이었다. 1885년 1월 26일 바키타는 주인을 따라 800킬로미터가 넘는 사막 길을 나섰다. 그리고 그녀는 열여섯 살에 난생처음 바다를 보았다. 홍해였다. 거기에서 다시 수에즈 운하를 통과하여 이탈리아의 제노아항에 닿은 것은 그해

4월 초였다. 공사는 바키타를 그의 친구 미치엘리 집안에 소개하여 이탈리아 정착을 도왔다. 바키타는 거기에서 하얀 침대와 정원이 보이는 창문을 갖춘 자기만의 방을 갖게 되었다. 또한 미치엘리 집안일을 관리하는 집사 스테파노의 집에 식사 초대를 받기도 했다. 신앙심 깊은 스테파노는 이후 그녀의 삶을 결정적으로 바꿀 또 한 명의 남자가 될 것이었다.

노예의 신분은 벗어난 듯했으나 그녀는 미치엘리 집안의 여주인 마리아를 돌보는 하녀가 되어 집안일을 맡았다. 마리아는 까다로운 성격이었지만 적어도 예전 주인들과는 달리 바키타의 인격을 존중했다. 러시아 출신인 마리아 역시 바키타처럼 이탈리아에서는 이방인이나 마찬가지였다. 두 차례나 사산을 겪은 여주인은 다시 임신에 성공하여 1886년 2월 출산을 앞두고 있었다. 사업차 수단으로 떠난 남편 대신 바키타가 그녀의 곁을 지킬 수밖에 없었다. 그런데 산파의 노력에도 불구하고 이번에도 갓 태어난 아기는 울지 않았다. 산모와 산파는 숨을 쉬지 않는 아기를 요람에 버려두고 망연자실 먼 산만 바라보았다. 바키타는 "주인의 허락도 없이 아기를 무릎에 올려놓고 손에 침을 발라 아기의 가슴을 문지르며 알 수 없는 말을 혼자 중얼거렸다". 아기는 기적처럼 숨을 내쉬며 얼굴에 혈색이 돌기 시작했다. 흑인 여자의 손에 의해 생명을 얻은 아기 "미미나"는 젖을 뗀 후부터 전적으로 흑인 여자 바키타에게 맡겨졌다. 아기는 바키타를 엄마라고 부르며 자랐다. 그리고 그해 9월 바키타는 주인을 따라 다시 수단으로 돌아가야만 했다. 주인 부부가 경영하는 작은 호텔에서 여러 잡일을 거들고 아기도 돌봐야 했기 때문이었다. 그리고 다시 마리아가 바키타를 수단에 남겨둔 채 딸만 데리고 이탈리아로 향하는 증기선에 오를 때 바키타는 애절하게 마리아의 소매를 붙잡고 간청했다. 아기도 바키타의 품에서 떼어놓을 수 없었기에 바키타는 다시 이탈리아로 돌아올 수 있었다. 바키타의 행운을 간절히 기도하던 스테파노도 다시 만나게 되었다. 스테파노는 그녀에게 십자가를 주며 "이분은 하느님의 아들이며 우리의 죄를 사하기 위해서 죽은 분"이라고 설명했다.

하녀에서 수녀로

스테파노와 그의 가족은 바키타를 각별하게 아끼고 돌보았다. 특히 신앙심 깊은 스테파노는 바키타에게 세례를 받게 해주고 싶었다. 여주인 마리아는 러시아 정교의 세례를 받았지만 일찌감치 교회를 떠났던 터라 집사의 신앙심을 마뜩지 않게 여겼다. 마리아는 아기를 데리고 다시 남편이 살고 있는 수단으로 돌아가려고 했다. 그녀는 바키타를 다른 가족에게 넘기고 아기만 데리고 가려고 했지만 스테파노가 끼어들었다. 아기와 바키타를 수녀원에 맡기면 홀가분하게 남편에게 갈 수 있지 않겠느냐고 제안한 것이다. 어차피 아기는 바키타가 엄마처럼 돌보고 있는 터였고 수녀원에서 바키타가 읽고, 쓰는 것을 배운다면 훗날 하녀로서 쓸모가 있을 것이라는 스테파노의 충고에 마리아는 귀가 솔깃해졌다. 1888년 11월 29일 바키타는 아기와 함께 베니스의 수녀원에 들어갔다. 이름도 불분명한 바키타를 위해 신분을 증명할 만한 서류 등 모든 수속을 밟고 심지어 아기의 식비까지 지불한 것은 스테파노였다. 열아홉 살에 수녀원에 들어간 바키타는 남은 생이 어떻게 변하리라는 것을 꿈에도 짐작하지 못했다. 그녀는 수녀들 틈에서 그들의 생활을 엿보았고 그들의 가르침을 받았다. 그녀는 스테파노 덕분에 주기도문과 성모송을 라틴어로 배워 암송했지만 그 의미를 알지 못했다. 수녀원장은 마리에타 파브레티 수녀에게 바키타의 교육을 맡겼다. 십자가에 매달린 채 고통스러운 표정으로 눈을 감고 옆구리에서 피를 흘리는 남자를 보고 바키타는 자신과 같은 처지의 노예라고 짐작했다. 파브레티 수녀는 그 남자의 이름이 예수라고 가르쳐주었다. 예수그리스도, 참 예쁜 이름이네요, 라고 바키타는 대답했다. 파브레티 수녀는 조급해하지 않았다. 시간이 해결하리라 믿었다. 1년 동안 바키타는 언어와 노래와 제례 절차를 배웠다.

마리아가 수녀원에 찾아왔다. 그녀가 바키타와 아기를 수단으로 데려가려고 했다. 수단의 호텔에서 일하면 월급을 주겠다는 제안도 했다. "네 나라는 멋지다. 사실이야. 술을 마시는 바의 공사도 마쳤으니 그곳을 너에게 맡길게. 그리고 월급도 받게 될 거야." 바키타는 흠칫 뒷걸음질 쳤다. 그리고 단호하게 대답했다. "싫어요." 주변 사람들이 바키타를 설득하려고 애썼지만 그녀의 답은 변치 않았다. 수녀원에서 나가지 않겠다는 그녀의 결심은 바위같이 굳건했다. 그녀는 수단에서 악마를 보았기 때문에 돌아가지 않겠다고 했다. 마리아는 사흘 내내 수녀원을 찾아와 바키타를 설득하려 했지만 헛수고였다. 수녀원장과 파브레티 수녀도 바키타 편을 들어주었다. 수녀원에서 버티는 노예 출신 흑인 하녀의 소문은 금세 널리 퍼져 화젯거리가 되었다. 교단이 나서고 주교가 개입하는 재판이 벌어졌다. 주교단은 바키타의 손을 들어주었다. 주교단은 "신은 모든 이에게 자유의지를 부여했다"고 선포했다. "1889년 11월 29일 금요일 바키타는 자유인이 되었다."

바키타는 자유인이 되는 것뿐 아니라 수녀가 되고자 했다. 그것은 전혀 별개의 문제였다. 1890년 1월 9일 바키타는 파브레티 수녀의 헌신적 교육 덕분에 세례를 받았다. 이제 그녀의 공식적 이름은 지오세파, 혹은 지오세피나가 되었다. 그녀 나이 스물세 살 때의 일이다. 그리고 다시 3년이 지난 1893년 12월 7일 바키타, 혹은 검은 여인이란 뜻의 모레타란 애칭으로 불리던 바키타는 견습 수녀가 되었고 1895년 6월 21일 성심축제일에 약혼식을 올리게 된다. 그녀를 결코 버리지 않을 분, 그녀를 영원토록 지켜줄 분을 맞이하는 서원을 하였다. 카노사 교단의 수녀가 된 그녀는 평생토록 "가장 낮은 자들을 위로하고 가르치고 돌보는" 소임을 맡게 될 것이다. 13년을 베니스의 카노사수녀원에서 보낸 후 그녀는 스키오의 수녀원에 배속되었다. 그녀는 성서를 읽고 기도문을 외웠지만 서른 살이 넘도록 글을 제대로 쓸 줄 몰랐다. 그녀의 일은 주로 지하 취사장에서 식사를 준비하는 것이었다. 고아들에게 끼니를 제공하는 일은 바키타가 가장 잘할 수 있는 일이었다. 그녀만큼 굶주림과 고독을 이해하는 사람도 없었기 때문이다. 세 명의 고아를 데리고 주방 일을 관장하는 일에 헌신한 후 다시 미사와 관련된 제반 준비를 관장하는 성구 담당, 그리고 수녀원의 출입을 감독하는 일까지 맡게 되었다. 그녀의 언어 구사 능력도 나아졌지만 여전히 시제 구분을 하지 못했다. 그녀가 구사하는 말에는 과거, 현재, 미래가 구분되지 않았다. 시제 구분이야말로 인식과 표현에 질서를 부여하는 기본적 정신 능력에 직결되는 일이었다. 그녀의 언어는 노예의 생존에 긴요한 여러 부족 사투리, 아랍어, 터키어, 이탈리아어가 뒤죽박죽 뒤섞인 언어였다. 언어의 결핍은 사유의 빈곤으로 이어지게 마련이다. 노예나 하인 시절에는 속 깊은 대화나 추상적 사유가 필요 없었고 생존에 필요한 몇 마디 단어로 충분했다. 언어가 부족하면 당연히 마음도 어린아이처럼 단순해진다. 아이처럼 단순한 바키타, 마음이 가난한 그녀야말로 천국의 문에 가장 가까이 간 사람이었다.

1차 대전을 겪으며 병원으로 급조된 수도원에서 바키타는 부상자를 보살폈고 고아를 먹였다. 어느 날 바키타는 부상자 중 하나가 들려주는 노래를 듣고 깊은 감동에 빠졌다. 성가 외에는 음악을 몰랐던 바키타가 한 번도 들어보지 못한 아름다운 노래였다. 카루소가 부르는 「진주잡이」라는 노래였다. 전쟁은 카루소의 노래와는 달리 처참하기 그지없었다. 수많은 사람이 추위와 허기로 죽어 갔다. 노예 생활을 겪었던 그녀는 "굶주림은 몸이 추락하기 전에 뇌를 파괴한다"는 사실을 잘 알고 있었다. 전쟁이 끝났지만 현실은 나아지지 않았다. 물가가 450퍼센트나 올랐고 고아가 넘쳐났다. 어느 날 수녀원장이 바키타에게 묘한 소식을 들려주었다. 파브레티 수녀가 그녀에 관한 글을 쓴다는 소식이었다. 그 글이 『카노사의 삶』이란 교단 잡지에 실린다고 했다. 이제 그녀에게 맡겨진 소임 중 하나는 잡지의 기사를 담당하는 자노릴리라는 여자에게 어린 시절의 기억을 더듬어 노예 생활을 회고하는 이야기를 해주는 일이었다. 베니스에서 자노릴리를 만나 사흘 동안 어린 시절의 이야기를 털어놓았다. 1931년 1월 바키타의 이야기의 첫 회분이 잡지에 발표되었다. 그리고 그해 12월 연재된 글이 '기적의 삶'이란 제목을 달고 단행본으로 출간되었다. 수단에서의 노예 생활은 지옥이었고 이탈리아 사람은 그를 구원한 은인이 되었다. 교회가 그녀를 견습 수녀로 받아들였다는 이야기가 책의 주된 줄거리였다.

여섯 번째 주인

바키타의 삶은 이탈리아 사람들의 민족적 자부심을 드높여주었다. 1차 대전이 끝난 후 이탈리아는 빈곤과 절망에 빠져 자전거 도둑의 소굴로 넘어가기 직전이었다. 아프리카 사막을 헤매던 노예를 구원한 이탈리아의 이야기에 전 국민이 환호했고 바키타의 얼굴을 보려고 수녀원을 찾아오는 순례자, 혹은 관광객이 줄을 이었다. 그들이 수녀원에 건네는 헌금은 교단 살림에 도움이 되었다. "책 한 권을 2리라에 파는데 내 얼굴을 보는 데에는 얼마를 받을까?" 자신이 겪은 노예의 삶, 그것이 책이 되어 소비되고 자신의 얼굴이 관광 상품으로 팔리는 현상을 그녀는 어떻게 생각했을까. 순명은 그녀가 지켜야 할 서원 중 핵심이었다. 그녀는 인기 연예인처럼 전국을 순회하며 강연을 하고 책을 팔았다. 가급적 아프리카 토속어를 섞어 쓰고 노래도 불러주었다. 그녀는 모국어인 부족 언어를 잊은 지 오래였고 노래도 마찬가지였지만 동행했던 수녀들의 부탁을 거절하지 못했다. 파시스트 정당을 휘어잡은 무솔리니조차도 바키타의 전기를 권장했다.

무솔리니는 로마제국 시절의 영광을 되살리고 싶었다. 그는 이탈리아가 겪는 어려움은 다른 유럽 국가에 비해 식민지가 부족하다는 데에 있다고 생각했다. 한때 로마의 변방 속국, 야만 국가에 불과했던 영국, 스페인, 프랑스가 식민지 경영에 몰두하고 제국주의 경제의 혜택을 누리는 데 반해 이탈리아는 지중해를 벗어나지 못했다. 19세기 말 에티오피아를 건드렸다가 망신만 당하고 깊은 상처를 입었던 이탈리아인들은 여전히 아프리카에 대한 야심을 포기하지 않았다. 식욕만 왕성하지 이 빠진 짐승이라는 조롱을 받은 이탈리아는 북아프리카를 넘보았지만 역부족이었다. 바키타는 이탈리아가 해방시킬 아프리카를 예고하는 전주곡처럼 들렸다. 바키타의 의지와 무관하게 그녀의 삶은 관광 상품으로 소비되고 파시즘 정권의 선동 구호로 변해버렸다. 그러나 바키타는 개의치 않았다. 그녀는 진심으로 그녀의 새로운 주인을 섬겼다. 그녀의 여섯 번째 주인, 예수는 그녀를 때리거나 팔아넘기지 않고 영원토록 그녀를 사랑하는 진정한 주인이라 생각했기 때문이다. 노예 시절 얻었던 병 때문에 보행이 어려워 지팡이를 짚고 다녀야 했지만 그녀는 어디에고 찾아가 신의 사랑을 증언하고 실천했다. 2차 대전이 발발해서 수녀원에 폭탄이 떨어져도 그녀는 몸을 피하지 않았다. 그녀는 주님이 사막에서도 살려주었는데 설마 폭탄으로 죽게 할 리 없다고 믿었기 때문이었다. 1947년 2월 8일 토요일 지오세파 마르게리타 포르투나 마리아 바키타는 일흔여덟 살의 나이로 스키오에서 선종했다. 그녀의 임종을 지켰던 수녀들은 바키타의 마지막 단어가 "맘마"였다고 증언했다. 엄마를 뜻하는 단어는 어머니, 성모로 해석되었고 사람들은 바키타가 죽기 직전에 성모마리아를 보았다고 믿었다. 성모 발현의 기적은 전국에 알려졌고 이틀 동안 그녀의 마지막 모습을 보려는 순례 행렬은 장사진을 이루었다.

로마 교황청은 그녀의 삶을 여러 차례 언급했고 2000년

10월 1일 교황 요한 바오로 2세는 그녀를 성자로 선포했다. 교황청의 시성을 받으려면 순교자가 아닌 경우 기적 심사를 통과해야만 했다. 시복과 시성을 위해 바키타와 관련된 두 차례의 기적이 일어나야만 성인으로 선포될 수 있었다. 1947년 파비아 소재 카노사 교단 수녀인 안젤라 실라에게 일어난 기적이 바키타의 첫 번째 기적으로 공인되었다. 결핵성 염증으로 한쪽 다리를 절단해야 했던 안젤라 수녀는 수술 전날 바키타 성녀에게 기도를 드려 다음 날 아침 완쾌되는 기적을 입었다. 두 번째 기적도 다리와 관련된다. 1992년 당뇨병 악화로 다리 절단 수술을 앞둔 브라질 여자 에바 다코스타가 바키타에게 올린 기도 덕분에 나았다고 한다. 어린 시절 노예 족쇄를 차고 생활한 탓에 다리가 불편했던 바키타는 지팡이에 의지하며 살아야만 했다. 훗날 어느 성화에서 혹시 얼굴색이 검은 여인이 지팡이를 짚고 있다면 그 인물은 십중팔구 성녀 바키타일 것이다.

작가가 실존 인물을 소재 삼아 소설을 쓰려면 그 인물과 일종의 심리적 동화가 필요할 것이다. 오로지 글만으로 한 인간에게 뼈와 살을 부여하려면 그 인물의 삶에 흠뻑 몰입하여 빙의 상태에서 써야지만 가능한 일이다. 무의식의 전이 상태라고 불러도 무방하다. 게다가 언어 이

전의 삶을 그리거나 바키타처럼 언어를 상실하여 육성, 친필 기록이 없는 인물이라면 작가는 고단해질 수밖에 없다. 베로니크 올미의 『바키타』에는 세련된 수사나 심오한 심리 묘사가 드물다. 고통스러운 노예 생활 중 그녀가 매일 밤하늘을 바라보며 잠깐 환상에 잠기는 대목이 조금 서정적 분위기가 감돌 뿐 나머지 이야기는 과장과 윤색이 없는 보고서와 같다. 그 단순성이 바키타의 삶에 어울린다. 서사 전개는 거의 연대기순에 입각하여 일화를 나열하는 방식이라 단조롭다는 느낌을 준다. 그런 특징 때문에 평론가의 평가가 다소 인색했고 독자의 가독성은 높아졌을지도 모른다. 그런데 이 한 편으로 소설가에게 성급한 평가를 내릴 수 없다. 주제와 소재가 문체와 구성을 결정하기 때문이다.

어떤 글을 쓰든 작가의 지문이 일관성 있게 각인된다면 그것도 좋은 작가라고 할 수는 없지 않을까. 예컨대 우리네에게도 소개된 『비는 욕망을 숨기지 않는다』에서 베로니크 올미는 전혀 다른 문체와 구성을 보여주었다. '비가 온다고 해도 욕망은 조금도 변하지 않는다' 정도로 번역될 원제 'La pluie ne change rien au désir'가 이 소설의 줄거리를 압축해서 보여준다. 5년 전쯤 헤어진 부부가 재회하여 뤽상부르공원 벤치에서 키스를 나눈 후 마치 약속이라도 한 듯 인근 호텔로 옮겨 격렬하지만 쓸쓸한 하오의 정사를 나누고 헤어지는 이 짧은 소설은 남녀의 성애를 거울로 비춰 보여주듯 담담하고 섬세하게 그리고 있다. 서사의 구성적 측면에서 따진다면 2010년 작 『첫사랑Le Premier amour』도 흥미로운 작품이다. 결혼 25주년을 기념하기 위해 포도주를 포장한 신문지를 벗기다가 신문 광고 한 줄을 읽고서 모든 것을 팽개치고 냅다 파리에서 이탈리아로 달려가는 여자의 이야기가 박진감 있게 전개된다. 첫 줄로 독자를 사로잡은 후 주인공 여자가 파리에서 제노아까지 홀로 자동차 여행을 이어가는 로드무비처럼 전반부가 전개된 후 기억상실증에 걸린 첫사랑 남자의 삶을 파헤치는 후반부는 얼핏 추리소설 분위기도 자아낸다. 1962년 남프랑스의 해안도시 니스에서 태어난 베로니크 올미는 연극과 소설에서 필력을 과시하여 희곡 『마침표 찍고 행을 바꾸시고』, 소설 『바닷가Bord de mer』 등으로 주목을 받았다. 2017년 소설 『바키타』는 지금까지 발표된 작품 중 가장 집중적 호평을 받은 것으로 기록되었지만 향후의 작품이 이 기록을 깰 것으로 기대된다.

공부하는 동물

가르치는 일은 인류의 가장 오랜된 직업 중 하나이다. 교육 조직이나 학술 활동을 지칭하는 어휘의 기원을 따져보면 대체로 기원전 그리스시대로 거슬러 올라간다. 그중에서 아리스토텔레스의 제자들을 "페리파테티시앵"이라 불렀는데 이를 풀이하면 여기저기 배회하며 대화를 나눈다는 뜻이다. 우리말로 점잖게 소요학파逍遙學派라 명명했지만 따지고 보면 남들이 땀 흘리는 동안 그늘진 산책로를 어슬렁거리는 무리라고도 할 수 있다. 그런데 19세기 중엽부터 이렇듯 거리를 어슬렁거리는 사람을 지칭하는 단어를 여성형 명사로 사용하면 창녀를 뜻하게 되었다. 소요자péripatéticien가 남자일 경우에는 선생이나 철학자를 뜻하고 여자일 경우 문자 그대로 풀이해서 '거리의 여자'이니 대뜸 불순한 연상 작용을 부추기게 마련이다. 똑같은 단어가 인류의 가장 오래된 두 업종을 한꺼번에 지칭하는 꼴이라니. 가르치고 배우는 일이 남자들에 의해 독점되었던 시절에는 용어의 혼란이 없었겠지만 앞으로 그런 시대는 다시 오지 않을 것이다. 어쨌거나 배우고 가르치는 일은 인간과 짐승을 구별하는 특징이며 그 특징이 부각시킨 용어, 소위 호모 아카데미쿠스Homo academicus가 집결된 곳이 학교, 특히 대학이다.

플라톤이 세운 학당 아카데미아는 지금도 고등교육과 관련된 분야에서 그 파생어가 빈번하게 사용되고 있다. 이와 더불어 우리말로 학술회의라고 번역되는 '콜로키움', 프랑스 현대어 '콜로크'는 지금도 원어 그대로 '콜로키움'이라는 단어로 사용되기도 한다. 원래 대화, 토론을 뜻하는 '콜로크colloque'는 지금은 거의 학술회의라는 뜻으로만 사용되지만 보들레르, 랭보와 더불어 19세기 프랑스 상징주의를 대표하는 폴 베를렌은 그의 시집 『사랑 잔치』에 실린 마지막 시 「감상적 대화Le colloque sentimental」의 제목에서 '콜로키움'이라는 단어를 원뜻에 입각해 대화라는 의미로 사용했다. 쓸쓸한 공원 어디에선가 들려오는 남녀의 대화를 옮긴 이 시는 남자가 식어버린 사랑에 불을 지피려고 뜨거웠던 옛사랑을 꺼내 말을 붙이지만 차갑게 돌아선 여자의 마음을 되돌리지 못한 서글픈 사연을 그리고 있다. 2001년 쥘리 볼켄스타인 Julie Wolkenstein이 발표한 소설은 베를렌의 시 제목을 그대로 따왔지만 그 내용에 비춰 보면 소설 제목은 '감상적 대화'가 아니라 '감상적 토론대회', 그도 아니면 '사랑의 학술회의'로 번역해야 적당하다. 이 소설의 등장인물은 모두 직간접적으로 생계를 대학에서 이어가는 호모 아카데미쿠스이다.

절필

1985년 9월 19일

더 이상 쓰지 않으리라. 아버지가 얘기해주었던 이야기 속의 여자처럼 항상 앞으로만 가는 그런 여자였지만…… 아니다. 지금은 죽어버린 그 남자에 대해서도 결코 쓰지 않을 것이다. 그렇지 않다면 오로지 죽은 자들에 대해서만 이야기해야 할 것이다. 또한 죽은 단어들에 대해서만. 게다가 아무런 확신도 없이. 나는 더 이상 쓰지 않을 것이다.

소설 『사랑의 학술회의Collogue sentimental』는 작가 앤 헬브라운이 남긴 이 쪽지를 인용하는 것으로 시작된다. 남편이 사고로 사망한 후 소설가 앤은 절필의 의지를 글로 남긴 것을 끝으로 더 이상 작품을 발표하지 않고 세상을 떴다. 앤 헬브라운을 연구 대상으로 오랜 세월을 보낸 미국의 대학교수 자네트는 작가의 절필 선언을 기정사실로 믿고 그동안 여러 논문을 발표했다. 그녀가 강의하는 샌디에이고대학 불문과는 그녀의 선배 교수부터 시작된 앤 헬브라운 연구로 정평이 나 있었고 자네트도 은사의 학맥을 이어 대학교수로서의 경력을 쌓아가던 차였다. 일개 미국 대학이 프랑스의 소설가 연구를 주도하는 중심 거점이 된 연유는 간단하다. 미국 대학 불문과는 넉넉한 재원 덕분에 작가의 수고본手稿本을 비롯해서 중요한 자료를 대학 도서관을 통해 몽땅 구입했기 때문이다. 소설 첫머리에서 인용한 앤 헬브라운의 메모도 당연히 미국 대학의 소유이며 그것에 근거한 연구는 어떤 프랑스 교수라도 반박이 불가했다. 자네트의 학문적 토대, 정당성 역시도 모두 소설가의 육필 쪽지 위에 세워진 것이었다. 다만 최근 어떤 프랑스 여자, "로즈라고 불리는 늙은 프랑스 여자, 그 미친 여자가 누차 그녀에게 미발표 원고가 있다"고 주장하는 것이 마음에 걸렸다. 그러던 중 프랑스의 한 지방대학에서 그녀에게 학술회의의 발표자로 참여해달라는 초청장을 보낸다. 소설가 앤이 오랜 기간 머물며 작품 활동을 했던 도시 R에 소재한 대학에서 그녀를 초청한 것이다.

『사랑의 학술회의』의 공간적 배경은 오로지 R시에 한정되어 있다. 보다 정확히 말하면 프랑스 북부의 어느 바닷가에 접한 곳이라 짐작되는 R시의 대학에서 사흘 동안 벌어지는 이야기이다. 학술회의가 주제로 삼은 소설가 앤 헬브라운은 남편이 죽기 전까지 육지에서 조금 떨어진 섬에 있는 대저택에 머물며 집필 활동을 했다. 그녀의 저택은 평소에는 뭍에서 떨어졌다가 썰물 때에만 길이 열리는 언덕에 위치해 있었다. 그러다가 외출했던 남편이 물때를 착각하여 밀물에 쓸려 익사한 후 앤 헬브라운은 절필을 선언했고 자네트 교수의 연구에 의하면 그 후 발표된 원고는 존재하지 않았다. 소설은 사흘간 진행되는 학술회의를 위해 R시로 몰려든 호모 아카데미쿠스들 사이에서 벌어지는 크고 작은 사건으로 꾸며진다. '수요일' '목요일' '금요일' '토요일'이라는 소제목이 붙은 4부로 구성된 소설은 중간에 불규칙적으로 열여섯 편의 부록이 삽입되었고 각 부마다 학술회의 참석자의 이름을 붙인 부분에서 등장인물을 상세히 소개하고 있다.

미발표 원고와 죽음

소설은 미발표 원고의 존재 여부와 절필의 원인을 둘러싼 수수께끼를 풀어가는 과정을 중심으로 전개되지만 제각기 개성적 인물의 사연과 행동을 엿보는 것도 독서의 재미를 더해준다. 사회학자의 말투를 빌리자면 언필칭 대학, 혹은 학문 공동체라고 불리는 근엄한 영역, 그리고 그 안에서 활동하는 구성원이 경쟁과 갈등과 이해관계를 어떤 방식으로 조율하는지를 엿보는 것이 흥미롭다. 상아탑, 학자, 학문과 같은 고고한 가치 이면에는 그 영역에 고유한 현실적 욕망과 생존논리가 깔려 있게 마련이다. 예컨대 학술회의를 주최한 R시의 대학의 프랑스교수 베르나르는 한적한 대학 도시에서 영위했던 삶에 싫증이 나던 참이었다. 학문적 열정도 시들해졌고 가정이나 직장의 틀에 갇혀 무력한 일상생활에서 벗어날 궁리만 하던 중 그가 지도하는 여학생 덕분에 앤 헬브라운에게 얼핏 호기심이 일었다. 이 소설가가 R시에 살았으며 그의 흔적이 아직 인근에 남아 있다는 이유만으로 막연한 관심을 가졌다가 그 역시도 자네트와 마찬가지로 미발표 원고가 존재한다는 소식을 접하게 된다. 만약 그가 미발표 원고를 발굴하는 데에 기여한다면 그 공로 하나만으로 앤 헬브라운 연구에서 권위자로 명성을 떨칠 수도 있고 그가 오매불망 꿈꾸던 미국 대학의 불문학과 교수직까지 얻게 될지도 모를 일이었다. 그가 미국 교수 자네트를 초청하는 데에 각별한 공을 들인 것도 학술회의를 빌미로 자신의 진로를 탐색하겠다는 속셈이 있었기 때문이다. 학계에서 입지를 굳힌 직업적 선생 무리 중에서 비교적 순수한 마음을 견지하는 인물은 학과 조교이자 석사논문을 준비하는 릴리이다. 그녀는 잿밥에 눈이 먼 지도교수와 달리 학술회의를 통해 논문 작성에 도움을 얻으려고 애썼다. 그러나 그녀 역시 학문적 호기심보다는 교수나 학자, 특히 여교수의 행동과 말투를 유심히 살피며 그들의 삶과 지위를 동경하게 된다. 사회의 각 분야에는 각기 고유한 생활습관, 말투, 취향, 심지어 옷차림이 있기 마련인데 젊은 조교 릴리는 아카데미 영역에 고유하게 존재하는 전략과 아비투스에 호기심을 가졌던 것이다.

이 소설의 묘미는 비교적 덜 알려진 대학 사회의 내부 모습을 드러내며 게다가 똑같은 아카데미의 영역에서도 프랑스와 미국, 남자와 여자, 출신 성분과 직위에 따라 제각기 세분화된 다른 사유와 개성을 유머러스하게 그려냈다는 데에 있다. 그렇다고 『사랑의 학술회의』가 난삽한 문체로 악평 난 사회학자 피에르 부르디외의 『호모 아카데미우스』를 대중적으로 풀어 쓴 소설에 불과한 것이라고 한다면 너무 인색한 평가이다. 학술회의 참여자들이 제한된 시공간에서 숙식을 함께하며 제각기 상이한 목적을 추구한다는 점에서 이 소설은 영국식 추리소설과 유사한 분위기를 자아낸다. 『사랑의 학술회의』는 미발표 원고를 추적하는 것과 소설가 남편 조제프의 죽음을 둘러싼 미스터리를 푸는 것에서 서사의 동력을 얻게 된다.

미국에서 날아온 자네트는 학술회의에서 자신만만하

게 작가의 절필을 둘러싼 자신의 견해를 피력하고 득의양양해졌지만 청중 중 디안느라는 여자가 일어나 만약 절필 선언 이후에 집필한 미발표 원고가 발표된다면 그녀의 학문적 성과는 물거품이 될 것이며 바로 그 미발표 원고가 존재한다고 반박한다. 그리고 소설에 불규칙하게 삽입된 열여섯 편의 부록도 독자에게 호기심과 긴장을 자아낸다. 일인칭 시점으로 서술된 열여섯 편의 부록의 필자는 앤 헬브라운이다. 부록에는 절필을 선언한 시점 이후의 삶에 대해서 앤 헬브라운이 구구절절 설명하는 내용들이 이어지는데 그렇다면 절필 선언과 부록은 내용상 충돌하게 되는 셈이다. 소설가의 남편 조제프가 밀물 시간을 착각하여 집을 나섰다가 익사한 것이지만 소설가는 부록에서 자신이 남편을 죽인 셈이라고 누차 자책한다. 학술회의나 만찬 자리에서도 학자들은 소설가의 절필과 남편의 죽음 사이에 인과관계를 토론하고 익사가 아니라 타살, 나아가 소설가가 남편을 살해한 것이 아닌지 의심한다.

부록과 관련된 수수께끼는 소설의 말미 16번 부록에서 풀린다. 소설가가 죽은 지 수십 년이 지난 2001년 런던, 이삿짐을 꾸리던 한 소녀가 이상한 봉투를 발견한다. 봉투 속에는 "1911년 7월 앤 헬브라운의 인터뷰 녹음"이라는 LP 디스크가 들어 있었다. 다시 말해 부록의 일인칭 화자 앤 헬브라운의 글은 절필 이후에 쓰인 것이 아니라 라디오 방송국 기자와 대담한 것을 녹취한 것으로 추정할 수 있다.

허구와 현실

앞서 언급했듯 이 소설의 서사적 동력은 대학교수의 행태와 전략을 사실적으로 묘사한 데에 있지 않고 미발표 원고와 죽음을 둘러싼 미스터리에 근거한다. 그것은 학술회의 내내 토론의 대상이 되었고 특히 학문적 토론답게 하나의 문제의식으로 귀결된다. 작가의 삶과 그가 쓴 작품은 별개인지가 논쟁거리가 되었다. 이 문제는 자네트의 표현을 빌리면 형식주의 비평과 구조주의 비평이 대결하는 지점이기도 하다. 우리는 흔히 예술은 현실의 모방, 혹은 재현이라고 한다. 이런 논리라면 작품보다 현실이 당연히 선행해야만 한다. 전기비평의 근거도 예술 재현설에서 그리 멀지 않다. 어느 시인의 절절한 이별시는 실제로 그 시인이 현실에서 체험한 실연의 슬픔과 연계되어 해석될 수 있다. 그런데 어느 소설가가 10대 문청 시절 쓴 소설에 그가 30대 때 실제로 겪은 실연의 체험이 미리 묘사되었다면 이 소설은 어떻게 해석될 수 있을까?

앤 헬브라운의 작품과 삶을 토론하며 교수들은 작품의 연대 추정에 오류가 있다는 의심을 품는다. 예컨대 그녀가 20대에 썼던 소설에서 그녀의 40대의 삶이 너무도 구체적이고 생생하게 묘사되었다면 우선 작품의 발표 연대에 오류가 있다고 의심해볼 수 있지 않겠는가. 그렇지 않다면 예술이 삶을 모방한 것이 아니라 삶이 예술을 모방, 혹은 실현한 셈이 된다. 삶과 예술이 역전되는 것, 이 소설의 핵심은 여기에 있다.

어느 날 문득 소설가 앤 헬브라운은 자신이 쓴 소설이 매번 현실에서 구현된다는 것을 깨닫는다. 현실에서 충족되지 못했던 소망과 꿈을 상상의 세계에서 글로 옮겼는데 그것이 미구未久에 실현되는 것이다. 그런데 따지고 보면 우연의 일치일 수도 없는 노릇이니, 자신이 꿈꾸던 미래를 소설로 썼고 훗날 그 꿈을 실현할 만한 능력이 생겼으니 자연스레 과거의 꿈이 현실화된 것이 아니겠는가. 프로이트 식으로 말하면 꿈이 소망 충족이듯 모든 예술은 무의식적 소망 충족, 눈뜨고 꾸는 백일몽이다. 소설가가 남편의 사고 소식을 듣고 절망한 것은 그녀가 얼마 전에 탈고하여 잡지사에 넘긴 소설의 내용이 바로 남편의 사고를 미연에 막지 못한 여인에 대한 것이기 때문이다. 그녀는 인쇄소 창고로 달려가 아직 배포되지 않은 잡지를 몽땅 바닷물에 던져버린 후 절필을 결심하게 되었다. 다만 모두 수장되었다고 믿었던 잡지 중 한 부가 어느 애독자 소년의 손에 넘어간 것은 모르고 있었다. 연재 소설의 후속이 궁금했던 애독자가 인쇄소 직원의 양해로 미리 한 부를 얻어 온 것이 바로 헬 브라운의 미발표 원고, 그녀의 마지막 작품이었다.

영화와 소설, 그리고 담배

내 본명은 소피입니다.
나도 알고 있어요. 저는 폴입니다.
나를 놀리는 겁니까?

2017년 쥘리 볼켄스타인이 발표한 『바캉스Les Vacances』는 이런 대화로 시작된다. 소피나 폴은 흔한 이름인데 소피라는 여자가 폴이라는 남자에게 벌컥 화를 내는 이유를 알려면 대화가 이뤄지는 맥락과 더불어 프랑스 문학과 영화를 배경지식으로 거느려야 가능하다. 우선 위에 인용한 대화의 등장인물부터 살펴보기 위해 또 다른 인용을 해보자.

나는 예순여덟 살이고 두 달 후면 은퇴할 것이다. (공식적으로 2016년 8월 31일이지만 실제로는 답안지 채점을 마무리 짓는 6월 말이다. 지금 4월 중순이니 넉넉하게 잡아 두 달이 남았다.) 은퇴를 코앞에 둔 모든 이들이 그렇듯 나도 당연히 계획이 많지만 그중에서 우선 개학에 열릴 로메르 학술회의가 있다. (이제는 개학을 염두에 두지 않아야 한다. 반세기만에 처음으로 나는 9월에 어떤 개학도 맞지 않게 되었다.)

소설은 소피와 폴, 이렇게 두 주인공이 함께 짝을 이뤄 전개된다. 우선 여주인공 소피는 은퇴를 앞둔 아동문학 전공 노교수이다. 그녀는 공식적 은퇴를 한 직후 미국 대학에서 영화감독 에릭 로메르를 주제로 삼은 학술회의에 초청되었다. 아동문학 중에서도 세귀르 백작부인의 동화를 전공한 이유로 플로베르나 발자크 분야에 실력 있는 경쟁자가 너무 많아 19세기 문학의 틈새를 노렸다고 고백한다. 호모 아카데미쿠스의 생존 전략의 한 단면을 엿볼 수 있는 대목이다. 그녀는 평생 캉Caen대학에서 근무하였고 소설 내내 실제 캉대학의 상세한 묘사가 풍부하게 널려 있다.

그렇다면 소설에서 그녀의 짝이 될 남자 폴은 누구일까. 스물다섯 살의 폴은 러시아 대학 영화학과에서 유학을 마치고 귀국한 후 박사논문을 준비하는 학생이다. 그의 논문 주제는 제작은 되었지만 여러 이유로 미개봉된 채 사장된 영화에 관한 것이다. 러시아 감독 에이젠슈타인, 미국 감독 제리 루이스, 그리고 프랑스 감독 에릭 로메르의 미개봉작을 분석 대상으로 삼은 그는 실제로 존재하지 않는 영화, 감상이 불가능한 예술작품을 주제로 논문을 준비 중인 것이다. 늙은 여교수와 젊은 남학생, "공부하는 인간" 중 남녀노소를 대표하는 두 인물을 맺어주는 매개체가 영화감독 에릭 로메르의 첫 장편영화 「모범적인 소녀들」이다. 1952년 에릭 로메르가 처음으로 다소 넉넉한 제작비를 확보하여 촬영했던 「모범적인 소녀들」은 알려지지 않은 이유로 영원히 일반에게 개봉되지 않았다. '누벨바그'의 대표주자 중 하나인 에릭 로메르는 영화감독이자 동시에 문학 교수를 겸업하고 있었다. 고다르, 트뤼포보다 열 살쯤 연상이라 '누벨바그'의 맏형 노릇을 했지만 정작 장편영화로 대중에게 알려진 것은 동생 세대보다 한참 뒤였다. 그는 불안정한 영화판에 생계를 맡기기보다는 일단 강단에서 생활의 안정을 찾았고 최소한의 제작비와 인원만으로 영화를 찍었다. 문학을 전공한 교수답게 그의 영화에는 프랑스 고전문학을 연상시키는 대목이 풍부하다. 예컨대 「모드 집에서의 하룻밤」이나 「여름 이야기」 등에서 등장인물이 파스칼의 내기이론을 언급하는 장면이 반복되는가 하면 장편 데뷔작 「모범적인 소녀들」은 세귀르 백작부인의 동명 소설을 직접 각색하여 대본으로 삼았을 정도로 그의 영화는 "문학적"
이라고 평가된다.

　세귀르 백작부인의 동화를 전공한 노교수 소피는 난생
처음 미국 청중을 상대로 에릭 로메르 감독의 데뷔작에
대해 강연을 해야 할 처지이다. 벼락치기로 구조주의 분
석가 크리스티앙 메츠의 짧은 글을 다시 뒤져 읽었지만
전문적 영화 분석을 펼치기에는 역부족이었다. 그녀는
영화를 둘러싼 재미있는 일화, 미국 교수나 청중의 호기
심을 자극할 만한 자료를 찾기 위해 역으로 향했다. 역에
딸린 미국의 커피전문점과 열차에서 두 사람은 부딪쳤지
만 서로를 그다지 눈여겨보지 않았다. 그러다 마침내 에
릭 로메르의 자료가 보관된 자료보관소에서 둘은 만나게
된다. 앞서 언급했듯 두 사람은 에릭 로메르 덕분에 만나
게 되었지만 정작 그들 사이의 연대감은 지적 욕구보다
는 신체적 중독, 즉 담배 덕분에 생겨났다. 두 사람은 소
설의 처음부터 끝까지 희귀 자료를 발굴하려는 학문적
동지애보다는 흡연 장소를 찾아 헤매는 애연가적 연대
감으로 똘똘 뭉친다. 전 세계에 확산된 금연 열풍 탓에 학
연, 지연보다 흡연으로 뭉친 동지애가 더욱 끈끈해진 시
대이다. 2001년 작 『사랑의 학술회의』에서 문학적 진실
과 전기적 사실 간의 관계를 맹렬히 추구했던 여교수 자
네트가 2017년 작 『바캉스』에서는 은퇴를 앞두고 벼락치

기 공부를 하는 노교수로 변한 느낌을 주는 소설이다. 이 작품은 영화 「녹색 광선」 「해변의 폴린느」, 그리고 사계절 연작 등 에릭 로메르 영화 전작을 세세한 부분까지 기억해야 하고 세귀르 백작부인의 전작을 통독해야만 이해할 수 있는 암시나 유머가 넘쳐흐른다. 이와 더불어 대학에서 한 주제를 파고드는 사유 방식, 문제제기와 해결 방식 등 학문을 직업으로 삼은 유형의 인물이 지닌 기벽과 행동 방식이 두 인물을 통해 흥미롭게 묘사되었다. 다시 사회학자 부르디외의 분석에 따르면 고등지식을 생업수단으로 삼은 직업군, 예컨대 볼켄스타인 소설의 인물은 입맛이나 취미조차도 "구별 가치"를 추구한다. 다시 말해 사소한 취미 선택, 입맛에서도 진입장벽이 높은 영역으로 쏠리는 경향을 보인다. 이 소설에서도 전작과 마찬가지로 서사의 전개에서 다소 벗어나 지식인 사회, 특히 대학의 속살을 드러내는 대목이 흥미롭다. 연구 자료를 찾아 캉대학에 들른 소피와 폴은 낮술로 얼큰해진 동료 교수를 만난다. 그는 교육부 장관에 대한 욕설을 늘어놓는다. 심한 욕설은 건너뛰고 한 대목만 뽑아보자.

그들(교육부 장관과 그 수하의 관료를 지칭한다―필자 주)이 보기에 인문학이란 그들이 떠드는 헛소리, 다시 말해 그들이 항상 부르짖는 헛소리에 대해 조목조목 반박하는 일

외에는 아무것도 할 줄 모르는 쓸모없는 인간들을 만들어낼 뿐이라는 거요. 그러니 우리에겐 한 푼도 지원하지 않지. 교직원도 없애고. 그리고 머지않아 사무실도 없애고 강의실, 도서관마저도 사라질 테지. 당신은 곧 은퇴할 테니 나 몰라라 할 테지만 내가 당신 동료 교수에게 경고했지. 우리 대학처럼 당신들 대학에서도 똑같은 일이 벌어질 거라고. 우리가 쓰는 건물을 빼앗아 갈 거라고. 처음에는 내부 공사를 위한 잠정적 조치이니 건물을 비워달라고 하더군요. 그러다가 우연한 기회에 알게 된 게 뭔지 알아요? 총장이 다른 원대한 계획을 품고 있다더군. 그래서 지역신문에 호소했지만 무시하는 눈치였어요. 인문대학 도서관을 허물고 그 자리에 카페테리아를 세운다지 뭐요. 몇 걸음만 가면 카페테리아가 있는데 그곳은 멋이 없다나. 학교 바깥에 널린 게 커피숍인데 학생들이 마치 카페테리아 때문에 등록하는 것처럼. (……) 지난번 교육부 계획이 더 나았을지도 몰라요. 우리더러 다른 학과 교수와 융합하라고, 심리학과 교수들하고 합치라고.

소피와 폴이 대학에 온 것은 오래된 영화 관련 잡지를 빼놓지 않고 보관한 것으로 유명한 어느 노교수의 자료실을 뒤지기 위해서였다. 그런데 대학 당국이 공간 부족을 핑계로 잡지를 폐기하려고 하자 교수가 문을 걸어 잠그고 단식투쟁을 감행했다. 교수의 이름을 따서 "포티에 사건"으로 알려진 이 일화가 반향을 일으킨 덕분인지 그는 대학으로부터 화장실을 개조한 창고를 얻어내어 가까스로 자료를 쌓아둘 수 있었다. 그리고 그 창고를 뒤진 후 소피와 폴은 연구의 실마리를 찾는다. 대학 생태계가 와해되면서 인문학이 화장실로 몰린 현실은 금연정책 탓에 건물 밖으로 나와 비를 피해 처마 밑에서 옹색하게 담배를 피우다가 만나는 소피와 폴의 상황과 닮았다.

"공부하는 인간"의 상황을 실감 나게 그린 작가 쥘리 볼켄스타인은 1968년 파리에서 태어났고 현재 캉대학의 비교문학과 교수이다. 1999년 『쥘리엣 혹은 게으른 여자 Juliette ou la Paresseuse』를 비롯해서 여덟 편의 장편소설, 두 편의 연구서를 발간했으며 『위대한 개츠비』를 불역했다. 그녀 약력에서 눈길이 멈춘 것은 그의 아버지가 베르트랑 프와로 델페시라는 것이다. 서른 권이 넘는 작품을 발표한 소설가이지만 그보다는 오랫동안 일간지 『르몽드』의 문학 담당 기자였으며 아카데미프랑세즈 회원으로 선출되어 이름을 떨친 작가이다. 나는 오랫동안 그의 평론이 실린 『르몽드』 금요일판을 수집하여 신줏단지 모시듯 상자에 넣어 보관하고 있다. 그중 오래된 기사는 30여 년이 지나 노랗게 변해 테두리가 부서졌지만 차마 버릴수가 없다. 고백건대 자료랍시고 모았지만 원하는 내용을 쉽게 찾을 길이 없어 신줏단지가 이제는 애물단지로 변해버렸다. 자료를 쌓아두는 것 역시 호모 아카데미쿠스에게서 두루 발견되는 질환 중 하나이다.

벼랑 끝에 선 화가들

파리에서 북서쪽으로 200여 킬로미터를 가면 땅끝이다. 노르망디 지방의 작은 어촌 에트르타Etretat는 뭍길이 끊어지는 모양이 과격하다. 바지를 걷고 발목을 적시며 천천히 바다를 느낄 겨를이 없다. 한 발자국만 헛디디면 생사가 갈리는 낭떠러지이다. 눈에 들어오는 풍경은 탁 트인 하늘과 바다뿐이다. 바다 쪽으로 불룩 튀어나온 절벽 아래쪽은 파도가 만든 커다란 구멍이 뚫려 있고 그 앞에 높다란 바위가 우뚝 서 있었다. 주변 해안에는 금빛 모래가 아니라 시커먼 몽돌이 깔려 있다. 파도가 칠 때마다 작은 돌들이 서로 부딪치며 와글와글 아우성을 친다. 한적한 마을에 절벽을 구경하러 오는 사람이 몰리자 해변을 따라 숙소가 들어섰고 해가 저물어 볼거리가 어둠 속에 잠기면 밤새 도박장이 성업이다. 카지노의 슬롯머신에서 떨어지는 동전 소리가 얼핏 몽돌의 마찰음과 비슷하다. 동전과 몽돌의 아우성이 뒤엉켜 우리의 욕망을 부추긴다. 땅끝에 몰린 사람이 마지막으로 인생 역전을 꿈꾸다가 절벽에서 생을 마감한다는 소설적 상상도 가능하지만 결말이 뻔히 보이는 통속소설에 그칠 공산이 크다. 비극의 핵심이 추락에 있다지만 그리스인이 염두에 둔 추락은 절벽이 조장한 물리적 낙차와는 다르다.

2018년 파트리크 그랭빌Patrick Grainville이 발표한『광인들의 절벽Falaise des fous』은 19세기 말부터 20세기 초까지 이곳 절벽을 찾은 예술가들을 소재로 삼은 장편소설이다. 특히 자연광이 자아내는 색깔의 변화에 매료되었던 인상파 화가는 빛과 물이 부딪히며 시시각각 색의 난장이 펼쳐지는 물가를 자주 찾았다. 화가뿐 아니라 노년의 빅토르 위고가 자선사업을 펼치려고 찾았다가 그의 여기餘技였던 펜화를 남기도 했고 노르망디의 주도인 루앙 출신 플로베르와 모파상도 몽돌 해변을 거닐었다. 1947년 노르망디에서 태어난 파트리크 그랭빌은 스물세 살에 발표한 처녀작이 대번에 〈공쿠르상〉 최종심에 올랐지만 "너무 어리다"는 이유로 배제되었다. 그러나 이미 그의 천재성은 평단에 널리 알려졌고 3년 후 채 서른 살도 되기 전에 마침내 〈공쿠르상〉을 받은 최연소 작가군에 끼게 되었다. 소설가, 평론가, 〈메디치상〉 심사위원, 미술평론가 등 다양한 호칭을 거느린 그는 70여 권의 작품을 발표한 후 2018년 아카데미프랑세즈의 회원으로 추대되었다. 교수자격시험을 거친 후 평생 교단을 지키며 동시에 미술 애호가였던 그가 올해 발표한 『광인들의 절벽』은 그의 문학적 재능과 회화에 대한 박식을 쏟아부은 결정작이라고 호평되었다.

세 여인

일인칭 화자 "나" 샤를르는 태어나자마자 아버지로부터 버림받았다. 그의 아버지는 유부남의 처지에서 그의 어머니 쥘리와 사랑에 빠져 샤를르를 얻었지만 혼외 자식을 호적에 올려주지 않았고 게다가 일확천금을 노리며 훌쩍 남미의 아르헨티나로 떠나버렸다. 화가의 아틀리에에서 모델을 서며 생계를 꾸리던 홀어머니가 폐결핵으로 죽자 화자 "나"는 외삼촌에게 맡겨진다. 어머니의 얼굴도 모른 채 외로운 어린 시절을 보낸 주인공 샤를르는 스무 살에 자원입대하여 알제리로 떠났다가 식민 전쟁의 참상을 겪고 1867년에 귀국한 후 에트르타 절벽가에 정착해 외삼촌의 집과 소작인을 관리하며 심심파적으로 배를 타기도 한다. 전쟁의 후유증으로 다리를 저는 터라 딱히 몸 쓰는 일 없는 유한계급에 속한 그는 린드버그가 대서양 횡단비행에 성공하는 1927년 5월 21일, 즉 소설이 끝날 때까지 약 60년간 생의 대부분을 에트르타에서 머무르며 관찰자적 시점을 유지한다. 말이나 합승 마차에서 기관차, 다시 자동차와 비행기로 바뀌는 기간에 식민지 전쟁을 겪고 보불전쟁과 파리코뮌, 그리고 드레퓌스 사건을 지켜보았으며 20세기를 맞이한 후 하나뿐인 아들이 1차 대전의 소용돌이에 휘말리는 상황을 속수무책으로 감당했다. 주인공은 언필칭 프랑스 모더니티의 목격자였던 셈이다.

샤를르 페기에 의하면 제3공화국이 들어서고 20세기를 맞는 20년 동안의 프랑스는 로마시대 이후 2천 년간 겪었던 변화보다 더 큰 변화가 빠르게 진행되던 시절이었다. 결과적으로 파시즘을 찬양했다는 오점을 남기긴 했지만 미래파가 예술적 화두로 삼았던 "속도"는 이런 시대적 맥락과 무관하지 않았다. 소용돌이치는 시대에서 백지 상태의 무학자 주인공은 여러 여인을 스승 삼아 "감정교육"을 거치고 그의 주변에서는 현대 예술의 전환기를 맞은 인상과 화가들이 배경을 이루고 파리에서는 다양한 정치 이념과 예술 사조가 어지럽게 맞물려 돌아가는 형상을 띠는 것이 이 소설의 짜임새이다. 그래서 한촌의 청년이 겪는 감정의 소용돌이는 그 시대가 처한 이데올로기의 폭풍에서 파생된 작은 일렁거림에 불과한 것이기도 하다.

주인공은 차례로 마틸드, 안나, 알린과 사랑에 빠진다. 연상의 유부녀 마틸드가 그에게 관능을 일깨우며 동시에 문학과 미술로 인도했던 성인화 과정의 안내자였다면, 마틸드의 의붓딸 안나는 중년을 넘어선 주인공에게 순수한 정신적 사랑과 전위적 예술에 호감을 유발한 연인이었다. 시차는 두었어도 한 남자가 모녀를 사랑한 셈이었지만 엄밀히 말해 두 여자 사이에 혈연관계는 없으니 소설가는 도덕적 비난을 비켜 갈 정상참작의 여지를 마련한 것이다. 그의 마지막 여자이자 정식 부인이 된 알린은 두 번째 애인의 하녀이자 모델이었고 앞선 두 여자에게 버림받은 후 방황과 좌절을 겪는 주인공에게 안정된 가정과 더불어 노년의 관조적 여유를 제공한다. 거칠게 요약하면 제각기 개성적 성격을 지니면서 동시에 계급과 세대의 전형성을 체현한 세 여인은 주인공에게 한 시대의 예술적 취향과 정치 이념을 주입하는 교사 역할을 수행했다.

650여 페이지에 24장으로 이뤄진 이 벽돌 두께의 작품은 한 남자가 겪는 애정의 변천사를 연대기순으로 그리지만 소설의 재미는 여러 화가들의 일화나 작품과 관련된 사연, 그리고 세기의 전환기에 벌어졌던 크고 작은 사건들에서 찾을 수 있다. 소설 말미에 첨부된 참고 도서 목록뿐 아니라 당시의 신문, 잡지 등 작가가 소설에서 직접 인용한 대목이 풍부해 줄거리는 접어두고서라도 당대 자료를 읽는 것만으로 흥미롭다. 비슷한 시대를 다뤘고 또한 방대한 인용으로 이뤄졌다는 점에서 발터 베냐민의 『아케이드 프로젝트』와 겹치는 부분도 자주 발견되고 소설가와 화가를 주인공 삼아 파리의 화단 이야기를 다룬 에밀 졸라의『작품』도 떠오른다. 마틸드의 남편 고슬랭이 오스만 남작 휘하의 엔지니어였기 때문에 그의 생각과 발언은 곧 오스만의 것을 대변하고 있으며, 19세기 파리의 풍경을 연구했던 베냐민은 오스만 남작과 관련된 자료에 크게 의존하고 있다. 이렇듯 그랭빌의『광인들의 절벽』은 광범위한 겹쳐 읽기가 요구되며 상호텍스트성이 매우 촘촘한 작품이다.

풍경화

글자의 원뜻에 매달리면 풍경화는 바람風과 빛景을 그린 것이어야 한다. 그런데 과연 바람과 빛을 그릴 수 있을까? 엄격히 말해 산수山水를 그린 것이니 산수화라면 모를까 풍경이란 단어는 근대에 서양의 개념이 일본으로 박래되어 경치, 풍광, 풍물 등 여러 단어와 더불어 혼용되다가 정착된 번역어이다. 서양 회화에서 산수는 인물과 사건을 그리는 데에 배경에 머물렀을 뿐 그 자체가 화제畫題로 부각된 것은 비교적 근대에 와서나 가능했던 일이다. 동양과 달리 서양에서는 산과 계곡보다 바다를 그린 해양화가 일찌감치 풍경화의 선두 주자로 등장했다. 특히 야외의 자연광에 눈길을 돌렸던 19세기, 그중에서도 인상주의 시절 바닷가에 이젤을 펼치는 화가가 부쩍 늘었다. 에트르타 해변이 바로 그런 곳 중 하나이다. 바다를 오로지 생존을 위한 일터로 바라보는 어부들과 어울려 살던 주인공이 바다를 달리 보게 된 것은 에트르타 절벽을 찾아온 화가들 덕분이었다. 바다의 노동자들은 높다란 절벽 끝에서 하염없이 바다를 응시하는 화가들을 "약간의 경멸" 어린 시선으로 바라보았지만 노르망디 해변은 모네가 스승으로 삼은 외젠 부댕을 비롯한 수많은 화가들이 모여들어 '해양화'라는 장르를 일궜던 곳이다. 또한 노르망디 출신의 플로베르와 모파상이 바로 그 바닷가를 거닐며 『부바르와 페퀴셰』『메종 텔리에르』를 논했고 먹물의 농담을 이용한 펜화에 능했던 빅토르 위고가 에트르타 절벽과 파도를 그리기도 했다. 그가 그린 에트르타 절벽은 높다란 바위를 또 다른 바위 절벽이 지탱하는 모습이라 마치 짐승의 앙상한 갈비뼈 같은 부벽이 겉으로 드러난 고딕 성당과 닮아 있다. 『파리의 노트르담』을 쓴 소설가의 눈에는 그 웅장한 절벽에서 성당의 모습이 겹쳐 보였을지도 모른다. 그랭빌의 소설 『광인들의 절벽』은 인상주의의 구도자 클로드 모네가 등장하면서

Victor Hugo
▲ Falaise sud, Etretat, 1835
▼ Etretat, Falaise sud, 1835

시작된다.

밀물과 썰물의 요란스러운 변화, 먼바다에서의 질주와 경주와 전투에 시달린 그들은 그림에 하등 관심도 보이지 않았다. 모네의 경우 우리의 호기심을 끌었던 점은 날씨와 무관한 그의 일상적 집요함 때문이었다. 많은 사람들이 쓸모없는 것이라 여기는 일에 사로잡혀 그는 이른 아침부터 늦은 밤까지 몇 시간, 며칠을 이젤 앞에서 보냈다. 사람들이 바다로 떠났을 때에도 그는 거기에 있었다. 여자들과 아이들이 벌 떼처럼 모여 생선을 배에서 부리는 때에도 그는 그 자리에 있었다. 그들로부터 뚝 떨어진 곳, 웅장한 급경사 언덕 발치에서 바위, 혹은 바다에 시선을 고정시킨 채 고집스럽게, 강박적으로, 엉뚱하게 보일 정도로 그 자리를 지키고 있었다.

먼 북해까지 몇 달씩 대구 잡이를 하러 떠난 배들 중 몇 척은 돌아오지 않았다. 배 한 척이 가라앉으면 최소 50여 명의 과부가 생기는 에트르타 어촌에서 한가하게 그림을 그리는 예술가는 눈총을 받기 마련이었다. "까만 턱수염이 촘촘하고 곱슬 머리카락을 휘날리며, 아직 서른 살이 되지 않은" 클로드 모네가 주인공에게 먼저 다가와 먼바다로 데려가 달라고 부탁하면서 화자는 처음으로 예술에 눈길을 돌리게 된다. 모네는 아마도 바다 쪽에서 절벽을 보고 싶었을 것이다. 그렇게 두 사람을 맺어준 것은 절벽이었다. 그때는 몰랐지만 모네도 주인공처럼 알제리에 머문 적이 있었다. 1861년 모네는 군 복무지로 알제리를 택했었다. 다만 화자가 그곳에서 살육의 참상만을 보았던 반면, 모네는 "색깔의 인상에 도취되었었다"는 점이 달랐다. 잔잔했던 화자의 삶이 조금씩 일렁이기 시작한 것은 모네와의 만남에 더해 한 여자와 사랑에 빠졌기 때문이다. 단조로운 무형의 일상이 이어지던 그의 삶이 형태를 갖춘 것은 마틸드를 만났을 때였다. 파리의 부르주아 마틸드와 그 가족은 에트르타의 별장에서 여름휴가를 보냈고 폭풍우가 치던 날 홀로 남은 마틸드와 그의 의붓딸 안나가 주인공의 집에서 피난처를 구한 것이 그 계기가 된다. 그녀의 남편 고슬랭은 오스만 남작 밑에서 중세의 파리를 현대 도시로 개조하는 일에 보람을 느끼는 기술자였다. 첫 부인과 사별 후 마틸드와 재혼한 마흔 살의 고슬랭은 역사의 진보를 믿고 과학기술이 인류를 구원하리라 굳게 믿는 실용주의자였다. 전처소생의 어린 딸 안나를 제 자식처럼 키우는 그의 부인 마틸드는 변덕스러운 미녀로 남편과 달리 낭만적 사랑을 꿈꾸던 몽상가였다. 마틸드는 수다스럽고 사교적이며, 맹목적 과학 신봉자인 중년의 남편보다 절름발이에다가 전쟁으로 심신이 피폐해진 스무 살 청년 샤를르에게 끌렸고 홀로 배를 끌

Claude Monet
▲ The Cliff, Etretat, Sunset, 1883
▼ Etretat, the Manneporte, Reflection on Water, 1885

고 바다로 나가는 고독한 불구자 청년과 금세 사랑에 빠졌다. 다만 샤를르의 생각에 두 사람의 관계는 오로지 성적 만족에만 머물렀다. 그러다가 점차 문학과 미술에 대한 관심을 공유한 덕분에 육체적 관계는 감정적 교감으로 유지될 수 있었다. 배운 것이라곤 전쟁의 폭력밖에 없었던 무학자 청년은 열여덟 살 연상인 애인에게서 문학과 미술을 귀동냥했고 그녀를 통해 모네와 쿠르베의 그림을 감상하기에 이르렀다. 예술계에 발이 넓었던 마틸드는 젊은 애인을 화가의 모임에 데려가기도 하고 『마담 보바리』를 읽으라고 권하며 문학세계로 안내했다. 그녀는 플로베르의 소설에서 "마차 장면"을 가장 좋아한다고 고백하면서 플로베르를 흉내 내며 "엠마는 바로 나에요!"라고 선언한다.

마틸드는 마담 보바리와 여러모로 겹치고 그녀의 남편 고슬랭은 진보주의를 자처하는 약사 오메의 사상과 공유하는 부분이 많다. 고슬랭이 닮고자 하는 이상적 인물은 오스만 남작과 페르디낭 드 르셉이었다. 전자가 중세 파리를 현대식 도시로 개조했다면 후자는 수에즈운하를 만들어 세계의 뱃길을 터놓았고 나중에 파나마운하 사업에 개입했다가 커다란 금융 스캔들에 연루되기도 했다. 샤를르는 점차 그림 보는 눈이 뜨이지만 막상 창작의 길을 택하지 못하고 관찰자로 머물면서 19세기 후반 백가쟁명했던 이데올로기 중 어느 쪽에도 동조하지 못했다. 이때 그의 외삼촌은 그에게 플로베르의 또 다른 소설 『감정교육』을 읽어보라고 권한다. 그것은 1840년대 프랑스의 혼란스러운 상황에서 선뜻 미래를 결정하지 못한 채 여러 여자를 전전하며 무기력한 모습을 보인 『감정교육』의 주인공 프레데릭에게서 자신을 발견해보라는 충고였을지도 모른다.

1869년 11월 17일에 출간된 플로베르의 『감정교육』은 당시 대부분의 평론가와 독자에게 외면받았지만 졸라를 비롯한 자연주의 소설가들은 이 작품을 그들의 '성서'라 일컬으며 극찬했다. "어떤 젊은이의 역사"라는 부제가 붙은 『감정교육』은 풋내기 시골 청년이 법학 공부를 위해 상경하여 19세기 중반 격동하는 파리에서 겪는 성장 과정이 뼈대를 이룬다. 하지만 주인공의 애정사뿐 아니라 다양한 계급과 이념을 대표하는 여러 인물들을 등장시키면서 1848년 혁명을 둘러싼 프랑스 사회의 시대상을 그린 것으로 평가된다. 이 소설의 주요 사건은 1840년 9월에 시작해서 1851년 12월에 끝나는데, 젊은 시절을 되돌아보고 정리하는 회고의 시점은 1869년으로 추정된다. 후기까지 포함하면 『감정교육』은 19세기 중반의 30년가량을 그린 것이고 『광인들의 절벽』은 앞서 언급했듯 1867년부터 1926년까지 60여 년에 걸친 주인공의 체험을 서술

했다. 『감정교육』에서 주인공이 사랑에 빠지는 여자들
―연상의 유부녀 아르누 부인, 사교계의 젊은 애인 로자
네트, 금융계의 거물 당브뢰즈의 부인 등―은 순수한 사
랑, 관능적 쾌락, 그리고 현실적 출세의 디딤돌 등으로
상징되는바, 표피적 독서에서는 주로 정신과 육체, 순수
한 이상과 현실적 출세 사이에서 방황하는 청년의 섬세
한 심리 묘사에만 주목하기 마련이지만 작가가 공들였던
부분은 한 시대의 거대한 벽화를 사실에 입각해서 충실
히 그리는 데에 있었다. 예컨대 플로베르는 소설 속의 남
녀가 파리 교외로 기차 여행을 다녀온 대목을 묘사하다
가 문득 1848년에는 파리 근교의 철도 노선이 없지 않았
을까 의구심이 들었다. 불과 20여 년 간격으로 교통수단
이 말에서 기차로 바뀌었으니 그는 짧은 묘사를 위해 당
시 승합 마차의 시간표와 노선도를 구해야만 했다. 주인
공의 애정 심리를 그리는 데에도 이렇듯 세부 사항까지
치밀한 자료 조사를 했을 뿐 아니라 3부 1장에서 1848년
혁명을 둘러싼 정치 이념과 사회의식에 대해 서술한 부
분은 여러 여자를 저울질하며 심리적 고민에 빠진 주인
공의 개인사를 압도한다. 『감정교육』의 주된 사건이 루이
필립시대에서 시작되어 1848년에 마무리되었다면, 『광
인들의 절벽』은 나폴레옹 3세가 등장한 제2제정시대, 프
랑스와 프러시아의 전쟁과 파리코뮌으로 이어지는 19세

기 후반기, 그리고 벨에포크와 1차 대전을 시대 배경으로 삼고 있다.

두 소설의 시대적 배경에는 공히 왕정파, 공화파, 사회주의자, 공산주의자, 무정부주의자 등 다양한 이념이 충돌하며 불꽃을 일으키는 시대였다는 점에서 비슷하고, 특히 『광인들의 절벽』에서는 클로드 모네와 귀스타브 쿠르베에 초점을 맞춰 서로 상이한 미학적 감수성을 대조하는 대목이 큰 부분을 차지한다. 주인공의 애정 편력을 따져봐도 겹치는 부분이 적지 않다. 상류층 부르주아 마틸드, 현실 비판적인 그녀의 딸, 그리고 그 딸의 하녀와 차례로 사랑에 빠지고 간헐적으로 제르멘이라는 여자와 오로지 성애만을 탐닉한 샤를르의 행적은 여러 여인들 사이에서 갈팡질팡했던 『감정교육』의 프레데릭과 비견될 만하다. 이 시대의 남자들이 겪는 연애 감정의 혼란은 급변하는 정치·사회적 분위기, 그에 따른 이념적 환상 및 환멸과 무관하지 않다. 거칠게 말하면 한 개인의 가장 은밀한 애정 체험이 그 시대의 이데올로기의 혼란을 반영한다고 할 수 있다. 『광인들의 절벽』의 주인공이 화려하고 변덕스러운 마틸드, 주체의식이 강하고 예민한 사회의식과 예술적 이상을 추구하는 안나, 그리고 무산계급인 하녀 출신으로 현실세계에 밀착한 알린에게 차례로 이끌렸던 것은 남자가 유난스러운 바람둥이였던 탓이 아니라 19세기의 혼란스러운 가치관이 반영된 까닭이었다.

뉴욕

파리의 사교계에서 화려한 생활을 구가하는 마틸드는
여름휴가철에나 만나는 샤를르에게서 점차 멀어진다. 게
다가 의붓딸 안나가 15세 생일을 넘어서면서 부쩍 개성
이 강해지고 아버지와 가까워지자 마틸드는 부녀에게서
소외감을 느꼈다. 그런 탓인지 마틸드는 남동생과 함께
세계 여행을 떠났고 외딴 시골의 애인은 간간이 엽서를
통해서만 그녀 소식을 들을 수 있었다. 15년이나 지속되
었던 은밀한 관계가 식어갈 무렵 샤를르는 몰라보게 성
숙한 여인으로 변한 안나를 에트르타 해변에서 만난다.
폭풍이 치던 밤, 어머니의 손에 이끌려 그의 집에 피신 왔
을 때 처음 보았던 꼬마가 어느새 어른이 되어 중년의 샤
를르 앞에 등장한 것이다. 모네와 쿠르베의 숭배자인 안
나는 화가의 길로 나서려 결심하고 그녀의 하녀 알린을
모델 삼아 누드화에 몰두한다. "안나에 대한 나의 욕망,
터질 것 같은 그녀의 젊음과 막 피어나는 예술적 재능에
대한 호감은 나의 가슴속에서 불길처럼 타올랐다." 아내
뿐 아니라 딸까지 샤를르의 품에 안기자 고슬랭은 이를

더 이상 묵과할 수 없었다. 고슬랭이 아내의 불륜은 짐짓 외면하고 적당한 경멸이 섞인 격식을 갖춰 주인공을 대했던 것은 아내에게 자유를 허락하는 반대급부로 자신도 파리에서 자유연애를 만끽하던 터였기 때문이었다. 그러나 딸까지 주인공과 사랑에 빠지자 그의 질투심은 폭력으로 표출되었다. 평상시와 다름없이 배를 타고 바다 산책에 나섰던 샤를르는 망망대해에서 사고를 당한다. 누구인가 고의로 배에 구멍을 냈다고 생각한 그는 고슬랭을 그 배후라 짐작한다. 겨우 목숨을 건졌지만 또다시 그는 고슬랭이 고용한 남자들에게 테러를 당하기도 한다. 이에 외삼촌은 그에게 뉴욕으로 가서 프랑스 인상파 작품을 중개하는 사업을 해보라고 제안한다. "물론 이미 뉴욕 5번가에 지점을 개설한 화상 뒤랑 뤼엘과 경쟁하라는 것은 아니다"라고 외삼촌은 주인공을 안심시킨다. 샤를르는 망설임 끝에 대서양을 오가는 여객선에 몸을 싣는다.

일주일의 항해 끝에 그의 눈에 들어온 뉴욕은 "르아르브항구보다 백배"나 크게 보였다. 궁벽한 어촌에 살던 그에게 뉴욕은 별세계이고 "에너지와 교류와 산업과 달러의 피라미드"였다. 뉴욕의 동업자 오노라 부인을 방문해 저녁 식사를 하던 주인공은 전기등을 보고 화들짝 놀란다. "밤이 되자 오노라는 단추를 돌렸고, 돌연 거실이 환해졌다. 전기다!" 그녀는 설마 에디슨을 모르냐고, 이미 뉴욕 5번가 전체와 그 너머에까지 전기가 들어온다고 설명했다. 전등은 "육체의 아름다움을 부각시키고 욕망과 두려움은 어둠 속에 감춰두는 램프의 신비가 박탈된 노란빛"이었다. 그가 알고 있던 유럽의 실내를 그린 그림들은 흔들리는 촛불과 가스등으로 여전히 신비와 비밀을 간직한 세계였지만 미국에서는 "전기가 공간을 잘게 해부하고 있었다". 그리고 샤를르가 상대해야 하는 예술품 수집가, 신세계 미국의 왕은 철도와 해상 운송을 통해 거부된 코모도르 일가였다. "왕은 미국 전역에 사람과 상품을 실어 나르는 사람이지요. 우리는 경악할 만한 혁명의 시대를 살고 있습니다." 철도 사업으로 거부가 된 코모도르 가문은 유럽 궁전에 비견될 만한 고층 빌딩을 짓고 뉴욕의 부동산 업계를 좌지우지하고 있었다. 샤를르는 센트럴파크를 지나가다가 카네기홀을 발견한다. 오노라 부인은 갑자기 흥분하여 목청을 높였다. "나는 철강왕 카네기가 지은 이 건물의 준공식에 참석했었죠. 차이콥스키가 교향악단을 지휘했어요. 머리부터 발끝까지 전율이 오더라고요! 그 자리에는 스탠더드오일을 소유한 석유왕 존 록펠러도 참석했지요. 차이콥스키에게 박수를 보내는 록펠러를 보았어요." 오노라 부인은 다시 제이 굴드의 저택을 가리키며 말했다. "저 사람도 이 영웅들의 시대의 또 다른 개척자이자 코모도르 일가의 경쟁자예요. 그가 가장 막강한 철도 회사를 쥐고 있지요." 프랑스와 달리 미술의 주요 고객층은 이미 산업 자본가로 넘어간 터였다. 샤를르는 미국 화상에게 도비니의 풍경화를 팔아보려고 했지만 반응은 차가웠다. "도비니, 그의 작품은 작아요, 너무 작아요! 문제는 크기에 있는 게 아니지요! 아, 어쩌겠어요! 그의 풍경은 작아요. 소들도 작고, 들판은 손바닥만 하고, 너무 작은 사과나무, 바다도 거의 보일락 말락 하고…… 요새 나는 허드슨 학파를 좋아해요." 그녀는 에트르타의 촌사람에게 메트로폴리탄박물관을 방문해서 존 프레더릭 켄시트의 그림을 보라고 권했다. 또한 도비니보다 한 수 위인 토머스 콜의 풍경화도 감상해보라고 덧붙였다. 샤를르가 보기에 미국은 다위니즘과 기독교가 묘하게 공존하는 새로운 시대를 맞이하고 있었고 모네에게 영감을 주었던 도비니의 풍경화는 더 이상 그들의 미적 감각에 호응할 수 없었다. 또한 그는 뉴욕에서 프랑스 그림을 팔고 있는 뒤랑 뤼엘 화상을 방문했다가 쿠르베와 모네의 작품을 재발견하며 감탄에 빠지고 에디슨이 발명한 '키네토스코프'에 들러 활동사진을 관람한다. 에디슨의 발명품은 그뿐만이 아니었다. 그는 테슬라가 발명한 교류 전기를 이용하여 최초의 전기 사형의자를 만들어냈다. 에디슨과 테슬라의 경쟁에서 에디슨이 승리를 거둔 것이다. 미국인은 여기에서도 신의 섭리와 다위

니즘이 작동했다고 주장한다. 신은 가장 뛰어난 것을 창
조하는 분이고 그 나머지는 아무것도 아니다. 미국은 전
진할 것이고 언제인가 공산주의가 프랑스를 점령할 때가
되면 미국은 노르망디에 상륙해서 프랑스를 구할 것이라
고 오노라 부인은 예언했다. 이미 꽤 많은 프랑스의 예술
품도 미국인의 손에 넘어가 황금알을 낳는 상품으로 변
했다.

"설탕의 왕, 석유의 왕, 철도의 왕, 그리고 은행 등 미국인
들은 모든 걸 사들였지요. 밀레의 「만종」이 원래는 천 프랑짜
리였는데 몇 해 전 제임스 서튼이 50만 프랑에 사들였어요.
우리의 문화유산을 되찾기 위해 강베타는 의회에서 연설을
했지요. 천만다행으로 「만종」은 프랑스로 되돌아왔는데 우
리는 80만 프랑를 지불해야만 했습니다. (……) 양키들은 인
디언을 죽이고 그 빈자리를 인상주의 그림으로 채웠어요! 메
리 커샛이 오래전부터 그런 일의 중심에 있었지요. 남북전쟁
시절 섬유산업으로 돈을 모아 시카고 부동산 재벌이 된 팔머
의 부인, 즉 베르타 팔머는 뒤랑 뤼엘 화상에게서 모네의 작
품을 굴을 사듯 열두 개씩 사들였어요. 자기의 작은 '홈'을 꾸
미기 위해 모네 작품 서른 점, 르누아르 작품 열다섯 점을 구
입했다지요."

모네와 쿠르베

도비니의 작품을 팔려고 미국에 갔던 샤를르는 결국 빈손으로 귀국한다. 그의 나이는 어느새 마흔일곱 살에 접어들었다.

마틸드가 예순다섯 살이라고 믿기지 않는다. 우리가 열정에 빠졌을 때 그녀는 서른여덟 살이었고 나는 아무것도 모르던 스무 살이었다. 나는 이제 이미 내리막길에 들어선 마흔일곱 살의 남자이다. 그녀와 나를 이어주는 것은 우리를 한입에 꿀꺽 삼켜버린 시간이었다. 마틸드에 대한 나의 사랑이 정확히 무엇이었는지 자문해보며 과거를 지운 지우개의 효과를 가늠해보았다. 각별하게 에로틱한 순간, 극단적 현시, 혹은 행복한 날과 같은 몇몇 드문 상황들이 생생하게 살아남아 있었다. 그러나 이 모든 것에 이르는 황홀한 감정이 투명한 장벽으로 닫혀 있었다. 안나 탓일까? 안나도 마찬가지로 점진적 탈색 과정을 겪었을까? 오로지 절벽만이 모든 마모로부터 무사하게 버티고 있었다.

어느 날 샤를르는 스물한 살의 무정부주의자 에밀 앙리의 사형 집행을 둘러싸고 격론이 벌어진 것을 신문을 통해 알게 된다. 사형 집행에 반대하는 클레망소와 바레스는 이 사건을 두고 같은 목소리를 냈지만 머지않아 드레퓌스 사건, 그리고 1차 대전이 터지자 서로 반대 진영에 서서 국가, 애국심, 보편적 인권 등을 주제로 맹렬히 대립하기도 한다. 한 세기가 바뀌는 지점에서 정치 이념과 예술관이 한 치의 양보 없이 불꽃 튀는 대결을 보이지만 다른 한편에서 모네는 「루앙성당」 연작을 둘러싸고 화상 뒤랑 뤼엘과 가격 협상에 몰두하고 있었다. 묵언 수행자 같은 모네도 예술 시장에서는 한 명의 공급자에 불과했던 모양이다.

클로드 모네가 절벽과 하늘과 바다를 바라보며 순수예술을 추구하는 은수자 같았다면 사실주의 화가로 입지를 굳힌 귀스타브 쿠르베는 먹성 좋고 사교적이며 정치적 입장도 분명한 활동가였다. 샤를르가 그를 처음 만난 정황도 모네와는 사뭇 달랐다. "해변에서 200-300미터 떨어진 바다에서 머리 하나와 커다란 소용돌이가 보였다. 형태가 불분명한 덩어리 하나가 다가왔다. 그 머리는 파이프 담배를 피우고 있었다!" 담배를 피우며 수영했을 뿐 아니라 그는 익사 직전이었던 한 남자를 등에 업고 구출하던 중이었다. 큰 물결을 일으키며 파도 사이를 누비는 그를 어부들은 "물개"라고 부르곤 했다. 마틸드에 따르면 쿠르베는 "저명한 악마, 못생기고 뚱뚱한 목욕하는 여자를 그리고 사회주의 이념을 옹호하는 다혈질의 광인"이

Gustave Courbet, The Etretat Cliffs after the Storm, 1870

었다. 소설가는 모파상이 에트르타 해안에서 물에 빠져 허우적거리는 익사자를 구조한 일화도 덧붙였다. 모파상 덕분에 목숨을 건진 사람은 영국의 시인 스윈번이었다. 동성애자였던 시인은 애인 폴과 에트르타를 찾았다가 익사 사건을 계기로 모파상과 인연을 맺었다고 한다. 쿠르베는 수십 점의 연작 「파도」를 그리려고 에트르타를 찾았다. 모네와 달리 쿠르베는 "여자들에 대해 즐겨 이야기했고, 가끔은 그들과의 연애담도 털어놓았다".

여자의 나신은 모든 화가가 반드시 거쳐 가는 길목이지만 「세상의 기원」뿐 아니라 「목욕하는 여자」에서 쿠르베가 묘사한 여자의 모습은 당대의 고전미학적 감각에 큰 충격을 주었다. 모네와 쿠르베가 남긴 「에트르타 해변」과 「파도」의 연작은 두 사람의 성격 차이만큼이나 사뭇 다르다. 모네가 대상 자체보다도 찰나가 빚어내는 빛과 물질의 만남에 주목했다면, 쿠르베의 파도는 거대한 덩어리, 딱딱한 기념비였다고 소설가는 해석한다. 모네가 물안개와 파도 거품이 자아내는 빛을 그렸다면 쿠르베의 파도는 딱딱한 물질 덩어리였다. 렘브란트의 "껍질이 벗겨진 소"처럼 쿠르베는 칼로 물감을 잘라내듯 파도를 그려냈다. 화자가 보기에 모네는 찰나의 인상을 그렸고 쿠르베는 파도의 형상을 통해 머지않아 다가올 보불전쟁과 파리코뮌과 같은 역사의 흐름을 예언하는 묵시록이었다. 모네가 루앙성당, 건초 더미, 수련 등 하나의 대상을 놓고 빛의 본질을 추구한 구도자였다면 쿠르베는 동향 친구 프루동의 사상에 동화되어 노동자의 친구를 자처하고 사회주의 예술을 추구하며 적극적 정치 참여를 마다치 않았다.

모네가 "빛의 왕"이란 불명예스러운 별명으로 불릴 만큼 가난에 시달렸던 반면 노동자의 친구인 쿠르베의 그림은 귀족과 부르주아에게 금값으로 팔려나갔다. 쿠르베는 귀족 만찬에 초대되어 진수성찬을 즐겼던 체험을 자랑스레 떠벌렸지만 모네는 앞서 인용한 구절처럼 종일 절벽 끝에 장승처럼 서서 빛의 조화만을 바라보았다. 쿠르베가 진보주의자를 자처했지만 그의 표현 기법은 오히려 아카데미의 고전적 기법을 충실히 따랐던 반면 모네야말로 표현 대상과 기법의 측면에서 예술적 혁명을 일으키고 있었다. 입으로는 진보와 혁명을 부르짖으면서도 예술에서는 한 치도 앞으로 나아가지 못하는 고답적 미학을 버리지 못했고, 민중의 친구로서 사회주의 운동의 선두에 섰지만 귀족과 부르주아가 제공하는 향락과 편의를 가장 넉넉하게 누렸던 쿠르베는 여성 편력도 화려했다. 주인공이 여러 여인 사이를 방황하면서 육체적 갈망에 시달렸던 반면 "모네는 여인, 어린 여자들, 그 나체의 결핍을 견디었다. 육체의 결핍으로 인한 고통, 그것에 대한 관심(성적 관심)이 다른 것으로 돌려진 것에서 비롯된 그의 천재성의 특별한 측면(……) 쿠르베, 르누아르, 마네, 그리고 여자를 싫어했던 드가, 심지어 세잔 등 그와 가장 가까웠던 친구들과 모네는 아주 달랐다".

모네의 그림에서 여자는 점차 뜸해지다가 에트르타 풍경, 건초 더미, 루앙성당 그리고 수련 등 일련의 연작에 이르러서 완전히 자취를 감춘다는 점을 지적하며 작가는 모네 예술의 비밀은 여자의 부재에 있다고 강조했다. 여자뿐 아니라 그의 그림에는 인적 자체가 드물다. 그가 생라자르역 풍경을 그릴 당시 철도 역장은 화가를 전폭적으로 지원했다. 관현악단을 지휘하는 것처럼 화가의 요구에 따라 역장은 기관차를 출발시켰다가 세우고 증기를 뿜어내도록 했다. 지금 어느 화가가 고속철도를 그리겠다고 서울역 철로를 가로막고 승객을 세워둘 엄두를 낼 수 있을까. 더구나 그는 바닷가에서 생업에 열중하는 어부와 하역 노동자의 모습을 그린 적 없고, 기관차를 타려 분주히 움직이는 승객의 활기찬 현실은 안중에도 없었다. 기관차까지 지휘했지만 자연 외광의 천변만화를 주재할 수는 없었던 그는 평생 햇빛을 노려본 탓에 말년에 시력을 잃었다. 외팔이 검객, 귀머거리 작곡가, 장님 화가, 그들은 모두 시대의 고수로 추앙받았다.

1870년 보불전쟁이 터지자 곧바로 파리뿐 아니라 바닷가 마을까지 프러시아 군대가 들이닥쳤다. 전쟁에 패한 프랑스는 광산 자원이 풍부한 알자스-로렌 지방을 독일에 넘겨주는 것으로 강화조약을 맺지만 파리에서는 사회주의자를 위시하여 정부에 불만을 품은 세력이 파리코뮌이라는 자치 정부를 수립한다. 잠깐 군대에 동원되었지만 다시 조용한 어촌의 평범한 부르주아의 일상을 되찾은 샤를르는 에트르타로 피난 온 고슬랭과 마틸드 부부에게서 세상 소식을 접하게 된다. 굶주린 파리 시민들은 쥐까지 잡아먹었고 그나마 부유한 계층은 동물원에 갇혀 있던 코끼리, 기린을 잡아 진미를 맛보았다. 남편보다 개

를 사랑했던 부인네마저 기르던 애완견을 한 마리씩 잡
아먹기 시작했고 그조차 동이 나자 남편을 노려보며 입
맛을 다셨다고 한다. 쿠르베는 파리코뮌에 가담하여 인
민위원으로 활약하다가 문화재 훼손 사건에 연루되어 곤
욕을 치른다. 훗날 재판을 통해 엄청난 벌금이 매겨지자
쿠르베는 스위스로 도주할 수밖에 없었다. 예술을 위한
예술, 빛의 수도승으로서 역사를 초월했던 것처럼 보였
던 예술가들도 난리 통에는 예외가 될 수 없었다. 드가는
애꾸눈, 르누아르는 근시라서 징집을 면제받았고 영국으
로 몸을 피한 모네는 거기에서 터너와 컨스터블의 그림
을 만날 수 있었다. 영국인은 터너 덕분에 그들이 안개 속
에서 살고 있다는 것을 처음 깨달았다고 했던가. 모네를
위시한 인상파 예술가들은 인류에게 처음으로 빛의 존재
를 깨닫게 해준 안내자였다.

위고와 플로베르

소설의 후반부는 드레퓌스 사건과 20세기 초반 급변하
는 프랑스 사회의 풍경, 그리고 1차 대전과 러시아혁명으
로 이어지며 주인공의 시선이 성숙해가는 과정을 그리고
있다. 당시 신문 사회면을 장식한 소소한 사건부터 정치

이념의 변화까지 망라한 거대한 시대의 벽화처럼 전개되는 이 소설을 상세히 소개할 수는 없는 터라 보불전쟁과 파리코뮌을 겪은 후 두 소설가의 예언을 인용하는 정도에서 글을 마무리하고자 한다. 문단의 위고와 플로베르는 화단의 쿠르베와 모네에 비견할 수 있다고 생각된다. 위고와 쿠르베는 비록 예술관은 달랐지만 시대 현실에 적극적으로 개입했던 예술가였던 반면 플로베르와 모네는 직면한 현실세계보다는 예술의 본질을 천착했던 작가였다. 위고가 영국과 벨기에 등지를 떠돌며 기나긴 망명생활을 했고 쿠르베도 스위스로 도망쳐야만 했던 반면 플로베르는 크루아세의 은수자로 불릴 만큼 현실에서 벗어난 은둔생활을 했고 모네도 수련이 가득한 지베르니에서 말년을 보냈다. 레닌이 인류 역사상 최초의 사회주의 실현이라고 해석했던 파리코뮌, 그리고 유럽이 겪은 최초의 국제 전쟁이자 미증유의 대참사였던 1차 대전의 예고편이라 할 보불전쟁을 겪은 후 위고와 플로베르는 인상적 글을 남겼다.

우선 빅토르 위고는 "우리의 복수는 형제애이다. 더 이상 국경은 필요 없다. 프랑스와 독일은 라인강을 함께 사용하며 훗날 유럽의 모든 나라가 연방 국가로 변신하여 더불어 사는 세계"를 예언했다. 위고의 발언은 예언이라기보다 희망사항, 낭만주의자의 꿈이었던 반면 사실주의 소설가 플로베르는 "어떤 정부가 들어서건 간에 프랑스 정부의 유일한 목표는 복수가 될 것이다. 대량 학살이 우리 노력의 목표, 프랑스의 이상이 될 것"이라며 어두운 미래를 예언했다.

1870년 패전으로 영토를 독일에게 빼앗긴 프랑스는 빅토르 위고의 꿈처럼 독일을 형제애로 품었을까. 알자스-로렌 지방을 잃은 프랑스는 절치부심하며 1차 대전에 뛰어들어 결국 실지를 회복하고 과도한 전쟁배상금으로 독일을 질곡에 빠뜨렸고 결국 독일은 히틀러의 등장에 환호하지 않았던가. 1870년부터 1945년까지의 역사를 짚어보면 플로베르의 비관주의가 진실이었다. 그런데 조금 더 길게 보면 유럽 통합으로 국경선이 없어지고 단일 통화를 사용하는 현재, 위고의 꿈이 실현되었는지도 모른다. 저승세계에서 두 작가는 지상을 내려다보며 무슨 생각을 할지 궁금하다. 플로베르의 비관주의는 바위처럼 굳건하고 비가 내릴 때까지 기우제를 드리는 인디언처럼 끈질기다.

생의 전환점

프랑스 중부 소도시 샤토루에서 1959년 2월 7일 한 여자아이가 태어났다. 아버지가 딸을 법적으로 인정하지 않았기 때문에 어머니는 아기의 이름을 자신의 성을 따서 크리스틴 슈바르츠라고 출생신고서에 기록했다. 크리스틴 슈바르츠의 호적에는 "신원 미상의 부친으로부터 출생"이란 언급이 줄곧 따라다녔다. 그런 그녀가 크리스틴 앙고Christine Angot라고 불린 것은 그녀 나이 열여섯 살 무렵 그녀의 아버지 피에르 앙고가 그녀를 자식으로 인정한 후부터였다. 현재 프랑스에서 크리스틴 앙고를 모르는 사람은 거의 없다. 2017년부터 인기 있는 TV 토론 방송에 고정 출연했기 때문이다. 정치, 문화, 예술 등 여러 분야에서 화제로 떠오른 인물을 초대하는 심야방송에서 크리스틴 앙고는 초대 인물을 겨냥한 날카로운 질문, 심지어 인신공격에 가까운 독설로 대중에게 깊은 인상을 남겼다. 그러나 그녀의 본업은 방송인이 아니라 소설가이다. 연극과 영화 작업에도 여러 번 참여했지만 그녀는 1990년 등단 이래 〈프랑스퀼튀르문학상〉〈12월문학상〉 등 여러 문학상을 수상한 바 있고 금년 8월에도 신간 『생의 전환점Un tournant de la vie』을 발표했다.

그녀 작품의 가장 두드러진 특징은 자전적 이야기란 점이다. 자전소설은 대략 1980년대부터 프랑스 현대소설의 큰 줄기를 형성했고, 이 시기에 크리스틴 앙고는 1999년 발표한 자전소설 『근친상간L'Inceste』으로 독자의 주목을 받기 시작했다. 이전 소설을 모두 합해도 그녀에게 눈길을 준 독자가 500명을 넘지 않았는데 이 한 편이 단시간에 판매 부수 5만 부를 넘기며 여러 신문의 한 면을 독점할 만큼 화제의 중심으로 떠올랐다. 그녀의 작품세계가 자전적인 까닭에 그녀는 출생부터 소설가 이전의 삶까지 낱낱이 글로 옮겨 발표했고 유명 인사가 된 이후에는 그녀 글에 등장했던 실제 인물로부터의 명예 훼손, 사생활 침해 등 각종 소송에 시달렸다. 그녀의 작품세계가 '자서전'과 '근친상간'이라는 핵심어로 요약되고 방송과 칼럼에서 거침없는 독설과 직설로 화제를 뿌린 탓에 평단의 반응은 극단적으로 양분되었다. 온건한 평론가조차도 그녀의 글은 "걸작이지만 작은 지옥", 혹은 "좋은 문장이지만 읽는 내내 독자를 불편하게 한다"고 결론 내렸다. 〈공쿠르상〉의 공정성을 문제 삼아 새롭게 제정된 〈12월문학상〉을 받은 2015년 작 『불가능한 사

랑Un amour impossible』, 그리고 3년간의 침묵 후에 발간한
『생의 전환점』을 중심으로 크리스틴 앙고의 작품세계를
살펴보자.

레이스 뜨는 여자

자전소설 『불가능한 사랑』은 일인칭 화자이자 주인공
크리스틴이 태어나기 이전의 이야기로 시작된다. 화자의
어머니 라셀은 열일곱 살 때 자동차 정비소에서 직장생
활을 시작한 후 스물여섯 살이 되던 해에는 사회복지국
에서 타자수로 일하고 있었다. 아버지 피에르는 오랜 학
업을 끝내고 언어학자가 되어 대학교수의 꿈을 품었으
나 제대 후 잠시 미군 부대에서 통역관 노릇을 하고 있었
다. 빈곤한 가정환경 때문에 일찌감치 사회로 나선 라셀
과 달리 피에르의 집안은 대대로 파리에 살았고 일가친
척 중 의사가 많았다. 두 사람은 구내식당에서 우연히 만
난 후 댄스 파티에서 친해졌고 점차 영화 관람이나 산책
을 함께하는 사이로 발전해 "금세 매일 만나는" 연인이
되었다. 남자는 "과감하고 대세를 거스르는 기발한 비유"
로 여자를 놀라게 했다. "그들이 걷는 거리, 풍경, 만나는
사람들에 대해 정확하게 묘사하는 표현력은 그의 지성

을 돋보이게 했고, 그런 남자와 만나는 것은 그녀로서는 난생처음 접해보는 신선한 경험이었다." 피에르는 라셀에게 니체를 거론하며 몇몇 구절을 열심히 설명해주기도 했다. 하지만 라셀은 니체라는 이름을 처음 들었고 그의 사상을 한 구절도 이해할 수 없었다.

1974년 〈공쿠르상〉을 받은 파스칼 레네의 『레이스 뜨는 여자』에서도 유사한 상황이 전개된다. 대학생과 사랑에 빠진 견습 미용사는 열정의 시간이 지나간 후 현실적 일상으로 돌아오자 점차 괴리감을 느낀다. 특히 대학생들이 모여 68혁명을 휩쓸고 지나간 백가쟁명의 사상과 문학을 논하는 자리에서 완전히 소외되고 만다. 귀동냥했던 몇몇 작가들의 이름을 기억해 서점에서 책을 구해 읽으려 했지만 그녀와 대학생 애인 사이를 가로막은 지식의 벽은 한없이 높아 보였다. 피에르와 라셀 사이의 벽은 단지 지식이나 문화의 차이만은 아니었다. 자유를 절대적 가치로 내세우며 결혼을 거부하는 피에르는 얼핏 "당신이 부자였다면……"이라는 말을 꺼냈다가 얼른 말꼬리를 흐리고 만다. 비록 결혼은 거부하지만 함께 파리에 간다면 자기 집 근처에 조그만 거처를 마련해주겠다는 그의 제안에 라셀은 망설인다. 결국 피에르가 파리로 떠난 후 라셀은 홀로 아기를 낳아 크리스틴 슈바르츠라는 이름으로 출생신고를 한다.

아버지

6장으로 이뤄진 소설은 2장부터 일인칭 화자가 등장하여 행복한 유년기를 서술한다. 할머니와 어머니 사이에서 듬뿍 사랑을 받으며 보냈던 어린 시절은 아버지의 부재를 제외하곤 여느 아이들과 다름없었다. 라셀은 꾸준히 피에르에게 편지를 써서 자신과 딸의 근황을 전했고 피에르로부터 정중하고 애정 어린 답장을 받았다. 크리스틴은 동네 친구와 어울려 집에도 놀러 갔지만 친구의 아버지와 마주치는 것을 의도적으로 피했다. 아이의 태도를 이상하게 여긴 라셀이 이유를 캐묻자 크리스틴은 "아버지들이 그저 무섭다"라고 답할 뿐이었다. 라셀은 어린 딸에게 이렇게 설명해주었다.

그녀는 아버지에 대해 이야기해주었다. 모든 아이들에게는 아버지가 있다고 했다. 나의 아버지는 지식인이었다. 그는 여러 나라 말을 할 줄 알았다. 두 사람은 사랑을 했고 그것은 커다란 사랑이었다. 나는 원해서 태어난 아기였다. 나는 사고로 태어난 아기가 아니다. 어머니는 주변의 조롱과 뒷전에서 수근거리는 소리에도 불구하고 나를 임신했던 아홉 달 동안 무척 자랑스러워했다. 내가 태어나서 그녀는 무척 행복했다. 나의 아버지가 어디에 있고 무슨 일을 하는가는 다른 사람이

상관할 일이 아니다. 누가 내게 그런 질문을 하거든 아버지는 죽었거나 여행 중이라고 대답하라고 했다.

피에르는 일자리를 찾아 여러 지방을 돌아다녔고 줄곧 새 주소를 알려주었다. 그의 직장이 스트라스부르로 정해지자 어머니와 딸은 그 인근에서 여름휴가를 보내기로 한다. 크리스틴이 네 살이 되던 해 여름휴가 중 피에르는 라셀을 찾아와 딱 한나절 어린 딸과 뱃놀이를 즐긴 후 떠났다. 그녀가 예닐곱 살이 되던 해에는 피에르가 휴가지가 아니라 직접 샤토루의 그들 집으로 찾아왔다. 세 식구가 둘러앉아 식사를 하던 중 아버지가 입을 열었다. "내가 결혼식을 올렸다오. 부인은 금발에 키가 중간 정도이고 파란 눈에 머리카락이 매우 아름답소. 독일 여자인데 아주 어려요. 함부르크 태생이고 장인은 의사요. 임신을 한 탓에 빨리 식을 올려야 했소. 결혼할 생각은 없었지. 당신도 나를 알 것 아니오. 그런데 장인이 워낙 강하게 설득하는 바람에 어쩔 수 없었소. 게다가 그녀 집안은 아주 넉넉하고."

그 이후에도 1년에 한두 번씩 만나는 아버지는 어린 크리스틴에게 점차 우상이 되었다. 어머니와 달리 그는 세상만사를 두루 꿰뚫고 희귀한 단어, 어려운 문장도 척척 설명해주는 지식인인 데다 몸에 밴 예의와 언행에 품위가 넘쳐흘렀다. 어린 시절 크리스틴이 가장 사랑하는 사람이 외할머니와 어머니였다면 10대 소녀가 된 그녀에게는 지식과 유머 넘치는 아버지가 찬란하게 빛나는 우상이었다. 적어도 5장까지 소설의 독자는 그렇게 이해할 수밖에 없었다. 어느 날 그녀의 삼촌이 달려와 어머니에게 "크리스틴이 몇 해 전부터 아버지에게 성추행을 당하고 있었다"고 말하기 전까지. 어머니는 선뜻 이해하지 못하다가 청천벽력을 맞은 듯 쓰러져 병원에 열흘간 입원을 했다. 그러면서 그 사람이라면 놀랄 일도 아니라고 덧붙였다.

어머니

소설의 마지막 장은 거의 대화체로 이루어진다. 특히 어머니의 독백이 거의 전부를 차지한다. 아버지는 고통스럽게 병사했고 어머니도 이제 죽음을 앞둔 나이였지만 열여섯 살 이후로 모녀 관계는 매우 차갑게 식어버렸다. 아니, 딸은 더 이상 어머니를 찾지 않았고 거의 연락을 끊고 살았다. 딸은 무슨 이유로 어머니를 원망했던 것일까. 또한 외삼촌의 고발 이전에 그녀는 무슨 이유로 아버지의 추행을 감추고 감수했을까. 열여섯 살이 되던 해에 아

버지가 그녀를 법적 자식으로 인정했기 때문일까. 아버
지의 요구를 거절하면 혹시 다시 아비 없는 자식, 호적에
서 다시 신원 미상자의 딸로 전락할 것이 두려웠기 때문
일까. 어머니를 떠나 홀로 자립해서 학업을 마치고 결혼
까지 한 이후에도 여전히 어머니를 멀리한 것은 혹시 아
버지를 잃은 것이 어머니 탓이라고 원망하는 잠재의식이
작용한 것일까. 1999년 작『근친상간』은 보다 노골적인
진실, 우리 인간이 차마 직시할 수 없는 인간의 야수성을
기록한 작품이다. 6장에서 어머니의 독백은 모녀간의 화
해와 진정한 사랑을 되찾는 순간을 증언하고 있다.

어머니의 독백에 따르면 아버지는 아내와 딸을 모두
버린 비정한 괴물이다. 하지만 아버지가 그들을 버린 행
위는 한 인간의 개인적 행위가 아니라 사회적 행위였다
는 것이 작가의 판단이었다. 아버지의 만행은 한 명의 인
간이 아니라 특정 집단이 두루 공유하는 가치관의 결과
이다. 그 집단은 인간의 가장 근원적인 금기마저도 무시
하고 위반할 권력을 누리는 특수층이라 자처한다. 결혼
을 거부하고 아내를 극빈의 상태에 방기하고, 그것도 모
자라 딸마저 농락한 것은 이들을 자신과는 다른 집단, 다
른 가치관을 지닌 하등 집단이라고 여긴 탓이기에 가능
했던 일이다. 아버지의 행위가 집단적·사회적 의식에서
비롯되었다면 자전적 글쓰기도 사사로운 체험을 회고하

는 것에 그치지 않고 일종의 사회적 행위가 될 수 있다. 딸과 어머니는 한 개인으로서의 아버지를 증오하는 것에 그치지 않았다. 그리고 두 사람이 더 이상 서로를 증오하거나 멸시하지 않게 되는 지점에서 소설은 마무리된다.

생의 전환점?

나는 길을 건너고 있었는데…… 뱅상이 건너편 인도를 지나가고 있었다. 나는 사거리 한가운데에서 멈춰 섰다. 거기에서 굳어버렸다. 심장이 두근두근거렸다. 멀어져 가는 그의 등을 바라보았다. 넓은 어깨, 좁은 엉덩이, 인상적인 체격이었다. 달려가 그를 잡을 수도 있었을 것이다. 그가 길모퉁이를 돌았다. 나는 다리가 잘린 듯 그 자리에 서 있었다. 그가 갔던 방향 쪽으로 시선을 고정한 채. 몸이 떨렸다. 더 이상 숨도 쉴 수 없었다. 가방에서 핸드폰을 꺼내 친구에게 전화를 걸었다.

—목소리가 다 죽어가네. 무슨 일이야?

—방금 뱅상을 보았어, 저기에서. 방금, 길에서. 지하철역에서 나왔는데 그가 건너편 인도를 걸어가고 있었어. 그를 부르고 싶었지만 그러지 못했어.

—그 사람도 널 봤니?

—아니.

—그 사람, 혼자 가고 있었어?

—어떤 여자와 함께 가더라. 그렇지 않았다면 불렀을 거야. 내가 지금 어떤 상태인지, 네가 봐야 할 텐데. 길 한가운데에서 핸드폰을 들고, 한 발짝도 걸을 수가 없어.

—어디에서 만날까? 그러고 싶어?

—괜찮을 것 같아. 고마워, 클레르.

—지금 정확히 어디에 있니?

—가르드 거리와 구트도르 거리가 만나는 데에서 벌어진 일이야. 집이 코앞이야. 집에 갈 거야. 너와 이야기하니까 괜찮아진다. 가라앉을 거야. 집에 가야지.

—우리 만나지 않아도 되겠니? 확실해?

—장담할 수 없어. 하지만 집에 들어가는 게 나을 거야. 그를 본 게 9년 만에 처음이네.

—그동안 만나지 않았던 거야? 헤어진 후부터, 한 번도 다시 만난 적이 없었어?

—한 번도.

—너희 둘이 만나면 다시 친구처럼 지낼 수 있을 거라고 믿니?

—그렇게 생각하지 않아. 그래서 그를 부르지 않았던 거고. 그는 다시 되풀이할 것이고…….

—아, 그래?

—내가 틀렸을지도 모르지만 내 생각은 그래……. 알렉스

와의 경쟁심 때문에라도……. 아무튼 잘 모르겠다. 솔직히 말해서, 모르겠어.

─네 마음은?

─나는 알렉스를 잃고 싶지 않아. 그와 잘 지내거든.

─당연하지.

─그런데 가슴이 아파. 방금 그런 일을 당하니까, 그를 보니까. 뱅상을 내가 얼마나 사랑했는지 몰라. 진심으로 많이.

─매번 그 사람에 대해 이야기할 때마다 그게 눈에 보이더라……. 네 얼굴에서 뭔가 환하게 빛이 났어.

─나도 알아. 나도 깨달았어. 그래서 하는 말이야. 그 사람 이야기만 해도 얼마나 기분이 좋아지는지 몰라.

─그를 봤다고 알렉스에게 말할 거야?

─아니, 미쳤니! 우리는 아무것도 아니야. 아주 작은 부스러기지. 그냥 잘 지낸다고 믿고 사는 거고 사실상 아무것도 아니야.

전화를 끊고 가던 길을 이어 갔다. 집에 도착해서 문 앞에 멈춰 섰다. 숨을 크게 들이마셨다. 열쇠 구멍에 열쇠를 넣었다. 알렉스가 집에 있었다. 나는 아무 말도 하지 않았다. 저녁나절 나는 말했다. "그런데 말이야, 아까 뱅상을 보았어."

도입부에 잠깐 묘사된 부분만 제외하면 소설의 첫 장은 모두 대화체로 이뤄졌다. 나머지 열네 개 장도 거의 비숫한 대화체로 채워졌다. 앞서 소개한 작품처럼 크리스틴 앙고의 이 소설 역시 대화가 큰 부분을 차지하고 있다. 독자는 소설 내내 여주인공의 대화를 도청하는 느낌을 받을 것이다. 그녀는 알렉스, 뱅상, 그리고 속내를 털어놓을 수 있는 여자친구와 줄곧 대화를 나누며 간간이 자신의 마음을 독백으로 털어놓는다. 화자는 9년째 알렉스와 함께 살고 있다. 그러다가 거리에서 우연히 그 이전에 사랑했던 뱅상을 먼발치에서 보게 된다. 그러자 지금껏 살아왔던 삶이 하찮게 여겨지고 가슴이 두근거리는 게 느껴진다. 그렇다고 해서 예전 경험으로 미루어보아 뱅상이란 남자를 전폭적으로 신뢰하는 것처럼 보이지도 않는다. 요약건대 9년 전 한 남자와 헤어지고 현재 다른 남자와 살고 있는 여자가 옛 애인을 보자 다리가 굳을 정도로 충격을 받은 상황이다. 이 정도의 빈약한 뼈대가 소설을 이루자면 인용문의 마지막 대목이 필요하다. 알렉스에게 뱅상을 보았다고 털어놓는 장면이다. 15장으로 구성된 소설의 5장에 나타난 여주인공(화자)과 알렉스의 대화를 엿들어보면 사정이 보다 명료해진다.

쥘과 짐

알렉스가 내 컴퓨터 앞에 앉아 영화를 다운로드하는 걸 도와줬다.

─어떤 영화를 원하는 거야?

─「쥘과 짐」. 트뤼포 영화.

그가 뒷걸음질 치는 바람에 의자가 쓰러졌다.

─왜 그걸 보려는데?

─알렉스, 그냥 보고 싶은 거야. 그뿐이야. 뭐가 문제야?

─혹시 그거 두 남자 곁에 한 여자가 나오는 영화 아니야?

─이제 내가 보는 영화까지 감시하는 거야? 검열하려고? 어디까지 갈 거야? 너무 멀리 나간 거 아니야?

누벨바그의 대표적 감독 프랑수아 트뤼포의 1962년 작 「쥘과 짐Jules et Jim」은 영화사에 길이 기록될 명작이자 영상미학 분야에서 중요 연구 대상으로 손꼽히고 있다. 반세기가 훌쩍 지난 지금 보아도 신선하고 매력적이며 심지어 충격적인 대목도 적지 않다. 20대 초반으로 보이는 독일인 쥘과 프랑스인 짐은 파리에서 우연히 만나 손발이 척척 맞는 절친한 친구가 된다. 벨에포크 시절의 경쾌한 분위기 속에서 한 치의 갈등도 끼어들 여지가 없었던 둘 사이에 카트린이란 여자가 등장한다. 초반부에 세 사람은 천진난만한 아이들처럼 어울리며 당시 젊은이들다운 특유의 낭만과 변덕과 즉흥적 놀이에 빠져든다. 쥘과 짐은 모두 카트린을 사랑하지만 두 사람의 우정은 변치 않았고 결국 쥘이 카트린과 결혼하게 된다. 독일과 프랑스 사이에 1차 대전이 터지자 두 사람은 제각기 징병되어 참전하고 혹시 친구를 죽이게 될까 두려워하지만 무사히 종전을 맞는다. 짐은 쥘과 카트린 부부의 집을 방문하지만 예상과 달리 부부는 행복해 보이지 않는다. 카트린은 남편 쥘을 멀리하며 자유로운 연애를 추구하고 심지어 이웃집 남자에게 추파를 던진다. 쥘은 카트린을 곁에 두고 싶어서 짐에게 자신의 집에서 함께 살자고 제안한다. 한 지붕 밑에서 살게 된 쥘과 짐 사이의 카트린은 기분 내키는 대로 두 침대를 오간다. 쥘은 변함없는 우정에도 불구하고 짐에게 질투심을 고백하며 괴로워하지만 그런 상황을 감수한다. 자칫 잘못해서 카트린을 떠나보내기보다는 그녀의 일부분, 아니 빈껍데기만이라도 곁에 두고 싶기 때문이다. 짐은 이런 기형적 관계를 청산하고 약혼녀 곁으로 돌아가지만 세 사람의 마지막 모임을 갖자는 카트린의 요청을 거절하지 못하고 돌아온다. 그리고 재회한 카트린은 짐이 보는 앞에서 쥘을 차에 태운 채 강물에 뛰어들어 자살한다. 영화는 카트린과 쥘의 장례식에 참석하는 짐의 쓸쓸한 뒷모습으로 마무리된다.

『생의 전환점』이 이 영화와 겹치는 부분은 남자 주인공 알렉스와 뱅상을 일인칭 화자인 여자가 동시에 사랑한다는 점이다. 그런데 갈라지는 부분이 겹치는 부분보다 훨씬 결정적이고 전개 방식이 다소 저열하다. 알렉스와 뱅상은 힙합 음악에 종사하는 연예인이다. 알렉스는 프랑스 본토가 아니라 카리브해에 위치한 마르티니크섬 출신이고 작가인 여자에게 경제적으로 얹혀사는 처지이다. 경제적으로 무능한 알렉스가 여자에게 감정적 평화와 안정을 제공했던 반면 오래전에 동거했던 뱅상은 아마도 격정적이고 불안정했던 모양이다. 그의 성격을 견디지 못한 화자는 9년 전 뱅상의 동료 알렉스에게 마음을 주고 결국 함께 살게 되었다. 9년 만에 등장한 뱅상은 알렉스에게 공동 작업을 제안하고, 실업자 신세였던 알렉스는 뱅상의 공연을 돕기로 결심할 수밖에 없었다. 화자는 무대 위에서 화려한 매력을 발산하는 뱅상에게 다시 마음이 끌려 그의 침대를 찾게 되고 알렉스는 무기력함과 질투심을 느낀다. 그러나 뱅상에 대한 감정이 진정한 사랑이라고 확신하는 여자는 묘하게도 알렉스가 고향으로 돌아가겠다고 선언할 때마다 그의 발목을 잡고 사랑이 변치 않았다고 고백한다. 두 남자에게 똑같이 사랑 고백을 할 때마다 독자는 어느 쪽이 진심인지 몰라 매번 당황할 수밖에 없다. 아마도 그녀는 매 순간 진심이었을 것이다.

알렉스를 떠날 기미를 보이던 여자는 그러나 그가 신장병에 걸려 투석 치료를 받게 되자 더욱 그의 곁을 떠나지 못한다. 소설을 읽는 독자는 두 남자 사이를 오가며 딱 부러지게 방향을 설정하지 못하는 여자에게서 공감이나 동정, 혹은 당혹감을 넘어 그녀의 긴 방황에 지루함과 짜증을 느끼게 된다. 어떤 평자는 이 지루한 이야기를 끝까지 읽는 것은 마라톤 완주처럼 인내심이 필요하다고 혹평하기도 했다. 소설의 큰 부분을 차지하는 대화는 지루한 부부 싸움을 보는 것 같아서 불쾌감까지 유발한다.

프랑스 월간 문예지 『마가진 리테레르』에 따르면 2018년 8월 중순부터 10월 말까지 발간되었거나 발간 예정인 소설이 567편에 이른다. 2017년에 비해 2.5퍼센트 감소한 숫자이지만 한결같이 가을에 발표되는 각종 문학상을 노린 작품들이다. 그중 186편이 해외 소설이니 프랑스 신간 소설만 따지면 381편이다. 그중에서 처녀작이 97편에 이르러 2007년 이래 가장 많은 편 수가 신인 작가의 손에서 탄생한 셈이다. 동 잡지의 표지는 여섯 명의 작가가 전봇대만 한 만년필을 함께 들고 달리는 캐리커처로 장식되었다. 그 여섯 명 중 펜촉 바로 다음 부분을 잡고 선두에 선 작가가 살만 루슈디이고 그다음이 바로 크리스틴 앙고이다. 프랑스 작가만 따지면 맨 앞에 선 셈이고 『생의 전환점』이 각종 문학상을 받을 만한 유력한 작품으로

보일 수 있다. 그러나 실상은 영 딴판이다. 살만 루슈디
는 『골든 하우스The Golden House』의 불역판 출간을 기념
하여 그의 사진까지 포함한 인터뷰가 무려 여섯 쪽에 달
하는 반면, 크리스틴 앙고는 손바닥만 한 단신으로 취급
되었고 그 내용도 조롱기가 가득한 혹평이다. 표지로 올
려놓은 작가를 이토록 구박하는 것도 예외적이지만 다른
매체가 보인 반응도 혹평 일색이다. 이전 작품에 대한 평
가가 극찬과 혹평으로 양분되었다면, 신문과 잡지에 실
린 『생의 전환점』에 대한 평가는 민망할 정도로 혹평뿐이
다. 심지어 한 편의 태작만으로 그간 힘겹게 쌓은 그녀의
작품세계가 한꺼번에 무너졌다는 지적까지 등장했다. 가
을에 시작되는 문학상을 위한 경주에서 그녀 작품은 확
실하게 탈락되었다고 단정해도 무리가 아닐 것이다. 소
설의 제목처럼 이 소설이 그녀 작가 경력에 중요한 전환
점이 될 것이다.

한 몸, 두 영혼

프랑스에서는 가을비에 낙엽이 젖는 11월이 돌아오면 일제히 그해의 최고 소설을 선정하는 문학상 수상작이 발표된다. 모든 소설이 딱히 문학상을 겨냥하는 것은 아니지만 현실적으로 대부분의 좋은 소설은 8월 중순 이후에 한꺼번에 출간된다. 그리고 평소 문학에 심드렁했던 독자들이라도 9월부터 언론에 발표되는 예심 결과에는 다소 호기심을 갖기 마련이다. 서너 차례 중간심사 결과를 언론을 통해 발표하는 프랑스 문단의 관습은 흔히 경마에 비교되기도 한다. 예컨대 9월 초중순 무렵 한 해 동안 출간된 300-400편의 장편소설 중 대여섯 개의 주요 문학상의 예심 후보작이 발표된다. 묘하게도 보는 눈들이 비슷해서 여러 문학상 후보작 목록에 동시에 이름을 올리는 작품도 나온다. 이후 수상작이 결정되는 11월까지 꾸준히 중간심사 결과가 발표되며, 어떤 작품은 탈락하고 어떤 작품은 추가되는 과정을 거치면서 점차 후보작 수가 줄어든다. 비유컨대 매년 평균 400여 마리의 준

마가 8월부터 경기장을 돌기 시작해서 9월에 40마리 정도로 구성된 선두 그룹의 윤곽이 잡히고, 다시 10월에 열댓 마리의 날랜 말들이 치고 나오면서 11월에 극적인 장면이 연출되어 언론의 1면을 장식하는 스펙터클이 독자들의 호기심을 유발한다. 프랑스 소설 문학은 이러한 연례행사를 연출하는 흥행사 덕분에 생명을 유지하는지도 모른다. 정작 마지막에 실속을 챙기는 것은 전 세계를 대상으로 벌이는 수상작 판권 계약에 달려 있다고 해도 과언이 아니다. 수상작뿐 아니라 후보작까지 20여 개 언어로 번역되어 전 세계에 팔리면서 프랑스 문학의 생태계가 유지된다.

〈공쿠르상〉〈르노도상〉〈페미나상〉〈메디치상〉〈엥테르랄리에상〉 등 여러 문학상위원회는 9월과 10월에 올해 출간된 프랑스 장편소설 381편 중에서 열댓 편의 후보작을 추려 발표했다. 그중에서 2018년 8월에 출간된 다비드 디오프David Diop의 『영혼의 형제Frère d'âme』는 10월 현재 거의 모든 주요 문학상 후보에 중복되어 올라가 있다. 나는 평론가에 앞서 독자가 환호한 이 작품을 손에 들기가 망설여졌다. 1차 대전을 비롯하여 2차 대전, 알제리전쟁 등 전쟁을 소재로 삼은 작가와 작품을 이미 여러 번 살폈기 때문이다. 장 에슈노즈의 『14』(2012), 피에르 르메트르의 『오르부아르』(2013)를 논하는 과정에서 1차 대전을 다룬 전쟁문학의 고전이라 할 수 있는 앙리 바르뷔스의 『포화』와 피에르 드리외라로셸의 『샤를루아의 희극』, 블레즈 상드라르의 『잘린 팔』 등을 언급한 적이 있다. 여기에 스페인 내전, 식민지 독립전쟁 등을 더한다면 『소설, 때때로 맑음』에서 거론한 전쟁문학의 목록은 더 길어진다. 따라서 『영혼의 형제』를 소개하다 보면 앞선 글들과 겹치는 부분을 피하기 어렵다. 또한 전쟁문학은 쓰는 사람이나 읽는 사람, 심지어 소개하는 사람에게까지 일정한 윤리적·미학적 책임이 뒤따른다. 전쟁의 사실성을 강조한 글에서는 필연코 잔혹성, 피가학적 성향을 둘러싼 문제가 대두되기 일쑤이고 무거운 주제를 가벼운 필체로 다루면 독자의 분노를 자아내기도 한다. 장 에슈노즈의 독특한 가벼움과 에두른 유머가 어김없이 발휘된 『14』가 냉대받은 이유도 여기에서 비롯되었다. 이런 여러 문제들을 접어두고 풍차를 향해 돌진하는 심정으로 다비드 디오프를 읽어보기로 한다.

전쟁터라는 무대

『영혼의 형제』는 일인칭 화자 "나"가 25장에 걸쳐 과거를 회고하는 방식으로 구성되었다. 제목이 암시하듯 주요 인물은 피를 나눈 형제는 아니지만 그보다 더욱 짙은 영혼의 교감을 나누는 두 남자이다. 이 책은 내용상 전쟁 현장을 기술한 전반부와 참전 이전 두 남자가 겪은 사연을 설명한 후반부로 양분된다. 본문에 앞선 에피그라프에는 세 문장이 인용되었다. "우리는 이름을 통해 서로를 포옹한다"(몽테뉴의 『수상록』 1권 중 「우정에 대해」), "생각하는 사람은 배신하게 된다"(파스칼 키냐르의 『생각하다가 죽는다』), 마지막으로 "나는 동시에 발화되는 두 목소리이다. 하나는 멀어지고, 다른 하나는 커져간다"(셰이크 아미두칸의 『모호한 모험』)가 그것이다. "영혼"과 "형제"라는 두 단어, 그리고 짧은 세 인용문을 길게 풀이하면 이 소설의 핵심에 도달할 수 있다. 혹은 거꾸로 소설을 다 읽고 나서야 제목과 에피그라프가 비로소 이해될 수도 있다.

알았네, 깨달았으니, 그러지 말았어야 했네. 나, 아주 늙은 남자의 아들 알파 은디아예, 알았으니 그러지 말았어야 했네. 신의 진실을 걸고 맹세컨대, 이제 알았네. 내 생각은 오로지 내게 속한 것이니 내가 원하는 대로 생각할 수 있었다네. 그러나 나는 말하지 않으려네. 나의 은밀한 속내를 털어놓을 수도 있었던 모든 사람들, 얼굴이 깨지고, 사지가 잘리고, 배가 터져 세상을 떠난 나의 모든 전우들, 신은 그들이 천국에 들

어오는 모습을 보고 부끄러움을 느꼈을 테고, 악마는 그들을
맞이하며 흥겨웠을 것이네. 그들은 내가 진정으로 누구인지
몰랐을 것이네. 살아남은 자들도 몰랐을 테고, 나의 늙은 아
버지도 모를 것이며, 나의 어머니가 아직 살아 계셨더라도 짐
작하지 못했을 거네. 수치의 무게가 나의 죽음의 무게에 더해
지지 않을 거네. 그들은 내가 무슨 생각을 했고, 무슨 짓을 했
으며, 전쟁이 나를 어디까지 이끌었는지 상상도 못 할 것이
네. (……)

알았네, 깨달았으니, 그러지 말았어야 했네. 예전의 세상
에서라면 감히 그러질 못했을 텐데, 오늘의 세상에서는, 신의
진실을 걸고 맹세컨대, 나는 생각할 수 없었던 것을 생각하고
말았네. 그런 짓은 하지 말라고 금지하는 어떤 내면의 목소리
도 들리지 않았네. 해야만 한다고 생각해서 마침내 저질렀을
때 그 어떤 조상의 목소리, 부모의 목소리도 들리지 않았네.

위에서 인용한 인치피트처럼 소설은 일인칭 화자 알파
은디아예가 혼잣말로 자신이 겪은 것을 털어놓는 형식이
다. 편의상 앞질러 설명하자면 그는 세네갈 원주민으로
서 자원입대하면 프랑스 국적을 주겠다는 관료의 제안에
따라 피붙이보다 가까운 친구 마뎀바 디오프와 함께 프
랑스 전선에 투입된 상태였다. 소설은 아프리카 특유의
구전문학 문체를 흉내 낸듯 시종일관 타령조 비슷한 하

소연이 이어진다. 기억력에 의존하며 적당한 리듬을 타고 반복되는 후렴구를 곁들여 신세타령하는 듯한 화자의 말투는 요샛말로 하자면 느릿느릿 몸을 흔들며 세상을 원망하고 자신의 신세를 한탄하며 늘어놓는 랩과 비슷하다. 최전선에 투입된 그는 프랑스어를 전혀 몰라서 다른 전우들과는 소통하지 못한 채 오로지 친구 마뎀바와 한 몸처럼 붙어 다니지만 어느 날 적의 대검에 배를 찔려 죽음 직전 몸부림치는 마뎀바를 발견한다. 마뎀바는 고향에서 제를 올릴 때에 고통 없이 희생양의 목을 자르는 것처럼 자신을 죽여달라고 부탁한다. "마뎀바, 그는 아직 죽지 않았지만 몸속 내장이 바깥으로 튀어나와 있었네. 지금의 나였다면 우정의 이름으로 희생양에게 하듯 그의 목을 잘라주었을 텐데." 그는 "의무가 요청하는 생각, 인간이 만든 법의 준수가 권고하는 생각에 따르다 보니 인간적이지 못했네"라고 후회한다. 살아 있는 사람을 죽이지 말라는 법과 인간적 도리 사이에서 갈등했던 그는 세 차례나 죽여달라던 마뎀바의 애원을 외면했다. 인간의 법, 혹은 문명의 세계가 그에게 요청하는 바에 따라 그는 마뎀바를 죽일 수 없었다. 그런데 아프리카 원주민으로서 식민지 지배세력의 군대에 들어간 그는 기묘한 상황에 처해 있었다.

　서구 제국주의가 침략하기 전 세네갈은 다른 아프리카

나라와 마찬가지로 국가라는 개념 없이 여러 부족이 어울려 살았다. 프랑스인들은 원주민들을 야만인으로 간주하고 문명화시킨다는 미명 아래 그들을 지배했다. 영국과 식민지 쟁탈전에 돌입하자 원주민들을 동원하여 "세네갈 돌격대"를 조직했고, 1차 대전이 벌어지자 자원 참전의 대가로 프랑스 국적을 주겠다고 유인하여 알파와 마뎀바를 전쟁판에 끌어들었다. 최초의 현대적 기계전이라 기록된 1차 대전에서 그들은 항상 돌격 전선의 선두에 있었다. 프랑스 소대장의 의도는 이러했다. "야만적 짓을 하라고 했지, 그래서 네, 라고 했지. 프랑스 소대장은 적군이 흑인 야만인, 식인종, 줄루족을 두려워한다고 하면서 저들끼리 낄낄 웃었지. 눈앞의 적들이 그들에게 두려움을 느낀다니 기분 좋았던 거라네." 지금껏 백인은 흑인에게 문명의 규칙을 배우라고 닦달했는데 전쟁이 일어나자 야만인으로 돌아가라고 명령한 셈이다. 그래서 왼손에는 현대식 총을, 오른손에는 아프리카 야만인이 들 법한 벌목 칼을 들고 "미친 사람의 표정"을 지으라고 했다. 사람 죽이는 것을 즐기며, 죽일 때에도 웃고 노래하는 미친 사람 흉내를 내라고 명령했다. 소대장이 말하길 죽음을 즐기는 검은 식인종이 칼을 들고 달려들면 파란 눈의 독일군이 지레 겁을 먹고 전의를 상실한다는 것이다.

알파와 그의 친구들은 겨우 익힌 문명을 잊고 다시 야

만인으로, 정확히 말하면 서구인이 상상하는 흑인으로
되돌아가는 연기를 해야만 했다. 그들에게 이 전쟁터는
거짓 민속 공연이 펼쳐지는 피의 무대나 다름없었다. 알
파의 마음속에서 여러 개의 목소리가 속삭였다. 문명의
목소리, 자기 본연의 목소리, 그리고 서구인의 상상 속에
존재하는 야만인의 목소리가 뒤섞이는 탓에 그의 행동
과 표정은 혼란스러울 수밖에 없었다. 야만인인 척, 특히
미친 척해야 하는 것이 세네갈 돌격대의 임무였다. 그러
던 어느 날 그는 독일군의 처지도 자신과 비슷하다는 것
을 깨달았다. 무수한 시체를 밟고 돌격하다 보니 바닥에
널브러진 시체 중에는 가짜 시체가 너무도 많았다. 야만
인인 척, 식인종인 척하는 연기보다 한술 더 뜬 죽은 척,
시체인 척하는 연기였다. 그날따라 선두에 섰던 마뎀바
는 이상한 시체를 발견했다. 시체라면 백인이건 흑인이
건 간에 모두 낯빛이 회색인 줄 알았는데 하얀 얼굴의 시
체가 누워 있던 것이다. 그를 유심히 살피다가 마뎀바는
살아 있는 시체가 휘두른 대검에 찔린다. 뒤따르던 알파
는 그 하얀 시체의 정체를 캐물었지만 마뎀바는 그저 파
란 눈이란 말만 남기고 숨을 거두었다. 알파는 퇴각 호루
라기 소리를 듣고도 날이 어두워질 때까지 친구의 시신
을 지켰다. 그리고 야음을 틈타 친구를 끌어안고 참호 속
으로 돌아왔다. 그가 지나온 길에는 친구의 긴 창자가 빨

간 리본처럼 길게 남아 있었다.

팔을 자르다

동료의 시신을 수습해 참호로 돌아온 그에게 상관과 동료는 칭찬을 아끼지 않았다. 그 후부터 알파의 행동이 달라진다. 전투에 투입되면 퇴각 명령이 떨어진 후에도 전쟁터에 가장 늦게까지 남았다. 어둠이 깔리고 하늘에 별이 뜨면 죽은 체하던 독일군이 슬금슬금 일어나 자기 참호로 돌아간다. 알파는 그때를 기다렸다가 낯빛이 하얀 시체를 골라 손발을 결박하고 벌목 칼로 발목을 잘랐다. 그리고 적군의 파란 눈을 노려본 후 이번에는 "인간적"으로 도살했다. 그는 적군의 시체에서 총을 쥐고 있는 팔을 잘라 참호로 귀대했다. 이번에도 상관과 동료들은 그의 용맹을 칭찬하며 식량을 나눠주고 피범벅이 된 그에게 씻을 물을 마련해주었다. 소대장은 "너희들 검은 아프리카의 초콜릿은 천부적으로 용감한 사람 중에서도 가장 용감하다. 프랑스는 너희들을 칭송하며 감사하고 있다. 신문에는 온통 너희들의 무공에 대한 기사뿐"이라고 말했다. 알파가 네 번째 팔을 들고 돌아왔을 때에도 소대장과 동료들은 여전히 미소를 띠며 그를 격려했다. 그러나 그 미소의 빛깔은 달라져 있었다. 일곱 번째 팔을 잘라 왔을 때에는 그들 얼굴에 불안과 공포가 감돌았다. 아프리카 출신 병사들 사이에서 그가 귀신 들린 사람, 남의 "영혼을 삼키는 자", 마술사라는 소문이 퍼졌고 누구도 그와 말을 섞거나 눈 마주치길 꺼렸다. 심지어 전투에 나서기 전에 그의 이름을 입에 올리면 불길하다는 말도 돌았다. 프랑스 소대장마저 그를 곱게 보지 않았고 미친 사람 취급했다. 알파는 자문한다. 소나기처럼 쏟아지는 총탄 속으로 돌진하여 생면부지의 사람을 벌목 칼로 죽이려면 미쳐야만 한다. 미친 사람들만이 그런 미친 짓을 요구할 수 있으며 자칫 머뭇거리며 발길을 돌리면 뒤에서 소대장이 총으로 위협하지 않았던가. 그에게 야만인, 식인종, 그리고 미친 자가 되라고 부추겼던 쪽이 이번에는 자기를 미쳤다고 비난하고 있다. 전쟁터는 무대였다. 무대에서 미친 척, 죽은 척 연기를 하다가 무대 뒤로 돌아오면 순식간에 정상으로 되돌아와야 정상인 취급을 받았다. 동료들은 광기에 휩싸여 살인을 했지만 알파는 "심사숙고하여" 사람을 죽였다고 자부한다. 야만인이 되라고 명령했던 백인들은 그에게 "문명화된 전쟁"을 요구했다. 1차 대전은 유사 이래 최초로 현대화, 기계화, 심지어 가장 공장화된 전쟁으로 기록되었다. 1차 대전은 공장들 간의 전쟁, 사업가 사이에 벌어진 전쟁이었다고 드리외라로셸은 고발하기도 했다. 전쟁이 장기화되어 남자들이 모두 징집되자 가정을 지키던 여자들이 군수 공장에 동원되었다. 이쪽 아내가 만든 총알에 저쪽 남편이 죽고 저쪽 딸이 만든 폭탄에 이쪽 아버지가 찢겼다. 우여곡절 끝에 결국 그는 소대장의 명령에 따라 후방 병원으로 보내진다. 그의 가방 속에는 말린 생선처럼 변한 일곱 개의 팔이 숨겨져 있었다.

어린 시절의 그림

"나는 후방에서 행복하고 편안하네. 내가 있는 데는 내 스스로 거의 아무 일도 하지 않지. 먹고, 자고 나면 온통 하얀 옷을 입은 예쁜 여자들이 나를 돌보니 종일 그게 전부라네." 후송된 알파는 의사 프랑수아와 그를 돕는 간호사들의 보살핌을 받는다. 그는 그를 돌보는 아름다운 프랑스인 간호사에게 마음을 빼앗긴다. 그녀의 눈길이 자신의 아랫도리에 머무는 것을 보고는 그녀가 자신을 원하고 있다고 판단한다. 그리고 그의 생각은 참전하기 전날 첫사랑을 나눴던 고향 마을의 파리 티암에게로 이어진다. 프랑스로 출항하는 배에 오르기 전날 밤, 알파와 마뎀바는 마을 처녀들과 둘러앉아 담소를 나눴다. 마을 처녀들 중에서 가장 아름다운 여자가 파리 티암이었다. "인생의 열여섯 번째 해를 맞았던 우리, 우리 둘 모두 파리 티암을 원했다." 파리 티암은 알파에게 눈짓을 보냈고 두 사람은 무리에서 빠져나와 숲속에서 사랑을 나눴다. 여자의 사랑은 아이를 어른으로, 온전한 남자로 바꾸는 중요한 계기라고 알파는 생각했다. 파리 티암의 선택을 받은 것은 기쁜 일이었지만 홀로 남은 친구 마뎀바에게는 미안한 노릇이었다. 그는 파리 티암의 눈빛, 그 초대의 눈빛을 이제 프랑스 어느 후송 병원의 예쁜 백인 여자에게서 다시 보았다고 느꼈다. 의사는 교실 같은 방에 병사들을 불러 모아 종이를 나눠주고 각자의 신상에 대해 쓰라고 했지만 알파는 프랑스어를 쓰기는커녕 말할 줄도 몰라 그림을 그렸다. 이제부터 소설은 알파가 그림으로밖에 표현할 수 없었던 어린 시절의 이야기로 흘러간다. 알파는 종이 위에 자신의 사연을 표현하면 프랑수아 박사가 전쟁의 상흔을 치료해줄 것이라 믿었다. 그는 프랑수아 박사님을 두고 "전쟁으로 더럽혀진 우리 머리를 정화시켜주는 사람"이라고 했다. 정신과 의사를 앞에 둔 환자처럼 그림 속의 이야기는 알파의 유년기, 아니 그가 태어나기 전으로 거슬러 올라간다.

옛날 옛적 부인 셋과 여러 자식을 둔 은디아예라 불리는 남자가 샘터 근처에서 농사를 지으며 살았다. 가뭄이 이어지던 어느 날, 요로바라는 남자가 찾아와 양 떼에게 물을 먹일 수 있도록 샘터로 가는 길을 터달라고 간청했다. 물을 먹이지 못하면 전 재산을 잃고 식솔이 굶어 죽게 될 것이라고 하소연하며 그때껏 여러 집에서 모두 문전박대를 당했다는 말도 덧붙였다. 속사정은 「창세기」 속 아벨과 카인의 갈등만큼이나 케케묵은 정착과 유목의 대립이었다. 길을 터주면 양 떼가 그간 키운 작물을 뜯어 먹으며 밟고 지나갈 테고, 그러면 농부 가족은 헛농사를 짓게 되는 셈이니 결코 양보할 수 없는 노릇이었다. 그러나 농부 은디아예는 환대의 법칙에 따라 양치기 요로바의 청을 외면하지 않고 양 떼에게 샘터를 내주었다. 정착인의 환대에 감격한 양치기 유목인은 그의 딸을 농부에게 내주며 네 번째 아내로 거둬달라고 부탁한다. 이미 세 아내를 두었고 노년에 접어든 은디아예는 사양을 거듭하다가 결국 어린 아내를 맞아들인다. "나, 아주 늙은 남자의 아들 은디아예"는 이렇게 해서 태어났다. 노인은 어린 아내에게서 태어난 늦둥이 알파 은디아예를 유난히 아끼고 사랑했다. "나의 어머니는 나의 아버지의 네 번째이자 마지막 아내"였고 "그의 기쁨의 샘이었다가 나중에는 슬픔의 샘"이 되고 말았다. 어머니가 아버지에게 슬픔의 샘이 된 사연은 다음과 같다. 어린 신부는 자유로운 떠돌이였다가 졸지에 붙박이 신세가 되지만 1년에 한 번 물가를 찾아오는 친정아버지가 있어서 그나마 결혼생활을 견딜 수 있었다. 그런데 어느 해부터인가 친정아버지 요로바의 발길이 뚝 끊기고 안부조차 들을 수 없게 되었다. 지루하고 갑갑한 정착생활 탓에 우울했던 어린 신부는 점점 슬픔에 빠졌고 그런 모습을 지켜봐야 했던 늙은 남편에게 그녀는 "슬픔의 샘"이 되었다. 늙은 남편은 아내를 떠나보내는 대신 늦둥이 아들만은 자신이 키우겠다고 붙잡아두었다. 어린 알파는 이복동생들과 사이좋게 지냈지만 그렇게 하루아침에 어미를 잃은 외로운 새의 처지가 되고 말았다. 그러던 중 이웃 마을 동갑내기 마뎀바와 피붙이보다 더 가깝게 되어 소설의 제목처럼 그를 "영혼의 형제"로 삼았다. 이 영혼의 형제가 열여섯 살이 되어 함께 1차 대전에 동반 참전한 이후의 이야기는 전술한 바와 같다. 그리고 이들이 동시에 사랑했던 파리 티암이라는 여자가 참전 전날 알파를 선택하여 처음이자 마지막 사랑을 나눴던 이야기도 위에서 잠깐 언급했다. 그런데 파리와 알파, 이 연인의 부모 세대와 관련된 흥미로운 일화를 건너뛸 수 없다. 파리 티암의 아버지 아부 티암은 프랑스 식민지배 세력에 협력하여 세금징수원으로 일했으니 이른바 부족의 배신자쯤에 속한다. 애당초 국가나 민족이란 개념이 없었으니 그를 매국노라 부르는 것은 적합하지 않을지도 모르지만 말이다.

땅콩 이야기

어느 날 프랑스인은 아부 티암을 앞세우고 늙은 은디아예를 찾아온다. 제국주의의 대변인 아부 티암은 은디아예에게 밭과 과수원을 뒤집어엎고 그 자리에 땅콩을 재배하라고 권한다. 그는 땅콩을 추수하여 프랑스인 중개상에게 팔면 넉넉한 돈을 벌 수 있다는 논리로 은디아예를 설득하려 든다. 그의 장광설을 묵묵히 듣던 늙은 은디아예는 이렇게 반박한다. 그를 비롯한 마을 사람들은 필요한 만큼의 여러 작물을 재배하여 지금껏 살아왔고 설령 흉년이 들더라도 이웃끼리 나눠 먹으며 역경을 견디어왔다, 그런데 그간 농사를 작파하고 땅콩을 심으면 비록 돈을 손에 쥘 수는 있을지언정 땅콩 중개인에게 종속될 것이다, 프랑스 본국으로 땅콩을 중개하는 장사꾼은 가급적 싸게 사서 비싸게 팔아야 이문이 남을 테고 심지어 땅콩을 사지 않겠다고 버틴다면 농부들은 헐값에 넘기거나 아예 굶을 수밖에 없다. 은디아예의 논리는 소박하나마 제국주의 약탈경제론, 혹은 종속이론을 요약한 탁월한 논박이었다. 예컨대 음주를 금하는 이슬람권의 알제리를 지배했던 프랑스는 그곳의 밭을 포도밭으로 갈아엎는 정책을 추진했다. 포도를 포도주로 만들어 프랑스에 팔면 다른 힘든 농사일보다 고소득을 올릴 수 있다는 논리로 알제리 농민을 유인했고 이렇게 제국주의 국가의 제안을 따른 알제리 농민은 조정하는 측에게 꼼짝없이 종속될 수밖에 없었다. 이런 이해충돌 탓에 은디아예와 티암 두 집안 사이에 지울 수 없는 원한이 남을 수도 있었는데 티암 집안의 딸 파리 티암은 하필 두 남자 중 알파 은디아예를 사랑의 대상으로 선택한 것이다. 늙은 은디아예가 정착민과 유목민의 갈등을 환대의 논리로 해소했다면 그다음 세대에서 벌어진 제국주의(혹은 자본주의)와 원시경제(혹은 공산주의)의 갈등은 젊은 두 남녀의 뜨거웠던 하룻밤으로 풀어진 셈이다. 물론 이것은 소설가 다비드 디오프의 낭만적 환상에 불과하고, 환대와 사랑의 논리만으로 인간의 탐욕과 갈등은 해소되지도 개선되지도 않는다. 전선에서 후송되어 프랑스 여자에게 곁눈질이나 하며 병원에서 편히 지내는 주인공 알파의 가슴속에는 여전히 풀리지 않는 응어리가 남아 있다. 그는 남자가 여자의 사랑을 받지 못하면 인간으로 완성될 수 없다고 생각했다. 그렇다면 파리 티암의 선택도 받지 못하고 전쟁터에서 처절한 고통 속에 숨진 영혼의 형제 마뎀바는 어쩔 것인가. "인간적"으로 그의 고통을 줄여줄 수 있었건만 "인간이 만든 규칙" 때문에 차마 그러지 못했던 점이 여전히 마음에 걸렸던 것이다. 앞서 25장으로 구성된 소설 『영혼의 형제』는 알파 은디아예가 일인칭 화자로서 줄곧 이야기를 끌어간다고 설명했는데, 이 말은 맞을 수도 있고 틀릴 수도 있다. 소설이 종반부에 이르는 21장에서 독자는 그동안 익숙했던 일인칭 화자의 정체에 대해 혼란을 느끼게 된다.

한 몸, 두 영혼

내가 어디 있는 걸까? 어디 먼 데에서 여기로 온 것 같아. 나는 누구일까? 아직 그걸 모르겠네. 어둠이 나를 감싸고 있고 아무것도 구별할 수 없는데 차츰차츰 내게 생명을 부여하는 온기가 느껴지네. 나의 것이 아닌 눈을 뜨려 애쓰고, 내게 속하지 않은 손을 움직이려 애썼는데 방금 그것들이 내 것으로 변할 것 같은 예감이 드네. 어럽쇼, 내 다리가 여기에 있네. (……) 저런, 몸의 꿈에서 뭔가를 느꼈네. 맹세컨대 내가 떠나온 곳에서는 아무것도 움직이지 않았거든. 그러나 지금, 그 어디에도 있지 않았던 내가 말이야, 그랬던 내가 살아 있다는 느낌이 드네. 내가 육화되는 것이 느껴진단 말이지. 붉고 뜨거운 피에 흠뻑 젖은 살이 나를 감싸고 있는 것이 느껴져. 곧 생겨날 나의 배, 나의 가슴, 거기에서 내게 온기를 전해주는 또 다른 육체가 꿈틀거리는 게 느껴지네. 나의 피부를 따스하게 덮혀주는 그 육체가 느껴진단 말이지. 내가 떠나온 그곳은 온기라곤 없는 데였거든. 맹세컨대 내가 떠나온 곳에서는 누구에게도 이름이 없었어. 아직도 내 것이 아닌 눈을 떠보려는 참이야. 내가 누구인지 모르겠어. 나의 이름도 기억나지 않지만 곧 생각나겠지. 저런, 내 몸 밑에 있는 몸이 더 이상 꿈틀거리지 않네. 어라, 내 몸 아래에서 부동의 온기가 느껴지네. 방금 전까지 나의 것이 아니었던 나의 등을 갑자기 더듬는 손이 느껴지고, (……) 저런, 갑자기 그 손이 나의 등, 나의 허리를 때리고 나의 목덜미를 할퀴네.

21장부터 25장까지 "나"라고 지칭되는 일인칭 화자는 누구인가. 서양식 합리주의 해석을 따르면 그는 정신과 치료를 받기 위해 군 병원으로 후송된 알파 은디아예이다. 그는 그의 아랫도리를 눈여겨보았던 하얀 옷차림의 프랑스 여자가 머무는 방으로 한밤에 몰래 찾아들었다. 그녀는 기다렸다는 듯 미소를 띠며 그를 침대 속으로 맞이했다. 이것은 소설의 맥락상 짐작할 수 있는 합리적 해석이다. 그런데 21장부터 화자는 육체가 없었던 영혼, 혹은 명부에서 머물렀던 마뎀바의 영혼이 알파의 몸에 깃든 것처럼 서술되고 있다. 이를 다시 이성적으로 독해하면 정신병원에 머물던 알파가 친구의 죽음을 아쉬워하고 그의 고통을 덜어주지 못한 죄의식으로, 자기 탓에 파리티암의 선택을 받지 못한 채 총각귀신이 된 마뎀바의 혼령에게 자기의 몸을 빌려주어 프랑스 여자와 첫 경험을 하도록 도와주었다는 환상에 빠진 것이다. 21장의 화자는 너무도 절친했던 알파가 그의 몸을 자신의 영혼에게 양도했다고, 혹은 빌려주었다고 주장한다. 그리고 망각의 강을 건넜던 마뎀바는 육체를 빌려준 친구 덕분에 기억이 되살아났고 여자의 몸 위에서 서서히 육화되며 느낀 성적 극치감을 통해 마침내 온 감각이 살아난 거라고 주장한다. 이런 해석은 정신과 의사 프랑수아 박사의 해석일 테고, 아프리카의 마술적 세계 속이라면 소설 마지막 다섯 개 장에서 등장한 화자는 문자 그대로 마뎀바의 영혼이다. 아니 알파인지 마뎀바인지 구분할 필요조차 없는 화자이다. 그에 따르면 삶과 죽음은 결코 둘이 아니기 때문에 알파와 마뎀바 역시 별도의 개체가 아니며 한 여인의 몸 위에서 하나가 되었다. 장편소설『영혼의 형제』는 "진실된 신을 걸고 맹세컨대 우리들에 대해 생각하는 이 순간부터 그는 나이고, 나는 그이다"라는 문장으로 마무리된다.

"1966년 파리에서 태어난 다비드 디오프는 세네갈에서 성장했다. 현재 그는 포Pau 대학의 교수이다." 이것이 『영혼의 형제』를 펴낸 출판사에 소개된 작가 약력의 전부이다. 검은 피부의 작가는 인터뷰에서 이 소설은 1차 대전 참전용사가 보낸 편지를 읽고 느꼈던 강렬한 충격에서 비롯되었다고 설명하고, 또한 피붙이보다 가까웠던 남자 사이의 우정에 대한 소설이라고 덧붙였다. 1차 대전에 참전한 프랑스 군인에 관련된 자료는 풍부하다. 그래서 1차 대전에 관련된 '전후문학'은 대개 실제 체험, 그리고 풍부한 자료에 근거한다. 글머리에서 언급했던 앙리 바르뷔스, 피에르 드리외라로셀이 발표했던『포화』나『샤를루아의 희극』은 체험에 근거한 대표적 전후문학에 속한다. 1차 대전과 관련한 개인 서간 자료가 쉽게 발굴되는 것은 당시 보통교육이 일반화되어 문맹률이 현저히 낮아진 덕분이다. 또한 당시 군에서 병사 개개인에게 군사 수첩을 제공하여 일기를 작성하도록 허락했던 것도 생생한 역사적 자료가 되었고 그것이 실감 나는 전후소설의 밑바탕 구실을 했다. 2014년을 전후해 전쟁 발발 100주년을 기념하는 역사서와 더불어 몇 권의 소설이 출간되면서 프랑스에서는 1차 대전을 새롭게 되새기는 계기가 마련되었다. 그러나 식민지 피지배층이 겪은 참전 이야기가 전면에 부각된 작품은 드물고 아마 문학의 이름에 걸맞은 작품은『영혼의 형제』가 최초일 것이다. 평자들은 한결같이 리듬감이 살아 있는 구어체 문장을 이 작품의 두드러진 덕목으로 꼽는다. 또한 소설 후반부는 전쟁소설의 테두리를 벗어나 보다 보편적 주제를 다루었고 특히 마지막 다섯 개 장은 긴 시간 동안 이야기를 들어주었던 독자에게 작가가 보답하는 환상적 선물이기도 하다.

이 작품은 여러 문학상의 최종심에 두루 올랐을 만큼 2018년 프랑스 소설계가 수확한 알찬 알곡이다. 다만, 프랑스 역사의 치부를 전면에 부각한 작품은 보통 후보작에 그쳤던 전례를 밟을 공산도 없지는 않다. 어두웠던 과거를 드러내는 반성적 작품을 굳이 외면하지는 않겠지만 그해 최고의 소설로 꼽는 것은 자칫 역사적 자학 행위로 흐를 수 있기 때문이다. 반성도 지나치면 자학이 되고, 자학은 피학과 마찬가지로 일종의 변태성욕이다. 과거의 어느 부분을 드러내고 어떻게 형상화할지, 그 테두리와 방식을 고민하는 것은 역사가 소설에게 던지는 오래된 고민거리이다.

구약 외경 「집회서」 44장 9절

구약 외경 「집회서」 44장은 모두 15절로 이뤄졌으며 "역사적 인물들에게서 나타난 하나님의 영광"을 칭송하는 것으로 시작된다. 1절부터 8절까지 전문은 다음과 같다. "다음엔 명성 높은 사람들과 우리의 역대 선조들을 칭송하자. 주님께서는 그들을 통해서 큰 영광을 나타내시어 옛날부터 당신의 위대하심을 보여주셨다. 그들 중에는 왕권을 가지고 훌륭하게 다스려 유명해진 사람도 있고 슬기로써 현명한 조언가가 된 사람도 있으며 하느님의 말씀을 받아 전하는 예언자도 있었다. 또 어떤 사람들은 결단력으로 백성을 영도하였고 슬기로써 백성을 지도하였으며 지혜로운 말로써 백성을 가르쳤다. 또 아름다운 음악을 만든 사람들이 있었고 노래를 지어 읊은 사람도 있었다. 또 재산이 풍부하여 가정에서 평화롭게 지낸 사람도 있었다. 이런 사람들은 모두 당대에 큰 명성을 얻고 그 시대의 자랑이었다. 어떤 사람들은 후세에 명성을 남겨서 아직도 사람들은 그들을 칭송한다." 이 대목은 그다지 다른 설명이 필요하지 않을 만큼 평이한 내용이다. 굳이 세속 언어로 옮기자면 왕이나 고관대작이 되어 권력을 잡은 사람, 예술적 재능을 발휘해 작곡가나 시인, 가수가 되어 인기를 누린 사람, 학식을 밑천으로 남을 가르친 사람, 그리고 마지막으로 큰돈을 벌어 가족과 풍족하게 살았던 사람 등은 모두 신의 축복 덕분이었다는 뜻일 것이다. 게다가 그들이 누린 행복은 당대에 그치는 것이 아니라 대대손손 이어진다고 한 점도 기억해두자. 특히 10절부터 15절까지는 "그들의 후손은 영원히 존속할 것이며 그들의 영광은 쇠퇴하지 않을 것이다. 그들의 몸은 땅에 묻혀서 평화를 누리고 그들의 이름은 만대에 있다"(13-14절)라며 행복의 영속성을 부각시킨다. 그런데 「집회서」 44장 중에서 9절이 한 소설가의 눈길을 끌었다. "그러나 어떤 사람들은 사람들의 기억에 남지 않고 마치 이 세상에 없었던 것처럼 사라지고 말았다. 그들이 세상에 살았던 흔적이 없으니 그 뒤를 이은 자손들도 마찬가지다."

2018년 11월 7일 〈공쿠르상〉 심사위원회는 니콜라 마티외의 『그들 뒤에 남겨진 아이들』을 올해 소설 부문 대상으로 선정했다. 1990년대 프랑스 시대상을 그린 뛰어난 사회소설이자 성장소설이라는 평과 더불어 언어의 음악성을 살린 생생한 문체도 선정 이유로 꼽았다. 1978년

생인 니콜라 마티외는 2016년에 발표한 그의 첫 소설이
자 범죄소설 『짐승들에게 전쟁을 Aux animaux la guerre』로
주목받았고 금년에 발표한 두 번째 소설로 프랑스의 최
고 문학상을 거머쥐게 되었다. 게다가 그의 처녀작이 6부
작의 TV 연속극으로 제작되어 수상 소식이 발표되고 열
흘쯤 후부터 방영되어 금년 11월은 그의 생애 중 가장 큰
행운과 유명세가 겹치는 시기가 되었다. 사회의 밑바닥
사람들, 범죄의 온상인 도시의 뒷골목을 다루는 추리문
학, 혹은 프랑스어로 누아르 계열의 작품이 부쩍 〈공쿠
르상〉에서 부각되는 것도 최근 프랑스 문단 동향이라고
언론은 입을 모았다. 소설은 제목에도 인용한 「집회서」
44장 9절로 시작된다. 프랑스어판 『성서』의 해당 대목은
"그중에는 더 이상 기억에 없는 이들도 있으니, 그들은
한 번도 존재한 적이 없었던 것처럼 소멸되었다. 그들은
마치 한 번도 태어난 적 없는 것처럼 되어버렸고, 그리고
그들 다음의 아이들도 마찬가지이다" 정도로 번역될 수
있다. 본문은 4장으로 구성되었고 각 장마다 1장 '1992
년 틴 스피릿의 향기 Smells Like Teen Spirit', 2장 '1994년 네
가 나의 것일 수도 있다 You Could Be Mine', 3장 '1996년 7
월 14일, 신열 La Fièvre', 4장 '1998년 나는 살아남을 것이
다 I Will Survive'라는 제목이 붙어 있다. 1992년부터 2년
간격으로 이야기가 구분되고 장제목이 대개 영어로 표기

된 점도 특이하다. 이 작품에 대한 평가 중 사회소설, 성장소설이란 두 핵심어에 주목해 우선 작품의 큰 틀을 그려보자.

소설의 시공간적 배경은 1990대, 프랑스 북부의 어느 조그만 공업도시이다. 광산 자원이 풍부한 로렌 지방에 속한 가상의 도시는 이 소설에서 매우 중요한 역할을 한다. 알다시피 서구세계의 대표적 노동집약산업이던 조선업과 제철업은 아시아 신생국의 급부상으로 인해 경쟁력을 상실하고 대규모 실업 사태를 맞았다. 북적거리던 거리는 먼지만 날리는 유령도시가 되었고, 대형 제철·제강 시설물에는 붉은 녹이 슬기 시작했다. 소설의 공간적 배경은 언필칭 프랑스판 러스트 벨트rust belt인 셈이다. 파리는 까마득히 먼 상상의 도시이고 그나마 일자리는 지척에 있는 벨기에, 네덜란드, 룩셈부르크에서 찾을 수 있었다. 용광로의 불이 꺼진 지 오래인 제련소, 잡초가 우거진 발전소, 듬성듬성 비어 있는 노동자 아파트, 도시 근처를 지나가는 한적한 지방국도, 주민들의 하나뿐인 유원지 구실을 하는 호수 등이 독자의 머릿속에서 그려지는 소설의 배경이다.

소수자의 아비투스

이야기는 이제 막 열네 살이 된 앙토니를 중심으로 하신, 스테프, 클렘, 이렇게 네 명의 인물이 겪는 성장통을 그리고 있다. 소설 초반은 일단 어휘부터 낯설어서 독해가 쉽지 않다. 전지적 시점에서 서술되는 이야기는 1990년대 프랑스 10대 청소년의 언어와 감성을 모르면 이해하기 어렵다. 그러나 소설 중반을 넘어서면 독자도 서서히 그들 감성에 빠져들고 딱히 정의할 순 없어도 그들의 표현 방식과 은어를 짐작하고 공감하게 된다. 그들이 구사하는 은어의 조성 원리 중 하나는 프랑스어로 베를랑verlan이라 하는 음절전복, 그리고 단어를 이니셜이나 약자로 대체하는 축약이다. 예컨대 여자를 뜻하는 '팜femme'은 '뫼프meuf', 잔치를 뜻하는 '페트fête'는 '퇴프teuf' 식으로 음절 순서를 바꿔 사용하는 것이 음절전복의 사례이다. 축약은 문자 그대로 긴 단어를 한두 음절로 잘라 사용하는 방식인데 사람 이름도 예외가 아니라서 스테파니는 스테프, 클레망스는 클렘이 되는 식이다. 언어는 사람들 사이에 정해진 가장 근원적 규칙, 약속과 같은 것이다. 아이들은 언어를 뒤집거나 잘라서 그 언어가 지칭하는 세상을 그들만의 세계로 만들고 그들만의 언어와 표현 방식은 아이들 간의 연대의식, 세대 공감대를 구축하는 역할을 한다. 언어는 세대를 구분하는 지표일 뿐 아니라 계급에 따라서도 달라진다. 이 작품을 사회소설이라 평가했던 것은 내용뿐 아니라 소설의 언어가 인간 세계의 갈등과 연대를 '구분 짓는' 대표적 요소가 되기 때문이다. 작가가 한 대담에서 자신이 가장 영향을 받은 작가로 노르망디 하층 계급의 세계를 그린 아니 에르노와 『구별짓기』의 저자인 사회학자 피에르 부르디외를 꼽은 것도 주목할 만하다. 러스트 벨트에 사는 10대들은 국경 저편의 세계, 먼 도시 파리를 꿈꾸지만 다른 한편으로 자기들만의 소수자의 언어로 똘똘 뭉쳐 있다.

앙토니는 제방 위에 우뚝 서서 앞쪽을 똑바로 바라보았다. 햇살이 직각으로 내리꽂히는 호수 물은 석유처럼 무겁게 보였다. 가끔 잉어나 메기가 지나가면 벨벳에 주름이 생겼다. 아이는 킁킁거리며 냄새를 맡았다. 대기는 햇살을 받은 땅과 진흙에서 피어오르는 냄새로 묵직했다. 이미 떡 벌어진 그의 등짝에는 7월의 햇살이 남긴 붉은 반점이 드문드문 흩어져 있었다. 그는 축구선수용 티셔츠를 걸치고 가짜 라이방만 썼을 뿐 알몸이었다. 찌는 듯한 더위였지만 그것만으로 지금 그의 기분이 모두 설명되지 않았다. 앙토니는 이제 막 열네 살이 되었다. 간식으로 '래핑카우'를 곁들인 바게트를 꾸역꾸역 먹었던 터였다. 한밤중에 가끔 워크맨 이어폰을 귀에

긴 채 작곡을 해보기도 했다. 그의 부모는 멍청이였다. 개학을 하면 그는 3학년이 될 것이다. 그의 사촌은 심드렁했다. 단체 여행을 갔다가 칼비에서 사 온 예쁜 타월을 깔고 누워 있던 사촌은 반쯤 졸고 있었다. 누워 있는데도 키가 훌쩍 커 보였다. 보는 사람마다 스물두서너 살은 먹었다고 생각했다. 하긴 사촌은 드나들지 말아야 할 술집이나 클럽에 가서 여자들을 만났다고 뻐기기도 했다. 앙토니는 셔츠에 숨겨두었던 담배를 꺼내며 사촌에게 가끔 지랄맞게 지겨운 적이 있느냐고 물었다.

인용한 소설의 도입부에서 독자는 주인공 앙토니가 처한 환경을 대충 엿볼 수 있다. 그의 또래들은 여전히 어린이용 치즈인 '래핑카우'를 먹으면서도 벌써부터 담배를 피우고 술집과 여자들로 구성된 어른세계에 지대한 관심을 쏟는다. 단체 여행이라 번역한 '콜로colo'—원래 '콜로니 드 바캉스colonie de vacances'라는 긴 단어의 앞 두 음절만 딴 것으로 앞서 설명한 조어 조성 원리 중 축약에 해당된다—는 여름방학에 가족과 함께 여행을 떠나지 못하는 소외계층을 위해 정부가 마련한 청소년 단체 여행을 뜻한다. 부모들과는 사이가 좋지 않다. 실업자인 아버지는 종일 TV 앞에 붙어 살고 어머니도 미국 연속극 「산타바바라」에서 눈을 떼지 못한다. 아이들 귀에는 신체의 일부가 되어버린 이어폰이 끼워져 있고 라디오 방송을 카세트테이프로 녹음해 듣는 '스콜피온스'나 '너바나'의 노래가 반복해서 흘러나온다. 1장의 제목 '틴 스피릿의 향기'가 바로 너바나의 곡명이고 이어지는 다른 장의 소제목도 대개 팝송 제목들로 되어 있다. 아이들의 방에는 이소룡의 포스터, 미국 연속극 「SOS 해상 구조대」의 포스터가 붙어 있다. 소설을 읽는 내내 독자는 1990년대 특정 세대와 계급이 향유했던 각종 문화코드를 접하게 된다. 그들이 오감으로 소비했던 대중문화는 그들만의 아비투스를 형성했고 그것은 독자에게 지나간 시대에 대한 향수를 자극한다. 러스트 벨트의 소비문화는 1990년대를 풍미했던 구호인 '세계화'의 산물이었다. 앙토니의 부모 세대가 젊은 시절 꿈꾸었던 세계는 아파트 한 채와 자동차 두 대가 전부였다. 그리고 아버지 파트리크는 직장 동료들과 함께 착취당하는 노동자의 권익을 위해 연대했었다. 이제 그들이 적대했던 착취자의 모습은 가뭇없이 사라지고 텅 빈 공장만 남았을 뿐이다. 그들은 목소리를 높여 적대시했던 대상마저 잃은 채 TV 앞에서 술만 마시는 신세가 되어버렸다. 노동자 연대를 위한 장엄한 서사시는 사라지고 들척지근한 미국 연속극, 그리고 은행 빚만 남았다. "평생 동안 앙토니 부모는 집 한 채 '건설'하는 것이 꿈이었고 어렵사리 그 지평선에 도달했다. 온전히 자기 것으로 가지려면 아직 20년의 할부 기간이 남아 있다." 녹슨 공장과 낡은 집을 바라보며 그들은 "고작" 여기에 이르려고 그토록 애썼던가 망연자실했고 착취자들의 모습조차 보이지 않자 또 다른 타자에게 분노의 주먹을 휘둘렀다. 또 다른 타자는 외국인 노동자들이었고 한때 노동자 연대를 외쳤던 아버지는 민족주의 극우정당 '국민전선'의 구호에 휩쓸리게 되었다. 앙토니의 아버지는 술, 어머니는 신경안정제 자낙스로 하루하루를 견디고 있었다. 그들의 자식 세대는 딱히 외칠 구호조차 떠오르지 않아 그저 시끄러운 소음으로 구호를 대체했다. 막연한 분노는 언어가 상실된 "높은 데시벨"로만 표현될 뿐이고 그것이 바로 가사도 들리지 않는 너바나의 음악이었다.

한결같이 탈산업화의 덤터기를 쓴 도시, 몰락한 마을에서 아이들은 이제 너바나라고 불리는 시애틀 출신 록 그룹의 음악을 들었다. 머리카락이 제멋대로 자라도록 내버려둔 채 그들은 막연한 슬픔을 분노로, 우울을 소음으로 바꾸는 일에 몰두했다. 천국은 영원히 상실되었고 혁명은 일어나지 않을 것이다. 남은 일은 소란을 피우는 일뿐이었다.

또 다른 타자

소설의 또 다른 주인공 하신 역시 학업을 중단하고 딱히 할 일이 없는 처지이다. 모로코 출신의 아버지도 다른 어른들과 마찬가지로 종일 집 안에서 시간을 죽이고 있었다. 아버지는 아들에게 시청 취업안내과를 찾아가보라고 권한다. 열일곱 살의 하신은 딱히 내세울 만한 경력이 없었다. 그가 찾아간 취업안내과 여자 직원도 다른 실업자들보다 나은 처지는 아니지만 고등학교 졸업장과 5년간 노무와 인사관리 업무를 전전한 경력을 가지고 실업자 취업안내 자리를 얻은 터였다. 불황시대에 가장 많은 일자리를 창출했던 직업군이 바로 실업자 취업안내를 담당하는 공무원 자리였다. 실업자 중에서 가까스로 실업자 취업을 알선하는 공무원이 되고, 다시 취업안내 공무원을 연수·교육시키는 공무원으로 승진한 후 또 다른 실업자를 공무원으로 변신시키는 일이야말로 취업자 숫자를 늘리는 지름길이지만 그 길의 끝에는 다른 이름의 고용절벽이 있을 뿐이다. 이렇게 절벽의 끝에서 일자리를 얻은 여자가 하신의 이력서를 훑어보며 그의 가치를 부각시킬 각종 섬세한 스킬을 전수한다. 그녀는 손가락으로 이력서 한 줄을 짚으며 "이게 뭐죠? 뭘 말하려고 이걸 쓴 거죠?"라고 묻는다.

—권투라고 할지…….

—그런데 뭐라고 쓴 건데요?

—무에타이, 태국 권투요.

—이걸 쓰는 게 좋다고 생각해요?

—그냥 스포츠인데요.

—아니에요. 당신 얼굴을 보면…… 이게…… 무슨 뜻인지 알겠죠?

한눈에 봐도 아랍 출신의 이방인인 그가 내세울 이력이 주먹다짐뿐이라면 취업에 도움이 될 리 없다는 것이 취업안내의 핵심이었다. 그녀는 컴퓨터를 다룰 줄 아는지 물었다. 하신이 아는 컴퓨터는 오락실 게임 '스트리트 파이터'가 전부였다. 그녀는 엑셀이나 워드, 특히 프로그래밍 언어를 다룰 줄 아는 것이 도움이 된다고 말했다. 하신은 터보 파스칼 같은 건 조금 안다고 둘러댔다. 해외여행 경험도 중요했다. 방콕에 다녀온 것이 과연 도움이 되었을까. 그리고 영어를 할 줄 아냐고 묻자 하신은 마지못해 고개를 끄덕거렸다. 그녀는 방콕보다는 프랑크푸르트를 여행한 경력이 도움이 될 거라며 컴퓨터와 영어 사용이 가능하다는 점을 이력서에 강조해서 기입하라고 조언했다. 그리고 자원봉사에 대한 열정을 강조하면 오히려 의심을 받는다는 점도 지적해주면서 특히 무에타이를 한다는 얘기 같은 것은 지워버리라고 했다. 무에타이에 관련한 그녀의 충고는 대다수 프랑스인들의 정서를 반영한 것이었다. 불황시대의 부산물인 치안 불안에 떨고 있던 프랑스인들은 외국인 노동자, 아랍인이라면 대뜸 폭력과 테러를 연상하기 때문이었다. 그리고 그녀는 국립직업안내소 담당자를 만나보라는 말과 함께 업무를 끝내려고 했다. 하신은 아버지의 말에 따르면 이곳에 오면 일자리를 준다고 했는데 다시 누구를 만나야 하냐고 캐물었다. 그녀는 자기는 직업을 안내할 뿐 또 다른 상세한 정보와 안내는 다른 공무원의 업무라며 그를 외면했다. 1992년 여름날 벌어지는 이 블랙코미디의 한 장면은 지금 우리네 젊은이들이 겪는 일상과 그다지 다르지 않다. 용어만 조금 달라졌을 뿐 영어, 컴퓨터, 해외 경험, 봉사활동 등 취업 준비생에게 요구하는 저 막연한 '스펙'은 세계화를 잇는 다음 구호인 신자유주의, 4차 산업혁명의 시대에도 달라지지 않았다.

취업안내과에서 빈손으로 나온 하신의 발길이 닿은 곳은 아버지의 고향 모로코였다. 일자리를 찾아 프랑스로 온 아버지의 세대와 달리 그의 아들은 이제 다시 고향으로 돌아가 친척들 집을 전전하며 직장을 구했다. 그러나 얼굴 생김새만 비슷할 뿐 프랑스에서 자란 그는 모로코에서 또 다른 이방인이었다. 그가 찾은 유일한 직업은 마약 운반책이었다. 모로코 골목에서 흔히 구할 수 있는 "풀"을 잔뜩 자동차에 싣고 지브롤터해협을 건너 스페인에서 프랑스까지 냅다 달리면 돈이 생겼다. 아프리카와 유럽을 넘나드는 고된 일정, 고속도로에서 인생을 보내는 피곤과 단조로움만 견디면 됐다. 고속도로의 한적한 주유소 공터에서 물건을 넘기면 호황 시절 아버지의 한 달 치 월급이 굴러떨어지는 사업을 그는 외면할 수 없었다. 그의 거래선은 동네 마을을 넘어 프랑스 파리, 벨기에, 네덜란드 등지로 퍼져 나갔고 점차 그는 불안해졌다. 열일곱 살도 되지 않은 하신은 고급 승용차를 몰고 다녔지만 그것은 마약 운반에 필수적인 작업 도구에 불과했으며, 그 길의 끝이 교도소 감방이라는 것을 잘 알고 있었다. 그는 보다 안전한 사업을 찾다가 마약으로 번 돈을 세탁하기 위해 모로코 부동산 투자로 눈길을 돌렸지만 그것은 본격적인 암흑세계로 들어가는 것을 의미했다.

사랑

앙토니는 어릴 적부터 제철소의 신화에 대해 들어왔다. 1800도에 이르는 용광로는 모든 것을 녹여버렸고 그 뜨거운 열기는 걸핏하면 노동자의 생명을 앗아 갔지만 그것이 바로 그들의 자부심이기도 했다. 용광로의 불길은 한번 꺼지면 다시 살리는 비용이 크기 때문에 밤낮으로 돌아갔고 그 옆에 붙어 일하던 노동자들은 여섯 세대에 걸쳐 같은 일을 반복했다. 탄광과 용광로, 제철소를 둘러싼 이야기는 1885년 에밀 졸라의 『제르미날』에서 시작되어 2018년 니콜라 마티외의 『그들 뒤에 남겨진 아이들』까지 한 번도 꺼진 적 없는 용광로처럼 변함없이 이어지고 있다.

그런데 산업의 쌀이라던 쇠를 녹이는 일이 끊어지고 마침내 용광로가 꺼지자 노동자의 일자리는 영어와 컴퓨터 관련업으로 모아진다. 미래 없는 세대에 속한 앙토니에게 허락된 유일한 숨통은 여자였다. 하지만 우엘벡의 표현에 따르면 또 다른 투쟁의 영역인 사랑마저도 앙토니에게는 진입할 틈을 주지 않았다. 열심히 아령을 들고 복근을 만들었지만 한쪽 눈꺼풀이 반쯤 주저앉은 앙토니는 보는 이에게 그로테스크한 느낌과 우울감만 불러일으켰다. 앙토니는 호숫가 근처 식당에서 파트타임 일자리를 구하고 거기서 함께 근무하는 또래 여자에게 동료애를 느꼈다. 하지만 한창 밝아야 할 여자아이의 표정은 그늘져 있었다. 러스트 벨트의 10대 남자아이들이 무료와 불만을 오토바이와 담배와 술, 그리고 폭력과 섹스로 채웠다면 또래 여자아이들은 남자아이들의 고통을 공유하면서 또 다른 착취에 시달렸다. 40대 초반의 식당 주인은 10대 중반의 여자아이들을 고용한 후 월급을 미끼로 성적 착취를 멈추지 않았다. 서서히 탈모가 시작된 중년 남자들은 듬성듬성해진 머리숱을 어린 여자의 몸에서 되찾으려 했다. 그 중년 남자들이 모인 파티에서 음식과 술을 나르며 잔돈을 버는 10대들은 절망이나 분노를 드러내지 않고 묵묵히 소음에 귀를 맡길 뿐이다. 마을 유지들은 파티 석상에서 새로운 사업과 정책을 연설한다. 러스트 벨트를 관광지로 바꾸겠다는 시장의 연설은 우리에게도 익숙한 정치인의 언술이다. 탄광을 카지노로 바꿔 또 다른 인생 막장을 연출하는 정치인들. 반복을 무릅쓰고 글의 첫머리로 돌아가 「집회서」를 재인용해보자. "그러나 어떤 사람들은 사람들의 기억에 남지 않고 마치 이 세상에 없었던 것처럼 사라지고 말았다. 그들이 세상에 살았던 흔적이 없으니 그 뒤를 이은 자손들도 마찬가지이다."(9절) 특히 우리를 절망에 빠뜨리는 대목은 "그 뒤를 이은 자손들도 마찬가지이다"라는 마지막 구절이다.

그래도 이 세상에 태어나 존재했던 흔적조차 남기지 않은 사람들에게 남은 유일한 숨통이 열려 있다. 물에 빠져 허우적거리며 질식할 것 같은 고통 속에서 잠깐 얼굴을 내밀어 숨을 몰아쉬는 순간은 바로 사랑이다. 비록 허망하게 끝나는 한순간이지만 먹장구름 사이로 비치는 가

느다란 햇살이 그나마 그들 자손을 버티게 했다. 앙토니는 그가 넘볼 수 없는 스테파니, 즉 스테프를 먼발치에서 바라보며 속을 태운다. 그러다가 호숫가에 세워진 텐트에서 잡일을 하는, 자신과 비슷한 처지의 다른 여자아이를 찾아간다. 어린 꼬마들을 인솔하여 야영 체험을 지도하는 그 여자아이는 앙토니를 텐트에 받아들인다. 비좁은 텐트 속에서 숨죽이며 나눴던 육체적 체험은 앙토니가 느낀 첫 번째 여자의 몸이었다. 호숫가 텐트, 잡초가 무성한 공장 빈터, 낡은 자동차 안, 그리고 부모가 잠깐 자리를 비운 오후 한나절의 아파트가 그들에게 허용된 사랑의 공간이었다. 먼 나라 공주처럼 멀게만 보이던 스테파니도 소설의 말미에서 슬쩍 앙토니의 손을 잡아끌었다. 그와 다른 세계에 사는, 대학을 나와 번듯한 직장을 잡아서 캐나다쯤에서 살림을 차릴 예정이었던 스테파니는 어린 시절부터 자신에게 눈길을 주던 앙토니에게 짧은 정사를 허락했다. 그런데 그녀는 단호하게 팬티만은 내리지 않은 상태의 관계만을 승낙했다. 관계가 끝난 후에도 오래도록 앙토니는 그가 그녀를 "가진 것"인지 아니면 그녀가 자신을 가진 것인지 알 수 없었다. 앙토니는 사랑의 영역에서조차 태어난 적도 실재한 적도 없이 기억에서 사라지는 존재로 끝나고 만 것인지도 모른다. 굵직한 서사 줄기는 없고 자잘한 에피소드만 이어지는 이 소설은 자칫 미국의 청소년 연속극처럼 보일 수도 있지만 생생한 세목과 언어, 그리고 1990년대를 거친 세대에게 향수를 자아내는 분위기 덕분에 올해 〈공쿠르상〉 소설 부문 대상을 받았다. 소설의 배경이 된 로렌 지방에서 1990년대 청소년기를 보낸 작가는 그 시절의 기억, 친구와 그 가족들을 추억하며 이 소설을 썼다고 털어놓았다. 소설이 소리를 낼 수만 있다면 좋을 듯싶다. 소설을 읽는 내내 그 시절의 노래, 소음으로 변한 분노가 귀에 들리는 것 같았다. 어느 평론가는 이 소설을 프랑스의 현 대통령 마크롱에게 권했다. 읽을까?

거울과 수정구슬

지난 연말부터 미셸 우엘벡의 일곱 번째 장편소설이 2019년 1월 4일에 발간된다는 소식이 여러 매체를 통해 전해졌다. 1월 4일 플라마리옹출판사는 우엘벡의 신작 『세로토닌』의 초판 32만 부를 배포했고 사흘 만에 9만 부가 독자의 손에 넘어가면서 단숨에 베스트셀러 1위로 올라섰다. 며칠 후 이웃 나라 독일에서 『세로토닌』의 번역본 8만 부가 서점에 깔렸고 스페인, 이탈리아가 그 뒤를 이었다. 발 빠른 번역 덕분에 1월 중 유럽 전역에서 『세로토닌』이 독자를 끌어모을 전망이다. 2015년 1월 발간되어 80만 부가 판매된 그의 전작 『복종』에 비해 신작의 전파 속도가 빠르다고 판단한 출판사는 이미 재판을 준비하고 있다고 한다. 기민한 번역과 마케팅에 힘입어 빠르게 번져가는 우엘벡 효과는 진원지인 프랑스를 넘어 유럽 전역으로 확대된 노란 조끼 시위와 비슷한 형국이다. 작년 연말 노란 조끼 시위로 심각한 가뭄 사태에 빠진 서점가에 우엘벡의 신작은 때맞춰 쏟아진 단비와도 같았다. 게다가 『세로토닌』의 중반부에서 중요하게 다룬 농민 시위는 작금의 유럽 사회를 예견한 것 같아서 그의 신작은 더욱 각별한 관심을 끌고 있다. 우엘벡의 소설이 출간되면서 대형 사건과 맞아떨어진 경우는 이번이 처음은 아니다.

소설 말미에 이슬람 세력의 테러 가능성을 언급한 『플랫폼』이 발간된 것이 2001년 9월 3일이었고 그로부터 며칠 후인 9월 11일, 전 세계인은 여객기가 들이박힌 거대한 빌딩이 화염 속에서 무너지는 세기말적 풍경을 TV 화면으로 지켜보았다. 그리고 다시 2015년 1월 15일 프랑스 대선에서 이슬람교도가 대통령으로 선출되는 미래 가상소설 『복종』이 발간된 바로 그날, 파리의 주간지 『샤를리 에브도』의 사무실에서 열두 명의 기자가 난사된 총탄에 목숨을 잃는 사건이 발생했다. 이러한 과거의 기억까지 소환되면서 우엘벡의 소설은 시대를 비추는 거울이 아니라 미래를 엿보는 점쟁이의 수정구슬이라는 농담이 진실로 굳어지는 지경에 이르렀다. 노란 조끼 사태가 일어나리라 아무도 예측하지 못했던 터라 『세로토닌』의 발간 전에 우엘벡이 어느 대담에서 발언했던 선동적 표현—유럽의 민주주의가 죽었으니 이제 민중이 봉기해야 한다는—이 새삼 재조명되기도 했다.

실제로 유류세 인상 조치에 대한 반발로 시작된 프랑

스의 시위 사태는 이제 유럽 전역으로 번지고 있다. 그의 예지력에 대한 호들갑스러운 광고성 평가를 접어두고라도 신작 출간 당일『르몽드』는 네 명의 작가에게 의뢰한 '우엘벡 효과'에 관한 특집 기사를 실었다. 예전과 마찬가지로 그에 대한 평가는 극단적으로 갈렸다. 그중에서도 특히 콜레주드프랑스의 현대문학 교수 앙투안 콩파뇽의 평가는 조롱에 가까운 악평이었으나 나머지 평가는 대체로 긍정적이었다. 대학 전통의 명실상부한 적장자로 간주될 법한 콩파뇽이 남녀 성기를 지칭하는 속어를 인용부호 없이 쓸 수 있는 자유를 누린 것은 전적으로 우엘벡 덕분이었으리라.

예술경영학

『러브크래프트 : 세상에 맞서, 삶에 맞서』를 발표했던 1991년 당시 거의 무명에 가까웠던 우엘벡이 독자에게 이름을 알린 것은 1994년 작『투쟁 영역의 확장』덕분이었다. 안목 높은 평론가 모리스 나도에 의해 발굴된 이 소설은 1990년대 젊은 세대의 고독과 좌절을 적나라하게 짚어내어 그 세대의 컬트소설로 부각되었지만 전반적 평가는 여전히 유보적이었다. 그리고 1998년 발간된 우엘벡의 두 번째 작품 『소립자』가 알베르 카뮈의 작품에 견줄 만하다는 찬사와 포르노그래피라는 악평이라는 상반된 주목을 받았을 때 언론의 눈길은 〈공쿠르상〉 심사위원회의 입에 모아졌다. 월간 문예지 『리르』가 『소립자』를 그해 최고의 소설로 선정했음에도 불구하고 그해 〈공쿠르상〉이 폴 콩스탕의 『비밀을 위한 비밀』에게 돌아가자 우엘벡과 그의 옹호자들은 〈공쿠르상〉을 도둑맞았다고 분노했고, 이후 『소립자』는 〈공쿠르상〉의 공정성을 시비하며 제정된 〈10월상〉을 받으며 화제의 중심에 올랐다. 『소립자』를 둘러싸고 벌어졌던 우엘벡과 〈공쿠르상〉 심사위원회의 악연은 2010년 『지도와 영토』가 〈공쿠르상〉을 수상함으로써 마침표를 찍었다.

우엘벡은 작품의 문학성은 접어두고 일련의 대담이나 칼럼을 통한 정치적 발언 때문에 세간의 몰매를 자초하기도 했다. 68세대, 페미니즘, 이슬람 종교, 유색인종, 세계화와 신자유주의 등에 대한 일관된 적대적 태도는 그의 문학성에 호의적이었던 이들까지 당황하게 만들었다. 그랬던 그가 신작이 발표된 지 열흘이 지난 현재까지 거의 언론에 얼굴을 비치지 않고 침묵을 지키고 있어 오히려 세간의 호기심을 불러일으키고 있다. 도발적 발언과 침묵, 그 교묘한 처세의 균형감각 배후에는 홍보 전술의 귀재들이 숨어 있었다. 출판사는 작가에게 거액의 전속

계약료를 투자했기 때문에 연예계의 스타를 관리하는 전문가를 발탁하여 우엘벡의 일거수일투족을 통제하고 있다고 자랑삼아 털어놓았다. 그리고 신작을 출시한 후 작가는 지금 "언론 다이어트" 중이라서 가급적 대중 노출을 자제하는 기간이란 점도 강조했다. 앞질러 말하자면 『세로토닌』에서 첫 번째로 등장하는 일본 여성 유즈가 예술 경영 전문가인데, 화자의 입을 빌려 우엘벡은 예술과 경영의 조합이야말로 천민자본주의의 전형적 괴물이라고 신랄한 조롱을 퍼붓는다. 하나 프랑스 일간지 『르피가로』에서 그에 관한 기사의 제목을 "우엘벡, 마케팅의 귀재"라고 붙였을 만큼 그는 소설과 마케팅, 예술과 경영을 온몸으로 실현한 가장 뛰어난 사례로 꼽히지 않을까.

우울

작가와 작품을 둘러싼 거품을 씻어내고 알맹이를 살펴보면 우선 2019년 작 『세로토닌』은 1994년에 발표된 그의 데뷔작 『투쟁 영역의 확장』의 확장본이라고 말할 수 있다. 이것이 신작을 일독한 후에 받은 첫인상이다. 물론 데뷔작 이후에 발표한 다른 그의 작품에서 고루 반복되는 등장인물의 성격, 그가 처한 상황이나 사회적 계급

이 이번 신작에서도 유지된다. 우엘벡 소설의 주요 인물
은 대체로 프랑스 사회의 중상층에 속한 전문직, 고학력
자로 설정된다. 적어도 객관적 상황, 물질적 토대만 따져
보면 그의 인물들은 현대 조직사회의 일원으로 경제활동
의 중심부에서 일하며 특히 데뷔작과 이번 신작의 경우,
주인공들이 갖춘 생명공학이나 농경제 분야의 전문적 식
견과 기업문화에 관련된 체험이 소설의 현장감을 살리는
데에 적절히 동원되고 있다.

2014년 비평서 『경제학자 우엘벡Houellebecq economiste』
을 펴낸 베르나르 마리스—문학을 전공한 학자나 비평가
가 아니라 경제학자이자 기자—는 프로이트가 소포클레
스의 비극이나 도스토옙스키의 소설에서 정신분석의 이
론을 발견하고 검증했듯 경제학자가 문학작품에서 경제
이론을 확인하려면 우엘벡의 소설이 가장 훌륭한 사례라
고 주장했다. 현대소설의 주인공으로서 컴퓨터나 생명공
학과 같은 전문 분야 종사자가 화자로 등장하여 기업 현
장의 실상을 적절히 활용한 사례는 『투쟁 영역의 확장』
이 최초라는 점도 강조했다. 얼핏 현대소설의 주인공은
집단사회에서 소외된 방외인으로서 고독을 되씹거나 경
쟁사회에서 탈락한 회한에 분노할 거라 상상하기 쉽지만
우엘벡의 주인공들은 일단 외견상 그러한 전형과는 거리
가 멀다. 우엘벡 소설의 인물들은 대체로 현대 조직사회

의 일원으로 치열한 경쟁의 핵심부에서 머문다는 점이 이채롭다. 세계화나 신자유주의에 대한 날 선 비판이 제기되는 대목은 등장인물이 경제 현장에서 몸소 겪는 체험에서 출발하며, 구체적이고 냉철한 자연과학적 사유로 정리된다. 『세로토닌』의 주인공 역시 생명공학과 유럽 농업경제 분야의 전문가이며 첨단 IT 분야에도 통달한 인물이다. 그는 컴퓨터 프로그램에서 통용되는 언어의 명칭이 "신 없는 인간의 비참함"을 기하학 정신으로 논증한 파스칼이란 점을 지적한다. 우엘벡의 인물들은 그 기하학적 명석함을 지닌 탓에 혹독한 대가를 치뤄야만 했다. 차가운 눈으로 바라본 세계, 인간의 조건은 그들을 우울증에 빠뜨린다.

행복

『세로토닌』의 첫 문장 "그것은 쪼개질 수 있도록 된 타원형의 백색 알약이다"에서 그 알약이 지칭하는 것은 항우울제 캅토릭스이다. 다음 서너 줄쯤 행간을 두어 첫 문장을 강조한 후 본격적인 이야기가 전개되는 소설의 본문은 이렇게 시작된다.

아침 다섯 시, 혹은 여섯 시 무렵 나는 잠에서 깨어나는데 욕구는 절정에 이르며, 그 순간이 하루 중 가장 고통스럽다. 나의 첫 번째 동작은 전기 커피포트를 작동시키는 것이다. (……) 커피의 첫 모금을 마시기 전까지는 담뱃불을 붙이지 않는다. (……) 니코틴은 완벽한 마약, 단순하고 독한 마약인데 아무런 즐거움을 제공하지 않고 오로지 결핍으로만 정의되고 그 결핍의 단절로만 정의된다. 그리고 몇 분 후 담배를 한두 개비 피운 후 나는 생수—일반적으로 볼빅— 4분의 1컵과 함께 캅토릭스를 복용한다.

그의 삶은 매일 카페인, 니코틴 그리고 캅토릭스의 순서로 시작된다. 이 세 가지 화학물질, 그중에서도 마지막 물질은 세로토닌이란 호르몬을 체내에 증가시켜 우울증을 치료하는 효능이 입증된 신약이다. 『세로토닌』은 소설의 도입부부터 일인칭 화자이자 주인공이 처한 상황, 그리고 그의 가치관을 대변에 드러낸다. 물질적 풍요에도 불구하고 여전히 해결되지 않는 인간의 불행은 철학이나 종교로 치유되지 않지만 자연과학의 발달 덕분에 약간의 화학물질로 해결할 수 있는 시대가 되었다. 19세기 말, 자연주의 소설가 졸라, 혹은 "이 시대의 종교는 과학"이라고 선언한 실증주의자 콩트를 연상시키는 이러한 유물론적 세계관은 우엘벡의 전작에서도 일관되게 발견된다.

가족 관계와 사회생활 그리고 이성 관계에서 비롯된 우울증에 빠진 인물들은 철학과 종교, 심지어 사회학적 관점으로 자신의 불행을 설명하고 그 해결책을 모색하다가 끝내는 생물학, 유전공학, 그리고 『세로토닌』에서는 화학에서 구원의 빛을 찾는다.

그다음 이어지는 문장에서 화자는 단도직입적으로 자기소개를 한다. "나는 마흔여덟 살이고 이름은 플로랑클로드 라브루스트이며 나는 나의 이름을 싫어한다". 그는 플로랑과 클로드란 이름이 각각 아버지와 어머니로부터 이어받은 것임을 설명한다. 그는 부모로부터 물려받은 이름이 싫다며 일찌감치 혈연관계를 부인하지만 "내가 만약 슬픔과 불행 속에서 생을 마감한다 해도 그들의 죄로 돌릴 수 없다"고 선언한다. 이전 소설, 특히 『소립자』 『플랫폼』 등에서 고독과 소외, 그리고 우울증에 빠진 두 주인공이 모든 불행의 기원을 1960년대 부모 세대가 가족을 해체시키고 성의 자유를 만끽하는 바람에 고독하게 보냈던 어린 시절로 짚은 바 있다. 어머니를 프리섹스에 영혼을 빼앗긴 창녀처럼 묘사한 탓에 우엘벡의 어머니가 기자회견을 요청할 만큼 그의 소설 속에 등장하는 부모의 모습은 부정적이었으나 최근 작품에서는 점차 부모와 화해하고 있으며 안락사를 위해 제 발로 스위스로 떠나는 노쇠한 아버지를 묘사한 대목에서는 화자의 연민이 느껴질 정도로 부자지간의 원한이 희석되었다.

한편 경제 분야뿐 아니라 사랑의 영역에 불어닥친 자유경쟁주의의 돌풍이 사랑의 양극화를 야기했다는 그의 주장은 외모 자본을 갖춘 사람이 사랑의 시장을 독점화하면서 성의 빈곤층이 양산되었다는 진단으로 이어진다. 일종의 불로소득인 외모 자본가는 자신의 의지와 무관하게 생물학적으로 타고난 행운을 누리는 이 시대의 귀족계급이다. 젊음과 외모, 이 상징 자본을 소유한 계급은 사랑의 시장에서 독점적 권력을 행사하며 피지배계층, 예컨대 『투쟁 영역의 확장』의 티스랑 같은 인물을 우울과 고독, 결국 죽음에까지 몰아넣는다. 또 다른 인물이자 일인칭 화자는 32세의 나이로 완전히 사회생활에서 은퇴하고 만다. 주인공의 나이가 각각 32세와 62세란 차이만 있을 뿐 『세로토닌』에서도 동일한 도식이 반복된다. 주인공 라브루스트는 자신의 슬픔이 부모와 무관하다고 선을 그은 후, 그것은 "일련의 상황"에서 비롯되었으며 그 상황을 이야기하는 것이 이 "글의 목표"라고 한다.

『세로토닌』의 서사 구성은 매우 단순하다. 이 소설은 62세의 남자가 과거의 여자들을 차례로 회상하며 회환에 빠지는 이야기이다. 여러 여자가 '차례로' 등장하기 때문에 그 흔한 여자들 간의 질투, 갈등은 발생하지 않지만 화자의 내적 독백을 통해 여러 여자들이 대조되며 그녀들은 자신도 모르게 천칭에 올라서게 된다. 저울의 한쪽 끝에 자리 잡은 기준점, 방정식의 불변항은 카미유이며 일련의 여자들은 그녀와 사랑의 무게를 비교당하는 것이 이 소설의 구성 방식이다. 여기에 앞서 언급한 화학적 행복을 유지하는 물질 중 하나인 니코틴은 소설 내내 주인공의 의식과 행동을 억압하는 또 다른 상수이다. 현대 경쟁사회에서 제자리를 찾지 못하고 불안하게 떠도는 주인공은 도처에 붙어 있는 금연 표식, 담배 연기 탐지센서 탓에 자기만의 방을 찾지 못해 괴로워한다.

케이트, 클레르, 카미유, 유즈 그리고 세로토닌

"이 이야기는 스페인의 알메리아 지방, 정확하게 말해서 알 알키안 북쪽 5킬로미터 43번 국도 위에서 시작된다"라고 시작되는 첫 번째 에피소드는 국도변 주유소에서 벌어진다. 화자는 그곳에서 두 명의 젊은 스페인 여자와 마주친다. 타이어 공기압을 넣어주는 호의를 베풀던 화자는 젊음이 넘치는 여자들에게 눈과 마음을 빼앗기며 한 편은 로맨틱 코미디, 다른 한 편은 포르노로 제작되는 영화 속 주인공이 되는 백일몽에 빠진다. 그리고 소설의 첫 장은 "모든 남자들은 신선하고 환경보호주의자이며 3인주의자인 여자를 원한다. 모든 남자들이 그렇다고 할 수 있고 적어도 나는 그런 쪽이다. 우리는 현실 속에 있었기 때문에 나는 집으로 돌아왔다. 발기하고 있었는데 오후에 벌어졌던 그런 일에 비춰 본다면 전혀 놀랄 일도 아니다. 나는 그것을 평소의 방식으로 처리했다"라고 마무리된다. 마흔여덟 살의 남성 화자가 품는 성적 환상은 세 개의 형용사로 묘사되었다. 우선 '신선함'을 성적 환상의 조건으로 꼽는 것은 주로 젊음과 관련되고 부차적으로 순수함도 포함될 수 있다. 두 번째로 꼽은 '자연'은 인공, 가식과 대립되는 항목으로 일본인 애인 유즈를 부정적으로 평가하는 근거로써 화자가 들먹였던 가치 기준이다. 그런데 마지막 '3인주의자'란 수식이 앞의 두 형용사와 충돌하며 모순된다. 남녀 셋이 뒤섞인 성관계를 허용하거나 즐기는 것을 뜻하는 이 단어는 남성, 아니 적어도 화자의 성적 환상이 갈등과 비극으로 귀결될 수밖에 없는 필연성을 내포한다. 그 환상은 청순한 창녀, 요염하고 정숙한 아내와 같이 모순된 남성 욕망에서 비롯된 것이기 때문이다. 그것은 어린 소녀를 대상으로 로맨틱 코미디와 포르노라는 두 장르의 영화를 머릿속에서 그려본 화자의 환상과 일맥상통한다. 그 환상이 현실에서 여러 여자를 거치며 차례로 환멸로 바뀌는 과정이 서사의 굵직한 줄기인데 여기에 정치, 경제, 예술, 자연과학 등 무성한 잎사귀가 줄기와 가지를 덮은 형상이 바로 소설 『세로 토닌』인 셈이다. 우엘벡 작품을 폄하하는 비평가들이 거 듭 지적하는 대목은 그의 소설에 등장하는 남성들이 드러 내는 과도한 성적 집착이다. 그것도 특히 소아성애라고도 번역되는 페도필리아, 혹은 롤리타콤플렉스이다.

소설은 유즈와의 결별을 준비하는 과정에서 시작된 다. 주인공보다 스무 살 어린 유즈는 일단 젊음이라는 자 산을 지녔고 화자는 경제력과 사회적 지위를 확보한 중 년 남성이다. 파리 주재 일본문화원에서 근무하는 유즈 는 상류층 부르주아에 속한다. 화자에 따르면 자신은 중 간 정도의 부르주아이지만 유즈는 그보다 위로 분류된 다. 그녀는 부유한 아버지의 인맥과 물밑 거래 덕분에 문 화원에서 공연이나 전시를 기획하는 자리를 차지했다. 실제로는 예술에 대한 지식도 안목도 없는 그녀는 일본 의 국보급 전통예술가를 초청하여 관객을 잠들게 하거나 저급한 현대 사진작가를 전위예술로 포장해 전시하며 허 황된 자부심을 느끼는 속물로 그려진다. 짙은 화장과 명 품 의상으로 본색을 감추는 그녀를 작가는 "인공" 혹은 "가공"이란 단어로 묘사한다. 주인공은 그녀가 동거생활 을 유지하는 것은 오로지 그가 제공하는 경제적 지원과 호화스러운 아파트 때문이라고 생각한다. 둘 사이의 관 계가 돌이킬 수 없이 멀어지고 특히 직업적 이유로 주인공이 집을 비우는 일이 잦아지던 중 화자는 우연히 유즈가 여러 남자와 혼음을 즐기는 장면이 찍힌 비디오를 보게 되면서 그녀와 결별한다. 남성적 환상 중 하나인 다자간 섹스에서 정작 주인공이 빠진 것이다. 열댓 명의 남자가 유즈를 둘러싼 혼음, 급기야 대형견 도베르만과 수간하는 장면은 사드나 바타유의 소설과 비견될 만큼 포르노로 치닫는다.

주인공은 집과 직장을 버리고 자발적 실종자가 되기로 결심하고서 호텔을 찾아 나서지만 이 세상에서 흡연을 허용하는 안식처는 더 이상 존재하지 않았다. 이 대목에서 이야기는 시간을 거슬러 올라가 주인공의 대학 시절로 이어진다. 덴마크 출신의 케이트, 배우 지망생 클레르를 거쳐 그는 마침내 카미유를 만나게 된다. 농축산과 관련된 직장생활에 지치고 우울증 치료제 탓에 리비도마저 고갈된 주인공은 수의과대학 현장실습생 카미유를 만나 사랑에 빠진다. 자연을 사랑하고 특히 동물을 진심으로 존중하는 카미유는 수의학을 전공하나 막상 축산업 현장을 목격하고는 큰 충격을 받아 눈물을 흘린다. 생산성과 효율성을 앞세운 시장 논리는 농업을 산업화하여 기업식 농업으로 치닫고 있었던 것이다. 주인공은 카미유에게서 그의 성적 환상의 두 번째 항목이었던 자연을 발견한다. 그는 유전자 변형을 통한 동물 사료, 제초제, 살충제, 공장식 축산 등을 산업화하는 데에 첨단을 달리는 다국적 기업 몬산토에서 일하며 심적 갈등을 느끼던 터였다. 앞서 언급했듯이 오로지 문학을 전공한 작가가 아니라 전문적 지식을 갖춘 경제조직의 일원이었던 우엘벡이 열변을 토하는 장면이 여기에서 펼쳐진다. 어쩌면 언론과 독자의 관심을 끄는 사랑과 성, 남성과 여성이 품는 성적 환상의 차이와 같은 장광설은 이 소설의 뼈대가 아니라 잔가지에 불과할지도 모른다. 자연과 인간의 왜곡된 관계, 인간에 의해 착취된 자연 등 현대사회가 직면한 심각한 문제들이야말로 우엘벡이 심혈을 기울여 다루는 부분이자 이 소설의 핵심적 대목이다.

서구 사회의 몰락

생명을 공학적으로 다루는 학문, 바이오산업이 각광받는 현대사회에 이르러 인간과 자연의 관계는 돌이킬 수 없을 정도로 타락했다. 축산업 현장을 목격한 수의사 지망생은 동물을 착취하는 인간의 욕망에 절망하며 서구 정신의 몰락을 예감한다. 가혹한 조건에서 대량으로 사육되고 컨베이어벨트 위에서 도살된 식량은 우리네 식탁에 올라와 근사한 예술의 경지로 칭송되고 있다. 화자는 텔레비전을 점령한 요리 프로그램과 시식 장면을 보며 인류가 구강기로 퇴행했다고 개탄한다. 사랑의 양극화로 현대인은 리비도의 고갈에 빠졌고 성감대는 구강에만 집중된 것이다. 여기에서 학창 시절 주인공의 유일한 친구이자 이 소설의 문제적 인물 아플릭이 등장한다. 주인공과 함께 대학에서 농축산학을 전공한 아플릭은 직장을 그만둔 뒤 귀향하여 꿈꾸던 방식대로 소와 닭을 키운다. 그러나 유럽 시장이 통합되고 농산물이 수입되자 그의 꿈은 허물어지고 만다. 유전자 변형 옥수수 사료가 아니라 들판에서 풀을 먹고 자란 행복한 소는 시장에서 경쟁력이 떨어졌다. 넓은 토지와 성을 물려받은 귀족 출신이었던 그는 성곽을 호텔로 개조하여 관광업을 겸했지만 그마저도 실패로 돌아가 파산 지경에 이른다. 유럽 국가 간의 농산물 쿼터 배정 문제까지 겹쳐 더 이상 낙농업이 불가능해지자 그는 이웃 농민들과 함께 시위에 나선다. 수입 농산품이 들어오는 도로를 가로막고 시위를 벌이던 그는 마지막 저항의 몸짓으로 사냥총을 목에 대고 자살을 감행한다.

아플릭의 텅 빈 호텔에 머물고 있던 주인공은 아플릭이 그에게 선물로 주었던 총을 갖고 다시 머물 수 있는 곳을 찾아 나선다. 창문에서 뛰어내리고 싶은 자살 충동에 시달리고 의사에게 처방받은 항우울제도 얼마 남아 있지 않았다. 아플릭의 꿈이 자살로 끝난 것에 충격을 받은 주인공은 옛사랑 카미유를 수소문하여 찾아낸다. 그녀는 한적한 소도시에서 개와 고양이를 돌보는 동물병원을 운영하고 있었다. 선뜻 다가가지 못하고 먼발치에서 그녀를 훔쳐보던 화자는 그녀에게 어린아이가 있다는 것을 확인하고 막연하게 실망한다. 오랜 세월이 지났지만 그녀는 놀랍게도 예전 모습 그대로였다. "지금 서른다섯 살이 넘었을 텐데 그녀는 여전히 열여덟 살 어린 소녀의 모습이었다." 그는 카미유를 미행하여 집의 위치를 확인한 후 건너편 빈집에서 그녀를 망원경으로 엿보기 시작한다. 그리고 표류 중인 그의 삶을 극적으로 역전시킬 수 있는 유일한 희망이 카미유에게 달렸다는 생각이 점차 고정관념으로 굳어진다. "포유류 수컷이 암컷을 정복하려할 때 가장 먼저 취하는 행동은 자신의 유전자가 지닌 우선순위를 확보하기 위해 암컷이 낳은 모든 과거의 새끼를 파괴하는 것이다. 이러한 태도는 최초의 인류가 등장한 이래 오랫동안 유지되었다." 그의 발언을 쉽게 풀이하면 카미유와 재결합하기 위해 선행돼야만 하는 일은 그녀의 아이를 살해하는 것이다. 그는 이 행동이 윤리와 아무런 관련이 없다고 주장한다. 윤리란 그저 나중에 축적된 인위적 관습에 불과하며 자신의 행동은 자연의 순리에 따르는 것일 따름이라고 되뇐다. 그의 머릿속에서는 완전범죄의 방법, 유아 살해에 해당되는 형법 조항 등을 구체적으로 따지는 망상이 혼란스럽게 뒤섞인다. 그러나 마지막 순간 총알은 유리창만 깨뜨렸을 뿐, 아이는 아무 일도 없었다는 듯 백설공주가 그려진 퍼즐을 맞추는 데에 몰두해 미동도 하지 않았다.

"살고 싶지 않다고 발버둥 쳐도 소용없다. 어쨌거나 그런 순간에도 나이는 꾸역꾸역 먹게 마련이다." 이것은 1996년에 펴낸 『전투의 의미Le sens du combat』에서 우엘벡이 절망에 빠진 실업자에게 보낸 쌀쌀맞은 야유이다. 『세로토닌』에서 "총체적 재난이 닥치면 개인적 불행은 작아진다. 그래서 전쟁 중에는 자살이 줄어든다"고 화자는 중얼거렸다. 서구 문명뿐 아니라 인류 전체가 가파른 비탈길로 굴러떨어지는 와중에서 개개인은 자신의 불행을 잊고 멈칫 뒷걸음 치게 마련이다. 우엘벡의 글이 절망, 고통, 비관으로 짙게 채색되었지만 A. 노박 르슈발리에는 『우엘벡, 위로의 예술Houellebecq, l'art de la consolation』에서 그의 텍스트를 꼼꼼히 읽으면 오히려 위로와 희망을 발견한다고 강변했다. 그의 소설에서 거의 빠짐없이 등장하는 직업군은 정신과 의사이다. 이전 작품에선 정신과 의사에게 악담을 늘어놓았지만 『세로토닌』의 정신과 의사는 정신과 치료는 살게 해주기보다 죽지 않도록 도와준다는 불평 정도에서 그쳤다. 섹스 중독자처럼 보였던 주인공이 소설 후반부에서 얼핏 "여자에게서 중요한 것은 아름다움이 아니라 선의"라는 말도 흘렸다. 선의는 아마도 일곱 편의 장편소설을 통틀어 처음 나온 단어일 듯싶다. 그리고 소설은 예수를 떠올리는 것으로 마무리된다.

현실 속에서 신은 우리를 돌봐주며 매 순간 우리를 생각하고 가끔은 우리에게 매우 정확한 지침을 준다. 우리의 생물학적 속성과 단순 무식한 우리의 위상을 고려한다면 우리의 숨을 멈추게 할 정도로 가슴속에 밀려드는 이 사랑의 충동, 이 광명, 이 열락은 매우 명백한 신호이다. 그리고 오늘 나는 딱딱하게 굳어지는 인간의 심장들을 보며 예수가 반복적으로 느꼈던 짜증, 그의 관점을 이해한다. 인간은 모든 신호를 가지고 있으면서도 그것을 염두에 두지 않는다. 이 한심한 미물들을 위해 진정코 나까지도 덤으로 생명을 바쳐야만 하는가? 진정코 이 정도로 드러내놓고 밝혀야만 하는가? 아마도 그렇다, 라고 해야 할 것처럼 보인다.

예전부터 줄곧 "예수는 간헐적 해결책"이라고 주장해왔던 터라 『세로토닌』의 마지막 단어가 "그렇다oui"라는 단호한 긍정적 단어인 것이 대단히 이채롭다. '간헐적'이란 단어는 신문의 경제란에서 '비정규직' 혹은 '임시직'으로 번역된다. 예수는 관혼상제, 혹은 예외적 상황에서 잠시 채용했다가 바로 해고하는 아르바이트생이란 뜻이다. 지금껏 구축된 그의 작품세계를 62세에 이른 작가가 돌연 허물어버릴 가능성은 전무에 가깝다. 미셸 우엘벡은 상해 출신의 중국 여성과 2018년 9월 21일 세 번째 결혼식을 올렸다. 2019년 1월 17일 자 『르몽드』에는 연미복을 차려입고 미소를 띤 우엘벡과 중국 전통복장 차림으로 그의 팔짱을 끼고 있는 신부의 사진이 실렸다. 기사에 따르면 신간 발간 후 밀려드는 인터뷰를 거절하고 신문사에 이 사진 한 장만을 뿌렸다고 한다. 또 다른 기사에는 결혼 피로연장을 겸한 노래방에서 스무 살 연하의 신부와 함께 니노 페레의 「남쪽」이란 샹송을 불렀다는 참석자의 증언도 공개되었다. 운문 형식의 가사가 환기시키는 풍경을 산문으로 풀이하면 대충 이렇다 : 세상 어디에 루이지애나, 혹은 이탈리아와 닮은 곳이 있다고들 하는데, 그곳은 항상 여름이고 테라스에서는 빨래가 마르고 있다. 잔디밭에서는 아이들과 개가 어울려 뛰어논다. 사람들은 언젠가 전쟁이 벌어질 것이라고 한다. 할 수 없는 노릇이다. 그래도 그곳에는 여전히 빨래가 마르고 아이들이 뛰어놀 것이다.

　『세로토닌』의 줄거리와 예수의 등장, 우엘벡의 결혼사진, 그리고 니노 페레의 노래가 뒤섞여 혼란스럽기 그지

없다. "행복을 두려워할 것 없다. 원래부터 없는 것이니 두려울 이유가 없기 때문이다." 이 말도 우엘벡이 즐겨 흘렸던 아포리즘 중 하나이다. 너무 서둘러 읽은 탓인지 몰라도 『세로토닌』과 햇볕 냄새를 풍기는 하얀 침대 시트는 도무지 어울리지 않았다. 게다가 예수가 정규직이라니.

동심이 깨지는 나날들

주행 중 차가 고장이 나 멈추면 도로교통법상 추돌 사고를 막기 위해 후방에서 접근하는 차가 식별할 수 있는 위치에 안전삼각대를 설치해야 한다. 그런데 그 안전장치를 설치하기 위해 고속도로에서 돌아다니는 것 자체가 위험하기 짝이 없는 일이다. 그래서 프랑스에서는 2008년부터 삼각대를 설치하기에 앞서 노란 조끼를 착용하는 것이 법제화되었고 멀리서도 식별 가능한 노란 조끼는 안전삼각대와 더불어 모든 자동차에 비치되어야 한다. 그런데 그 노란 조끼가 근래 들어 다른 용도로 쓰이고 있다. 2018년 가을, 정부가 유류세 인상 정책을 발표하자 10월 10일 페이스북에 에릭 드루에라는 한 남자가 불평을 늘어놓았다. 그의 게시물은 SNS를 타고 급속히 퍼졌고 '좋아요'를 누른 시민의 수가 수백만에 달했다. 10월 18일 자클린 무로라는 여자가 4분짜리 동영상을 SNS에 올리자 순식간에 조회수가 치솟았고, 다시 서른세 살의 여자 프리실리아 루도스키가 온라인 청원 서명이 가능한 게시

물을 올리자 서명자 수가 순식간에 백만을 넘고 조회수는 6천만을 기록했다. 온라인에서 시작된 불만이 거리로 표출된 것은 11월 17일이었다. SNS를 통해 모인 257개 그룹이 전국 거리로 뛰쳐나와 도로를 봉쇄하는 행사를 기획한 것이다. 그들은 마치 연극의 장을 표시하듯 매 집회마다 숫자를 붙이기 시작했고 신분증을 지참하지 않는 것을 행동 수칙으로 삼았다. 작은 불씨에서 시작된 노란 조끼 운동은 현재 처음의 열기는 다소 식었지만 유류세 인상뿐 아니라 교육제도를 비롯한 각종 정책에 대한 항의 운동으로 번지면서 계속 이어지고 있다. 노란 조끼 운동이 계기가 되어 학자, 기자들은 드골 대통령을 하야시킨 68혁명, 심지어 1789년 프랑스대혁명까지 거론하며 그 뿌리와 의미를 되새기고 있다.

2017년 〈공쿠르상〉 수상작 『그날의 비밀』은 앞서 「아름다운 할머니」란 글에서 소개한 바 있다. 2차 대전 전야, 히틀러의 오스트리아 합병 사건, 강제수용소 등을 다룬 『그날의 비밀』은 특정 주인공이 허구의 일관된 서사를 담당하는 기존 소설과 달리 역사적 사건을 중심으로 수많은 실존 인물들을 등장시키고 작가의 개입은 가급적 자제된 독특한 작품이었다. 특히 도입부에 제시된 독일 재벌 가문이 히틀러에게 정치자금을 대주는 정경유착의 장면이 인상적이었고 당시 영국, 프랑스, 오스트리아의 정치인이 보여주었던 무능과 비굴한 처세, 그리고 강제수용소의 참상을 담담하게 서술했던 대목이 압권이었다. 이와 더불어 중요한 역사적 계기에 히틀러나 그 측근이 구사했던 정치적 술수가 일종의 잘 짜인 연극 무대였다는 부분도 밑줄을 칠 만했다. 권력을 잡고 재벌이나 정적 간의 문제를 조정하는 장면은 괴벨스 연출, 히틀러 주연의 인상적인 쇼였다. 그래서 "역사는 요제프 괴벨스가 만든 한 편의 영화처럼 우리 눈앞에 전개된다"라는 작가 에리크 뷔야르의 생각을 인용하기도 했다. 무명에 가깝던 에리크 뷔야르는 〈공쿠르상〉 수상과 더불어 언론의 조명을 받으며 강연과 대담을 이어가다가 2019년 1월 『가난한 사람들의 전쟁La Guerre des pauvres』을 발표했다. 신작의 가장 돌올한 특징은 분량이다. 손바닥만 한 판형에 본문은 70여 페이지 정도이니 우리 식으로 계산하면 기껏해야 원고지 150매 정도의 짧은 소설을 단행본으로 출간한 것이다. "우리는 에리크 뷔야르 덕분에 책의 분량은 작품이 주는 충격과 아무 상관 없다는 것에 익숙해졌다" "불필요한 기름기가 없다. 잉걸불처럼 빛나는 작품" "이토록 적은 페이지에 담아낸 이토록 많은 사실과 인간들. 감탄을 자아내는 역사적·문학적 밀도" "날을 시퍼렇게 벼린 단검처럼 농밀한 작품" 등 그의 작품에 대한 서평에서 공통적으로 지적하는 사항은 짧다는 점과 문학성이다.

제목이 시사하듯 『가난한 사람들의 전쟁』이 노란 조끼 운동에 발맞춰 서둘러 발표되었다는 사실은 굳이 언급하지 않아도 누구나 짐작할 수 있다.

아버지와 아들

그의 아버지는 교수형을 당했다. 모래 자루처럼 허공 속으로 툭, 떨어졌다. 시신은 밤에 어깨에 져 옮겨야만 했고 입속이 흙으로 가득 찬 아버지는 말이 없었다. 그리고 떡갈나무, 초원, 강, 강둑의 나물, 척박한 땅, 교회, 사방 천지에서 불이 났다. 그는 열한 살이었다.

2019년 1월 프랑스, 그리고 유럽 전역에 번진 시위의 불길에 불쏘시개처럼 내던져진 얇은 원고는 이렇게 시작된다. 그의 문장은 긴박한 전황에 빠진 무전병이 타전한 급보처럼 간결하다. 그러나 작가는 지금, 이곳의 당대성을 접어두고 1500년 독일로 독자를 안내한다. 아버지가 교수형을 당하고 집과 마을과 산이 화염에 휩싸이는 장면을 바라보는 열한 살의 꼬마는 토마스 뮌처Thomas Münzer이다. 아이는 아버지의 시체, 특히 그가 미처 말하지 못했던 단어들이 매달려 있는 듯한 커다란 혀를 기억한다. 퉁퉁 부은 채 늘어진 아버지의 혀가 "나는 환희 속에 있지만 하느님과 하나가 되는 것은 오로지 끔찍한 고통과 절망을 통해야만 한다"고 말하는 것 같았다. 그러나 아버지의 신원이나 죽음에 대한 역사적 기록은 없는 터라 작가는 몇몇 가설과 소문을 기반으로 조심스레 추측한다. 토마스 뮌처의 아버지는 슈톨베르크에서 농사일을 하다가 그 지역을 다스리던 백작에게 대항한 일로 교수형, 혹은 화형을 당했다고 한다. 어린 토마스는 열다섯 살 때부터 동료를 모아 로마교황청에 대항하는 비밀결사를 조직하고 들판에 함께 누워 "하늘나라가 땅에도 임하길" 기도했다. 그리고 25년 후인 1525년 5월 27일, 그 역시 사형을 당하고 몸은 네 조각으로 잘려 버려졌다. 대를 이은 횡사는 어디에서 비롯된 것일까. 작가는 아무 설명 없이 대뜸 "뜨거운 반죽"에 대한 이야기로 넘어간다.

그보다 50년 전, 마인츠에서 뜨거운 반죽이 흐르더니 유럽 전역에 흘러 퍼졌다. 마을의 계곡 사이로, 사람들의 이름 속으로, 하수구 구멍 안으로, 사람들의 머릿속에 구절양장 퍼졌다. 글자 하나하나, 사유의 부스러기, 구두점 하나까지 작은 쇳조각에 들어갔다. 사람들은 쇳조각을 나무 상자에 나눠 넣었고 부지런한 손놀림으로 쇳조각 하나씩을 골라 단어를 만들고 행을 이루어 한 페이지를 만들어냈다. 거기에 잉크를 묻히고 엄청난 힘으로 천천히 종이 위에 단어를 짓눌렀다. 열 번 스무 번 되풀이한 후 종이를 네 쪽, 여덟 쪽, 열여섯 쪽으로 접었다. 그리고 그 종이를 순서대로 쌓아 풀로 붙이고 실로 꿰맨 후 가죽으로 겉을 감쌌다. 그것이 한 권의 책이 되었는데, 바로 성서였다. 수도승 하나가 필사본 하나를 만드는 데 걸리는 3년 동안 그들은 180권을 만들었다.

이것이 바로 빅토르 위고가 『파리의 노트르담』에서 노래한 새로운 시대의 개막이었다. 위고가 독일에서 발병한 전염병이 온 세상에 퍼져 역사가 달라질 것이라고 평가한 구텐베르크의 은하계가 열린 것이다. "어린 토마스 뮌처는 성서를 읽었고, 선지서와 호세아서와 다니엘서와 더불어 자랐지만 그가 읽은 것은 구텐베르크의 선지서, 구텐베르크의 호세아서, 구텐베르크의 다니엘서였다." 그는 성서를 읽으며 "회한과 사랑"에 숨이 막혀 눈물을 흘렸을 것이다, 라고 작가는 상상한다. 그리고 라이프치히에서 수학한 후 여기저기에서 "새파란 나이의 신부"로 일하다가 마침내 1520년 즈비카우의 설교 신부로 부임하게 된다. 거기에서 급진개혁 성향의 신부, 특히 슈토르흐와 논쟁하여 영향을 받는다. 하나님과 돈을 동시에 섬길 수 없다는 그의 신념이 굳어지면서 "거지들의 신이었다가 두 명의 도둑 사이에 끼어 죽은 신이 과연 이토록 화려한 성전을 필요로 할 것인가, 가끔 불편하지 않을까? 가난한 사람들의 신이 묘하게도 끊임없이 부자들 곁에, 부자들과 함께하는 이유가 무엇일까? 모든 것을 다 가진 자들의 입을 통해서 모든 것을 버리라는 말을 전하는 이유가 어디에 있을까?" 이런 생각을 전하던 뮌처는 1년도 채우지 못하고 즈비카우에서 추방되어 보헤미아 지방을 떠돌게 되었다.

하필이면 그가 도착한 보헤미아는 얀 후스가 지펴 올린 개혁의 불길이 어디보다 뜨겁게 타올랐던 곳이었다. 작가는 체코의 얀 후스에 대한 이야기로 넘어가기 전에 그보다 200여 년 전의 영국으로 화제를 돌린다. "존 위클리프는 인간과 신 사이에 직접적 통로가 존재한다는 생각을 품게 되었다. 이 첫 번째 생각에서 논리의 흐름을 따라 인간 하나하나가 성서 덕분에 스스로 자신의 길을 정할 수 있다는 데로 이어진다. (……) 당연히 로마는 존 위클리프를 심판했고 그는 심오하고 진지한 설교에도 불구하고 외롭게 죽었다. 그리고 그가 죽은 지 40년도 더 지난 후 콘스탄츠 공의회의 심판에 따라 사람들은 그의 무덤을 다시 파헤쳐 뼈를 불살랐다." 위클리프의 생각은 존 발이라는 순박한 농투성이에게 작은 의구심을 불러일으켰다. 혹시 노예와 주인이 미리 정해져 있다면 성서 어디엔가는 그 근거가 있지 않을까. 1380년 영국 의회에서 인두

세poll tax 법안이 통과되자 농민들이 봉기했다. 농민 행렬에 존 발이 앞장섰다가 체포되어 메즈스톤감옥에 수감되었다. 그 뒤를 이어 또 다른 농부 와트 테일러가 팔을 걷어붙였다. 나무하러 나간 사이에 세리가 그의 집에 들이닥쳤다. 세리는 집을 털어 세금을 받아내려다 허탕을 친 후 빈집을 지키던 열네 살의 딸을 강간했다. 산에서 돌아온 와트 테일러는 세리를 따라가 나무하던 도끼로 그의 머리와 등을 갈라놓은 후 켄트의 농민들을 이끌고 반란의 선두에 섰다. 농민 반란은 켄트 지방을 넘어 런던까지 번져갔고 왕의 진압군 로버트 크놀스는 두 달에 걸쳐 농민 수만 명을 처형했다. "인두세 철폐는 완전히 물 건너갔고 농노제가 폐지되기까지 200년을 더 기다려야 했다."

영국에서 존 위클리프의 심장이 박동을 멈춘 직후에 얀 후스라는 사람이 그 뒤를 이어받아 위클리프의 저서를 체코어로 번역했다. 프라하의 베들레헴성당에서 얀 후스는 회개란 면죄부를 사들이는 돈, 십자군의 폭력, 귀족의 권력으로 해결되지 않으며 오로지 사랑, 기도, 심지어 예수의 적까지 포함해서 사랑하고 기도하는 것이 중요하다고 설교했다. 돈, 폭력, 귀족이란 단어가 여기에서도 언급되었다. 얀 후스에 동조한 프라하 시민들이 봉기하여 시내에 불을 질렀다. 폭도들은 추방되고 대학생들의 목이 도끼로 잘렸다. (……) 콘스탄츠로 호출된 그는 수감되었다가 재판을 받고 화형에 처해졌다.

얀 후스의 죽음에서 시작된 농민전쟁은 25년 동안이나 지속되다 유럽연합군에 의해 진압되었는데 "리파니전투에서만 1만 8천 명의 농민이 죽었다". 얀 후스의 뜨거운 심장이 뛰고 있는 "프라하에 도착하자마자 토마스 뮌처는 '프라하 선언'을 발표했다. 독일어로 쓴 그의 선언서는 체코어로 번역되었다. 뮌처는 신학자들의 토론을 인정하지 않았고 난해한 교리를 혐오했다. 그는 여론에 호소했다. 이것이 그의 위대함을 이루는 요소 중 하나이다. 가장 심오한 명제일수록 모든 이에게 알려져야만 한다. 그의 표현 방식은 두서없고 충동적이며 그는 욕망의 뜨거운 길을 따라갔다. 토마스 뮌처, 그가 가진 욕망은 추기경이 되고 말겠다거나 당신도 토마스 뮌처가 되고 싶다는 것과는 달랐다. 그는 무서운 것에 사로잡혀 몸을 떨었다. 그는 분노에 빠져 있었다. (……) 뮌처는 후스와 달리 허기와 갈증에 시달렸다. 그 무엇도 그의 배를 불리고 목을 축일 수 없었다. 그는 늙은 뼈, 나뭇가지, 돌, 진흙, 우유, 피, 불까지도 삼켜버릴 것이다".

『가난한 사람들의 전쟁』은 토마스 뮌처가 목회 활동을 시작한 1520년부터 1525년 5월 프랑켄하우젠전투에서 패한 후 도끼로 목이 잘린 시점까지 계속되며 유럽으로 번진 농민 봉기를 다뤘다. 뮌처의 뒤를 따르던 4천여 명의 가난한 사람들도 프랑켄하우젠전투에서 목숨을 잃었다. 작가는 이 참혹한 민중 봉기에 대한 이야기를 이렇게 마무리했다. "젊음은 끝이 없고 평등의 비결은 불멸이며 고독은 황홀하다. 순교는 압제자들에게는 올가미가 되고 오로지 승리만을 염원할 것이다. 나는 그 승리를 이야기할 것이다."

역사 다시 읽기

에리크 뷔야르가 위클리프, 후스, 뮌처로 이어지는 민중 봉기 주동자를 앞세운 전쟁의 약사를 발표한 이유가 무엇일까. 위에서 언급했듯이 〈공쿠르상〉을 받은 덕분에 오랜 무명 시절을 벗어난 터라 굳이 노란 조끼 운동에 편승하여 목소리를 높일 필요는 없었을 터였다. 게다가 그의 전작全作을 관통하는 놀라운 일관성을 감안하면 시류는커녕 그의 글은 뚜렷한 확신에 발을 딛고 있었고 『가난한 사람들의 전쟁』의 마지막 문장의 동사가 미래형으로 마무리된 것으로 보아 후속작도 그 확신을 배신하지 않을 것이다. 앞서 언급한 『그날의 비밀』이 히틀러와 야합한 독일 재벌 가문, 독오합병과 유대인 수용소를 다뤘다면 『7월 14일14 juillet』(2016)은 프랑스대혁명의 전야부터 파리 시민이 바스티유감옥을 공격하는 장면까지의 며칠에 대해 이야기한다. 『대지의 슬픔』(2014)은 부제인 '버펄로 빌 코디의 이야기'가 의미하듯 '와일드 웨스트 쇼'라는 거대한 쇼를 기획한 후 공연단을 조직하여 미국과 유럽 전역을 떠돌았던 삼류 배우이자 공연기획자 버펄로 빌 코디의 일생에 관한 이야기이다. 버펄로 빌은 대형 야외 공연장에서 인디언과 기병대 사이에 벌어진 전투를 재현하는 공연을 기획한, 현대식 쇼 비즈니스, 혹은 예술 경영의 발명가라고 여겨질 만한 인물이다. 콜럼버스의 신대륙 발견 400주년을 기념하기 위해 1893년 시카고에서 만국박람회가 열렸고 거의 2천만 명의 발길을 모은 이 행사에서 가장 인기를 끌었던 것은 인디언과 카우보이 사이에 벌어진 전투를 재현한 부대 공연이었다. 그 전에 발표한 『콩고Congo』(2012)는 벨기에의 레오폴드 왕이 아프리카의 일부를 국가가 아니라 자신 개인의 소유지로 식민화하는 과정을 짚고 있다.

『콩고』의 첫 장 소단락 '희극'의 끝부분을 읽어보자. "1885년 2월 스물여섯 번째 날, 전능한 하느님의 이름으로 상호 화합의 정신에 입각해서 아프리카 일부 지역의 거래와 문명의 발전에 가장 유리한 조건들을 조정하기 위해" 유럽의 14개국이 모인 장면으로 시작된다. 유사 이래 "이런 적은 한 번도 없었다. 어떤 나쁜 짓을 하는 데 합의를 맺기 위해 이토록 많은 국가가 모인 적은 없었다". 이 장면은 『그날의 비밀』의 첫 장 소단락 '비밀 회동'에서 히틀러의 호출을 받고 스물네 명의 재벌가 회장이 모인 상황과 유사하다. 앞으로 더 이상 독일 제국에서 선거는 없을 것이라는 히틀러의 선언, 다시 말해 의회민주주의를 파괴하고 유럽을 불구덩이에 몰아넣은 전쟁을 일으키는 데에 정치자금을 건네는 장면은 『콩고』의 문장을 조금 바꾸어 "이토록 많은 재벌이 어떤 나쁜 짓을 하려고 모인 적이 없었다"로 읽어도 무방하다. 『콩고』의 첫 페이지에서 "에리크 뷔야르는 '역사 다시 읽기'라는 기획을 이어가는 중이다. (……) 이를 통해 우리 모더니티의 이면을 고발하기 위해 식민주의의 발흥기를 무대에 올리고 있다"고 이 작품을 소개한다. 공식적 역사를 다시, 다르게 읽으려는 그의 기획은 거의 전작에 걸쳐 유지되고 있으며, 그 내용을 살펴보면 돈과 권력을 가진 측이 다수의 약자를 박해하고 말살하는 특정 시기에 집중 조명되었다. 모더니티의 이면에는 계급투쟁, 식민제국주의, 그리고 정경유착이 계기가 되어 발생한 2차 대전과 같은 중요한 역사적 사건이 있었다. 사료를 바탕으로 역사의 이면을 뒤져 흥미로운 비사를 짚어보는 일이 그렇게 참신한 시도라고 할 수는 없지만 에리크 뷔야르가 역사를 해석하는 관점,

그 시선이 이채롭다. 앞질러 결론부터 말하자면 그의 관심은 역사의 중요한 계기, 특히 모더니티의 중요한 계기마다 '스펙터클'이 얼마나 결정적으로 작동하는가에 집중되었다.

동심 깨기

『그날의 비밀』에서 밑줄을 칠 만한 문장 하나가 있다. 안개가 자욱한 겨울 아침, "극장장이 무대 바닥을 쿵, 쿵, 쿵 세 번 두드렸다. 그러나 커튼은 올라가지 않았다". 이 문장에는 역사적 사건을 마치 연극의 한 장면, 하나의 스펙터클로 해석하는 작가의 관점이 드러난다. 『대지의 슬픔』의 첫 문장, "스펙터클은 세계의 기원이다"는 이전 작품에서 행간에 숨어 있던 작가의 생각을 보다 단도직입적으로 드러낸 것이다. 우리의 삶이란 생산관계에 의해 좌우되는 재화의 축적이 반영된다는 것이 마르크스의 생각이라면, 기 드보르는 221조의 강령으로 이뤄진 『스펙터클의 사회』 제1조에서 재화라는 단어를 스펙터클로 바꾸었다. 과거의 계급은 문자 그대로 생산수단과 재화의 소유 여부로 갈렸지만 현대사회의 재산, 혹은 거기에서 비롯된 권력은 "스펙터클"을 소유, 축적, 재생산하는 능력

을 기반으로 한다. 조금 거칠게 말하면, 현대의 권력은 각
종 정치 행사를 뒤에서 연출하는 공연홍보 전문가, 그리
고 무대와 전시회를 기획·연출하는 시각 전문가, 스타시
스템에서 탄생된 꼭두각시가 보여주는 환영에 의해 창출
된다고 할 수 있다. 제1조의 두 번째 문장에서 기 드보르
는 우리가 과거에는 직접적으로 체험했던 모든 것은 이
제 "재현 속에서 멀어져버렸다"고 주장한다. 첫 문장이
스펙터클의 생산자를 정의한 것이라면 그다음 문장은 그
것의 소비자 입장을 대변한 것이다. 드보르가 겨냥한 스
펙터클은 현대적 맥락에서는 주로 매스미디어, 공연, 영
화 등이지만 역사상 가장 오래된 스펙터클은 종교이며
그 연출자는 사제들이었다. 사제들이 엄숙히 재현하는
모든 의식은 고금동서 모든 스펙터클의 원형이다. 이 대
목에서 노란 조끼 운동이 절정에 이르렀던 2019년 1월
중순 에리크 뷔야르가 난데없이 종교개혁을 둘러싼 비화
를 다룬 『가난한 자들의 전쟁』을 서둘러 출간한 이유를
짐작할 수 있다. 초고 분량의 원고가 팸플릿 형태로 출간
된 『가난한 자들의 전쟁』의 주역들은 토마스 뮌처를 비롯
해 모두 종교개혁의 불씨가 된 사제들이었다.

에리크 뷔야르의 몇몇 작품과 기 드보르의 『스펙터클
의 사회』를 겹쳐 읽는 것은 흥미로운 독서 체험이 될 것
이다. 『대지의 슬픔』은 대중을 겨냥한 상업적 공연의 탄

생뿐 아니라 그와 연관된 한 국가의 탄생 비화도 곁들여 독자에게 들려주고 있다. 작품의 중반부에 서술된 운디드니 학살 사건은 미국 역사의 치부이겠지만 거기에서 살아남은 인디언들이 버펄로 빌의 공연에 캐스팅되어 자신들의 학살 장면을 재현하는 일로 생계를 이어간 것은 스펙터클이 지닌 또 다른 속성인 비정한 상업 정신을 보여주는 사례이다. 기병대와 인디언으로 나뉘어 대형 원형극장에서 흙먼지 날리는 전투 장면을 보여줄 때, 관객은 거기에서 역사와 스토리가 아니라 단지 "액션과 움직임"만을 보았다고 에리크 뷔야르는 덧붙였다. 먼지를 일으키며 질주하는 말을 타고 요란스레 총을 쏘는 공연에는 그 활극, 액션 외에는 아무런 시나리오가 없었다. 스펙터클은 스토리를 무화시키고 그저 눈요깃거리만 남긴다. 할리우드 영화의 질주하는 차량 추격 장면이나 웅장한 전투 장면에서 스토리는 빈약해지고 관객은 머리와 가슴이 아닌 눈으로만 스펙터클을 소비하게 된다.

　역사를 재해석하는 그의 작품 중에서 『콩고』는 어릴 적에 읽었던 위인전을 다시 곱씹게 만들었다. 리빙스턴과 스탠리의 모험담은 우리에게도 낯설지 않은 청소년 권장 도서였다. 『검은 대륙의 신비』를 썼던 스탠리는 벨기에의 레오폴드 왕에게 고용되어 왕의 사유지를 매입하는 일을 거드는 부동산 업자에 불과했다. 형식상 입헌군주제였던 벨기에에서 식민지 경영을 위한 '의회정치적 절차'가 번거로웠던 레오폴드 왕은 개인 자격으로 민병과 사업자를 고용하여 차근차근 콩고의 영토를 사들였다. 레오폴드 왕에게 고용된 스탠리, 르메르, 피에베즈는 대여섯 명의 백인과 수백 명의 원주민을 모아 부동산 사업단을 구성했고 차근차근 밀림 속으로 들어가 마을을 태우고 원주민을 학살했다. 소수의 백인들이 넓은 지역과 많은 사람을 점령하는 방식은 간단했다. 잔인한 폭력이었다. 땅을 팔지 않거나 식량 거래를 거부하는 원주민은 모두 그들에게 오른손이 잘렸고 피에베즈는 단 하루 동안 콩고 원주민의 오른손 1308개를 잘랐다. 잘린 손의 숫자는 그가 레오폴드 왕에게 보내는 근로계약 청구서에 기록되었다. 근로 현장을 찍은 증거 사진 속에서 "그들은 겨드랑이 사이에 손을 끼고 있었다". 시카고 만국박람회에 대한 묘사로 시작되는 『대지의 슬픔』 1장을 보면, 수천만 명이 입장권을 사서 구경한 것 중에는 찰스 브리스톨이란 사업가가 수집하여 전시한 인디언 신생아의 미라도 있었다. 어린 시절에 읽었던 위인전, 즐겨 보았던 서부극에 대한 추억이 에리크 뷔야르의 작품을 읽으며 부서져버렸다. 다시 기 드보르를 인용하자면, 우리가 현실, 세계, 사실이라고 믿는 모든 것은 누구인가에 의해 매개된 현실, 즉 스펙터클이요 환상이다. 그리고 처음에는 현실을 반영하고

346

재현한 듯한 스펙터클은 어느덧 현실과 대중을 외면하고 자신만의 독립된 논리로 재생산된다. 우리는 그저 그 현란한 언변과 표정과 액션에 홀린 수동적 구경꾼으로 전락하고 만다.

죽음의 천사

2019년 4월 12일 자 『르몽드』에 독일 수상 집무실 실내 장식에 대한 기사가 실렸다. 집무실 한쪽 벽에 걸려 있던 그림 두 점이 논란이 되어 최근 철거되었다는 것이다. 문제의 그림은 "바이마르공화국 시절 가장 인기 있는 화가였으나 나치스에 의해 퇴폐예술의 상징으로 지목되었다가 2차 대전 후에 모더니티의 아이콘으로 떠올랐던" 에밀 놀데의 작품이다. 현 수상 앙겔라 메르켈은 2008년 여름휴가를 떠날 때 에밀 놀데의 전기를 가져갈 만큼 그를 좋아했고 전 대통령 바이츠제커도 그의 애호가 중 하나였다. 전 수상 헬무트 콜은 그의 작품을 소장했으며 심지어 1982년 수상 관저에서 놀데의 전시회도 개최했다고 한다. 기사에서 유독 독일 정치인들을 에밀 놀데의 애호가로 언급하는 것이 이채롭고, 기사와 함께 실린 사진 속에서 메르켈 수상과 네타냐후 이스라엘 총리가 담소하는 뒤편 벽에 걸려 있는 에밀 놀데의 작품도 눈길을 끈다. 기사는 뒤셀도르프미술관장 펠릭스 크라머의 발언을 인용했다. "아무리 아름다울지라도 그의 그림은 역사적 맥락에서 다시 자리매김되어야만 한다. 에밀 놀데는 나치스가 권력을 잡았을 때 환호한 이들 중 하나였고 전쟁이 끝날 때까지 그는 확신에 찬 국가사회주의자로 남아 있었다." 그에 따르면 "에밀 놀데는 나치스의 희생자이기도 했지만 그의 집은 나치 깃발로 장식되었고 1934년 확신을 갖고 나치당에 입당한 전적이 있었다. 나치 치하의 정권에서 체제의 공식 예술가로 지정되길 꿈꾸었으며 인종차별주의자, 나치주의자였다는 사실에는 한 점의 의혹도 없다".

다만 말년에 이른 놀데는 자신의 이름을 내건 재단을 설립한 후 삶의 행적을 윤색하는 데에 힘을 기울이며 나치 치하에서 "비가시적 연작"을 할 수밖에 없을 정도로 박해받았다는 사실을 부각시켰다. 그의 사후 놀데재단은 작가의 삶과 역사적 배경에 관련된 자료는 가급적 은폐한 채 작가의 전기를 각색하는 데에 주력했다. 그러나 2013년 놀데재단 이사장에 취임한 크리스티안 링은 2014년 프랑크푸르트에서 에밀 놀데의 회고전을 기획하며 그의 작품과 삶을 재검토하는 작업을 더는 미룰 수 없다고 판단했다. 재단은 놀데의 비공개 자료 2만 5천 건을 공개하기로 결정하면서 "연방공화국의 수상 집무실은 박물관이나 사적 공간이 아니고 우리 국가를 대표하는 장소이며 특히 폴란드나 이스라엘의 국가수반을 응접했던 공간"이라는 점을 상기시켰다.

에밀 놀데의 그림이 빠져나간 자리에 카를 슈미트로틀루프의 작품을 걸려고 했으나 이 화가도 1차 대전 당시에 반유대주의적 생각을 발설했다는 사실이 확인되어 수상 집무실의 벽은 아무 장식 없이 두기로 결정됐다. 결국 독일 국민이 사랑했던 다리파Die Brücke의 작가들이 모두 정치적 입장 탓에 수상 집무실에서 쫓겨난 셈이다.

프랑스인이 등장하지 않는 프랑스 소설

2017년, 프랑스에서 다섯 손가락 안에 꼽히는 문학상인 〈공쿠르상〉과 〈르노도상〉의 수상작은 우연히도 비슷한 시대를 다루고 있다. 그해 〈공쿠르상〉을 받은 에리크 뷔야르의 『그날의 비밀』이 1936년 당시 히틀러의 오스트리아 합병 과정을 그렸다면 〈르노도상〉을 거머쥔 올리비에 게즈의 『나치 의사 멩겔레의 실종』은 아우슈비츠에서 '죽음의 천사'라 불렸던 의사 요제프 멩겔레를 다룬 전기 소설이다. 두 작품은 모두 나치즘과 관련된 역사소설이지만 묘하게도 정작 그 역사의 무대에서 프랑스가 빠져있는 시기를 다루고 있다. 전자가 주로 전쟁 전야를 다뤘다면 『나치 의사 멩겔레의 실종』은 전쟁이 끝난 1949년 부터 이야기가 시작된다. 요제프 멩겔레는 이탈리아 제노바항에서 노스킹호를 타고 3주간의 항해 끝에 1949년 6월 22일 아르헨티나의 수도 부에노스아이레스에 도착한다. 헬무트 그레고르라는 가명으로 국제적십자사가 발급한 여행허가서를 소지한 그는 전후 3년간 숨어 살다가 마침내 남미로 탈출하는 데에 성공한 것이다. 당시 남미, 특히 아르헨티나에는 전후 전범 재판을 피해 도망친 나치 전범과 그 부역자들이 은밀한 공동체를 이루며 살고 있었다. 멩겔레는 가족과 친지의 인맥을 통해 정착에 도움을 줄 만한 사람을 미리 물색하여 연락을 취했다. 그러나 항구에서 그를 맞이하기로 했던 사람은 나오지 않았고 수소문 끝에 양모섬유 공장을 경영하는 독일 출신 사업가를 찾아가 도움을 청했다. 공장장은 다른 독일인들과 마찬가지로 그에게 공장 막노동 자리를 권했다. "그는 공장장에게 달려들어 목을 조를 뻔했다. 명문가의 아들이자 인류학과 의학 분야에서 두 개의 박사학위를 취득했던 그에게 인디언과 혼혈인 사이에서 독한 화학 약품 냄새를 맡으며 양털을 깎고 문지르라고?" 그는 사무실 문을 박차고 나와 누추한 숙소의 침대에 누워 자신의 전성기를 회상했다.

　1943년 5월부터 1945년 1월까지, 그는 아우슈비츠에서 인간의 생사여탈권을 쥔 전능한 신이었다. 매일 물밀듯 열차에 실려 오는 유대인을 분류하는 일을 맡았던 그의 심드렁한 손가락짓에 따라 한 인간의 운명이 결정되었다. 왼쪽은 가스실, 오른쪽은 강제노역, 그리고 심드렁하던 멩겔레가 눈을 반짝거리며 관심을 보였던 쌍둥이, 거인, 난쟁이, 장애인 등은 실험실로 보내졌다. 하긴 어떻게 죽느냐만 다를 뿐 어느 쪽이건 결국 죽게 마련이었다. 그가 수행한 생체 실험은 게르만족의 혈통을 번성하게 만들 과학적 토대가 될 것이었다. 슬라브족을 없앤 후 확장된 독일제국을 경영할 미래의 독일인을 생산하는 것이 히틀러와 그의 수하 하인리히 힘러가 품었던 원대한 꿈이었다. 그러나 "1944년 가을부터 그의 심기가 그다지 편치 않았다. 소련군이 중부 유럽을 점령했다. 그는 패전하리란 것을 알고 잠을 이루지 못해 신경이 곤두섰다. 부인 이레네가 그를 지켜주었다. 아우슈비츠에 도착한 그녀는 몇 달 전 태어난 아들 롤프의 사진을 보여주었고, 44만 명의 헝가리 출신 유대인이 밀려들어 업무량이 엄청났음에도 멩겔레는 아내와 함께 몇 주 동안 밀월의 시간을 보냈다. SS가 남녀노소 구분 없이 유대인들을 산 채로 웅덩이에 몰아넣고 태워 죽일 때 그들은 선탠을 즐겼다. 8주 만에 32만 명의 유대인이 그곳에서 절멸되었다". 그는 하루 사이에 20여 쌍의 쌍둥이를 죽여서 해부할 만큼 우생학 연구에 몰두했고 여자 수용소에 벼룩이 돌자 독가스로 소독하여 750여 명의 여자들을 죽음에 이르게 했다. 그의 나이 서른두 살 때의 일이다. 그는 의사답게 자신의 건강을 끔찍이 챙겼고 심지어 피부에 작은 상처 하나 남기는 것도 싫어했다. "목욕 후 거울을 보며 온몸에 보습제를 뿌리는 그를 보고 형제들은 여자아이처럼 군다고 놀려댔지만 그 덕분에 그는 목숨을 구할 수 있었다. 1938년 SS에 가입했던 그는 가슴팍이나 겨드랑이에 군번을 문신하라는 규정을 거부하였던 것이다. 전후, 미군에 체포되었지만 문신이 없었던 덕에 단순병사로 분류되어 몇 주 후 석방되었다."

망명정부

그는 가는 곳마다 유대인 거주 지역을 파악하여 피해 다녔다. 강제수용소에서 살아남은 자와 거리에서 마주칠까봐 콧수염을 기르고 고개를 숙인 채 다녔다. "최고의 대학에 다녔던 시절 모든 육체적 노동을 경멸했던 그는 이제" 목수로 변신하여 "공사판에서 대들보에 못질하는 일을 받아들여만 했다". 그는 아버지가 경영하는 고향의 농기계 회사에서 근무 중인 어릴 적 친구를 통해 부인 이레네와 편지 연락을 지속할 수 있었다. 그의 아버지가 생산하는 농기계는 날개 돋힌 듯 팔려나가며 사업은 날로 번창했고, 멩겔레는 아르헨티나에서의 농기계 수입 사업을 꿈꾸었다. 독일이 안정되면 귀국하여 예전처럼 살 수 있을 것이란 희망도 저버리지 않았다. 일이 없는 날이면 그는 문을 닫아걸고서 홀로 오페라를 듣고 시를 읽었다. 그는 화장터 굴뚝의 연기가 뿜어져 나오는 속에서도 항상 오페라를 흥얼거리며 바그너의 음악을 듣고 괴테의 시를 암송하는 사람이었다. 아르헨티나로 도망쳐 살고 있는 독일인들이 발간하는 신문에는 인종차별적이며 반유대적인 기사가 여전히 실렸고 언젠가 다시 제국이 부활하여 독일의 영광을 되찾으리라는 나치 잔당의 주장이 사라지지 않고 있었다. 그는 독일 거류민의 신문을 발간하는 뒤러Dürer 출판사를 찾아가 편집장 프리슈에게 자신의 어려운 처지를 하소연했다. 아우슈비츠의 의사였던 신분은 감췄지만 그의 전력을 대충 털어놓자 나치당원이었던 프리슈는 아우슈비츠에서 벌어진 일을 단죄하는 기사들은 "유대인들이 퍼트린 거짓말"에 속아 넘어간 것이라 조금도 믿지 않는다고 털어놓았다. 그리고 아르헨티나는 유럽에서 벌어진 갈등에 전혀 관심도 없을뿐더러 그리스도를 처형한 유대인을 여전히 비난하는 가톨릭 국가이니 안심하고 살라고 멩겔레를 위로했다. 아르헨티나는 나치 정부에 호의적이며, 특히 페론 장군은 히틀러 총통과 동맹을 맺고 싶어 했다는 말도 전해주었다. 1943년에 정권을 잡은 페론은 찰리 채플린이 히틀러를 조롱한 영화 「독재자」의 상영을 금지할 정도로 나치 정권에 호의적이었다. 페론은 독일에서 도망친 나치 잔당의 입국을 비호하였고 그들을 통해 자본과 기술을 습득하여 아르헨티나 발전의 밑천으로 삼으려 했다.

독일 장교에게 군사훈련을 받고 클라우제비츠, 슐리펜과 같은 전략가를 존경했으며 히틀러의 『나의 투쟁』 애독자였던 페론은 규율과 질서를 중시하는 독일 군대를 아르헨티나의 국가 모델로 삼았다. 독일뿐 아니라 1920년 파시즘이 발기했던 이탈리아, 특히 그 지도자 무솔리니도 그가 본받고 싶어 한 모델이었다. 레니 리펜슈탈이 출연한 영화 「몽블랑의 태풍」이나 「하얀 도취」에 심취했던 그는 독일 망명객을 우대하며 그들의 사업 수완을 부러워했다. 페론이 보기에 공산주의는 인간을 착취하고 자본주의는 인간을 노예로 만들었다. 따라서 그는 제3의 길인 파시즘만이 유일한 출구라고 생각했던 것이다.

독일과 이탈리아는 패배했지만 아르헨티나가 그 뒤를 이을 것이며 페론은 무솔리니와 히틀러가 실패한 자리를 딛고 일어나 성공할 것이라 생각했다. 소련과 미국은 머지않아 원자탄으로 서로를 파괴할 것이며 제3차 대전의 승리자는 아마도 다른 곳에 숨어 있을 것이고 그때가 되면 아르헨티나는 가공할 만한 패를 쥐게 될 것이다. 냉전이 악화되길 기다리며 페론은 거대한 넝마주이 장사꾼이 되었다. 그는 유럽의 쓰레기통을 뒤져서 재활용 사업을 벌였다. 역사의 찌꺼기를 가지고 역사를 지배하려 한 것이다. 그는 수천 수백만의 나치당원, 파시스트, 그 부역자들에게 국가의 문을 열어주었다. 아르헨티나에 초대된 군인, 기술자, 과학자, 엔지니어, 의사, 전범자들이 댐과 미사일, 원자력발전소를 만들어주면 아르헨티나는 초강대국이 되리라 기대했다.

페론은 유럽의 쓰레기를 주워 담을 수 있는 특별기구까지 만들었다. 그는 기독교를 부정하는 공산주의를 무찌르기 위한 성전聖殿을 펼친다고 생각했다. 아르헨티나는 유럽 각국의 파시스트들이 모인 근거지, 히틀러 정권의 망명정부가 되었다. 1949년 7월, 그는 아르헨티나에 밀입국한 유럽의 파시스트들을 사면하고 심지어 대통령궁에 초대하기까지 했다. 그곳에 모인 인물들의 전력이 화려하다. "세르비아인, 유대인, 집시를 포함하여 85만 명을 학살한 안테 파벨리치, 부역 혐의로 프랑스에서 사형선고를 받고 도망친 전직 마르세유 시장 시몽 사비아니, 무솔리니의 둘째 아들 비토리오 무솔리니, 유대인 3만 명을 학살한 리가의 도살자 에두아르트 로슈만" 등이 있었고 페론이 가장 아끼는 로날드 리히터도 거기에 끼어 있었다. "물리학자인 그는 페론에게 원자탄 제작을 약속했고 페론은 그를 위해 파타고니아의 어느 호수 위에 있는 섬 하나를 연구실로 쓰라고 내주었다." 그곳에 모인 사람을 대표하여 피에르 데가 페론에게 감사의 연설을 했다. 피에르 데는 국가민족주의센터를 건립하여 미국의 자본주의와 러시아의 볼셰비즘을 압살하려는 계획을 수립한 인물이었다. 그는 머지않아 3차 대전이 일어나면 전 세계 파시스트가 합심하여 공산주의를 물리치고 고향으로 돌아갈 것이라 장담했다. 페론은 1950년을 해방의 해로 선포했고 아르헨티나 독립운동의 아버지인 산 마르틴의 후계자를 자처했다. 그해 6월 25일 한국에서 전쟁이 터졌고 7월 14일 아돌프 아이히만이 리카르도 클레멘트라는 가명으로 부에노스아이레스에 도착했다. 부에노스아이레스에는 오래전부터 묘한 소문이 떠돌았다. "2차 대전 종전 직전에 히틀러의 비서였던 마르틴 보어만이 유대인에게서 빼앗은 금, 보석, 미술품을 가득 실은 비행기와 잠수함을 이끌고 아르헨티나로 향했다는 것"인데, '불의 땅'이라 명명된 작전에 따라 아르헨티나로 유입된 자금은 페론의 부인 에바 두아르테에게 건네졌고 그 자금으로 그녀가 재단을 설립했다는 것이다. 그리고 "얼마 후 그 검은 돈을 관리하던 은행원 두 명이 부에노스아이레스 거리에서 시체로 발견되었다".

멩겔레는 서서히 기지개를 켜고 활동을 개시했다. 농기계 회사를 경영하는 아버지의 후원을 받아 남미에서 농기계 수입 사업을 벌일 생각이었다. 그는 전직 나치당원과 함께 파라과이로 날아가 거기에 정착한 독일인 농장을 방문했다. 독일인의 정착 농장 중 가장 오래된 '누에바 게르마니아'는 광적인 반유대주의자이자 철학자 니체의 누이인 엘리자베트 니체가 세운 것이었다. "1950년대 초반 남미에 터를 잡은 나치주의자들 사이에는 기묘한 낙관주의가 감돌았다." 머지않아 독일은 예전 모습을 되찾고 그들이 독일에 귀국하여 나치 정권을 부활시킬 수 있다는 자신감이 생긴 것이다. 히틀러 총통에 그토록 열광했던 독일 국민이 연합군에 의해 갑자기 마음을 바꿀 리 없다는 것이 낙관의 근거였다. 캠퍼스에서 비판적 인문학자를 추방하고 과학자를 위한 연구소를 지원할 때 대학교수들이 환호했고, 아우슈비츠에서 확보한 생체 실험 자료를 받아 연구를 지속한 교수들은 전후에도 승승장구하며 저명한 학자나 의사로 성공했다. 유대인의 노동력을 착취한 대기업은 독일 경제를 이끄는 견인차로 국민의 사랑을 받았다. "독일을 제외한 국가들이 한통속이 되어 전쟁을 벌이지 않았다면 나치즘은 여전히 정권을 잡고 있었을 것이다. (……) 그런데 아이젠하워가 서독을 미국에 팔아먹고 동독은 소련에 의해 약탈당하고 있으니 이제 남미의 독일인이 행동할 때가 되었다"고 아르헨티나로 도피한 유럽의 나치 잔당들은 환상을 품었다. 그러나 1952년 9월, 아이젠하워는 독일의 범죄 사실을 인정했고 이스라엘과 유대인에게 배상금을 지불하기로 결정했다. 나치 잔당들은 착각한 것이었다. "독일인들은 나치스에 대한 향수보다는 이탈리아로 날아가 여름휴가를 보내는 꿈에 빠져 있었다."

1956년 독일에서 아돌프 아이히만에 대한 체포영장이 발부되었다. 그해 독일 정부의 반발에도 불구하고 프랑스 칸영화제에서 알랭 레네 감독의 「밤과 안개」가 상영되었다. "사람들은 인류의 범죄, 최종 해결, 600만 명의 유대인 학살에 대해 이야기하기 시작했다." 세계는 나치의 수용소와 학살 행위에 대해 서서히 깨달아갔고 관련 서적과 자료집이 발간되었다. 1957년 아이젠하워가 재선에 성공하자 이듬해 나치 범죄 수사를 전담하는 중앙수사국이 설치되었다. 이제 "독일에서 국가사회주의의 미래는 사라졌다. 역사의 한 페이지가 완전히 넘어간 것이다". 그리고 오스트리아 출신의 공산주의자이자 아우슈비츠에 수용된 적 있었던 에두아르트 비르트가 멩겔레를 추적하기 시작했다. 1959년 2월 25일, 독일에서 요제프 멩겔레에 대한 체포영장이 발부되었다. 비르트는 멩겔레가 아르헨티나에 살고 있으니 외교부를 통해 추방을 요청하라고 압박했다. 멩겔레의 지루한 도피생활이 시작되는 시점이었다. 그는 일단 파라과이로 도피했고 국적을 바꾸려 했지만 여의치 않았다. 1957년 아이히만의 은신처가 유대인에게 발각되어 독일 정부에 전해졌다. 독일 법원은 아이히만의 주소를 이스라엘 정보국 모사드에 넘겨주었다. 1959년 12월, 모사드는 아이히만을 비밀리에 납치하여 이스라엘로 끌고 온다는 결정을 내렸고 그 비행기 승객 명단에 요제프 멩겔레의 이름도 올라 있었다. 이듬해 5월 초, 모사드 특공대가 아르헨티나에 파견되어 아이히만을 체포하는 데에 성공했다. 나치 잔당들은 이스라엘대사관을 폭파하거나 대사를 납치할 계획을 세워 아이히만을 구출하려 했지만 1960년 5월 20일 아이히만은 텔아비브로 향하는 비행기에 짐짝처럼 실리게 된다.

텡글리의 조각

스위스 출신의 예술가 장 텡글리Jean Tinguely는 나치 수용소의 참상과 죽음에 사로잡힌 나머지 「멩겔레—시

체의 춤」이란 작품을 제작하여 바젤에 소재한 그의 박물
관에 전시했다. 일종의 기계 조각인 그의 작품은 아틀리
에 근처에서 벼락을 맞아 타버린 옥수수 추수 기계를 주
워 와 조립한 것이다. 그 기계가 바로 멩겔레 아버지의 농
기계 회사에서 제작된 것이다. 짐승의 뼈, 나무와 더불어
까맣게 그을린 기계 부속을 조립한 작품은 기괴한 소리
를 내며 꿈틀거린다. 이 작품은 헝가리 출신 유대인 니슬
리의 회고록 『아우슈비츠의 의사』의 한 대목과 연관된다
고 소설가는 추정한다. 1961년 프랑스어로 번역된 회고
록의 저자 니슬리는 수용소에서 멩겔레의 조수로 일하던
중 목격했던 사건을 기록했다.

　하루는 꼽추 아버지와 절름발이 아들이 수송 대열에 끼어
있었다. 대열 중에서 그들을 발견하자 멩겔레는 즉시 두 사람
을 차출하여 니슬리에게 데려왔다. 그는 즉석에서 총살한 후
시체를 실험실로 보냈다. 그날 하루도 만 명 이상을 죽음으로
내몬 후 오후 늦게 멩겔레는 실험실로 찾아왔다. 그는 시신을
화장하지 말고 그 해골을 베를린의 인류학박물관에 보내라
고 명령했다. 뼈와 살을 분리하는 작업은 화학 약품으로 처리
하면 2주가 걸린다. 멩겔레는 끓는 물에 삶아 신속하게 처리
하라는 명령을 내렸다.
　철제 장치를 세우고 불을 지폈다. 다섯 시간이 지나 뼈와

살이 분리되자 나는 일단 불을 끄고 철제 장치가 식기를 기다리다가 자리를 비웠다. 잠시 후 기절초풍한 표정으로 조수 중 하나가 그를 찾아와 외쳤다. (……) "굶주린 네 명의 외국 출신 수용자들이 그것이 장교를 위한 음식인 줄 알고…… 그들이 먹은 것이 무엇인지 알려주자 그들은 모두 온몸이 굳어 마비되었습니다."

멩겔레는 "죽음의 왕자, 유럽 문명을 파괴하고 눈물의 계곡을 만든 자"였다. 죽음의 왕자는 나치 사냥꾼인 이스라엘 비밀경찰을 피해 브라질, 파라과이를 전전하며 40여 년을 더 살아남았다. 그의 가족은 도피 자금과 생활비를 계속 보내주었고 독일과 해외에 숨어 긴밀한 조직을 유지했던 나치 잔당의 도움으로 매번 사냥꾼의 손에서 도망칠 수 있었다. 도피생활에 지친 그는 가끔 수용소에서 함께 일했던 동료 의사들을 떠올리며 불공평한 자신의 운명을 원망했다. 그들은 전후 모두 살아남아 독일 내 연구소의 책임자, 의학대학 교수, 저명한 학자로 존경받는 삶을 누렸다. 그를 집요하게 추적하던 모사드의 요원들도 이스라엘 정권이 바뀔 때마다 정책의 강도가 달라졌고 냉전이 치열했던 시절의 서방세계는 과거의 나치스보다도 현재의 공산주의를 상대하기에 바빴다. 그 덕분에 멩겔레는 1979년 브라질 상파울루의 바닷가에서 익사할 수 있었다. 가족은 그의 죽음을 알리지 않았으나 1985년 독일 검찰이 그의 죽음을 눈치챘다. 가족을 통해 사망을 확인한 검찰은 1992년 유전자 검사를 통해 공식적으로 요제프 멩겔레의 사망을 확정했다.

변호사가 된 그의 아들이 멩겔레의 간청에 못 이겨 브라질을 찾아간 적이 있었다. 아버지와 관련된 소문을 확인하고 싶었던 아들에게 멩겔레는 "명령에 따랐을 뿐"이며 과학자로서 뛰어난 업적을 남긴 것에 자부심을 느낀다고 말했다. 아들은 아버지에게서 한 점의 후회나 가책의 기미도 보지 못했다. 멩겔레는 가책과 망설임을 접고 철저하게 합리와 이성을 바탕으로 객관적 진실을 추구한 과학자로서의 자부심이 남달랐다. 그의 행적을 파악한 독일의 두 개 대학이 그의 박사학위를 취소하자 그는 크게 분개했다.

2017년 나란히 문학상을 수상한 『그날의 비밀』과 이 작품은 시대를 이해하는 데 도움이 되는 상호 보완의 성격을 지녔으니 함께 읽으라는 평론가의 충고에도 불구하고 나는 오랫동안 망설였다. 작가 올리비에 게즈는 자료 조사와 현장 탐사를 위해 3년이라는 시간을 바치는 동안 멩겔레의 악몽에 시달렸다고 고백했다. 그럼에도 불구하고 그의 글은 역사적 사실을 적시하고 가급적 저자의 주관적 판단을 자제했다. 지금은 요제프 멩겔레에 대한 책과 영화도 적지 않고 자료도 풍부한 편이다. 따라서 『나치 의사 멩겔레의 실종』은 딱히 새로울 것이 없는 내용으로 문학성 면에서도 논쟁의 여지가 있다. 그러나 근래 부쩍 목청을 높이는 민족주의 극우 세력과 정치권의 대중 추수주의에 대한 문학적 반박이 시의성을 지녔다는 평가를 받았다.

동식물 문학

수국이 만발한 온실에서 살인 사건이 벌어졌다. 사건의 목격자는 없고 현장에 피어 있던 수국만이 피해자와 범인 사이의 몸싸움을 증언하듯 꽃을 떨구고 부러진 가지를 달고 있었다. 수사가 난관에 봉착하자 식물학자가 나서서 수국에 전기감응장치를 설치한 후 여러 피의자를 불러들였다. 특정인이 수국 앞에 등장하자 감응장치에 연결된 모니터의 그래프가 요동쳤다. 수국의 반응에 당황한 피의자는 결국 죄를 털어놓았고 수국의 반응과 피의자의 자백은 법원에서 인용되었다. 식물이 자신을 공격했던 동물을 기억하고 그에 따른 감정 표현이 가능하다는 것을 미국 위스콘신주 법원에서 증거로 채택한 셈이다. 식물의 반응에 관한 또 다른 흥미로운 사례도 있다. 장미꽃에 감응장치를 달고 성냥불을 가까이 대자 역시 모니터의 그래프가 높게 치솟았다. 앞선 실험에 의해 장미꽃의 이같은 반응은 어느 정도 예측한 결과였다. 그런데 실험실의 연구원이 담배를 피우고 싶어 무심코 성냥을 찾자 요란한 신호음과 함께 그래프의 곡선이 요동쳤다. 이것은 장미꽃이 열기를 감지하여 반응한 것이 아니라 사람의 의도를 예측한 사례로, 수국의 사례를 뒷받침하는 또 하나의 실험 결과라 할 수 있다.

라이머콩과 딱정벌레 사례도 흥미롭다. 곤충학자들은 딱정벌레가 라이머콩 잎을 갉아 먹는 특이한 방식에 주목했다. 콩잎에 달라붙은 딱정벌레는 동그랗게 영역을 확정하고 그 원둘레를 파먹은 뒤 10분 정도 쉰다. 그다음 동그란 영역의 내부를 약 두 시간 동안 갉아 먹는다. 배를 채운 딱정벌레는 다음 날 다시 그곳으로 되돌아가지만 전날 파먹었던 잎에서 6미터 정도 떨어진 다른 잎에 들러붙어 동일한 방법으로 식사를 한다. 곤충학자는 딱정벌레의 식사법을 이해하지 못했지만 식물학자가 답을 내놓았다. 라이머콩 잎은 외부의 공격을 받으면 그것을 감지하고 방어 체계를 발동시킨다. 딱정벌레가 잎을 무작정 갉아 먹으려 들 때 콩잎은 탄닌의 농도를 높여 딱정벌레를 독살하려고 하는 것이다. 그래서 딱정벌레는 일단 잎맥을 끊어서 콩잎의 전달 체계를 단절시키고 일종의 부분마취상태에 빠뜨린 후 독성이 희석되는 시간인 10분을 기다린다. 마취가 풀린 뒤 피해 상황을 감지한 라이머콩은 두 가지 방어 태세를 취한다. 자체 방어를 위해 탄닌의 농도를 높일 뿐 아니라 주변 콩들에게 위기 경보를 전달

한다. 콩잎은 자체 생성한 에틸렌 성분을 배출하는데 그
것의 전파 범위가 대략 6미터이다. 그 반경 내의 라이머
콩 잎은 독성 성분을 생성하기 시작하고 그것을 감지한
딱정벌레는 공습경보가 미치지 않은 먼 데에서 맛집을
찾는다. 한편, 라이머콩의 꽃은 꿀을 만들어 절지동물을
유혹하는데 딱정벌레의 천적인 절지동물은 꿀을 찾아왔
다가 잎에 꼬인 딱정벌레도 후식으로 잡아먹는다.*

　　남아프리카에서 벌어진 영양의 집단 자살 사건도 앞
의 사례와 유사하다. 1981년 떼죽음을 당한 영양들이 잎
이 무성한 아까시나무 아래에서 발견되었다. 사인을 밝
히려고 부검을 실시했더니 영양의 위 속은 텅 비어 있었
다. 주식인 아까시나무 잎을 놔두고 자발적으로 굶어 죽
은 것이다. 그 집단 자살의 이유도 동물학자가 아니라 식
물학자에 의해 밝혀졌다. 남아프리카 당국은 자연상태에
서 여기저기 떠돌며 사는 영양 무리를 동물보호구역에
모아놓고 울타리를 쳤다. 그곳은 아까시나무가 무성한
숲이어서 굳이 떠돌아다니지 않아도 충분히 먹고살 수
있겠다는 계산에 근거한 조치였다. 그런데 자연상태에
서는 적당히 뜯어 먹고 멀찌감치 떨어진 곳으로 이동하

---

* 이 사례는 『은밀하고 위대한 식물의 감각법』(대니얼 샤모비츠 지음,
　권예리 옮김, 다른, 2019, 61-71쪽)에 보다 자세히 소개돼 있다.

던 영양 떼를 한곳에 가둬놓으니 아까시나무의 방어기제가 작동하여 잎의 독성 농도가 높아졌다. 영양들은 독성 먹이를 먹고 고통받은 후 죽거나 혹은 그냥 굶어 죽거나, 둘 중 하나를 선택할 수밖에 없었다. 영양들은 후자를 택했다. 딱정벌레를 6미터 반경 안에 가둔다면 비슷한 일이 벌어질지도 모른다.

꽃을 든 암살자

위의 이야기들은 2018년 디디에 반 코뷜라르트가 발표한 『식물들의 숨겨진 감정Les émotions cachées de la plante』에서 발췌, 요약한 것이다. 소설가가 식물을 다룬 에세이를 쓴 것이 이채롭지만 이 책은 2012년에 발표한 소설 『이중 신분Double identité』의 해설서에 가깝다. 혹은 그간 발표했던 일련의 작품에 필요한 자료 조사를 하다가 식물의 세계에 깊이 빠져들어 소설이 아니라 아예 자료집으로 정리한 것이라 할 수 있다. 작가가 발표한 여러 작품의 공통된 주제는 모든 생명은 서로 소통하고, 공생하고, 경쟁하며 일종의 생명 공동체를 이룬다는 생각으로 모아진다. 생명의 기본 단위인 유전자는 처음에는 커다란 그릇에 뒤섞인 스프였는데 제각기 식물과 동물로 갈라져 생명을 번식하는 방향으로 진화했으며, 어느 한쪽의 힘이 비대해져 균형이 깨지는 것은 생명의 종말로 이어질 수 있다는 생태학적 입장을 작가는 줄곧 견지해왔다. 이런 관점에서 보면 맹도견과 맹인 여자를 주인공으로 내세운 그의 전작 『쥘Jules』은 인간과 동물 간의 소통과 연대를 사랑 이야기로 포장한 소설이다. 개와 인간은 비교적 친숙한 관계이다 보니 감정이입과 소통이 우리의 경험세계에 비춰 보다 쉽게 가능해진다. 개가 귀가하는 식구의 기척을 누구보다도 먼저 감지하고 현관으로 뛰어가는 것은 개와 함께 살아본 사람이라면 자주 목격하게 되는 일이다. 그런데 주인이 수십 킬로미터 떨어진 사무실에서 일하다가 퇴근을 하려고 컴퓨터를 끄고 서류를 정리하는 그 시각, 집에서 홀로 졸고 있던 개가 벌떡 일어난다면? 사무실과 집에 설치한 카메라로 관찰한 결과, 이런 일이 실제로 벌어졌다. 그러다가 초과근무를 하라는 직장 상관의 명령에 따라 주인이 다시 사무실 의자에 주저앉을 때 집 안의 개도 실망하며 다시 머리를 파묻고 잠을 청한다. 이런 현상은 논리적으로 설명하기 어렵다. 여러 학술지 및 논문에 근거한 작가의 주장이 담긴 『식물들의 숨겨진 감정』은 상식적으로 쉽게 수긍하기 어렵고 환상동화처럼 읽히기 십상이다. 아까시나무는 자신의 생명에 위협이 되지 않는 정도에서 동물의 식량이 되어주지만 갑자기 과도한 약탈이 벌어지면 방어기제가 작동한다. 신비로운 점은 피해 식물이 가해 동물에게 맞춤형 공격을 가한다는 것이다. 예컨대 가해 동물의 식욕을 저하시키거나, 심지어 불임을 유발시키는 단백질 성분을 합성하여 열매나 잎에 축적하는 식이다.

소설가는 지구상의 생명 공동체에서 작동하는 신비로운 원리를 수집하고 연구하다가 위험한 징후를 발견했다. 이 생명을 위협하는 것이 유전자조작과 농약이란 사실이다. 인간의 탐욕은 다른 생명체에 대한 과도한 약탈을 일으키고 자칫 생명의 종말로까지 이어진다는 사실을 작가는 소설가답게 재미있는 소설로 꾸며냈다. 『이중 신분』은 박진감 넘치는 추리소설, 혹은 범죄소설의 형식을 빌려 대중에게 바짝 다가갔다.

주인공은 미국 CIA에서 고용한 암살 전문가인데 그의 수법이 다소 특이하다. 암살 대상자를 찾아가는 것이 아니라 대상자 스스로 그를 찾아오게 만드는 것이다. 그러기 위해선 신분을 위장해야 하는데, 그 방식은 더욱 특이하다. 그는 구소련 비밀경찰 출신 정신과 의사의 힘을 빌려 최면상태에서 위장할 대상자의 지식을 습득해 완전히 새로운 사람으로 변신하는 것이다. 이번에는 미국 출신의 식물학자 마틴 해리스로 변신하기 위해 최면상태에서 그의 말과 행동, 지식, 심지어 가치관까지 무의식에 저장하고 프랑스 파리로 잠입한다. 그런데 예기치 못한 교통 사고로 원래의 신분인 암살자의 기억을 상실하고 스스로를 식물학자라고 착각하게 된다. 작전이 어긋난 것을 파악한 CIA는 주인공을 장애물로 간주하여 제거하려 들지만 주인공은 천신만고 끝에 기억을 되찾고 CIA의 추적을 피해 먼 섬나라로 도망가 편안한 여생을 보내려 한다. 여기까지가 『언노운』의 줄거리이다. 이 소설은 할리우드 제작자의 눈에 띄어 영화 「언노운Unknown」으로 제작되었고, 우리말을 포함하여 20여 개 언어로 번역·출간되었다. 『언노운』은 기억상실로 인해 원래의 정체성과 위장 신분 사이에서 혼란에 빠진 주인공이 여러 사건에 말려드는 과정을 박진감 있게 그리며 독자를 이야기에 몰입하게 만드는 힘을 발휘했지만 그 후속편 『이중 신분』에서 정체성을 찾아 헤매는 플롯은 이미 효력을 상실한 터였다. 『언노운』은 주인공이 기억을 되찾아 청부 살인을 그만두고 태평양 어느 섬에서 호텔 지배인으로 살아가는 것으로 시작된다. 그런데 최면상태에서 그의 무의식에 주입되었던 식물학자 마틴 해리스의 기억이 꿈에 자꾸 나타나기 시작한다.

나는 화들짝 잠에서 깨어났다. 식물 이름 하나가 기억에 남는다. 키마니. 꽃시계덩굴과 난초의 중간쯤 되는 꽃과 끄트머리에 나선형 덩굴손이 달린 불그죽죽한 초목과 식물. 한 번도 본 적 없고, 이름조차 들은 적 없는 식물. 최면의 잔재일까, 나도 모르게 입력된 자료의 이미지일까. (……) 밤마다 변함없이 반복되는 그 꿈이 나를 괴롭힌다. (……) 나는 키마니에 대한 조사에 착수했다. 그리고 언론 자료를 축적한 주제별 포털사이트를 뒤져서 3년 전 부고 기사에 끼어 있는 키마니라는 단어를 발견했다.

그가 '키마니'라는 단어를 확인한 자료는 식물학자 마틴 해리스의 사망 기사였다. 예일대학 식물학연구소 학자였던 마틴 해리스의 급서와 더불어 그의 미망인이 남편의 유지를 잇기 위해 키마니 연구를 위한 자금 지원을 요청했다는 신문 기사를 발견한 것이다. 게다가 주인공은 그를 추적하는 CIA의 공격으로 삶의 터전이 모두 가루가 되어버렸다. 결국 그는 섬 생활을 접고 마틴 해리스의 미망인을 만나러 미국으로 날아간다. 미망인 리즈 해리스의 집 근처에 도착하자 그는 마치 고향에 돌아온 듯 평화로운 느낌, 기시감에 빠져든다. 그의 무의식을 차지하고 있던 마틴 해리스가 되살아난 것이다. 그러나 그는 미망인 리즈에게서 수상한 낌새를 느끼고 집 안에 부부 사진이 없다는 것과 벽의 못 자리, 액자가 걸려 있던 흔적으로 자신을 맞이한 미망인 리즈가 가짜임을 파악한다.

그는 가짜를 제압한 후 침실에서 마취상태의 진짜 미망인 리즈를 발견한다. 그리고 잠든 그녀에게 막연히 성적 매력을 느낀다. 소설은 할리우드 영화로 제작된 전작처럼 매 장면마다 폭력과 에로틱한 요소가 지루할 틈 없이 등장한다. 마취에서 깨어난 리즈는 주인공에게 호감을 표시하고 주인공도 그녀에게 알 수 없는 매력을 느낀다. 여자는 낯선 남자에게서 죽은 남편 마틴 해리스의 행동과 사고방식을 보자 마치 부활한 남편을 재회한 것만 같다. 이제 할리우드 영화의 공식에 따라 가공할 만한 적으로부터 생명의 위협을 느끼는 남녀는 사랑에 빠지며 운명 공동체를 이룬다. 키마니 꽃을 든 청부 암살자는 아마존 정글을 파괴하려는 다국적기업에 맞서는 정의의 사도로 변신한다.

개의 불성

죽기 전 마틴 해리스는 화장품 회사와 연계하여 아마존 정글에서 새로운 물질을 추출하는 연구를 진행했었다. 그러던 중 아내 리즈가 뇌종양에 걸려 시한부 판정을 받자 그녀를 데리고 아마존 정글로 들어가 평소 그의 연구를 돕던 원주민 주술사 후아니토에게 도움을 청한다.

숲의 정령과 소통할 줄 아는 후아니토는 리즈의 머리에 손을 얹은 후 병을 치료할 수 있는 식물 키마니를 구해 온다. 키마니를 달여 먹은 리즈는 긴 혼수상태에 빠졌다가 깨어나 두통이 사라졌음을 깨닫고, 미국으로 귀국해 완치 판정을 받는다. 아마존의 키마니에 세포재생과 치유 능력이 있다는 것이 밝혀지자 화장품 회사는 그것에 대한 특허권을 얻어 피부재생용 화장품을 제조하려는 계획을 세운다. 수천 년 동안 원주민과 식물 사이에 맺어진 공생 관계를 다국적기업이 독점하려는 음모에 맞서 식물학자 마틴과 부인 리즈는 저항하고 그 와중에 마틴은 의문의 죽음을 당한다. 마틴의 오랜 친구임을 자처하며 나타나 자신을 구해준 주인공에게 리즈가 감사를 표하자 주인공은 아마도 저승의 마틴이 자기의 꿈에 찾아온 이유는 리즈를 구해주길 바라서였을 것이라 대답하고 리즈는 수수께끼 같은 말을 한다. "마틴이 아니라 키마니가 당신을 내게 보낸 것이에요." 그녀는 죽은 남편이 남긴 수많은 노트를 읽으며 확신하게 된 사실이 있다고 털어놓는다.

인간을 포함한 모든 동식물은 의외로 많은 염색체를 서로 공유하고 공진화하면서 생명 공동체를 이뤄왔다. 예컨대 키마니에 함유된 단백질 성분은 상처 난 세포, 병든 세포를 재생시키는 힘을 발휘한다. 게다가 키마니 잎에서 동물의 식욕을 저하시키는 강력한 효소도 발견되었다. 그것은 앞서 언급했듯 과도한 공격을 받은 식물이 자체 생성하는 성분으로서 주로 공격 개체의 성호르몬을 파괴시켜 개체수를 줄이거나, 식욕을 저하시켜 자신을 보호하려는 식물의 방어기제이다. 화장품 회사는 제약 회사와 공동 연구를 추진하여 키마니로 주름살 방지화장품과 다이어트 특효약을 개발하려는 계획을 세운 터였다. 소설의 후반부에서 주인공과 리즈가 키마니의 자생지인 아마존 정글로 들어가 그들을 위협하는 다국적기업, 그리고 기업과 결탁한 CIA 관료들을 무찌르는 화려한 활극이 전개된다. 주인공과 리즈는 부패한 CIA 관료와 탐욕스러운 다국적기업을 무력화하고 마침내 해피엔딩을 맞이한다.

마지막 장에서는 리즈가 일인칭 화자로 등장하여 독자의 허를 찌르는 작은 즐거움을 선사한다. 사실 마틴 해리스의 미망인이 아니라 리즈는 정부요원으로 진짜 미망인을 보호하려 잠입했다가 불의의 공격을 당한 상황에서 주인공을 만나게 되었고 차마 신분을 밝히지 못한 채 주인공을 도와 키마니를 원주민뿐 아니라 인류에게 돌려주는 임무를 수행했다고 고백했다. 다만 진짜 미망인 리즈는 아직 뇌종양에서 회복되지 못하여 병원에서 두 사람의 활약상을 전해 듣고 있다는 점도 덧붙였다. 결국 두 주인공은 소설의 제목처럼 제각기 자기 아닌 사람의 가면을 쓰고 모험에 임했던 셈이다. 청부 암살자가 녹색운동가로 변신해 권력기관과 다국적기업을 상대로 맹활약하여 결국 원주민의 삶을 보존하고 나아가 생태계를 살려낸다는 이야기는 과학적 근거와 실화를 바탕으로 쓴 것이다. 소설에서 농약과 유전자조작을 통해 맹목적 이익을 추구하는 다국적기업의 실제 모델은 세계 최대의 농약 및 종자 회사인 미국 몬산토이며 2018년 6월 독일 굴지의 제약업체 바이엘이 몬산토를 인수·합병하였다. 아마존 정글에서 채취한 식물의 유전자를 조작해 새로운 종자를 만들거나 거기에서 추출한 성분으로 약을 만드는 일은 이 시대에 '생명공학'이란 이름으로 각광받는다. 몬산토와 관련된 풍문은 여기에서 언급하고 인용하기에는 너무 길다. 몬산토, 라운드업, 글리포세이트, 유전자 편집, GMO 식량 등을 키단어로 삼아 조금의 수고를 감수한다면 최근 우리와도 무관치 않은 수많은 정보를 인터넷에서 접할 수 있다. 종말론적 세계관으로 독자를 우울하게 만드는 미셸 우엘벡의 최신작 『세로토닌』에서도 몬산토가 농민 시위대의 주적일 뿐 아니라 인류의 미래를 위협하는 괴물로 묘사되었다. 우엘벡 소설 속 주인공의 이야기에 귀 기울이면 생명의 종말은 핵공학이 아니라 생명공학에서 비롯될 것이란 불길한 예감이 든다. 대체로 소설가의 예감과 직감은 공상으로 끝나지 않고 실현되지 않는가. 기억상실에 빠진 암살자란 기발한 설정으로 영화화된 『언노운』에서 자신을 식물학자로 착각한 암살자가 싸운 상대는 옥수수의 유전자를 조작한 거대 농산물 회사였으니 이미 전편에서 소설가는 몬산토를 겨냥한 것이나 다름없다. 농약과 종자 개량 덕분에 인류는 기아에서 벗어났지만 일부 생물학자의 경고는 섬뜩하다. 다만 지구상 5퍼센트의 농부가 나머지 인류를 먹여 살리기 위해서는 결국 농약과 종자 개량, 그리고 농업의 산업화 외에 다른 방법이 없다는 학자들의 체념 어린 고백도 무시할 수 없다.

영화 「언노운」의 관객은 주연배우 리엄 니슨이 정체성을 되찾는 과정과 화려한 액션에만 정신이 팔린 나머지 원작 소설의 알맹이라 할 유전자조작 옥수수 이면에 도사린 인간의 음모와 탐욕은 보지 못했다. 할리우드 영화 제작자의 주문으로 발표한 『이중 신분』은 시나리오로 각색되어 영화 제작이 진행 중이었으나 무슨 이유에선지 갑자기 중단되고 말았다. 다국적기업, 권력기관, 심지어 미국 식품의약국 FDA까지 이 소설의 영화화를 방해하는 세력이라고 작가는 추정하고 있다. 그가 소설이 아니라 에세이 『식물들의 숨겨진 감정』에서 저간의 사정을 폭로한 것도 이와 무관하지 않다. 소설에서 거론된 식물의 감정, 식물과 인간 사이의 교감, 생명체들의 공진화와 식물의 방어기제 등은 『식물들의 숨겨진 감정』에 자세히 논구되었던 문제들이다. "나는 시간을 낭비했다. 인생에서 유일하게 중요한 일은 정원 가꾸기이다"라는 S. 프로이트의 말을 인용하면서 시작되는 이 책에는 다윈부터 시작하여 수많은 식물학자의 저서, 권위 있는 과학 학술지까지 동원되었다. 심지어 상식의 눈으로 보기에 환상동화나 원시인의 애니미즘에 가까운 황당한 논문도 인용되어 일반 독자에게는 다소 낯설 수밖에 없다. 식물의 감정을 이해하기 어렵다면 그나마 우리에게 익숙한 생명으로 동물을 생각해볼 수 있을 것이다. 그중에서도 개는 인간과 일상생활을 공유하도록 진화된 동물이다. 나는 『소설, 때때로 맑음 2』의 「노숙자와 유기견」이란 글에서 코빌라르트의 『쥘』(2015), 『빛의 집』(2009), 『발현L'Apparition』(2001)을 소개한 적이 있다. 그중에서도 『쥘』은 맹인을 안내하는 맹도견 쥘이 그의 여주인 알리스가 각막 이식 수술을 받으면서 졸지에 할 일을 잃고 우울증에 빠지는 이야기이다. 개가 중매 노릇을 한 덕분에 맹인은 눈을 떠서 화가가 되고 개를 돌보던 중년 실업자는 개안한 여인의 사랑을 얻었지만 쥘은 그야말로 개밥의 도토리가 되었다.

코빌라르트가 2017년에 발표한 『쥘의 귀환Le retour de

Jules』에서 맹도견 쥘은 간병견으로 변신한다. 맹인의 의지와 기분을 이해하고 인간의 눈이 되는 훈련을 받았던 쥘이 이번에는 간질 환자를 돌보게 된 것이다. 간질 환자는 예고 없이 찾아오는 발작으로 인해 자칫 큰 위험에 빠질 수 있다. 그런데 훈련받은 개는 발작을 예견해 주인에게 경고하고 그를 안전하게 지키려 애쓴다. 간질의 전조 단계는 정밀한 의학 기계를 뇌에 부착하지 않는다면 예견하기 어려운데 개는 어떻게 미리 알 수 있는 것일까. 식물이 인간의 감정을 공감한다는 것도 신비롭지만 개가 인간의 뇌파를 예측한다는 것 역시 환상소설에나 나올 법한 이야기이다. 작가는 여러 과학적 자료를 들어 인간과 동물 간의 공감대 형성이 가능하다는 것을 역설한다. 게다가 주인을 잃은 뒤 존재 이유를 상실하고 우울증에 빠진 쥘에게 여자친구 빅투아르가 생겼다. 빅투아르도 쥘처럼 인간을 위해 특수견으로 훈련된 처지였다. 폭발물 감지견이었던 빅투아르는 임무 수행 중 폭발 사고로 후각 기능을 상실했다.『쥘의 귀환』은 두 마리 개가 겪는 흥미진진한 모험담이다. 무고한 사람을 공격했다는 혐의로 두 마리 개가 안락사의 위기에 처하지만 나중에 그 사람이 자살 폭탄 테러범으로 밝혀지며 오해가 풀린 후 두 마리 개는 새끼들을 낳고 평화로운 노년을 보낸다는 행복한 결말로 소설은 끝난다. 그런데 작품 말미에 소설가의 변이 덤으로 실렸다. 개를 간질 환자의 간병견으로 훈련시킬 수 있다는 사실은 이미 여러 연구 논문을 통해 주장되었으며, 현재 여러 나라에서 간병 훈련견 연구소가 개설되었고 간병견 덕분에 환자의 삶이 개선되고 의약 의존도가 훨씬 줄었다는 내용이다. 작가는 여러 작품에서 줄곧 비슷한 주장을 반복한다. 그것은 생명의 본질을 공유하는 공동체 속에서 제각기 공감대를 넓혀야 한다는 것쯤으로 거칠게 요약될 수 있다. 동물뿐 아니라 식물까지 포함하여 지상의 모든 생명체는 거대한 인타라망 속에서 복잡한 인연으로 얽혀 있다. 그의 작품은 문학과 과학, 과학과 환상을 넘나드는 작가의 상상력과 입심에 홀려 단숨에 읽힌다. 그런데 평범한 독자 입장에서는 그가 과학의 영역이라고 강변하는 일부 대목, 예컨대 개뿐 아니라 나무, 풀, 꽃에도 영혼이 깃들어 인간의 꿈을 방문한다는 대목에서 멈칫하기 마련이다. 그에 따르면 개뿐 아니라 나무에도 불성이 깃들어 있다고 한다.

오리와 파리 그리고 붉은 머리

우리를 둘러싼 세상만사, 우리의 오감에 감지되는 그대로의 현상, 더 자세히 말해서, 세상의 여러 구성 요소가 제각기 분류·정의되지 않은 세계를 서양 말로 현실, 혹은 실재 le réel라고 한다. 그리고 그 현실을 인간중심적 관점에서 범주화하고 이름을 붙여 재구성한 것을 현실성 la réalité이란 용어로 지칭한다. 미분화된 현실세계는 각자의 이름조차 없고 그저 저기 있기만 해서 우리의 의식에 관조의 대상으로 머물 뿐이다. 그러나 다양하고 변화무쌍한 현실을 앞에 두고 멀찌감치서 지켜보기만 하는 우리의 의식이 마냥 평온할 리 없다. 때문에 현실의 속성을 파악하고 분류하여 정의하면 뒤죽박죽인 현실에 위계질서가 부여되면서 어느 것은 나비가 되고 다른 것은 꽃이 된다. 그렇게 낮과 밤, 인간과 짐승, 의식과 무의식, 삶과 죽음이 나눠진다. 무엇보다도 재구성된 세계의 모든 것은 서로 인연으로 얽히고 인과관계로 설명되어 나름의 일관성을 유지한다. 조물주조차도 세상을 만드는 데에서 멈추지 않고 이름을 붙이고 현실을 재구성한 다음에야 비로소 보기에도 아름답다고 흡족해했다. 그런데 우리 현실에는 딱히 언어로 정의될 수 없는 경계의 영역, 흐릿한 부분이 여전히 남아 있을 뿐 아니라 심지어 우리를 둘러싼 실재는 원래 그런 것이 아닐까 하는 의심이 들기도 한다. 아직 명명되지 않은 모호한 대상이 우리에게 불러일으키는 감정 또한 규정하기가 쉽지 않다. 낮에서 밤으로 넘어가는 늑대와 개의 시간, 혹은 해 질 무렵 얼핏 보인다는 '녹색 광선'이 우리 마음에 일으키는 파문은 어떤 심리학적 용어로 정리해야 할까. 슬픔? 우울? 소외? 산책 중 숲속 깊숙이 들어온 후에야 문득 들과 숲의 경계는 어디쯤일까 궁금해지거나, 과수원이 있다는 동구 밖은 정확히 어디부터 바깥이었을까 알고 싶어진다.

지도와 시계로 규정되는 시공간은 모두 인간이 설정한 제도의 산물이다. 2019년 카롤린 라마르슈가 발표한 소설집 『우리는 경계선에 있다Nous sommes à la lisière』는 주로 우리 세계의 회색 지대를 더듬거리는 작품이다. 아홉 편의 단편소설이 실려 있는 이 소설집을 한마디로 규정할 수 없지만 제목이 가리키는 공통된 지점이 바로 경계, 언저리, 변두리 등이다. 올해 〈공쿠르상〉 단편소설 부문 대상을 받은 이 소설집을 읽는 독법은 표지에 제시돼 있다. "이 아홉 편의 단편소설은 길을 잃은 인간과 반쯤 야

생적인 동물이 마주치는 두 세계의 경계선에 우리를 위
치시킨다. 제각기 상대방과 만나려 하지만 인간과 동물
중에서 어느 쪽이 보호받기를 추구하는지 알 수 없다."

남자 어미

『우리는 경계선에 있다』에 실린 단편 중에서 위의 평가
에 가장 근접한 작품은 「프루프루」이다. "내가 그를 알고
지낸 기간은 6개월 남짓했지만, 다음 이야기는 나의 가
장 아름다운 러브 스토리이다"로 시작되는 이 소설의 화
자 루이는 독신 남성이다. 동물보호소에서 자원봉사자로
일하는 그는 야생동물, 그중에서도 새를 돌보는 일에 몰
두한다. 병들거나 상처 입어 무리에서 소외된 새, 철이 바
뀌어도 떠나지 못한 철새들을 구조하여 자연으로 돌려보
내는 것이 그의 일이다. 새소리가 들리지 않는 아침, 새가
날아다니지 않는 하늘을 그는 상상할 수 없다. 하지만 조
류 전문가에 따르면 앞으로 30년 후엔 세상에 존재하는
새의 절반이 사라진다고 한다. 새들마저 떠나는 세상에
서는 인간 역시 견디기 힘들 것이다. 숲이 점차 사라지고
제초제 탓에 풀이 말라버리면 벌레들도 함께 사라져 새
들이 끼니를 거르게 된다. 숲에서 쫓겨나 도시까지 밀려

온 새들은 짧게 깎인 잔디밭에서 몸을 숨기지 못해 쉽게 위험에 노출되고 날개가 꺾이거나 다리가 부러진다.

가까스로 구조되어 동물보호소에 인계된 새들은 제각기 다른 행태를 보인다. 어떤 새들은 바람을 가르며 솟구치던 푸른 하늘을 그리워하다가 먹이를 거부하고 자살하거나, 구속된 상태를 견디지 못해 연신 새장 속에서 푸드덕거리다가 상처를 입고 죽는다. 화자와 인연을 맺은 오리가 그 경우에 속한다. 다른 새들과 더불어 구조된 오리 한 마리가 유달리 새장의 구속을 견디지 못해 버둥거리다가 피를 흘리고 말았다. "우연히 지나가다가 어떤 대가를 치르더라도 자유롭고 싶어 하는 그를 보자 나 역시 그렇게 갇혀 살았던 터라 그의 욕구에 공감하게 되었다." 루이는 핏자국으로 얼룩진 새장에서 오리를 꺼내 품에 안았다. "오리는 머리를 내 목 쪽으로 들이밀더니 대뜸 귀에 미친 듯 키스를 퍼부었다." 그 모습을 보고 있던 동료 마리옹은 "루이, 그놈이 너를 어미로 생각하나 보다"라며 집으로 데려가라고 권한다. 그렇게 그는 "남자 어미"가 되어 오리에게 '프루프루'라는 이름을 붙여주고 집에 데려가 상처를 치료해준다.

보호소에 갇힌 새들의 행태가 제각각이듯 봉사활동을 위해 모여든 인간들의 사연과 마음씨도 천차만별이다. 조류 전문가인 수의사 피에르가 보호소의 우두머리로 모든 일을 도맡아 하고 그 밑으로 여러 봉사활동가들이 있는데, 그 작은 집단은 인간 사회가 그대로 재현된 축소판이나 다름없었다. 생명에 대한 이타적 사랑, 헌신적 충동으로 자원한 사람들은 얼핏 머리보다는 가슴이 앞선 자들인 듯싶지만 그 선의가 실천되는 방식은 다양했다. 화자와 짝을 이룬 자원봉사자 마리옹은 이들을 둘로 나눠 설명한다. 동물보호소의 원칙과 규정을 철저히 따르며 매 순간 합리적 기준을 내세우는 이성적, 혹은 관료적 유형과 주인공처럼 동물 사랑, 혹은 생명 존중에 대한 열정이 앞서는 감정적 유형이 있다는 것이다. 구소련에서 노동력을 착취하기 위한 본보기로 꼽혔던 스타하노프와 닮았다고 해서 스타하노프주의자라 불리는 아네트는 전자에 속한다. 매일 새들의 몸무게를 재고 건강상태를 파악하여 꼼꼼하게 일지를 작성하는 일, 밤새 싸늘하게 죽은 새들의 발목에 '사망'이라는 발찌를 채워 냉동고로 분류하는 일은 아네트의 몫이었다. 제한된 새장과 모이로 보호소를 운영해야 하기에 회생의 가망성이 없고 새장을 차지한 채 모이만 축내는 새들은 간단히 목을 비틀어 죽이는 그녀는 원칙과 합리를 앞세워 보호소가 원활하게 돌아가도록 만드는 핵심 직원이라는 자부심에 젖어 있었다. 그녀와 달리 새들 하나하나에게 연민과 애착을 느끼는 마리옹과 주인공은 결국 아네트의 눈 밖에 나고 만다.

자원봉사자는 특정 생명체에 애착해서는 안 된다는 규칙을 어기고 오리 프루프루를 집으로 데려가 보살피는 화자의 행동은 감성에 치우친 것이기 때문이다. 이런 집단에서 원칙주의자를 자처하는 한쪽은 다른 쪽을 지나친 방임주의자, 혹은 포용주의자로 비난하게 마련이다. 그래서 보호소의 소장 격인 피에르가 이 양극단의 중심에 자리 잡고 균형추 역할을 한다.

한쪽 날개를 다친 오리는 화자에게 입양돼 그의 정원을 뒤뚱뒤뚱 돌아다니며 자유로운 삶을 구가한다. 자기를 구해준 루이를 어미로 여기고 졸졸 따라다니며 애정 공세를 퍼붓는 프루프루의 행동은 아마 '로렌츠의 각인효과'의 변형일지도 모른다.(진화심리학의 창시자 중 한 명인 콘라트 로렌츠는 알에서 깨어난 오리들이 가장 처음 접한 대상을 어미로 생각하는 현상인 각인효과를 발견했다.) 사람은커녕 어느 생명체에게도 남다른 애정을 받아본 적 없었던 루이는 자신을 따르는 오리를 각별히 보살핀다. 새를 치료한 후에는 반드시 자연으로 돌려보낸다는 보호소의 원칙도 잊은 채 오리의 평균수명이 자신의 여생과 비슷할 것이란 계산까지 하게 된 화자는 아마도 오리와 백년해로를 꿈꾸었는지도 모른다. 그런데 한 가지 문제가 생긴다.

1년에 두 번, 일주일 동안 원거리의 요양원에 기거하는 아버지를 만나러 가려면 집을 오래 비워야 했기 때문이다. 그는 우연히 알게 된 만주라는 여성을 떠올린다. 인도 출신의 고아로 프랑스에 입양되었다가 양부모가 이혼하는 바람에 떠돌이 신세가 되어 거식증에 걸리고, 자살 기도까지 했던 사람이다. 일종의 빈민구호소에 머무는 그녀에게 잠시 오리를 맡기기로 한다. 만주는 오리에게 동병상련의 연대감을 느끼며 따뜻한 손길로 보살피고, 그동안 화자는 500킬로미터를 달려가 아버지를 만난다.

사실 나는 아버지가 없어도 잘 지낼 수 있는데 자식으로서의 도리, 뭐 그런 것이 있다. 그래서 1년에 두 번, 일주일 동안 아버지를 보러 간다. 내가 없으면 살아갈 수 없는 오리가 있다고 아버지에게 이야기했다면 그는 코웃음을 칠 것이다. 아버지는 상처 입은 짐승이나 수령이 오래된 나무 같은 것은 없애버려야 하고, 사람도 늙거나 우울증을 앓는 경우엔 마찬가지로 제거해야 한다고 생각하는 사람이었다. 예컨대 자살 기도자들은 어차피 죽을 테니 굳이 말리지 말아야 하고, 심지어 장애자들에게 국민의 세금을 쏟아붓는 것도 허튼짓이라고 여겼다. 그런데 그런 논리를 왜 자신에게는 적용시키지 않는지 모를 노릇이다.

요약건대 화자는 동물보호소에는 자원봉사자로 매일

출근하여 애정을 베풀지만 아버지가 머무는 노인요양원에는 일종의 의무감 때문에 최소한의 방문만 하고 있는 셈이다. 또한 휠체어에 실려 일거수일투족을 간호사에게 의지해 연명하는 아버지는 인간에게조차 아네트의 합리적 계산주의를 적용해야 한다고 믿는다. 요양원을 방문하고 집으로 돌아온 그에게 만주는 기쁜 소식을 전한다. 프루프루가 드디어 날갯짓을 하며 날기 시작했다는 것이다. 그리고 이미 성체가 된 프루프루가 수컷과 나란히 호수를 떠다니는 모습도 보여준다. 결국 오리는 그의 곁을 떠나고 "다시는 프루프루를 보지 못했다"로 이야기는 마무리된다. 그러나 소설의 첫 문장을 되짚어보면 화자는 반년이 지난 후에도 오리를 잊지 못하고 무리 지어 떠다니는 호수 위 오리 떼를 보면서 그중 어디에 프루프루가 있을 것이란 상상으로 위안을 얻는다. 반쯤은 가축화된 야생 오리가 그를 찾아올 것이란 희망을 여전히 저버리지 않고 살아가는 것이다. 대략 20페이지씩으로 이뤄진 아홉 편의 단편 중 맨 앞에 실린 「프루프루」는 다른 작품의 두 배 정도의 분량에, 내용도 입체적이라 소설집 전체의 분위기와 주제를 잘 드러낸다. 수록작들의 공통점이 있다면, 모두 동물이 등장한다는 것이다. 예컨대 가족을 잃고 실의에 빠져 공동묘지를 찾은 여자가 여기저기 활기차게 뛰어다니는 다람쥐를 보며 가족의 의미를 되새긴다든지(「러디」), 도로 위를 느릿느릿 기어가는 고슴도 치를 발견한 주인공이 차를 세운 뒤 안전한 곳으로 데려 가 풀어주고 돌아와서 계속 그것의 운명을 상상한다거나 (「율리시스」), 노숙자들과 함께 지냈던 떠돌이 고양이에 게서 삶의 조건을 되새겨보는(「티슈」) 등 카롤린 라마르 슈는 동물과 인간의 관계, 혹은 동물에게 투사된 인간 심 리를 통해 삶의 조건과 비극성을 사유하는 독특한 소설 세계를 구축했다.

그녀가 주로 다뤘던 주제를 거칠게 말하면 '버림받은 자의 상실감, 혹은 버린 자의 죄책감'이다. 이런 유형의 작품 중 단연 돋보이고 가장 완성도가 높은 작품이 오래 전 국내에서도 번역, 소개된 바 있는 『개의 날』이다. 그녀 의 모든 작품에서 버림받은 자들은 깊은 상실감에 빠져 일종의 애도 작업에 돌입한다. 처음에는 분노와 원한에 몸서리치다가 서서히 자기합리화 과정을 거쳐 체념과 용 서, 그리고 삶과의 화해에 도달하는 일련의 애도 작업에 서 등장인물은 그중 한두 단계에 고착되기도 하고 고통 을 극복하며 화해에 이르기도 한다. 버림받은 이들이 느 끼는 공통 심리가 자존감의 상실이다. 세상에서 아무 쓸 모 없는 존재로 몰락했다는 자괴감을 극복하려고 말 못 하는 짐승을 거둬들여 집착하는가 하면, 보다 숭고한 명 분을 내세우는 봉사활동에 몰두하기도 하고, 아예 자발적 자기상실을 가속화하여 자기파괴를 시도하기도 한다. 『개의 날』이 〈빅토르 로셸상〉을 수상하며 각광받았던 반면 비교적 소품으로 취급된 또 다른 소설집 『나는 백 살이다J'ai cent ans』와 장편소설 『밤 오후La nuit l'après midi』는 이런 관점에서 이채롭고 흥미로운 작품이다.

파리 한 마리

1996년에 발표된 『나는 백 살이다』에는 열다섯 편의 단편이 수록되었는데, '4원소'라는 공통 주제로 묶인 네 편(「불」 「대지」 「물」 「공기」)과 제각기 다른 주제를 지닌 열한 편이 실려 있다. 그중 「파리 한 마리」는 그녀가 2년 후 발표한 장편소설 『밤 오후』를 예고하는 듯한 느낌을 준다. 주인공이 잠깐 꾸었던 백일몽이 장편소설에서 실현되면서 스토리가 확장, 변주되는 양상을 보여주는 것이다. 그리고 이 장편소설은 앞서 언급한 작품과는 매우 다른 작품세계를 드러낸다. 우선 「파리 한 마리」부터 살펴보자. 소설은 "어느 날 보리스가 나의 삶에서 사라져버린다면 나는 머리카락에 파리 한 마리가 붙은 꼴처럼 추해질 것이다"라는 묘한 문장으로 시작된다.

이 발언의 화자 타니아는 "보리스와 더불어 휴가와 여

가생활을 포함해서 지속적 관계를 이어왔다". 두 사람의
관계를 언급하며 작가가 법적인 부부를 뜻하는 남편, 혹
은 부인이라는 표현을 교묘하게 피했음에 주목해야 한
다. "그들은 힘겹게 성취한 하나의 가정, 15년간의 공동
생활을 구축했다"라는 다른 대목에서 사용된 '가정foyer'
이란 단어도 딱히 법적 혼인 관계라기보다 프랑스에서
꽤나 보편적이고 자유로운 결합, 일종의 동거생활을 안
정적으로 지속했다는 의미로 이해될 수 있다. 작품의 나
머지 내용과 맥락이 이를 뒷받침한다. 소설은 보리스와
타니아가 미술관을 방문하는 장면에서 시작해 타니아가
몇 주 전에 겪었던 사건을 회상하는 데로 이어진다. 미술
관에서 타니아는 귀부인의 초상화를 보고 깊은 생각에
잠긴다. 초상화를 그린 화가는 "르누아르나 수틴처럼 널
리 알려진 작가"가 아니라 바르톨로마에스 1세 부뤤느라
는 사람이고 초상화의 주인공은 마가렛 밤 홀츠라는 여
인이다. 옷차림과 장신구와 헤어스타일, 그리고 자세와
표정까지 귀부인답게 우아하고 신중했는데 화가는 그녀
의 머리카락 위에 들러붙은 파리 한 마리를 매우 사실적
으로 그려 넣었다. 화가는 그 파리가 관객에게 장난스럽
거나 보이거나 혐오감을 불러일으키지 않도록 세심한 주
의를 기울여 사실주의적 기법만을 사용했다. 소위 저지
대국가, 혹은 북유럽 화풍의 소산이었다. 타니아는 르누

아르가 그린 나부나 수틴이 사실적으로 표현한 쇠고기와 비교하며 파리 한 마리의 재현에 충실했던 옛 대가의 솜씨에 감탄했다. 그러다가 귀부인의 아름다움이 파리 한 마리에 의해 허물어진다는 깨달음을 얻는다. 가령 신비로운 미소를 짓는 모나리자의 콧잔등에 파리 한 마리를 더하는 바람에 그녀의 신비로움과 우아함이 단숨에 무너진 꼴이었다. 초상화를 오랫동안 바라보던 타니아는 미의 취약성, 나아가 우리가 소중히 여기는 자존과 체통의 취약성을 깨닫고 소설의 첫 문장처럼 '보리스의 부재는 자신의 아름다움을 한순간에 앗아 갈 것'이란 생각에 이르게 된다. 그리고 그런 생각은 얼마 전 그녀가 자칫 실행에 옮기려 했던 몽상을 되짚어보는 데로 이어진다.

몇 주 전, 그녀는 난생처음 고급 속옷을 구입했다. 함께 있던 보리스는 겉으로 보이지 않는 옷이 너무 비싸다고 불평을 늘어놓았다. 이 말에 타니아는 버럭 화를 내며 "당신이 볼 거 아니야!"라고 고함을 치고 만다. 며칠 후 그녀는 우연히 식탁 위에 놓인 주간지를 펼쳤다가 '만남 광고'에 눈길이 멈춘다. 남자가 여자를 만나길 원한다는 광고 속 남자의 평균 나이는 서른에서 예순 사이였으며 한결같이 "지속적 관계" "여가와 휴가를 함께하고 싶다"는 조항이 덧붙어 있었다. 광고를 보다가 타니아는 문득 보리스와 그런 시간을 함께 보낸 기억이 없다는 사실을 떠올렸다. 직장생활에 쫓기는 그는 그나마 틈이 나면 헬스클럽에서 시간을 보냈다. 타니아는 광고에 실린 여러 남자들의 제안을 읽으며 며칠을 보내다가 어느 날 저녁 유난히 눈에 띄는 광고 한 줄을 보았다. "작가, 자유롭지 않음, 50세, 사랑을 사랑하는 남자가 대학교에서 일하는 섹시한 여성 공범자를 구함." 타니아는 "사랑을 사랑한다"는 표현이 "잿빛 일상을 겨냥한 이상적 화살"처럼 가슴에 박히는 것 같았다. 그리고 자신이 대학교수이긴 하지만 과연 여전히 남의 눈에 '섹시'하게 보일지 궁금했다. 그녀는 오랫동안 자신이 처한 일상을 되돌아보고 망설이다가 마침내 광고에 답장을 쓰기로 결심한다.

"두 시간째 당신의 광고를 앞에 두고 생각에 잠겼습니다. 나는 봉사활동과 글쓰기 작업에 방해가 될 법한 미결 상태를 끝내기 위해 답장을 씁니다. 나도 자유롭지 않지만 사랑을 사랑하며, 대학에서 일하는 39세, 신장 175센티미터, 몸무게 63킬로그램, 아름답고 섹시하다는 말을 듣지요. (……) 모든 것에 개방되어 있으며 혹시 서로 간 호감이 없을지라도 내 평생 딱 한 번 만남 광고에 답장을 쓰고 싶은 욕망에 굴복했다는 사실은 남게 될 거예요." 타니아는 우체국에 들러 사서함을 개설한 후 편지를 발송했다.

신문과 잡지, 특히 생활정보지에 실린 만남 광고는 인

터넷이 등장하기 이전 프랑스 풍속의 한 부분을 장식했던 이채로운 요소이다. 열댓 단어로 제한된 만남 광고는 대개 광고 의뢰인의 신상, 만남의 목적이나 이상형을 전보 문구처럼 간략하게 표현한 것이 특징이다. 광고를 내는 쪽은 대체로 남성이었지만 여성도 드물지 않았고 통용되는 문구도 거의 정형화돼 있었다. 성별과 나이, 신체 조건을 적시한 후 "자유롭지 않음"이나 "공범자" "대화 상대를 원하며 합의에 이르면 그 이상도 가능"이란 식의 틀에 박힌 표현은 결국 성적 환상을 추구한다는 속셈을 드러내는 것이다. 거기에 덧붙인 약간의 시적 표현은 연애 시장에서 소비자를 유혹하는 얄팍한 미끼에 불과하다. 철학자 알랭 바디우가 『사랑 예찬』에서 개탄했듯 종이 매체가 담당했던 이 기능이 요즘에는 '미틱meetic'과 같은 상업적 전문 사이트로 대체되었다. 평소에는 그저 본인과 무관한 세계라고 무시했던 만남 광고에 눈길이 쏠린 타니아는 이런 방식의 만남에서 통용되는 암묵적 규칙에 따라 우체국 사서함을 개설하기에 이른다. 그녀는 "오로지 자기만을 위한 공간, 새의 둥지만 한 깨끗한 사각형 방"을 마련한 것에 흡족해했다. 그리고 거리를 지나는 익명의 남자들 중 자신의 편지를 읽게 될 미지의 50대 작가가 있을 것이란 상상으로 가슴이 부풀고 은근한 전율까지 느꼈다. 그러나 몽상은 오래가지 못했다. 보리스와 미술관에서 귀부인의 초상화를 보며 작은 파리 한 마리가 여자를 '우스꽝스럽게' 만든다는 사실을 파악한 것이다. 아무리 작은 일탈일지라도 그것을 실행했다가는 자신의 아름다움뿐 아니라 삶 자체를 허물어뜨릴 수 있다고 느낀 그녀는 미련 없이 환상을 접는다.

유년기와 꿈

단편소설「파리 한 마리」에서 만남 광고로 촉발된 몽상이 미처 실행에 이르지 못한 미수로 그쳤다면 장편소설『밤 오후』는 광고를 통해 만난 미지의 남자와 첫 번째 정사를 치른 직후부터 시작된다. 여행사에서 일하는 여주인공은 유부남 질과 지속적 관계를 이어가고 있었다. 그녀의 생업은 런던, 카이로, 베이징, 혹은 이름도 낯선 먼 곳으로 훌쩍 여행을 떠나는 사람을 돕기 위해 매일 종일토록 의자에 앉아 있는 것이었다. 일과 가정에 묶여 사는 애인 질은 짬이 날 때 불시에 그녀를 찾아와 사랑을 나눈다. 그녀는 질의 일상에 생긴 틈, 빡빡한 일정 속 뚫어진 구멍을 메꾸는 일에 염증을 느끼지만 그의 자상함과 친절이 덫처럼 그녀를 붙잡고 있다. 어느 날 키우던 고양이가 낳은 새끼들을 감당할 수 없게 되자 여자는 분양처를 궁리하다가 부동산 정보뿐 아니라 물물교환, 반려동물 분양을 제안하는 생활정보지를 떠올린다. 지역 주민에게 무료로 배포되는 신문을 읽다가 그녀의 눈길이 문제의 광고에 멈춘다.

"권위적 남자가 아주 공범자적 순간을 위해 유연한 성격의 젊은 여자를 구함." 에두른 표현을 곧게 펼치면 '가학 성향의 남자가 피학 성향의 젊은 여자를 찾음'이 된다. 그녀는 식탁에 앉아 곧바로 답장을 쓴 후 "바닐라향, 아니면 만개한 보리수꽃 향기가 대기에 떠도는 저녁 열 시쯤 가까운 우체통을 찾아 부쳤다". "사람들은 여행 목적지를 항상 기발한 먼 나라에서 찾았고, 나는 그들을 만족시키기 위해 애썼다. 그것이 나의 직업이니까. 나의 먼 나라, 그것은 만남의 제안에 답장을 보내는 것이었다." 편의상 "먼 나라"로 번역했지만 원어 '데페이즈망dépaysement'은 일차적으로 자기 나라, 고향과 같은 익숙한 환경에서 벗어나는 것을 뜻하고, 의미를 확장시키면 일상생활의 작은 변화쯤으로 해석될 수도 있다. 일상의 변화, 예컨대 여행은 낯섦이 자아내는 즐거움뿐만 아니라 사소한 불편, 심지어 고통과 위험도 수반한다. 그러나 여행은 귀향이 보장된 자발적 유배이므로, 예기치 못한 고통마저도 즐거운 추억으로 기꺼이 감수할 수 있다. 미지의 남자에게 답장을 보낸 것은 바로 그 위험과 고통을 감수하려는 여자의 각오를 뜻한다. 여자는 그 각오를 오랜 불륜의 상대인 질에게 고백한다. 두 사람의 대화는 담담하다.

나도 어쩔 수 없었어……. 이해하지? 아니, 라고 질이 대답했다. (……) 그럴 줄 알았어, 어느 날 네가 그런 더러운 짓을 할 줄 알았어. 나는 웃었다. 뒷전에서 아기를 낳아 네게 떠맡기지는 않을 거야. 침대와 나를 어지럽게 흩어진 혼돈 속에 버려두고 질은 벌떡 일어났다. 결혼하고 아버지까지 된 남자에게 우리 여자들은 아기를 떠맡길 수 없고 그저 그의 일상의 빈 구멍, 하루 끝 무렵에 급조된 교미와 같은 부스러기에 만족하며 책임감 있는 다 큰 여자답게 매일 아침 피임약을 먹는다. 가끔은 아기를 갖고 싶고 그 나머지는 몽땅 사라져버렸으면 좋겠다는 생각이 들기도 한다. 언니처럼 배 속에, 그리고 품 안에 아기를 갖고 싶은 욕망.

위의 대화를 보면 진화심리학에서 밝힌 몇몇 조각들의 아귀가 들어맞는다. 예컨대 짝을 이루는 암수는 유전자의 보존이라는 궁극적 목표는 동일하지만 그를 위해 선택하는 전략은 제각기 다르다. 그중에서 수컷이 암컷의 외도를 경계하는 이유는 자칫 남의 새끼를 자신의 핏줄이라 착각하고 쓸모없는 양육에 자산을 낭비할 위험이 크기 때문이다. 여자는 남자와 맺은 암묵적 계약은 유지할 것을 약속하며 만남 광고에 응답한 이유는 자신의 꿈을 실현하고 싶었기 때문이라고 고백한다. 여기에서 말한 꿈은 문자 그대로 그녀가 한밤중에 꾸었던 묘한 꿈이다.

진실을 말하자면 나는 꿈에 답장을 한 것이다. 어느 날 밤 꿈에서, 낯선 남자가 마치 살인자나 연인처럼 정확하고 거친 몸짓과 음험한 집요함으로 나를 억지로 덮쳤다. 우리의 몸 위로 두 마리의 새가 날아가고 있었다. 한 마리는 꼬리를 활짝 펼친 공작이었다. 다른 공작새들과 달리 그놈은 백조처럼 우아하고 독수리처럼 완강하게 날아갔다. 다른 새는 피처럼 붉은 깃털이 달린 여자이자 새였다. 여자 새는 빙글빙글 회전하며 추락하다가 땅바닥에 부딪쳤고 그 붉은 깃털 속에서 길게 누워버렸다. 나는 그 여자 새가 바로 나 자신이라는 것을 알아차렸다. 내가 바로 그 날개 달린 여자였으며, 나의 얼굴은 하늘을 향하고 있었고, 나의 육체는 낯선 남자의 난폭한 몸짓을 기다리고 있었다. 우리 곁에는 작은 빨래집게, 큰 집게, 수술용 메스 등 다양한 연장이 든 작은 상자가 뚜껑이 열린 채 놓여 있었다. 나는 무한한 경악과 호기심으로 그 안을 들여다보았다. 나는 살을 찢고 상처를 커다랗게 벌린 채 붙잡아둘 저 연장으로부터 무자비하게 시달리고 싶은 욕망에 몸을 떨었다.

프로이트가 무의식에 이르는 왕도라 칭한 꿈은 소설가에게도 줄기 서사 사이에 간간이 삽입하는 가지 서사이거나 표면적 서사의 밑그림으로 까는 바닥 서사일 수 있다. 등장인물에게 무의식까지 부여하면 보다 입체적, 심층적 서사 전개가 가능하기 때문일 것이다. 게다가 이 작품은 본격적인 서사가 전개되기 전에 마치 에피그래프처럼 별도의 독립된 일화를 맨 앞에 배치했는데, 그 내용은 프로이트가 꿈과 더불어 무의식의 해석에 중요한 열쇠로 여겼던 유년기 기억이다. 작가는 만남 광고에 유인되어 파격적 일탈을 감행하는 여자에 대해 해석할 만한 단서를 일찌감치 독자에게 제공해둔 셈이다.

나는 유년기를 기억하지 못한다, 전혀. 다음 것만 제외하고. 작은 침대에 홀로 있다가 몸을 뒤집었는데 머리가 침대 바닥에, 시트 바닥에 부딪쳤고, 숨이 막혀 곧 죽을 지경이 되어 비명을 질렀다. 아래층 커다란 살롱에서 파티가 벌어져 술잔 부딪치는 소리, 대화 소리가 들렸지만 아무도 나의 비명을 듣지 못했다. 그런데 복도를 지나던 하녀가 나지막한 소리, 새끼 고양이의 신음을 듣고 들어와 침대 위에 불쑥 솟은 모양새를 보고서 무대의 커튼을 젖히듯 격렬하게 이불을 끌어당겼다.

단 하나뿐이라고 주장하는 유년기의 기억, 달리 말해 그녀에게 남은 유일한 원초적 체험은 '버림받음'이다. 질식사의 위험에 처한 그녀의 비명을 외면한 채 아래층에서 웃고 떠들며 술을 마시는 어른들 무리는 부모, 특히 어머니를 표상하고, 커튼을 열어 그녀를 구한 하녀 마르고는 생명뿐 아니라 훗날 그녀의 자존심을 지켜주는 대리 어머니의 역할을 지속한다. 검은 원피스 차림에 하얀 장갑을 낀 여러 하녀들의 보살핌 속에서 반듯한 교육을 받으며 성장한 여주인공은 성인이 된 후에도 '버려진 체험', 그 원초적 외상에서 벗어나지 못하고 누군가로부터 버림받을 가능성을 두려워한다. 버려진 자와 버린 자에 대한 주제는 이 작품에서도 일관되게 반복되고 있다.

시간에게 버림받은 남자

여자는 편지로 약속한 시간에 카페에서 미지의 남자를 기다렸다. "지나치게 평범해서 추해 보이는 붉은 머리의 남자"가 나타나자 그녀는 먼저 꿈속에서 보았던 연장 상자를 들고 왔는지 살폈다. 두 사람이 나누는 대화는 지극히 사무적 영역에서 벗어나지 않았다. 남자는 다짜고짜 그녀의 성적 취향을 꼼꼼하게 따져 물었고 그녀는 대답했다.

　나는 지배당해야만 하고, 지배만 해준다면 무엇이든 할 수 있다고 누누이 반복했다. 그러자 그는 오늘 아침 받은 잡지를 보여주면서 내가 묻지도 않았는데 미리 사과하듯이 대단치 않은 상업 잡지를 왜 자기에게 발송했는지 모르겠다고 둘러댔다.

　그가 펼쳐 보여준 도색잡지는 남자들의 환상을 자극하는 사진으로 가득했다. 그 '진부함'에 울컥한 여자는 차라리 메이플소프Robert Mapplethorpe에게 맡겼다면 경이로운 사진을 찍을 수 있었을 거라고 토를 달았다. 그녀는 그의 나체 사진이 아니라 튤립이나 난초를 찍은 사진이 경이롭고 감동적이라 했고, 남자는 난처한 표정으로 그녀의 취향에 동의했지만 메이플소프란 사진작가는 금시초문인 눈치였다. 그러나 남자는 외판원이 제품을 자랑하듯 성행위의 다양성과 변주 가능성을 상세히 설명해주었다. 그리고 간략히 자기소개를 곁들였다.

　그의 역사는 전형적이었다. 출생 직후 부모로부터 유기, 친권 포기, 그런 것도 존재하고 심지어 구청 호적부에 기록되어 누구라도 열람할 수 있다고 그는 강조했다. (……) 그다음 이

야기는 거기에서부터 저절로 술술 흘러나왔다. 여러 기관을
전전하며 자랐고, 청소년기에 여기저기 도망 다녔다.

"누구를 강간하거나 죽여서 신문 1면에 실리지 않았으
니 가난하지만 괜찮은 남자"라는 것이 그녀의 결론이었
다.

무엇보다 "유기"란 표현이 그것도 공식 문서에 누군가
의 손으로 기록되었다는 사실이 그녀의 뇌리에 각인되었
다. 카롤린 라마르슈의 대표작 『개의 날』에서 고속도로
에 버려진 유기견이 주인의 차를 쫓아 질주하는 장면을
여섯 번이나 반복 묘사하여 유기된 개를 부각시킨 것처
럼, 이 소설의 중요 인물은 유기된 아기인 셈이다. 그러나
더 충격적인 표현은 그다음에 나온다. 남자는 다음 약속
을 정하기 위해 그녀에게 가장 편한 시간대를 물으며 자
신은 어느 때라도 상관없다고 말하자 여주인공은 그녀의
애인 질을 떠올렸다. 그는 일에 사로잡혀 일정에 쫓기다
가 어쩌다 빈 시간이 나면 즉흥적으로 그녀를 찾아와 정
사를 나눴던 반면 붉은 머리 남자는 시간이 남아도는 남
자, 다시 말해 "시간에게조차 버림받은 남자"란 생각이
든 것이다.

첫 만남 이후부터 소설의 대부분은 붉은 머리 남자와
주인공이 뜨내기 호텔에서 벌인 정사 장면에 할애되었

다. 어린 시절 유기된 아기였다는 원체험을 공유한 남녀가 몰두하는 피가학적 성행위는 솜씨 좋은 전문의가 집도한 외과 수술을 관찰하고 기록한 보고서와 비슷하다. 다만 관찰과 기록은 모두 무마취상태의 환자 자신이다. 그녀는 안대로 눈을 가린 상태였기에 자신의 몸이 감지하는 느낌을 썼고 처음에는 그런 성애 과정을 "우스꽝스럽고 더럽다"고 요약했다. 그녀는 붉은 머리 남자가 자신의 육체 구석구석을 도구화했다고 생각했지만 정작 자신의 육체를 사물처럼 묘사한 것은 그녀 자신이었다. "육체의 일은 육체에게 맡기고" 정신은 맑고 차분했다고 주장했지만 그녀는 결국 자아를 타자화하여 자신의 육체를 남 보듯 위에서 내려다본 것이나 다름없었다. 그런 마음가짐이 가능한지 따질 법한 독자에게 화자는 부유한 환경에서 모범적 교육과 교양을 쌓아온 '가진 자'의 중요한 자질로서 "감정의 동결"을 주장한다. 그녀에 따르면 가진 자가 가진 것을 지키기 위해서 갖지 못한 자에 대한 공감이나 연민과 같은 감정에 휩쓸리기 쉬운 지점에 이르면 감정을 급랭시켜야만 한다. 버림받은 기억에서 벗어나지 못한 그녀는 부르주아 교양을 통해 "감정의 동결"까지 몸에 배게 한 것이다. 감정을 동결시키지 못하고 공감과 연민에 치우친다면 결국 성자 프란체스코처럼 알몸이 되고 만다. 외과 의사처럼 사무적인 붉은 머리 남자가 그녀에

게 가르쳐준 것도 "사랑 없이 사랑하는 것의 편안함"이었
다.

 폐쇄된 공간에서만 만났던 붉은 머리 남자와 달리 숲
속에서 하늘을 보며 정사를 나눴던 질은 그녀를 섹스의
"스프린터"라고 칭송했다. 그녀는 짧은 순간에 집중하여
질주하는 단거리 선수, 폭주와 정지를 순식간에 정확히
구분하는 스프린터였다. 혹은 무채색의 마른 꽃잎이 따
뜻한 물을 만나면 순식간에 만개하여 원색을 드러내는
꽃잎 차와 같은 여자였다. 세 번째 정사 후 다음 만남을
묻는 붉은 머리 남자에게 그녀는 다음은 없다고 결별을
선언한다. 권위적 가학자 역할을 맡았던 남자가 돌변해
연민에 호소하면서 자신의 구구한 감정을 토로하자 그녀
는 "감정의 토로는 환상을 파괴한다"라고 되뇌며 차갑게
돌아선다. 결국 그녀는 질에게 버려지고 붉은 머리 남자
를 버렸다. 그날, 집에 돌아와보니 그녀가 키우던 암고양
이와 교미한 후로 그녀 방을 제집처럼 드나들던 떠돌이
고양이가 침대에 누워 있었다. 그녀는 "고통스럽게 흐느
끼며" 붉은 털 고양이의 등가죽을 잡아 창밖으로 내던졌
다. 그리고 "밤은 길고 차분하리라"는 문장으로 이야기는
끝이 난다. 문법적으로 모호한 '밤 오후'란 제목에서 오후
가 빠지고 '밤'이라는 한 단어만 온전히 남은 셈이다. "차
분하리라"로 번역한 형용사 serein은 명사로 쓰일 경우

"해가 떨어진 후 밤이 되어 습기가 찬 장소에서 수증기가 응축되며 발생하는 냉기"를 뜻한다. 작가가 선택한 소설의 마지막 단어가 절묘하다.

작가 카롤린 라마르슈는 1955년 3월 3일, 벨기에 동부 프랑스어를 사용하는 지역인 리에주에서 철공소와 연초업을 대대로 이어가던 집안 출신으로 스페인과 파리 근교에서 유년기를 보냈다. 지독한 불면증에 시달리며 "성실한 좀비"라는 평을 듣는 학생으로 리에주대학 로망어 문헌학 학사를 마친 후 고향에서 교사로 근무했다. 그 뒤 남편을 따라 아프리카 나이지리아로 이주했다가 현재 브뤼셀 인근에 살고 있다. 1981년과 1983년에 두 딸을 낳았고 1990년부터 글을 쓰기 시작하면서 불면증이 멈췄다 한다. 초기작이 〈프랑스국제라디오방송상〉 〈독서의 열정상〉 등을 받으며 주목받았고, 1996년 미뉘출판사에서 발간한 『개의 날』로 〈빅토르 로셀상〉, 2019년 『우리는 경계선에 있다』로 〈공쿠르상〉 단편소설 부문을 수상했다. 2017년에는 벨기에 왕립아카데미의 회원으로 선출되었다.

시, 소설, 희곡, 라디오 단막극 등 다양한 장르의 글을 발표했으며 조형예술에 대한 깊은 식견 덕분에 올해 벨기에 브뤼셀박물관에서 열린 '경계선'이란 주제의 전시회 책임감독을 맡기도 했다. 2012년 7월 15일 아비뇽축제에서는 작가의 『허공 속의 기억La mémoire de l'air』이 낭독되었는데 출간을 전제하지 않은 이 작품은 젊은 시절 작가가 겪었던 성폭력의 기억을 글로 옮겨 낭독하는 퍼포먼스였다. 이태 후 이 작품은 같은 제목으로 갈리마르 출판사에서 출간되었다.

걸어가는 사람

혹시 당신에게 미술관에서 홀로 하룻밤을 보낼 수 있는 기회가 주어진다면 어떨까. 가령 관람객이 모두 떠난 텅 빈 미술관의 어둠 속, 작은 등 하나가 희미하게 비추는 자코메티의 「걸어가는 사람L'Homme qui marche」 앞에 야전침대를 펼쳐주고서 말이다. 파리의 피카소미술관은 2016년 10월부터 이듬해 2월까지 '피카소와 자코메티의 만남'이란 주제로 전시회를 개최했다. 주최 측은 "피카소와 자코메티가 만나는 자리에 소설가를 초대하면 어떤 글이 나올까, 그것도 관객이 떠난 텅 빈 미술관에 홀로 남겨놓는다면?"이란 기획 아래 그 대상으로 70대에 이른 소설가 한 명을 골랐다. 물론 이것은 아무나 누릴 수 없는 혜택이지만 제안을 받은 작가는 그 이면에 숨어 있는 암묵적 글빚에 부담을 느낄 수밖에 없을 것이다. 2019년 리디 살베르가 발표한 『저녁까지 걷기Marcher jusqu'au soir』의 첫 단어는 "싫어Non"이다. 20여 편의 소설을 발표했고, 『소설, 때때로 맑음 2』의 「어머니의 청춘」

이라는 글에서 소개한 바 있는 『울지 않기』로 2014년 〈공쿠르상〉을 받은 그녀는 친구로부터 이런 제안을 받자 대뜸 거절했다. 그리고 "싫어, 나는 박물관을 좋아하지 않거든. 한 공간에 너무도 많은 아름다움, 너무도 많은 천재성과 우아함과 정신과 찬란함과 풍요가 농축되어 있고, 너무도 많은 살과 가슴과 엉덩이 그리고 감탄할 만한 것들이 전시되어 있고 (……) 야수들을 한 울타리 속에 몰아넣으면 각기 고유한 개별성은 금세 질식"되어버리기 때문이라고 덧붙였다. 그것은 경영학에서 말하는 카니발리제이션cannibalization에 비견될지도 모른다. 같은 회사의 제품들이 자기들끼리 경쟁하다가 수익이 떨어진다거나 한 영화에 개성 강한 주연급 배우를 무더기로 등장시키면 각자의 개성이 상쇄되어 오히려 태작이 되기 십상이다.

작가가 미술관을 부정하는 이유는 그뿐만이 아니다. "미술관이 틀려먹은 건, 안에서 바깥으로 이어지는 전환이 아무런 준비 없이 너무 난폭하다는 거야. 나는 그런 게 싫어." 농밀한 아름다움 속에 파묻혀 있다가 갑자기 "아무런 준비 없이" 바깥으로 나오면 "너무도 불완전하고, 추한 회색빛 일상" 속으로 내던져지는 느낌이 든다는 것이다. 미美의 과잉 복용 상태에서 갑자기 황폐한 현실로 돌아오면 혹독한 예술적 금단현상을 겪게 되지 않겠는가.

게다가 오늘날 미술관이 그 무엇보다도 작가를 불쾌하게 만드는 지점은 정치적 맥락과 연결된다. 작가는 "박물관이 일종의 윤리적 품위를 편취한다"고 주장한다. 그녀에 의하면 프랑스 현대미술관은 "아주 먼 나라, 예컨대 중국이나 야만적 국가, 가급적 독재국가라면 더욱 좋고, 탈레반이나 북한과 관련된 것"은 "똥" 같은 작품이라도 보란 듯 전시해 파문을 일으키며 "우리의 공화국은 표현의 자유를 훼손하지 않고 전시한다"는 애국적 허영심을 고취한다. 나아가 오늘날의 미술작품은 오로지 저항, 고발, 도발만을 가치로 내세워 스펙터클 사회를 고발하는 스펙터클, 포르노를 고발하는 포르노, 획일화된 사회를 풍자하는 획일적 작품을 전시하고 심지어 돈이 지배하는 현대사회를 비판한다고 주장한다. 작가는 천문학적 가격의 예술을 전시하는 예술가의 상업적 행위는 윤리적 사취라고 개탄하며 박물관과 그 입장객의 위선을 냉소하는 것이다.

권태와 죽음

한 치의 망설임도 없이 단칼에 거절했던 작가는 묘하게도 며칠간 그 제안이 머릿속을 맴돌며 자신을 괴롭힌다는 것을 깨닫고 결국 미술관을 찾아간다. "오래전부터 자코메티의 「걸어가는 사람」에 대한 열정을 품고 있었다. 도판에서만 보았던 이 작품은 우리의 존재 조건을 가장 감동적인 방식으로 정확하게 담아내고 있으며, 우리의 무한한 고독과 무한한 연약함, 그럼에도 불구하고 삶을 지속하고자 하는 집념, 어떤 이성적 이유에도 불구하고 삶을 지속해야만 한다는 고집"이 표현된 작품이라고 생각했기 때문이다.

『저녁까지 걷기』는 작가가 미술관에서 보낸 하룻밤 체험을 글로 옮긴 것이다. 그녀는 관객이 떠난 텅 빈 피카소 미술관에 홀로 남아 자코메티의 조각과 데생을 본격적으로 감상할 특권을 누리게 된다. 그러나 한 시간도 지나지 않아 「걸어가는 사람」에 대한 자신의 생각을 언어로 표현하는 데에 장벽을 느낀다. "눈으로 본 것이 마음을 지나 언어로 이어지는 길은 가시밭이었다." 작가는 자신의 무기력과 대조하여 현대미술뿐 아니라 음악, 무용 등 모든 비언어적 예술에 대한 작금의 수용 태도, 공허하고 틀에 박힌 말의 풍년에서 부르주아의 속물근성을 지적하며 통렬히 비판한다. 언필칭 예술 애호가, 문화지상주의자는 감상과 이해가 아니라 유행을 추수하고 자신의 무지와 몰취향을 상투적 언어로 위장하는 소비자본주의의 하수인에 불과하다는 것이 작가의 생각이었다. 자코메티의 작품이야말로 그런 허식과 위선에 맞선 가장 적나라

한 예술의 본질을 표현한 것이지만 그녀는 그 느낌을 언어화하는 데에 무한한 좌절감을 느낀다. 「걸어가는 사람」을 바라보며 가슴속에서 언어의 탄생을 하염없이 기다렸지만 하나의 논리적 문장으로 연결되지 않는 형용사들만 두서없이 떠오를 따름이었다. 결국 넉넉한 시간적 여유를 누리며 자코메티의 작품 앞에서 그녀가 느낀 첫 번째 감정은 '지루함'이었다.

적막한 공간에 자발적 유폐를 택한 그녀가 느낀 감흥치곤 매우 초라한 것이었다. 예술은 누구에게나 열려 있으며 인식의 지평을 넘어 존재의 전환을 추동한다고 주장하는 예술 숭배주의자들이야말로 전형적 위선자라고 악담을 퍼붓던 작가는 자코메티의 다른 작품으로 눈길을 돌린다. 무덤 속만큼 적막한 미술관에서 「베니스의 여인들Femmes de Venise」「꿈꾸는 누운 여자Femme couchée qui rêve」「납작한 여자Femme plate」 등 자코메티의 대표작은 그녀에게 "아무런 흥미도 유발하지 않았고" 그 안에 본질적인 것, 아름다운 것은 "전혀 없었다". 그녀는 "믿음 때문에 기도하는 것이 아니라 기도하다 보면 믿음이 생긴다"는 파스칼의 말을 되새기며 작품을 노려보다가 「가지 위의 머리Tête sur tige」와 「아네트Annette」를 마주하자 걷잡을 수 없는 공포를 느낀다.

죽어가는 사람처럼 입을 벌린, 공포를 자아내는 입가의 미소, 죽음을 발견한 자의 끔찍한 얼굴을 한 「가지 위의 머리」 앞에서 걸음을 멈췄다. 그것은 나에게 두려움을 불러일으켰다. 해골이 그렇듯이 눈동자 자리에 두 개의 구멍이 뚫려 있는 「아네트」, 살아 있으면서 동시에 죽은 「아네트」, 삶과 죽음이 교미하는 얼굴을 지닌 「아네트」 앞에 섰다. 장 주네가 애정 어린 어투로 말했듯이 그의 조각을 집에 두려는 사람은 강심장을 지녀야만 한다.

리디 살베르는 강심장이 아니었다. 그녀는 공포를 느낀 나머지 화장실로 도망쳐 몸을 웅크렸다. 그리고 후대 사람들이 기억하는 자코메티의 전설을 떠올렸다. 어느 예술가를 막론하고 그 삶을 전설이나 신화로 만드는 일화가 있게 마련이다. 자코메티는 그가 열아홉 살 때 폼페이로 향하는 열차에서 우연히 네덜란드 노인을 만났다. 몇 달 후 그 노인은 자코메티에게 함께 베니스 여행을 떠나자고 제안했고 자코메티는 흔쾌히 따라나섰다.

두 여행자는 만사태평한 심사로 길을 나섰고 마돈나 디 캄피글리오의 작은 호텔에서 하룻밤 묵게 되었다. 낮 동안 감기에 걸렸는지 네덜란드인은 몸살을 앓았고 자코메티는 밤새 그의 곁을 지켰다. 그런데 아침에 노인은 숨을 거두고 말았다. 자코메티는 갑작스레 죽음과 조우했다. 죽음은 그의 영혼 속으로 들어와 더 이상 떠나지 않았다. 그리고 그의 유년기는 바로 그날 마무리되었다.*

자코메티가 만난 두 번째 죽음의 방식도 이것과 매우 유사했다. 몇 년 뒤 자코메티는 파리에서 로베르 주르댕과 저녁 시간을 보낸 후 친구의 아파트에 가서 난생처음이자 마지막으로 마약을 복용했다. 아침에 깨어보니 그의 친구는 "입술에 핏기가 사라지고, 차가운 표정과 무섭고 창백한 낯빛으로 손이 굳어 있었다. 팔을 들었더니 돌

---

* 이 일화는 『자코메티—영혼을 빚어낸 손길』(제임스 로드 지음, 신길수 옮김, 을유문화사, 2006) 74-82쪽에 상세히 설명되어 있다. 1921년 4월, 자코메티는 나폴리로 기차 여행을 하던 중 한 노인을 만난 적이 있었다. 그리고 그해 여름 이탈리아의 한 신문에 이상한 광고가 실렸다. 헤이그 출신의 네덜란드 사람이 몇 달 전 나폴리행 기차를 탔던 스위스계 미술학도를 찾는다는 내용이었다. 우여곡절 끝에 광고를 접한 자코메티는 네덜란드 노인에게 편지를 보냈고, 그 노인은 모든 비용을 자신이 부담하겠다며 함께 베니스 여행을 하자는 제안을 해왔다. 예순한 살의 독신 노인이 열아홉 살의 젊은이에게 어떤 깊은 인상을 받았기에 광고까지 내가며 그를 찾았고 더구나 이런 조건의 여행을 제안했는지 모를 일이다. 그다음에 벌어진 일은 본문과 같다. 노인은 신장결석으로 고통받고 있었고 자코메티는 그의 곁을 지키며 플로베르의 미완의 소설 『부바르와 페퀴셰』를 읽었다고 한다. 제임스 로드는 모파상이 쓴 작품 소개 글이 인용된 대목을 끌어다 썼는데, 자코메티의 일화와 플로베르, 모파상 그리고 『부바르와 페퀴셰』를 연결시키면 한 편의 소설거리가 될 만하다. 제임스 로드에 따르면 "그 후 44년 4개월 동안 언제 어디서 어떤 상황이든 그는 잠을 잘 때 언제나 불을 켜두었다"고 한다.

처럼 무거웠다. 그는 죽어 있었다. 그 후부터 죽음은 그의 가슴에 거처를 마련하고 존재와 세상을 바라보는 그의 시선을 어둡게 만들었다. 생명의 취약성과 그 덧없음은 그의 작품 재료 그 자체가 되었다". 자코메티의 손에서 빚어진 모든 작품은 마치 한 가족처럼 모두 비슷하게 보인다. 하룻밤 사이 시체로 변한 두 생명을 곁에서 지켜본 자코메티는 삶이 얼마나 취약한 것인지 깨달았다. 떨어지는 낙엽에도 깨질 수 있는 얇은 유리 조각 같은 것이 우리의 생명이었다. 언제라도 허물어질 수 있는 "상시적 위협 속에서 두 발을 굳게 딛고 견디는 것"이 우리 삶의 조건이며 그러기 위해서는 매 순간 엄청난 용기와 인내가 필요하다고 자코메티는 기록했다.

공포와 수치

자코메티의 조각 앞에서 공포를 느낀 작가는 자신의 유년기를 떠올렸다. 작가의 부모는 스페인내란을 피해 프랑스로 피난 온 전쟁난민이었다. 어머니의 회고를 글로 옮긴『울지 않기』에서 작가는 극우 파시즘, 공산주의, 무정부주의가 대립했던 1930년대의 스페인 정황을 베르나노스의『달빛 아래의 거대한 묘지 Les Grand cimetières sous la lune』와 겹쳐 절묘하게 묘사했다. 프랑스로 이주한 아버지는 항상 이불 속에 총을 숨겨둬야 잠을 이룰 수 있었고, 일요일마다 공산당 기관지『위마니테Humanite』를 거리에서 배포했으며, 작가의 큰언니가 헝가리에 진주한 소련군을 비난하자 딸의 뺨을 때리며 폭력을 행사했다. 아버지는 "자본과 우익과 사장과 이웃 사람과 어머니와 언니들과 나"를 증오했다. 작가가 기억하는 가장 오래된 장면은 이랬다. "고양이가 고기 부스러기를 훔쳐 먹었다고 아버지가 몽둥이로 고양이 머리를 때려서 죽인 장면이었고 아마 내가 세 살 때였을 것이다." 건설 노동자였던 아버지는 외국인 노동자, 공산주의자, 빈민, 그러니까 프랑스 사회에서 가장 소외된 인간의 모든 징표를 고루 갖춘 사람인 셈이었다. 집안에서 폭군으로 군림하던 아버지가 피해망상증이라는 진단을 받고 정신병원에 격리 수용된 이후에야 작가는 폭력으로부터 벗어날 수 있었다.

모든 아버지가 이불 밑에 총을 숨겨두고, 모든 자식들은 아버지 앞에서 공포에 몸을 떨며 아버지가 죽기를 갈망한다 믿었고 그것이 정상이라고 생각했다. 그리고 아버지가 정신병원에 입원한 후에야 그것이 정상이 아니란 것을 알았다. 내 나이 열아홉 살 때였다.

작가는 피해망상증 환자였던 아버지 밑에서 "열아홉 해를 보낸 것이 내게 어떤 흔적을 남겼을지 가끔 생각해 보았다". 그녀가 아버지로부터 물려받은 것은 외부의 모든 징후를 위험 인자라고 느끼는 예민한 촉수였다. 그녀와 30년 넘게 함께 살아온 배우자 베르나르는 그녀가 애정과 폭력을 구별하지 못하는 데에 놀라곤 했다. 베르나르가 그녀의 뺨 가까이에 손을 뻗으며 애정을 표현하려고 할 때마다 그녀는 반사적으로 흠칫 놀라 얼굴을 돌리는 습관이 몸에 배 있었다. 등단 후 리디 살베르는 대부분의 작가들이 아버지와 유사한 피해망상증에 걸려 있다고 파악했다. 따지고 보면 그녀가 좋아하는 『팡세』의 작가 블레즈 파스칼 역시 피해망상증에 사로잡혀 있었다. (다만 그를 박해하는 쪽은 특정인이나 사회가 아니라 신이었다는 점이 이채롭다.) 작가들은 대부분 자신이 누구인가로부터 부당한 대접이나 박해를 받는다고 믿으며 자기 연민에 빠져 있다는 것이 정신과 의사 리디 살베르가 내린 진단이었다.

　폭력에 대한 공포가 온전히 아버지의 유산이라면 그녀의 또 다른 심리적 특징은 수치심이었다. 그녀는 프랑스 남부에 정착한 난민들끼리 모여 사는 동네에서 어린 시절을 보냈다. 그들은 스페인내란이 끝나고 프랑코 총통이 권좌에서 물러나면 고향으로 돌아갈 수 있으리라 믿고 프랑스인들과 동떨어진 곳에서 그들만의 공동체를 이루며 살았다. 프랑스 속의 작은 스페인 섬이라 불리는 곳에서 자란 작가에게 모국어는 스페인어였다. 그녀를 둘러싼 어린 시절 친구들은 말끝마다 욕을 달고 살았고 프랑스 말과 문화에 적응하지 못했다. 그녀가 소설을 쓰는 문자 언어는 대학에서 프랑스 문학을 전공하며 배운 것이었지만 일상 언어는 여전히 유년기의 모국어에서 벗어나지 못했다.

소설가로 입신한 그녀가 문단 사교계에 들어선 후부터 느낀 이질감과 열등감은 모두 그녀가 자기 것으로 쟁취하지 못한 프랑스 구어에서 비롯된 것이다. 〈공쿠르상〉을 수상한 후 TV 방송 프로그램에 초대되거나 문단 사교계, 언필칭 문화예술계로 발을 들여놓자마자 그녀는 수치심 그리고 강한 저항감을 느꼈다. TV 토론회에서 제대로 발언하지 못한 일에 대한 아쉬움은 회한, 자괴감으로 변해 그녀를 괴롭혔고, 문학상을 둘러싼 평론가와 소설가들의 대화에 선뜻 끼어들지 못했던 자신에 대한 수치심은 소위 고급 문화예술 전반에 대한 불신과 혐오로 바뀌었다. 그녀가 보기에 문화 권력을 쥔 인사들의 거만과 위선이 자본가의 그것과 일치했기 때문이다. 프랑스어를 어렵게 익혔지만 그것에 대한 보상 심리였는지 대학에서 문학을 전공했고, 다시 의과대학에 진학하여 정신과 의사가 된 그녀 삶의 궤적은 모두 아버지의 정신병, 어머니의 무지를 극복하려는 의지가 작동한 결과였다. 그녀의 유년기를 황폐하게 만든 수많은 징후들이 '피해망상'이란 의학적 언어로 호명되자 그녀는 카오스 같았던 유년 시절이 말끔히 정리되는 느낌을 받았다. 아버지와 화해할 수 없지만 적어도 그 관계를 설명할 수 있는 단어가 생긴 것은 그녀에게 소중한 체험이었다. 폭력적인 아버지에게서 물려받은 공포와 선량하지만 무지했던 어머니에 대한 수치심 중에서 그녀가 극복하지 못한 것, 그녀에게 가장 뼈아픈 고통은 물리적 폭력보다 수치심이었다는 고백이다. 이 대목은 물질적 빈곤은 극복했지만 문화적·언어적 빈곤이 끝내 부끄러웠던 또 다른 소설가 아니 에르노와 겹친다. 아니 에르노는 사회학자 피에르 부르디외를 만난 덕분에 자신의 문화적 자산과 열등감을 논리적으로 풀어냈지만, 리디 살베르는 정치적·정신분석학적으로 접근했다는 점이 다소 다를 뿐이다.

예술에 대한 증오

『저녁까지 걷기』는 자코메티의 여러 작품에 대한 묘사나 평가보다 작가 리디 살베르의 예술관, 나아가 삶의 태도가 처절하고 절실하게 고백된 글이다. 자코메티의 조각과 밤새도록 마주하며 거의 매 시간마다 그녀의 태도와 사유가 달라지고 깊어지는 과정이 기록되었는데, 그 중에서 흥미로운 부분은 문학을 포함한 예술 전반에 대한 그녀의 분석적 관점이다. 소설가이자 정신과 의사인 그녀는 남편에게 전화를 걸어 자신의 입장을 설명하다가 문득 자신이 시험 답안지를 쓰는 학생의 처지와 같다고 느낀다. 그러나 그녀의 태도는 학생보다는 미술관에 갇힌 한 환자를 분석하고 기록하는 정신과 의사와 유사할는지도 모른다. 작가 리디 살베르가 환자와 의사의 역할을 동시에 맡는 일인이역을 자임한 것이다. 미술관에 갇힌 지 몇 시간이 지난 밤 열한 시경, 그녀는 친구에게 전화를 걸어 미술관 체험을 중도 포기하고 싶다고 토로한다. 20세기의 두 거장 피카소와 자코메티에게 둘러싸인 그녀는 예술적 감흥이나 지적 통찰력이 머릿속에서 비워진 상태라고 고백하며, 나아가 "예술에 대한 숭배를 강요하는 것이야말로 가장 가증스러운 짓"이라고 기록한다. 그리고 그녀는 사르트르를 떠올린다. 보다 정확히 말하면 사르트르에 대한 옥타비오 파스의 평가가 떠올랐던 것이다.

20세기 철학자 사르트르를 평생 괴롭혔던 사람은 19세기 소설가 플로베르였다. 사르트르는 일생 동안 플로베르를 이해하고 분석하려 애썼고 그의 말년을 플로베르에 대한 글을 쓰는 데에 할애했지만 결국 미완에 그쳤다. 『집안의 천치L'Idiot de la famille』는 사르트르가 남긴 가장 방대한 저술이지만 거의 읽히지 않는 특이한 책이기도 하다. 시인 옥타비오 파스는 사르트르가 "플로베르의 천재성을 설명하려다 실패로 끝난 이유"를 그가 문학을 무의식적으로 증오했기 때문이라고 분석했다. 그토록 명민한 철학자이자 평생을 소설, 희곡, 평론 등 문학 전반에 헌신한 작가 사르트르가 과연 자신의 무의식에 깔려 있는 예술 증오심을 인지하지 못했을까? 문학에 대한 어설픈 사랑보다는 처절한 증오가 오히려 죽는 순간까지 문학을 포기하지 못하게 만드는 근원적 추동력이 되는 경우도 있지 않을까? 말년의 자코메티는 루브르박물관을 방문했다가 미술작품보다 관객들 하나하나가 더욱 흥미롭고 예술적 가치가 높다고 이야기한 바 있다. 박물관에 불이 나면 렘브란트의 작품보다 어린아이를 구하겠다고 했던가. 리디 살베르뿐 아니라 사르트르, 자코메티가 싫어했던 것은 언필칭 예술이 부르주아의 위신재로 전락하거나 제도의 일부로 변해 대중을 경멸하는 도구로 악용되는 것이었다. 리디 살베르의 경우 그녀 특유의 무정부주의적 태도가 부각되어 인간을 서열화하는 기준으로 예술이 악용되는 것에 대한 극단적 혐오를 드러냈다.

피카소와 자코메티

동이 트자 도망치듯 미술관에서 빠져나온 작가는 하룻밤의 체험을 글로 옮기려 몇 차례 시도하지만 결국 포기하고 만다. 그러나 세상에서 가장 무서운 빚이 글빚이라고 하지 않던가. 빚 독촉에 견디다 못한 그녀는 2018년 2월 2일, 이번에는 '에로틱한 피카소'란 주제로 기획된 전시를 보기 위해 피카소미술관에 다시 발을 들여놓는다. 특권을 부여받은 소설가가 아니라 "노트르담대성당을 구경하고 디즈니랜드를 방문한 다음 피카소미술관에 몰려온" 관광객 틈에 끼어 "민주적 방식"으로 관람객이 된 그녀는 "여전히 미술관은 싫다"고 고백한다. 피카소의 작품을 보면서 그녀는 "죽음은 용납될 수 없다. 죽음은 그 어떤 면에서도 절대 모험일 수 없고 항상 좋지 않게 끝장나는 나쁜 만남일 따름"이라는 피카소의 말을 떠올린다. 피카소는 "죽음을 기준 삼아서 삶이 소중하다고 주장하거나, 죽음을 통해 삶의 가치를 드높이는 것이야말로 가장 한심한 시간 낭비이자 헛소리"라고 했다. 그리고 죽음과의 만남을 단 1초도 앞당기고 싶지 않으며 죽음은 가장 극단적 실패이자 모욕이라 주장했다. 또한 "쓸모없는 짓은 결코 하지 않는 짐승들은 죽음에 대해 생각하지 않는다"는 발레리의 말을 즐겨 인용했다. 새장 속에 죽어 있던 박새를 눈앞에서 빨리 치워달라고 부탁하던 그는 그렇게 죽어 썩어가는 모든 것을 항상 시야에서 치워버리는 사람이었다. 아마 기획 취지에 맞는 작품만 골라 전시했겠지만 그날 리디 살베르가 본 것은 삶의 충동, 에로스의 현현, 생명에 대한 찬가뿐이었고 관객들은 하나같이 행복한 표정이었다. 그리고 작가는 "아주 드문 경우지만 경쾌하고 행복한 기분으로 미술관을 나왔다".

자코메티의 「걸어가는 사람」은 부동자세를 표현한 것이 아니라 어디론가 움직이는 인물을 담아낸 것이다. 구부정한 상체는 당당하고 의욕적이라기보다 오히려 마지못해, 어쩔 수 없지만 걸어가는 듯한 느낌을 준다. 다만 어디로 가는지는 알 수 없다. 예컨대 조지 시걸의 「러시아워」 속 군상은 제목으로 유추하자면 비록 초라한 모습일지언정 그들의 목적지는 생존의 터전, 직장일 것이다. 시걸의 군상과 달리 자코메티의 외로운 입상은 어디를 향하는가. 누구에게나 보편적으로 평등하게 적용될 목적지는 하나밖에 없다. 죽음이다. 조금 더 긍정적인 쪽으로 해석의 방향을 튼다면, 불가능한 줄 뻔히 알지만 예술이 추구하는 궁극적 완성을 향해 꾸역꾸역 걸음을 옮기는 인간의 모습이다. 자코메티는 자신의 작품 중 그 어느 것도 완성품으로 여기지 않았기에 나중에 조금 더 나은 것으로 바꿔줄 수 있다고 말했다 한다. 비슷한 일화는 화가 이중섭의 전기에서도 읽은 적 있다. 진정한 예술은 실패가 뻔한 것임을 분명히 인식하면서도 완벽을 향해 꾸역꾸역 걸어가는 행위이며 그 불가능의 방향으로 걸어가는 사람이 예술가라는 것이 자코메티의 생각이다. 피카소와 자코메티가 어느 지점에서 만나고 헤어지는지를 살펴보는 것이 기획자가 리디 살베르에게 기대했던 바일지도 모른다.

예술은 아마도 아무런 가치가 없도록 되어 있다. 예술은 세상을 바꾸거나 우리 마음을 바꾸지 못한다. 예술은 재난으로 치닫는 세계의 흐름을 멈추게 할 수도 나쁜 놈을 착한 사람으로 바꿀 수도 없다. 살인적 위력을 막지도 못하고, 돈이 모든 것을 결정하는 세상의 질서를 뒤집지도 못할 것이며, 가장 추악한 독재에 시달리는 인민을 봉기하게 만들지도 못한다. (……) 한마디로 말해서 예술은 삶이 우리를 아프게 만드는 것에 아무런 도움도 되지 않는다.

여기까지는 자코메티를 만나기 전, 그리고 만난 이후에도 그녀가 줄곧 품어온 예술관이다. 그러나 『저녁까지 걷기』의 마지막 문장은 이렇다. "예술은 아마도 아무런 가치가 없을 것이지만 그 어느 것도 예술만 한 가치는 없다."

전지적 일인칭 화자

20년 전부터 프랑스 시사주간지 『렉스프레스L'Express』와 라디오방송국 'RTL'이 공동으로 주최하는 파티가 매년 이어지고 있다. 이 파티에 모인 사람들의 면면을 보면 80대 노인, 20대 여성, 벨기에인, 스위스인, 알제리인, 전직 대통령, 의사, 천문학자, 기자 등이 뒤섞여 있다. 성별, 연령, 국적, 인종, 학력, 직업 등 인간의 정체성을 구성하는 다채로운 요소가 총망라된 터라 공통점이 있을까 싶지만, 이들의 공통점은 의외로 매우 간단하게 정리된다. 이들 모두 프랑스어로 책을 썼고 그것을 한 해 동안 꽤나 많은 독자들이 읽었다는 점이다. 대체로 소설이지만 수필, 회고록, 과학 입문서 등 딱히 장르 제한은 없다. 요약건대 해당 연도의 베스트셀러 작가를 초청하는 사교 모임을 언론사가 후원하는 모양새이다. 오로지 상업적 잣대를 기준으로 초대 손님을 정하는 모임이다 보니 그중에는 대중성을 경멸하거나 그에 무관심한 작가도 없지 않을 것이고, 마음은 굴뚝같지만 피치 못할 개인 사정으로 빠진 사람도 있을 것이다. 다만 그 모임이 세속적 허명을 좇는 속물 작가들만의 잔치라고 치부할 수 없는 것이, 소설가만 살펴보더라도 현재 프랑스 문학을 대표하는 작가의 명단과 거의 일치한다. 따지고 보면 고전주의시대부터 19세기 중반까지 서양사에 기록된 철학자, 예술가는 거의 모두 '살롱'을 기반으로 생계를 해결했다. 데카르트, 볼테르, 파스칼, 루소, 모차르트가 탄생한 곳이 바로 살롱이다. 훗날 인세제도가 정착하자 이들은 "예전에는 한 사람의 호감만 사면 되었지만 이제 무지한 대중의 비위를 맞춰줘야 하는 바람에 철학과 예술의 질이 민주화되었다"며 살롱을 주관해온 귀족 부인의 안목을 아쉬워했다. 『렉스프레스』의 모임은 이제 민주화된 문화 기준에 따라 살롱의 모습이 재현된 것이다. 물론 18세기 파리의 작가들은 수백 개의 살롱에서 연중무휴로 고담준론과 산해진미를 즐겼던 반면, 이 모임은 1년에 딱 한 번뿐이다.

2019년 1월 30일에 개최된 『렉스프레스』 만찬 참석자를 보자. 회고록 『권력의 교훈』을 쓴 전직 대통령 F. 올랑드부터 시작해서 2012년 『HQ 해리 쿼버트 사건의 진실』로 300만 명의 독자를 매료시키고 2018년 『호랑이』를 발표한 스위스 출신 추리소설가 조엘 디케르, 2018년 〈공쿠르상〉 수상자 니콜라 마티외, 부동의 독자층을 거느린 기욤 뮈소에 이르기까지 그 면모가 다채롭다. 벨기에 출신

소설가 아멜리 노통브는 1999년 〈프랑스학술원상〉을 받은 『두려움과 떨림』 덕분에 이 모임에 첫발을 들여놓은 후 올해까지 스무 번째 참석한 단골손님이다. 다소 과장을 더해서 편의상 프랑스어권의 베스트셀러 작가클럽이라 할 수 있는 이 모임에 한두 번 낄 수 있을지는 몰라도 20년간 고정이 되어 마치 모임의 좌장처럼 군림하기란 결코 쉬운 일은 아니다. 그녀는 매년 만찬 테이블에 풍성하게 오르는 샴페인 '모엣 샹동'의 품질을 비교할 수 있는 유일한 인물이다.

쉴 새 없이 쓰고 해마다 발표한 작품이 매번 독자의 관심을 끄는 '대중적' 작가가 올가을에도 『갈증Soif』을 발표했다. 〈공쿠르상〉 심사위원회는 올해 발표된 336편의 소설 중 1차 예심을 통과한 열다섯 편의 후보작 명단에 그녀의 새 작품을 끼워 넣었다. 『르몽드』를 비롯한 프랑스 언론은 나머지 열네 작가보다도 아멜리 노통브가 〈공쿠르상〉 예심을 통과한 것을 큰 사건인 양 기사 제목으로 뽑았다. 이제 아멜리 노통브는 프랑스 현대문학에서 모양과 위치가 정해진 가구처럼 하나의 익숙한 풍경이 되어버린 터라 새삼스레 문학상 후보에 올랐다는 점이 오히려 예외적 사건이 된 것이다.

슈퍼스타

프랑스 문학의 '록스타' 대우를 받으며 충성도 높은 독자층을 거느린 아멜리 노통브가 이번에 고른 주인공은 자신에게 걸맞은 슈퍼스타이다. 2천 년 전 로마의 변방에서 잠깐 소동을 피우다가 사라진 나사렛 출신의 청년 예수가 그 주인공이다. 예수의 탄생과 죽음, 그리고 언행은 서구 예술에서 가장 즐겨 표현한 주제인 데다 지금껏 이어진 설교와 강론, 해석과 논평은 한시도 끊기지 않고 대양을 이룬 터라 아멜리 노통브의 작품은 그야말로 바다에 떨어진 물 한 방울에 불과할지도 모른다. 게다가 『갈증』은 예수의 마지막 하루, 흔히 '수난'이라 불리는 일화에 한정되었다. 그 일화는 이미 신약에서 네 명의 복음사가가 네 차례에 거쳐 설명했으니 전혀 새로울 것이 없다. 다만, 앞선 복음서와 다른 점은 일인칭 시점으로 기술되었다는 것이다. 서평가들이 "노통브 복음서"라 부른 『갈증』의 1장부터 읽어보자.

　　나는 사형이 언도되어 죽으리란 것을 항상 알고 있었다. 이
　확신이 주는 장점은 그것에 걸맞은 디테일에 나의 관심을 집
　중할 수 있다는 것이다.
　　나는 나의 재판이 정의의 패러디일 것이라 생각했다. 과연

그러했는데, 내가 믿었던 것과 똑같진 않았다. 상상했던 것처럼 졸속으로 처리되는 대신 나는 거창한 게임에 참여할 권리를 누리게 되었다. 검사는 아무것도 소홀히 하지 않았다.

호출된 증인들이 차례로 등장했다. 내 첫 번째 기적의 목격자들인 가나의 부부가 들어오는 것을 보고 나는 나의 눈을 믿을 수 없었다. 남편이 진지하게 선언했다.

"이 사람은 물을 포도주로 바꿀 능력을 지녔습니다. 그럼에도 불구하고 그 재능을 발휘하는 데 있어서 결혼식이 끝날 무렵까지 기다렸습니다. 그는 우리가 당혹스러워하며 수치심에 빠지는 것에 쾌감을 느꼈습니다. 아주 쉽게 우리에게 이런 상황을 피하게 해줄 수도 있었을 텐데 말입니다. 이 사람 탓에 우리는 중간급 포도주를 낸 후 나중에야 최고의 포도주를 대접할 수 있었습니다. 우리는 마을에서 웃음거리가 되었어요."

나는 나를 비난하는 자의 눈을 차분하게 쳐다보았다. 그는 당당하게 나의 눈길을 받아내었다.

위에서 인용한 소설의 첫머리를 통해 앞으로 일인칭 독백으로 기술될 '노통브 복음서'와 기존의 공관복음서가 갈라지는 대목을 파악할 수 있다. 공관복음서는 언필칭 관찰자 시점에서 기록된 것이라 예수의 말과 행동은 인간의 보편적 인식능력 수준에서 파악될 수 있는 부분에 한정되어야 한다. 다시 말해 예수를 비롯한 성인의 말씀과 행동이 기록된 문서는 여시아문如是我聞의 기록자의 관점만 허용된다. 따라서 공관복음서에서는 겉으로 드러난 객관적 상황만 인지되고 기술될 따름인 반면, 일인칭으로 기술된 '노통브 복음서'의 경우 독자는 화자의 속마음까지 엿볼 수 있다. 이미 기록된 예수의 언행과 그가 겪은 사건에 대해서는 일점일획의 가감이 허락되지 않겠지만 예수의 주관적 판단과 감정은 오로지 소설가 아멜리 노통브의 창작물이다. 그런데 아무리 작가의 상상력의 산물일지언정 일인칭 화자의 기술 방식도 서사학의 기본 규칙을 따를 수밖에 없는데, '노통브 복음서'의 일인칭 화자 역시 그의 주관적 인식능력의 범위 안에서 인지될 수 있는 부분만 기술되어야 한다. 예컨대 '나'는 '그'가 발설한 내용만을 귀로 듣고 인식하여 기술할 수 있을 따름이지 삼인칭으로 지칭되는 등장인물의 이면에 숨겨진 내면 심리나 동기를 명확히 파악할 수 없고 고작해야 짐작하는 정도에 멈추는 것이 우리의 경험칙상 자연스러운 일이다. 그런데 『갈증』의 주인공이자 일인칭 화자 예수는 '신'이다. 신이라면 신의 여러 속성 중 하나인 전지전능성을 갖춰야 한다. 따라서 이 소설에서는 일인칭 화자의 주관적 시점과 신의 속성인 전지적 시점이 동시에 작동되어야 한다. 신은 전지전능하므로 소설에서 전개되는 사건의 전말을 미리 알고 있어야 하며, 등장인물의 언행과 속내도 투명하게 들여다볼 수 있어야 한다. 신은 미지의 사건과 등장인물의 태도에서 비롯된 의외성에 놀라거나 당황할 권리가 없다.

『갈증』이 '예수 살해 사건'이라는 소재의 진부함을 극복하고 이채로움을 발휘한 방식은 우리에게 불가능한 '전지적 일인칭 시점'을 택했다는 데에 있다. 예수가 일인칭 시점을 취한 것은 그가 "사람의 아들"이기 때문이며 전지적 시점은 신의 속성을 겸했기 때문이다. 『갈증』의 첫 줄은 소설의 전지적 일인칭 화자가 봉착하는 서술 기법의 문제를 해소하는 기능을 한다. 사건의 큰 줄기, 즉 자신의 죽음을 알고 있었다고 전제한 후 주된 관심사는 사건의 "디테일"에 모아진다고 선언한 것이다.(공관복음서는 디테일에 인색했기 때문이다.) 아멜리 노통브에 따르면, 예수는 자신이 죽으리란 것은 미리 알고 있었지만 어떤 상황에서 죽는지는 몰랐다. 작가는 이를 두고 "목적어"는 알고 있었지만 "부사구"를 몰랐다고 표현했다.

소설은 예수가 빌라도 앞에 끌려가 재판을 받는 장면에서 시작되는데 그 대목에 해당하는 마태오, 마르코, 루가, 요한이 기록한 내용은 대체로 간략하다. 빌라도의 심문을 받는 예수는 "총독이 이상하게 여길 정도로 아무 대답도 하지 않았다". 예수의 사형을 요구하는 대사제와 군중에게 총독은 "도대체 그 사람의 잘못이 무엇이냐?"고 물었으나 사람들은 "십자가에 못 박으시오!" 하고 소리 질렀다. 예수는 변호사의 입회 없이 약식재판, 아니면 인민재판을 거쳐 판사의 언도를 받은 셈이다.「누가복음」에 따르면 빌라도는 예수를 헤롯에 넘겨 자신의 책임에서 벗어나려고 했을 뿐 그다지 적극적으로 옹호하지 않았다. 아멜리 노통브는 이 재판 장면에 '디테일'한 살을 붙였다. 예수가 이룬 기적의 수혜자를 법정 증인으로 호출한 것이다. 그 증인은「요한복음」에 기록된 예수의 첫 번째 기적인 포도주 일화와 관련된다.

가나의 혼인 잔치에서 포도주가 떨어지자 예수는 어머니 마리아의 요청으로 물을 포도주로 바꾸는 기적을 행했다. 사람들은 술맛을 본 후 "누구든지 좋은 포도주를 먼저 내놓고 손님들이 취한 다음에 덜 좋은 것을 내놓는 법인데 이 좋은 포도주가 아직까지 있으니 웬일이오!" 하고 감탄하였다. 이 기적의 수혜자인 신랑은 재판에서 술이 떨어지기 전에 미리 기적을 이뤘다면 자신이 당황할 일도 없었을 테고, 나중에 나온 술이 처음 나온 술보다 좋았던 탓에 사람들에게 비난받는 수모를 겪지도 않았을 거라고 주장한다. 치유의 기적으로 아기를 되살렸던 일에 대해 아기의 어머니는 "아기가 병들어 있었을 때에는 얌전했지요. 이제 이리저리 뛰어다니고 소리치고 울어대는 통에 나는 한시도 쉴 틈이 없고 밤잠을 설칩니다"라고 예수를 비난한다. 예수의 변호사가 "아기를 낫게 해달라고 요청한 쪽은 당신이 아니었는가?"라고 묻자 그녀는 "낫게 해달라고 했지 병들기 전처럼 번잡한 아이로 만들어 달라고는 하지 않았지요" 하고 답한다. 다시 변호사가 묻는다. "그렇다면 미리부터 그 점을 정확히 짚어서 부탁할 수도 있었지 않는가?" 이에 아기 어머니는 "그는 전지하지 않나요? 그렇잖아요?" 하고 되묻는다. 기적 덕분에 장님 신세를 면한 자는 뜬 눈으로 바라본 세상이 너무 추해서 다시 장님이 되고 싶다고 불평했고, 동냥으로 연명하던 나병 환자는 치유를 받은 후부터는 동냥 그릇이 빈다고 투덜거렸다. 마귀에서 벗어난 사람은 마귀가 떠나자 삶이 심심해졌다고 못마땅해했고, 시체 구덩이에서 살아난 나사로는 몸에 밴 시체 냄새 탓에 사는 게 고통스럽다고 탄식했다. 증언을 청취한 빌라도는 "피고, 너를 십자가형에 처한다"라고 언도했다. 피고 예수는 "이런 식으로 죽을 줄은 몰랐다. 이건 가벼운 소식이 아니다. 나는 고통부터 떠올렸다. 그는 참수를 언도할 수도 있었겠지만 십자가형을 줬다. 그건 모욕을 주기 위해서였다"라고 서술한다. 그리고 빌라도가 처형을 내일로 미룬 일에 대해 "홀로 감방에 있게 되자 나는 빌라도가 원하는 것이 무엇인지 알았다. 그것은 두려움이었다"라고 털어놓았다.

몸을 얻은 영혼

빌라도가 원한 것처럼 예수는 고통을 두려워했다. 작가는 예수의 속내를 이렇게 대변한다. "빌라도가 옳았다. 그날 밤까지 나는 그것이 정녕 무엇인지 몰랐다. 체포되기 전날 밤 감람산에서 눈물을 흘렸던 것은 슬픔과 버림받았다는 고독 탓이었다. 이제야 나는 두려움을 발견했다. 누구나 겪게 되는 죽음에 대한 두려움이 아니라 십자가형에 대한 두려움, 아주 구체적인 두려움이다." 작가가 고통을 두려워하는 예수의 모습을 길게 서술한 것은 사람의 아들이 단지 영혼, 정신, 나아가 성령만으로 이뤄진 것이 아니라 육체를 지녔다는 점을 부각시키기 위한 것이다. 예수는 "하늘에 계신 아버지가 하신 일 중 가장 천재적인 것은 바로 육화"였다고 생각했다. 그는 33년간 육화된 존재로 살면서 '육체'가 주는 감미로움을 충분히 음미했다고 중얼거린다. 서른세 살의 청년은 육체야말로 환희의 원천이었지만 정신은 그에게 고통만 주었다고 생각했다. 그는 자신이 이룬 여러 기적 중 병자나 미친 자를 치유한 일보다 첫 번째 기적을 가장 좋아했는데, 그 이유는 결혼식이란 축제의 현장에서 이뤄졌을 뿐만 아니라 무엇보다도 '마실 것'을 제공했다는 것에 보람을 느꼈기 때문이었다. 그리고 그가 가장 후회하는 기적은 무화과

나무에 저주를 내린 일이었는데, 갈증을 해소하지 못한 나머지 그의 몸이 불쑥 목소리를 내었기 때문이었다. 여느 청년과 마찬가지로 그도 한 여인 막달라 마리아를 사랑했고 그녀의 육체적 아름다움을 찬양한 후 마지막으로 그녀를 한 잔의 물에 비유했다.

당신은 한 잔의 물과 같다. 갈증으로 죽어가는 사람에게 한 잔의 물이 주는 쾌감은 그 어느 쾌락도 범접할 수 없다. 복음사가라는 이름에 걸맞은 유일한 자는 요한이다. 그런데 바로 이런 이유 때문에 '이 물을 마시는 자는 더 이상 결코 목마르지 않으리라'는 그의 말은 신빙성이 떨어진다. 나는 그런 말을 결코 하지 않았고 그런 말은 어불성설이다. 내가 이 지방을 선택한 것은 우연이 아니다. 정치적으로 분열되었다는 이유만으로는 충분하지 않았다. 내게는 심한 갈증의 땅이 필요했다. 내가 사람들에게 깨달음을 주는 방식 중에서 갈증만 한 것이 없다. 아마도 나만큼 갈증을 느껴본 사람이 없어서 그럴지 모른다. 진실로 너희들에게 말하겠다. 너희들이 목이 말라 죽을 지경일 때, 그 갈증이 커지도록 보살펴라. 거기에서 신비로운 도약이 생긴다. 이것은 비유가 아니다. 굶주림이 그쳤을 때 그것을 포만이라 부른다. 피곤이 그쳤을 때 그것을 휴식이라 부른다. 고통이 그쳤을 때 그것을 평안이라 부른다. 목마름이 그치는 것은 아무 이름이 없다. (……) 영성자가 될 수 없으리라 생각하는 사람이 있다. 틀린 생각이다. 영성에 도달하기 위해서는 한순간이라도 목이 말라보는 것이면 충분하다. 목마른 자가 입술에 물 한 잔을 가져가보는 그 불멸의 순간, 그것이 바로 신이다. (……) 복음, 그것은 극단적 갈증이 가져오는 이상적 영성의 희열이다.

그는 십자가형에 처해지기 전 "죽음을 견디려면 건강해야 한다"며 옥지기가 건네는 물을 거부한다. 법열을 느끼려면 몸이 극단적 탈수상태에 빠져 있어야 하기 때문이었다. 갈증, 그것은 신비 중에서 으뜸인 육화Incarnation의 신비를 체험하는 첩경이다. 소설은 중반부터 끝까지 본격적인 수난의 장면에 할애되었고 일인칭 화자의 생각은 오로지 육체적 고통에 집중되었다. 아니, 그의 생각은 거의 사라지고 고통을 느끼는 육체만이 그의 영혼을 대신했다. 구레네 사람 시몬이 그의 짐을 덜어주려고 나섰다.

나의 아버지는 이상한 존재를 창조했다. 의견을 지닌 나쁜 놈들과 생각이라곤 하지 않는 너그러운 영혼, 이렇게 두 종류의 인간만을 창조했다. 지금 내 상태에서는 더 이상 아무 생각도 할 수 없다. 내게 시몬이라는 사람의 친구가 있다는 것을 발견했다. (……) 그가 마치 가장 비인간적인 나의 짐을 대신 짊어진 것처럼 십자가가 덜 무거워졌다. 그것은 내가 일

으키진 않았지만 기적이다. 성서 중에서 이보다 더 기막힌 기
적을 찾아보라. 아무리 찾아도 없을 것이다.

사람의 아들은 십자가에 매달려 형언할 수 없는 육체
적 고통을 느끼며 신에게 항의한다.

당신은 사랑을 모른다. 거기에 문제가 있다. 사랑은 역사
이며, 그것을 이야기하려면 육체가 필요하다. 내가 방금 말한
것이 당신에게는 아무 의미가 없다. 아, 당신이 당신의 무지
를 인식하고만 있었더라도!

그는 자신이 처한 극단적 상황을 세 단어로 요약했다.
그것은 갈증, 사랑, 죽음이다. 그중에서 그는 십자가에 매
달려 "위대한 갈증! 탈수의 걸작품"을 몸소 체험한다. 그
에게 죽음이란 매우 피곤한 일이었다. 백부장이 "그가 죽
었다!"라고 외쳤다. 여기서 소설가는 전지적 일인칭 화자
에서 '죽은 전지적 일인칭 화자'로 시점을 바꾸었다. 그
리고 그의 마지막 기적인 부활을 실현했지만 "부활은 거
추장스러운 일이었다". 그가 되살아난 사건은 제자와 친
지들에게 극단적 흥분과 긴장을 유발했고 그것은 그에
게 다소 버거운 일이었다. 여기저기에서 부활한 그의 존
재를 요청했고 그는 그 부름에 응하려 애썼다. 사람의 아

들은 정녕 죽은 자를 사랑한다면 차라리 그를 "이기적 평
온"에서 쉬도록 버려두는 쪽이 낫지 않겠냐고 되묻는다.
"나는 거울을 들여다보았다. 나의 얼굴에서 내가 본 것을
그 누구도 알 수 없다. 그것은 고독이라 불리는 것이다"라
는 문장으로 소설은 마무리된다.

불쏘시개와 우산

　여름휴가가 끝날 무렵 발표된 소설들 중 아멜리 노통
브의 『갈증』이 2019년 9월 6일 자 통계에서 베스트셀러
1위에 오르며 화제의 중심으로 떠올랐다. 장폴 뒤부아의
『모두가 세상을 똑같이 살지는 않아』, 카린 튈의 『인간적
인 것들』이 그 뒤를 따르고 있지만 호평과 악평이 뒤섞인
와중에 아멜리 노통브가 화제를 독점하는 형국이다. 〈공
쿠르상〉 심사위원장의 호평에도 불구하고 전례에 비춰
보아 『갈증』이 대상까지 노리기는 어려울 것이다. 여러
서평 중 악평에 가깝지만 『갈증』이 "아멜리 노통브의 위
장된 자서전"이란 지적이 흥미롭다. 그런 지적을 극단으
로 밀고 나가면 그녀의 과대망상이 이제 신성까지 넘보
고 있다는 것으로 풀이된다. 『갈증』을 읽으며 그녀의 전
작을 되돌아보면 다양성과 기발함에도 불구하고 '육체'

에 대한 그녀의 일관된 관심이 두드려진다. 보다 정확히 말하면 인간의 이중적 정체성, 혹은 천사와 악마를 오가는 파스칼적 사유가 그녀의 작품을 관통하고 있다.

오래전 나는 『적의 화장법』 서평에서 "아멜리 노통브의 책을 읽기 전에 혹시 그날 급한 용무가 있는지 미리 살펴보라"고 독자에게 경고한 적이 있다. 다소 과장된 표현이었지만 거의 대화체로 이뤄진 소설에서 두 명의 등장인물이 주고받는 팽팽한 말싸움에 독자는 빠져들 수밖에 없고, 결국 두 사람이 한 사람의 분신이라는 반전은 독자의 기대를 저버리지 않았다. 『적의 화장법』과 『갈증』이 겹치는 부분도 결국 인간을 구성하는 이중적 정체성과 그리 멀지 않다. 신성과 인간성을 동시에 지닌 예수를 대변하기 위해서 작가는 '전지적 일인칭 시점'이라는 모순된 길을 택할 수밖에 없었다. 또한 2004년 작 『배고픔의 자서전』에서 식탐과 거식의 양극단을 오가는 그녀의 '물'에 대한 갈망이 유독 두드러졌다. 일본 신사에서 샘물을 몽땅 퍼마시며 일종의 법열에 빠지고 그것을 신비로운 체험으로 묘사한 대목은 이미 『갈증』의 탄생을 예고한 것이나 다름없었다. 조금 더 거슬러 올라가 희곡 『불쏘시개』는 배고픔과 목마름보다 추위를 앞세웠지만 그것마저도 모두 육체가 감당해야만 하는 원초적 고통에 해당된다. 생명이 파리 목숨처럼 가벼워진 전쟁 통에 등장인물 세 사람의 목줄을 조이는 가장 긴박한 고통은 추위였다. 대학교수의 서재에 갇힌 세 사람은 몸을 데우기 위해 서가의 책을 뽑아 차례로 불태운다. 교수와 두 제자는 책을 읽고 쓰는 데에 삶의 내기를 건 사람들이었지만 이제 몸을 위해 영혼을 태워야만 하는 상황에 빠진 것이다. 결국 교수에게는 『천문대의 무도회』라는 책만이 남는다. 그와 제자의 몸을 따뜻하게 해줄 마지막 불쏘시개인 셈이다. 그는 제자의 만류에도 불구하고 마지막 책을 난로에 던져 넣는다. 『갈증』에서 예수는 미래를 내다보는 전지전능한 신답게 "인간에게서 가장 심오한 부분은 살 껍질"이라는 어느 작가의 말을 인용하며 인간의 위대성은 살 껍질 아래, 즉 육체 속에 거처한다고 덧붙였다.

며칠 전, 나는 강의실로 가던 중 갑자기 쏟아지는 소나기를 만났다. 무심결에 강의용 책을 우산 삼아 머리 위로 올렸다. 예전 같았으면 프랑스에서 겨우 구한 비싼 책이라며, 십중팔구 가슴팍에 품고 냅다 달렸을 법하다. 혹시 요새 아멜리 노통브의 책을 한꺼번에 읽었던 탓일까.

캐나다적인 삶

〈공쿠르상〉심사위원회는 2019년 출간된 장편소설 336편 중 1차 독회를 통과한 열다섯 편을 9월 3일에 발표했고, 그중 엄선한 아홉 편을 10월 1일에 제시했다. 예정대로라면 10월 말에 3차 독회를 통과한 다섯 편 정도의 최종 후보작이 공개될 테고, 11월 4일 점심시간이 끝날 무렵 열 명의 위원을 대표해 심사위원장이 쪽지를 들고 나와 2019년 〈공쿠르상〉 장편소설 부문 수상작을 발표할 것이다. 그때까지 언론은 마치 경마 현장을 중계하듯 분위기를 띄울 테고, 독자들은 각박한 경제 현실과 폭력이 난무하는 정치세계에서 가끔씩 눈길을 돌려 원형경기장을 질주하는 말을 바라볼 것이다. 그리고 10월 말쯤이면 원형 트랙 돌기가 끝나고 마지막 직선 구간만을 남긴 몇 마리의 말이 결승선을 향해 질주할 것이다.

2차 독회를 통과한 아홉 편 중 평단과 독자의 관심과 배려는 아무래도 프랑스 소설계에 새로운 바람을 불러일으킬 작품에 쏠리게 마련이다. 그런 점에서 장폴 뒤부아는 다소 불리한 처지이다. 그의 신작은 새롭기는커녕 매우 익숙한 몇몇 주제와 장면을 반복하는데 바로 그 익숙한 편안함을 이유로 그를 찾는 고정 독자가 프랑스뿐 아니라 전 세계에 고루 퍼져 있다. "장폴 뒤부아의 신작이 나올 때마다 독자들은 매번 그의 펜에서 재등장하고 반복되는 설정 찾기 놀이를 할 수 있다. 이번에도 폴이란 이름의 주인공이 나오는가? 나온다. 툴루즈와 북아메리카를 오가는 것도? 그렇다. 배경에는 애도 작업이? 필연이다. 모든 것이 그대로이다. 안나라 불리는 여자, 서로 어긋나는 부모, 오래된 자동차, 남에게 고통을 주는 치과 의사, 잔디 깎는 기계." 그의 신작 『모두가 세상을 똑같이 살지는 않아』에 대한 서평은 이렇게 시작된다. 1950년생 작가가 스물두 번째로 발표한 작품에 대한 첫인상을 한마디로 요약하면 바로 '기시감déjà vu'이다. 그의 전작에 등장하는 남성 화자의 면모나 삶의 방식, 성격, 취향, 심지어 말투까지도 모두 일란성쌍둥이처럼 닮았고 이름마저 대부분 폴Paul로 고정돼 있다. 그럼에도 불구하고 금년 8월 14일에 발표된 신작은 그의 작품 중 완성도가 가장 뛰어난 수작으로 평가되며 젊은 작가들과 나란히 경기장을 질주하는 그 특유의 저력을 과시 중이다.

6제곱미터와 목구멍 깊숙이

총 11장으로 구성된 『모두가 세상을 똑같이 살지는 않아』는 매 장마다 캐나다 몬트리올 감옥에 갇힌 수감자가 과거를 회상하는 부분과 감옥의 현재 상황을 기술하는 부분으로 나뉜다. 첫 장 '강변 감옥'은 이렇게 시작된다.

일주일 전부터 눈이 내린다. 나는 창가에서 밤을 바라보고 추위에 귀를 기울인다. 여기에서는 추위도 소리를 낸다. 건물이 얼음의 조임쇠에 끼어 으스러지듯 고통에 찬 신음 소리를 내는 것 같은 특이하고 불쾌한 소리. 이 시간, 감옥은 잠들어 있다.

감옥에 갇힌 일인칭 화자는 영하 30도를 밑도는 강추위가 맹위를 떨치는 캐나다 몬트리올 프레리강 변에 세워진 감옥에서 잠을 이루지 못하는 중이다. 소설 도입부는 감옥의 역사, 화자와 6제곱미터의 공간을 묘사하고 다시 그 감방의 2층 침대 중 하나를 점유한 감방 동기 패트릭 호튼에 대한 설명으로 이어진다. 호튼은 마약 거래를 둘러싼 조직 간의 싸움에서 살인을 저질렀다는 혐의로 화자와 아홉 달째 동거생활을 이어가는 중이다. 감방 동기 간의 관습에 따라 화자가 감옥에 들어온 이유를 고백하자 호튼은 "빌어먹을, 나라면 그 똥 같은 놈을 죽였을 거야. 그런 놈들은 두 조각으로 찢어놔야 해"라고 공감을 표한다. 말투가 험하다는 점을 제외하면 호튼은 거구의 몸집에 어울리지 않게 쥐를 무서워하고 머리카락을 자르는 데에 공포를 느껴 기절을 할 정도의 독특한 인물로 묘사된다. 밀폐된 공간에서 공생해야 할 처지인 두 사람 사이에서 벌어질 법한 소설적 소재는 당연히 제한적이다. 독자의 호기심은 자연스레 화자가 감옥에 갇힌 동기로 모아지는데 그것은 소설 말미에서 밝혀진다. 나머지 열개 장은 감옥에서 벌어지는 여러 일화들과 화자의 회상 장면에 할애되었고, 이를 통해 암실의 인화지처럼 천천히 흐릿하던 그의 삶, 그가 겪은 사건의 윤곽이 드러난다.

화자의 이야기는 그의 부모 세대로 거슬러 올라가고 그것은 평자가 지적했듯 뒤부아의 전작에서 반복돼온 기시감을 불러일으킨다. 다시 말해 '서로 어긋나는 부모'의 사연이 바로 그것이다. 예컨대 작가의 대표작이자 2004년 〈페미나상〉을 받은 『프랑스적인 삶』을 떠올리게 하는 대목이 많다. 2장 '스카겐, 모래에 파묻힌 교회'부터 본격적으로 화자의 삶이 서술된다. "나는 1955년 2월 20일 22시경 툴루즈 텡투리의 병원에서 태어났다. 나에게 배당된 방에서 한 번도 본 적 없는 두 사람이 나의 자는 모습을 지켜보고 있었다." 그 두 사람 중 하나는 화자의 어머니

"안나 마르그리트이며 스물다섯 살"이다. 또 다른 사람은 그의 아버지 "요하네스 한센이며 서른 살"이다. 한센은 덴마크 북부의 작은 마을 스카겐의 대대손손 어업으로 생계를 이어온 집안에서 태어났다. 다만 한센은 바다를 등지고 풍경화를 그리는 데에 인생을 걸었다가 문득 목사가 되기로 결심한다. 오랜 세월 동안 바람에 밀려드는 모래에 파묻힌 황량한 교회가 불현듯 불러일으킨 신앙심 때문이었다.

목사가 된 한센은 프랑스 남부의 해안 도시 툴루즈로 이주해 교회를 개척하기로 마음먹는다. 종교가 퇴색하고 게다가 카톨릭 전통이 남아 있는 프랑스 남부로 이주하여 개신교회를 개척하려던 한센의 시도는 엉뚱하고 무모했다. 우여곡절 끝에 툴루즈에 정착한 그는 화자의 어머니가 될 프랑스 여자 안나를 만나 결혼에 이른다. 여기까지 작가의 작품에서 반복되는 강박적 요소를 꼽자면 '폴' '안나' '툴루즈'와 같은 사소한 부분에 그칠 텐데 '서로 어긋나는 부모'라는 주제가 본격적으로 전개된다. 한센이 독실한 목사였다면 안나는 자유분방한 무신론자이자 가업인 극장을 상속받아 전위적이고 실험적인 영화를 상영하는 예술 애호가였다. 안나가 극장을 경영하기 시작한 1958년은 「나의 아저씨」「차가운 땀」「악의 갈증」「뜨거운 양철 지붕 위의 고양이」와 같은 영화 덕분에 극장이 만석인 시절이었던 반면 목사는 밤을 새워 설교를 준비해도 찬란한 절정기에 이른 영화산업에 고객을 빼앗길 수밖에 없었다. 볼거리, 즉 스펙터클의 관점에서 따진다면 목사가 연출하는 원맨쇼는 이미 더 이상 영화와 경쟁 상대가 될 수 없었다. 장폴 뒤부아는 대표작 『프랑스적인 삶』에서 68혁명의 가장 과격한 부류는 상황주의자였다고 회고했는데 그런 생각이 확인되는 것이 이 대목이다.

그러나 신혼 시절부터 이 부모의 어긋남은 자동차에서 시작된다. 앞서 평론가가 지적한 대로 뒤부아의 반복 테마인 '오래된 자동차'에 대한 강박적 묘사가 이 작품에서도 등장하는 것이다. 결혼과 동시에 당시의 첨단 엔진을 장착한 신형 자동차를 남보다 앞서 구입했지만 그 차가 잦은 고장을 일으키면서 부부 사이도 삐걱거리고 점차 내리막길로 치닫는다. 한 시대를 풍미했던 자동차는 시대의 문화적 기호와 같아서 특정 세대에게 과거에 대한 향수를 자극한다. 그것은 흘러간 옛날 영화가 자아내는 효과와 비슷하다. 자동차의 기술적 완성도나 영화의 예술성과 무관하게 과거의 기호에 대한 가벼운 언급만으로도 우리는 되돌아갈 수 없는 시절에 대한 아련한 그리움에 젖어든다. 목사와 영화광 부부 사이를 갈라놓은 결정적 계기는 어머니 안나가 「목구멍 깊숙이」를 상영하기로 결정한 것이다. 정치와 예술에서 공히 진보적 취향을 지닌 안나는 당시 시대 분위기와 호흡한 반면, 목사 아버지는 한결같이 2천 년 전 숨을 거둔 청년에 매달려 있었다.

안나는 낮 시간 동안 「악마의 씨」 「2001 스페이스 오디세이」 「도둑맞은 키스」와 같은 그해의 영화를 상영했고, 저녁이면 마르크스, 레닌, 트로츠키, 마오쩌둥, 바쿠닌의 포스터를 올리며 극장을 전율케 하는 소그룹의 물결에 따라 회합을 벌이면서, 제각기 '대중을 의식화'하는 자신들의 역량을 과시하는 데에 진력했다.

즉 안나는 낮에는 영화를 상영하고, 저녁이면 68혁명의 물결을 예고하는 사람들을 모아 토론회를 주최했다. 예컨대 "어떻게 화염병을 제조하는가. 병의 3분의 2를 휘발유로 채우고, 3분의 1은 모래, 가루비누를 넣어 섞은 후 병 입구에 휘발유를 적신 헝겊을 끼운다"와 같은 실용적 혁명 지식을 전파하는 것이다. 1972년 봄, 셰익스피어 연극 외에는 연기를 해본 적 없었던 해리 림스란 배우가 출연한 「목구멍 깊숙이」가 미국에서 개봉되었다. 영화는 "나라에 왜설을 퍼뜨린다"는 평가와 함께 미국 27개 주에서 상영 금지되었지만 개봉된 극장은 인파로 북새통을 이뤘다. 프랑스에서는 3년이 지난 후에야 개봉되었는데, 언론을 통해 워낙 자주 보도되었던 터라 관객이나 평론가는 이미 보았다는 느낌이 들 정도였다.

"1975년 8월 27일은 내게 잊지 못할 날짜, 내가 오래전부터 예감했던 것이 공식화되면서 우리의 삶을 전복시켰던 치명적인 날로 기억에 남아 있다." 목사 아버지는 이 영화가 어머니의 극장에서 상영되면 자기의 목회 활동은 끝장날 것이라며 반대했다. 어머니는 "당신은 시골구석의 한심한 목사, 편협한 개신교도, 변화에 장님인 보수주의자일 뿐이다. 당신은 아무것도 보지 못하고 듣지 못한다. 당신은 마치 성경을 형법 법전처럼 휘두르며 일도양단식으로 심판한다"며 반박했다. 어머니의 고집대로 영화는 개봉되었고 아버지는 침례교 교단에 소환되어 정직 처분을 받는다. 부모는 결국 이혼하고 화자의 아버지는 더 이상 프랑스에서 살 수 없다는 판단하에 캐나다로 떠난다. 여기까지가 소설의 중반부에 속하며 아버지를 따라나선 화자가 캐나다에서 겪는 삶이 나머지 후반부를 차지한다.

실버타운의 수영장

아버지가 캐나다에서 터를 잡은 곳은 구석기시대부터 돌을 캐냈을 법한 전형적 광산촌이었다. 싯포드라 불리는 그 마을은 이미 수십 년 전부터 의학계의 경고에도 불구하고 전 세계에서 가장 많은 석면을 채굴하던 광산이 성업 중인 곳이었다. "아버지가 싯포드의 땅굴에 자리 잡은 해는 파리에서 언필칭 쥐시외대학의 석면 스캔들이 터졌던 1975년이다." 건축 자재에 포함된 석면이 폐암을 일으켜 수십 명을 죽이고 100여 명을 병들게 했다는 주장이 제기되자 흔히 파리7대학이라 불리는 쥐시외대학에서 대대적인 수리와 더불어 별도의 캠퍼스를 마련하는 등 소동이 벌어졌는데, 이와 무관하게 아버지가 숨 쉬고 사는 마을은 석면 최대 생산량의 기록을 갱신하는 중이었다. 그 와중에서 목회생활을 이어가던 아버지는 그가 들이마신 석면 가루량과 반비례하여 신앙심을 잃어가고 있었다. 건설 회사에 잡역부로 취직하여 그럭저럭 생계를 유지하던 화자는 신앙심이 식어버린 아버지를 카지노에 데려간다. 아버지는 심심파적으로 시작한 도박에 빠져들어 나중에는 경마에 심취하게 된다.

그리고 "성경이 보여주지 못한 무한한 가능성을 바로 경마장이 펼쳐 보여준다고 확신하게 된다". 아버지가 망원경까지 구입해서 목에 걸고 경마장에 드나들자 그제야 아들은 "악마가 문지방에 한 발을 들여놓았다는 것을 깨달았지만 설마 아버지가 앞장서서 문을 활짝 열고 악마를 반길 줄을 꿈에도 생각하지 못했다"고 후회한다. 아버지는 교회의 예산을 몽땅 노름에 쏟아붓고 횡령을 일삼는 지경까지 떨어지고, "나는 두 번 실수했고 두 번 내쫓긴다"라고 중얼거리며 교회에서 추방당한다. 결국 아버지는 신도들 앞에서, 그들의 죄를 사해줄 때마다 반복했던 "모든 사람이 똑같은 방식으로 이 세상을 살지 않는다"는 말을 남기고 교회를 떠난다. 아버지는 죽어서 재가되어 유언대로 고향 덴마크로 돌아가고, 스위스 남자와 재혼했던 어머니는 자살하고 만다.

화자는 이후 몬트리올에 정착해 5년을 기다린 끝에 캐나다 국적을 얻어 본격적으로 두 번째 삶을 시작한다. 여러 직업을 전전하던 그가 마침내 찾은 일은 '렉셀시오르'라 불리는 아파트의 관리직이었다. 거주자가 요구하는 다양한 잡일보다 그를 지치게 하는 것은 23만 리터의 물을 관리해야 하는 실내 수영장이었다.

인생을 실패하는 방식은 무한히 많다. 나의 할아버지는 시트로엥 DS19을 구입한 것이고(할아버지는 자동차 사고로 죽었다), 나의 아버지는 사제의 길을 택한 것이다. 나의 경우, 하루 일과를 엄밀하게 통제하는 이 세속의 수도원에 들어온 것이다.

그는 눈떠서 잠들 때까지 잠시도 쉴 새 없이 자잘한 일에 매달려 살아야만 했다.

렉셀시오르는 낡고 환상적인 건물인 데다가 충동적인 장
난꾸러기 같았다. 여름이나 겨울이나 잠시도 눈을 뗄 수 없었
다. 잠깐 한눈을 팔면 어디론가 도망쳐버리기 때문에 잘 타일
러 집으로 데려와야 하는 치약 같은 장난꾸러기였다. 튜브에
서 쏟아져 나오지만 다시 집어넣기란 쉽지 않은 치약.

1990년 초반에 이르자 거주자들도 나이가 들어 아파
트는 노인만 거주하는 실버타운처럼 변해버렸다. 68가
구 중 홀로 사는 과부가 21명이었고 치매로 길을 잃어 집
까지 데려와야 하는 일도 빈번했다. 그나마 위안이 되었
던 것은 보험 회사 손해사정인이 그의 말동무가 되어준
일과 특히 경비행기 파일럿인 위노나 마파치란 여성과의
만남이었다. 위노나의 아버지는 캐나다 원주민 알곤킨
부족 출신이고 어머니는 아일랜드인이었다. "11년간 지
속된 우리의 묘한 결혼생활에서 나는 호흡을 멈추지 않
는 것과 마찬가지로 단 한 번도 그녀를 사랑하기를 멈춘
적이 없다." 그녀는 정교한 기술의 산물인 비행기를 몰면
서도 원주민의 지혜와 자연을 사랑하는 마음이 완벽하게
조화를 이룬 매력적인 여인으로 묘사되었다. 그녀와 함
께 보낸 11년은 "만족스럽고 빈번한 관계"로 이뤄진 세월

이었다. 그러나 그 행복했던 결혼생활도 위노나가 비행기 추락 사고로 죽는 바람에 막을 내리게 된다.

만족스럽고 빈번한 관계

소설의 공간은 눈보라가 몰아치는 덴마크에서 대서양 연안의 해안도시 툴루즈로 옮겨졌다가 다시 훌쩍 캐나다로 이동하고, 예배당과 극장이 대조를 이루는가 하면 감옥과 실버타운이라는 폐쇄 공간이 묘하게 대칭을 이루기도 한다. 밤마다 과거를 회고하는 장면에서 화자는 지구를 반 바퀴 돌며 여러 곳을 전전하지만 현재 시점에서 화자의 몸은 6제곱미터에 갇혀 감방 동기와 살을 맞대고서 먹고 자고, 특히 코앞에서 배설할 수밖에 없는 처지이다. 화자는 주변 사람이 겪는 인생 잡사에 도움이나 해를 끼치지 않고 겉도는 관찰자의 입장이지만 가족과 감방 동기, 사랑하는 여인보다도 화자, 나아가 작가 장폴 뒤부아를 대변하는 인물은 그의 말동무이자 옹호자인 손해사정인 리드란 인물이다. 보험 회사 직원인 리드는 사고로 사망한 자에게 지불할 배상 금액을 추정하는 업무로 평생을 보낸 후 실버타운(렉셀시오르)에 들어왔다. 그는 자신의 직업이 죽은 사람의 호주머니를 뒤지는 "더러운 일"이라고 자조한다.

　나의 직업은 엄청난 이점을 제공한다. 이 세계 이면의 흐름을 볼 수 있는 문을 열어준다. 그 세계에서 한 사람의 값어치를 다루고 그 가치를 거래한다. (……) 당시에 나는 포드 핀토 사건을 담당했다. 70년대에 자동차 제조사 포드는 '핀토'라는 차를 만들었는데 출시 후 중대한 결함이 발견되었다. 주유구 끝에 미세한 결함이 있어서 후방 충돌의 경우 쉽게 불이 났다. 이로 인해 다수가 불에 타 죽었고 중화상을 입었으며 7천 대의 차량이 전소되었다. 이 구조적 결함에 대처하기 위해 회사 수뇌부가 우리 팀에게 설계 변경에 필요한 비용 산출을 요청했다. '핀토의 비용 대비 이익'이라 명명된 분석 보고서에 따르면, 희생자에 대한 손해보상 비용이 모든 차량을 리콜하여 결함 부품을 교체하는 것보다 저렴하다는 결과가 나왔다. 따라서 포드사는 이 보고서를 은폐했고 고객들은 계속해서 핀토의 연기 속으로 사라졌다. 훗날 이 보고서가 공개되자 포드사는 사망자에게 20만 불, 화상자에게 6만 7천 불, 차량 보상비로 700불의 수표를 끊어주었다. 핀토 사건은 이 거대한 거래의 아주 작은 부분에 불과하다. 그 이면 세계에서 우리가 손으로 만질 수 있는 현실 속의 사람 생명은 전적으로 회계상 비율의 토대로 산정된다. (……) 몇 해 후 미국 상원은 생명의 가치를 돈으로 환산하는 것은 이 나라의 종교, 도덕적 신뢰, 상식적 윤리에 심각한 모독이란 법안을 제출했고 수입, 질병, 나이, 혹은 장애 정도의 기준에 따라 계산하는 것도 배제되어야 한다고 언급했다. 하지만 보험 회사의 로비 탓에 이 법안은 폐기되었다.

손해사정인은 보험 가입자가 사망했을 경우 그의 인종, 학력 등을 고려하여 예상되는 수입을 따지고 특히 그가 살았다면 누렸을 법한 행복을 정확한 수치로 계산해야 한다. 예기치 못한 사고로 삶의 행복이 중단되었을 경우 배상 금액 산정에서 중요한 고려 사항은 "만족스럽고 빈번한 관계"이다. 평범한 용어로 풀이하자면 고인이 살아생전 누렸을 성적 만족도가 높을수록 보험 회사의 보상금이 인상된다는 뜻이다. 예컨대 죽은 남편에 대한 높은 보상금을 타내려면 미망인은 평소 잠자리의 빈도와 만족도를 크게 과장하는 것이 금전적 이득으로 돌아온다. 이런 원리를 비정한 합리주의, 혹은 자본주의의 합리성이라 칭할 수 있을까. 의학계의 지속적 경고에도 불구하고 석면 탄광촌이 번성하고 전 세계 건물 구석구석에 석면이 사용된 것은 그것이 가장 저렴한 내연 건축재였기 때문이다.

화자가 캐나다 원주민의 후손인 위노나가 조종하는 경비행기를 타고 그의 반려견과 더불어 지상에서 벗어나던 일을 가장 아름다운 추억으로 간직하는 이유도 그간 지상의 방관자로 머물렀음에도 불구하고 떠나지 못했던 이 원리에서 잠시나마 벗어나고 싶은 심정의 발로였을 것이다. 그가 감옥에 들어오게 된 것도 결국 지상의 원리를 더 이상 견디지 못하고 잠재된 분노를 표출한 탓이었다. 문제는 실내 수영장이었다. 화자는 비행 일과에 지친 위노나의 피곤을 풀어주기 위해 함께 수영장에 들어갔다가 입주자 대표에게 발각되었다. 손해사정인의 표현에 따르면 입주자 대표는 "엑셀 프로그램"과 같은 인물이었다. 모든 것을 비용 대비 효과로 수치화하는 것에 익숙하며 원칙을 신봉하는 입주자 대표는 입주민 외의 사람은 수영장을 사용할 수 없다는 규칙을 빌미로 화자를 해고하려 든다. 그런 심사의 밑바닥에는 원주민의 피가 섞인 위노나에 대한 차별의식도 잠재돼 있었을 것이다. 위노나가 죽은 후에도 세상의 부조리와 불의에 순종적이던 화자는 잔디를 깎던 중 입주자 대표의 잔소리를 더 이상 견디지 못하고 돌연 상대에게 대들어 심각한 폭행을 가한다. 심지어 입주자 대표를 물어뜯어서 "입안에 그의 살점이 남았는데 구역질 나는 피 맛 외에 아무 맛도 없었다"고 말할 정도로 집요하게 말이다. 그리고 그 맛없는 살 한 점이 화자가 세상과 격리되어 강변 감옥에 갇히게 된 이유가 되었다. 장폴 뒤부아 소설의 인물은 대체로 세상에 대해 예리한 해석과 비판의식을 지녔지만 그런 의식이 행동으로 이어지는 데에는 더딘 편이다. 그 가장된 평온, 자폐적 의식이 불쑥 폭력으로 표현되는 순간 그는 가정과 사회에서 더욱 깊이 소외되고 심지어 감옥에 격리되고 만다.

예컨대 1996년 작 『케네디와 나』에서 성공한 작가인 주인공은 텔레비전 문학 대담 프로에 출연해서 사회자의 질문에 묵묵부답으로 일관하다가 마침내 고래고래 비명을 지르며 스튜디오를 뛰쳐나가는 바람에 거의 절필상태에 빠지거나, 자신을 단순한 상업적 고객 취급하는 치과 의사에게 불쑥 대들어 그의 팔을 물어뜯기도 했다.(그의 소설에서 반복되는 대목 중 '물어뜯기' 항목을 추가해야 할 것이다.) 장폴 뒤부아가 형상화한 인물들은 한결같이 이 속악한 세상에서 가장 가치 있는 일, 인생에서 가장 의미 있는 행위는 자기 집 앞 정원을 가꾸는 것밖에 남아 있지 않다고 생각하는 듯하다. 그의 소설에 거의 필수적으로 등장하는 의사, 특히 치과 의사나 정신과 의사를 유난히 적대적으로 묘사하는 이유는 그들이 삶의 고통을 치유하는 데에 무능할 뿐 아니라 근원적 치유가 불가능한 인간 조건을 환기시키기 때문이다. 작가가 보기에 의사, 나아가 정치인은 차라리 자각 증세가 없는 중증 환자와 다름없었다. 인간이 처한 근원적 조건을 치유할 길은 아득한데 큰소리치며 나서는 사람들은 실상 사기꾼이거나 과대망상증 환자에 불과하다.

뒤부아는 어느 대담에서 인간은 가진 자와 가지지 못한 자로 나뉘며 둘 사이에 화해할 길이 없다는 지극히 평범한 사실을 되풀이 얘기했다. 그의 여러 작품에서 반복되는 것은 폴, 안나, 자동차, 치과 의사보다도 바로 이런 작가의 가치관일 것이다. 그 가치관의 차이는 일단 집안에서 시작된다. 딸은 애덤 스미스의 『국부론』에 감탄하지만 아버지는 그런 딸을 못마땅하게 흘겨보며 『체 게바라 평전』을 읽는 식으로 거대서사가 부녀 관계에서 작은 갈등으로 재현된다. 어머니가 약물로 자살하는 순간 중국 4인방 중 한 명인 장칭이 손수건으로 목매달아 죽거나, 화자가 감옥에 들어가는 날 오바마가 대통령으로 당선되고, 68혁명이 일어난 시절 군대에 소집된 주인공이 명령 불복종으로 폭행당했다가 병역이 면제되는 혜택을 받기도 한다. 좌파 출신 대통령이 의회를 장악하지 못한 탓에 우파 총리를 임명하여 어색하고 불편한 동거 정부를 이루는 동안 부부 관계는 틀어져서 부인은 몰래 바람을 피운다.

장폴 뒤부아의 소설은 프랙털 구조처럼 작은 구슬 안에 세계의 모습이 반영되는 경우가 많다. 그의 소설이 자질구레한 문화적 코드로 복고 취향에 편승한 인기를 얻고 독자들은 반복 테마를 발견하는 재미를 누리지만, 정작 변하지 않고 반복되는 상수는 그의 가치관, 무정부적이거나 극좌적 이념일지도 모른다. 어느 대담에서 그는 1년 중 3월 한 달 동안만 집중적으로 소설을 쓰고 나머지 기간에는 노동을 하지 않는다고 털어놓았다. 귀중한 인생을 노동으로 허비하고 싶지 않다는 뜻이다. 수백 편의 소설이 발표되어 프랑스 문단 분위기가 달아오른 올가을, 2019년 9월 8일 자 『르몽드』에 따르면 그의 현재 가장 큰 근심거리는 오랫동안 키우던 개들 중 한 마리가 툴루즈에서 죽어가고 있는 것이며 다른 나머지 일에는 아무 관심이 없다고 한다. 장폴 뒤부아는 그가 쓴 소설보다 더 훌륭한 소설가임에 틀림없다.

기억의 의무

제 발로는 더 이상 한 걸음도 나아갈 수 없는 곳, 그 지상의 막다른 골목에서 바다가 시작된다. 어떤 이는 주저앉아 시름에 빠지기도 하고 또 어떤 이는 먼 바다를 바라보며 미지의 나라를 꿈꾸기도 한다. 대서양을 마주한 항구도시 브레스트Brest는 프랑스인의 귓가에 맴도는 익숙한 지명이다. 자크 프레베르의 시 「기억하라, 바르바라Rapelle-toi Barbara」 중에서 "그날 브레스트에는 끊임없이 비가 내렸지"라는 유명한 후렴구 때문인데, 이는 그의 시를 노래한 프랑스의 명창 이브 몽탕 덕분일 것이다. 그의 노래를 들으면 자연스레 아름다운 한 장면이 떠오른다. 추녀 밑에서 비를 긋고 있던 한 남자가 "바르바라!" 하고 소리쳐 부른다. 그러자 비에 젖은 머리카락에서 물이 뚝뚝 떨어지는데도 바르바라는 활짝 미소를 지으며 달려가 그의 품에 안긴다. 기쁨에 찬 그녀의 얼굴 위로 바다와 거리에 내리는 비도 행복해 보인다는 가사가 이어지다가 돌연 "오 바르바라, 멍청한 전쟁"이라는 절규와 함께 "강철비, 피의 비 아래에서 지금 너는 어찌 되었는가, 너를 두 팔로 안았던 남자는 어찌 되었는가"라는 가사가 나오면서 그 아름다운 사랑 노래는 추모시로 돌변한다. 로마 시대부터 군항과 병참기지로 쓰였던 브레스트는 2차 대전 중 연합군의 집중 폭격을 맞아 폐허로 변했다. 2019년 〈공쿠르상〉 최종심에 오른 네 편 중 하나인 장뤽 코아탈렘Jean-Luc Coatalem의 『아들의 몫La part du fils』은 손자가 할아버지의 삶을 복원하는 과정을 그린 작품이다. 할아버지가 지상에서 누린 세월보다 더 오래 살아남은 손자가 할아버지의 짧았던 생애를 추적하는 이유는, 어릴 적부터 집안에서 할아버지의 이름 '파올'은 입에 올려서는 안 되는 금기어였기 때문이다. 37장으로 이뤄진 작품의 2장 도입부에 할아버지의 생애가 다음과 같이 요약되어 있다.

파올는 1894년 브레스트에서 태어났다. 피니스테르주에 터를 잡은 그의 가족 대부분은 군항 '아스날'에서 일했다. 그는 1차 대전에 참전했고 잔느와 결혼해 뤼시, 로앙 그리고 나의 아버지 피에르, 세 아이를 두었다. 퇴역 장교였던 그는 인도차이나로 전출되었다가 1930년 귀국했고 전역 후 인쇄소, 건축 회사 등에서 근무했다. 그리고 대부분의 프랑스 남자들처럼 1939년 소령 계급으로 다시 징집되었다. 나는 그를 알지 못했다. 마치 운명에 쫓기듯 너무 일찍, 너무 빨리 떠났기 때문이다. 하지만 한때 그의 것이었고 이제 우리의 것이 된 브르타뉴 지방은 그대로 남아 있다. 비시정부 치하에서는 밀고 쪽지 하나로 충분했을 것이다. 쪽지에 무엇이 씌어 있었던가? 아무도 모른다. 1943년 9월 1일 파울은 게슈타포에게 체포되어 브레스트의 퐁타뉴감옥으로 끌려갔다. 정치인, '테러리스트'들과 함께 구금되어 심문을 받았다. 프랑스와 독일의 수용소, 그를 거기에서 꺼내 되돌아오게 할 수 있는 길은 없었다. (⋯⋯) 수십 년이 지난 지금, 이미 지나간 세월에도 불구하고 나는 나의 할아버지를 찾아 떠날 것이다. 마치 그와 만나러 가는 것인 양.

나쁜 때에 나쁜 곳에 태어난 죄

나쁜 때에 나쁜 곳에 존재했다는 이유만으로 삶이 꼬이거나 아예 짧아진다. 딱히 프랑스에서만 그러했겠는가. 만약 20세기 초 한반도에서 태어나 어쩌다가 장수한 한 남자의 삶을 머릿속에 그려본다면 파울의 삶과 견주어 그 신산한 행로가 크게 다르지 않을 것이다. 일제 치하, 태평양전쟁, 해방, 한국전쟁, 피폐한 전후, 유신시대와 군사정권, 다시 IMF의 경제대란으로 이어지는 역사의 소용돌이 속에서 어느 누가 온전할 수 있을까. 숲속의 구불구불한 노송들 중 흠 없는 나무가 어디 남아 있겠는가. 2차 대전 독일 점령기 동안 행적이 묘연해진 한 남자를 찾아 헤매는 이야기는 〈노벨문학상〉 수상자 파트릭 모디아노가 자임한 평생의 숙제, 강박이었다. 모디아노의 아버지 찾기가 안개 자욱한 미로에서 헤매다가 종종 주저앉고 마는 편이라면, 코아탈렘의 할아버지 찾기는 보다 조직적이고 체계적이다. 그는 소설가이기에 앞서 기자였고 세계 80여 개국을 떠돈 여행작가이자 유명인의 삶을 추적하는 전기작가이기 때문이다. 도대체 할아버지 파올은 무슨 이유로 게슈타포에게 체포되어 수용소에서 생을 마감한 것일까? 작가가 공공기관의 문서철을 뒤져 발견한 파올과 관련된 서류에 체포 사유는 "불상"이라고 기록되어 있었다.

1943년에 이미 전세가 기울어 점령군은 레지스탕스, 공산주의자, 유대인뿐 아니라 반체제적인 언행을 보인 프랑스인들도 마구잡이로 잡아들였다. 군수물자를 생산하는 독일 공장의 일손이 달렸기 때문에 불온분자를 모아 노역으로 내몰았다. 할아버지 파올이 체포되었던 "그해 9월 내내 브레스트에 대한 폭격이 이어졌다. 폭탄이 역사와 철로 근처에 떨어졌고 기파바스, 라베톡 활주로에도 폭우처럼 쏟아졌다". 이브 몽탕의 노래처럼 브레스트에 강철비가 내리던 시절이었다. 감옥에 갇힌 파올은 창살 사이로 밤하늘에서 번쩍이는 대공포탄을 보았고, 영국군 폭격기가 떨어뜨린 포탄의 굉음을 들었을 터였다.

작가는 앨범에 남은 몇 장의 사진을 보며 1차 대전에 참전했던 할아버지 파올의 모습을 상상한다. 예컨대 "1916년 6월 4일. 플레리 드방 두오몽의 숲 언저리에서는 넉 달째 치열한 전투가 이어진다. 마을은 열여섯 번이나 점령군이 바뀌었다. 머지않아 플레리는 맹렬한 폭격과 가스 살포로 인해 폐허가 될 것이다. 병사들은 오로지 후방으로 이송될 정도의 '좋은 부상'을 입기만을 기도할 따름이다"와 같은. 파올은 "1918년 3월 30일 전투에서 마지막 순간까지 모든 탄약이 소진되도록 저항"한 공적으로 "빗물로 고랑이 파인 들판 한가운데에서 무훈 십자훈장"을 받는다. 강철 폭우와 독가스 속에서 인간의 피부가 얼마나 참혹하게 변하는지 목격한 그는 1919년 4월 무사히 고향으로 돌아왔다. 전쟁에서 그가 체험했던 비극은 모든 프랑스 병사가 겪었을 법한 평범한 사연일 뿐이었다. "파올은 채 스물다섯 살도 되지 않았지만 이미 천년을 산 것 같았다." 그 평범한 프랑스 남자는 1927년 6월 10일 다시 군함에 올라 고향을 떠나야만 했다. 마르세유 항구에서 출항한 군함은 아프리카를 돌아 싱가포르를 거쳐 프랑스의 아시아 식민지 거점 지역인 인도차이나반도로 향했다. 아내와 어린 자식들을 그곳까지 데리고 갈 수는 없는 노릇이라 그는 2년 반 동안 홀로 주둔지에 머물렀다. 그 기간 동안 파올은 가족들을 한 번도 만나지 못했다. 1차 대전의 전쟁터에서 꽃 같은 청춘을 보낸 파올은 다시 베트남의 밀림에서 젊음의 끝자락마저 허비해야만 했지만 묘하게도 그의 마음 한구석에는 사이공과 메콩강에 대한 향수가 떠나지 않았다. 그리고 어느 날 아침, 그의 셋째 아이 피에르가 태어났다. 이제 파올의 삶은 그렇게 고요한 강처럼 흘러갈 것만 같았다.

앞서 언급했듯이 브레스트에 강철비가 내리던 1943년 9월 1일 파올은 체포되었다. 서류에 기록된 사유 "불상"이 작가의 마음에 걸렸다. 차라리 극렬 반독저항운동에 참여했다는 죄목이었다면 작가의 가족들은 "안전한 애도 작업"에 돌입할 수 있었을 것이다. 누군가의 밀고에 의해 수용소로 끌려갔다는 사실은 변함없지만 당시 이웃과 친지를 밀고하는 프랑스인은 넘쳐났으니까. 이렇게 생각해보자. 평소 복도에서 마주칠 때 웃는 낯으로 대하는 이웃이지만 층간 소음으로 하고한 날 밤잠을 설치게 한다. 그런데 슬쩍 그를 고발하는 익명의 편지를 독일 당국에 보낸다면 말끔하게 해결된다. 그런 뒤에 과연 발 뻗고 숙면을 누릴 수 있을까. 혹은 나의 손님을 가로채는 이웃 빵집 주인이 알고 보니 유대인이었다는 소문을 퍼뜨린다면 어떨까. 아니면 브레스트에 추락한 영국 공군 조종사의 생환을 돕는 비밀 조직원이라고 고발하는 건? 전후 점령기간의 공문서를 조사한바, 놀랍게도 프랑스인의 투서와 밀고에 관련된 사건 수는 당시 인구의 3분의 1에 해당하는 수였다고 한다. 물론 수백 건의 밀고와 투서를 자행한 주인공이 단 한 사람일 수도 있을 테니 통계 숫자의 환상은 감안해야 할 것이다. 그렇다 해도 역사의 암흑기에 오히려 인간의 추악한 그늘이 훤히 드러난다는 사실에는 변함없다.

시간이 흐를수록 나는 파울이 레지스탕스에 가담했다는 가능성을 의심하게 되었다. 1956년 발표된 프랑스 퇴역 군인에 관한 법령에 따르면 충분한 증거가 없을 경우 '저항 수용자'라는 명칭을 쓸 수 없게 되었다. 내가 무엇보다도 두려워하는 것은 깊게 팬 이 침묵의 웅덩이를 설명할 수 있는 것으로서 견딜 수 없는 어떤 사실, 개인적 원한 청산, 사무 착오 같은 것이 불쑥 튀어나오는 사태이다.

그가 아는 한도 내에서 파울은 "적어도 민병대, 혹은 대독 협력자, 암거래업자, 밀고자 등은 아니었다". 프랑스인들 중에서는 수용소로 끌려간 사람들이 남기고 간 집, 귀금속, 땅을 헐값에 사들여 치부하는 파렴치한도 적지 않았지만 점령기간 동안 작가의 가족은 오히려 재산을 잃은 쪽이었다. "그래서 나는 투쟁의 시기라고 상상했던 시기를 건너뛰고 불행히도 보다 확실한 사실을 확인할 수 있는 그의 마지막 행적의 장소인 수용소에 집중하기로 결심했다." 이제 작가의 추적은 브레스트감옥에서 독일의 수용소 그리고 강제 노역장으로 이어진다.

달나라의 꿈

점령기에 체포된 불온분자들은 가축 운반용 열차에 실려 독일 집단수용소로 이송되었다. 비좁은 화물칸에 100여 명씩 실려 가다 보니 죄수들은 교대로 앉아 잠을 자야만 했다. 1943년 12월 16일 바이마르에 도착했고 다시 열차는 최종 목적지인 부헨발트로 향했다. 수용소에서 파울은 이름 대신 38676번이란 숫자가 적힌 빨간 삼각형 표식을 가슴에 달았다. 수용자는 대부분 러시아, 폴란드 출신이었지만 30여 개 국적의 3만 7천여 명에 이르렀다. 모든 수용자는 자신의 수인 번호를 독일어로 외워야만 했다. 번호가 불렸을 때 자칫 대답이 늦으면 죽음으로 이어지기 십상이었다. 파울은 부헨발트에서 다시 군사기지 도라Dora로 이송되어 강제 노역에 시달리게 된다. 작가는 몇 해 전 파리에서 개최된 「도라 사진전」을 기억해냈다. 사진전의 포스터는 "녹색 바탕을 배경으로 줄무늬 수의를 입은 수인의 모습 그리고 그 맞은편에 푸른색 바탕으로 아폴로 11호의 우주인 닐 암스트롱의 모습을 보여주"었다. 그 사진에는 "우주 정복에서 망각된 2만 명을 기리며"라는 묘한 설명이 붙어 있었다. 인류가 달에 첫발을 내디딘 역사적 사건과 도라수용소의 도형수는 무슨 상관이 있는 걸까? 도라수용소는 독일의 미사일 V2를 개발한 군사기지로 사용되었다. 1942년 10월 첫 번째 시험 발사에서 V2가 지상 85킬로미터로 치솟아 대기권 바깥으로 비행하자 과학자는 "별들로 가는 길이 열렸다"고 평가했지만, 개발 직후 나치 당국은 별나라는 접어두고 그 추진체에 800킬로그램의 폭약을 장전해 연합국 쪽으로 날릴 궁리를 했다. 1932년부터 발사체를 개발한 주역 중 하나인 베르너 폰 브라운은 프리츠 랑이 제작한 영화 「달의 여인」을 본 후 언젠가 달나라에 인류를 이주시키는 꿈을 키웠다. 그러나 당시 제작한 미사일은 기술 결함으로 목표물을 명중시키지 못했고 "V2는 그것을 제작하기 위해 희생된 도라의 강제수용소 죄수의 절반에도 못 미치는 영국인을 사살하는 데에 그쳤지만 심리적 충격은 부정할 수 없었다". 전쟁이 끝나자 폰 브라운은 존경받는 미국 과학자로 변신하여 1969년 우주인을 달로 이송해

줄 비행선 아폴로 11호 앞에서 멋진 포즈를 취한 사진을 찍었다. 아폴로 우주선에 승선했던 세 명의 우주인 중 하나인 올드린은 이 독일인이 없었다면 아무 사고 없이 달을 정복하는 일은 불가능했을 거라고 이야기했다. 미국 정보국에 따르면 골수까지 나치 당원이었던 폰 브라운이 미국 우주 개발의 아버지가 된 셈이다. 그가 실험에 몰두했던 도라기지에서 강제 노역에 동원되어 목숨을 잃은 수용자가 2만 명에 이르고 거기에 작가의 할아버지 파울도 끼어 있었다.

작품 후기에서 작가는 이 이야기가 소설에 가깝다고 털어놓았다. 사실 확인을 위해 자료 조사에 진력했지만 작가가 찾은 객관적 정보는 몇몇의 단편적 사실과 몇 장의 사진에 불과하여 많은 부분을 일반적 역사 자료와 상상력으로 채웠다고 고백했다. 자료와 증인의 부족으로 이야기의 많은 부분을 상상으로 채웠다는 점은 충분히 수긍할 수 있고 나아가 이 작품의 매력이 될 수 있다. 그러나 정작 이 작품의 구멍은 다른 데에 있다. 20세기 프랑스 역사의 큰 비극인 양차 대전에 관련된 소설, 나치스가 집단수용소에서 자행한 폭력을 다룬 작품은 매년 발표되는 프랑스 소설 목록에 거의 빠짐없이 끼어 있다. 그것은 예술가가 감당해야만 하는 기억의 의무를 저버리지 않은 윤리적 태도로 보인다. 그리고 그 폭력의 역사에서 프랑스는 대체로 희생자를 자처하며 당대 독자들에게 불의에 대한 분노를 불러일으킨다. 그러나 이 작품 속 주요 인물 파올의 두 아들 로앙과 피에르는 전쟁 통에 아버지를 잃은 희생자 입장이지만 각기 알제리와 베트남에 파병된 이력이 있다. 파올과 두 아들이 체류했던 알제리와 베트남은 그저 삭막한 본국에서 벗어난 젊은 프랑스 군인이 느끼는 이국정서, 일상을 벗어나 이방에 휴가를 나온 여유로움만이 서정적으로 묘사되었다. 놀랍게도 호치민과 디엔비엔푸 전투, 알제리전쟁은 지나가는 말로 얼핏 언급되었을 뿐이다. 1차 대전 중 파올이 배속되었던 알제리여단에 대한 언급도 생략되었고 할아버지, 아버지의 삶에서 그 대목은 "아들의 몫"이 아니라고 치부할 수 있을 정도다. 할아버지와 아버지, 그 두 세대는 그저 나쁜 시기에 나쁜 장소에 태어났을 따름이다. 1차 대전에서 피해자였던 프랑스가 베트남전쟁에서는 차라리 가해자에 가깝지 않았을까. 2차 대전 중 나치스가 프랑스인에게 자행했던 고문 행위를 인류에 대한 범죄라고 단죄했던 프랑스가 다시 알제리전쟁에서 나치스에 못지않은 야만을 저지른 자국의 군인을 어떻게 처리해야 했을까. 작가는 할아버지가 차라리 사이공에 정착했다면 끔찍한 죽음을 피할 수 있었을 것이라고 아쉬워했지만 돌이켜보면 베트남은 인류에게 또 다른 지옥이었다.

『아들의 몫』때문에 관심을 갖게 된 장뤽 코아탈렘의 작품 목록 중에서 유독 눈길을 끄는 제목이 있다. 작가는 2011년 봄 "우리가 은하계 저 끝에 있는 행성보다도 알 수 없는 곳이 지구상에 존재한다"는 말을 듣고 그곳으로의 여행을 결심한다. 그리고 2013년 여행기『평양냉면Nouilles froides à Pyongyang』을 발표한다.

작가는 친구와 더불어 프랑스 관광 사업가로 신분을 속이고 입국 비자를 받은 후 베이징을 거쳐 평양에 들어갔다. 평양, 원산, 개성, 금강산, 판문점 등지를 돌아다녔지만 그는 아무것도 보지 못했다. 북한에서 접촉한 사람은 그를 그림자처럼 따라다니는 안내원 그리고 안내원의 허락을 받고 잠깐 대화를 나눈 주체사상 교수 정도였다. 그의 긴 여행기는, 작가가 직접 눈으로 확인하고 체험한 것은 너무나 보잘것없었고 대부분 북한 관련 자료와 논문, 프랑스어로 번역된 탈북민의 체험기로 채워져 있었다. 평양을 방문하기 전 6개월 동안 그가 읽고 정리한 자료가 여행기의 8할 이상을 차지했고, 실제 목격했던 북한은 한마디로 "거대한 노천 감옥"이라고 요약될 정도로 빈약했다. 쿠바, 라오스, 베트남 등지를 여행했던 경험에 비춰 보아도 그에게 북한은 전 세계 어느 국가와도 비교할 수 없을 정도로 경직된 나라, 피해망상증에 빠진 나라였다. 미제국주의와 남한을 비롯한 모든 타자에 대한 적개

심과 의심은 작가가 접한 소수의 주민들에게서 감지되는 이상 징후였다. 북한은 "나치의 집단수용소를 모방한 나라"였다. "하루 일정은 길었지만 나는 아무것도 보지 못했고, 전혀 이해하지 못했다." 안내인이 그토록 자랑하던 평양의 명물 요리는 "미리 삶은 콩알만 한 달걀, 오이 여섯 조각, 통조림에서 꺼낸 것 같은 배 반 조각이 장식된 국수"에 불과했다. 음식뿐 아니라 그가 북한에서 보고, 먹고, 마셨던 모든 것은 식량난에서 벗어나지 못한 가난한 후진국의 생활상을 조롱하는 소재로만 이용되었다. 김일성의 시체가 안치된 금수산태양궁전에서 참배를 마친 작가는 방명록에 이름을 남겨야 했는데 "북조선의 지도자에 대한 방문객의 경의"라고 썼다가 안내원의 눈총을 받았다. "형용사를 빼먹은 것이다. 나의 문구에 '영원한'이란 형용사를 붙여야만 했다. 북한 주민이었다면 바로 강제수용소로 끌려갈 만한 죄목이었다." 작가가 "김씨 일가의 제국은 과대망상증 환자들의 나라"라는 것을 절감한 순간이었다. 작가는 하루 일정을 끝내고 돌아올 때마다 자신의 짐을 누군가가 뒤졌다는 느낌을 받는다. 그러나 여행 기록 수첩은 가방의 밑바닥을 뚫어 감춰둔 덕분에 여행이 끝날 때까지 압수되지 않았다. 여행을 마치고 평양공항을 떠나며 그는 혹시 나중에 평양 여행기를 발간하면 자신을 안내했던 관계자들이 처벌을 받을지도 모른다는 걱정이 들었다. "광인들과 고문 전문가들이 사는 나라에 그들을 버려두고 떠났다가 나중에 우리들 때문에 곤경에 처한다면……." 그는 세관을 벗어나 공항의 국제 구역에 들어서자 "그를 짓누르고 있었던 짐, 눈에 보이지 않았지만 그를 숨 막히게 만들었던 무게"를 훌쩍 털어버린 느낌을 받았다. 감시의 눈길에서 벗어나 마음 내키는 대로 발길을 옮길 수 있다는 자유를 새삼 실감하고 놀라기도 했다. 비행기에 오르자마자 "거대한 잠에 짓눌려 깊은 바닷속에 던져진 돌처럼 잠이 들었다. 이런 꼴을 웃어야 할까, 아니면 울어야 할까?"

나는 『평양냉면』을 읽으며 내내 불편한 감정에서 벗어날 수 없었다. 예컨대 그가 맛보며 조롱을 일삼던 평양의 한정식은 70년대쯤 서울을 관광하는 프랑스인이 접했던 음식 수준과 그리 다르지 않았을 것이다. 내가 대학 시절 프랑스 원어민 교수들과 함께 식사할 때 느꼈던 불편함이 되살아났다. 문화와 경제력의 차이에서 비롯되는 이 질감은 접어두고 "지구상에서 가장 알 수 없는 나라" "피해망상증의 국가"라는 표현까지는 수긍할 수 있다. 다만 그 괴이한 나라, 거기에 살고 있는 사람들을 바라보는 작가의 시선에서 시종일관 조롱과 경멸이 떠나지 않는 것은 받아들이기 힘들다. 그는 북한에 가지 않고도 여행기를 쓸 만큼 충분한 사전 조사를 마쳤고 북한 여행은 그의 사전 지식을 확인하는 절차에 불과했다. 결국 그의 북한 답사는 여행기에 신뢰감을 덧붙이기 위한 장식품에 그 쳤다는 느낌이 들었다. 현실에서 실현되는 거대한 동물 원을 한 바퀴 도는 사파리식 관광만으로 뚝딱 써 내려간 이 여행기에서는 브레스트 폭격, 나치 수용소, 강제 노역 에 관련된 글을 통해 독자에게 공감을 구했던 조지 오웰 같은 진지함을 찾아보기 어려웠다. 그가 강 건너 불구경 하듯 바라보았을 북쪽의 모습이 우리에게는 너무 익숙한 나머지 진부하기조차 했는데, 프랑스인에게는 은하계의 혹성만큼도 알려지지 않은 나라, 강 건너 불이겠지만 우 리에게는 언제 화마가 번질지도 모를 이웃집이라는 것이 새삼 불편하게 다가왔던 것이다.

다시 떠오르는 사람들

이 삶에는 공란들이 있다. '사건철'을 펼치면 짐작되는 공란들. 그것은 세월과 더불어 빛바랜 하늘색 사건철 안에 든 단순한 카드였다. 예전에는 하늘색이었지만 지금은 거의 하얀색이 된. 그리고 그 겉장 위에 "사건"이라고 적혀 있다. 까만 잉크로.

그것은 위트 흥신소에서 내게 남은 하나뿐인 추억, 마당 쪽으로 창문이 난 방 세 개짜리 오래된 아파트에서 보냈던 세월의 유일한 흔적이다. 그때 나는 채 스무 살도 되지 않았었다. 자료 보관용 가구가 있는 위트의 사무실은 아파트 맨 끝을 차지하고 있었다. 왜 다른 게 아니라 하필 그 사건철이었을까? 아마도 공란들 때문이었을 것이다. 그리고 그 사건철은 자료 보관용 가구가 아니라 위트의 책상에 버려져 있었다. 그가 말했듯이 "사건"은 해결—과연 해결될 수 있었던 것일까?—되지 않았고 그의 표현을 따르자면 그가 나를 "시험 삼아" 고용했던 그날 저녁 내게 맡겨진 첫 번째 사건이었다. 그리고 몇 개월이 지난 어느 날 저녁 똑같은 시간대에 이 일을 포기하고 홍신소를 완전히 떠나면서 나는 위트에게 작별 인사를 한 후 그의 책상에 굴러다니던 이 하늘색 사건철을 그의 눈을 피해 슬쩍 나의 서류 가방에 집어넣었다.

2019년 10월 3일 파트릭 모디아노가 발표한 그의 스물 아홉 번째 소설 『다정한 잉크Encre sympathique』*는 이렇게 시작된다. 그의 작품을 접했던 독자라면 이번에도 대번 기시감이 들 것이고 유사 주제를 둘러싼 반복과 변주는 그의 작품세계가 지닌 주된 특징 중 하나이다. 실종과 추적, 망각과 기억이란 테마는 거의 강박처럼 그의 전작을 지배하는 모티프였고 독자들은 종종 그 단조로움을 타박하기도 했다. 하지만 2014년 그에게 수여된 〈노벨문학상〉은 세간의 불평을 다소 누그러뜨리는 효과를 발휘했다. 이제 평론가들은 동일한 주제의 반복을 지적하기보다는 그것의 변주와 확장성에 주목하는 쪽으로 기울었다. 사라진 어떤 사람, 혹은 궁극적으로 자아의 정체성을 찾아 헤매는 남자의 이야기가 『다정한 잉크』에서도 예외없이 되풀이된다. 게다가 1978년 〈공쿠르상〉 수상작 『어두운 상점들의 거리』의 아름다운 첫 문장 "나는 아무것도

---

* 원제를 직역하여 '다정한 잉크'라 했지만 정확한 번역어는 '은현隱現 잉크'이다. 육안으로는 보이지 않지만 가열하거나 화학 처리를 하면 글씨가 나타나는 잉크를 뜻한다.

아니다. 그날 저녁 어느 카페의 테라스에서 나는 한낱 환한 실루엣에 지나지 않았다"가 약간의 변주를 거쳐 이번 작품의 첫 문장으로 다시 등장하고 있다.

첫 문장에서 실루엣으로만 제시된 주인공의 윤곽이 소설의 진행에 따라 조금씩 명료해지고 속을 채워가는 과정이 〈공쿠르상〉 수상작의 줄거리였다면 『다정한 잉크』는 주인공이 한 여인의 삶에서 비워진 부분, 그 공란을 메워가는 과정을 그리고 있다. 『어두운 상점들의 거리』의 주인공 기 롤랑Guy Roland을 기억하는 독자라면 그로부터 거의 반세기가 지난 후 그가 다시 등장한 것이라 짐작할 수도 있다. 그러나 흥신소에서 8년이나 근무했던 기 롤랑과 달리 이번 소설의 주인공 장 에벵Jean Eyben은 몇 개월 만에 직장을 그만둔다는 차이가 있고, 기억상실증에 걸린 기 롤랑이 자신의 정체성을 찾는 과정에 있다면, 장 에벵은 노엘 르페브르란 여자를 추적한다는 점이 다르다. 일인칭 화자의 생각과 행로를 따라가는 독자의 관심은 일단 실종자의 정체에 맞춰지지만, 도대체 화자가 무슨 이유로 이토록 집요하게 그 여인을 찾아야만 하는가라는 두 번째 질문이 첫 질문 위에 겹쳐진다. 그리고 두 질문에 대한 답은 일인칭 화자가 과거의 기억을 되찾는 데로 이어진다. 지나친 윤리적 도식화를 무릅쓰자면 타자에 대한 이해가 결국 자아성찰로 이어진다고 할 수 있겠다.

미궁과 아리아드네의 실

모디아노의 작품세계를 '미로 신화'의 변형이라고 요약한 학자도 있지만 이번 소설의 도입부에서 주인공에게 제공된 아리아드네의 실타래는 서류철 하나이다. 주인공이 위트 흥신소를 떠나며 훔친 서류철에는 실종자의 간략한 약력, 사진 그리고 사서함용 카드가 들어 있었다. 사서함 개설이란 것은 주소가 자주 바뀌거나 거주지를 남에게 밝히기가 거북할 때 유익한 장치일 것이다. 무슨 사연으로 노엘 르페브르가 사서함을 이용했는지는 불분명하지만 주인공은 그녀가 우편물을 수령하러 왔다가 빈손으로 돌아선 후 들를 만한 우체국 근처의 카페에서 그녀를 무작정 기다린다. 그리고 카페에 앉아 있던 그에게 불쑥 제라르 무라드란 남자가 다가온다.

듣기로 노엘을 찾는다고 하던데…….

그래요, 혹시 노엘과 관련된 소식을 들려줄 수 있나요?

그녀와 무슨 관계가 있나요?

관계 말입니까? 여자친구의 부탁을 받았어요, 날더러 그녀의 사서함에서 우편물을 대리 수령해달라는 부탁을 하더군요.

로제는 이 사정을 알고 있나요?

로제요? 로제가 누굽니까?

그녀의 남편을 모른단 말입니까?

몰라요, 로제 르페브르를 두고 하는 말씀인가요?

아니요, 그녀 남편 이름은 로제 베아비우죠. 그런데 당신은
누구시죠?

주인공이 얻은 첫 번째 단서를 통해 노엘 르페브르는
이름조차 불분명한 인물로 변하고 그녀의 추적에 나선
주인공은 미궁의 입구에서부터 길을 잃고 만다. 제라르
무라드는 그녀를 브레노스라는 친구 집에서 처음 만났다
는 설명을 덧붙이는데, 그 브레노스란 인물이 바로 위트
흥신소에 실종 사건을 의뢰한 사람이었다. 또한 주인공
은 무라드를 통해 브레노스가 50대의 의사로, 노엘에게
진정제를 처방해주던 관계였다는 사실도 알게 된다. 노
엘의 남편 로제는 운전수, 꽃 장사, 극장 지배인 등 여러
직업을 전전했으며 무라드의 표현에 따르면 "어디로 튈
지 모르는 그런 사람"이었다. 주인공은 흥신소 서류를 통
해 노엘이 안시Annecy에서 태어났다는 것과 무라드로부
터 그녀가 실종 직전까지 고급 가죽 제품을 파는 랑셀이
란 가게에서 일했고, 춤추는 것을 좋아해서 마린댄스클
럽에 드나들었다는 정보를 얻게 된다. 그리고 사서함에
서 노엘 앞으로 온 편지를 입수함으로써 점차 그녀의 삶

에 깊게 빠져들며 단순한 호기심이 아니라 그녀와 자신이 모종의 관계로 얽혀 있다는 예감을 하게 된다.

모디아노의 소설에서 예감은 대체로 회고를 촉발하는 불씨로 작동한다. 입수한 편지에는 그녀에게 산초란 남자와 재회하여 가급적 로마에서 새로운 삶을 살라는 충고가 적혀 있었다. 무라드, 로제, 브레노스, 산초 그리고 오트 사부아 지방에 위치한 작은 도시 안시. 그녀를 둘러싼 인물과 지명은 퍼즐 조각처럼 흩어져 있는데 그것을 인과관계에 따라 정교하게 맞춰가는 것이 주인공이 풀어야 할 과제이며, 그 과정에 동참하는 것은 독자의 몫이다.

비밀을 적는 잉크

소설의 제목인 '다정한 잉크'는 맹물처럼 투명한 잉크로서 그것으로 글을 써도 종이에 아무런 흔적이 남지 않는다. 그런데 열 또는 압력을 가하거나 약품 처리를 하는 등 특정한 조건에서는 서서히 잉크의 색깔이 짙어지며 글자가 나타난다. 호기심으로, 혹은 장난삼아 한두 번 쓸 수 있지만 그것을 집중적으로 사용하는 것은 자신만이 확인할 수 있는 기록을 남기고 싶거나 은밀한 메시지를 주고

받는 경우에 속할 것이다. 작가는 특정한 용도의 그 잉크를 우리 인간의 보편적 기억력에 대한 메타포로 사용했다. 흥신소를 떠나는 마당에 주인공은 까닭 없이 그의 첫 번째 사건에 매달려 점차 노엘이란 여인의 삶에 사로잡히고 만다. 그가 이 사건에 끌리게 된 것은 안시라는 그녀의 출생지 탓일지도 모른다고 자각하게 되는데, 그 이유는 바로 투명 잉크의 작동 방식이 떠올랐기 때문이다.

앞서 밝혔듯 모디아노 소설에서 막연한 예감은 대체로 과거 회귀로 이어진다. 미래에 대한 감각이 과거를 추억하는 것으로 착종되는 모디아노의 논리는 이 작품에서도 발휘된다. 퍼즐의 몇 조각이 모이자 그가 가장 외롭고 힘들었던 삶의 한 시절을 안시에서 보냈다는 점을 떠올리고 고향 친구에게 노엘, 산초 등에 관련된 정보 수집을 의뢰한다. 그의 기억 속에 투명 잉크로 쓰여 있던 과거가 특정한 조건이 성립되자 서서히 짙은 색깔로 변한 것이다. 예컨대 노엘을 추적했다가 단서가 부족해서 포기한 지 10여 년이 지난 어느 날, 그는 이발소에서 차례를 기다리다가 펼친 탁자 위의 오래된 연감에서 제라르 무라드의 사진을 발견한다. 노엘이란 여자는 내내 그의 머릿속을 맴돌았지만 까맣게 잊고 지냈던 무라드라는 이름을 보자 투명 잉크의 색깔이 다시 짙어진다.

삶에는 공백이란 것이 있지만 가끔 후렴구라는 것도 있다. 다소 긴 세월 동안 어떤 노래의 후렴구를 듣지 않아서 그것을 까맣게 잊었다고 생각하기도 한다. 그런데 어느 날 홀로 있다가 주변에 딱히 관심을 둘 만한 것도 없는 상황에서 돌연 마치 여전히 자력을 발휘하는 동요의 가사처럼 그것이 머릿속에 되살아난다.

안시 근방에서 기숙학교를 다녔던 화자는 다니엘 V라는 친구 덕분에 고급 스포츠카를 얻어 탄 적이 있었다. 안시의 카지노 호텔을 자주 찾던 산초라는 인물이 그의 친구에게 차를 맡기면 친구는 차 주인이 도박 삼매경에 빠진 틈을 타서 몰래 스포츠카를 몰고 다녔다. 주인공은 늦은 밤 기숙사로 돌아가는 버스가 끊긴 탓에 어쩔 수 없이 친구가 저지른 경범의 혜택을 누린 공범이 된 적이 있었다. 그리고 그 친구에 따르면 산초의 본명은 세르주 세르보즈 르페브르, 스위스의 로잔과 제네바 그리고 이탈리아의 로마를 넘나들며 수상한 사업을 하는 인물이었다.

주인공은 젊은 시절 안시에서 알고 지냈던 자크 B에게 노엘과 관련된 정보를 부탁했다. 그는 신문 기사 한 쪽을 복사하여 답장에 동봉하였는데 기사에 따르면 제라르 무라드, 본명 앙드레 베르네는 살인 혐의로 체포되었다. 세르주 세르보즈 르페브르는 "안시에서 태어나 젊은 시절

므제브에서 호텔 종업원 노릇을 했다. 스위스, 로마 등지에 체류했으며 1962년 8월 4일 앙리 마티스의 그림 한 점을 차 트렁크에 싣고 스위스 국경을 넘다가 체포되었다". 1963년, 혹은 1964년 여름 그는 노엘이라 불리는 젊은 여자를 대동하고 안시에 다시 나타났다. 그리고 그 노엘은 어느 순간 파리로 떠났다가 어디론가 사라져버렸다. 정보에 따르면 "가출이 그녀의 삶의 방식"이었다. 그리고 일인칭 화자로 서술되던 소설은 마지막 장에서 전지적 시점으로, 공간적 배경은 로마로 바뀐다. 주인공은 천신만고 끝에 로마에 살고 있는 노엘을 찾아간다. 그녀는 르페브르를 따라 로마로 도망쳤다가 남편이 죽자 "시간이 멈춰버린 도시" 로마에 정착하여 사진 전문 화랑에서 일하고 있었다.

안시

오트 사부아 지방의 소도시 안시는 모디아노의 소설에서 단순한 지명이 아니라 신화적 공간으로 자리매김한다. 알프스산맥의 호수들을 거느리고 있는 아름다운 소도시 안시는 연중 관광객이 끊이지 않는 매력적인 곳이지만 『어두운 상점들의 거리』의 끝부분에서처럼 어두운 시절에는 스위스로 도피하려는 망명객, 혹은 수상한 사람들이 프랑스를 떠나기 직전 마지막으로 숨을 고르는 곳이기도 했다.

모디아노의 부모는 가정을 지키지 않고 아들을 기숙학교에 버려둔 채 타지를 떠돌았다. 아버지는 항상 집을 비우고 다니며 각종 사업을 벌였지만 결국 실패하고 스위스에서 죽었고, 어머니 역시 무대 위의 스타가 되기를 꿈꾸며 유럽 각지를 흘러 다녔다. 안시 근방의 기숙학교에서 학창 시절을 보냈던 모디아노는 군대와 같은 엄격한 규율에 매어 살던 그때의 기억을 가급적 지우고 싶어했지만 기억은 주인의 의지대로 움직이는 "수의근"이 아니었다. 모디아노는 외출이 허락되는 일요일마다 안시까지 버스를 타고 내려왔고, 귀가 시간이 되면 귀대를 앞둔 휴가병처럼 무거운 발걸음으로 마지막 버스에 올랐다. 작은 도시에서 늦은 시간에 규칙적으로 버스를 이용하는 승객들은 자연스레 안면을 익히기 마련이다. 당시 어린 나이로 직장생활을 하던 어느 소녀는 기숙학교로 돌아가는 학생의 곁에 앉기도 했고 빈 자리가 없을 경우에는 나란히 선 채로 내내 어깨를 부딪치며 함께 어두운 창밖을 바라보았다. "가끔 그녀는 기숙학교로 이어지는 좁은 길을 따라 그와 동행해주었고 그들은 눈길에서 미끄러지지 않으려고 천천히 걸음을 옮겼다. (……) 잊어버렸다고 믿었지만 나란히 앉아 옆모습을 바라보는 것만으로도 그들은 그것을 기억하기에 충분했다. 이것이 그녀가 방금 생각한 것이다. 그도 자신을 알아보았을까? 알 수 없었다. 내일은 그녀가 먼저 말문을 열 것이다. 그녀는 그에게 모든 것을 설명할 것이다." 소설은 이렇게 마무리된다.

위트 사무실에서 훔친 노엘 관련 서류의 공백은 이렇게 조금씩 채워져갔고 그중에서 가장 결정적 항목은 그녀가 10대 중반 시절 안시에서 보낸 한때라고 할 수 있다. 그리고 외딴 산골에 사는 또 다른 어린 소녀의 이야기는 모디아노의 다른 소설에서도 반복된다. 예컨대 1999년 작 『신원 미상 여자』와 2019년 작 『다정한 잉크』를 한꺼번에 읽는다면 독자의 머릿속에는 한 여자의 모습이 완성될 것이다. 달리 말하면 두 작품 속에 흩어져 있는 퍼즐 조각들을 하나로 모으면 노엘 르페브르란 여자의 초상화가 그려진다. 19세기 서양의 성장소설에서 흔히 배경으로 나오는 기숙학교는 어린 시절 세계문학전집을 읽었던 독자라면 꽤나 낯익은 풍경이다. 주로 신부와 수녀가 운영하는 사립 기숙학교는 엄격한 규율 탓에 10대 초반부터 일찌감치 병영생활을 하는 것이나 다름없다. 기숙학교는 "마치 부모가 그 아이들을 어느 역 분실물 보관소에 맡긴 것만 같았다."*

모디아노는 자서전 『혈통』에서 자신을 혈통증명서가 없는 잡종견으로 묘사한 적 있다. 갇혀 살았던 산골의 기숙학교 시절 그는 자신을, 찾아오는 사람이 없는 분실물 보관소 구석에 처박힌 하찮은 우산 혹은 유기견 보호소에 버려진 개쯤으로 생각했다. 그래서 일요일 저녁이면 잠깐 외출을 나온 후 늦은 밤 마지막 버스를 타고 귀교, 귀대하는 학생과 군인은 똑같은 표정으로 창밖을 바라보게 된다. 그리고 호주머니에 돈만 있다면 파리로 도망치고 싶은 젊은 남녀의 심정, 도망이나 가출이 삶의 양식 modus vivendi으로 굳어져버린 인간이 머릿속에서 형성된다. 외지인들에게는 아름다운 관광지, 겨울이면 몽블랑에서 스키는 즐기는 겨울스포츠의 중심지가 될지 몰라도 그곳에 붙박이로 사는 젊은이들에게는 오로지 "이곳만 아니라면 어디라도"라는 탈출 욕구가 마음속에서 꾸역꾸역 자라고 있었을 것이다.

버스가 마을 광장에 섰다. 아직도 걸어서 몇백 미터를 가야 했다. 나는 혼자였다. 다른 여자애들이 나와 함께 버스를 탄 적은 한 번도 없었다. 그 애들은 근처 마을에 살았다. 내 친구 실비만이 안시에 살고 있었고 훗날 도청에 일자리를 얻었다.

* 파트릭 모디아노, 『혈통』, 김윤진 옮김, 문학동네, 2008.

하지만 그 애는 부모님이 차로 학교에 데려다주었다. 나는 그 길을 걸으며 종종 도망가고 싶은 충동을 느꼈다. 마을 광장으로 다시 돌아가 시내로 떠나는 아홉 시 버스를 타고 떠나면 그만이었다. 온 길을 되돌아가면 되는 것이다. 아홉 시 반이면 안시의 버스 종점인 역 광장에 도착할 것이다. 하지만 그 다음은? 물론 내게 돈이 있었다면…… 돈이 있었다면 안시에 머무르지 않았을 것이다. 버스에서 내리자마자 파리행 표를 끊고 밤기차를 기다릴 것이다.*

『신원 미상 여자』에 실린 세 편 중 특히 두 번째 이야기의 여주인공은 『다정한 잉크』 속 노엘의 모습과 흡사하다. 『신원 미상 여자』에서 아직 성년에 이르지 못한 여주인공들은 자신보다 적어도 스무 살쯤 연상의 남자와 사랑에 빠지거나 그들의 유혹에 쉽게 빠져들었다. 모디아노의 소설에 유령들처럼 출몰하는 수상쩍은 남자들, 국경을 넘나들며 은밀한 거래로 쉽게 돈을 만지는 남자들은 멋진 스포츠카를 타고 다니며 시골 처녀들을 유혹한다. 그들은 대체로 여러 개의 이름, 혹은 영사, 대사, 후작, 백작 등과 같은 그럴싸한 별명으로 신분을 감추기 때문에 정체가 불분명하다. 거처가 일정치 않고 이름은 프

* 파트릭 모디아노, 『신원 미상 여자』, 조용희 옮김, 문학동네, 2003, 63쪽.

랑스어가 아닌 묘한 이국적 냄새를 풍기게 마련이다. 알려졌다시피 모디아노의 부계는 이탈리아의 유대인 가문인 모딜리아노 혈통에 속한다. 어쩌면 화가 모딜리아니와 먼 친척쯤 될 것이다. 어머니 쪽은 프랑스어와 확연히 다른 언어를 사용하는 벨기에 플랑드르 출신이다. 모디아노가 유년기에 처음 배운 모국어는 프랑스어가 아니라 플랑드르어였다. 독일 점령기 시절 암시장에서 수상한 사업에 종사했던 모디아노의 아버지 알베르토, 일명 알도 역시 신분을 위장하기 위해 가명을 사용했었다. 그의 소설을 읽다가 부딪치는 수많은 낯선 이름, 가명들은 어린 시절 그의 집을 드나들던 아버지, 어머니의 친구들과 관련된 것이다. 하나같이 파란만장한 사연을 지녔을 법한 인물들은 미래의 소설가 마음속 어딘가에 잠복해 있다가 투명 잉크처럼 조건이 성숙되면 서서히 그 색이 짙어지는 것이다.

신원 미상의 변사체들

나는 우선 일요일 저녁을 떠올려볼 수도 있을 것이다. 늦은 오후 겨울 해가 떨어진 시간에 기숙사로 돌아가본 경험이 있는 모든 사람들처럼 일요일 저녁은 내게 두려움을 야기했다.

저녁 시간이면 몇몇 사람들이 마르틴 에이워드 집에서 모임을 가졌고 나도 그 무리에 끼었다. 나는 스물한 살이었고 그 자리가 온전히 내 것이라고 느껴지지 않았다. 나 자신이 여전히 중학생인 것처럼 일종의 죄의식에 사로잡혔다. 기숙사로 돌아가는 대신에 나는 가출을 했던 것이다.

『잠자는 기억들Souvenirs dormants』은 모디아노가 〈노벨문학상〉을 받은 지 3년이 지난 2017년에 발표되었다. 『다정한 잉크』에서 기억이 작동되는 방식을 투명 잉크에 비유했다면 이 작품에서는 오랫동안 잊혔던 사건이나 인물이 불쑥 변사체처럼 기억의 수면 위로 떠오른다고 했다. 누구에게나 애써 기억에서 지우려 했던 사건과 인물들이 있게 마련이지만 지금쯤 까맣게 잊었다고 믿고, 망각에 성공했다 생각하고, 망각의 노력마저도 잊었을 무렵, 삶에서 동떨어진 어느 먼 강 하구에서 불쑥 익사자의 시체가 수면 위에 떠오르듯 우리의 기억은 다시 되살아난다는 것이 모디아노가 『잠자는 기억들』에서 사용한 표현이다. 『잠자는 기억들』은 일인칭 화자가 곧 작가 모디아노라고 설정된 소설이라 자서전의 정의에 가장 부합하는 작품이다. 그의 기억은 열네 살 무렵까지 거슬러 올라간다. 아버지는 사업 때문에 집을 비웠고 어머니는 피갈 극장에서 공연을 하던 시절이었다고 작가는 기억한다.

그해 겨울 그는 토요일마다 이름은 잊었지만 "스티오파의 딸"이라고만 알고 있던 소녀의 집 앞에서 무작정 그녀를 기다렸다. "스티오파는 러시아인이었으며 아버지가 자주 만나던 아버지의 친구"였고 "큰 키에 갈색 머리가 반짝거렸던 사람"이었다. 러시아인 스티오파는 『어두운 상점들의 거리』에서 주인공에게 첫 번째 중요한 단서를 제공했던 인물이다. 소나쉐체 덕분에 스티오파로 연결되었고 스티오파는 게이 오를로프라는 여자를 기억해냈고 다시 그녀의 전남편 미국인 월도 브란트를 만나면서 점차 기억의 저편으로 다가가는 긴 여정이 이어졌던 것이다. 다시 『잠자는 기억들』로 되돌아가보자. "열일곱 살 무렵 나는 미레이유 우루조프라는 여자를 만났다." 그녀는 "영사"라는 별명을 지닌 에디 우루조프라는 남편의 이름을 따라 우루조프 부인이 되었다. 작가의 아버지가 암시장에서 활약했을 당시 어울렸던 "러시아 패거리"의 일원이었을 것이다. 스티오파의 딸에 대한 기억은 소설 도입부에서 끊겼다가 1964년 겨울 어느 새벽, 카페에서 만난 즈느비에브 달람이란 여자가 관련된 사건으로 집중된다.

　　하루 중 내가 좋아하는 순간은 파리의 겨울 아침 아직 어두운 여섯 시에서 여덟 시 반까지의 시간이다. 해가 뜨기 전의 휴식기. 시간은 유예되었고 우리는 평소보다 자신이 더 가

볍게 느껴진다. 나는 첫 손님을 맞이하려고 문을 연 파리의 여러 새벽 카페—나는 그렇게 불렀다—를 드나들었다. 아직 어둠이 남아 있기 때문에 모든 가능성이 허용되었던 1964년 겨울 그 새벽 카페 중 하나에서 즈느비에브 달람이라는 어떤 여인을 만났다.

고등학교를 졸업한 후 음반 회사에서 근무하던 그녀는 불면증으로 하루에 겨우 네 시간 남짓 잠들 수 있었고 새벽 카페의 첫 손님으로 나타났다. 소설을 발표하기 전 젊은 시절에 샹송 작사가로 일했던 모디아노와 음반 회사 직원인 즈느비에브는 금세 공통 화제를 찾을 수 있었을 것이다. 그녀는 자신의 거주지를 그냥 "호텔"이라고만 했는데 첫 만남 후 보름이 지나서야 모디아노는 그녀가 사는 호텔까지 동행할 수 있었다. 그 시절을 기억하며 모디아노는 "거의 반세기가 지났고 전쟁 직후부터 60년대까지 종종 호텔에 살았던 사람들이 있었지만 지금 파리에서 더 이상 호텔에 사는 사람은 없다. 내가 아는 사람 중 즈느비에브 달람은 호텔에서 사는 마지막 사람이었다. 63, 64년에는 오래된 세계가 변두리나 순환도로변의 모든 건물을 허물어버리려 했던 시절 직전의 마지막 숨결처럼 남아 있었다"고 회상한다. 즈느비에브는 한 시대가 저물어가던 시절의 마지막 유적 같은 인물이다. 그녀에게는 "시간이 멈춰버린 듯, 혹은 계속 똑같은 순간들이 반복"되는 것처럼 보였다. 그것은 모디아노에게도 마찬가지였다. 그녀와 함께 겨울 오후 다섯 시 어둠이 깔리는 시간에 어떤 건물의 입구를 지나는 순간, 건물의 창문에는 이미 불빛이 켜지기 시작했다. 그때 모디아노는 어떤 확신이 들었다.

나는 영원한 회귀라 부를 수 있는 어떤 현상에 의해 과거로 돌아갔고, 내게 있어서 시간은 내 인생의 특정 시기에 멈춰버렸다는 확신이 들었다.

『잠자는 기억들』에서 작가는 60년대 초반 파리의 밤거리를 돌아다니던 추억과 당시에 만났던 사람들을 소환했다. 그는 대학입학자격시험을 통과한 후 병역 징집을 연기하려고 대학에 유령 학생으로 등록한 후 파리의 허름한 호텔을 전전하는 중이었다. 그리고 그의 삶에서 가장 충격적인 사건을 겪은 것도 그 무렵이었다. 1965년 4월 8일 목요일. 극심한 가난에 시달리던 작가는 묘령의 여자와 동거 중인 아버지를 찾아가 생활비를 요구하다가 아버지의 신고로 출동한 경찰에게 끌려간다. 아버지와 함께 경찰 호송차를 타고 가던 중 그는 아버지가 독일점령 시절인 1942년과 1943년 겨울 유대인 검거 광풍에 휩쓸려 경

찰 호송차에 실려 끌려갔다가 풀려났던 사실을 기억해낸
다.* 그가 서점에서 책을 훔쳐 유명 작가의 서명을 위조한
뒤 비싼 값에 되팔았던 시절이기도 하다.

유령 학생으로 지내던 그가 즈느비에브란 여자를 통해
이상한 밀교 모임에 참석하던 그때, 그는 "동일자의 영원
한 회귀"라는 생각에 사로잡혔다. 주변 사람들에게 "몽유
병 환자"라고 불렸던 즈느비에브는 그 모임에서 숭배하
는 정신적 지도자에게 깊이 영향을 받았는데 어느 날 홀
연히 사라져버렸다. 6년이 지난 후 작가는 거리를 걷다
가 맞은편에서 꼬마 아이의 손을 잡고 다가오는 그녀와
다시 만나게 된다. "우리는 6년 후 예전에 만났던 거리에
서 다시 만나게 되었는데, 시간이 흘렀다는 느낌이 들지
않았다. 오히려 시간은 멈췄고 우리의 만남은 이 어린아
이의 존재라는 하나의 변주와 더불어 반복되었다." 그리
고 함께 서점에 들렀다가 예전에 그를 깊은 숙고로 인도
했던 책 『동일자의 영원한 회귀』를 발견한다. 즈느비에브
에 대한 기억이 되살아나자 밀교 모임의 인도자 역할을
하던 위베르셍 부인 그리고 그와 관련된 사람들도 연쇄
적으로 기억의 수면 위로 떠올랐다. "열일곱 살에서 스물

---

* 이 일화는 그의 작품에서 여러 차례 반복해 언급되었고 특히 자서전
  『혈통』(110–111쪽)에 구체적으로 기록되었다.

두 살 사이의 시절, 위베르생 부인과 그 시절에 마주쳤던 사람들은 내가 이제껏 기억에서 지워버리려고 애썼던 이들"이었다.

1965년 6월 어느 일요일 밤, 그는 이름을 밝힐 수 없는 여자의 전화를 받았다. 그녀가 "사고"로 사람을 죽였다는 전갈이었다. 일러준 주소로 찾아간 아파트 거실 바닥에 뤼도 F란 남자의 시체가 널브러져 있었다. 그녀가 어째서 한밤중에 그 남자와 단둘이 아파트에 있다가 실수로 총기 살인을 저질렀는지는 끝내 밝히지 않았다. 여자를 데리고 현장에서 도망친 화자는 권총을 쓰레기통에 버리고 은신하게 된다. 그리고 그 사건은 "나의 젊은 시절의 한 부분에서 가장 기억에 남는 마지막 나날들이다"라고 기록한다. 2017년 작 『잠자는 기억들』에서 그를 밀교 모임으로 인도했던 즈느비에브 달람이란 여자는 2003년 작 『한밤의 사고』에서 이미 동일한 이름과 외모 그리고 밀교 모임의 영적 지도자를 거의 신으로 떠받드는 묘한 인물로 등장한 적이 있었다. 빈털터리 젊은이가 교통사고를 당해 치료비 명목으로 거액을 받은 일화로 시작되는 『한밤의 사고』에서 서사를 추동하는 동력은 그날 저녁 운전대를 잡았던 자클린 보제르장이란 여자를 찾아 헤매는 것이다. 이 작품의 시공간적 배경은 『잠자는 기억들』과 겹치고 영원회귀를 강의하며 추종자를 거느리는 대학교수도 동일한 인물로 추정된다. 이 작품에서도 아버지의 신고로 경찰 호송차에 실려 갔던 사건이 꿈으로 재현된다.

　파트릭 모디아노의 작품에 등장하는 무수한 인물 그리고 인물의 이름에서 따왔거나 역사적 사건과 연관된 거리 명칭은 독자들을 혼란스럽게 만들고 파리의 구석구석을 유랑하는 화자를 따라가다 보면 독자마저 몽롱해져 서사의 미로 속에서 헤매기 십상이다. 『잠자는 기억들』에서 화자는 유난스레 "장소의 정령l'esprit des lieux"에 민감하다고 고백했다. 땅속에 파묻힌 "송로버섯을 찾아내는 개" 혹은 "지뢰탐지기"처럼 그는 특정 공간에서 파장을 감지하고 그 장소에 파묻힌 인물과 사건을 개가 버섯을 파내듯 부지런히 앞발을 움직인다. 그러면 기억의 깊은 곳에 잠복해 있던 인물과 사건이 익사자의 시체처럼 기억의 수면 위로 떠오른다. 그는 형해가 된 시신을 부검하는 의사가 되어 시신의 병력뿐 아니라 한 인간이 생전에 겪었던 오욕 칠정, 백팔번뇌까지 되살려 꼼꼼하게 기록한다.

　『마가진 리테레르』 최근 호에서 젊은 시절 모디아노와의 사랑과 이별을 겪은 후 작가로 변신한 여인이 그의 유명한 말더듬이증을 일컬어 새빨간 거짓말이라 비웃었다.

그녀는 그가 청산유수였으며 거짓말에 능한 "영악한 원숭이"라고 빈정거렸다. 또한 어느 평론가는 프랑스에 생존하는 〈노벨문학상〉 수상자 중 생태주의적이며 자연친화적 성격이 두드러진 르 클레지오만이 이 시대가 요구하는 모범적 문학인이라고 평가했다. 가출 전문가, 책 도둑, 잡종견, 원숭이 등등 세간의 평과 함께 호불호가 갈릴지라도 일흔네 살의 모디아노는 매력적인 문장으로 기억을 탐구하는 경건한 구도자이다.

표범을 찾아서

요즘처럼 모든 가치를, 심지어 사람마저도 숫자로 환원하는 정량 평가가 마뜩지는 않지만 한 사람의 삶을 읽은 책의 무게와 두 발로 딛고 다녔던 거리의 총합으로 따진다면 어떨까. 그래서 그가 세상을 떠난 후 묘비에 생몰 연대, 사회적 지위나 명성은 접어두고 오로지 숫자 하나만 남긴다면 프랑스 소설가 실뱅 테송은 단연 돋보일 것이다. 2019년『눈표범』으로 〈르노도상〉을 받은 그를 소개하는 여러 글들은 작품 목록보다 그가 떠돌아다닌 물리적 공간을 설명하는 것으로 채워졌다.

　1972년 파리, 신문기자 아버지와 의사 어머니 사이에서 태어난 그는 역마살이 꼈는지 고등학교를 벗어난 1991년 아이슬란드를 자전거로 주유했고, 대학에서 지리학을 전공한 후 1993년부터 자전거로 세계 일주에 도전했다. 1997년 다섯 달 동안은 부탄에서 티베트를 거쳐 타지키스탄까지 히말라야 주변 5천 킬로미터를 도보로 주파했고, 1999년부터 2000년까지는 말을 타고 알마 아타에서 카자흐스탄에 이르는 3천 킬로미터 횡단에 성공했다. 2001, 2002년에는 파키스탄과 아프가니스탄 발굴단에 참여했으며, 2003년 5월부터 이듬해 1월까지 소련 강제수용소에서 탈출한 도형수의 체험기를 읽고 그의 행로를 따라 시베리아에서 인도까지 6천 킬로미터를 걸었다. 2010년에는 바이칼호 주변의 오두막에서 홀로 지내고 싶다는 자신의 오랜 꿈을 실천하기도 했다. 오두막 안에서 두문불출한 것이 아니라 영하 30도를 밑도는 대기를 뚫고 새벽부터 밤까지 들판과 숲을 떠돌며 야영하는 생활을 이어갔다. 그곳에서 고독과 침묵으로 점철된 반년을 보낸 기록 『희망의 발견 : 시베리아의 숲에서』는 2011년 〈메디치상〉 에세이 부문 대상을 받았고 40만 부 이상의 판매고를 올렸다. 『르몽드』 서평에 따르면, 이상한 책으로 출판계의 "비정상적 판매 부수"를 기록한 그는 이미 2009년 『바깥에서 자는 삶Une vie à Coucher dehors』으로 〈공쿠르상〉 단편소설 부문 대상, 〈프랑스학술원상〉을 동시에 받으며 프랑스의 주요 문학상을 두루 섭렵하는 또 다른 기록을 세웠고, 글은 손보다 발로 쓰는 것임을 웅변한 귀한 사례를 남겼다.

여러 곳을 떠돌았지만 그가 사랑하는 지역은 북위 50도 위쪽, 그러니까 주로 옛 소련 지역, 몽골, 중앙아시아의 사막이나 스텝 지역에 몰려 있다. 그의 왕국은 인간이 이

룩한 역사의 유적이나 절경으로 소문난 관광 명소가 아니라 일정한 자연조건을 갖춘 곳이다. 사막, 스텝 지역, 삼나무 숲이 이어지는 평원 지대와 같은 무변광대한 공간이 그를 집 밖으로 뛰쳐나가도록 부추겼다. 스스로를 공간 중독자라 진단 내렸던 그가 여행 체험기를 모아 2005년에 발간한 『여행의 기쁨』이란 책에서 알 수 있듯 그의 여행은 그저 무변광대한 대지의 부름에 응했던 것들이다. 도시에 머물 때에도 닫힌 공간을 견디지 못하고 추녀 밑이나 공원 벤치에서 야영을 즐겼는데 그의 가족이 보기에는 야영이라기보다 명실상부한 노숙 그 자체였다.

집안의 천치

그의 몸은 무한 공간 속에서의 수평 이동뿐 아니라 높은 곳으로 오르는 수직 이동에도 이끌렸다. 그가 보기에 파리의 거리는 석회암 절벽으로 둘러싸인 계곡이고 높다란 고딕 성당은 히말라야 준봉이었다. 그는 노트르담 대성당뿐 아니라 프랑스에서 높다고 소문난 열댓 성당을 골라 그 외벽을 타고 꼭대기까지 오르는 도시형 암벽등반에 몰두했다. 그는 『산악등반용어사전』에서 자신에게 딱 들어맞는 단어를 찾아 무척이나 반가웠다고 고백했다. 지붕, 뚜껑을 뜻하는 접두사 '스테고stego'와 애호가를 가리키는 접미사 '필리아philia'를 합성한 '스테고필리아stegophilia'는 도심의 높은 곳을 암벽등반하듯 올라가는 취향을 의미한다. 스테고필리아는 그의 정체성 중 절반을 규정하는 단어였다.

2014년 8월 20일, 그의 취향이 결국 사달을 냈다. 몽블랑 산악도시 샤모니에서 별장 지붕을 오르다가 추락한 그는 두개골과 척추에 심각한 골절상을 입어 의식불명 상태에 빠졌고 열흘 뒤 깨어났으나 석 달간 재활 치료를 받아야만 했다. 반듯했던 그의 얼굴은 좌우대칭이 무너지며 기묘하게 변했지만 아이들이 자신의 얼굴을 보면 호기심과 두려움으로 가득한 눈길을 보낸다며 웃어넘겼다. 오히려 그는 10미터 높이에서 떨어지는 짧은 순간이 인생 10년의 시간에 해당할 만큼 강렬했다고 기억했다.

그가 수평-수직적으로 넓은 공간을 가혹한 조건에서 섭렵한 것은 시간의 체험과 관련된다. 그는 "고독을 친구삼아 말을 타고 황량한 고비사막을 지나간 일이 있었다. 그때 분分은 수년의 시간과 날들만큼의 가치를 지녔었다. 여섯 달 걸린 우랄알타이 지방의 기마 여행에서 그리고 여덟 달에 걸친 유라시아 여행길과의 싸움을 끝내고 돌아오면서 나는 인생을 다 산 것 같은 느낌이 들었다. 10년에 걸친 네 번의 장거리 여행을 한 뒤, 나는 네 가지의 고

유한 삶을 알게 되었다. 아홉 가지의 삶을 알게 되려면, 또 노획한 사냥감을 늘어놓고 만족해하는 늙은 고양이처럼 휴식을 갈망하려면 아직 내게 다섯 번의 여행이 더 필요하다"고 말했다.*

밀도 높은 시간 체험을 겨냥한 여행을 위한 조건으로 그는 등산 용어인 "정당한 수단by fair means"을 강조했다. "이 표현은 영국인들이 하켄에 의존하지 않고 손과 발이라는 정당한 수단만 사용하여 암벽을 등반하는 자연적 방법을 지칭하기 위해 만들어냈다. 정당한 수단으로 여행한다는 것은 말을 타거나 걸어서 또는 카누를 타거나 자전거(기계이지만 사람의 노력이 보충되어야 하는 기구)를 타고 길을 가는 것이다."

멀쩡한 집을 놔두고 밖으로 떠돌다가 목숨까지 잃을 뻔한 아들에 대해 그의 아버지는 집안의 "천치", 천수를 누리지 못할 팔자라고 분통을 터뜨렸지만 다소 세속적 학벌 기준으로 따진다면 아버지의 평가는 매우 부당한 악담으로 생각된다. 그러나 실제 부자지간은 서로에게 항상 따뜻했고 2004년 작가의 어머니가 죽자 더욱 가까워졌다고 한다. 바깥으로 나가 끊임없이 좌우상하로 움직여야만 생의 충동을 느낄 수 있었던 작가에게 새로운

* 실뱅 테송, 『여행의 기쁨』, 문경자 옮김, 어크로스, 2016, 17-18쪽.

기회가 생겼다.

현대성의 역설

부활절 휴가 중 어느 날, 나는 에티오피아의 늑대에 관련된 영화를 보러 갔다가 그를 만났다. 그는 동물을 포착하는 일의 어려움과 그 일에 요구되는 숭고한 덕목에 대해 이야기했다. 그것은 인내심이었다. 그는 동물 전문 사진작가의 삶과 잠복 기술을 상세히 설명해주었다. 그것은 나타난다는 보장이 전혀 없는 한 짐승을 기다리기 위해 자연 속에서 위장해야 하는 섬세하고 연약한 기술이었다. 십중팔구 빈손으로 돌아올 공산이 매우 큰 일이었다. 불확실성을 받아들이는 태도가 내게는 아주 귀족적이며, 따라서 반현대적으로 보였다.

작가는 프랑스의 유명한 사진작가 뱅상 뮈니에와 함께 모젤강 가에 숨어 야생 오소리를 촬영하는 작업에 참여했다. 위장포를 쓰고 잠복지에 숨어 미동도 없이 조용히 어둠을 바라보는 것은 천성적으로 수다스럽고 굵은 시가와 보드카 애호가, 무엇보다 드넓은 공간을 끊임없이 이동하는 것에 익숙했던 그에게는 신비로운 체험이었다. 위장포를 두르고 한곳에 매복하여 몇 날 며칠 동안 동물을 기다리는 야생동물 사진작가는 전쟁터의 저격수와 닮아 보였다.

1939년 소련 침공 당시 소수의 핀란드 저격수들은 영하 30도의 추위 속에서 검지를 방아쇠에 걸고 소련군을 기다렸다. (……) 그중 가장 유명한 저격수는 키가 1미터 50센티미터밖에 되지 않는 단신의 시모 하이야란 사람이었다. 그는 혼자서 붉은 군인 500여 명 이상을 저격했다. 핀란드어로 저격수란 단어는 영혼의 희생, 몰아, 정신적 저항력을 의미한다. (……) 뮈니에는 핀란드 저격수와 같았다.

사진작가 뮈니에는 작가에게 히말라야 여행을 제안했다. 『모비 딕』의 에이해브가 흰고래를 찾아다닌 것처럼 뮈니에는 멸종된 것으로 추정되는 눈표범을 찾아 지난 5년 동안 설산을 돌아다녔던 터였다. 해발 5천 미터 이상에서만 사는 눈표범은 현재 5천 여 마리가 남아 있다고 추정되는데, 그 가죽으로 만든 코트와 가방은 그보다 수십 배가 넘게 남아 있을 것이다. 아직껏 자신의 카메라에 포착된 적 없는 눈표범은 뮈니에의 마음에 이미 오랜 연인처럼 자리 잡고 있었다. 뮈니에의 약혼자이자 영화감독 마리, 철학도 레오까지 합류하여 작가는 마르코 폴로가 4년이 넘게 걸려 도착했던 해발 3600미터 티베트 동부 고원

까지 비행기를 타고 열 시간 만에 도착했다. 장단 고원 언
저리에 있는 쿤룬산맥 남부까지 사흘간 자동차로 이동한
후 다시 쿤룬산맥 서부로 향하는 여정이 시작되었다. 그
가 지나가는 히말라야의 도시는 곳곳에 중국이 깐 철도
와 도로 그리고 회색 콘크리트 건물로 얼룩져 있었다.

　"20세기 중반까지 외부인에게 닫혀 있던 라싸는 이제
중국 베이징에서 마흔 시간 철도 여행을 하면 닿을 수 있
는 곳"으로 변했고, 1902년 "누군가의 배를 불려주는 사
람이 그의 주인이 된다"라고 했던 잭 런던의 말을 작가
는 실감한다. 히말라야는 중국의 자본에 의해 현대성이
란 타락의 길로 추락하는 중이었다. 중국이 벌여놓은 공
사판이 도처에 널려 있어서 그들이 추적하는 표범은커
녕 "굴착기 소리가 울려 퍼지는 계곡에서 살쾡이 한 마리
라도 구경할 수 있을까"라며 작가는 절망하게 된다. 16억
중국인이 식탁에서 사용하는 나무젓가락이 되기 위해 시
베리아의 울창한 삼나무 숲이 사라지고 있는 현실을 떠
올리며 작가는 티베트의 미래를 걱정했다. 문명과 자연,
도시와 숲 같은 일련의 대립항은 그의 사유에서 꾸준히
반복되는데 다소 진부한 이런 주제는 질서와 자유, 연대
의식과 고독, 아름다움과 효율성, 모더니즘과 반모더니
즘 등의 사유로 진폭이 커진다. 다만 그 대립이 단지 선악
이나 미추의 문제로 단순히 환원될 수 없는 역설적 난제

라는 점이 그의 단편소설 「아스팔트」에서 엿보인다.

소설집 『바깥에서 자는 삶』의 첫 번째 수록작 「아스팔트」는 소련 연방에 속했던 조지아공화국의 어느 산골 마을을 배경으로 한다. 3부로 구성된 이 작품의 첫 문장은 주인공 에돌피우스가 내뱉은 "망할 놈"이란 욕설로 시작된다. 밭일을 가기 위해 비포장 길을 매일 한 시간씩 걸어야 했던 농부 에돌피우스는 가끔씩 지나가는 화물트럭 때문에 흙먼지를 뒤집어쓰곤 했다. 가까운 해변 도시에 가려면 반나절 넘게 버스를 타야 하는 외딴곳이지만 주인공은 쌍둥이 두 딸 타타니아와 옥사나가 현대 도시의 타락한 소비문화에 물들지 않았다는 것으로 위안을 삼았다. 마을의 젊은이들에게 도시는 "다다를 수 없는 별나라"였고 그저 집 안에서 라디오로 듣는 힙합 음악으로만 시장경제로 돌아선 도시 분위기를 느낄 수 있을 따름이었다.

마을 사람들은 공회당에 모여 비포장 길 문제를 논의하다가 결국 시대의 흐름에 뒤떨어지지 않기 위해 도로 포장을 하기로 결정한다. 무엇보다 신작로가 뚫리면 스키 관광객이 몰려들어 뿌려댈 돈이 그들 눈앞에 어른거렸기 때문이다. 해안 도시를 연결하는 포장도로가 열리자 쌍둥이 딸 중 타타니아는 도시로 달려가 젊은이들이 드나드는 술집에서 일자리를 얻었고 금세 애인도 생겼다. 그때까지 오로지 두 발로 걷는 속도에 만족했던 산골 젊은이들은 포장도로가 제공하는 속도감에 취해 과속을 일삼았다. 10월 어느 금요일, 애인이 운전하는 자동차를 탔던 타타니아는 마주 오는 트럭과 정면충돌하는 사고를 당했고 "아스팔트에 던져진 꽃잎"이 되어 그 자리에서 즉사하고 만다.

산골 마을에 풍토병처럼 번진 교통사고로 가족을 잃은 마을 사람이 에돌피우스를 위로했다. 에돌피우스는 그들이 권하는 술을 마시고 만취가 되어 혼몽해졌고, 쌍둥이 언니를 잃은 슬픔을 견디지 못한 옥사나는 자기 방에 틀어박혀 문을 걸어 잠갔다. 술김에 에돌피우스는 문상객을 뒤로하고 홀로 사고 현장을 찾아갔다. 깨진 차 유리가 흩어져 있는 길바닥에서 에돌피우스는 딸을 도시로 꾀어내 타락시키고 마침내 목숨까지 앗아 간 원인이 모두 아스팔트라 생각하며 울분을 토한다. 길가에 세워진 도로 굴착용 중장기들을 본 그는 홧김에 포클레인에 올라타 아스팔트 포장을 뒤집고 자갈까지 파헤쳐 도로를 완전히 파괴해버린다. 이제 길은 예전보다 더욱 험해져 도시로 나가려면 한나절로도 부족할 터였다. 술이 깨어 집으로 돌아온 에돌피우스에게 청천벽력 같은 소식이 들려온다.

"어디를 갔다가 이제야 나타난 거요?"라고 누군가 말하자,

곁에 있던 여자가 덧붙였다.

"당신의 또 다른 쌍둥이 딸 말이에요, 그 아이가 슬픔에 겨워 손목을 끊고 자살을 시도했어요!"

"그래도 살릴 수 있어."

타마라가 말을 끊었다.

"맞아."

약사가 말했다.

"시내까지 반 시간 안에 도착할 수만 있다면!"

새로운 눈

작가는 줄곧 자본주의와 세계화를 비난하고 모더니티의 야만성, 합리주의의 비합리성을 조롱하며 무정부주의를 찬양했으나 그런 태도가 직면할 수밖에 없는 역설적 상황도 외면하지 않았다. 여행 체험담, 잠언, 에세이 등이 고갱이를 이룬 그의 작품 목록 중 아주 희귀한 소설집 『바깥에서 자는 삶』은 오직 스토리텔링을 통해서만 도달할 수 있는 삶의 진실을 드러냈기에 앞서 언급했듯이 문학상을 거머쥘 수 있었을 것이다. 반면에 소설집을 제외한 그의 작품 대부분은 흔히 말하는 서사적 구조가 약한 편이다. 그의 걷는 여정과 눈에 보이는 풍경에 대한 묘사,

잠언풍 사유가 그 자리를 대신하고 있기 때문이다. 그의 표현에 따르면 지리학은 도상학, 지질학, 기후학 등을 뒤섞은 융합 학문이라 그의 눈에 길과 풍경은 자연의 역사가 퇴적된 양피지로 읽혔다. 파리의 거리에서 그는 수만 년간 퇴적된 조개껍질을 보았고 히말라야 산정에서 용암이 흘러내린 흔적을 읽기도 했다. 따라서 그는 풀 한 포기 없는 사막이나 설산에서 지루할 틈이 없었다. 그리고 그토록 사랑하는 원시의 생명을 파괴하는 인류와 문명을 몹시 미워할 수밖에 없었다.

언덕마루의 절개지 지층에서 수만 년의 세월을 볼 줄 알았던 눈을 지닌 그가 표범을 추적하면서 새로운 눈을 얻게 되었다. 야생동물 사진작가 덕분에 그는 곳곳에 숨어 있는 생명을 발견하기에 이른 것이다. 사진작가가 가리키는 방향을 따라가면 수십 미터 떨어진 데에 있던 눈 속의 검은 바위가 산양, 오소리, 야크, 늑대로 변하는 신비로운 체험을 한 것이다. 눈표범만 찾으려고 세계를 주시하다 보니 "풀 한 포기 위, 돌 뭉치 뒤, 어느 그늘 아래 등 도처에서 표범이 보이는 것 같았다. 눈표범의 생각이 나를 사로잡고 만 것이다". 그것은 흔한 심리 현상이다. 한 존재가 당신을 사로잡으면 그가 도처에서 나타난다. 한 여자와 사랑에 빠진 남자들이 현상의 다양성 속에서 동일한 본질을 숭배하는 탓에 모든 다른 여자를 사랑하게 될 것이라는 이치와 같다. 혹시 부인이 (다른 여자를 훔쳐보는) 당신의 옆구리를 꼬집는다면 이렇게 설명해 보시라. "여보, 내가 다른 여자들에서 사랑하는 점은 바로 당신이라고." 종로 거리에서 웃는 모든 여자에게서 한 여 인을 보았다던 시인도 있지 않았던가. 그런 심리적 착각 에서 벗어나니 새로운 세계가 보이기 시작했다.

육식동물이 남긴 흔적, 눈 위의 발자국이나 먹이 사냥 의 흔적인 핏자국을 찾아보면서 초식동물과 육식동물 사 이에서 벌어지는 먹이사슬의 생생한 드라마를 실감하고 생명의 근원, 진화의 갈래를 사유하는 데로 이어진다. 까 마득한 옛날, 생명의 스프에서 형성된 원시세포가 단세 포로 진화를 거듭하고 동식물로 나뉘어 제각기 진화의 가지를 뻗어나가면서 장엄한 생명의 역사가 시작되었다 는 생각에 이르자 그는 지상의 모든 생명체가 둘이 아니 라 하나라는 결론에 도달한다. 거칠게 요약하면 풀을 뜯 어 먹는 야크는 표범에게 먹히고 표범이 죽어 썩은 자리 에서 풀이 자라는 생명의 순환을, 이미 "기원전 6세기 지 리적으로 멀리 떨어진 그리스와 인도에서 각기 피타고라 스와 부처가 영혼의 순환이라는 개념으로 동시에 표현" 했다는 사실을 그는 떠올렸다.

공기마저 희박한 이 고원에서 영혼들은 한 육체에 잠시 머물렀다가 다른 육체로 옮아가는 유랑을 이어간다. 티베트에 온 후부터 나는 짐승들의 생명에 누적된 업장의 무게를 생각했다. 계곡을 떠도는 표범의 몸뚱이에 깃든 영혼이라면 7년 동안 지속된 살생의 업장 후에 어느 몸에서 안식처를 구할 것일까? 그 어떤 다른 피조물이 그 무게를 짊어지려고 할까? 어찌 윤회에서 벗어날 수 있을까?

사랑하는 사람을 강변에 묻은 후부터 그는 온갖 곳을 주유하면서도 강을 피했다고 고백한 적 있다. 그리고 "눈표범이 내게 나타났을 때, 나는 불길 같은 표정의 어머니를 보았다고 믿었다. 냉혹한 눈빛으로 갈라진 높은 광대뼈, 슬쩍 사라지는 기술, 전제군주의 자신감처럼 보이려는 뻣뻣함. 그날, 표범은 나의 어머니였다"고 덧붙였다. 작가는 파리로 돌아간 후에도 온 힘을 다해 이 세계를 바라보고 "암영대"를 자세히 파헤치리라 다짐한다. 야생동물을 잠복하여 관찰하는 체험을 통해 그는 세계를 바라보는 눈을 얻었다. 아니, 굳이 눈으로 볼 필요도 없었다. 그는 로맹 가리의 소설을 떠올렸다. "동물의 존재를 상상하는 것만으로도 그것은 치유의 향유香油가 되었다. 아프리카 초원에서 뛰어다니는 코끼리 무리를 머릿속에서 그려보면서 죽음의 나치 수용소에 갇힌 수용자들은 정신적으로 버틸 수 있었다고 로맹 가리는 『하늘의 뿌리』의 서

두에서 쓴 적 있다." 히말라야에서 지상으로 내려온 작가와 그 일행은 밤하늘의 달을 바라보며 "달이야말로 우리의 시선이 닿을 수 있는 마지막 남은 야생의 세계이다. 안녕, 표범들아!"라며 다시 문명의 세계로 발길을 돌린다.

글머리에서 실뱅 테송이 걸었던 공간을 나열했지만 여태껏 그가 읽었을 법한 책에 대해선 언급할 여유가 없었다. 그의 작품에서 직접 인용되었거나 언급한 도서 목록은 공간 목록에 못지않을 만큼 길다. 『희망의 발견: 시베리아의 숲에서』에는 그가 반년 동안 바이칼호 주변에 머물며 읽은 양식 목록이 기록되어 있다. 『눈표범』에서 그의 생각이 기대고 있는 도서 목록에도 동서고금의 보석들이 고루 빛을 발하고 있다. 특히 『동식물도감』은 그가 어디를 가도 빼놓지 않는 필수 휴대품이다.

지리학적 배경지식과 방대한 독서 덕분에 산의 모양새나 굴러다니는 돌에도 이름을 붙일 수 있는 작가는 살아 있는 유정물 하나하나를 호명하는 것을 마다하지 않았다. 도심의 인파에서 마돈나를 발견하면 "와, 마돈나다!"라고 알아보는 우리네들이 숲에 들어가면 모든 게 그저 이름 모를 풀이고 짐승이라고 치부하는 것은 인간의 도리가 아니라고 작가는 주장한다. 또한 그는 여행의 즐거움이 새로운 사람, 먼 나라 이웃을 만나는 데 있다는 이야기에도 질색하며 손사래를 친다. 그는 진정한 즐거움은 인류를 벗어나는 데에서 시작된다고 생각한다. 그가 인류를 싫어하는 여러 이유 중 하나는 어떤 수컷도 그의 반쪽이자 생명의 근원인 암컷을 인류만큼 무자비하게 착취하고 학대하지 않는다는 것이다. 짐승 중에서 가장 인간과 가깝게 살도록 길들여진 개마저도 그렇게 하지 않는다고 덧붙였다.

그의 작품 표지에는 실뱅 테송을 여행작가, 탐험가, 산악인 등으로 소개하지만 그 어느 호칭도 딱히 적절치 않다. 자칭 공간 중독자라지만 고지에서 아래를 내려다보는 정복자의 오만은 그에게 가장 어울리지 않는 심성이다. 도시의 질서, 관료적 억압과 체계를 증오하지만 홀로 사막을 걷는 자신의 육체에 가하는 엄격한 규율은 철저함을 넘어 가학에 가까울 정도이다. 홀로 오두막에서 저녁 식사를 할 때마다 그는 매번 정장을 차려입는 몽테뉴를 전범으로 삼기도 할 만큼 신독愼獨을 게을리하지 않았다. 엄격한 자율과 신독은 그가 누리는 자유를 위해 기꺼이 치르는 대가였다. 수천 킬로미터를 걸었지만 거기에서 신성과 초월을 구한 적이 없었으니 보행을 만행으로 꾸미지도 않았다.

그의 묘비에 기록할 숫자 하나를 덧붙이자면 2019년 11월 4일 〈르노도상〉을 수상하자마자 『눈표범』은 30만

명의 독자가 읽었고, 서점가에서는 머지않아 그가 히말라야뿐 아니라 판매 부수의 고지에 오를 것이라고 기대하고 있다. 어느 인터뷰에서 현재 파리에 불고 있는『눈표범』의 열풍을 일컬어 "테송 현상"이라 칭하자 그는 그저 "서점 상인의 소동"으로 치부했다. 주변 사람들은 그가 다시금 연기처럼 사라져 어느 사막, 어느 골짜기를 걷고 있을 것이라 장담했다.

소설가의 가을

매년 가을 프랑스 파리에서 시상되는 〈메디치상〉과 〈페미나상〉을 받는다는 건 프랑스 작가에게도 명예일 텐데 영국 작가 줄리언 반스는 이 두 상을 모두 수상한 유일한 외국인이다. 1984년 발간되어 2년 후 프랑스어로 번역된 그의 〈메디치상〉 수상작 『플로베르의 앵무새』는 언필칭 '포스트모던' 글쓰기의 사례로 간주되어 평단뿐 아니라 대학 강단에서 학술적 연구 대상으로 다뤄졌고 일반 독자에게는 작가와 작품, 허구와 현실, 전기와 소설의 관계 등에 관한 입체적 생각거리를 제공했다.

소설 도입부에서 은퇴한 영국 의사 제프리 브레스트웨이트는 프랑스 소설가 플로베르에게 관심이 있는 듯 플로베르가 살았던 도시 루앙, 플로베르의 집필실이 있었던 크루아세, 관련 자료가 전시된 플로베르의 생가 등지를 돌아다니며 소설가의 삶과 문학적 태도에 호기심을 갖게 된다. 그러던 중 플로베르 말년의 걸작 『세 가지 이야기』에 실린 단편소설 중 첫 번째 작품 「순박한 마음」에 등장하는 앵무새 박제가 두 곳에 전시된 것을 발견하고 어느 쪽이 진품인지 궁금해진다. 플로베르가 언어로 정교하게 묘사한 앵무새에 가장 근접한 것이 진품 앵무새 박제라고 판단할 수 있겠지만, 소설가라면 눈앞에 보이는 앵무새의 가슴팍 색깔 정도는 바꿀 수도 있는 문제이며 플로베르가 참고한 앵무새 박제가 쉰 개가 넘는다는 것을 확인한 후에는 플로베르의 앵무새를 찾는 일 자체가 무의미해지고 만다. 소설가에 대한 전직 의사의 관심은 거의 비정상적 집착에 가깝고 그 집착이 아내의 죽음과 연관된다는 것은 소설 말미에서 밝혀지나 이런 표면적 줄거리보다 주인공인 의사의 입을 빌려 줄리언 반스가 주장하는 문학의 본질, 정체성, 작가의 의미 등이 오히려 이 소설의 백미이다.

이 소설의 핵심은 작품을 이해하기 위해 작가의 생가를 찾고 편지를 뒤지고 박제 앵무새를 관찰하는 것이야말로 플로베르의 문학관과는 대척점에 놓인다는 데에 있다. 플로베르는 작가란 신처럼 작품 속 모든 곳에 편재하지만 그 어디에서도 자신을 드러내지 않아야 한다고 했기 때문이다. 게다가 플로베르의 오랜 연인이었던 루이즈 콜레를 일인칭 화자로 내세워 작가의 가장 내밀한 삶까지 드러내는 방식이야말로 플로베르가 가장 경계했던 일이기도 하다. 그러나, 조르주 상드와 쇼팽처럼 또 다른 세기의 커플이 되길 원했던 루이즈 콜레가 발언하는 대목은 줄리언 반스의 문학적 상상력에다가 실증적 조사가 더해져 만들어진 가장 흥미로운 부분이다.

플로베르의 가을

  알렉상드르 포스텔Alexandre Postel이 올해 발표한 『플로베르의 가을Un automne de Flaubert』은 여러모로 줄리언 반스의 『플로베르의 앵무새』와 비교될 만한 소설이다. 제목에서 짐작되듯 반스의 작품이 플로베르 삶에 의미가 있었던 특정 물건에 초점을 맞췄다면, 포스텔은 60여 년을 살았던 플로베르의 삶에서 어느 한 해의 가을철에 이야기를 집중하고 있다. 줄거리는 매우 소략하다.

  1875년 9월 16일, 플로베르는 해안 도시 콩카르노에 내려와 두 달가량 머물렀다. 그해 가을 쉰세 살의 플로베르가 직면한 문제는 그가 평생 토로했던 '글쓰기의 어려움'과는 전혀 차원이 달랐다. 아버지로부터 상속한 토지 임대료 덕분에 딱히 직업을 가져본 적 없고 따라서 글을 돈으로 환산해본 적 없었던 플로베르는 여동생의 딸, 그러니까 질녀 카롤린 때문에 금전적 문제를 겪게 된다. 첫딸 카롤린을 출산한 후 산욕열로 죽고 만 여동생을 대신해 플로베르는 조카를 자기 딸처럼 돌봤고, 카롤린은 열아홉 살 되던 해에 코망빌이란 사업가와 결혼했다. 귀하게 키운 조카가 문학이나 예술에 무지한 장사꾼과 맺은 혼인이 흡족하지 않았지만 플로베르는 "가난한 위인보다는 부유한 상점 주인이 낫다"는 볼테르의 말을 위안으로 삼았다. 그러나 조카사위 코망빌은 소인배에 가난하기까지 했던 모양이다. 목재상이었던 코망빌이 스웨덴의 숲을 사들이는 투자에 뛰어들었다가 파산 지경에 이르자 플로베르는 거의 전 재산을 팔아 조카 부부를 도와주었다. 그로 인해 1880년 뇌졸중으로 죽는 순간까지 경제적 어려움 속에서 말년을 꾸려나갈 수밖에 없었다. 플로베르는 수중에 남아 있던 도빌의 농장을 팔아넘긴 뒤 여러 도시를 경유하며 굼벵이처럼 운행되는 열차에 몸을 싣고 항구도시로 내려왔다. 그곳에는 루앙시립병원의 병원장을 지낸 플로베르의 아버지를 존경했던 의사이자 해양생물학자 조르주 퓌세가 소설가를 기다리고 있었다.

객관적으로 알려진 사실은 소설가 플로베르가 난생처음 경제적 곤궁 상황을 맞아 바닷가 마을에서 두 달을 보냈으며 그 기간 동안 간간이 생물학자와 만나 대화를 나눴다는 것뿐이다. 그해 가을에 대한 객관적 정보는 빈약하고 단순하지만 바로 그 기간 동안 플로베르의 마음속에서 『세 가지 이야기』의 두 번째 소설 「구호수도사 성 쥘리앵의 전설」이 완성되고 실제로 상당 부분 집필되었다. 그리고 쉰세 살부터 임종하기까지 여섯 해 동안 그의 삶은 춥고 어둡기 짝이 없었다. 당시 평균수명을 감안하면 "그의 주변 사람 모두가 죽어갔다. 그의 작품을 이해할 만큼 똑똑했던 시인이자 교수였던 친구 부이예, 나중에 너무 늦게서야 깨달았지만 그가 가장 사랑했던 존재였던 어머니 그리고 쥘 드 공쿠르, 에르네스트 페이도 등 그의 삶을 덜 지루하게 만들어주었던 모든 문인들이 파리처럼 죽어버렸다. 그는 종종 묘지 속에서 살고 있는 것 같다고 불평하며 외로워했다".

그나마 그를 어머니처럼 감싸주며 환대했던 문인은 조르주 상드였다. 그러나 이미 노년에 접어든 그녀도 플로베르의 정신적 고뇌를 들어줄 만한 여유가 없었다. 그녀는 너무 '순화'되어 그저 "잘 자고, 잘 먹으라"는 말 이외에는 플로베르에게 해줄 충고가 없었다. 뮈세와 쇼팽을 비롯하여 뭇 남자를 거느렸던 세기의 여장부 조르주 상드는 플로베르보다 16세 연상이었다. 『세 가지 이야기』의 첫 번째 작품 「순박한 마음」은 오로지 조르주 상드에게 바치기 위해 쓰였다고 했으나 정작 그녀는 작품집이 출간되기 직전인 1876년에 숨을 거두었다. 19세기 작가 중 예외적 장수를 누렸던 빅토르 위고도 플로베르에게는 그다지 위안이 될 수 없었다. 1802년에 태어난 위고는 플로베르의 작품을 높게 평가하고 그를 파리 사교계에 입문하도록 도와주었다. 위고와 플로베르는 나이 차이가 클 뿐 아니라 문학관도 매우 대조적이었지만 두 사람은 상대방의 작품을 존중하고 고평했다. 주관적 감정, 감상주의가 예술을 좌초시키는 암초라고 여기던 플로베르였지만 위고가 남긴 시 한 구절이 자신의 전 작품보다 값지다고 생각하기도 했다. 그러나 이제 더 이상 위고는 더불어 문학을 토론할 만한 상대가 아니었다. 플로베르는 위고의 집을 나서며 "어찌 괴테를 얕볼 수 있나!"라고 한탄했다. 위고의 사랑방을 드나드는 파리의 사교계 인사들은 악어새와 같았다. 늙은 악어 빅토르 위고 주위를 맴돌며 썩은 고기 찌꺼기를 주워 먹는 잡새 무리들이었다.

생명의 기원

철학자, 소설가, 시인 무리로부터 벗어나 바닷가 마을에서 플로베르가 만났던 사람은 앞서 언급한 의사이자 해양생물학자인 조르주 퓌세였다. 그는 커다란 수족관에 해양 동물을 가둬두고 오후에는 물고기를 해부하여 관찰, 실험, 기록하는 일에 몰두했다. 그의 연구실을 찾아가 구경하던 플로베르는 그가 들려주는 생물학적 지식에는 별로 흥미가 일지 않았지만 "그의 정확성, 집요함, 집중력이 인간 정신이 도달할 수 있는 가장 높은 상태인 것처럼 보였다. 그것은 권태도, 열정도 없는 삶이지만 진정 자유로운 삶이며, 그를 둘러싼 벽, 도자기로 된 실험 도구는 차분하고 차가운 하얀 빛을 반사하고 있었다"라고 쓰고 있다. 인간의 본성, 아름다움의 본질, 사회적 정의나 정치 그리고 남녀 간의 진정한 사랑 등을 둘러싸고 끝없는 논쟁을 이어가는 파리의 사교계에 지친 플로베르에게 의사 퓌세가 보여주는 자연과학의 세계는 평화롭게만 느껴졌다. 논쟁하고 심판하길 멈추고 그저 정확한 관찰과 기록에 몰두하는 그 냉정한 객관성이 플로베르에게 위로가 되었다. 자연발생설을 주장하며 파스퇴르와 대립했던 퓌세의 해부학 실험실에서 한나절을 보낸 후 플로베르는 그와 함께 바다로 뛰어들어 해수욕을 즐긴 후 저녁 식사를 나누는 규칙적 일상을 이어갔다. 그런데 가오리를 해부한 어느 날, 퓌세는 다른 학자와 연구 성과를 토론해야 한다며 플로베르를 홀로 남겨두었다. "한 시간 후 저녁 식사를 하러 내려왔던 플로베르는 커다란 종이 위에 중세풍 콩트의 줄거리를 쓰기 시작했다." 중세시대의 성자 쥘리앵에 관련된 전설은 플로베르가 어린 시절부터 익히 알고 있었던 이야기였다. 다만 20여 년 동안 마음 한구석에 밀어두었던 성자의 전설을 무슨 이유로 1875년 어느 가을날 낯선 바닷가 마을에서 불현듯 다시 들춰내어 단편소설로 만들기 시작했을까.

부친 살해를 저지른 잔혹한 심성의 이 사냥꾼, 타락한 사람이 그 타락에서 구원을 찾았던 이야기를 콩카르노에서 1875년 9월에 쓰기로 결심한 이유, 얽히고설킨 어떤 충동이, 내면의 어떤 흐름과 그 역류가 그로 하여금 이런 선택을 하게 만들었는지 그 이유에 대한 설명으로 플로베르가 제시한 것이라곤 '아직도 문장 하나를 쓸 수 있는 능력이 남아 있는지 알아보기 위해서'이다.

근친 살해자 성 쥘리앵

"쥘리앵의 아버지와 어머니는 언덕 위의 숲속 한가운데 서 있는 성에서 살았다"로 시작되는「구호수도자 성 쥘리앵의 전설」은 가톨릭 문화권에 널리 퍼진 성자 전기의 전형적 도식을 따라 전개된다. 그리고 쥘리앵의 전설은 오이디푸스 신화가 기독교 문화에 접목된 유형의 성자전이다. 3장으로 구성된 줄거리를 요약해보자.

1장에서 쥘리앵이 태어나자 그의 부모는 사흘간 큰 잔치를 열었다. 한 노인이 산모에게 나타나 "어미여, 기뻐

하라. 너의 아들이 성자가 될 것이다!"라고 예언한다. 다음 날에는 쥘리앵의 아버지에게 어느 떠돌이가 나타나 "너의 아들! ……유혈이 낭자하구나! ……영광이 넘치고…… 항상 행복하며! 어느 황제의 가족이리라"라고 예언한다. 쥘리앵은 어린 시절 유난스레 살아 있는 짐승, 예컨대 쥐나 비둘기에게 잔인한 공격성을 드러냈다. 아버지는 그에게 사냥을 가르쳤다. 사냥의 기술을 익힌 쥘리앵은 사냥감을 구석에 몰아 유혈 낭자한 살육을 즐겼다. 쥘리앵의 화살을 맞은 커다란 사슴이 그에게 다가와 "너는 어느 날 네 아비와 어미를 살해하리라!"라고 저주하고 죽는다. 사슴의 저주가 실현되는 것이 두려운 나머지 쥘리앵은 집을 나와 방랑생활로 뛰어든다.

2장에서 쥘리앵은 회교도의 위협에 빠진 기독교 왕국을 구하며 혁혁한 전과를 쌓는다. 폭력이 난무하는 전쟁터에서도 그는 사슴의 저주를 두려워하며 노인의 생명을 보호하려고 애쓴다. 그 후 이슬람 세력으로부터 정략결혼의 위협을 받는 왕국을 구하고 그 왕국의 공주와 결혼하게 된다. 방랑 기사에서 벗어나 성주가 된 쥘리앵은 안정된 결혼생활에도 여전히 불안감을 떨쳐버리지 못하고 사냥을 멀리한다. 어느 날 밤 그는 여우 소리가 들리는 것 같은 환청으로 사냥 욕구에 굴복한 나머지 집을 떠나 산속을 떠돈다. 쥘리앵이 사냥감을 찾아 산속을 헤매는 동안 그의 성에 노부부가 찾아와 성주의 접견을 청한다. 쥘리앵의 부인이 그들을 맞아 사연을 들어보니 가출한 아들을 찾아 세상을 떠돌고 있었던 쥘리앵의 부모였다. 쥘리앵의 부인은 노부부를 극진히 대접하고 그들에게 침대를 내준다. 사냥에서 빈손으로 돌아온 쥘리앵은 자신의 침대에 잠들어 있는 남녀를 보고 아내의 불륜을 목격한 것이라 착각하여 노부부를 살해하고 만다. 아침 기도에서 돌아온 아내로부터 사실을 듣고 쥘리앵은 침묵 속에서 부모의 장례를 치르고 성을 떠나 속죄의 방랑길에 오르는 것으로 2장이 마무리된다.

쥘리앵은 부모 살해를 속죄하고자 고통스러운 동냥 수도자의 삶을 이어간다. 그러다가 강가에서 발견한 낡은 나룻배에 나그네들을 태워 강을 건너게 해주는 선행으로 속죄의 길을 찾는다. 강가에 움막을 지어 나그네들에게 잠자리를 제공하는 일까지 겸하다 보니 그는 환대의 수도자가 된다. 어느 날 밤 문둥병에 걸린 노인을 배에 태워 강을 건너게 해주고 움막에 데려와 정성껏 보살핀다. 허기는 면했으나 추위로 몸을 떨던 노인은 쥘리앵에게 체온으로 자신을 덥혀달라고 요구한다. 쥘리앵은 알몸으로 문둥이 노인을 껴안아 그의 몸을 덥혀준다. 이윽고 쥘리앵이 껴안은 노인의 몸은 점점 커지더니 그를 데리고 하늘로 올라가자 예수그리스도의 얼굴이 그를 마주 보고 있었다. 그리고 "이것이 내 고향 성당의 스테인드글라스에 그려져 있는 구호수도자 성 쥘리앵에 관한 이야기이다"라는 문장으로 소설이 마무리된다.

삼위일체

「구호수도자 성 쥘리앵의 전설」을 마무리한 플로베르는 「순박한 마음」과 「헤로디아」를 더해 『세 가지 이야기』를 완성했다. 그리고 끝내 미완성으로 남은 『부바르와 페퀴셰』를 제외하면 『세 가지 이야기』는 플로베르의 최후의 걸작이다. 소설가 알렉상드르 포스텔이 주목한 점은 소설과 작가의 삶, 혹은 허구와 현실 간에 존재했을 법한 모종의 관계이다. 바닷가에서 보낸 가을과 기독교 성자의 생애는 어떤 관계가 있을까? 이것은 이미 줄리언 반스가 1984년에 제기했던 문제였고 그 역시 실마리를 『세 가지 이야기』에서 찾으려 했다. 포스텔은 소설 속의 인물 퓌세의 입을 빌려 이렇게 묻는다 : "영감은 어디에서 오며, 책들은 어떻게 탄생하고, 한 인간을 글을 쓰도록 떠미는 것은 무엇인가? 이따위 질문에는 매달릴 필요가 없다. 하룻밤 푹 자고 일어나면 더 이상 이런 문제에 대해 생각하지 않을 것이다. 이런 문제에 해답을 찾는 것은 마치 갈갈이 찢긴 오시리스의 시체를 하나로 맞추는 이지스의 일처럼 부질없다. 이지스 여신이 결코 사지가 잘린 신의 성기를 찾지 못했듯이 예술의 생식기는 영원히 우리들의 눈에 보이지 않을 것이다. 그는 자리에서 일어나 잠옷의 허리띠를 졸라매고 창문을 닫았다. 밖에는 가는 비가 내리기 시작했다. 그는 불을 끄며 생각했다. 완성된 작품, 그것만이 중요하다. 나머지는 어둠에 속한 것이다."

뮈세는 자연과학자, 혹은 유물론자의 관점에서 창작의 비밀을 해답이 없는 질문이기 때문에 굳이 찾으려고 애쓸 가치조차 없는 것으로 치부했다. 작품만이 중요하고 그것을 둘러싼 전기적 사실은 굳이 파헤칠 필요가 없다는 태도는 바로 플로베르의 입장이기도 하다. 플로베르에게 중요했던 것은 무엇이었을까? 『플로베르의 가을』 7장에서 포스텔은 플로베르의 생각을 이렇게 정리했다.

오로지 성 쥘리앵만이 그의 머릿속에 가득했다. 이야기의 리듬, 작은 일화들의 연결, 대비 효과, 대칭 효과, 반복 효과, 수렴 효과 그리고 스테인드글라스처럼 텍스트에서 그가 빛내고 싶은 색깔들, 노란색, 녹색, 빨간색, 파란색 등등. 그는 빙그레 웃으며 앞으로 부지런히 작업해야겠다고 다짐했다.

자료를 숭배하고 현실을 중시하는 졸라와 새로운 학파의 작가들이 모르는 것이 있다. 그가 쓰고자 하는 소설을 적시고 싶어 하는 것은 바로 이런 색깔들이다. 역사적 디테일, 고고학적 정확성 등은 부수적인 것들이며 이런 것만으로는 아름다움을 생산할 수 없다. 그랬다가는 아름다움을 비껴가기 십상이다.

포스텔은 자연주의자들이 놓치는 소설의 아름다움, 혹은 소설의 진실이 표현된 대목을 예시했는데 그것은 어린 쥘리앵이 살육에 눈을 뜨는 장면이다. 어린 쥘리앵은 성당에서 미사를 보는 중 생쥐 한 마리를 발견한다. 그는 일요일마다 생쥐를 보고 그놈을 죽이겠다고 작정하고 쥐구멍에 먹이를 던져놓고 기다리다가 마침내 몽둥이로 쥐를 때려잡는다. 그다음에는 돌멩이를 던져 비둘기를 맞춘다.

돌을 맞은 비둘기는 날개가 찢겨 쥐똥나무에 걸린 채 파닥거리고 있었다. 살기 위해 몸부림치는 비둘기의 모습이 쥘리앵을 흥분시켰다. 아이는 비둘기의 목을 조르기 시작했다. 새가 바둥거리자 그의 가슴은 두근거렸고, 잔인하고 격렬한 쾌감이 그를 사로잡았다. 그러나 새의 몸이 굳어 마침내 뻣뻣해지자, 그는 온몸에서 힘이 빠져나가는 것을 느꼈다.*

이 대목을 보다 직역하면 "비둘기의 삶에 대한 집착이 쥘리앵을 짜증 나게" 했고, "새의 경련이 그의 마음을 소용돌이치는 야성적 관능으로 충만하게 했고" "새의 몸이 마지막으로 경련을 일으키자 그는 온몸에서 기운이 쭉 빠졌다". 포스텔은 이 대목에서 플로베르가 "쾌감" "희열" "관능" 등 여러 단어 사이에서 망설이고 고치기를 거듭하다가 스스로에게 부과한 "검열"을 극복하자 "관능적 만족"을 느꼈다고 묘사했다. 그리고 "독자는 이해하리라"고 덧붙였다.

『세 가지 이야기』는 출간된 후 교회의 추천도서 목록에 올랐다. 학자들은 『세 가지 이야기』가 기독교의 신비인 삼위일체를 예술적으로 형상화했다는 설명도 곁들였다. 그러나 평생 동안 플로베르는 작품을 통해 독자를 도덕적으로 감복시키거나 이념적으로 설득하려고 시도한 적이 없다. 그의 확고한 신념이 말년에 이르러 갑자기 성령으로 충만해져 독자를 개종시키려고 쥘리앵의 전설을 이용했다는 것은 플로베르의 문학관에 전혀 어울리지 않

* 귀스타브 플로베르, 「구호수도자 성 쥘리앵의 전설」, 『세 가지 이야기』, 고봉만 옮김, 문학동네, 2017, 70쪽.

는다. 소설가는 넌지시 "독자는 이해하리라"라는 말로 매듭짓고 말았지만 그 대목을 보다 직접적인 방식으로 풀이한 정신분석가 장 벨멩 노엘의 '분석'을 요약해보자. 정신분석가의 정교한 논리를 거칠게 도식화하면 다음과 같다 : 『세 가지 이야기』는 기독교의 삼위일체와 무관하며 오히려 훗날 프로이트가 내세운 욕망의 발생론에 맞닿아 있다.

세 가지 이야기는 제각기 구강기, 항문기, 성기 단계에 해당하며 성인 쥘리앵의 전설은 성기 단계, 즉 오이디푸스 단계에 해당된다. 어린 쥘리앵이 비둘기를 쥐고 '관능'을 느끼는 것은 바로 성기 단계의 수음 행위를 의미한다는 것이다. 정신분석에 따르면 「구호수도자 성 쥘리앵의 전설」은 어느 성자의 속죄와 구원을 이야기했다기보다 부친 살해와 공격적 관능성을 형상화한 작품이라는 것이 오히려 플로베르가 겨냥한 '진실'인 셈이다. 그렇다면 쥘리언 반스와 포스텔은 독자들에게 플로베르 창작의 비밀을 해설하려고 긴 소설을 쓴 것이다.

『플로베르의 앵무새』와 『플로베르의 가을』은 소설에 대한 소설, 소설가의 삶에 대한 분석적 소설이다. 혹은 한 소설가가 다른 소설가에게 헌사한 소설이기도 하다. 2020년 벽두에 출간된 '소설가에 대한 소설' 중에서 『플로베르의 가을』과 더불어 눈에 띄는 작품이 사무엘 베케트의 마지막 6개월을 다룬 메일리스 베스리Maylis Besserie 의 『제3의 시간Le tiers temps』이다. 소설은 요양병원에 입원한 사무엘 베케트가 일인칭 화자로 등장해 과거를 오가며 회상하는 부분과 요양병원 의사가 작성한 의학 보고서 부분이 번갈아가며 전개된다. 사무엘 베케트는 스물두 살 무렵 제임스 조이스를 만나 그의 조력자, 비서가 되어 가족처럼 지냈고 그의 딸 루시아와도 가깝게 지냈다. 그런데 딱히 병명을 언급하지 않았지만 루시아는 사회생활에 지장을 줄 만큼 독특한 정신세계를 지니고 있었다. 결국 루시아는 저명한 정신분석의사에게 보내졌는데 그 의사의 진단이 적확했다. 루시아에게는 여러 가지 자질구레한 정신적 문제가 있는 것으로 판단되는데 그보다 더욱 심각한 쪽은 그의 아버지의 경우라는 진단이 내려진 것이다. 한 번도 만난 적 없지만 제임스 조이스의 작품을 읽었던 의사는 딸보다 아버지가 치료를 요하는 환자라고 판단했다. 소설가에 대한 소설은 대체로 조이스를 진단한 정신분석가의 의학적 보고서와 닮았다. 말년의 사르트르가 플로베르에게 내린 진단은 '노이로제' 환자였다.

대체역사소설의 가능성

몸에 합스부르크 가문의 피가 섞여 흐르는 덕분에 한 남자(1500-1558)는 샤를 캥, 샤를 5세, 카를로스 1세, 나폴리 왕, 부르고뉴 공작, 신성로마제국 황제 등 여러 개의 이름으로 불렸다. 황제 곁에서 고해성사를 담당했던 신부 A. D. 게바라에 따르면, 너무 넓은 영역을 지배했던 터라 "3200개의 다른 침대에 자야 했던 그는 불편하지만 접을 수 있는 침대를 가지고 다니는 습관"까지 갖게 되었다고 한다. 또한, 그는 16세기 유럽에서 가장 강력한 권력을 지닌 것에 만족하지 않고 황금이 지천에 널렸다고 소문난 신세계에도 관심을 기울였다. 게바라 신부는 1529년 스페인의 중요한 도시 카딕스에 대주교로 부임한 후 현명한 군주가 되는 길을 알려주는 책『중요 논박La Réfutation Majeure』을 집필했다. 이 책은 황제에게 신대륙은 존재하지 않는 허상이라고 주장하는 상소문 같은 것이다. 콜럼버스를 "반푼이 뚱보 뱃놈, 그다지 신실하지 못하고, 불완전하게 냉소적"인 인물이라 묘사하면서 "기독

교의 왕과 그 백성을 천박한 거짓말"로 유린한다고 강조
했다. 신대륙 발견은 황제를 기만하여 국력을 낭비하게
만들고 종국에는 제국을 무너뜨리기 위한 음모라는 대주
교의 주장은 지금의 시선으로 읽으면 손바닥으로 하늘을
가리는 식의 황당한 억지로 이뤄져 있다. 그런데 당대 최
고의 지성을 갖춘 신부가 구사하는 논리와 수사는 없는
것을 있는 것으로, 있는 것을 없는 것으로 만드는 마술을
발휘한다. 내용의 진위를 접어두고 세 치의 혀로 독자를
현혹하는 그의 능력은 소설가라면 훔치고 싶을 만한 것
이다. 현실을 있는 그대로 기록하는 역사보다 그것을 왜
곡하거나 아예 새빨간 거짓말을 꾸며대는 소설이 더 어
렵다. 픽션의 문제는 리얼리티의 결핍이 아니라 합리성
의 과잉이다. 인과율에 입각한 치밀한 구성이 개연성을
확보하는 첩경이라 믿는 소설가가 빠지기 쉬운 함정이
바로 합리성의 과잉이다. 애거사 크리스티의 추리소설에
서 완벽한 알리바이를 갖춘 자가 대체로 범인으로 밝혀
진다. 소설가 피에르 셍주는 대학 도서관 서고에서 우연
히 발견한 라틴어본 『중요 논박』을 현대 프랑스어로 번역
했다고 주장하며, 동명의 작품을 2004년에 발간했다.

게바라 대주교가 그토록 부정하고 싶었던 신세계의 발
견은 인류 역사를 바꾼 중요한 사건이다. 『총, 균, 쇠』의 저
자 재레드 다이아몬드는 유럽의 신대륙 발견이 인류 불평

등의 기원 중 하나라고 짚었다. 1532년 "168명의 스페인 오합지졸"을 거느린 프란시스코 피사로는 적어도 8만 대군을 지휘하던 황제 아타우알파를 인질로 잡아 잉카제국을 무너뜨렸으니 동서고금을 통틀어 가장 적은 병력으로 가장 큰 제국을 차지한 희귀한 사건의 주역이 되었다. "어째서 아타우알파가 스페인에 가서 카를로스 1세를 생포하지 못하고 반대로 피사로가 카하마르카로 와서 아타우알파를 생포하게 되었을까?"라고 자문했던 재레드 다이아몬드는 그 해답을 총, 균, 쇠에서 찾았다. 그리고 잉카문명의 결정적 약점은 문자와 말馬을 갖지 못했다는 데에 있었으며, 소수의 기사와 보병만으로 잉카제국의 대군을 학살했던 스페인의 힘은 철제 갑옷, 총기, 기마 부대에서 나왔다고 본다. 그러고도 살아남은 원주민 중 8할이 천연두로 사망했다. 여기까지의 역사가 사실을 있는 그대로 기록하는 실증적 학자가 맡았던 부분이다. 재레드 다이아몬드가 잉카제국이 대서양을 건너 유럽을 식민지화하지 못했던 이유를 꼼꼼하게 실증적, 학술적으로 분석했다면 소설가 로랑 비네는 바로 그 지점에서 상상력을 발휘했다. 『언어의 7번째 기능』으로 주목받았던 그의 〈프랑스학술원상〉 수상작 『문명Civilization』(2019)은 잉카제국이 대서양을 건너가 유럽을 정복한다는 내용의 '대체역사소설'이다. 역사의 전환기에 인류가 다른 선택을 했다면 벌어질 법한 사건을 불씨로 상상의 날개를 펴는 이런 유의 장르소설은 다소 저급한 하위 소설이나 환상소설로 취급되기 마련이지만 로랑 비네의 손으로 빚어진『문명』은 평단과 학계의 고평을 받는 문학작품으로 대접받았다.

그런데 잉카의 황제가 바다를 건너 유럽에 진출하여 샤를 캥 대왕을 능가할 만큼 힘을 발휘하는 이야기가 설득력을 얻으려면『총, 균, 쇠』에서 지적됐던 문제들이 선결되어야 했을 것이다.

북극을 지나

4부로 구성된『문명』에서 잉카 황제가 유럽을 정복해가는 과정은 3부 '아타우알파의 연대기'에서 비로소 시작된다. 1부 '프레위디스 에이릭스도티르의 모험'과 2부 '크리스토퍼 콜럼버스의 일기'에서는 잉카제국의 군대가 유럽을 정복하는 데에 필요한 철기와 세균에 대한 면역력뿐 아니라 여타 세세한 요소까지 꼼꼼하게 마련해 두었다. 우선 철기 제조에 능했던 북유럽 지역의 유민이 아이슬란드에서 그린란드를 거쳐 북극을 지나서 북미 대륙의 태평양 연안을 따라 남쪽으로 이주했던 과정이 서술되어 있다. 붉은 머리의 북유럽인들은 그린란드에서 말을 비롯한 가축을 배에 싣고 이동했으며 원주민들에게 승마 기술도 전수했다. 또한, 야금 기술을 전수하며 현지에 정착했고, 원주민으로부터 옥수수 재배 기술을 익히기도 했다. 프레위디스가 이끌었던 북유럽 유민들이 마침내 정착한 곳은 현재 페루 북부지방 람바예케 인근이었다. 이들은 원주민과 어울려 가족을 이루면서 "검은 머리, 금발머리, 붉은 머리의 후손을 두었다". 『총, 균, 쇠』에 따르면 북유럽에서 북극을 넘어 아메리카대륙에 정착한 유민의 경로는 학계에서 정설로 굳어져 있다. 이러한 역사적 사실을 기반으로 소설가의 상상력이 발휘된 대목은 야금술과 기마술이 페루 북부까지 전해졌고 원주민에게도 천연두를 비롯한 전염병에 대한 면역력이 생겼다는 점이다. 1부가 전지적 시점에서 바이킹 후손들의 이동을 기록했다면 2부는 일인칭 시점의 일기 형식으로 진행된다.

1492년 8월 3일 금요일, 우리는 여덟 시에 출발했다. 9월 17일, 세상의 모든 승리를 좌우하시는 주님께서 아주 빠른 시일 내에 우리를 육지에 닿게 해주시길 기원한다. 10월 11일 목요일, 자정이 지나고 두 시간쯤 지나자 육지가 나타났다. 10월 12일 금요일, 우리는 인디언 언어로 과아나하니라 불리는 작은 섬에 도착했다. 벌거벗은 사람들이 다가왔고 나는 핀타호의 선장 마르탱 알론소 펭종, 그의 동생이자 니나호의 선장 빈센테 야네즈와 더불어 육지에 내렸다.

육지에 내린 콜럼버스는 가는 곳마다 나뭇가지를 잘라 십자가를 세우고, 만나는 사람에게 손짓 발짓을 섞어가며 금이 있는 데를 물어보았다. 원주민들의 눈에는 그가 금과 신에 미친 사람으로 보였다. 그는 배를 정박할 수 있는 항구를 갖춘, 금과 향신료가 풍부한 섬을 찾아 돌아다녔다. 12월 3일, 월요일 자 일기에는 "야금을 추출하여 철을 만드는 대장장이를 보았고 화덕 아래에는 뾰족한 화살촉과 낚싯바늘이 가득 담긴 바구니가 있었다"고 전한다. 금을 찾아 헤매던 콜럼버스는 원주민의 공격을 피하려 여왕이 다스리는 작은 섬에 들어갔다가 고향으로 돌아가지 못한 채 노년을 맞이한다. 말년의 유일한 즐거움은 여왕의 어린 딸 히게나모타에게 스페인어를 가르치는 일이었다. 이로써 잉카제국의 황제가 대서양을 건너 유럽을 정복할 수 있는 조건이 1, 2부에서 모두 갖춰졌다. 콜럼버스는 잉카제국의 군대가 대양을 건널 선박을 남겨주고 미래 유럽의 군주들에게 유창한 스페인어로 황제의 말을 통역해줄 외교관까지 양성한 셈이다.

마지막 황제

스페인 이주민이 남미대륙의 파나마와 콜롬비아에 도착한 후부터 원주민들은 이전에 겪어보지 못한 역병으로 죽어갔다. 1526년 천연두는 잉카제국의 황제와 그 신하들을 죽음으로 몰고 갔고 왕위 계승자들까지 차례로 무너뜨렸다. 그러자 생존한 황족 아타우알파와 그의 이복형제 우아스카르 사이에 왕위 다툼이 벌어지고, 이는 곧 잉카제국의 내전으로 번지게 되었다. 피사로는 이 틈을 노려 소수의 병력으로 아타우알파를 생포해 인질로 삼아 금을 착취하고 제국을 좌지우지할 수 있었다. 여기까지가 역사적 사실이다. 소설가는 아타우알파 황제가 피사로에 의해 살해된 것이 아니라 이복형제 우아스카르에게 쫓겨 유럽대륙으로 도망친 것으로 설정했다. 아타우알파는 우아스카르에게 쫓겨 제국의 북쪽으로 밀려났고, 100여 명의 부하를 이끌고 지금의 자메이카, 쿠바 근방까지 도망치다가 마침내 콜럼버스가 말년을 보냈던 섬에 도착하게 된다. 거기에서 그는 섬을 다스리던 여왕의 배려로 콜럼버스가 남겨놓은 범선을 수리한 후 바닷길에 올라 정처 없이 동쪽으로 이동했다. 그리고 말년의 콜럼버스에게 말동무가 되어주었던 히게나모타가 잉카의 마지막 황제를 따라나섰다. 몇 주의 항해 끝에 드디어 육지

를 만나서 해안선을 따라 이동하던 중 갑자기 바닷물이
부풀어 오르고 심하게 요동치는 것을 목격한다. 바다에
서 내륙으로 이어지는 강을 따라 들어가 보니 육지 쪽에
는 시체가 여기저기 널브러져 있었고 건물은 거의 파괴
된 상태였다. 잉카인들이 도착한 곳은 포르투갈의 리스
본이었고 그들이 항행 중에 겪은 이상한 현상은 해저 지
진이 일으킨 쓰나미였다. 잉카 황제는 수도원에 짐을 풀
고 가져 온 식량을 풀어 리스본 시민들의 환심을 샀고, 며
칠 후 포르투갈의 왕이 그들을 찾아왔다. 스페인의 카스
티야왕국 출신이었던 포르투갈의 왕비는 히게나모타와
의사소통이 가능해 그에게 낯선 인디언들의 정체에 대
해 물었다. 그녀는 브라질, 베라크루스와 같은 몇몇 단어
를 나열했다. 포르투갈은 이미 브라질과 인근 섬에 거점
을 마련하고 식민지 경영을 시작했던 터였다. 포르투갈
왕비는 스페인, 프랑스, 로마 등 여러 지역에 대한 정보
를 그에게 건네주었다. 한편, 잉카인들은 카톨릭 사제들
이 포르투갈에 닥친 지진과 인디언의 출현에서 신의 뜻
을 읽어내기 위해 토론하고 있다는 것을 알게 된다. 카톨
릭 사제들은 다짜고짜 잉카인들에게 성 삼위일체를 믿느
냐고 캐물었다. "못 박혀 죽은" 신을 섬기고 걸핏하면 성
호를 긋는 이들의 믿음을 의심한 잉카 황제는 그곳이 안
전하지 않다고 느끼고 타혜강을 따라 이동하면 스페인

땅에 다다를 수 있을 것이라 판단한 후 무조건 동쪽으로 이동한다. 그리고 톨레도에 도착한 잉카인들은 광장에서 이상한 광경을 목격한다.

광장 한복판에 사람들이 마치 울타리 속에 갇힌 것처럼 서 있었다. 그들은 뾰족한 고깔모자를 쓰고 붉은 십자가와 불길이 그려진 노란색이나 검은색 옷 차림이었다. 노란색 옷에 그려진 불꽃은 아래쪽을 향해 있었다. 어떤 이들의 목에는 밧줄이 걸린 채였다. (⋯⋯) 그것은 여전히 예전 종교를 믿고 있거나 유대교도로 머물러 있다고 의심되는 가짜 '개종자'를 심판하는 자리였다. 그들 중에는 마호메트주의자, 신들린 자그리고 이 지방에서 아주 드물어진 루터주의자들이 포함돼 있을 수도 있었다. 어떤 자들은 부적절한 언행, 신성모독, 미신, 이중 혼인, 항문 성교, 마녀술 등의 죄목으로 끌려왔지만 대부분은 벌금형이나 체벌, 감옥, 혹은 노예선 도형수 정도의 가벼운 처벌로 끝날 것이었다. 불꽃 그림이 그려진 옷을 입은 자들은 장작불에서 벗어날 수 있는 죄수들이었다. 누군가는 돼지기름 대신에 올리브기름을 사용했다는 죄목으로 끌려왔다고도 했다.

화형에 처할 죄수 중 경범죄에 해당하거나 회개한 자들은 불을 붙이기 전에 목 졸라 죽여서 고통을 면제해주었지만 나머지 죄인은 산 채로 태워 죽였다. 잉카제국에서도 인신 공양은 오랜 전통이었으나 불에 태워 육신의 흔적조차 남기지 않는 짓은 상상조차 할 수 없는 만행이었다. 군중들은 밤늦도록 화형식 광경을 지켜보았다. 그 자리에서 잉카의 황제는 "못 박혀 죽은 신"을 믿는 자들의 야만성을 절감했다. 죽은 자의 몸을 미라로 만들어 훗날 환생할 영혼이 머물 거처를 보존하는 전통을 이어왔던 잉카인들에게 시신을 재로 만드는 것만큼 잔인한 짓은 없었다. 그리고 그런 짓을 허락하는 신이 착한 신일 수 없다고 잉카인들은 결론 내렸다. 유대인, 무어인 그리고 루터파 교도 등 신을 기준으로 사람을 구분하여 학살하는 스페인에서 잉카인들에게 베푸는 호의가 오래가지 않으리란 것을 확신했다. 그는 100여 명의 잉카 전사를 저 유명한 톨레도의 명검과 잉카의 창으로 무장시킨 후 스페인 왕궁을 급습했다. 두 시간 만에 3천여 명을 죽인 후 왕비 이사벨을 인질로 삼아 적의 반격을 무력화하고 잉카인의 안위를 도모했다. 이 대목에서 대체역사의 묘미, 혹은 작가의 유머가 발휘되었다. 잉카의 황제를 인질로 삼아 황금으로 몸값을 받아내고 동시에 반격을 무력화했던 피사로의 전략을 소설가 로랑 비네는 잉카인이 스페인을 점령하는 전략으로 삼았다. 왕비를 인질로 삼아 스페인의 카를로스 왕의 접견을 요구했지만 스페인 대왕은 동쪽 끝에서 이교도 터키의 술레이만 왕과 전쟁 중이라 돌아올 수 없다는 답만 들었다. 잉카인은 한 도시에 머무는 것이 위험하다고 판단하여 살라망카 지방 쪽으로 다시 길을 떠났다. 여행 중 잉카 황제는 흥미로운 장면을 목격했다. 탁발승과 칼을 찬 남자가 심한 말다툼을 하던 중 탁발승이 무릎을 꿇고 하늘을 향해 기도를 올리자 칼을 찬 남자가 벼락을 맞은 듯 바닥에 쓰러져 발작을 일으켰다. 이들의 싸움을 구경하던 사람들은 겁에 질려 탁발승에게 기도를 멈추라고 애원했다. 탁발승이 쓰러진 남자의 머리를 종이 뭉치로 감싸고 기도를 올리자 남자는 발작을 멈추더니 멀쩡하게 일어섰다. 구경꾼들이 벌 떼처럼 몰려와 탁발승에게 비싼 값을 치르고 그 종이 뭉치를 사 갔다. 나중에 속사정을 알고 보니 탁발승과 칼 찬 남자는 사전에 꾸민 각본대로 연기를 해서 구경꾼들에게 면죄부를 팔았던 것이다.

잉카의 마지막 황제는 이사벨 왕비의 남편, 터키로부터 유럽을 방어하는 기독교 국가의 수장, 유럽에서 가장 커다란 권력을 행사하는 샤를 캥을 성마르탱광장으로 유인하여 황제의 근위대를 격파하고 인질로 잡는다. "샤를 캥의 제국은 남서부는 스페인, 북쪽으로는 저지대 국가들과 독일, 동쪽으로는 오스트리아와 보헤미아, 헝가리 그리고 또 다른 제국의 수장으로서 가공할 만한 정복자

인 술레이만의 위협을 받고 있는 크로아티아까지" 펼쳐
진 광활한 지역이었다. 이제부터 잉카인들은 샤를 캉을
꼭두각시로 내세우고 16세기 유럽의 역사를 좌지우지하
는 실세가 되었다. 그들은 처녀의 몸에서 태어나 약간의
오해로 십자가형으로 죽었다가 다시 살아났다는 유럽의
신을 도무지 신뢰할 수 없었다. 하지만 유럽인들의 믿음
을 존중하며 동시에 잉카의 태양신을 접목한 새로운 종
교를 선교하려고 애썼다. 그러기 위해서는 루터의 도움
이 필요했다. 종교재판, 화형식, 유럽 여러 나라 간의 전
쟁, 그리고 그 나라들이 하나가 되어 터키와 맞선 전쟁 등
이 모든 전쟁의 뿌리에는 예수라 불리는 신이 자리 잡고
있었다. 잉카의 황제는 샤를 캉에게 제국 내의 모든 종교
를 허용하는 칙령 공포를 제안하는 등 점차 공식 석상에
서 자신의 발언권을 굳혀나갔다. 그리고 샤를 캉이 죽자
아타우알파는 기독교 이름인 앙트완으로 개명한 후 이사
벨 왕비에게 청혼하여 스페인의 왕이 된다. 로랑 비네는
16세기 유럽 제국의 역사를 이리저리 자르고 비틀면서
어떻게 잉카의 후손들이 유럽 역사의 숨은 주역으로 활
약하게 되었는지를 그럴듯하게 꾸며냈다.

소설의 마지막 장 '세르반테스의 모험'은 젊은 세르반
테스가 친구의 부인과 불륜을 저지른 뒤 마드리드에서
도망쳐 라만차라는 시골에 머물게 되는 이야기로 시작된

다. 그는 불륜의 대가로 공개된 장소에서 오른팔이 잘려 스페인제국 밖으로 10년간 추방되는 형을 선고받자 이탈리아로 떠난다. 여러 곳을 방랑하던 그는 도메니코스 테오토코풀로스라 불리는 그리스인과 친교를 맺게 되고, 두 사람은 함께 떠돌며 몽테뉴의 신객 노릇도 하다가 마침내 신대륙으로 향하는 배를 타고 쿠바에 내린다. 글솜씨가 좋은 세르반테스와 그림을 잘 그리는 그리스 사람, 즉 엘 그레코가 신세계의 문화에 생명을 불어넣을 주역이 될 것을 암시하며 소설은 마무리된다.

소설의 기능

『언어의 7번째 기능』에서 로랑 비네는 기호학자 롤랑 바르트가 교통사고로 죽은 것이 아니라 암살되었을지도 모른다는 가정 위에 아담한 소설 한 채를 지었다. 그리고 『문명』에서는 잉카인이 스페인을 점령했다면 유럽의 역사가 어떻게 바뀌었을지, 라는 공상으로 규모가 큰 마을을 건설했다. 세상에 존재하지 않는 공간을 유토피아라 한다면 역사에 존재하지 않았던 시간대를 '위크로니Uchronie'라 한다. 역사에서 가정은 무의미할 테지만 소설가는 종종 흥미로운 이야기를 지어내곤 했다. 역사를 기록할 문자도 없고 철기 문명을 갖지 못했던 잉카인의 눈에 비친 유럽은 위험한 종교와 탐욕으로 뭉쳐진 야만 그 자체였다. 실제로 일어나지 않았던 사건을 꾸며냈으나 그 공상의 배경은 대부분 꼼꼼한 자료 조사를 바탕으로 한 역사적 사실로 구성되었다. 토머스 모어와 에라스무스가 주고받은 편지글에는 기독교와 서구 역사의 미래에 대한 우려와 비관이 짙게 깔려 있고, 편지의 행간에서 야만인들이 종교나 정치에 개입한 것이 오히려 유익했다는 판단도 읽힌다. 멕시코와 영국이 동맹을 맺고 프랑스 왕가를 참살하는 장면은 코믹하다. 멕시코 군대는 파리 점령 후 루브르궁 앞에 세운 피라미드에서 프랑스 왕족을 처형했는데, 그것이 지금은 파리의 명소가 된 루브르 박물관의 유리 피라미드를 떠오르게 하기 때문이다. 그의 소설은 스토리텔링의 힘을 발휘하며 정교하게 직조되었고 전체적으로 유머와 풍자를 주조음으로 깔고 있다. 스토리텔링과 풍자는 근래 프랑스 작가들이 그다지 주목하지 않았던 소설의 덕목이었기에 더욱 눈여겨볼 필요가 있다. 그의 신작에는 지도책과 역사책을 곁에 두고 읽어야 할 정도로 수많은 지명과 인명이 출몰하는데 역사와 허구를 구분하는 것에 지칠 무렵 소설의 재미가 느껴진다. 태평양을 중앙에 둔 지도로 세계를 머릿속에 그려보는 것이 익숙한 우리에게는 유럽과 아메리카 사이에 대서양을 두고 바이킹의 행로나 유럽과 남미 사이의 이동 경로를 상상하기가 쉽지 않다. 대신 평면지도를 접어두고 둥그런 지구본을 돌려가며 확인하니 공간이 달리 보였다. 유럽중심주의, 혹은 근대중심주의에 치우치면 "자신의 관습에 익숙지 않은 것은 모두 야만이라고 취급"한다는 몽테뉴의 지적에서 벗어날 수 없을 것이다. 시간과 공간을 인식하는 지점을 조금 비틀면 재미있는 상상이 펼쳐질 뿐 아니라 현재의 모습도 달리 해석될 수 있다.

영원한 유배자

2020년 3월 12일에 발간된 J.M.G. 르 클레지오의 작품 『브르타뉴의 노래, 아기와 전쟁Chanson bretonne suivie de L'enfant et la guerre』은 표지에 적시한 '콩트'라는 장르 표기와 달리 작가의 자서전에 속한다. 1963년에 발표한 데뷔작 『조서』에서 시작되어 이제 50편이 넘는 그의 작품은 1960년대 프랑스 문단을 풍미했던 실존주의와 누보로망의 색채가 남아 있는 초기 작품군, 1970년 무렵 그가 프랑스를 떠나 태국, 중남미에 머물며 제3세계 문화, 특히 고대 마야문명과 멕시코 현대사에 매료되었던 시절에 발표한 작품, 그리고 1980년대에 이르러 3대에 걸쳐 한곳에 뿌리내리지 못하고 이주를 거듭했던 그의 가족사를 다룬 자전적 작품, 이렇게 세 범주로 나눠볼 수 있다. 자전적 작품도 등장인물의 이름과 신분을 변형시켜 여전히 허구의 끈을 놓지 않은 작품이 있는가 하면, 아예 인물의 실명과 가족사를 투명하게 드러낸 작품까지 제각기 허구의 농도 차이가 난다. 두 편의 이야기로 구성된 『브르타뉴의 노래, 아기와 전쟁』은 작가의 기억이 거슬러 올라갈 수 있는 가장 어린 시절부터 열 살 무렵까지의 시절을 회상한 작품이다. 그중 「아기와 전쟁」은 자서전에서 만날 수 있는 가장 전형적 인치피트incipit로 시작된다 : "프랑스는 2차 대전을 1939년 9월 3일에 시작했다. 나는 1940년 4월 13일 니스에서 태어났다. 내 삶의 최초 5년을 나는 전쟁 통에서 보냈다. 내게 있어서 전쟁, 혹은 모든 전쟁들이 하나의 역사적 사건일 수 없다. 나는 전쟁을, 원인을 분석하고 결과를 도출하는 하나의 사실로서 이해할 수 없다. (……) 그저 느낌, 감흥, 태어나서 최초의 의식적 기억이 생기는 대여섯 살까지 한 아이를 떠밀고 갔던 흐름, 그 느낌과 충격만 있을 뿐."

최초의 기억

여든 살의 르 클레지오에게 남아 있는 가장 오랜 기억은 언제, 어떤 사건과 관련될까. 외부세계를 향해 열려 있던 아기의 의식에 처음으로 각인되었던 사건은 그가 세 살이었던 어느 여름날에 일어났다. "내 삶의 첫 번째 기억은 폭력의 기억이다. 그것은 개전 초기가 아니라 전쟁의 막바지 시기로 거슬러 올라간다. 그것은 너무도 강렬한 기억이라 실제로 체험했는지 아닌지에 대한 의심도 들지 않는다." 전쟁이 발발하자 영국 국적의 르 클레지오 어머니는 독일군이 점령한 프랑스 북부지역을 벗어나 지중해에 접한 항구도시 니스로 몸을 피했다. 그들이 니스를 찾은 것은 작가의 조부가 수년 전에 미리 내려와 터를 잡았기 때문이다. 1930년대 대공황으로 파산한 르 클레지오 조부 일가는 파리를 떠날 수밖에 없었고 적어도 햇살만이라도 풍요로운 곳을 찾아 니스로 내려왔다. 두 살배기 아들을 품에 안고 니스에 온 어머니는 태중에 미래의 〈노벨문학상〉 작가를 품고 있었다. 전쟁 초기에 니스를 점령한 군대는 무솔리니의 이탈리아군이었다. "이탈리아 사람들이 친절하다는 것은 잘 알려진 사실이다. 그들은 멋진 정장 차림에 수탉 깃털을 꽂은 모자를 쓰고" 다녔다. 여전히 젊고 아름다운 금발의 어머니가 무거운 장바구니를 들고 거리를 지나가면 친절한 이탈리아 군인이 나서서 짐을 들어주곤 했다. 그러다가 전쟁이 막판으로 치닫자 물컹물컹한 이탈리아 군인을 더 이상 신뢰할 수 없었던 히틀러는 남부지역까지 독일군을 진군시켰다. "우리는 유대인이 아니다. 부자도 아니다. 아무것도 두려워할 것이 없다. 한데 우리는 아버지, 할아버지로 인해 영국 국적자이다. 당시에는 모리셔스 국민이란 개념은 존재하지 않았다." 전쟁 중이었지만 니스 시민들은 모두 평시와 다름없는 척, 모르는 척하며 살아왔다. 특히 어린아이들은 더욱 그러했을 텐데, 마당에 폭탄이 떨어지면서 세 살배기 르 클레지오에게도 몸소 전쟁의 신이 찾아왔다. 인도양 한구석의 군도 중 하나인 모리셔스 섬이 프랑스의 해외 영토였다가 영국령으로 바뀌는 바람에 영국 국적자가 된 르 클레지오의 집안 내력은 그의 전작에서 여러 차례 다뤄졌었다. 어쨌거나 "독일이 세상에서 가장 싫어하는 나라"인 영국 국적자인 르 클레지오 집안은 독일군이 진군하면 "집단수용소로 끌려갈 것"이라는 경고를 니스 주재 미국 외교관으로부터 들었다. 그들은 몰래 니스를 빠져나와 근교 산골마을로 숨어들었다. 로크비에르라는 작은 마을은 유대인, 정치범 등에게 은신처를 제공했다.

이 마을 주민은 보복을 당할 위험을 감수했고 특히 남아 있던 남자들이 집단수용소로 끌려갈 수도 있었다. 놀라운 일은 어떤 고발, 반대도 없었다는 것이다. 한 사람도 빠짐없이 그들은 피난민을 지원했다. 우리가 살아남은 것은 그들의 빈틈 없고, 과장된 감정도 없는 담담한 영웅주의 덕분이었다.

그렇다면 르 클레지오의 아버지는 그 당시 무엇을 하고 있었을까? 아프리카 나이지리아에서 의료 활동 중이던 그는 북아프리카 사하라지역까지 올라와 알제에서 남부 프랑스로 건너가려 했을 것이다. 그러나 거기에서 영국을 싫어했던 프랑스 관료는 그에게 입국 비자를 발급해주지 않았고 그는 가족과 합류하지 못했다. 어린 르 클레지오는 어머니와 함께 저녁 기도를 할 때마다 '아빠'라는 단어를 입에 올렸지만 그에게 아버지는 "산타클로스"처럼 추상적인 존재였다. 어린 시절의 작가에게 의지처가 되어준 사람은 할머니였다. "가게 앞에 긴 줄을 서서 사 온 허드레 고기와 잡뼈에 물을 붓고 무와 돼지감자를 넣어 하루 종일 삶은 국물"은 할머니가 가족을 먹여 살린 훌륭한 요리법이었다. 아기들에겐 우유, 밀가루, 설탕이 필요했지만 그 무엇보다도 소금이 부족했다 : "전쟁이 끝나자 내가 가장 먼저 뛰어가 매달렸던 것은 사탕이나 초콜릿이 아니었고 유리병에 담긴 회색빛 굵은 소금이었다. 나는 그것을 한 움큼 쥐어 삼켰다. 지금도 그 소금의 열기, 짜릿함, 충만의 인상이 내 입안에서 느껴진다. 바다의 맛." 로크비에르 산골에서 세 살배기 르 클레지오가 맞은 첫 여름은 화려하고 찬란했지만 동시에 굶주림이 잠시도 그를 놓아주지 않았던 시절이었다. 할머니와 어머니는 밭에 떨어진 이삭을 주워 모았다.

이삭줍기, 그것은 우리가 굶주렸다는 것, 우리에게 밀가루가 필요하다는 것을 의미한다. 로크비에르의 농부들은 우리가 이삭줍는 것을 가로막지 않았다. 나중에, 아주 오랜 시간이 지난 후 나는 중국에서 소설가 모옌을 만나 이삭줍기에 대한 이야기를 나눴다. 그는 궁핍하던 시절, 산둥성 가오미 지방의 밭에서 어떻게 메밀 이삭을 주웠는지를 이야기해주었다. 그의 어머니는 못된 추수 작업반장에게 붙잡혀 얼굴을 얻어맞아 입에서 피를 흘리며 쓰러졌다. 모옌, 그도 굶주림이 무엇인지 아는 사람이었고 어머니를 때렸던 남자를 그가 얼마나 증오했는지 결코 잊지 않았다. (……) 할머니는 우리들, 그러니까 어린애들에게 무와 홍당무, 감자의 속살을 주고 자신은 야채 껍질만 먹었다. 어머니가 구해 온 우유나 치즈는 어른이 아니라 우리들을 위한 것이었다. (……) 어린 시절 양껏 먹었던 사람들은 평생 진정한 굶주림을 느끼지 않는다.

이 작품에서 르 클레지오는 어린 시절 전쟁을 겪은 사람은 그 상흔을 평생 품고 산다는 말을 누차 반복했다. 빈터, 공허, 허전함, 진공 등 여러 가지 단어를 동원해서 작가는 전쟁이 그에게 남긴 허기의 기억을 환기했다. "몇 년간의 전쟁이 나의 배, 나의 머릿속에 파놓은 그 빈터, 공복감은 내 존재의 일부를 이루고 있다." 전쟁이 끝나고 몇 해가 지난 후에도 작가는 시장 바닥에 흩어진 야채 껍질, 썩은 홍당무 등을 주워 모으는 노인들을 목격하곤 했다. 그리고 그런 노인들은 문자 그대로 굶어 죽었다는 것도 작가는 기억한다. 밀가루가 부족하여 톱밥을 섞어 구운 회색 빵을 먹다가 전쟁이 끝나고 국제적십자단이 배급한 식량에서 비로소 르 클레지오는 빵이 하얀색임을 알게 되었다. 르 클레지오는 유년기를 전쟁 통에서 보낸 탓에 그의 성격에는 일종의 폭력성이 깃들었고, 영양실조로 인해 전후에도 잔병치레를 했을 뿐 아니라 결핵에 걸리고 말았다고 고백한다.

소년 병사

한 개인의 삶이 역사와 만나는 지점에서 자서전의 의미가 생긴다. 르 클레지오가 어린 시절에 겪었던 공포와 허기가 개인의 체험에 머물지 않고 역사의 일부가 되는 것은 전쟁이 매개되었기 때문이다. 전쟁을 겪은 작가의 자서전은 모두 참여문학, 일종의 앙가주망engagement이 될 수밖에 없다. 작가가 "노인 하나, 여인 둘, 아이 둘"이라고 표현한 인물군은 원칙적으로 전쟁의 주역이 될 수 없다. 그런데 전쟁은 종종 아이를 소환하여 무대에 세우기도 한다. 아무리 전쟁 통이라도 유년기는 세월이 지나면 향수로 채색되기 마련이지만 「아기와 전쟁」에서 작가가 정색하고 분노의 목청을 높인 대목은 소년 병사에 관련된 부분이다. 어린 시절 작가와 그의 형을 강가에 데리고 가서 놀아주던 마리오는 열댓 살 정도밖에 먹지 않은 아이였다. 그는 히틀러와 무솔리니를 증오하여 레지스탕스에 가담했다. 그리고 폭탄을 운반하다가 사고로 죽고 말았다. 어린 르 클레지오는 "마리오가 죽었는데 남은 것은 그의 빨강 머리카락뿐이다"라는 말을 잊지 못한다. 전쟁에 태어난 아기는 진정한 아기 대접을 받을 수도 없었다. 어른들은 아이들을 어른 대접 해준답시고 총을 쥐여주고 무덤으로 떠민다. 작가는 어린 시절 읽었던 베이든 포우엘의 전기를 떠올린다. 세계 구석구석의 교육기관에 조직된 스카우트 운동을 창시한 인물로 존경받는 그의 책은 "모범적 젊음"을 양성하는 교범으로 사용되고 있다. 초등학교 시절부터 제복을 입고 단체생활을 배우고 야영법, 독도법과 같은 생존에 유익한 실용지식도 익히니 우리나라 교육기관에서도 일찌감치 도입되었던 조직이다. 르 클레지오는 보이스카우트도 일종의 유사 군사조직으로 여차하면 어린아이들을 군대에 편입시키려는 정책이 반영된 것이라 고발한다 : "이렇듯 어린 소년을 스카우트, 초록색 베레모 그리고 공수대원의 길로 이어지게 하여 미래의 전쟁에 준비시키는 것이다." 지금도 세계의 어느 분쟁 지역을 보여주는 화면 속에서 우리는 자기 키가 넘는 길이의 총을 들고 웃고 있는 아이들을 볼 수 있다.

어린 시절을 전쟁의 두려움 아래 노인과 여자들 사이에서 보낸 결과, 작가는 자신이 폭력적이며 충동적 성격을 갖게 되었다고 고백하기도 했다. 그냥 변덕스럽게 화를 내는 게 아니라 대상도 이유도 없는 분노가 그를 사로잡는다는 것이다. 전쟁이 끝나고 작가가 일곱 살이 되는 해에 아버지와 연락이 닿아 마침내 어머니와 함께 배를 타고 아프리카로 향하게 된다. 그 배 안에서 작가는 그의 첫 습작「긴 여행」을 썼다고 한다. 지중해를 지나는 그 여행, 아버지와의 만남과 아프리카에서 보낸 생활에 관련된 이야기는 1991년에 발표한 소설『오니샤』에서 펼쳐진다.

조국 속의 이국

브르타뉴에서 태어나지 않았고 1948년부터 1954년까지 매년 여름 몇 개월 정도만 지낸 곳이지만 나에게 가장 많은 감동과 추억을 준 곳은 바로 이 고장이다.

르 클레지오 집안은 원래 프랑스 북서부지방 출신이지만 18세기 무렵 당시 프랑스의 섬이란 뜻의 일 드 프랑스, 나중에 모리셔스 섬이라 불리는 곳으로 이주했다. 브르타뉴는 스페인 접경의 바스크 지방, 독일 접경의 알자스

지방처럼 언어와 문화가 프랑스와 구별되는 독립적 지역
이었다가 프랑스 중앙정부에 편입된 지역이다. 종종 독
립된 국가 수립을 주장하는 분리주의자들의 목청이 높아
지면 중앙정부와 긴장이 고조되고 폭력 사태가 동반되
곤 했다. 르 클레지오Le Clézio라는 특이한 이름은 원래 이
지역 언어로 언덕을 의미하는 '아르 클뢰지우ar kleuziou'
에서 유래한 것이다. 일상의 무게에서 벗어난 자유와 여
유를 누리는 여름휴가 때마다 찾아갔던 장소라면 그곳에
각별한 추억이 깃들게 마련이다. 묘하게도 그곳에 대한
느낌을 작가는 한국어를 차용해서 표현했다.

> 셍트 마린, 그것은 물의 냄새이다. 한국어로는 노스탤지어
> 를 '향수hyangsu'라는 단어, 즉 물의 냄새로 정의했다.

작가는 우리말에서 동일하게 발음되는 두 단어(香水,
鄕愁)가 각기 다른 뜻을 지녔다는 것은 미처 몰랐던 것
같다. 혹은 그에게 노스탤지어는 바닷물의 냄새를 뜻하
기에 우리말의 동음이의어를 두고 의도적 착각을 일으켰
는지도 모른다.

「브르타뉴의 노래」에서 작가는 가난했지만 독자적 문
화와 언어를 굳건히 지키고 있었던 브르타뉴를 기억하
며 몰라보게 변해버린 현재의 풍경과 풍속을 다소 비판

적 시각을 바라본다. 그의 개인적 정서가 깃든 장소를 순례하는 장면은 곧이어 보편적 인간 조건과 역사로 이어지며 브르타뉴 지방이 겪은 수난에 애정 어린 시선과 분노를 표시하기도 한다. 프랑스 니스에서 태어났고 〈노벨문학상〉 수상 이전에도 여론 조사에 의하면 프랑스 국민이 가장 사랑하는 작가로 꼽혔지만, 영국 국적과 모리셔스 국적을 지녔고 영국 대학을 다닌 적도 있었으며, 성년이 된 후에는 프랑스보다는 남미 등지에 둥지를 틀었고 미국 뉴멕시코의 소도시를 주된 거주지로 삼은 르 클레지오는 자신을 프랑스어로 문학을 하는 모리셔스 사람으로 규정하곤 했다. 경제적으로 넉넉했던 브르타뉴 지방이 12세기 중앙정부와 벌인 전투에서 패한 이후 프랑스로 편입된 사건을 서술하는 대목에서 작가는 마치 약자의 행복을 침탈한 강자의 횡포를 이야기하는 듯했다. 중앙정부의 강압적 정책 탓에 브르타뉴의 고유 언어가 사라지고 강인한 해양문화와 농경문화를 동시에 지녔던 지방이 관광지로 변한 사태에 아쉬움을 넘어 울분을 표하기도 했다. 어린 시절 채집하여 가지고 놀던 해충이 DDT, 혹은 악명 높은 글리포세이트와 같은 살충제로 멸종된 현실에 대해 그는 생명과 생태 문제를 거론하여 브르타뉴의 과거를 그리워했다. 노인과 여자들 사이에서 의식의 탄생과 유년기를 보낸 작가에게는 항상 강자에 대한 저항의식, 약자와 소외된 자에 대한 연대의식이 그의 기본적 정서를 이루고 있는 것처럼 보인다. 종교적 측면에서도 지중해 문화 기반의 로마식 가톨릭보다는 신비주의 요소가 깃들며 토착화된 브르타뉴의 성당 문화에 애착을 보이기도 한다. 프랑스 속의 이국, 혹은 유배지와 같은 곳에 향수를 느끼는 작가에게 과연 삶의 뿌리가 어디인지를 묻는 질문에 르 클레지오는 뿌리라는 단어보다는 철학자 들뢰즈가 유행시킨 "리좀rhizome", 즉 뿌리줄기란 표현으로 대답을 피해갔다. 그리고 프랑스의 국수주의 극우정당인 국민전선 당수가 급부상하여 대통령 결선 투표 후보까지 오르는 현상을 보고 작가는 그가 당선되면 프랑스 여권을 버릴 것이라고 선언하기도 했다. 브르타뉴 고유 언어는 오로지 지방 노래에만 남아 있는 터라 작가는 브르타뉴의 노래를 사랑하며 전 세계에서 사라져가는 소수 언어가 처한 운명에 대한 우리의 각성을 요청하기도 했다.

J. M.G. 르 클레지오는 P. 모디아노와 더불어 현재 프랑스 문학의 든든한 기둥이자 익숙한 풍경의 일부가 되었다. 전 세계 독자들이 그의 작품을 사랑하지만 그의 노마디즘과 리좀에 불편한 시선을 보내는 평자도 적지 않다. 〈노벨문학상〉을 받은 그의 문학성은 의심의 여지가 없어도 그의 철학은 문학에 비해 매우 소박하고 심지어

유치하여 제자리걸음을 벗어나지 못하고 있으며 단순한 이분법적 사유에 머문다는 지적도 여전히 제기되고 있다. 작가의 기억이 갈 수 있는 한계인 세 살부터 셈하더라도 2년 남짓 겪은 전쟁 체험이 그의 성격과 삶을 결정지은 상수라고 주장하는 것이 억지처럼 들릴 수도 있다. 그러나 또 다른 〈노벨문학상〉 수상자 모디아노는 전쟁 이후에 태어났음에도 2차 대전 점령기에 토대를 둔 주제와 문제의식이 그의 작품세계의 고갱이를 이루고 있다. 문명과 자연, 도시와 전원, 성인과 어린이, 남자와 여자, 서구과 제3세계 등 선명한 이분법을 적용하여 선악과 미추의 근거로 삼는 르 클레지오의 가치관과 태도는 비판거리가 되지만 그의 일관된 '정치적 올바름'은 존중돼야 할 소중한 가치이다. J. 크리스테바는 진정한 작가는 예외 없이 조국의 한복판에 있지만 유배지의 귀양인처럼 존재한다고 주장했다. 르 클레지오에게는 세계 도처가 고향이자 유배지인지도 모른다.

카라바조의 수난

세상에서 가장 큰 조각작품이 이탈리아의 섬 시칠리아에 있다. 1968년 1월 시칠리아에 발생한 지진으로 지벨리나Gibellina 마을은 폐허가 되고 시신이 넘쳐났다. 살아남은 사람들은 그곳에서 10여 킬로미터 떨어진 곳으로 삶의 터전을 옮기고, 그곳을 지벨리나 누오바, 즉 '신新 지벨리나'라고 명명했다. 그리고 시의회는 구舊 지벨리나를 그대로 방치할 수 없어서 예술가 알베르토 부리Alberto Burri에게 의뢰하여 폐허의 공간에 거대한 설치작품을 들여놓았다. 작가는 옛 도시의 흔적을 따라 1.5미터 가량의 깊이로 하얀 미로를 만들었고, 전쟁터의 참호를 연상시키는 그의 작품 「거대한 균열」은 황량한 공간에 '절대 고독'을 자아냈다.

주변에는 제대로 선 집 한 채 없다. 사는 사람도 하나 없고 짐승도 없고 생명의 흔적도 없다. 절대 고독이다. 죽은 자들을 위해 조각된 이 풍경에 비한다면 크리스토의 퐁네프다리나 염색된 강처럼 오로지 관객들을 놀라게 하려고 비싼 돈을 들여 만든 작품들은 웃음거리에 불과하다.

이 대목은 2020년 도미니크 페르난데스Dominique Fernandez가 발표한 에세이 『덤불에 싸인 이탈리아L'Italie buissonnière』 중 「지벨리나, 세상에서 가장 큰 조각」에서 발췌한 내용이다. 〈공쿠르상〉〈메디치상〉〈프랑스학술원상〉 등을 받은 소설가로 알려진 페르난데스는 '파베제의 실패'라는 주제로 박사논문을 쓴 학자이자 교수자격시험을 통과한 후 오랫동안 대학 강단에 섰던 교수이기도 하다. 따라서 평생 이탈리아의 역사와 예술에 각별한 안목과 애정을 지녔던 그가 크리스토 자바체프를 낮추고 알베르토 부리를 고평한 것이 그리 어색하지 않다.

그런데 그보다 주목할 만한 사실은 1929년생, 그러니까 90세가 넘은 그가 여전히 생동감 넘치는 글을 발표한다는 점이다. 그의 나이가 유독 눈길을 끌었던 것은 최근 『르몽드』에 실린 부고 기사 때문이기도 하다. 퐁네프다리나 베를린 국회의사당을 통째로 보자기로 포장했던 설치 작가 크리스토는 금년 5월 31일에 세상을 떴고 그보다 한 달 앞서 4월 29일에 사망한 제르마노 첼란트를 기리는 추모 기사가 일간지 지면을 크게 차지한 적이 있었다. 첼란트는 알베르토 부리가 참여했던 60년대 이탈리아 예술운동에 '아르테포베라'라는 이름을 지어주며 이론적 토대를 제공한 전시기획자이자 예술평론가였다. 한 시대를 풍미했던 예술가와 평론가의 부고 기사를 마주칠 때마다 문득 시간의 무게를 절감하던 터에 아직도 날렵하고 동시에 품격 있는 노익장의 글을 만나서 유난히 반가웠다.

페르난데스는 소설, 평론, 기행문 등 여러 장르의 글을 놀라울 정도로 꾸준히 발표했으며 2007년 프랑스학술원 회원으로 선출되었을 때 회원의 상징인 장식용 칼에 남성 동성애의 상징적 인물인 가니메데스를 새겨 넣음으로써 공식적으로 동성애자임을 공개한 최초의 학술원 회원이 되었다.

페르난데스는 1972년에 발간한 평론집 『나무에서 뿌리까지 : 정신분석과 창조L'Arbre jusqu'aux racines : psychanalyse et création』에서 예술을 이해하는 데에 프로이트의 이론이 유용하다고 주장했고 작가의 무의식과 작품 간의 관계에 주목하여 '심리학적 전기비평psychobiographie'이라는 방법론을 제시하기도 했다.

그런데 20년이 지난 1992년에 이 평론집을 재간하며 덧붙인 서문에서 그는 "예술은 어떤 이론으로도 접근할 수 없으며, 어떤 평론가가 무결함의 이론적 도구로 텍스트를 해부할 수 있다고 주장한다면 그는 고작해야 작품의 해골만 건질 따름"이라고 확언했다. 그리고 비평이론이 만개했던 1970년대에 평론가 축에 끼어들려면 '이론'으로 무장한 흉내라도 냈어야 했다고 고백하며, 그 시절 자신이 했던 주장들의 이론적 입장을 수정했다. 그래서 피카소, 미켈란젤로, 프루스트, 모차르트에 대해 정신분석적 비평문인 예전 글을 재수록한 1992년도 판본에는 원본 뒤에 「20년 후에」라는 덧글을 붙였다. 1972년 시절의 그는 여러 예술가의 유년기에서 훗날 작품세계의 색채를 결정할 만한 중요 사건을 추출하여 그 의미를 해석한 프로이트 방식의 접근 방법을 차용했었다. 예컨대 피카소가 그린 비둘기에는 평화의 의미와 더불어 화가가 어린 시절 아버지에게서 느낀 정신적 상흔이 배어 있다거나, 다섯 살에 어머니를 잃은 미켈란젤로의 그림 속 여인이 유난스레 차갑고 무정하게 보인다는 식의 결정론적 해석은 「20년 후에」를 통해 그 교조적 성격을 다소 누그러뜨렸다. 그럼에도 불구하고 그는 예술작품을 이해하는 데에 작가의 삶과 작가가 살았던 시대적 배경을 감안하는 태도와 더불어 예술가의 무의식적 욕망에 대한 지식이 해석의 열쇠가 된다는 태도는 여전히 견지하는 것처럼 보인다. 그의 관심은 소설가, 시인뿐 아니라 화가, 음악가로까지 확장되어 피카소, 미켈란젤로, 레오나르도 다빈치, 모차르트의 무의식과 작품 간의 관계를 논구하기도 했다.

예술가의 유년기와 무의식세계에 대한 탐구로 핵심을 이루는 심리학적 전기비평은 나중에 아예 예술가의 전기형 소설로 변형되기도 했다. 예컨대 2003년 작 『심연을 향한 질주 La course à l'abîme』는 이탈리아 화가 카라바조의 삶을 그린 전기형 소설이다. 작가는 2007년에 발표한 평론집 『이야기하는 기술 L'Art de raconter』을 통해 "카라바조의 삶을 복원한 630페이지가 넘는 『심연을 향한 질주』에서 자료에 의존한 부분은 20퍼센트에 불과하며 나머지는 상상력으로 해결했다"고 고백했다. 그에 따르면 한 인간의 삶에서 가장 중요한 대목은 유년기, 사랑, 죽음일 텐데 그 어떤 공식 자료에서도 이런 사항에 대한 객관적 정보는 얻을 수 없었다. 특히 서른여덟 살의 남자가 낯선 해변에서 죽는 순간 마지막으로 그의 눈에 들어온 이미지, 그의 망막에 기록한 그림자는 무엇이었는지가 작가는 궁금했다.

구천을 떠도는 영혼

나의 시신은 영원히 발견되지 않았다. 바다에 던져졌을까? 해변에서 태워졌을까? 개미들이 뜯어먹었을지도 몰라. 늑대

밥이 되었을지도. 독수리가 채어 갔을까? 신앙심이 깊은 어떤 이가 거두었을까? 몰래 매장했는데 나중에 개처럼 잊혔을지도. 내가 그토록 자주 천사로 그려주었던 건달들이 나의 시신을 찾아 하늘로 올려 보냈을까? 시신 없는 죽음이라니! 다른 사람이라면 통곡했을지도 모르지. 모래밭에 버려졌으니 세례 없이 죽은 아기나 회개 없이 죽은 죄인과 더불어 림보를 떠돌아다닐 신세다! 그러나 나는 오히려 무덤도 없고 비석도 없는 것이 행운이라고 생각한다. 찾아오는 순례객이나 추모제에서 벗어난 것이 마음에 든다. 살아생전에 추방되고 박해받았던 내가 죽어서 추모되는 것을 원치 않는다.

일인칭 화자의 독백으로 시작하는 소설의 첫 문단을 읽는 독자는 금세 화자가 죽은 자라는 것을 눈치채게 된다. 1571년 밀라노 근교의 작은 마을 카라바조에서 태어나 서양 회화사에 혁명을 일으킨 카라바조는 서른여덟 살의 나이에 어느 시골 항구에서 비명횡사하고 말았다. 관습과 전통에 적대적이며 반사회적 성격의 동성애자라고 알려진 그는 살인과 폭행, 불법 무기 소지 등 여러 가지 죄명으로 감옥을 들락거렸지만 그의 그림을 탐냈던 왕후장상, 특히 교황과 추기경들의 비호 덕분에 위태롭게 목숨을 이어갔다. 죽은 자의 영혼이 생전에 겪었던 일을 회고하는 것으로 시작되는 『심연을 향한 질주』는 총

4부로 구성되었고 연대기 순에 따라 유년기, 습작기, 전성기, 그리고 급작스러운 죽음을 다루고 있다.

카라바조는 자신을 불운한 예술가의 전형으로 내세우며 고흐와 랭보에 비견한다. "나는 서른여덟 살이며 이는 파스칼, 반 고흐, 랭보가 죽은 나이이다. 우리는 같은 불에 타 죽었다. 예술가의 삶이란 사람들이 존중해야 마땅한 것이라고 합의한 모든 것과 전쟁을 벌이는 것에 불과하다." 그러나 "서른여덟 살에 결투 중 살해된 푸시킨이나 서른네 살에 머리에 총알을 박고 죽은 클라이스트"처럼 오로지 죽음만으로써 "현대적" 작가 혹은 낭만적 신화의 주인공이 된 것은 너무 안이한 선택이라고 화자는 생각한다. 그는 "법도 규칙도 없는 떠돌이" "입에 담을 수 없는 악덕을 저지르는 이단자" "무질서한 본능에 따라 기회가 생길 때마다 성욕을 채웠던 야만인"으로 자신을 규정했다. 그리고 무엇보다도 『이야기하는 기술』에서 페르난데스는 소설의 주인공으로 예술가를 택할 경우 그 선택 기준을 이렇게 설명했다 : "선택된 모델은 대번에 독자의 호기심을 끌 만큼 유명한 것이 좋지만 그 유명세는 뭔가 주변적이고 스캔들과 관련되어야만 한다. 모리악, 발레리, 바흐, 루벤스는 글감이 될 수 없다." 작가는 카라바조와 비견될 만한 예술가로 파솔리니를 꼽는다. 시인이자 영화감독, 파시스트 독재에 맞섰던 반항아, 그리고 동성애자였던 파솔리니도 해변가에서 어린 남자의 손에 살해되어 버려진 채 발견되었다.

카라바조의 혼령이 이야기하는 이 대목은 앞서 작가가 고백했듯 8할이 상상력의 소산이다. 카라바조가 여섯 살이 되었을 때 아버지가 죽어서 할아버지와 어머니 밑에서 유년기를 보낸 것은 객관적 사실이다. 소설로 진입하는 첫 대문 1부 1장의 제목이 '시체 없는 죽음'이며 그 뒤를 잇는 2장의 제목은 '아비 없는 아들'이다. 그가 태어난 날이 미카엘 대천사 축일이었기에 관례에 따라 그의 이름은 미카엘 천사라는 의미로 미켈란젤로가 되었다. 그렇다. 그는 레오나르도 다빈치, 라파엘로, 티치아노와 더불어 '친퀘첸토'를 빛냈던 예술가 미켈란젤로와 이름이 같다. 그래서 자기 고향명인 카라바조로 개명되었다. 탄생과 유년기에 대한 이 빈약한 사실에서 작가는 예술가의 극적인 삶을 예고할 만한 숙명적 사건을 구축해야만 한다. 탄생일이 마침 성자 미카엘 축일이라 화가 미켈란젤로와 연관시킬 수 있다면 다시 그가 태어난 해는 화가가 죽은 지 8년째 되는 해이다. 작가는 8이란 숫자는 신생, 부활을 상징한다고 강변한다. 조물주가 세상을 만들고 일곱 번째 날에 쉬었으니 그다음 날인 여덟 번째 날은 창조된 세계가 본격적으로 가동하는 날이 될 터이다. 아기 예수가 태어나서 여드레 되는 날에 유대식 할례를 치렀고 미켈란젤로가 죽은 지 여덟 번째 해에 서양 회화사 300년을 전복시킬 만한 예술가가 탄생했다고 작가는 의미를 부여한다. 그런데 카라바조의 유년기에서 가장 강렬한 사건은 아빌라의 성녀 테레사의 책을 읽는 것으로 모아진다. 어린 카라바조에게 깊은 인상을 남긴 대목은 다음과 같다.

그래서 내가 본 천사는 오른손에 황금 장검을 들고 있었고 그 장검 끝의 강철에는 약간의 불꽃이 있는 것 같았다. 그리고 그가 이따금 그 칼로 나의 심장을 찌르는 것 같았는데 그 칼끝이 나의 창자까지 파고들었다. 칼이 뽑히면 마치 그 칼에 나의 창자가 딸려 나오는 것 같았고 나는 크나큰 하나님의 사랑으로 온몸이 불타오르는 것 같았다. 그 고통이 너무 극심하여 신음이 새어 나왔다. 그러나 어디에 비할 수조차 없는 이 고통이 자아내는 감미로움이 너무 커서 나의 영혼은 그것이 끝나길 바라지 않았고 신을 제외한 그 무엇도 떠오르지 않았다. 그것은 육체적 고통이 아니었다. 그것은 영혼의 고통이었다. 그렇다고 육체와 무관한 것이 아니라 매우 크게 관련되어 있었다. 그것은 신과 영혼 사이에 벌어지는 연애 행위의 교환이었다.

열세 살 소년은 아빌라의 성녀 테레사가 남긴 글에서

정체를 알 수 없는 충격을 받고 밤낮으로 천사의 모습을 상상한다. 판화집이나 성당에 걸린 성화에 표현된 여러 천사의 모습에서 성녀 테레사의 심장을 찌른 천사를 상상하다가 거의 실성할 지경에 이른다. 그런데 그에게도 기적이 일어났다 : "그가 좋아하는 얼굴, 너무 크지 않고 작지만 극도로 아름다운 천사의 얼굴들을 한데 모아서 합성한 듯한 천사가 몸소 나를 찾아온 것이다. 어느 여름날 오후, 나는 그를 따라 숲속으로 들어갔다. 그는 사랑으로 불타는 얼굴과 내가 좋아하는 그런 육체들을 모아놓은 것 같은 육체로 나를 끌어안았다." 소설가는 카라바조가 품었던 성적 환상의 출발점, 동성애의 기원을 설정해야만 했다. 소년은 아빌라의 성녀 테레사가 주장한 신과의 합일, 뜨거운 칼로 창자를 꺼내는 것 같은 고통과 희열이 뒤섞인 느낌을 동성애로 풀이하여 카라바조의 정체성을 구성한 것이다. 고통과 희열, 신성과 치욕이 뒤섞인 피가학적 사랑, 성적 암시를 강하게 풍기는 성스러운 장면, 고통스러운 표정을 짓는 에로틱한 남성상은 카라바조의 예술세계를 특징짓는 핵심 요소이다. 성녀의 글에서 발췌한 대목과 소년의 성적 환상에 접목한 대목은 이후 수련기, 성숙기로 이어지는 카라바조의 서사에 탄탄한 기둥 역할을 한다.

　작가는 『하드리아누스의 회상록』을 쓴 M. 유르스나르

가 남긴 메모를 인용하며 전기소설을 쓰는 입장을 설명했다 : "한쪽 발은 박학다식한 지식, 다른 쪽 발은 마술, 은유를 사용하지 않고, 보다 정확히 말하자면 생각을 통해 누군가의 내면으로 이동하는 공감의 마술." 그러나 로마 황제처럼 잘 알려진 인물이 아니라 현대 인물을 소설의 주인공으로 삼는다면 역사적 지식도 그리 유효하지 않다. 예컨대 파솔리니를 주인공으로 삼은 1982년 작 『천사의 손 안에서Dans la main de l'ange』는 전기소설의 주인공에게 감정이입, 혹은 빙의가 전제되어야만 쓸 수 있는 소설이었다고 작가는 주장했다.

빛과 어둠

작가의 박식이 발휘되는 대목은 카라바조가 살았던 시대적 배경에 관련된다. 인간 카라바조가 아무리 관습과 전쟁을 일으키고 사회와 불화에 빠진 비사교적 성격의 소유자일지라도 화가라는 직업적 굴레에서 벗어날 수 없다. 화가는 교회와 세속 권력자의 후원을 얻지 않으면 존재할 수 없었다. 작품의 재료를 구입할 돈과 물감을 제작할 공간이 필요했고, 교회나 궁전의 벽화를 장식하는 주문을 받으려면 권력가의 비위를 맞춰야 하지 않겠는가. 당시의 예술은 교회의 감시와 검열로부터 자유롭지 않았기에 걸핏하면 종교재판소에 끌려가고 자칫하면 불타는 장작 더미에 오르기 십상이었다. 카라바조가 그의 시대와 불화를 겪고 풍습에 역행했다 할지라도 직업을 위한 타협과 굴종이 있었다는 것은 그가 후대에 남긴 작품이 그 증거이다. 또한 당시 이탈리아는 교황청을 중심으로 움직였으며 반도의 중요 공국은 스페인의 영향권 아래에 있었고 스페인의 지배에 제동을 거는 유일한 세력은 프랑스였다. 그래서 교회와 세속 권력은 교황파, 스페인 추종파와 프랑스 추종파로 삼등분되어 이합집산을 반복했다.

카라바조는 이런 복잡한 외적 조건과 자신의 내면적 욕망을 맞춰가는 위태로운 줄타기의 삶을 이어갔다. 카라바조는 고향 마을을 떠나 인근 대도시 밀라노로 가서 견습 화가로서 수련생활을 하게 되었다. 밀라노는 "두 개의 성채로 요새화되었고 아홉 개의 거대한 대문, 성당과 예배당의 숫자만 200이 넘었으며, 100여 개의 수도원, 일곱 개의 대학과 열 개의 병원" 등 수많은 건축물이 있어서 그에 필요한 조각과 그림의 수요가 넘쳐나는 곳이었으니 로마, 피렌체, 베니스와 더불어 롬바르디아화파가 형성될 만한 물질적 조건이 갖춰진 셈이었다.

열세 살의 화가는 시모네 페테르차노를 스승으로 삼고

4년간 견습 화가로 일한다. 어린 카라바조의 눈에는 시모네가 기능적 측면에서는 존경할 만한 스승이었지만 지나치게 관습적이며 들척지근한 베니스 화풍에 치우친 작가로 비춰졌다. 다른 견습 화가와 마찬가지로 카라바조는 선대의 위대한 작품을 연구했으나 무작정 추종하고 모방하기보다는 사실주의적 관점에서 작품을 비판했다. 예컨대 성화 속에서 예수를 십자가에 박은 못이 몸무게를 지탱할 정도의 크기인지, 혹은 옆구리를 창에 찔려서 생긴 상처가 손가락이 들어갈 정도의 크기가 되는지 따져보았다.

후대 예술가에게 큰 영향을 끼친 카라바조의 화풍은 명암의 극단적 대비로 그림 속에 극적 분위기를 자아내는 것을 꼽을 수 있다. 명암대비 기법을 처음 접하고 익힌 것이 바로 밀라노 수확기였다고 소설가는 지적한다. 카라바조는 스승에게 이끌려 지오반 제롤라모 사볼도의 「성 마태오와 천사」를 관람하는 기회를 가졌다. 스승은 "성서에 나온 진부한 주제지만 그것이 마치 일상생활의 한 일화처럼 다뤄졌고 그것이 롬바르디아 사실주의"라고 설명했다. 성화 속에 등장하는 예수의 제자들은 한결같이 세리, 목수, 어부 등 평범한 생활인이었다. 롬바르디아의 사실주의는 그들을 우리가 거리와 장터에서 만날 법한 평범한 모습으로 표현한 반면, 피렌체나 로마 특히

베니스에서는 신성한 품격을 풍기는 인물로 묘사하려고
애썼다. 카라바조는 기존 성화 속 인물을 복제하기보다
는 거리에 나가 노숙자, 건달, 창녀들에게서 성자의 모델
을 구했다. 롬바르디아 사실주의의 또 다른 특징은 독특
한 조명법, 혹은 명암법이었다.

저 조명의 새로움이라니! 저 과감한 톤의 분배! 화폭의 대
부분이 어둠 속에 잠겨 있다. 빛은 모두 사도의 옷자락에 집
중되었다. 어둠 속에서 두 개의 머리가 약간 솟아 나온 듯하
다. 옷의 주름살 하나하나 사이로 등대 불빛을 비춰 뭔가를
찾아 뒤지는 것 같다. 나는 작업장의 관행에 대해 이토록 완
벽하게 경멸한 것을 본 적이 없다. 시모네 스승은 콘스라스트
를 피할 수 있도록 빛을 고르게 펼치라고 가르쳤다. 그에 따
르면 '부드럽고' '편안'해야만 했다. 그림의 세목 중 어느 하
나에 집중하지 않고 무시간대의 동일한 빛을 배분하라고 배
웠다. 그런데 지오반 제롤라모 사볼도의 경우 전혀 다르다.
방의 한구석에 급작스럽고 부분적인 조명이 이 작품의 주제
그 자체가 되었다.

명암법과 그 적용을 설명한 이 대목은 훗날 그의 작품,
그리고 그에게 영향을 받은 후대 화가들, 예컨대 모리스
캉탱 드 라투르와 같은 화가의 그림에도 거의 아무런 수

정을 가하지 않고 적용될 수 있다. 이 소설의 백미는 화가가 로마에 입성하여 완성한 작품들이 종교재판정에 회부되어 기독교 교리와 회화의 전통, 진실과 예술 같은 본질적 질문을 둘러싸고 토론을 벌이는 장면이다. 그 로마 시절의 화가는 이미 열세 살 어린 소년 시절부터 가슴속에서 씨앗이 자라고 있었다. 소설은 카라바조가 공적 영역에서 예술가로 성숙하는 과정뿐 아니라 그의 내밀한 사랑에도 큰 비중을 할애했다. 그것은 작가가 심리적 전기에서 중요하게 여긴 세 가지 요소, 즉 유년기, 죽음, 사랑 중 하나인 작가의 성적 정체성과 관련된 부분이다. 열여섯 살 무렵 화가는 동료 견습생들이 자주 드나들던 빵집을 지키는 여주인 카테리나를 만나고 그녀와 동침을 하게 된다. 동시에 스승의 작업실에 함께 기숙하던 동료 마태오와도 은밀한 관계를 유지한다. 성적 정체성에 다소 혼란을 느끼는 카라바조에게 마태오는 "우리 사이가 그토록 단순한 것은 우리 행동에 아무런 비난의 소지도 없다는 증거"라고 주장한다. 그리고 그 행동이 단순했던 이유는 그들의 관계가 자연의 법칙에 크게 위배되지 않았기 때문이라고 덧붙인다.

카라바조는 아름다움을 사랑했고 그 아름다움에는 딱히 남녀 구분이 필수적이지 않았다. 사랑은 이성애와 동성애로 구분되는 것이 아니라 진실과 거짓만이 유일한 기준이 될 따름이었다. 성화 속에 묘사된 예수와 세례요한이 만나는 장면에서 카라바조는 진실된 사랑을 보기도 했으며, 가장 완벽한 아름다움은 항상 양성구유, 혹은 성구분의 모호성에서 비롯된다고 여겼다. 종교화에서 풍기는 성적 모호함은 원래 기독교가 묵인하고 심지어 장려한 측면이 강하다고 화가는 생각했다. 천상의 아름다움을 소리로 표현하는 카스트라토가 그 대표적 사례이기도 하다. 동성애가 과연 순리를 거스르지 않는 자연스러운 것이며 이성애가 오히려 문명, 가식, 인위적 제도의 소산인지를 둘러싼 논란은 1989년에 발표한 에세이 『가니메데스의 납치Le Rapt de Ganymède』에 풍부하게 상술되고 논구되었다. 카라바조는 교회가 수립한 예술의 규칙에 시달렸고, 스페인 추종파와 프랑스 추종파로 나뉜 세속 권력의 감시에서 벗어나기 어려웠으며, 그가 추구했던 사랑의 양식도 쉽게 용인될 수 없었다. 여러 겹의 사슬에 묶인 카라바조가 남긴 예술이 가장 진실에 근접했다는 것이 작가의 생각일 것이다. 예술을 속박하는 사슬을 끊고 무한한 자유가 허용된 순간 오히려 예술가의 창조력이 주저앉는 경우가 흔하지 않았던가.

1975년 7월 20일 일요일, 차량번호 ABX 518 파란색 승용차 르노 5의 짐칸에 책 한 상자, 레코드 쉰 장가량 그리고 여행 가방과 옷가지를 싣고 46세의 남자와 39세의 여자가 체코슬로바키아 국경을 넘었다. 한때 체코 방송국의 인기 높은 아나운서였던 여자는 다시는 고향으로 돌아가지 못할 것임을 직감했다. 독일을 거쳐 프랑스로 넘어오는 긴 여정은 프랑스 브르타뉴의 주도 렌느에서 끝났다. 그는 이곳에서 가을이 시작되어 개강이 되면 렌느대학 강단에서 유럽문학사를 강의할 것이다. 프랑스에서 〈메디치상〉 해외 부문 대상을 받은 밀란 쿤데라는 숨 막히는 곳에서 벗어나 프랑스로 갈 방법을 모색했다. 그러자 〈메디치상〉 심사위원장인 페르난데스는 그가 소속된 렌느대학에 강좌를 개설하여 쿤데라를 초청했다. 책과 레코드만 차에 싣고 떠난 망명생활이 시작된 것이다. 페르난데스는 쿤데라를 눈여겨보고 그를 프랑스로 이끈 핵심 인물 중 하나이다. 『이야기하는 기술』에서 작가는 밀란 쿤데라에게 별도의 장을 할애했다. 그는 "진정한 소설이란 현실을 묘사하는 것이 아니라 인간이 될 수 있고 할 수 있는 모든 가능성을 검토하는 것이다"라는 쿤데라의 말을 인용하며 앙드레 지드와 티보데의 생각을 덧붙였다. "소설의 핵심은 가능성을 살려내는 것이지 현실을 되살리는 것이 아니다." 페르난데스가 『심연을 향한 질주』에서 추구한 진실은 역사적 사실의 복원이나 해명이 아니라 「의심하는 도마」 「마태와 천사」 등 수많은 걸작을 남긴 화가가 특정한 역사적 조건에서 선택할 수 있는 가능성을 탐색한 것이었고, 그것이 소설이란 장르의 핵심이기도 하다. 페르난데스는 쿤데라와 더불어 소설 문학의 전통을 이어가는 귀한 작가로 대접받을 만하다.

빠르지만 너무 지나치지 않게

한 아이가 아버지를 따라 근처 시립문화회관에 갔다. 영문과 교수인 아버지는 틈틈이 익힌 바이올린 연주에 매료되어 일요일이면 동호인들과 소리를 맞춰보았다. 20대 중반쯤으로 보이는 남녀 대학생 셋이 도착하여 조율을 마치더니 연습을 시작했다. 나이, 성별, 심지어 국적마저 제각기 다른 이들의 모임은 슈베르트의 절대적 아름다움을 재현하겠다는 것 외에 딱히 다른 목적이 있을 수 없었다. 연주 시간이 15분 정도인 현악사중주 중 일명 '로자문데' 1악장을 그들은 반 시간 넘게 되풀이하고 있었다. 일본인 미즈사와〔水澤〕 교수가 제1바이올린, 중국 대학생들 중 가장 어린 학생 캉〔康〕이 제2바이올린, 여학생 얀펜〔硯芬〕이 비올라, 그리고 쳉〔成〕이 첼로를 맡았다. 열한 살 꼬마 레이〔禮〕는 아버지가 연습하는 동안 곁에 앉아 요시노 겐자부로의 『그대들, 어떻게 살 것인가』를 읽었다. 이 모임에 프랑스 기자 필립이 프랑스로 귀국하기 앞서 미즈사와 교수에게 작별 인사를 하려고 들렀다. 필립은 이들이 연습하는 '로자문데'에 현혹되어 쉽게 자리를 뜰 수 없었다. 미즈사와는 슈베르트가 자아내는 쓸쓸한 슬픔이 폭력과 거짓이 난무하는 미친 세계에 대항할 수 있는 유일한 태도라고 중국 젊은이들에게 설명했다. 제2바이올린을 맡은 캉은 미즈사와의 설명에 동의하면서 저음부가 바탕을 탄탄하게 마련하지 못한 탓에 그 위로 제1바이올린의 선율이 제대로 얹히지 않는다고 했다. 제각기 음악에 대한 해석을 제시하며 공감대를 넓혀갔다. 캉이 제1바이올린이 잃어버린 세계, 혹은 유년기에 대한 향수를 자아내는 반면에 첼로를 비롯한 저음부는 그 세계를 시시각각 위협하고 파고들어야 한다고 하자 얀펜은 슈베르트의 가곡 「마왕」에서 피아노가 맡은 위협적 분위기를 첼로와 비올라가 자아내야 한다고 주장했다. 알레그로마논트로포 allegro ma non troppo, 다시 말해 빠르지만 지나치지 않게, 라는 지시가 붙은 1악장은 "조금 더 느리게, 그러나 감상주의에 빠지지 않는 것"이 중요하다는 의견도 나왔다. 이것이 2019년 미즈바야시 아키라가 발표한 『부서진 영혼 Âme brisée』의 첫 장면이다. 이 소설은 일본 조치대학 교수이자 일본어와 프랑스어로 작품을 발표하는 저자가 프랑스어로 발표한 여섯 번째 작품이다.

부서진 바이올린

일본인과 중국인이 한자리에 모여 협주하고 토론하는 것이 하등 문제가 될 수 없는데, 이 장면의 배경이 1938년 11월 8일 일요일이라면 사정이 사뭇 달라진다. 연주 연습을 멈추고 차를 마시며 음악에 관련된 이야기를 나누다가 미즈사와 교수는 문득 화제를 현실로 돌린다. 허구 속에 등장하는 인물들의 입을 통해 표현된 생각은 작가의 자서전 『먼 데에서 온 언어Une langue venue d'ailleurs』에서 반복되는바, 교수와 중국 학생의 대화 내용은 소설가 자신의 신념이라 간주해도 무방할 것이다.

　"1938년 도쿄의 어느 한구석에서 중일 현악사중주단이 슈베르트의 '로자문데'를 연주하다니……. 나라 전체가 호전적 강박에 빠져서 개개인을 우리와 저들로 양분하는 민족주의의 암종에 걸려 죽어가고 있는데…….

　"미즈사와 상, 목소리를 낮추세요……"라고 캉이 소곤거렸다.

　"미안합니다. 음악과 무관한 질문을 단도직입적으로 묻겠습니다. 양국이 전쟁에 돌입하자 이곳에 유학 중인 중국 학생들 대부분이 서둘러 귀국했는데 무슨 이유로 당신들은 여기 남았습니까?"

"맞아요. 노구교 사건 이후로 양국은 공개적으로 전쟁상태
에 빠졌지요. 나는 중국인이고, 중국말을 하지만 나 자신은
그 어느 소속으로부터도 자유로운 한 명의 개인으로 생각합
니다. 나는 중국인이기에 앞서 한 인간입니다."
　"당신들의 말에 크게 감동했습니다. 혐오스러운 조국과 그
조국에 대한 소속감만으로 기고만장하는 동포들보다는 적
국의 국민인 당신들을 더 좋아합니다. 불량한 일본인, 국가의
배신자, 혹은 히코쿠민(非國民)으로 취급될지라도 나는 당신
들 곁에 있겠습니다."

　천황에 대한 충성심과 애국심으로 포장된 일본의 제국
주의적 팽창주의를 비판하며 중국인의 편에 선 것으로
그치지 않고 미즈사와 교수는 색다른 제안을 한다. 일본
어에는 수직적 위계질서가 반영되기 때문에 사중주 연주
자들 사이에 나이, 성별, 지위 등과 같은 요인에 따라 호
칭과 어법이 달라진다. 그래서 수평적 관계, 인격적 평등
성을 전제한 인간관계를 언어에 반영하기 위해 호칭을
서양식으로 단순화하자고 말이다. 성이 아니라 이름을
부르며 존칭도 생략하면 연주자들 사이에 보다 자유롭고
평등한 관계가 들어설 것이라고 미즈사와 교수는 생각한
것이다. 이들이 다시 악기를 들고 '로자문데' 2악장 안단
테를 연주하려고 할 때 바깥에서 알아들을 수 없는 말과

군홧발 소리가 들리자 미주사와 교수는 본능적으로 어린 아들을 장롱 속에 숨겼다. 그리고 곧이어 일군의 헌병이 들이닥쳐 다나카라 불리는 오장이 미즈사와 교수를 심문했다.

"어떤 종류의 음악을 연습한 건가?"

"프란츠 슈베르트 현악사중주 A단조, 작품번호 29, 일명 '로자문데'입니다."

"우리 음악이 아니네. (……) 그리고 중국 놈들과 함께 어울리다니! 네놈은 수상쩍은 백인들 음악을 연주했단 말이지. 적국의 음악. 그러니 중대한 범행이 누적될 수밖에!"

"제발 우리가 초대한 손님들을 정중히 대해주세요. 슈베르트는 오스트리아 사람인데 불행히도 나치스 독일에게 합병되었습니다. 따라서 슈베르트의 음악은 적국의 음악이 아닙니다."

"우리는 중국과 전쟁 중이다. 그런데 아무렇지도 않게 이들을 손님이라며 함께 어울리나?"

"폴란드 출신의 위대한 지휘자 요제프 로젠슈토크도 일본 교향악단을 담당하려고 우리나라에 정착했지요. 일본에서 유럽 음악을 공연하는 것은…… 음악은 국경선을 넘나들고 인류의 공통된 자산이며……."

"너 혹시 빨갱이 아냐? 빨갱이들이 꼭 너처럼 말하던데!"

말문이 막힌 오장 다나카는 주먹을 휘둘러 미즈사와 교수의 얼굴을 피투성이로 만들고 제 분에 못 이겨 바이올린마저 빼앗아 발로 짓밟아 부숴버렸다. 장롱 안으로 몸을 숨긴 아들 레이는 아버지의 수난을 열쇠 구멍으로 지켜볼 뿐 속수무책이었다. 그때 소위님이라 불리는 훤칠한 남자가 등장해 다나카의 행패에 제동을 걸었다. 그리고 저간의 사정을 듣고는 오장을 힐책했다. 오장은 "적국 국민과 어울리는 히코쿠민, 공산주의자"의 버릇을 고치려고 완력을 사용했다고 주장했다. 소위는 폭행을 당해 얼굴이 일그러진 교수를 바라보며 무슨 곡을 연주했는지 정중하게 물었다. "슈베르트 현악사중주 작품번호 29, D. 804"라며 대답을 듣자 소위는 대번에 "아, 로자문데"라고 감탄했다. 그리고 헌병의 군홧발에 짓밟힌 바이올린에 대해 질문했다. "물론 스트라디바리우스는 아니고요. 프랑스의 현악기 장인 니콜라 프랑수아 비욤의 작품입니다. 1857년에 만들어진 것이죠." 교수와 소위의 대화는 음악과 악기를 주제로 이어졌고 교수는 중국인 학생의 악기를 빌려 소위를 위해 바흐의 곡을 연주해주었다. 눈을 감고 음악을 감상하던 소위는 떨리는 목소리로 "요한 제바스티안 바흐의 파르티타 3번, E장조, 가보트 론도"라고 중얼거렸다. 소위의 반응에 용기를 얻은 교수는 음악은 인류의 공통된 문화유산이란 주장을 펼쳤다.

소위는 이에 동의할 뿐만 아니라 "로자문데와 가보트는 우리보다 훨씬 오래 살아남을 것"이라고 덧붙이며 다나카에게 이들 예술가를 풀어주라고 명령한다. 그러나 그 순간에 하달된 상부 명령에 따라 불심검문에 걸린 모든 혐의자를 부대로 이송해야만 했다. 텅 빈 연습실에 홀로 남아 군홧발에 부서진 바이올린을 망연자실 내려다보던 소위는 한쪽 구석의 장롱에서 인기척을 느낀다. 다가가서 장롱 문을 열어보니 어둠 속에 어린아이가 웅크리고 있었다. 사정을 눈치챈 소위는 아이에게 부서진 바이올린을 넘겨주고 자리를 떴다. 아이는 부서진 바이올린을 들고 해 질 녘에 집으로 돌아가지만 맞아줄 사람이 아무도 없다는 것을 잘 알고 있었다. 아이는 아버지의 부서진 바이올린을 자기에게 넘겨준 소위의 이름이 구로카미인 것을 기억하며 그 뜻이 검은 머리카락黒髪인지 검은 신黒神인지 궁금해했다.

바이올린의 영혼

소설 『부서진 영혼』의 제목에 포함된 프랑스 단어 'âme'에는 여러 가지 뜻이 있다. 이 단어는 말 그대로 '영혼'을 뜻하지만 우리말로는 "울림 기둥", 영어로는 "사운

드 포스트"라고 부르는 현악기의 부품 중 하나를 지칭하기도 한다. 저자는 소설 도입부에 권위 있는 사전 『프랑스 언어의 보물』에 등재된 단어 정의를 인용했다. "명사, 여성형, 음악 용어. 현악기의 상판과 밑판 사이에 삽입된 작은 나뭇조각이며 두 판 사이에 적절한 거리를 유지시킴으로써 진동의 균질성과 더불어 그 음질과 전파를 확보하는 역할을 한다." 소설은 제목처럼 아버지의 부서진 바이올린을 끌어안고 살아가는 아들의 이야기이다. 아버지를 잃은 소년은 마침 출국을 앞둔 프랑스 신문기자 필립의 양자로 입양되어 프랑스로 가게 된다. 소설은 4악장으로 이뤄진 '로자문데'처럼 4부로 이뤄졌고, 각 부의 소제목도 악장의 연주 지시어를 따랐다. 그래서 '빠르지만 지나치지 않게'를 뜻하는 1부 소제목 '알레그로마논트로포'에 이은 2부의 소제목은 '안단테', 3부는 '미뉴에트, 알레그레토', 4부는 '알레그로모데라토'로 설정되었다. 소설의 형식과 내용, 특히 분위기와 사건의 진행 속도, 그 긴박감 등은 마치 4악장으로 이뤄진 고전음악을 듣는 것처럼 상상되기도 한다. 프랑스 기자 필립 메이양에게 입양된 일본 아이는 자크 메이양으로 개명하여 프랑스식 교육을 받는다. 2부는 그가 프랑스에서 성장하여 현악기 악기 장인이 되는 과정을 그렸다. 보주산맥에 자리 잡은 작은 산골 마을 미르쿠르는 현악기 공방으로 유명한 곳이다. 그곳에서 자크는 바이올린을 제작하고 수리하는 일을 배운다. 또한 미르쿠르에서 현악기의 활을 만드는 일을 전공하는 엘렌과 사랑에 빠져 평생의 동반자로 삼는다. 2부는 교향곡의 2악장이 그렇듯 편안하고 안정된 분위기 속에서 자크의 일상생활이 소소하게 변주되고 음악과 악기에 관련된 아기자기한 일화나 지식이 독서의 재미를 더해준다. 2부 1장에서는 황혼의 나이에 접어든 남자가 등장하여 독자들을 잠깐 당황시킨다. 하지만 곧바로 1장의 열한 살 꼬마가 세월이 흘러 현악기 제조의 장인이 된 모습이란 것을 파악할 수 있다. 그는 프랑스에 온 이래 현악기 장인으로 입신하여 아버지의 부서진 바이올린을 고치는 데 평생을 바쳤다.

2장 1부 첫머리에서 엘렌은 남편에게 신문 기사 하나를 읽어주며 기사의 주인공에게 흥미를 내비친다. 일본인 바이올린 연주가 미도리 야마자키가 국제대회에서 우승했다는 기사였다. 엘렌은 남편의 나라인 일본과 관련된 음악 기사라 흥미를 가졌지만 정작 자크는 심드렁했다. 이제 일본 출신 연주가가 국제대회에서 수상하는 일이 그다지 희귀한 사건도 아니라는 이유에서 자크는 아내의 관심을 외면해버렸다. 그리고 3년이 지난 후 다시 그 일본인 연주가의 기사를 읽은 엘렌은 남편에게 그 사연을 전해준다. 신문에 실린 인터뷰에서 미도리 야마자

키가 음악의 길로 들어선 것은 육군 장교이자 동시에 엄청난 음악 애호가였던 외할아버지 덕분이었다는 대목에서 엘렌은 직감적으로 남편 자크의 과거와 관련 있으리란 느낌이 들었던 것이다. 엘렌의 충고에 따라 자크는 미도리 야마자키에게 일본어로 편지를 보냈고 3주 만에 답장을 받았다.

발신자 : 미도리 야마자키
수신자 : 레이 미즈사와 / 자크 메이양
내용 : 당신 편지에 감사드리며
날짜 : 2003년 2월 28일

당신이 보내주신 장문의 편지에 무한히 감사드립니다.
맞습니다. 나의 외할아버지 성함은 겐코 구로카미였고 육군 소위였습니다. 1938년 지극히 극적인 상황에서 당신이 보았던 바로 그분입니다. 그분은 1993년 이후로 더 이상 이 세상에 존재하지 않으십니다. 당신을 만나고 싶습니다. (……)

미도리 야마자키 배상

레이는 가슴에서 불덩이 같은 것, 강렬하면서도 동시에 흐릿한 매운 열기가 치밀어 목이 메었다. 얼어붙어 있던 커다란 감정의 덩어리가 잠자던 내면의 열기에 의해 조금씩 녹아내렸고, 겨울잠 속의 곰이 그토록 기다리던 봄이 다가옴에 따라 점차 꿈틀거리고 천천히 잠에서 깨어나는 것 같았다. 세월이 먼지를 털어버리고 다시 떨리기 시작했다. 열한 살에 일본을 떠나 자크가 되었던 주인공이 65년이 지나 아버지와 헤어졌던 그 장소로 되돌아오게 되었다. 자크는 묵묵히 그에게 부서진 바이올린을 건네주고 떠났던 구로카미 소위가 어떤 인물이었는지 궁금했다. 그와 눈빛을 교환한 순간은 10여 초에 불과했고 바깥에서 "구로카미 소위님"이라 부르는 소리가 나자 그를 장롱 안에 숨겨둔 채 곧바로 나가버렸다. 미도리의 어머니이자 구로카미의 딸인 야마자키 부인은 '구로카미'가 검은 머리카락이 아니라 검은 신을 가리킨다고 일러주었다. 구로카미의 딸과 손녀를 통해 자크는 생전 그의 행적에 대해 듣게 된다. 인명으로 흔치 않은 한자를 쓰는 구로카미는 지방의 명칭을 따른 것이며, 그의 가족은 히로시마에 살았다가 원폭의 버섯구름에 몰살당했다. 그가 여든 살이 넘자 딸과 손녀와 함께 유럽 여행을 떠났는데 관광객이 찾지 않는 프랑스 산골 마을 미르쿠르를 가겠다고 고집부렸다는 일화도 미도리를 통해 듣게 되었다. 아버지의 부서진 바이올린이 만들어진 곳이 바로 미르쿠르였기 때문이었을 것이다. 미도리는 유명한 현악기 제작가는 모두 이탈리아의 크레모나 출신인데 할아버지가 군이 프랑스 산골을 찾아가는 이유를 알 수 없었다. 할아버지는 "위대한 악기 제작가가 모두 이탈리아에만 있는 게 아니다. 프랑스에도 있지. 비욤이라는 사람! 장 바티스트 비욤과 니콜라 프랑수아 비욤"이라고 말했을 뿐이다. 할아버지가 기억해낸 프랑스 장인의 이름은 바로 자크의 아버지가 부서진 바이올린에 대해 그에게 해주었던 설명 중에 언급된 이름이었다. 미도리는 할아버지가 항상 음악을 듣고 살았으며 일본 제국주의의 군인으로 복무했던 것을 부끄러워했다는 점도 자크에게 들려주었다. "가장 잔혹하고 야만적 행동들이 천황의 이름으로 정당화된 것에 분노"하고 결국 음악 속에 칩거한 것이다. 그리고 훗날 치매에 걸려 요양원에 머물 때 슬하에 딸만 두었던 구로카미가 하루 종일 "그 사내아이는 어떻게 되었을까?"라는 말을 되풀이했고, 가족들은 끝내 그 말뜻을 이해하지 못했던 일, 그리고 종일토록 '로자문데'와 가보트를 들으며 안식을 되찾았다는 것도 자크에게 이야기해주었다. 자크는 65년 만에 찾은 일본에서 열한 살 적에 겪었던 끔찍한 경험을 되살렸지만 정작 아버지에 대한 후일담은 듣지 못했다. 자크는 수소문 끝에 아버지와 함께 '로자문데'를 연주했던 여학생 얀펜이 상해에 생존한다는 것을 알게 되었다. 그녀는 아버지를 헌병대에서 구하려고 애썼고 특히 아버지가 읽던 책 한 권을 숨기느라 고생했다는 사실도 전해주었다. 아버지가 당시에 소지했던 책은 고바야시 다키지의 소설 『게잡이 공선』이었다. 일본 북양 어업선에서 일하는 노동자의 모습을 그린 『게잡이 공선』은 프롤레타리아문학을 대표하는 문제작이었다. 만약 아버지의 소지품에서 이런 불온서적이 헌병대에 의해 발견되었다면 큰 고초를 겪었을 것이다. 어쨌거나 아버지는 영원히 그곳을 빠져나오지 못했다. 자크는 평생을 걸려 복원한 아버지의 바이올린을 미도리에게 준다. 어둠 속에서 나타나 그에게 바이올린을 넘겨준 검은 신의 손녀에게 바이올린을 돌려주는 것이 합당할 뿐 아니라 평생 그의 어깨를 짓눌렀던 짐을 벗어버리는 듯한 홀가분한 느낌도 없지 않았다. 미도리는 자크와 그의 부인을 자신의 연주회에 초대하여 연주가 끝난 후 청중에게 바이올린에 얽힌 사연을 소개하고 자크와 그 부인에게 정중한 경의를 표한다.

2019년에 발표되어 2020년 〈프랑스서점대상〉을 받은 미즈바야시 아키라의 『부서진 영혼』을 읽던 중 작가가 금년 8월호 『르몽드 디플로마티크』에 기고한 기사를 읽게 되었다. '복종하는 언어, 복종하는 사회'라는 제목의 기사에서 작가는 현 내각이 들어선 후부터 일본의 민주주의가 심각한 퇴행을 보이고 있다고 비판한다. 일본은 프랑스혁명기에 라파예트가 작성한 인간과 시민의 권리선언을 헌법에 반영하여 군국주의를 끝내고자 했으나 작금의 분위기는 오히려 과거로 퇴행하는 것 같다는 것이 그의 진단이었다. 그런데 작가는 '왜 국민은 저항하지 않을까?'라는 의문을 품으며 그 이유 중 하나를 일본 특유의 집단주의, 그 수직적 인간관계에서 찾았다. 그런 인간관계는 특히 일상언어에서 드러나는데 일본어의 어법은 "지배와 복종을 바탕으로 삼는 정치체제가 역사 속에서 형성되면서 그에 걸맞은 언어 질서"가 생성된 결과라는 것이다. 그가 이런 논지를 펴며 사례로 든 일본어의 복잡한 존칭과 경어법에 대한 설명은 소설 『부서진 영혼』에서 미즈사와 교수와 중국인 학생들 사이에서 이뤄진 대화를 그대로 옮겨놓은 것이나 다름없었다. 1938년을 배경으로 한 소설에서 지적한 문제가 지금의 일본 사회에도 그대로 적용된다는 작가의 생각을 엿볼 수 있는 부분이다.

바빌론 강가에 앉아

2017년 〈노벨문학상〉을 받은 가즈오 이시구로는 다섯 살에 영국으로 이주했으니 그에게 모국어는 영어나 다름없다. 미즈바야시 아키라는 환갑을 앞둔 나이에 열아홉 살부터 배운 프랑스어로 쓴 첫 소설을 발표했다. 프랑스어를 배운 계기는 2010년에 발표한 작가의 자서전『먼 데에서 온 언어』에서 진술하고 상세히 설명하고 있다. 대학 입학을 앞둔 시점에서, 그의 표현을 따르자면 "결정적 사건, 심지어 기적"이 일어났다. 모의고사를 치르던 중 "묘하고 비범한 힘을 지닌 어떤 지문"을 읽게 된다. 작가가 중략을 했음에도 다소 긴 그 지문을 다시 간추려 재인용하면 이렇다.

본질적인 것, 그것은 경험의 깊은 곳까지 파고드는 것이다. 그것을 빼고는 어떤 해결책이나 출구도 없다. 그것이 가능한 유일한 길이다. 다른 길이 없다면 그 길로 가는 수밖에 없다. 그렇지 않다면 모든 것이 그저 한담이 된다. (……)

심오하고 진정한 경험에서 비롯된 단어는 독특한 자력, 모든 표현을 무색하게 만드는 하중을 지니고 있다. 왜냐하면 어떤 사물이나 그 사물들의 상태를 환기하는 단어에 대한 진정한 설명은 바로 그 사물, 혹은 사물들의 상태 안에 있기 때문이다. 이러한 진정한 표현의 실행은 쉽게 획득될 수 없고 즉각적으로 발생하지도 않는다.

말이 진정한 말이 되려면 적어도 하나의 조건을 충족해야만 한다. 그 말에 해당되는 체험이 미리 존재해야만 한다. 그런데 현실적으로 이런 최소한의 조건을 당당하게 무시하는 말들이 횡행하고 있다! (……) 나의 의도가 도덕적 관점에서 몸소 겪은 경험을 찬양하는 것과는 아주 멀다. 내가 여기에서 경험이라 부르는 것은 개인적 차원에서 표피적으로 겪은 단순한 체험과는 그 어느 구석도 닮지 않았다.

모의고사용 지문으로 제시된 이 글은 철학자이자 수필가인 모리 아리마사[森有正]가 1967년 발표한 『아득한 노트르담[遥かなノートル・ダム]』에서 발췌한 것이다. 작가가 사용한 '결정적' '기적' '비범'과 같은 표현이 걸맞지 않게 보인다면 그것은 아마도 일어에서 프랑스어로 다시 우리말로 중역을 거치는 과정에서 원문의 힘이 훼손되었기 때문일 것이다. 다시 소설가의 설명을 인용한다면 "당시 모리 아리마사는 파리의 국립동양어대학, 흔히 '이날코INALCO'라 부르는 학교에서 일본어를 강의하고 있었다. 그는 데카르트와 파스칼의 연구를 완성하려고 1년의 기한을 잡고 파리에 왔다가 체류 기간이 길어져 어느덧 15년째였다. 그는 정해진 기한을 넘겼을 뿐 아니라 권위 있는 도쿄대학의 교수직을 포기하고(믿을 수 없는 일이다!) 또한 도쿄의 삶을 구성하는 모든 것을 포기하고, 아예 출발점으로 되돌아가서 다시 시작할 각오를 했던 것이다". 열아홉 살의 고등학생이 시험 문제지에서 읽었던 지문을 거칠게 요약하면, 말이 그것이 의미한 것과 일치

하여 진정성을 얻기 위해서는 경험이 전제되어야 한다는 것쯤 될 것이다. 그런 주장을 한 저자는 사회적 지위, 심지어 가정까지 포기하는 희생을 실천했다. 진정성을 위해서는 일정한 희생을 각오하라는 요청인데 이것을 읽은 미래의 소설가는 "나의 대답은 단 1초의 망설임도 없이, 그렇다, 였다".

모리 아리마사는 한 젊은이의 행로를 바꿨을 뿐 아니라 우리네에게도 적지 않은 영향을 끼쳤다. 『내가 읽고 만난 파리』(2004)의 '모리 아리마사의 파리, 이옥의 파리', 그리고 『내가 읽고 만난 일본』(2012)의 4장 '모리 아리마사, 노트르담, 이옥 교수'. 이렇게 두 작품에서 김윤식은 모리 아리마사와 이옥을 언급하고 있다. 그는 "잠 안오는 한밤중" 도쿄 어느 고서점에서 산 『바빌론 흐름의 기슭에서 バビロンの流れのほとりにて』를 읽으며 생각한다. "어째서 도쿄대학 조교수인 이 데카르트 전공의 엘리트가 직장과 가족을 버리고 파리에 머물며 거기서 죽어야 했을까. 이것만이라면 한 인간의 기구한 팔자소관이라든가 개인적 사정으로 되돌릴 수 있겠으나, 이 책의 서두의 언어로 볼진대, 특정 개인의 차원을 넘어선 것으로 내게 육박해왔다. 처음에는 잔잔하게, 점점 물리칠 수 없게 내 마음을 마취시키는 에너지원이기도 했다." 늦게 배운 프랑스어로 소설을 쓰는 일본인의 작품을 읽다가 눈길이

모리 아리마사로 이어지고, 다시 그를 따라가다 보니 이옥, 김윤식의 모습이 눈앞에 어른거린다. 1993년 봄, 부활절 기간 동안 베를린에서 모종의 우연한 계기로 인해 나는 두 분을 가까이에서 뵐 수 있었고 나중에는 서울에서 따로 뵐 기회도 있었다. 이제 따로건 함께이건 간에 두 분을 뵐 수 있는 기회는 사라졌다.

이상한 사건 2

장 폴 사르트르는 19세기 시인을 "신의 고아"라고 불렀다. 신의 죽음이 선포되었으니 인간은 졸지에 고아가 되었다는 뜻이다. 유산도 남기지 않고 신이 죽는 바람에 황량한 들판에 버려진 고아들은 허무의 사제, 혹은 퇴폐적 예술가의 길을 택했지만 따지고 보면 두 길은 나중에 만나서 한 길이 되고 마니 딱히 선택이랄 것도 없었다. 예술을 절대화하여 "예술을 위한 예술"이란 것도 신의 빈자리에 대체물을 세우려던 안쓰러운 몸부림이었다. 요새는 영혼의 위로와 안식을 약속했던 사제의 일이 정신과 의사나 명상 전문 강사 쪽으로 넘어갔다. 『세로토닌』의 저자 미셸 우엘벡은 의사, 강사는 코웃음치고 아침 공복에 작은 알약 한 움큼 삼키는 것으로 간단히 해결했다. 에마뉘엘 카레르는 한 시절에 열렬한 가톨릭 신자로서 빈번한 고해성사를 통해 마음의 평화를 얻으려 했고, 20여 년간 프로이트의 후계자들을 찾아다녔지만 결국 양극성 장애라는 판정을 받았으며 마침내 요가 명상원을 찾았다. 유년 시절의 추억이 서린 교회로 돌아가 복음서의 의미와 그 복음 기자들의 연구로 빠져들었던 경험을 기록한 『왕국』은 2014년 최고의 문제작이란 평가를 받았다. 나이가 들면서 산타클로스의 존재는 더 이상 믿지 않으면서도 사흘 만에 부활했다는 예수를 믿는 사람들은 도무지 줄지 않는 이상한 사건을 따져보았던 『왕국』에 대해 '이상한 사건'이란 제목으로 『소설, 때때로 맑음 2』에서 다룬 적 있었으니, 당시의 글을 다시 옮겨보면 다음과 같다 : "영국의 『가디언』은 그를 '프랑스에서 가장 중요한 작가'라고 치켜세웠고 미국의 『워싱턴포스트』는 그의 신작이 〈공쿠르상〉을 받지 못한 것은 심사위원의 직업적 실수라고 꼬집었다. 〈공쿠르상〉은 놓쳤지만 월간 문예지 『리르』, 시사주간지 『르포엥』, 일간지 『르몽드』 등이 선정한 그해의 최고 문학상을 받았으니 이 작품의 중요성은 충분히 인정되었"다. 2020년 작 『요가Yoga』는 제목만으로 짐작되듯이 이번에는 성당이 아니라 명상원에서 보낸 며칠을 기록한 것이다. 거칠게 요약하면 『왕국』과 『요가』는 정신병원에서 나와 교회와 절간을 떠돌았던 작가의 만행록이다. 처음 작가가 명상원에 들어갈 때에는 초심자의 입장에서 요가에 대한 친절한 안내서를 쓰려고 했던 것이 사흘 만에 중단되고, 저작 의도와 달리 『요가』의 저자는 명상원에서 정신병원으로, 다시 난민 수용소 등지로 표류하게 된다.

『요가』는 5부로 나눠졌고 각 부는 소제목이 붙은 작은 단상, 장면들로 구성되었다. 예컨대 열흘간의 수련을 예정하고 명상원에 들어가 그곳의 체험을 기록한 1부는 150페이지 정도인데, 그 1부의 소제목은 30여 개에 달한다. 따라서 한 주제당 고작해야 두서너 페이지를 넘지 않도록 구성되었기 때문에 장면 전환이 매우 빠른 셈이다. '울타리'란 소제목이 붙은 1부의 첫 번째 장은 '도착'이란 부제로 시작된다. 그리고 첫 문장에서 작가는 『요가』에서 다뤄질 주제를 한꺼번에 털어놓는다. 우선 이 책의 집필 목적은 요가에 대한 간략한 소개이며, 그다음으로 이슬람 극렬분자들이 저지른 테러, 유럽 난민 문제 등인데 이런 문제를 다루는 작가는 정신병원에 4개월간 입원할 정도로 극심한 우울증에 시달렸고, 게다가 35년간 그의 글을 가장 먼저 꼼꼼하게 읽어주었던 출판사 사장을 잃은 상태임을 밝혔다. 요가를 '웃으며 소개하는 친절한 책'은 딱히 문학성은 접어두고 일단 실용적 용도가 있으니 공익적 존재 이유가 있는 것이라고 작가는 생각했다. 그리고 테러와 난민 문제는 동시대인들이 함께 고민해야 할 윤리적 문제이며, 거기에 곁들여 작가가 겪은 우울증과 애정의 파탄과 같은 지극히 개인적 신변 잡담도 공감할 수 있는 독자가 드물지 않을 것이라고 주장한다.

명상원에 입소했던 2015년 1월 어느 날 아침, 작가는 작은 가방을 챙기며 핸드폰을 가져갈지 말지 망설이다가 사랑하는 여인이 선물한 작은 쌍둥이 조각만 챙긴다. 일단 위파사나 요가를 수행하는 명상원에 들어가면 열흘간 외부와 단절된 채 절대적 침묵을 지켜야만 했고 노트나 필기구도 금지된 터였다. 따지고 보면 명상과 요가가 작가에게 낯선 분야는 아니었다. 그는 명상원에 들어가기 이전부터 그의 친구 에르베의 안내로 여러 가지 마음공부에 관심을 가졌던 터였다. 그리고 명상 입문도 요가가 아니라 무술을 통해서였다. 1950년대 프랑스에서 최초로 앙리 플레가 파리의 몽테뉴가에 도장을 열었고 훗날 그의 아들 파스칼이 그것을 이어갔으나 혹독한 가라테 수련이 관절에 무리를 일으키는 바람에 보다 유연한 무술을 모색했다. 가라테를 대체할 만한 것이 바로 태극권이었다. 중국인 양진명은 "소위 내가內家 무술의 모든 분파를 터득한" 고수로서 파리에 태극권을 전파한 선구자였다. 작가는 10여 년간 일주일에 사흘씩 도장에 드나들었고 양진명의 강연도 빼놓지 않고 참석했다. 그리고 2011년 봄, 인도에서 소설을 쓰던 중에 만난 프랑스인을 통해 처음 위파사나의 존재를 알게 되었다. 이름까지 인도식으로 바꾼 프랑스인에 따르면 위파사나란 "머릿속을 대청소"하는 것과 비슷한 것이라 했다. 마음을 비우고 선정禪定에 드는 것이 목적이지만 명상원에 들어간 그의 마음에는 뚜렷한 목적이 들어 있었다. 요가에 대한 친절한 안내서를 쓰고자 하는 목적마저 대청소로 비워버릴 수 없었던 것이다.

산 중턱의 소

명상원에 들어가자마자 수련을 돕는 자원봉사자가 나타나 열흘의 기간 동안 중도 포기가 불가하다는 점을 강조했다. 위파사나는 정신적 외과수술과 같아서 중도에 포기하는 것은 극도의 위험이 따르며 게다가 남들의 수련에도 악영향을 끼치니 불가항력의 상황만 제외하고 중도 하차를 할 수 없다고 했다. 열흘간의 집중적 수련을 목적으로 하는 명상원은 "북한의 집단수용소"라고 불릴 만큼 빡빡한 일정과 계율에 따라 운영되었다. 작가는 『요가』를 통해 위파사나뿐 아니라 불교에 관련된 기본적 지식을 친절하게 안내하는 책을 쓰려고 했기 때문에 1부 초반부는 요가나 불교에 관한 입문서를 적당히 요약한 느낌을 불러일으킨다. 명상원의 계율을 설명하다가 작가는 문득 학창 시절 생물학 선생과 관련된 일화를 독자에

게 들려준다. 생물학 선생은 생체 해부를 비롯해서 여러
가지 실험 실습을 담당했는데 학생들이 실험실에 입실
한 순간부터 안전사고를 예방하기 위해 지켜야 할 규칙
을 정했다. 그는 첫 수업 시간에 그 규칙을 불러주고 학생
들에게 받아쓰도록 했다. 두 번째 수업은 학생들이 규칙
을 숙지했는지를 확인하는 데에 할애하며 규칙 중 미진
한 부분을 보완하는 새로운 규칙을 덧붙였다. 생물학 실
습시간은 1년 내내 실험실의 규칙을 베끼고 암송하는 것
에 할애되었고 기말시험으로는 해부학이나 생물학 이론
은 무시한 채 오로지 실험실 규칙을 암기하는 것으로 대
체되며 그 학년이 끝났다. 종교 단체, 군대, 학교처럼 거
창한 명분을 내세운 집단은 자칫 근원적 가치는 망각하
고 오로지 계율, 규칙에만 집착하는 맹목적 노예를 양산
하고 만다. 작가는 힌두교, 원시 불교, 도교, 요가의 원리,
그리고 명상의 규칙을 차근차근 독자에게 설명하며 자신
도 S. N. 고엔카의 가르침을 충실하게 실천하려고 애썼
다.

그에 따르면 명상이란 매우 쉽다. "가만히 앉아 아무 생
각도 하지 않는 것"이 명상이요, 요가이다. 간단해 보이지
만 가만히 앉아 있다 보면 잡념도 들고 허리도 뻐근하다.
작가는 말한다 : "누차 말했듯 명상, 그것은 말없이 가만
히 앉아 있는 동안 마음속에서 벌어지는 모든 일, 그것이

명상이다. 권태, 그것이 명상이다. 무릎, 등, 목덜미의 통증, 그것이 명상이다. 잡념, 그것이 명상이다. 엉터리 영적인 짓거리로 시간 낭비한다는 느낌, 그것이 명상이다. 전화를 걸고 싶은 마음, 그것이 명상이다. 그런 마음을 억누르는 것, 그것이 명상이다. 이것이 전부이다. 그 이상은 아무것도 없다. (……) 특히 아무것도 하지 말아야 한다. 관찰하는 것을 제외하곤. (……) 명상의 이점이 있는데 (이것이 아마도 명상에 대한 두 번째 정의일 것이다) 그것은 당신 생각의 소용돌이에 휘말리지 않으면서 그것을 염탐하는 일종의 증인을 마음속에서 키우는 것이다." 애증, 원한, 분노 등 마음의 동요를 통제하거나 뿌리 뽑고자 하는 욕심을 부리지 않고 그저 바라보는 것, "남의 생각뿐 아니라 자기 생각도 판단하지 않기", 그저 보기만 할 것, 이것이 명상의 첫 번째 정의이다. 위파사나가 바로 "사물을 있는 그대로 보기"란 뜻이다. 작가는 여기에 불교, 도교에서 전수된 여러 가지 호흡법이나 기 운행의 종류를 설명했지만 명상에 대한 가장 짧은 정의는 "가만히 앉아있기"이다. 요가를 초심자의 입장에서 친절하게 설명하려는 자신의 태도를 작가는 등산객에 비유했다. 히말라야 정상을 정복하려는 뜻을 품은 등산객도 있겠지만 그저 동네 뒷동산을 꾸준히 어슬렁어슬렁 오르내리는 사람도 등산객이라 할 수 있다. 알프스산맥에서 계절이 바뀌면 목동은 초지를 찾아 소 떼를 끌고 이동하지만 자신은 산 정상에 오르는 전문 알피니스트가 아니라 산 중턱에서 한가하게 되새김질하는 소쯤으로 만족한다는 것이 작가의 고백이다.

소 이야기가 나온 김에 작가가 소개한 또 다른 소 이야기도 옮겨보자. 작가에게는 둘도 없이 가까운 친구가 있다. 두 사람은 한적한 산골을 찾아 아무 말 없이 산책하거나 먼 산 바라보며 시간을 보냈다. 그것이 작가에게는 소중한 치유이자 위로였다. 그들이 자주 찾았던 산골 주민들이 즐겨 듣는 농담이 소 이야기이다. 세 사람이 아무 말 없이 멍하니 들판에 앉아 있는데, 그들 앞에는 소 한 마리가 있었다. 첫 번째 사람이 오랜만에 입을 열고 "저거 피에로네 소네"라고 했다. 다시 침묵이 이어졌다. 15분쯤 지나자 두 번째 사람이 "아니야, 뒤퐁네 소야"라고 했다. 다시 침묵이 흐르고 15분이 지나자 세 번째 사람이 입을 열고 "너희 둘이 싸우는 게 지겨워 죽겠다"라며 자리를 떴다. 이 장면을 소, 인물 1, 인물 2, 인물 3을 차례로 대사와 함께 영화에 담는다면 10초 정도의 장면으로 연출이 가능하다. 작가와 그 친구 에르베가 즐겨 찾는 그 산골에서는 침묵이 길고 따라서 시간의 속도가 현저하게 다르다. 작가가 농담처럼 소개한 일화가 혹시 선사의 공안이 아닌지 모르겠다. 물론 산 중턱 소를 자처하는 에마뉘엘 카레르의 『요가』에서는 공안을 붙잡고 백척간두에 매달려 있는 선승의 모습을 기대하면 안 된다. 명상원에서 침묵 수행을 시작한 지 사흘째 되는 저녁, 수련 봉사자가 나타나 문을 두드린다. 이것이야말로 명상원 계율을 깨는 행위이다.

파리의 9·11

프랑스인에게 2015년 1월 7일은 미국인에게 2002년 9월 11일에 해당하는 날이다. 이날 아침 열한 시 20분 이슬람 과격분자 두 명이 프랑스 시사풍자잡지 『샤를리 에브도』의 사무실에 뛰어들어 소총을 난사했다. 이 잡지의 표지에 마호메트를 풍자한 캐리커처를 실었다는 이유에서였다. 열두 명이 죽고 다섯 명이 중상을 입었다. 사망자 중 이 잡지의 경제란에 '베르나르 아저씨'란 제목의 정기 칼럼을 기고했던 경제학자 베르나르 마리스가 끼어 있었는데, 곧 거행될 장례식의 참례객 명단 중에 작가 에마뉘엘 카레르의 이름이 올라 있었다. 작가는 베르나르 마리스의 죽음이 명상원의 계율인 '불가항력' 조건을 충족하는지 자문하며 파리로 상경했다. 베르나르 마리스는 경제학자이며 현실 경제에 참여한 기업 경영자였지만 신문

기고란에서는 좌익 성향을 보이는 독특한 인물이었다. 또한 소설가 우엘벡에 대한 에세이를 발표한 터라 문학을 좋아하는 경제학자로 소문이 났었다. 그는 2014년에 손바닥만 한 작은 판형으로 '경제학자 우엘벡'이라는 제목의 책을 발표했는데, 경제학자가 우엘벡 소설에 흥미를 갖게 된 이유를 다음과 같이 밝힌 바 있다. "우엘벡은 소설에서 마르크스, 맬서스, 슘페터, 스미스, 마셜, 케인스 등과 같은 인물을 거론했다. 그는 경쟁, 창조적 파괴, 생산성, 기생 노동과 유효 노동, 화폐 등등에 대해 이야기했는데 경제학자들보다 더 잘 이야기했다. 왜냐하면 그가 작가이기 때문이다." 그는 『카라마조프가의 형제들』이 프로이트의 이론보다 더욱 적실하게 인간의 심리적 진실을 보여주었고, 들뢰즈가 『카프카』에서 그의 철학적 진실을 찾았듯 우엘벡 소설에서 경제학의 원리를 설명하는 것이 매우 흥미로운 작업이라고 주장했다. 또한 우엘벡의 소설에서 경제학의 중요 개념을 만나는 것이 어렵지 않고 그의 사유 방식은 경제학적 합리주의에 부합한다고 설명했다.

문학을 사랑한 경제학자의 장례식에 소설가가 조문하는 것은 당연했고 특히 우엘벡이 가장 적절한 문상객이었지만 그는 그해 1월 7일 이슬람주의자를 불쾌하게 만들었던 소설『복종』을 발표한 후 과격분자들의 테러를 피해 은신해버린 터였고, 에마뉘엘 카레르는 "베르나르의 문인 친구들 명단에 두 번째 순위로 올라가 있었다. 상황은 명료했고 불가항력적인 경우라는 것이 성립되었다". 카레르는 베르나르 마리스보다는 그의 여자친구이자 기자인 엘렌 F.와 가까운 사이였다. 엘렌은 베르나르의 공식적 부인이 아닌, 굳이 표현하자면 내연녀였던 터라 그를 떠나보내는 마지막 순간에 과연 어떤 자격으로 참석할 수 있을지 곤란한 상황이었다. 마지막 날 아침 그들은 같은 집에서 깨지 않았기 때문에 전화 통화만 할 수 있었고 그날 저녁 베르나르가 그녀 집으로 가서 잘 예정이었다. 퇴근 전에 "곧 봐요"라는 인사말을 나눴지만 한 시간 반 후, 엘렌은 단 한 가지 질문에 사로잡혀 있었다. "그가 죽었을까? 그리고 세 시간이 지난 후 또 다른 강박적 질문. 고통스러웠을까? 답은, 아니다. 머리에 총을 맞았는데 근거리였기에 고통은 없었다." 엘렌은 그의 시신이 안치된 법의학연구소에 세 차례나 찾아가서 베르나르의 마지막 모습을 눈으로 확인했는데 볼 때마다 그의 시신이 줄어드는 것 같아 안타까워했다. 1월 10일 베르나르 시신이 안치된 방 바로 옆에 아랍인 가족들이 모여들었다. 베르나르의 머리에 총을 쏜 아랍인 형제 셰리프와 사이드 쿠아치의 시신이 안치되었기 때문이었다.

원래 산 중턱쯤에 머무는 한가한 소가 체험한 요가에 관련된 취재 문학을 기획했지만 그의 요가는 테러와 죽음, 그리고 사랑 이야기로 흘러갔다. 세상에는 무수한 폭력과 사랑이 넘쳐나고 그 사연들이 모여 스토리가 되고 서사를 이루지만, 저쪽 어느 깊은 산골의 명상원에 모인 사람들은 좌정하고 오로지 자신의 내면만을 응시하고 있었다. 이 대목에서 작가는 스리랑카에서 겪었던 사건을 떠올렸다. 스리랑카 해변에서 작가는 요가 수련을 위해 단체로 행동하는 유럽인 집단을 본 적이 있었다. 색다른 옷차림으로 명상과 산책에 몰두하는 그들은 여느 관광객들과는 확연히 구분되었다. 그런데 해변에 쓰나미가 밀려와 무수한 인명이 사망, 실종된 비극이 벌어졌다. 그 재난에서 살아남은 작가는 희생자를 위로하거나 폐허를 정리는 일을 거들었는데, 요가 수행자들은 타인의 비극에 눈길 한 번 주지 않고 수행에 정진했다. 딸을 잃은 아버지는 그들을 향해 "여보슈, 모두들 평온하시네! 좋겠구려!"라고 분노에 찬 야유를 보냈다. 작가는 스리랑카 해변에서 겪은 일과 파리 테러 사건을 비교하며, 파리 시민이 "나도 찰리"라고 가슴에 써 붙이고 거리로 나와 테러를 규탄하며 피해자에게 연대감을 보이는 시위를 하는 와중에, 다른 어느 구석에서 오로지 날숨과 들숨을 관觀하는 데에 집중하며 배꼽만 들여다보는 태도가 과연 온전한 것인지 자문한다. 그런 회의를 에르베에게 털어놓자 에르베는 『우다나경(자설경)』에 수록된 한 수행자의 일화를 들려주었다.

상가마지라는 사람이 나무 밑에서 금욕 수행에 들어 있었다. 속세에서 아내와 아기 하나를 두었지만 보다 높은 진실이라 판단된 경지에 도달하기 위해 가족을 버렸다. 가난의 구렁텅이에 빠진 부인이 그를 찾아와 도움을 청했다. 굶어 말라비틀어진 그들의 아들을 보여주며 그에게 애원했다. 그는 눈 한 번 깜빡거리지 않고 가부좌를 풀지 않았다. 아내는 계속 애원했지만 그는 명상에서 빠져나오지 않았다. 아내는 결국 아기를 그의 발치에 내려놓고 "땡중아, 네 아기이다. 네가 돌봐라"라고 말하고 돌아가는 시늉을 했다. 그리고 나무 뒤에 숨어 수행자와 아기를 관찰했다. 아기는 가슴이 미어질 듯한 울음을 울어댔다. 수행자는 아기에게 눈길도 주지 않고 몸짓도 없이 자신의 명상을 이어갔다. 환멸을 느낀 부인은 더 이상 애원을 하지 않고 아기를 데리고 떠났다.

이 일화에서 당황스러운 대목은 이것이 냉혹하고 잔인한 감정의 변태적 수행자의 사례로 제시되지 않았다는 점이다. 에르베가 말하길 얼어붙은 강자의 동정심을 보인 이 수행자를 단죄하기는커녕 부처는 그를 칭찬했다.

부처가 말하길 "상가마지는 아내가 왔을 때 어떤 희열도 느끼지 않았고 그녀가 떠났을 때 어떤 고통도 느끼지 않았다. 그는 모든 인연으로부터 자유롭다. 나는 그를 일컬어 깨달은 자라 한다"고 했다. 부처의 말씀은 가볍지 않고 자비는 불교의 박동하는 심장이다. 그렇다면 부처 눈에는 보이지만 우리는 놓치고 말았던 보다 넓고 보다 찬란한 경지에서 은밀하게 상가마지의 자비심이 작용했던 것이라고 우리는 결론 내려야 할까?

진실의 장소

테러 사건과 베르나르 마리스에 관련된 일화를 마친 후 '나의 광기의 역사'라는 부제가 붙은 3부에서 작가는 파리 생안느정신병원에 입원하여 '제2형 양극성 정신장애'를 치료하기 위해 전기쇼크치료를 받았던 체험을 이야기했다. 참혹한 치료 과정을 기록하기에 앞서 작가는 일생일대의 사건이라 주장하는 사랑을 체험한다. '비밀의 방'이란 부제가 붙은 장에서 그는 중간에 포기한 명상원에 다시 들어가 열흘간의 수행을 마친 이후의 체험을 고백했다. 수행을 마친 후 제각기 집으로 돌아가는 자리에서 작가는 명상에 참여했던 여인과 마치 이심전심으로 뜻이 통한 듯 아무 말 없이 곧장 호텔로 가서 동침을 했다. 두 사람은 요가 수행을 했다는 점을 제외하곤 서로에 대해 아무것도 몰랐고 알려고 들지도 않았다. 그들은 지방 도시의 작은 호텔에서 정기적 만남을 이어갔고 "(우리는) 이런 만남이 멈출까봐 두려웠고, 동시에 한없이 계속될까 두려웠다". 이름, 직업, 생활환경 등 그 어느 것도 몰랐지만 이 세상 그 누구보다도 "내가 가장 속속들이 잘 아는 유일한 사람이 바로 이 여인이었다". 이 여인은 '삶'을 가장 사랑할 줄 아는 사람이었고 아무리 노력해도 우울, 혹은 광기의 늪에 빠지고 마는 작가의 눈에 그녀는 경이로운 존재였다. "두 여인을 가진 사람은 영혼을 잃고, 두 집을 가진 사람은 이성을 잃는다"라는 잔인한 진실을 직시하고 싶지 않았던 작가는 확고부동한 사랑을 붙잡았기에 더 이상 방황과 광기에 빠지지 않으리란 희망도 품었다. 그녀를 바라보다가는 왈칵 눈물을 쏟았는데, 그것은 어느 날엔가 그녀가 반드시 죽으리란 명백한 사실 때문이었다. 그녀가 작가 곁을 떠나거나, 혹은 자신이 먼저 죽는 것이 문제가 아니라 이 세상에서 그녀가 사라진다는 그 사실만으로 그는 눈물을 쏟고 말았다. 두 사람은 사랑에 빠졌고 둘 중 하나가 죽을 때에만 이 사랑이 끝난다고 작가는 생각했다.

작가는 이쯤에서 자신의 가장 내밀한 신념, 혹은 문학

관을 밝힌다.

　나는 단 하나, 문학, 내가 실천하는 종류의 문학과 관련된 단 하나의 확신을 갖고 있다. 여기는 거짓말을 하지 않는 곳이란 확신이 그것이다. 이것은 절대적 명령이며 나머지는 모두 부수적인 장식이다. 나는 이 명령에는 항상 따랐다고 생각한다. 내가 쓴 것이 간혹 나르시시즘에 빠진 것 같고 공허할 순 있어도 나는 거짓말을 하지 않는다. (……) 글을 쓰면서 다소 왜곡하거나 조금 위치를 바꾸고 얼마간 지워버릴 수 있다. 특히 지우는 경우도 있을 텐데, 나에 대해서는 가장 부끄러운 진실까지 포함해 내가 원하는 대로 쓸 수 있지만 남과 관련해서는 그렇지 않다. 나는 그런 권리를 주장하지 않으며 따지고 보면 이 글의 주제도 아닌 어떤 위기 상황을 털어놓고 싶은 욕망도 느끼지 않는다. 그런 이유 때문에 앞으로 나는 누락을 통한 거짓말을 할 것이며 그 위기가 오로지 나에게만 남긴 심리적, 심지어 정신의학적 결과를 단도직입적으로 말할 것이다.

에마뉘엘 카레르는 『적』을 발표한 이후부터 줄곧 화자가 곧 작가인 일인칭 화법으로 기술하는 자전적 글만을 썼다. 프랑스 문단에서 유행하는 '오토픽션'의 대표 작가인 그는 이 작품의 4부와 5부에 해당하는 대목에서 타인의 내밀한 개인사에 관련된 부분은 의도적으로 제외한다고 선언했다. 이 부분은 작가가 2015년경부터 양극성장애로 정신병원에서 치료받고 퇴원하여 그리스 섬에 가서 난민들을 만나는 장면이다. 정신장애에 관련된 부분이야말로 오로지 작가 자신의 문제이며 그 의학적 진실은 작가 자신도 자료를 통해 쉽게 확인, 보충할 수 있는 대목이다. 작가는 이 부분에서는 "문학은 거짓말을 하지 않는 공간"이라고 당당하게 주장한다. 그다음 타자에 관련된 부분은 "누락에 따른 거짓말"이 불가피하다고 고백한다. 진실에 해당하는 순수한 우리말은 '참'이다. 현실을 재현하는 과정에서 '누락'이 생긴다면 꽉 찬 진실이 될 수 없다. 진실은 곧 총체성이다. 『요가』가 발표되기 전인 금년 3월, 작가는 부인 엘렌 데빈크와 이혼하며 일정한 계약을 맺었다. 향후 작품 속에 아내를 포함해 자식들이 등장할 때에는 사전 허락을 받아야 하며 그렇지 않을 경우 원고를 발표할 수 없다는 약속을 문서화했던 모양이다. 약속대로 원고는 사전에 전부인에게 보내 '사전 검열'을 거쳤고 일정 부분에 수정이 가해졌다. 그런데 최종본이 발표된 이후 전부인은 작가와 출판사가 거짓말을 했다며 소송을 제기했다. 『요가』가 금년도 가장 주목받는 문제작이며 여러 문학상 후보에 동시에 오르는 기록을 세웠다가 갑자기 후보 명단에서 삭제된 것은 이 소송 사건과 무관하지 않다. 근래에 자서전, 오토픽션과 관련된 논란이 끊이지 않고 이와 더불어 소설이 무엇인가라는 근본적 문제를 돌아보는 숙제가 주어졌다. 살인 사건을 추적한 보고서 형식의 글, 어린 시절 겪었던 근친상간의 고백과 같은 글이 그저 잠깐 스치고 지나가는 현상이 아니라 하이브리드 장르, 형식 파괴의 실험, 파격적 자기고백과 같은 평가를 받으며 연이어 주요 문학상을 받은 바 있다. 에마뉘엘 카레르가 주장하듯이 "문학은 거짓말을 하지 않는 공간"이라는 데에는 동의하지만 문학에서 논의되는 참과 거짓, 픽션과 논픽션 등과 같은 기본 개념에 대한 논의가 전제되어야 할 것이다. 이 논의가 중요한 이유는 적어도 현재 프랑스 소설의 상당 부분이 이와 직간접적으로 연계되기 때문이다. 어쩌면 현대소설이 허구와 현실, 진실과 거짓 그 중간쯤 어느 회색 지대에서 오가는 양극성장애를 앓고 있는지도 모른다.

에필로그

글을 마치며

이 책은 『현대문학』에 연재했던 80회 분량의 글을 마무리한 것이다. 처음 시작할 때 이리 오래 쓰리라 짐작하지 못했다. 우리네 문학이 주빈이고 프랑스 소설이야 잠깐 끼어든 행인에 불과한데 얼른 자리를 뜨지 못했다. 첫 번째 책이 나오자 주변에서 제목이 근사하고 표지가 우아하며 표사表辭가 단정하다고 덕담을 건넸다. 제목은 김화영 교수의 감각이고 표지는 양숙진 주간의 안목이며 표사는 이남호 교수의 과찬이었다. 나의 몫이 아닌 칭찬임을 눈치채지 못하고 그냥 주저앉았고 성글고 거친 글을 고치느라 윤희영 팀장을 비롯해 편집부의 여러 분이 고생했다.

매달 프랑스 현지의 일간지와 잡지에 실린 서평을 참

고하여 작가를 고르고 작품을 읽는 것은 행복한 일이었지만 글로 옮기는 재간은 시간이 지나도 늘지 않고 갈수록 타성에 빠지는 느낌이 들었다. 당연지사겠지만 여기에서 다룬 작품은 성별과 세대를 고려치 않고 자국뿐 아니라 해외에서도 인정받는 소설로 골랐다. 작가들의 평균 나이를 따져보니 대충 50대 후반 정도이다. 예외도 있을 테지만 한 번뿐인 생을 오로지 한길에 바쳐야만 비로소 반듯한 작품이 나오는 것이 소설이란 장르이다. 여전히 자전적 작품이 다수지만 역사, 정치, 생태, 세태, 전쟁 등 작가들의 관심사가 다양했다.

오래 머물렀던 연구실을 이제 떠날 나이가 되어 퇴근할 때마다 열댓 권 정도의 책을 집으로 옮겼다. 산도 옮겼다는 우공을 표절한 것인데 이제 제법 벽이 보이고 방 안이 훤해졌다. 책이 사라진 풍경이 이토록 후련한지 미처 몰랐었다. 남의 책을 치우며 내 책을 세상에 더한 것이 무슨 심보인지 모르겠다. 영롱한 색깔의 모래로 정성껏 만다라를 그린 후 미련 없이 빗자루로 휘휘 쓸어버리고 돌아서는 경지가 부럽다. 그래도 예쁜 책을 만들어준 여러분에게 다시 한 번 깊게 머리 숙여 감사드린다.

2021년 6월
이재룡

참고 문헌

소설을 비추는 소설

- Georges Perec, *Un Cabinet d'amateur*, Balland, 1979.
  조르주 페렉, 『어느 미술애호가의 방』, 김호영 옮김, 문학동네, 2012.
- Georges Perec, *Le Voyage d'hiver*, Seuil, 1993.
  조르주 페렉, 「겨울 여행」 『겨울 여행/어제 여행』, 김호영 옮김, 문학동네, 2014.
- Colombe Boncenne, *Comme neige*, Buchet/Chastel, 2016.

어떤 사랑

- 에우리피데스, 「메데이아」, 『에우리피데스 비극』, 천병희 옮김, 단국대학교
  출판부, 1999.
- Régis Jauffret, *Cannibales*, Le Seuil, 2016.
- Frede Beigbeder, *L'amour dure trois ans*, Gallimard, 2001.

상처받은 남자들

- Laurent Mauvignier, *Seuls*, Minuit, 2004.
- Laurent Mauvignier, *Des hommes*, Minuit, 2009.

일방적 폭행

- Anatole France, *Les dieux ont soif*, 1912.
  아나톨 프랑스, 『신들은 목마르다』, 김지혜 옮김, 뿌리와이파리, 2011.
- Tzvetan Todorov, *Le Triomphe de l'artiste. La révolution et les
  artistes. Russie : 1917-1941*, Flammarion, 2017.

· 미즈바야시 아키라, 『프랑스 근대 문학―볼테르, 위고, 발자크』, 이차원 옮김, 웅진지식하우스, 2010.

· 츠베탕 토도로프, 『민주주의 내부의 적』, 김지현 옮김, 반비, 2012.

· 예브게니 이바노비치 자먀찐, 『우리들』, 석영중 옮김, 열린책들, 1996.

· 줄리언 반스, 『시대의 소음』, 유은주 옮김, 다산책방, 2017.

춤추는 생쥐

· Camille Laurens, *La Petite Danseuse de quatorze ans*, Stock, 2017.

· Emile Zola, *L'Assommoir*, 1877.

· Emile Zola, *Nana*, 1880.
  에밀 졸라, 『나나』, 김치수 옮김, 문학동네, 2014.

아름다운 할머니

· Eric Vuillard, *L'Ordre du jour*, Actes Sud, 2017.
  에리크 뷔야르, 『그날의 비밀』, 이재룡 옮김, 열린책들, 2019.

알제리 가족사

· Alice Zeniter, *L'art de perdre*, Flammarion, 2017.

여섯 번째 주인

· Véronique Olmi, *Bakhita*, Albin Michel, 2017.

· Véronique Olmi, *La pluie ne change rien au désir*, Grasset, 2005.
  베로니크 올미, 『비는 욕망을 숨기지 않는다』, 최정수 옮김, 휴먼앤북스, 2006.

· Véronique Olmi, *Le Premier amour*, Grasset, 2010.

공부하는 동물

· Julie Wolkenstein, *Colloque sentimental*, P.O.L, 2001.

· Julie Wolkenstein, *Les Vacances*, P.O.L, 2017.

벼랑 끝에 선 화가들

- Patrick Grainville, *Falaise des fous*, Seuil, 2018.
- Gustave Flaubert, *L'Education sentimentale*, 1869.
  플로베르, 『감정교육』, 김윤진 옮김, 펭귄클래식코리아, 2010.
  플로베르, 『감정교육』, 지영화 옮김, 민음사, 2014.

생의 전환점

- Christine Angot, *Un tournant de la vie*, Flammarion, 2018.
- Christine Angot, *L'Inceste*, Stock, 1999.
- Christine Angot, *Un amour impossible*, Flammarion, 2015.
- Pascal Laine, *La Dentelliere*, Routledge, 1981.
  파스칼 레네, 『레이스 뜨는 여자』, 이재형 옮김, 부키, 2008.

한 몸, 두 영혼

- David Diop, *Frère d'âme*, Seuil, 2018.

구약 외경 「집회서」 44장 9절

- Nicolas Mathieu, *Leurs enfants après eux*, Actes Sud, 2018.
  니콜라 마티외, 『그들 뒤에 남겨진 아이들』, 이현희 옮김, 민음사, 2019.

거울과 수정구슬

- Michel Houellebecq, *Sérotonine*, Flammarion, 2019.
  미셸 우엘벡, 『세로토닌』, 장소미 옮김, 문학동네, 2020.

동심이 깨지는 나날들

- Eric Vuillard, *La Guerre des pauvres*, Actes Sud, 2019.
- Eric Vuillard, *L'Ordre du jour*, Actes Sud, 2017.
  에리크 뷔야르, 『그날의 비밀』, 이재룡 옮김, 열린책들, 2019.
- Eric Vuillard, *Tristesse de la terre*, Actes Sud, 2014.
  에리크 뷔야르, 『대지의 슬픔』, 이재룡 옮김, 열린책들, 2020.

- Eric Vuillard, *14 juillet*, Actes Sud, 2016.
- Eric Vuillard, *Congo*, Actes Sud, 2012.
- Guy Debord, *La societe du spectacle*, Gallimard, 1992.
  기 드보르, 『스펙타클의 사회』, 유재홍 옮김, 울력, 2014.

죽음의 천사

- Olivier Guez, *La disparition de Josef Mengele*, Grasset, 2017.
  올리비에 게즈, 『나치 의사 멩겔레의 실종』, 윤정임 옮김, 열린책들, 2020.

동식물 문학

- Didier van Cauwelaert, *Les émotions cachées de la plante*, Plon, 2018.
- Didier van Cauwelaert, *Double identité*, Albin Michel, 2012.
- Didier van Cauwelaert, *Jules*, LGF, 2015.
- Didier van Cauwelaert, *Hors de moi*, Albin Michel, 2003.
  디디에 반 코뷜라르트, 『언노운』, 권수연 옮김, 문학동네, 2011.
- Didier van Cauwelaert, *Le retour de Jules*, Albin Michel, 2017.
- 대니얼 샤모비츠, 『은밀하고 위대한 식물의 감각법』, 권예리 옮김, 다른, 2019.

오리와 파리 그리고 붉은 머리

- Caroline Lamarche, *Nous sommes à la lisière*, Gallimard, 2019.
- Caroline Lamarche, *Le Jour du Chien*, Minuit, 1996.
  카롤린 라마르슈, 『개의 날』, 용경식 옮김, 열림원, 1999.
- Caroline Lamarche, *J'ai cent ans*, L'Age d'homme, 1996.
- Caroline Lamarche, *La nuit l'après-midi*, Minuit, 1998.
- Caroline Lamarche, *La mémoire de l'air*, Gallimard, 2014.

걸어가는 사람

- Lydie Salvayre, *Marcher jusqu'au soir*, Stock, 2019.
- Lydie Salvayre, *Pas Pleurer*, Seuil, 2014.
  리디 살베르, 『울지 않기』, 백선희 옮김, 뮤진트리, 2015.

- 제임스 로드, 『자코메티—영혼을 빚어낸 손길』, 신길수 옮김, 을유문화사, 2006.

전지적 일인칭 화자

- Amelie Nothomb, *Soif*, Albin Michel, 2019.
- Amelie Nothomb, *Cosmétique de l'ennemi*, Albin Michel, 2001.
  아멜리 노통브, 『적의 화장법』, 성귀수 옮김, 문학세계사, 2001.
- Amelie Nothomb, *La Biographie de la faim*, Albin Michel, 2004.
  아멜리 노통브, 『배고픔의 자서전』, 전미연 옮김, 열린책들, 2006.
- Amelie Nothomb, *Les Combustibles*, 1994.
  아멜리 노통브, 『불쏘시개』, 함유선 옮김, 열린책들, 2014.

캐나다적인 삶

- Jean-Paul Dubois, *Tous les hommes n'habitent pas le monde de la meme facon*, A Vue d'Oeil, 2019.
  장폴 뒤부아, 『모두가 세상을 똑같이 살지는 않아』, 이세진 옮김, 창비, 2020.
- Jean-Paul Dubois, *Kennedy et Moi*, Contemporary French Fiction, 1997.
  장폴 뒤부아, 『케네디와 나』, 함유선 옮김, 밝은세상, 2006.

기억의 의무

- Jean-Luc Coatalem, *La part du fils*, Stock, 2019.
- Jean-Luc Coatalem, *Nouilles froides à Pyongyang*, Grasset, 2013.

다시 떠오르는 사람들

- Patrick Modiano, *Encre sympathique*, Gallimard, 2019.
- Patrick Modiano, *Des inconnues*, Gallimard, 1999.
  파트릭 모디아노, 『신원 미상 여자』, 조용희 옮김, 문학동네, 2003.
- Patrick Modiano, *Un pedigree*, Folio, 2006.
  파트릭 모디아노, 『혈통』, 김윤진 옮김, 문학동네, 2008.
- Patrick Modiano, *Souvenirs dormants*, Gallimard, 2017.

· Patrick Modiano, *Accident Nocturne*, Gallimard, 2003.
파트릭 모디아노, 『한밤의 사고』, 김윤진 옮김, 문학동네, 2006.

표범을 찾아서

· Sylvain Tesson, *La panthère des neiges*, Gallimard, 2019.
실뱅 테송, 『눈표범』, 김주경, 옮김, 북레시피, 2020.
· Sylvain Tesson, *Dans les forêts de Sibérie*, Gallimard, 2011.
실뱅 테송, 『희망의 발견 : 시베리아의 숲에서』, 임호경 옮김, 까치, 2012.
· Sylvain Tesson, *Une vie à coucher dehors*, Gallimard, 2009.
· Sylvain Tesson, *Petit traite sur L'immensite du monde*, Editions de
la Loupe, 2005.
실뱅 테송, 『여행의 기쁨』, 문경자 옮김, 어크로스, 2016.

소설가의 가을

· 줄리언 반스, 『플로베르의 앵무새』, 신재실 옮김, 열린책들, 2009.
· Alexandre Postel, *Un automne de Flaubert*, Gallimard, 2020.
· Gustave Flaubert, "La Légende de saint Julien l'Hospitalier", *Trois
contes*, 1877.
귀스타브 플로베르, 「구호수도자 성 쥘리앵의 전설」, 『세 가지 이야기』, 고봉
만 옮김, 문학동네, 2016.
· Maylis Besserie, *Le tiers temps*, Gallimard, 2020.

대체역사소설의 가능성

· Laurent Binet, *Civilization*, Grasset, 2019.

영원한 유배자

· J. M. G. Le Clézio, *Chanson bretonne suivie de L'enfant et la guerre*,
Gallimard, 2020.
· J. M. G. Le Clézio, *Onitsha*, Gallimard, 1991.
J. M. G. 르 클레지오, 『오니샤』, 이재룡 옮김, 고려원북스, 2008.

카라바조의 수난

- Dominique Fernandez, *L'Italie buissonnière*, Grasset, 2020.
- Dominique Fernandez, *L'Arbre jusqu'aux racines : psychanalyse et création*, Grasset, 1992.
- Dominique Fernandez, *La course à l'abîme*, Grasset, 2003.
- Dominique Fernandez, *L'Art de raconter*, Grasset, 2007.
- Dominique Fernandez, *Dans la main de l'ange*, Grasset, 1982.
- Dominique Fernandez, *Le Rapt de Ganymède*, Grasset, 1989.

빠르지만 너무 지나치지 않게

- Mizubayashi Akira, *Âme brisée*, Gallimard, 2019.
- Mizubayashi Akira, *Une langue venue d'ailleurs*, Gallimard, 2010.
- 森有正, *遥かなノートル・ダム*, 筑摩書房, 1967.
- 김윤식, 『내가 읽고 만난 파리』, 현대문학, 2004.
- 김윤식, 『내가 읽고 만난 일본』, 그린비, 2012.

이상한 사건 2

- Emmanuel Carrère, *Le Royaume*, P.O.L, 2014.
  엠마뉘엘 카레르, 『왕국』, 임호경 옮김, 열린책들, 2018.
- Emmanuel Carrère, *Yoga*, P.O.L., 2020.

소설, 때때로 맑음 3

초판 1쇄 펴낸날 2021년 7월 5일

지은이 이재룡
펴낸이 김영정

펴낸곳 (주)현대문학
등록번호 제1-452호
주소 06532 서울시 서초구 신반포로 321 (잠원동, 미래엔)
전화 02-2017-0280
팩스 02-516-5433
홈페이지 www.hdmh.co.kr

ISBN 979-11-90885-87-4 04810
세트 978-89-7275-734-4

* 책값은 뒤표지에 있습니다.